BRENDA VANTREASE
Die Geliebte des Buchmalers

Buch

England um 1380. Das Volk ist den Launen von Adel und Klerus hilflos ausgeliefert. Um ihren beiden geliebten Söhnen das Erbe zu sichern, lässt sich Lady Kathryn von Blackingham Manor angesichts ihrer angespannten finanziellen Situation auf einen Handel mit dem mächtigen Abt von Broomholm ein: Auf Kosten der Abtei nimmt die Witwe den Illuminator Finn und dessen sechzehnjährige Tochter Rose bei sich auf. Finn, ein Meister der Buchmalerei, soll das Johannes-Evangelium des Klosters illustrieren. Was Lady Kathryn nicht ahnt, Finn arbeitet währenddessen auch heimlich für den Kirchenkritiker John Wycliffe, der die Bibel ins Englische übersetzen und so auch dem einfachen Volk zugänglich machen will. Während der Buchmaler seiner aufwändigen Arbeit nachgeht, kommt er Kathryn immer näher und zwischen den beiden entwickelt sich eine leidenschaftliche Liebe. Doch dann erreicht Blackingham Manor eine eilige Nachricht: Ein Priester der Abtei wurde grausam ermordet aufgefunden – unter Verdacht steht Lady Kathryns ältester Sohn...

Autorin

Brenda Vantrease promovierte an der Middle Tennessee State University in englischer Literatur. Sie arbeitete viele Jahre als Englischlehrerin und Bibliothekarin, doch ihre wahre Leidenschaft galt schon immer der englischen Geschichte und Literatur. *Die Geliebte des Buchmalers* war ihr erster großer historischer Roman. Brenda Vantrease lebt in Nashville, Tennessee.

Von Brenda Vantrease bereits erschienen

Die englische Ketzerin

Besuchen Sie uns auch auf
www.facebook.com/blanvalet und
www.twitter.com/BlanvaletVerlag

Brenda Vantrease

Die Geliebte des Buchmalers

Roman

Aus dem Amerikanischen
von Gloria Ernst

blanvalet

Die Originalausgabe erschien 2005 unter dem Titel
»The Illuminator«
bei St. Martin's Press, New York.

Dieser Titel ist bereits unter dem Titel
»Der Illuminator« im Limes-Verlag erschienen.

Sollte diese Publikation Links auf Webseiten Dritter enthalten,
so übernehmen wir für deren Inhalte keine Haftung,
da wir uns diese nicht zu eigen machen, sondern lediglich auf
deren Stand zum Zeitpunkt der Erstveröffentlichung verweisen.

Verlagsgruppe Random House FSC® N001967

1. Auflage
Copyright der Originalausgabe © 2005
by Brenda Rickman Vantrease
Copyright der deutschsprachigen Ausgabe © 2005
by Limes in der Verlagsgruppe Random House GmbH,
Neumarkter Str. 28, 81673 München
Dieses Werk wurde im Auftrag von St. Martin's Press, L.L.C, durch
die Literarische Agentur Thomas Schlück, Garbsen, vermittelt.
Redaktion: Ilse Wagner
Umschlaggestaltung: www.buerosued.de
Umschlagmotiv: akg-images
LM · Herstellung: wag
Satz: Uhl + Massopust, Aalen
Druck und Bindung: GGP Media GmbH, Pößneck
Printed in Germany
ISBN 978-3-7341-0545-6

www.blanvalet.de

Für Barney und Arlene

PROLOG

Oxford, England
1379

John Wycliffe legte seine Feder zur Seite und rieb sich die müden Augen. Die Kerze war schon fast heruntergebrannt und spuckte kleine Wölkchen aus Rauch. In wenigen Minuten würde sie endgültig erloschen sein. Das war seine letzte Kerze. Es war erst Mitte des Monats, aber er hatte den ihm zugeteilten Vorrat bereits vollständig aufgebraucht. Als Dozent am Balliol College der Universität von Oxford stand ihm eine gewisse Anzahl von Kerzen zu. Die anderen Kleriker, die bei Tag arbeiteten und nachts schliefen, kamen damit meistens auch aus. Wycliffe aber schlief nachts kaum. Sein Vorhaben trieb ihn zeitig aus dem Bett und hielt ihn lange davon fern.

Das orangefarbene Glühen des Kohlenbeckens vermochte die Dunkelheit, die sich in den Ecken seines spartanischen Zimmers auszubreiten begann, nicht zu vertreiben. Die Kerze zischte und verlosch. Bald würde das Mädchen kommen, um sauber zu machen. Er würde sie zum Kerzenmacher schicken und die Kerzen aus eigener Tasche bezahlen. Er wollte keinesfalls Aufmerksamkeit auf seine Arbeit lenken, indem er den Quästor, den Schatzmeister, um Nachschub bat oder sich von seinen Kollegen ein paar Kerzen geben ließ.

Zumindest konnte er sich jetzt, während er auf das Zimmermädchen wartete, eine kleine Pause gönnen. Die hatte er auch dringend nötig. Seine Hand tat ihm vom stundenlangen Schreiben weh. Er hatte Kopfschmerzen, weil er seine Augen in dem matten Licht zu sehr angestrengt hatte, und die gebeugte Sitzhaltung vor seinem Schreibpult hatte seine Glieder steif werden lassen. Auch sein Geist war erschöpft. Wie immer, wenn er müde wurde, begann er seine Mission in Frage zu stellen. War es möglicherweise gar nicht Gott selbst, der ihn zu dieser gewaltigen Aufgabe berufen hatte, sondern lediglich sein Stolz und seine intellektuelle Arroganz? Oder hatte er sich einfach nur durch den Herzog von Lancaster auf diesen tückischen Pfad locken lassen? Der Herzog war gerade dabei, die Herrschaft über ein ganzes Königreich zu erlangen, und verspürte dabei keineswegs den Wunsch, seinen Reichtum mit einer gierigen Kirche zu teilen. Aber es konnte keine Sünde sein, so sinnierte Wycliffe, einen solchen Mann als Gönner zu akzeptieren, jedenfalls dann nicht, wenn sie auf diese Weise gemeinsam die Tyrannei der Priester, Bischöfe und Erzbischöfe brechen konnten. John of Gaunt, der Herzog von Lancaster, handelte aus purem Eigennutz, John Wycliffe, um die Seele Englands zu retten.

König Edwards Tod war für das Land ein Segen gewesen, und das trotz der politischen Machtkämpfe, die jetzt zwischen den Onkeln des minderjährigen Königs tobten. Edward hatte ein lasterhaftes Leben geführt, der Makel der Sünde hatte seinen Hof zerfressen. Er hatte sich sogar in aller Öffentlichkeit mit seiner Mätresse Alice Perrers gezeigt, von der es hieß, dass sie eine große Schönheit sei. Wycliffe hielt sie jedoch für nichts anderes als ein Werkzeug des Teufels. Welcher schwarzen Kunst hatte sich dieses intrigante Frauenzimmer wohl bedient, um die Seele eines Königs zu gewinnen? Zumindest hatte mit Edwards Tod auch Alice Perrers die Jauchegrube verlassen, zu der sein Hof geworden war. Jetzt war John of Gaunt Reichsverweser. Und John of Gaunt stand auf seiner Seite.

Vorläufig jedenfalls.

Wycliffe schob seinen Stuhl ein Stück zurück und stand vom Schreibpult auf. Er sah zum Fenster hinaus, das ihm einen wunderbaren Blick über Oxford bot. Unten auf der Straße grölte eine Gruppe betrunkener Studenten, für die der Abend offensichtlich noch lange nicht zu Ende war. Woher sie das Geld für den nicht versiegenden Nachschub an Bier hatten, blieb ihm ein Rätsel. Er vermutete, dass sie stets das billigste Ale, den letzten Ausschank, tranken, obwohl sicher weit mehr Ale nötig war, als es der Bauch eines dicken Mannes fassen konnte, um eine so ausgelassene Stimmung zu bewirken. Einen Moment lang beneidete er die bierseligen Studenten beinahe um ihre Unschuld, ihre zügellose Freude und ihre einzigartige Ziellosigkeit.

Das Mädchen sollte eigentlich schon längst da sein. Sie hatte sich jetzt bereits um eine Stunde verspätet, das sagte ihm das tiefe Indigoblau, das sich im Fenster spiegelte – einem verglasten Fenster, das zugleich Zeichen seines hohen Ranges war. Er hätte in dieser Zeit zwei ganze Seiten der Vulgata übersetzen können – zwei Seiten mehr, die er auf das Päckchen hätte legen können, das er morgen nach East Anglia schicken würde. Die Arbeit des Illuminators gefiel ihm gut. Nicht zu überladen, aber sehr schön und des Textes würdig. Ganz anders als der Stil der Pariser Gilde mit ihren protzigen Farben und der verschwenderischen Ausgestaltung. Wie er diese gotteslästerlichen, grotesken Ornamente hasste, die wilden Tiere, Vögel und närrischen Figuren, die zur Belustigung des Lesers in die Marginalien eingefügt waren. Sein Illuminator hier arbeitete auch noch billiger als die Pariser Meister. Und der Herzog persönlich hatte ihm versichert, dass man auf seine Diskretion vertrauen konnte.

Stimmen hallten jetzt wieder von unten herauf, Lachen, Liedfetzen, und verklangen dann in der Ferne. Das Mädchen würde gewiss bald kommen. Er musste heute Nacht unbedingt noch weiter arbeiten. Die Hälfte des Johannesevangeliums hatte er bereits übersetzt. Schatten flackerten durch das Zimmer. Seine Lider wurden schwer.

Jesus hatte sich mit den Priestern im Tempel angelegt. Wycliffe konnte sich mit einem Papst anlegen. Oder mit zweien.

Die Kohlen im Becken fielen in sich zusammen und flüsterten ihm dabei zu. *Während du trödelst, verderben viele Seelen.*

Dann schlief er vor der Kohlenglut ein.

Joan wusste, dass sie zu spät kam, als sie die Treppe zu Master Wycliffes Zimmer hinaufhastete. Sie hoffte inständig, dass er zu sehr mit seiner Arbeit beschäftigt war, um es zu bemerken. Sie hatte hinter seinem Fenster jedoch keinen Kerzenschein gesehen. Manchmal registrierte er ihre Anwesenheit kaum, während sie seine schmutzige Wäsche einsammelte, den Fußboden fegte und seinen Nachttopf leerte. Aber wenn sie Pech hatte, war er, was allerdings nur selten vorkam, in gesprächiger Stimmung. Dann erkundigte er sich nach ihrer Familie, fragte sie, wie ihre Verwandten die Sonntage verbrachten, und wollte wissen, ob von ihnen jemand lesen könne.

Nicht, dass ihr seine Neugier unangenehm gewesen wäre. Denn trotz seiner schroffen, abweisenden Art hatte er sehr freundliche Augen, und immer wenn er sie »Kind« nannte, erinnerte er sie an ihren Vater, der letztes Jahr gestorben war. Aber heute wollte sie nicht mit ihm reden. Sie war sich nämlich sicher, dass sie dann zu weinen anfangen würde. Abgesehen davon würde er das hier nicht gutheißen, dachte sie, als sie die Reliquie betastete, die wie ein Rosenkranz an ihrer Taille hing. Sie hatte sie mit ihrem roten Band an der Hanfschnur befestigt, die ihr als Gürtel diente.

Sie strich sich das lose Haar unter der schäbigen Leinenkappe glatt, holte tief Luft und klopfte dann leise an die Eichentür. Als sie keine Antwort vernahm, klopfte sie noch einmal, diesmal lauter. Sie räusperte sich. »Master Wycliffe, ich bin's, Joan. Ich bin gekommen, um Eure Wohnung sauber zu machen.«

Sie drückte die Türklinke herunter und öffnete die Tür einen Spalt.

»Master Wycliffe?«

Aus dem düsteren Inneren tönte es ihr barsch entgegen: »Komm herein, Kind. Du bist spät dran. Wir verschwenden Zeit.«

»Es tut mir wirklich leid, Master Wycliffe. Aber es war wegen meiner Mutter, wisst Ihr. Sie ist sehr krank. Und außer mir ist niemand da, der sich um die Kleinen kümmern könnte.«

Sie huschte im Zimmer umher, zündete die Binsenlichter an. Die Flammen flackerten, als sie das Fenster öffnete und den Inhalt seines Nachttopfs in weitem Bogen hinausschüttete. Sie raffte seine schmutzige Wäsche zu einem Bündel zusammen und spürte dabei, wie sein Blick auf ihr ruhte. Die Papiere auf seinem Schreibpult rührte sie niemals an. Sie hatte auf schmerzhafte Weise lernen müssen, dass das nicht erlaubt war.

»Soll ich eine neue Kerze einsetzen, Sir?«

»Hm. Ich habe keine Kerzen mehr. Ich habe auf dich gewartet, damit du welche holen gehst.«

»Entschuldigung. Ich mach mich sofort auf den Weg.«

Sie hoffte inständig, dass er ihre Verspätung nicht melden würde. Wer wusste schon, wann ihre Mutter so weit genesen war, dass sie ihrer Arbeit als Putzfrau wieder nachgehen konnte. Er drehte sich zu ihr um und hob dabei die Hand, um sie aufzuhalten. »Deine Mutter ist krank, sagst du?«

»Sie hat sehr hohes Fieber.« Sie blinzelte, während sie verzweifelt versuchte, nicht in Tränen auszubrechen, dann platzte sie mit ihrem Geständnis heraus. »Ich war in der St.-Anne-Kirche, um den Priester zu bitten, für sie zu beten.«

Wycliffe presste die Lippen so fest zusammen, dass sie über seinen grauen Barthaaren einen harten, geraden Strich bildeten. »Die Gebete des Priesters sind nicht besser als deine, wahrscheinlich sind sie sogar schlechter, weil deine wenigstens aus einem reinen Herzen kommen.«

Er stand auf und überragte sie dabei um ein beträchtliches Stück. Er wirkte sehr ernst in seiner schlichten Robe und der eng anliegenden Wollkappe, die sein graues Haar, das ihm über die Schultern fiel und sich mit seinem Bart vermischte, kaum zu bedecken vermochte.

»Was ist das dort an deinem Gürtel?«, fragte er.

»Meinem Gürtel, Sir?«

»Unter deinem Arm. Etwas, auf das du aufmerksam machst, indem du es zu verbergen versuchst.«

»Das hier, Sir?«

Sie hielt den fraglichen Gegenstand hoch und spürte, wie ihr Gesicht feuerrot wurde. Warum ließ sein durchdringender Blick sie jetzt bezweifeln, was ihr vor weniger als einer Stunde noch vollkommen richtig erschienen war?

»Es ist eine heilige Reliquie«, sagte sie und senkte den Kopf. »Ein Fingerknochen der Heiligen Anne. Ich soll ihn in der Hand halten, wenn ich das Paternoster spreche. Der Priester hat ihn mir gegeben.«

»Ich verstehe. Und was hast du ihm dafür gegeben?«

»Einen Sixpence, Master Wycliffe.«

»Einen Sixpence«, seufzte er kopfschüttelnd, dann wiederholte er: »Einen Sixpence. Von deinem Lohn.« Er streckte die Hand aus. »Darf ich mir diese *heilige* Reliquie einmal genauer ansehen?«

Sie nestelte an dem Band herum, das sie an ihren Gürtel gebunden hatte, dann gab sie ihm die Reliquie. Er untersuchte sie, rieb sie dabei zwischen Daumen und Zeigefinger.

»Für einen Knochen ist es zu weich«, stellte er fest.

»Der Priester sagte, das sei so, weil die Heilige Anne so sanft gewesen sei.«

Wycliffe wog die Reliquie in der Hand. Das scharlachrote Band floss wie Blut zwischen seinen Fingern hindurch. »Das ist Schweine-Cartilago. Es wird deiner kranken Mutter in keiner Weise helfen.«

»Cartilago?« Das fremde Wort fühlte sich ungewohnt sperrig auf ihrer Zunge an.

»Knorpel. Vom Ohr, dem Schwanz oder der Schnauze eines Schweines.«

Knorpel? Der Priester hatte ihr zur Unterstützung ihrer Gebete ein Schweinsohr gegeben? Er hatte gesagt, er würde es ihr aus christlicher Nächstenliebe sehr billig geben. Normalerweise würde es viel mehr kosten. Schweineknorpel für ihre Mutter? Sie konnte ihre Tränen nicht mehr zurückhalten. Was sollte sie nur tun?

Er gab ihr ein sauberes, gebügeltes Taschentuch. Sie erkannte es als eines der Tücher, die sie erst letzte Woche in der Wäsche gehabt hatte. »Hör mir zu, Kind. Du brauchst keine Reliquie einer Heiligen und du brauchst keinen Priester. Du kannst selbst für deine Mutter beten und deine Sünden Gott direkt beichten. Du selbst kannst im Namen unseres Herrn für deine Mutter beten. Wenn du ein reines Herz hast, wird dich unser Vater im Himmel erhören. Und dann, *nachdem du gebetet hast*, gehst du zu einem Apotheker und kaufst für deine Mutter eine Arznei gegen ihr Fieber.«

»Ich habe aber doch kein Geld mehr«, stieß sie schluchzend hervor.

»Nun, dann werde ich dir diese Reliquie abkaufen.«

Während sie sich mit dem inzwischen völlig durchnässten Taschentuch die Augen trocknete, ging er zum Tisch hinüber, um seine Börse zu holen. Er nahm einen Schilling heraus.

»Hier. Falls noch etwas übrig ist, wenn du die Arznei gekauft hast, dann kaufe ein Huhn und koche deiner Mutter davon eine gute Brühe.«

»Master Wycliffe, wie kann ich Euch nur danken...«

»Du brauchst mir nicht zu danken, mein Kind. Deine Kirche ist dir zumindest so viel schuldig, dass sie dich nicht bestiehlt. Ich gebe dir nur zurück, was dir gehört.« Er löste das Stück Knorpel von dem Band und tätschelte ihr dann die Hand. »Ich werde diese *Reliquie* sicher aufbewahren. Nimm das Band.« Er lächelte, und sein sonst so strenges Gesicht wurde plötzlich weich. »In deinem Haar sieht es sicher viel hübscher aus.«

Sie hätte ihn vor lauter Erleichterung am liebsten umarmt, aber das verbot ihr der Respekt. Stattdessen machte sie einen tiefen Knicks.

»Jetzt beeil dich, die Apothekerin in der King's Lane macht bald zu. Geh schon. Ich werde für deine Mutter ein Gebet sprechen, das dich nichts kosten wird.«

Erst als das Zimmermädchen gegangen war, fielen Wycliffe die Kerzen wieder ein. Er würde also selbst gehen müssen. Die Nacht war noch jung, und er würde noch mehrere Seiten übersetzen können, bevor ihn die Erschöpfung übermannte und er Fehler zu machen begann. Der kurze Schlaf hatte seinen Körper erfrischt, und die Begebenheit eben hatte ihn in seinem Entschluss nur noch bestärkt. Er sperrte die Tür sorgfältig hinter sich zu – schließlich war man vor neugierigen Blicken niemals sicher – und ging rasch die schmale Treppe hinunter und durch die Tür, um Kerzen zu kaufen.

1. KAPITEL

Norwich, East Anglia
Juni 1379

Eins. Zwei. Drei. Wie viele Glockenschläge waren es? Halb-Tom, der Zwerg, der sich gerade auf den Weg zum Markt in Norwich gemacht hatte, blinzelte mit zusammengekniffenen Augen in die Sonne, während er zählte. Zwölf Schläge riefen die Mönche zur Sext. Er stellte sich vor, wie sie in ihren schwarzen Kutten schweigend zum Mittagsgebet schritten, die Hände in den jeweils anderen Ärmel geschoben. Immer zu zweit nebeneinander, eine lange Reihe, die sich fast geräuschlos durch den Kreuzgang schlängelte, so wie die Aale, die sich durch die morastigen Wasser des Marschlandes wanden, das sein Zuhause war. Er hätte sein grünes Heiligtum voller Weiden und Schilf jedoch nicht für all den kalten und prächtigen Stein der Mönche eintauschen wollen.

Die Straße war staubig, und er spürte die Sonne heiß auf seinen Rücken brennen. Dennoch beschleunigte er seine Schritte. Wenn er sich nicht sputete, würde der Donnerstagsmarkt schließen, noch bevor er überhaupt dort angekommen war. Thors Tag – so nannte Halb-Tom den Donnerstag, denn er liebte die alten Namen aus den Geschichten, die er als Junge gehört hatte. Geschichten aus jenen längst vergangenen Tagen, als die Dänen und König Alfred um die Herrschaft über Anglia kämpften. Manche davon waren blutige Geschichten, aber es kamen stets viele tapfere Männer darin vor. Helden – allesamt. Kühn, stark.

Und groß.

Einem echten Helden war Halb-Tom jedoch noch nie begegnet. Die Mönche sagten, dass es diese nur noch in den Liedern der alten Barden gab. Im England von König Edward III. gab es jedenfalls keine mehr. War Edward eigentlich immer noch König? Halb-Tom nahm sich vor, das auf dem Markt in Erfahrung zu bringen.

Noch mehr Glocken läuteten. Sie lärmten schrill wie Kinder, die lautstark Aufmerksamkeit forderten, während sie den Glockenmüttern in der Kathedrale antworteten. Hinter den Stadtmauern gab es viele Kirchen, erbaut von wohlhabenden Tuchhändlern aus Flandern. In Stein manifestierte Bestechungsversuche gegenüber Gott oder einfach Denkmäler des menschlichen Stolzes. Wenn es in der Grafschaft North Folk nur halb so viele gottgefällige Menschen gäbe wie Kirchen, dachte Halb-Tom, so würde er hier nicht, wie schon so oft, die reine Hölle erleben. Einen gottgefälligen Menschen kannte er – aber nur einen einzigen –, und dieser war kein Held, sondern eine Frau. Er hatte sie heute eigentlich besuchen wollen, jedoch würde ihm dafür kaum noch Zeit bleiben.

Seine Weidenkörbe auf dem Rücken, hatte er bei Tagesanbruch das sumpfige Marschland verlassen. Auf der ausgefahrenen Straße von Saint Edmund nach Norwich hatte er dann wie üblich einige unangenehme Begegnungen mit Pilgern und Dieben gehabt. Er war mit seinen kurzen Beinen eifrig marschiert, damit er es noch bis mittags zum Wochenmarkt schaffte, und hatte vor lauter Anstrengung Wadenkrämpfe bekommen. Seine Schultern schmerzten von dem sperrigen Paket, das er trug, und er war auch geistig erschöpft, weil er sich immer wieder mit entlaufenen Leibeigenen und Arbeitern Wortgefechte hatte liefern müssen, die ihre Langeweile damit zu vertreiben suchten, dass sie einen Zwerg quälten. Für sie war das alles ein Spaß. Für ihn aber war es lebensgefährlich. Er hatte bereits zwei Aale und einen langhalsigen, mit Stopfen versehenen Aalkorb opfern müssen, um ein paar Wegelagerer davon abzuhalten, ihn als Fußball zu benutzen.

Die sperrige Last auf seinem Rücken schlug mit jedem Schritt gegen seine Schultern und scheuerte die Haut unter seinem Wams wund. Schweiß brannte in seinen Augen. Die Sau, die sich mitten auf dem Weg niedergelegt hatte, um ihr Ferkel zu säugen, sah er erst, als das Tier ein warnendes Grunzen ausstieß. Als er einen Satz zur Seite machte, um diesem letzten Hindernis zwischen ihm und den Stadttoren auszuweichen, verrutschte seine Last. Der Lederriemen riss, seine Körbe krachten zu Boden und verteilten sich im Dreck.

»Zur Hölle mit dem Bischof und seinem Schwein«, fluchte er.

Die Sau schnaubte und machte mit dem Kopf eine Bewegung in seine Richtung. Sie hatte ihre Schneidezähne gebleckt. Ein heftiges Stirnrunzeln erschien auf dem runden Gesicht des Zwergs, als er nach dem Schwein trat, dabei aber kurz vor dessen Hinterteil stoppte.

Halb-Tom war zwar wütend, aber er war kein Narr.

Die Sau wuchtete ihren massigen Körper herum und zerquetschte dabei einen großen, runden Korb. Der Zwerg fluchte wieder, als er das Weidengeflecht splittern hörte. Unter dem Bauch des Schweines lag die Arbeit einer ganzen Woche. Zerstört. Eine ganze Woche Weidenruten sammeln, sie spalten und mit seinen groben Händen geschickt zu den eleganten, langhalsigen Körben flechten, in denen er Aale fangen oder die er gegen ein Stück Tuch oder einen Sack Mehl eintauschen konnte. Wenn es ein besonders guter Tag war, sprang dazu vielleicht sogar noch ein Krug Ale heraus. Vergebliche Hoffnung. Wenn er Glück hatte, könnte er gerade noch so viele Körbe retten, um wenigstens einen halben Scheffel Mehl kaufen zu können.

Er spuckte die tierische Übeltäterin an.

Diese verdammte Sau – sie gehörte dem Bischof, das erkannte er an der Kerbe im Ohr – machte es sich einfach in einer stinkenden Kuhle bequem, mitten auf der Hauptstraße, die in die drittgrößte Stadt Englands führte. Suhlte sich im Dreck, schlug sich mit dem, was die Adeligen übrig ließen, den Bauch voll, fraß an einem Tag so viel, wie die hungrige Sippe eines Freisassen brauchte, um einen ganzen Monat lang satt zu werden. Ihre Schlappohren, hellgrau gesäumt – die schmutzige Mitra eines Bischofs –, schienen ihn geradezu zu verspotten.

Halb-Toms Magen gab ein lautes, frustriertes Knurren von sich. Das Stückchen Brot mit Bratenfett, das er gegessen hatte, bevor er aufgebrochen war, war schon längst verdaut. Er dachte an das Stilett, das in seinem Stiefel steckte, und sah dabei das Ferkel an. Eigentum der Kirche, na wenn schon? Manche Leute waren der Meinung, dass die Heilige Kirche ohnehin viel zu reich war. Einige vertraten auch die Ansicht, dass die Menschen selbst beten konnten und dazu keinen Priester brauchten. Andere wiederum nannten das Ketzerei. Halb-Tom glaubte, dass eines ganz gewiss wahr war: Er konnte vor einem Stück gebratenem Schweinefleisch ein Dankgebet sprechen, und zwar mindestens genauso gut wie jeder größer gewachsene Mann, sei er nun Benediktiner oder Franziskaner.

Und überhaupt: Schuldete ihm der Bischof nicht eine Entschädigung für die zerstörten Körbe?

Er wischte sich mit dem zerlumpten Ärmel seines Wamses den Schweiß von der Stirn und sah sich um. Die Straße lag verlassen da – selbst die Bettler waren inzwischen vom Straßenrand verschwunden und hatten sich auf den Weg zum Markt gemacht. Nur in der Ferne war ein kleiner Fleck am Horizont zu erkennen. Offensichtlich ein einsamer Reiter, der sich von Süden her näherte. Ein kleiner Fleck am Horizont. Viel zu weit entfernt, um etwas mitzubekommen, falls er jetzt rasch handelte. Ein Gebüsch schirmte die Sicht zum Stadttor hin ab. Hinter ihm befand sich eine Bauernkate, aber dort rührte sich nichts. Lediglich ein Kind – viel zu klein, um ihn belasten zu können – saß in der Tür und spielte mit einem Huhn.

Trotzdem, ein Schwein des Bischofs zu schlachten, das war genauso, wie einen Hirsch des Königs zu erlegen. Das brachte einen zumindest für eine Zeit in den Stock – eine besonders schmerzhafte Strafe für einen Zwerg, der mehr Peiniger anlockte als ein gewöhnlicher Missetäter. Vielleicht drohte ihm aber sogar der Tod durch den Strang, falls man ihn auf frischer Tat ertappte.

Er zupfte nachdenklich an seinem dünnen Kinnbart. Der Fleck am Horizont nahm langsam die Form eines Pferdes und eines Reiters an.

Laut fluchend trat er wieder zu. Diesmal aber traf er mit seinem Holzschuh die Flanke der Sau, und das mit ziemlicher Wucht. Dennoch reichte der Tritt nicht aus, um seinen Zorn zu besänftigen. Das Schwein rappelte sich schwerfällig auf. Halb-Tom hatte begonnen, seine beschädigten Waren in Augenschein zu nehmen, und beachtete das Tier nicht mehr.

Er schenkte auch dem Kind keine Aufmerksamkeit, das auf unsicheren Beinen über die Schwelle der Kate zum Straßenrand tapste. Normalerweise freute er sich, wenn er Kindern begegnete – nicht den älteren, pickligen Jugendlichen, die ihn quälten, sondern den Kleinen, die von seiner kindlichen Körpergröße geradezu magisch angezogen wurden. Hin und wieder nahm er sogar einen Penny aus seiner schmalen Börse, um ihnen ein paar Süßigkeiten zu kaufen. Im Augenblick jedoch war er viel zu wütend und vom Gedanken an einen knusprigen Schweinebraten viel zu sehr in Anspruch genommen, um dem kleinen blonden Mädchen, das ihn mit großen, runden Augen ansah, auch nur die geringste Beachtung zu schenken.

Das Ferkel – wahrscheinlich das schwächste des Wurfs, denn Halb-Tom sah sonst keine anderen Jungtiere mehr – stand auf und folgte, angesichts dieser Unterbrechung seiner Mahlzeit entrüstet quiekend, seiner Mutter. Halb-Tom blickte gerade noch rechtzeitig auf, um zu sehen, wie das Kind seine pummelige Hand nach dem Ferkel ausstreckte. Die Kleine packte den Ringelschwanz und begann vergnügt daran zu ziehen. Das Quieken des Ferkels wurde zu einem gellenden Kreischen. Das Kind lachte und zog fester.

»Lass den Schwanz los!«, schrie Halb-Tom und ließ den Korb fallen, den er gerade in der Hand hatte. »Nicht...«

Aber das verzweifelte Quieken des Ferkels hatte bereits die Aufmerksamkeit der Muttersau geweckt. Sie bewegte sich auf das lachende Mädchen zu, so entschlossen, wie eine 400 Pfund schwere Mutter nur sein kann. Ihr warnendes Grunzen vermischte sich mit dem Quieken des Ferkels. Beim Anblick des wütenden Tieres verwandelte sich das Lachen des Kindes in ein ängstliches Wimmern. Sie ließ das Ferkel jedoch nicht los. Starr vor Schreck, umklammerte das Mädchen hartnäckig weiter den Schwanz des Ferkels.

Die Sau griff an.

Die Schreie des Kindes übertönten das Grunzen der Muttersau, als diese ihr Opfer zu Boden stieß und es zu bearbeiten begann. Ihr Ferkel hatte sie gerettet – und hatte es angesichts dieses unerwarteten und ach so zarten Festmahls vielleicht sogar schon vergessen. Sie grub ihre Zähne in das Bein des Kindes.

Halb-Tom sprang auf den Rücken der Sau, aber er richtete damit genauso wenig aus wie eine Fliege, die auf der Flanke eines Pferdes saß. Die Schreie des Kindes schraubten sich zu einem schrillen Kreischen hoch. Aus einer klaffenden Wunde am Bein sickert Blut, Fleischfetzen hingen herunter.

Seine Messerklinge blitzte in der Morgensonne auf, dann spritzte ihm das warme Blut der Sau ins Gesicht. Er konnte nichts mehr sehen, jedoch stieg ihm der widerwärtige, süßliche Geruch des Blutes in die Nase. Er wischte sich mit dem Ärmel das Gesicht ab und stieß wieder zu.

Und wieder.

Und immer wieder.

Jetzt kam noch mehr Blut, nun aber spritzte es nicht mehr, sondern strömte einfach wie dunkles Ale aus einem Zapfhahn, bis die Sau des Bischofs auf dem Boden lag, zuckend, die schmutzige Schnauze noch immer in das Bein des Kindes gegraben. Zwischen ihren entblößen Zähnen war ein wenig zerkautes Fleisch zu sehen.

Das kleine Mädchen hörte abrupt zu weinen auf. Halb-Tom nahm die Kleine in seine kurzen Arme. Sie rührte sich nicht, atmete nicht. Blut rann aus der gezackten Wunde an ihrem Bein, und ihr Fuß hing in einem seltsamen Winkel herab.

Er war nicht schnell genug gewesen.

Und er hatte das Schwein des Bischofs völlig umsonst getötete.

Er warf einen Blick über seine Schulter. Der einsame Reiter war inzwischen näher gekommen; Halb-Tom konnte sogar schon den Hufschlag hören. Oder war das nur das Schlagen seines eigenen Herzens?

Der Körper der Kleinen in seinen Armen versteifte sich und begann zu zucken. War dies bereits der Todeskampf? Ihr Atem schien in ihrer Kehle festzusitzen wie ein gefangener Schmetterling, der sich verzweifelt darum bemüht, freizukommen. Ihr Hals bebte ganz leicht. Sein Magen antwortete ebenfalls mit einem Beben. Er wiegte sie in seinen Armen hin und her. Eine flatternde Bewegung ihrer Brust, dann ein Keuchen, und sie begann zu weinen, ein leiser, schwacher Laut, bei dem ihm fast das Herz stehen blieb.

»Es ist alles in Ordnung, Kleine. Pssst, nicht weinen. Der alte Halb-Tom passt ja auf dich auf. Pssst«, summte er und wiegte das Kind dabei hin und her, hin und her. Dann fügte er murmelnd hinzu: »Er mag dafür am Galgen baumeln, aber er wird auf dich aufpassen.«

Es kam ihm wie Stunden vor, aber das Ganze hatte weniger als eine Minute gedauert. Plötzlich wurde sich Halb-Tom bewusst, dass er mit dem Kind und dem toten Schwein zu seinen Füßen nicht allein auf der Welt war. Aus der Tür der Kate kam eine Frau auf sie zugerannt. Sie hatte die Arme ausgestreckt, und ihre Röcke flatterten wie große graue Vögel hinter ihr her. Als sie ihr Kind sah, begann sie zu weinen, gab klagende, unverständliche Laute von sich. Sie wanden sich in die Luft wie die Aale, die aus den kaputten Körben krochen.

Nachdem er von Thetford aus zwei Tage lang durch dichten Wald und brackiges Sumpfland geritten war, genoss es Finn jetzt, auf der breiten Hauptstraße reiten zu können. Zuerst bemerkte er den Kampf zwischen dem Zwerg, der Sau und dem Kind nicht. Tatsächlich hielt der Reiter den Zwerg aus der Ferne für ein Kind, das einen Wutanfall hatte. Grüne Wiesen, grasende Schafe, die warmen Sonnenstrahlen auf seinem Rücken, der Gedanke an eine Schweinefleischpastete und einen Krug Ale, bevor er die zwölf Meilen nach Bacton Wood und der Abtei Broomholm in Angriff nahm, das nördlich von Norwich lag. All das lullte ihn ein und vermittelte ihm ein trügerisches Gefühl des Friedens.

Dann sah er die Frau, die schreiend aus der Bauernkate gestürzt kam.

Finn grub die Absätze in die Flanken seines müden Pferdes, so dass seine geborgte Mähre in den Galopp fiel. Es dauerte nicht lange, bis er die Situation erfasst hatte: das verletzte Kind, die völlig aufgelöste Mutter, das tote Tier. Ohne abzusitzen, rief er der Frau, die das verstümmelte, leblose Kind in den Armen hielt, zu:

»Atmet die Kleine noch?«

Die Mutter schien sich kaum noch aufrecht halten zu können, während sie ihr Kind einfach nur mit weit aufgerissenen Augen anstarrte.

»Atmet die Kleine noch?«, rief er wieder.

Die Frau antwortete nicht. Stattdessen hielt sie ihm das Kind entgegen wie jemand, der Gott eine Opfergabe darbringt. Die kleine Gestalt war vollkommen still. Finn nahm das Kind und legte es in seine Armbeuge, wobei er den Fuß sorgfältig abstützte. Das Schwein hatte den Knochen direkt über dem Knöchel durchgebissen. Die Fleischwunde sah entsetzlich aus, aber wenigstens hatte die Blutung aufgehört. Er glaubte, einen ganz schwachen Herzschlag zu ertasten.

Der Zwerg machte einen Schritt auf ihn zu. »Das Kind kann vielleicht noch gerettet werden, Mylord. Die Kleine ist noch nicht blau angelaufen. Aber Ihr müsst Euch beeilen. Ich kenne eine fromme Frau, die beim Priorat Carrow wohnt. Sie wird sich um das Kind kümmern und beten, dass ein Wunder geschehen möge. Es ist die Einsiedlerin an der Saint-Julian-Kirche. Jeder kann Euch den Weg weisen. Fragt einfach nur nach Julian.«

»Es bleibt keine Zeit, um mich durchzufragen«, sagte Finn.

Und bevor der kleinwüchsige Mann, der lauthals verkündete, dass er in keinem Fall die Stadt sehen werde, seinen Satz beenden konnte – Finn konnte sich nur allzu gut vorstellen, warum: Ihm war die Kerbe im Ohr der toten Sau, das Blut des Schweins auf der Kleidung und dem Dolch des Zwerges nicht entgangen –, hatte er den Zwerg schon auf sein Pferd gehoben und ritt auf das Stadttor zu.

»Wir holen Euch später, sobald das Kind in guter Obhut ist«, rief Finn der Mutter des Kindes über die Schulter hinweg zu. Sie stand wie zur Salzsäule erstarrt da und blickte ihnen stumm nach.

Sie ritten im Galopp durch die Stadttore und wären an der ersten Kreuzung fast mit einem mit Holzfässern beladenen Karren zusammengestoßen. Der Zwerg zeigte mit der Hand nach rechts, und Finn lenkte sein Pferd in die angegebene Richtung. Sein Arm schmerzte, da er das Kind die ganze Zeit so gehalten hatte, dass die Stöße der Hufe, so gut es ging, abgemildert wurden. Er warf einen kurzen Blick auf das Mädchen. Die Kleine lag reglos wie eine Puppe in seinen Armen. Er betete, dass in ihr noch ein Funken Leben war.

»Die King's Street und dann die Rouen Road«, schrie ihm der Zwerg ins Ohr. Er hielt sich fest, als ginge es um sein Leben, so dass Finn der Waffengürtel in die Taille einschnitt.

Finn brachte sein Pferd vor einer kleinen, aus Feuersteinen erbauten Kirche zum Stehen. Er wollte schon auf die schweren Holztüren zugehen, als der Zwerg brummend auf eine winzige Hütte deutete, kaum mehr als ein Schuppen, die an der Seite der Kirche angebaut war. Finn erkannte mit einem Blick, dass es sich dabei um die zellenähnliche Behausung eines Eremiten handelte, der zwar mit der Kirche verbunden war, aber nicht in ihr lebte. Er durchquerte mit zwei Sprüngen den kleinen Kräutergarten und stand dann vor der äußeren Pforte, die in der hochsommerlichen Mittagshitze offen stand.

Drinnen rief eine Frauenstimme im Singsang einer oft wiederholten Litanei: »Wenn Ihr zur Einsiedlerin wollt, dann geht außen herum und durch das Vorzimmer. Klopft dort an ihr Fenster, und wenn sie nicht gerade beim Gebet ist, wird sie den Vorhang öffnen.«

Finn, der das Kind, das inzwischen ganz starr war, noch immer in seiner Armbeuge hielt, ließ sich jedoch nicht wegschicken. Er zog den Kopf ein und betrat den kleinen, kahlen Raum, der vor ihm lag. Er setzte gerade dazu an, der stämmigen, breithüftigen Frau, die sich über die Feuergrube in der Mitte des Fußbodens beugte, zu erklären, dass er keine Zeit für irgendwelche frommen Verhaltensregeln hatte, als sie sich mit gerunzelter Stirn zu ihm umdrehte. Offensichtlich wollte sie ihn für sein Eindringen zurechtweisen, doch da fiel ihr Blick auf das Kind in seinen Armen.

»Bringt das Kind dorthin«, sagte sie und zeigte dabei auf ein Fenster, das in die Wand zum angrenzenden Zimmer eingelassen war. Sie nahm hastig einen Milchkrug und ein benutztes Schneidbrett vom Fenstersims weg. Finn vermutete, dass er im Zimmer des Dienstmädchens stand. Das breite Fensterbrett diente anscheinend als

Tisch, auf dem die Dienstmagd der frommen Frau im anderen Zimmer der Hütte das Essen servierte. Er sah auch eine schwere Holztür, die ins Nebenzimmer führte. Sie war vom Zimmer des Dienstmädchens aus verriegelt.

»Mutter Julian, Ihr habt...«

Das von einem Nonnenschleier umrahmte Gesicht einer Frau erschien im Fenster. Ohne abzuwarten, dass Finn sich ihr vorstellte oder erklärte, weshalb er sie in ihrer Einsamkeit störte, streckte sie die Arme durch das Fenster, um ihm das Kind abzunehmen.

»Alice, schnell, hol Wasser und saubere Tücher. Und zerstampfe im Mörser etwas von der Sarazenenwurzel zu Brei.«

Finn beobachtete durch das Fenster, wie die Einsiedlerin das bleiche, reglose Kind auf eine Bettstatt legte, die neben einem Schreibpult mit schräger Holzplatte und einem Schemel das einzige Möbelstück im Raum darstellte. Mutter Julian, wie der Zwerg sie genannt hatte, war eine schmächtige Frau Mitte dreißig, wie alt genau, war schwer zu sagen, denn sie war von Kopf bis Fuß in ungebleichtes Leinen gehüllt, und ihr Nonnenschleier ließ nur ihr Gesicht frei. Sie hatte strahlende, tief liegende Augen. Man hätte ihr Gesicht als ausgezehrt bezeichnen können, wäre da nicht dieser unendlich friedvolle Ausdruck gewesen. Ihre Stimme war sanft und melodiös, klang wie Wind, der durch Orgelpfeifen streicht. Sie sang leise ein Wiegenlied, um das Kind zu beruhigen, das sich von Zeit zu Zeit wimmernd bewegte, so als würde es von einem Albtraum gequält.

Finn hatte keine Zeit gehabt, den Vorschlag des Zwerges in Frage zu stellen, auch wenn er frommen Eremiten und ihren Gebeten genauso wenig traute wie heiligen Reliquien, Ablasspredigern und Priestern, die für die Kirche Geld eintrieben. Noch weniger Vertrauen hatte er jedoch zu den aufgeblasenen Doktoren der Medizin von der Universität, von denen nur sehr wenige ihr akademisches Gewand jemals mit dem Blut eines Bauernkindes besudelt hätten. Als Finn jedoch sah, wie Julian die Wunde schnell und effektiv versorgte, sie vorsichtig mit dem Beinwellsaft wusch und dann aus dem Pflanzenbrei einen Gipsverband machte, um den Knochen ruhig zu stellen, segnete er Halb-Tom für dessen Wahl.

Der Zwerg, der das Ganze nicht beobachten konnte, weil das Fenster für ihn ein Stück zu hoch lag, ging unruhig im Zimmer auf und ab. Seine kurzen Beine stampften dabei einen monotonen Rhythmus, und sein Blick huschte immer wieder nervös durch die Tür nach draußen.

»Wird das Kind überleben, Mutter Julian?«, rief Halb-Tom laut, damit man seine Stimme auch im Nebenraum hören konnte.

Julian verließ die Bettstatt mit dem schlafenden Kind und kam zum Fenster hinüber. Sie sah den Zwerg an. »Das kann ich noch nicht sagen, Halb-Tom. Sie ist jetzt in Gottes Hand, und Gott allein weiß, was das Beste für dieses kleine Mädchen ist. Der Knochen wird wieder zusammenwachsen, aber falls das Tier, das sie angegriffen hat, krank war… Nun, wir müssen uns dem Willen des Herrn fügen. Hier wie in allen anderen Dingen.«

Finn war von ihrem Lächeln bezaubert. Es war ein strahlendes, allumfassendes Lächeln, ein Lächeln wie das Sonnenlicht, das durch eine Wolke bricht. »Aber jetzt darf ich Euch bitten, außen herumzugehen und an mein Bittstellerfenster zu kommen. Wie ich sehe, ist mein Dienstmädchen äußerst besorgt, dass mein Ruf Schaden nehmen könnte. Dort können wir besser miteinander reden, und Ihr, Halb-Tom, könnt das Kind auch besser sehen.«

Finn ging in den Kirchhof hinaus und betrat dann das kleine Vorzimmer am anderen Ende von Mutter Julians Klause, welches ihren Besuchern Schutz vor den Elementen bot, während diese mit ihr durch das Fenster sprachen. Dieses Fenster war schmaler als das Fenster des Dienstmädchens, aber breit genug, dass man sich bequem miteinander unterhalten konnte, auch wenn man hier weit weniger vom »Grab« der Einsiedlerin erkennen konnte. Der Vorhang war, so weit es ging, zurückgezogen worden. Halb-Tom saß auf dem Besucherschemel, während Finn neben ihm stand, leicht gebeugt, so dass die Einsiedlerin sie beide sehen konnte, während sie sich um das Kind kümmerte.

»Es war ein Schwein des Bischofs, das das angerichtet hat«, sagte der Zwerg.

»Etwas, für das das Tier dank der Tapferkeit meines Begleiters teuer bezahlt hat«, sagte Finn. »Wenn das Kind überlebt, müssen wir Halb-Tom dafür danken. Und auch Euch, Schwester. Mir scheint es, als wärt Ihr gut miteinander bekannt?«

Das Kind bewegte sich unruhig. Die Einsiedlerin hauchte der Kleinen einen Kuss auf die Stirn, strich ihr übers Haar und begann leise mit dem Gesang, der halb Wiegenlied, halb Gebet war. Als ihre Patientin sich wieder beruhigt hatte, antwortete sie flüsternd: »Ich bin keine Schwester, nur Julian, eine bescheidene Einsiedlerin auf der Suche nach Gott. Halb-Tom stattet mir an den Markttagen stets einen Besuch ab und bringt mir ein Geschenk aus dem Wasser mit. Bei solchen Gelegenheiten speisen Alice und ich dann immer sehr gut.«

Der Zwerg wurde knallrot. »Heute habe ich leider kein Geschenk für Euch dabei, Herrin«, murmelte er. »Das verdammte Schwein des Bischofs...«

»Ganz im Gegenteil, lieber Freund, Ihr habt mir ein wunderbares Geschenk mitgebracht. Ihr brachtet mir dieses Kind, damit ich mich darum kümmern kann, jemanden, mit dem ich Seine Liebe teilen kann. Dafür bin ich Euch sehr dankbar, und auch Euch, Master...«

»Nicht Master. Einfach nur Finn.«

»Finn«, wiederholte sie. »Ihr habt ein gütiges Herz, aber das Gebaren eines Soldaten. Habt Ihr in den Französischen Kriegen gekämpft?«

Er war von ihrer Beobachtungsgabe und ihrer direkten Art überrascht. »Seit 1360, seit dem Vertrag von Brétigny, nicht mehr. Ich bin also schon seit neunzehn Jahren ein Mann des Friedens.«

Er fügte nicht hinzu: Seit der Geburt meiner Tochter, seit dem Tod ihrer Mutter.

»Dann werdet Ihr Euch der Sache des Bischofs also nicht anschließen? Ihr werdet nicht für den Heiligen Vater in Rom zu den Waffen greifen, um gegen den Usurpator in Avignon in den Krieg zu ziehen?«

»Ich werde weder für den Bischof noch für einen seiner Päpste kämpfen.«

»Auch dann nicht, wenn es um eine heilige Sache geht? Einen heiligen Krieg?«

»Es gibt keinen heiligen Krieg.«

Er glaubte, in ihrem Blick und in der Art, wie sie die Augenbrauen hob, Zustimmung zu lesen.

»Außer in der Vorstellung der Menschen«, sagte sie.

Sie deckte das schlafende Kind zu, dann wischte sie sich die Reste der Salbe, die sie auf die Wunde aufgetragen hatte, von den Händen.

»Könnt Ihr die Mutter des Kindes holen, Finn? Für die heilende Berührung einer Mutter gibt es nämlich keinen Ersatz. Von allen irdischen Gefühlen ist die Mutterliebe der Liebe, die unser Herrgott für uns empfindet, am ähnlichsten.«

»Natürlich, Einsiedlerin. Ich hatte der Mutter ohnehin versprochen, sie zu holen. Ich werde mich sofort auf den Weg machen.«

»Halb-Tom wird bei mir bleiben, bis Alice ihm saubere Kleidung gebracht hat. Dann werden wir gemeinsam für das Kind und seine Mutter beten. Und auch für Euch.«

»Jawohl, Herrin.« Halb-Tom betrachtete das getrocknete Blut an seinen Händen. »Und ich werde auch beten, dass der Bischof nie erfährt, wer sein Schwein getötet hat.«

Finn hätte über die lakonische Bemerkung des Zwergs gelacht, wäre ihm nicht klar gewesen, in welch ernster Lage sich Halb-Tom tatsächlich befand. Er wäre dem Bischof auf Gedeih und Verderb ausgeliefert – und Henry Despenser war nicht gerade als gnädiger Mann bekannt. Ein Zwerg aus dem Marschland, der von dem lebte, was Erde und Wasser hergaben, stand gegen einen der mächtigsten Männer Englands. Despenser würde ihn erschlagen wie eine lästige Fliege, würde ihn für das Leben des Schweins mit seinem eigenen Leben bezahlen lassen.

Die Einsiedlerin sah wieder zum Fenster hinüber. »Habt keine Angst, Tom. Unser Herrgott steht als Richter viel höher als der Bischof, und er sieht den Menschen bis ins Herz hinein.«

»Ich hoffe nur, dass er überhaupt hinsieht«, murmelte Halb-Tom leise.

Finn legte Halb-Tom die Hand auf die Schulter. »Mein Freund, würdet Ihr es als Beleidigung empfinden, wenn ich den Bischof aufsuche und die Ehre, das Kind gerettet zu haben, für mich in Anspruch nähme? Ich habe Beziehungen zum Abt von Broomholm. Das würde meiner Argumentation sicher ein gewisses Gewicht verleihen.«

Finn wusste nicht, ob er im Gesicht des Zwerges Unbehagen oder Erleichterung las. Wahrscheinlich war es eine Mischung aus beidem. Nach kurzem Zögern siegte bei seinem Begleiter jedoch die Angst über den Stolz.

»Dafür stehe ich tief in Eurer Schuld«, sagte er. Er machte aber nicht den Eindruck, als wäre er darüber besonders glücklich. »Für den Rest meines oder Eures Lebens, welches auch immer zuerst enden mag.«

Die Einsiedlerin warf Finn einen dankbaren Blick zu.

Finn zog seinen blutbefleckten Rock aus und reinigte dann mit Alices Hilfe sein ebenfalls blutiges Hemd. Er wollte die Mutter nicht durch den Anblick des Bluts auf seiner Kleidung beunruhigen.

Sie stand immer noch am Straßenrand und wartete. Anscheinend hatte sie sich nicht von der Stelle gerührt.

»Euer Kind lebt. Ich bringe Euch jetzt zu Eurer Tochter.« Er streckte seine Hand aus.

Ohne ihm zu antworten, kletterte sie stumm hinter ihm aufs Pferd.

»Legt Eure Arme um meine Taille, und haltet Euch gut fest«, sagte er.

Während sie in die Stadt zurückritten, konnte er ihre Angst förmlich riechen. Ein scharfer, beißender Geruch, der sich mit dem Geruch von ranzigem Fett und dem Rauch des Herdfeuers in ihrer Hütte mischte. Er dachte an das, was die Einsiedlerin über die Kraft der mütterlichen Liebe gesagt hatte. Seine eigene Tochter hatte diese Liebe niemals kennen gelernt. Aber er, ihr Vater, liebte sie. Sorgte er nicht dafür, dass es ihr an nichts fehlte? Manchmal musste er sogar einen Karren mieten, nur um all die Satinstoffe und Spitzen transportieren zu können, die er für sie gekauft hatte. Aber die Einsiedlerin hatte angedeutet, dass die Liebe einer Mutter auf irgendeine geheimnisvolle Weise größer war als die eines Vaters. Unter anderen Umständen hätte er das leidenschaftlich bestritten. Schutz und Wohlergehen seiner Tochter Rose bildeten die Grundlage für jede seiner Entscheidungen. Es gab keinen aufopfernderen Vater als ihn. Das hatte er Rebekka am Totenbett versprochen, und er hatte dieses Versprechen stets eingehalten.

Er trieb sein Pferd zu einer schnelleren Gangart an. Der Tag verstrich rasch, und er hatte noch kein geeignetes Quartier für die Nacht gefunden. Rose, die er vorerst bei den Nonnen in Thetford untergebracht hatte, war unglücklich über diese Trennung, deshalb hatte er ihr auch versprochen, noch heute eine Unterkunft für sie beide zu suchen. Jetzt aber blieb dafür einfach keine Zeit mehr.

Hatte er vorschnell gehandelt, als er angeboten hatte, für den Zwerg die Schuld auf sich zu nehmen? Nun, es stimmte zwar, dass er gute Beziehungen hatte und man ihm Respekt entgegenbrachte, aber er hütete auch gewisse Geheimnisse, Geheimnisse, mit denen er sich in bestimmten Kreisen ziemlich unbeliebt gemacht hätte. Und dann war da noch die Sache mit den Schriftstücken. Zumindest diese sollte er loswerden, bevor er Henry Despenser einen Besuch abstattete. Dadurch würde sich sein Treffen mit dem Abt von Broomholm verschieben, was wiederum bedeutete, dass er eine weitere Nacht in einem Gasthof verbringen musste. Aber es ging einfach nicht anders. Falls man die mit Buchmalereien geschmückten Bibeltexte bei ihm fand, würde das den Bischof von vornherein gegen ihn einnehmen und ihn wenig geneigt machen, die Tötung des Schweins als notwendige Tat anzusehen. Das Ganze konnte Finn sogar die Gunst und Fürsprache des Abtes kosten.

Die Hecke, die die Wiese zu seiner Rechten säumte, warf einen kurzen Schatten. Nachdem er die Mutter bei ihrem Kind abgesetzt hatte, würde er einen Boten damit beauftragen, die Schriftstücke nach Oxford zu bringen. Seine Tochter würde er erst holen lassen, wenn er die Sache mit dem Bischof geklärt hatte. Das konnte durchaus eine heikle und schwierige Angelegenheit werden.

Als er davonritt, glaubte er zu hören, wie die Mutter des Kindes hinter ihm zu weinen anfing.

2. KAPITEL

*Wird ein Mensch denn vor ausschweifenden
Taten und Betrug zurückschrecken, wenn er der
Überzeugung ist, dass er gleich darauf durch eine
kleine Geldspende an die Mönche rasche
Absolution von seinem Verbrechen erhalten wird?*

JOHN WYCLIFFE

Lady Kathryn von Blackingham Manor presste ihren Daumenballen gegen ihren Nasenrücken, während sie über den mit Fliesen belegten Boden im großen Saal ging. Zum Teufel mit diesem verdammten Priester! Und zum Teufel mit dem Bischof, für den er Geld eintrieb! Wie konnte er es nur wagen, hier wieder aufzutauchen? Zum vierten Mal in genauso vielen Monaten! Um Ablasshandel zu betreiben!

Der Druck war inzwischen beinahe unerträglich geworden, aber es hatte keinen Sinn, nach einem Doktor aus Norwich zu schicken. Bei dieser Hitze würde er seine gelehrten Knochen wohl kaum in Bewegung setzen, um die monatliche Migräne einer Frau zu behandeln, die sich schon längst nicht mehr in der Blüte ihrer Jugend befand. Er würde ihr einen Barbier schicken, damit dieser ihr einen Aderlass verpasste. Einen Aderlass! Als ob sie in dieser Woche nicht schon genug geblutet hätte. Zwei ihrer besten Leinenunterkleider und ihr grüner Seidenkittel waren bereits voller Blutflecken.

Und jetzt auch noch *das*.

An der Weißdornhecke hatten sich kaum die ersten festen, weißen Knospen gezeigt, als der Gesandte des Bischofs zum ersten Mal erschienen war und Geld verlangt hatte, um für Sir Roderick, der »im Dienste des Königs so heldenhaft sein Leben gegeben hatte«, ein paar Messen lesen zu lassen. Der Witwe sei doch gewiss daran gelegen, der Seele ihres Mannes den Weg durchs Fegefeuer zu erleichtern. Die *Witwe* hatte ihm drei Gold-Florins gegeben. Allerdings nicht, weil es sie in irgendeiner Weise interessiert hätte, wie es Rodericks Seele erging – ihretwegen konnte er für alle Zeiten in der Hölle schmoren –, aber sie sah sich gezwungen, den Anschein zu wahren. Um ihrer Söhne willen.

Als dieser Priester – er hatte sich als Pater Ignatius vorgestellt – erfuhr, dass der Beichtvater ihrer Familie kurz vor Weihnachten gestorben war, hatte er sie dafür getadelt, dass sie ihre Seele und die Seelen all jener, die auf Blackingham lebten, so sträflich vernachlässigte. Er hatte ihr angeboten, einen Ersatz zu schicken. Da er ihr jedoch wenig Vertrauen erweckend erschien, hatte sie sein Angebot dankend abgelehnt und ihm versichert, dass die Lücke bald geschlossen würde, auch wenn sie insgeheim bereits wusste, dass sie es sich einfach nicht mehr leisten konnte, einen weiteren unersättlichen Priester durchzufüttern.

Schon ein paar Wochen später, am ersten Mai, war Pater Ignatius wieder aufgetaucht. »Um seinen Segen über die Festlichkeiten zu sprechen«, wie er betonte. Er hatte sich erkundigt, ob ihr Haushalt immer noch priesterlos sei, und wieder hatte sie ihn hingehalten. Diesmal mit der Behauptung, gute Beziehungen zum Abt von Broomholm zu unterhalten.

»Bis Broomholm ist es nicht weit, und der Abt nimmt mir immer gern die Beichte ab. Außerdem ist da noch die neue Saint-Michael-Kirche in Aylsham. Und wir bekommen auch oft Besuch von Mönchen – Dominikaner, Franziskaner, Augustiner –, die sich als Gegenleistung für ein Stück Braten und einen Krug Ale um die Seelen selbst der schlimmsten Sünder unter meinen Kleinbauern und Webern kümmern.«

Falls ihm der sarkastische Ton in ihrer Stimme aufgefallen war, so hatte er ihn jedenfalls ignoriert – er hatte lediglich die Stirn gerunzelt, so dass seine dichten schwarzen Augenbrauen eine einzige schwarze Linie gebildet hatten – und sie erneut vor den unzähligen Gefahren gewarnt, die einer Seele ohne Beichte drohten. Zu ihrer Erleichterung hatte er die Angelegenheit dann anscheinend auf sich beruhen lassen wollen. Am Tag seiner Abreise, während er sich an ihrer Tafel gütlich tat, hatte der Priester dann jedoch erklärt, dass er doch sehr besorgt sei. Es sei ihm nämlich zu Ohren gekommen, dass ihr lieber verstorbener Ehemann vor seinem Tode möglicherweise ein Bündnis mit John of Gaunt geschlossen habe, der ja bekanntlich dem Ketzer John Wycliffe Schutz gewähre. Wahrscheinlich sei das alles ganz und gar harmlos, aber gewissenlose Menschen könnten selbst einen vollkommen Unschuldigen schuldig erscheinen lassen. Wäre die Witwe vielleicht nicht doch bereit, noch einmal eine Messe lesen zu lassen? Dies sei ihr der gute Ruf ihres Mannes doch sicher wert?

Lady Kathryn wusste sehr wohl, dass ihre Gold-Florins – für die ihr der verschlagene Priester »im Namen der Jungfrau Maria« dankte – einzig und allein dazu dienten, den Feldzug zu finanzieren, den der ehrgeizige Henry Despenser, der Bischof von Norwich, gerade für den italienischen Papst führte. Aber besser, ihr Geld wurde für Soldaten für Urban VI. ausgegeben, überlegte sie jetzt, als für Juwelen und Frauen für den französischen Papst in Avignon verschwendet. Und abgesehen davon, was blieb ihr denn schon anderes übrig, als zu zahlen? Ihre Besitztümer würden sowieso entweder an die Kirche oder an die Krone fallen, sollte sich auch nur der leiseste Hinweis auf Verrat – oder Ketzerei – ergeben.

Nicht dass sie der Meinung war, ihr verstorbener Ehemann sei eines Verrats überhaupt fähig gewesen. Dafür hatte Roderick gar nicht die innere Stärke besessen. Falls er tatsächlich bei einem Geplänkel mit den Franzosen umgekommen war, wie man ihr gesagt hatte, dann hatte man ihn höchstwahrscheinlich hinterrücks erstochen. Wenn es jedoch um seinen persönlichen Vorteil gegangen war, hatte er den Instinkt eines Fuchses besessen. Ihrer Meinung nach war er also durchaus zu dieser kurzsichtigen, unüberlegten Intrige fähig gewesen, die sie und ihre Söhne jetzt, trotz ihres verbrieften Rechts auf ihre Mitgift, ihre Ländereien kosten konnte. Roderick hatte dem ehrgeizigeren der beiden Onkel des jungen Königs Loyalität gelobt und sich damit auf ein gefährliches Spiel eingelassen. John of Gaunt herrschte jetzt zwar als Regent, aber wie lange noch? Der Herzog war gerade dabei, sich innerhalb der Kirche eine Reihe von Feinden zu machen, mächtige Feinde – Feinde, mit denen es eine allein stehende Witwe niemals aufnehmen konnte.

Bei allen Heiligen, diese entsetzlichen Kopfschmerzen! In ihrer linken Schläfe spürte sie wieder dieses stechende Klopfen. Das Stück Kapaun, das sie zu Mittag gegessen hatte, drohte ihr zusammen mit den gekochten Rüben wieder hochzukommen. Während sie in der hellen Nachmittagssonne die Augen zusammenkniff, dachte sie voller Sehnsucht an ihr kühles, dunkles Schlafgemach. In dieses aber konnte sie sich jetzt noch nicht zurückziehen, denn sie erwartete ihren Verwalter mit der vierteljährlichen Abrechnung der Gewinne aus der Wolle und aus den Pachtverträgen. Er war bereits vierzehn Tage überfällig, und sie würde sich erst wieder etwas wohler fühlen, wenn sie das Gewicht der Münzen in ihrer Hand spürte. Sie wusste, dass er beim ersten Anzeichen weiblicher Schwäche oder einer Unaufmerksamkeit alles dafür tun würde, dass sie in kürzester Zeit bettelarm sein würde.

Da sie auch ihre letzte Reserve an Gold-Florins bereits aufgebraucht hatte, war sie gezwungen gewesen, den Priester, als er sie zum dritten Mal erpresste, mit einer Rubinbrosche zufrieden zu stellen. Er war völlig überraschend am Maria-Magdalenen-Fest aufgetaucht und hatte angedeutet, dass niemand, nicht einmal jene, die ihr übelwollten, die Loyalität ihres Haushalts in Zweifel ziehen könnten, wenn sie etwas von ihrem Geld dafür investierte, dass man für König Edwards Seele betete.

Und heute – das. Heute hatte sie dem gierigen Priester die Perlenkette ihrer Mutter gegeben. Er hatte die Kette mit einem schmierigen Lächeln in seiner Soutane verschwinden lassen. Es sind doch nur Perlen – so hatte sie sich zu trösten versucht –, nur Perlen. Eine cremefarbene Schnur mit schimmernden Kugeln, die Kette, die ihr sterbender Vater ihr als einen seltenen Beweis seiner Zuneigung in die Hand gedrückt hatte. *Ich habe sie deiner Mutter an unserem Hochzeitstag geschenkt. Trage sie stets an deinem Herzen*, hatte er gesagt. Und das hatte sie auch getan. Sie hatte sie jeden Morgen umgelegt, als wäre sie ein Glück bringendes Amulett, ein Beweis dafür, dass ihre Mutter immer über sie wachte. Die Perlen waren so sehr ein Teil von ihr geworden wie die Schlüssel, die sie als Schlossherrin auswiesen und die sich in die Falten ihres Rockes schmiegten. Es sind nur Perlen, rief sie sich in Erinnerung. Keine gemauerten Ziegel. Keine Ländereien. Keine Besitzurkunden. Außerdem hatte sie selbst keine Tochter, in deren Hände sie sie einst geben könnte und zu der sie dann sagen würde: *Trage sie an deinem Herzen. Sie gehörten deiner Mutter und davor ihrer Mutter.*

»Ich habe nun nichts mehr, womit ich irgendwelche Gebete bezahlen könnte, Pater Ignatius«, hatte sie gesagt, und ihre Stimme hatte vor unterdrückten Tränen heiser geklungen. »Ich vertraue darauf, dass unser Leib und unsere Seele nun unter göttlichem Schutz stehen. Ich sehe also keinen Grund mehr, dass Ihr Euch wegen uns Mühe macht.«

Er hatte den Kopf geneigt, in stillem Einverständnis, wie sie gehofft hatte. Als sie ihn jedoch in den Hof hinausbegleitete, wo er sein Pferd bestieg, wandte er sich erneut mit dieser salbungsvollen Stimme an sie, die sie so sehr hasste.

»Lady Kathryn, in einem Haushalt wie dem Euren«, sagte er und sah dabei vom Sattel aus zu ihr hinunter, »über dem noch immer der Ruch des Skandals hängt, würdet Ihr gut daran tun, Eure *natürliche* Frömmigkeit wie ein Gewand zu tragen. Ein wahrhaft frommer Haushalt kann auf einen *eigenen* Priester nicht verzichten. Ich bin mir sicher, dass Euer Freund, der Abt von Broomholm« – da war es wieder, dieses verschlagene Lächeln, dieser bohrende Blick unter den buschigen schwarzen Augenbrauen –, »mir in diesem Punkt ganz gewiss zustimmen würde. Meint Ihr nicht auch?«

Er wusste also Bescheid. Er wusste, dass sie keine Freunde in der Abtei hatte.

In diesem Augenblick hatte sie den wohlbekannten, schmerzhaften Druck um ihren linken Augapfel gespürt. Der Priester würde nun bestimmt alles tun, um einen Spion bei ihr einzuschleusen, damit er einen noch leichteren Zugriff auf ihre Geldbörse bekam, oder, schlimmer noch, er würde versuchen, selbst ständiges Mitglied ihres Haushalts zu werden.

Er hatte ihre Antwort nicht abgewartet, sondern ihr im Davonreiten über die Schulter hinweg zugerufen: »Denkt über das nach, was ich Euch gesagt habe. Wir werden uns darüber unterhalten, wenn ich nächsten Monat wiederkomme.«

Nächsten Monat! Bei allen Heiligen und der heiligen Jungfrau.

Es musste doch irgendeinen Weg geben, wie sie diesen erpresserischen Priester ein für alle Mal loswurde.

Als der Verwalter ihr eine Stunde später im großen Saal seine Aufwartung machte, tobte in Lady Kathryns Schläfe ein hämmernder Schmerz. Sie konnte sich einfach nicht konzentrieren.

»Wenn Ihr Euch nicht wohlfühlt, Herrin, dann lasse ich einfach die Tasche mit den Pachteinnahmen hier. Mit den Einzelheiten der Abrechnung braucht Ihr Euch keine Mühe zu machen. Sir Roderick hat, wenn er zu viel zu tun hatte, oft...«

Sie nahm die Tasche und wog sie in ihrer Hand.

»Sir Roderick war weit vertrauensvoller als ich, Simpson«, sagte sie mit ruhiger Stimme. »Ihr tätet gut daran, das nicht zu vergessen.«

»Ich wollte Eure Ladyschaft bestimmt nicht kränken. Mein einziger Wunsch ist es, Euch zu dienen.« Die Worte waren die richtigen, aber der Ton war falsch. Dieser Mann hatte etwas Unverschämtes an sich, etwas, das ihr Unbehagen bereitete – wie er seine breiten Schultern hängen ließ, wie er sie unter halb geschlossenen, verhangenen Lidern hervor ansah.

»Lasst die Bücher hier und kommt morgen zur selben Zeit noch einmal«, sagte sie, während sie sich unbewusst die Schläfen rieb.

»Wie Ihr wünscht.« Er legte das mit einer Schnur zusammengebundene Bündel auf die Anrichte und verließ dann, devot rückwärts gehend, den Saal.

Gott sei Dank. Jetzt endlich konnte sie sich in ihr Schlafzimmer zurückziehen. Falls sie es noch bis dorthin schaffte, ohne sich zu übergeben.

Als sie ein paar Stunden später vom Quietschen einer eisernen Türangel aufwachte, erfüllte bereits Abenddämmerung ihr Zimmer.

»Alfred?«, fragte sie. Sie sprach leise, damit sie das schlafende Untier in ihrem Kopf nicht aufweckte. Es strengte sie schon an, nur dieses eine Wort zu formulieren.

»Nein, Mutter, ich bin's. Colin. Ich wollte sehen, ob Ihr vielleicht irgendetwas braucht. Ich dachte, Euch könnte ein wenig zu essen guttun, und habe Euch eine Tasse Brühe gebracht.«

Er hielt ihr die Tasse vorsichtig an die Lippen. Allein schon der Geruch ließ ihren Magen rebellieren. Sie schob seine Hand sanft weg. »Später vielleicht. Lass mich einfach nur noch ein Weilchen hier liegen, und dann lass die Lichter im Söller anzünden. Ich komme bald nach unten. Hast du denn schon etwas gegessen? Und ist dein Bruder wieder zu Hause?«

»Nein, Mutter. Ich habe Alfred seit der Prim nicht mehr gesehen. Halten wir nachher in der Kapelle die Vesper ab? Soll ich ihn suchen gehen?«

»Pater Ignatius ist weg.« Ein galliger Geschmack lag auf ihrer Zunge, vielleicht aber war es auch nur der Name des Priesters, der diese Bitterkeit in ihrem Mund hervorrief.

Ihr älterer Sohn, nur um zwei Stunden älter als der andere, saß wahrscheinlich im Wirtshaus. Er würde irgendwann betrunken nach Hause wanken und dann sofort in sein Bett fallen – das hatte er schon in jungen Jahren von seinem Vater gelernt. Aber wenigstens, so überlegte sie, war der Junge gehorsam gewesen und hatte nichts getrunken, solange der Priester im Haus war.

Ihr jüngerer Sohn machte eine Bewegung und erinnerte sie dadurch an seine Gegenwart.

Sie tätschelte seine Hand. »Nein, Colin. Für eine Weile sind wir von den Stundengebeten erlöst.«

Im Halbdunkel konnte sie gerade noch die hübsche Form seines Kopfes erkennen, das helle Haar, das ihm als glänzender Vorhang über ein Auge fiel.

»Ich fand es gar nicht so schlimm, Mutter. Den Priester bei uns zu haben, meine ich. Ich finde das Gebetsritual auf seine Weise wunderschön. Die Worte klingen für mich fast wie Musik.«

Lady Kathryn seufzte. Das Untier, das in ihrem Kopf schlief, rührte sich wieder und sandte einen stechenden Schmerz durch ihre Schläfe. Wie wenig er doch seinem Zwillingsbruder glich. Es war vielleicht sogar besser, dass Colin die Ländereien nicht erben würde. Er war als Herr über die Ländereien einfach nicht geeignet. Sie fragte sich nicht zum ersten Mal, wie Roderick ein so sanftmütiges Wesen hatte zeugen können.

»Ich habe ein neues Lied einstudiert. Soll ich es Euch vorsingen? Meint Ihr, mein Gesang würde Eure Schmerzen lindern?«

»Nein.« Sie versuchte, ihm zu antworten, ohne dabei den Kopf zu bewegen. Er fühlte sich an, als sei er voller nasser Wolle. Das Leintuch unter ihr war warm und feucht von Monatsblut. Sie würde ihren Kittel wechseln und sich noch mehr Lumpen zum Ausstopfen suchen müssen. »Schick einfach nur Glynis zu mir, und schließ die Tür. Aber leise, bitte«, flüsterte sie.

Sie hörte ihn nicht gehen.

Als Lady Kathryn zwei Stunden später den Söller, die offene Plattform im oberen Stockwerk, betrat, saß Colin gerade beim Abendessen. Und er war nicht allein. Ihr Puls beschleunigte sich, als sie den Rücken eines Mönchs in Benediktinertracht sah.

»Mutter, wie schön, dass es Euch besser geht. Ich habe Bruder Joseph gerade von Euren Kopfschmerzen erzählt.«

»Bruder Joseph?« Die Frage kam zusammen mit einem erleichterten Seufzer über ihre Lippen.

Colin erhob sich von seinem Schemel. »Möchtet Ihr vielleicht den Rest von meinem Abendessen haben? Es wird Euch bestimmt guttun.«

Er schob ihr seine halb aufgegessene Portion Hühnchen zu, doch ihr wurde beim Anblick des Essens wieder übel. Sie schüttelte den Kopf. »Ich sehe, dass du dein Abendessen bereits einmal geteilt hast.« Sie zeigte auf den Vogel, der sauber in zwei Hälften zerlegt war, dann wandte sie sich dem unerwarteten Besucher zu, der aufgestanden war, als sie den Raum betreten hatte, und reichte ihm die Hand. »Ich bin Lady Kathryn, Herrin von Blackingham. Ich hoffe, Ihr habt in meinem Sohn eine würdige Gesellschaft gefunden.« Wenn sie Glück hatte, legte er die Erleichterung in ihrer Stimme als Gastfreundlichkeit aus. »Falls Ihr auf der Durchreise seid, wäre es uns ein Vergnügen, Euch für die Nacht zu beherbergen. Habt Ihr ein Pferd, das versorgt werden muss?«

»Eurer Sohn hat sich bereits darum gekümmert, und da es bereits spät ist, danke ich Euch für Eure Gastfreundschaft, Lady Kathryn. Ich bin jedoch nicht auf der Durchreise. Der Abt von Broomholm hat mich mit einer Botschaft zu Euch geschickt. Er möchte Euch um etwas bitten.«

»Mich um etwas bitten? Der Abt von Broomholm?«

Hatte Pater Ignatius mit seiner Nachfrage in ein Wespennest gestochen? Blackingham konnte die Gier einer ganzen Abtei voller Mönche unmöglich befriedigen.

»Wie kann eine arme Witwe dem Abt einer so hochgeschätzten Gemeinschaft von Benediktinern dienen?«

»Mylady, Ihr seht ziemlich blass aus. Bitte setzt Euch doch.«

Er zeigte auf die Bank, auf der er gesessen hatte. Sie ließ sich erschöpft darauf nieder. Er nahm neben ihr Platz.

»Bitte, macht Euch keine Sorgen, Lady Kathryn. Wir haben von Pater Ignatius erfahren, dass Ihr an freundschaftlichen Beziehungen zu unserer Abtei interessiert seid. Die Bitte, die unser Abt und Prior John an Euch richtet, wird Euch nur wenig kosten, bietet Euch aber die Gelegenheit, unserem Abt auf umfassende Weise dienlich zu sein und Euch die Freundschaft unserer Bruderschaft zu sichern.«

Die Freundschaft der Bruderschaft? Allerdings war es höchst unwahrscheinlich, dass sie das, was sie wider besseres Wissen als Tatsache hingestellt hatte, jetzt geschenkt bekommen würde.

»Bitte, Bruder, sagt mir, wie mein bescheidener Haushalt seiner Lordschaft dienlich sein kann.«

Der Benediktiner räusperte sich. »Es ist eine einfache Angelegenheit, Lady Kathryn. Blackingham Hall war schon immer für seine Gastfreundschaft bekannt. Mit dem Tode Sir Rodericks hat sich daran sicherlich nichts geändert. Daher sind sich unser Abt und unser Prior sicher, dass sie Euch mit ihrer Bitte keine allzu schwere Last aufbürden werden.«

Er hielt inne, um Luft zu holen.

»Und wie sieht Ihre Bitte aus?«, fragte sie ungeduldig, um seine einstudierte Rede abzukürzen. »Ich hoffe, ich werde nicht so zögerlich sein, Eurer Bitte zu entsprechen, wie Ihr es seid, sie zu formulieren.«

Der Mönch sah sie einen Moment lang verwirrt an. Dann räusperte er sich wieder und fuhr unbeirrt mit seinem Vortrag fort. »Wie Ihr wisst, Mylady, sind wir in Broomholm mit vielen heiligen Schätzen gesegnet, darunter sogar einem Splitter des Kreuzes, an dem unser Heiland gestorben ist. Wir besitzen jedoch nur wenige Bücher von Bedeutung. Unser Abt ist der Meinung, dass eine so herrliche Abtei wie die unsere zumindest ein Manuskript haben sollte, das ihrer würdig ist, eines, das dem *Book of Kells* oder den *Lindisfarne Gospels* ebenbürtig ist. Wir verfügen über ein Skriptorium, in dem mehrere Mönche täglich gewissenhaft die Heilige Schrift kopieren.«

Sie nickte ungeduldig.

»Obwohl meine Brüder ganz passable Kopisten und Schreiber sind, gibt es bei uns doch keinen Illuminator von Rang. Nun haben wir von einem überaus begabten Künstler gehört, der bereit wäre, für uns das Johannesevangelium zu illuminieren. Er will sich unserer Abtei jedoch nicht anschließen, da er eine Tochter im heiratsfähigen Alter hat« – Bruder Joseph lachte, um seine Verlegenheit zu überspielen –, »Eure Ladyschaft verstehen sicherlich, dass eine Unterbringung in der Gesellschaft von Mönchen ihr nicht zumutbar wäre.«

»Kann das Mädchen denn nicht so lange bei den Nonnen in Norwich oder im Priorat Saint Faith wohnen?«

Der Mönch schüttelte den Kopf. »Offensichtlich liebt der Buchmaler seine Tochter abgöttisch. Er will nur für uns arbeiten, wenn wir für eine angemessene Unterbringung sorgen.«

»Aha, und deshalb wollen Euer Prior und Euer Abt die junge Frau in meinem Haushalt unterbringen?«

Er zögerte nur einen Augenblick, bevor er antwortete: »Nicht nur die Tochter, Mylady, den Vater auch.«

»Den Vater? Aber...«

»Mit Eurer Erlaubnis wird er seine Arbeit hier bei Euch verrichten, so dass er seiner Tochter immer nahe sein kann. Neben der Verpflegung, der Unterbringung und einem Pferd verlangt er nur ein kleines Zimmer, allerdings mit gutem Licht...« Der Mönch musste instinktiv gespürt haben, dass sie als Witwe alles andere als vermögend war, weil er sofort die Hand hob, um ihren Einwänden zuvorzukommen. »Unser Abt wäre Euch nicht nur aufrichtig dankbar, er wäre außerdem auch bereit, für die Unterbringung Eurer beiden Gäste und für alle anfallenden Kosten aufzukommen. Er würde einer armen Witwe keinesfalls zur Last fallen wollen.«

Wenn sie nur nicht so benommen wäre und klar denken könnte. War dies vielleicht sogar die Antwort auf ihr Problem mit dem lästigen Priester? Wenn sie der Abtei dienlich war, konnte sie tatsächlich von einer Freundschaft mit dem Abt von Broomholm sprechen. Colin fragte den Priester bereits neugierig über die in Aussicht gestellten Gäste aus. Einen Künstler im Haus zu haben würde ihm sicher gefallen. Und Alfred würde sich zweifellos über die Anwesenheit des Mädchens freuen. Das allerdings konnte zum Problem werden, vor allem dann, wenn das junge Ding ein hübsches Gesicht hatte. Aber die Gewogenheit des Abtes und außerdem vielleicht ein wenig Geld...

In Rodericks Zimmer herrschten gute Lichtverhältnisse. Und es lag so weit von ihrem eignen Zimmer entfernt, dass ihre Privatsphäre auf jeden Fall gewahrt wurde und die Diener keinen Anlass zum Tratschen hatten. Sie und Sir Roderick waren sich oft wochenlang nicht begegnet.

Ihr Sohn unterbrach sie in ihren Gedanken. Seine blauen Augen strahlten vor Begeisterung. »Nun, Mutter, was meint Ihr dazu?«

Sein aufgeregter Ton sagte ihr, dass er die Vorstellung überaus reizvoll fand. Bestimmt fühlte er sich einsam. Sie hatte immer so viel zu tun, und seine Verbundenheit mit seinem Bruder hatte in ebenjenem Moment geendet, als die beiden ihren Leib verlassen hatten.

»Was ist deine Meinung, Colin?«

»Ich finde, es ist eine schöne und ehrenwerte Idee«, antwortete er ihr mit einem strahlenden Lächeln.

»Nun, dann denke ich, dass wir es versuchen sollten.«

Sein glücklicher Gesichtsausdruck belohnte sie. »Bruder Joseph, Ihr könnt Eurem Prior John und Eurem Abt sagen, dass ich und mein Haushalt Eurem Kloster gern zu Diensten sind. Wir werden sofort mit den notwendigen Vorbereitungen beginnen, um Euren Illuminator und seine Tochter willkommen heißen zu können.«

3. KAPITEL

*Christus und seine Jünger lehrten die Menschen
in der Sprache, die diese am besten
beherrschten…
Auch Laien sollten die Worte des
Glaubensbekenntnisses verstehen…
den Gläubigen sollte die Heilige Schrift in einer
Sprache zur Verfügung stehen, die sie wirklich
verstehen.*

JOHN WYCLIFFE

Die nächsten zwei Tage verbrachte Lady Kathryn damit, das Großreinemachen in Rodericks ehemaligem Zimmer zu beaufsichtigen. Die besten Kleidungsstücke ihres Mannes legte sie zur Seite, damit Alfred hineinwachsen konnte. Colin war für die prächtigen Gewänder viel zu feingliedrig. Die eleganten Brokat- und Seidenstoffe würden ihn regelrecht erdrücken.

In der Hitze des Sommers war dies eine überaus mühselige Aufgabe, zudem war sie voller emotionaler Fallstricke. Sie war deshalb auch sehr erleichtert, als sie die Truhe endlich fast ausgeräumt hatte. Da entdeckte sie auf deren Boden, versteckt zwischen einem von Motten zerfressenen Rock und den Resten aromatischer Kräuter, ein zusammengefaltetes Stück Pergament. Ein Liebesbrief von einer der vielen Liebschaften ihres Mannes vielleicht? Er hätte sich nicht die Mühe zu machen brauchen, ihn zu verstecken. Ihr war das lange schon egal gewesen. Je mehr Mätressen er hatte, desto seltener forderte er von ihr, dass sie ihren ehelichen Pflichten nachkam. Als sie sich das Dokument jedoch genauer ansah, stellte sie fest, dass es sich dabei nicht um einen Liebesbrief, sondern um irgendeine Art religiöser Abhandlung handelte. Die gekritzelte Überschrift lautete: *Über das Pastoralamt*. Es war kein illuminierter Text, sondern ein hastig kopiertes Schriftstück, am Ende schlicht mit »John Wycliffe, Oxford« unterschrieben. Sie kannte diesen Namen. Das war der Mann, den der Gesandte des Bischofs als Ketzer bezeichnet hatte.

Sie hätte dieses belastende Beweisstück sofort verbrannt, wenn nicht irgendetwas daran ihre Aufmerksamkeit geweckt hätte. Es war nicht das Thema, auch nicht der Stil, sondern die Sprache, falls man das, was dort stand, überhaupt als Sprache bezeichnen konnte. Es schien sich dabei um den in Mittelengland gesprochenen angelsächsischen Dialekt der Bauern und unteren Schichten zu handeln, und dieser schien für das Dokument eines Gelehrten keineswegs angemessen. Das normannische Französisch, so wie es ihr Vater gesprochen hatte, war die Sprache der Bücher und der höfischen Texte, während religiöse Texte in Latein abgefasst wurden. Hinzu kam, dass nur wenige der Menschen, die dieses angelsächsische Kauderwelsch sprachen, überhaupt lesen konnten. Und ein Buch, ja nicht einmal ein so hastig kopiertes Pergament wie dieses, würden sie sich ohnehin nicht leisten können.

Aus Neugier begann sie die ungewohnte Orthographie zu entziffern und fand den Inhalt bald noch schockierender als die Sprache. Kein Wunder, dass der Priester diesen John Wycliffe als Ketzer bezeichnet hatte. In diesem Schriftstück prangerte der Verfasser mit deutlichen Worten an, dass viele Kirchenleute vom Glauben abgefallen seien, darunter sogar hohe Würdenträger, und forderte, unmoralischen und verantwortungslosen Geistlichen auf der Stelle alle Geldmittel zu streichen. Das waren gefährliche Worte, selbst für einen Magister aus Oxford, der unter dem Schutz eines Mäzens bei Hofe stand.

Nicht, dass sie den Wahrheitsgehalt dieser Aussagen angezweifelt hätte – der Bischof von Norwich, Henry Despenser, hatte mehr als nur einmal bewiesen, dass es ihm wichtiger war, Geld für eine Armee gegen den französischen Gegenpapst Klemens VII. aufzutreiben, als Seelen zu retten. Es hieß, dass der Bischof sogar angeordnet hatte, Sterbenden so lange die Sakramente zu verweigern, bis sie einen angemessenen finanziellen Beitrag zu seiner Sache geleistet hätten. Sie dachte voller Bitterkeit an ihre Rubinbrosche und die Perlenkette ihrer Mutter. Aber unabhängig davon, ob das, was in diesem Dokument stand, nun zutraf oder nicht, allein es zu besitzen war höchst gefährlich. Ein eindeutiger Beweis für Ketzerei. Das verschlagene Lächeln des Priesters kam ihr plötzlich wieder in den Sinn.

Sie hatte schon so einiges gehört. Sie wusste, dass Wycliffe nicht nur unter den Angehörigen der Unterschicht Anhänger hatte, sondern auch unter den Adeligen. Die Tatsache, dass sich diese Abhandlung unter Rodericks Sachen befunden hatte, war ein Beweis dafür. Allerdings hatten die Adeligen andere Beweggründe als die Menschen aus dem einfachen Volk. Es war keineswegs moralische Entrüstung, die John of Gaunt, den Herzog von Lancaster, und seine Höflinge dazu veranlasste, Wycliffes Ruf nach Reformen zu folgen. Der Herzog, der als Regent für den jungen König Richard herrschte, hatte sich zum Ziel gesetzt, den Einfluss des Papstes in weltlichen Dingen zu beschneiden und im Gegenzug dazu die Macht der Krone auszubauen. Macht und Reichtum: Die Kirche hatte diese beiden Hurenschwestern fest in ihre Arme geschlossen – und die Krone lechzte nach ihnen. John of Gaunt sah Wycliffe und dessen Anhängerschaft als den Schlüssel an, der es ihnen ermöglichte, die bis zum Bersten gefüllten Schatzkammern der Kirche zu öffnen. Aber das alles ging sie, Kathryn, nicht das Geringste an. Ihr Interesse war weit persönlicherer Natur. Der Herzog von Lancaster hatte sich mit Wycliffe verbündet. Und Roderick wiederum hatte sich dem Herzog angeschlossen und somit seine Frau und seine Söhne auf einem Schiff zurückgelassen, das steuerlos auf eine felsige Küste zutrieb, an der es zu zerschellen drohte.

Sie steckte das Pergament mit einer Fackel in Brand und sah zu, wie es im kalten Kaminrost zusammenschrumpfte und schließlich zu schwarzer Asche wurde. Roderick hatte die Dummheit begangen, sich in eine höfische Intrige hineinziehen zu lassen. Wer konnte schon sagen, in welche Richtung der Wind der Politik wehen würde? Es war am besten, wenn sie sich bei allem, was Politik und Religion – einem Untier mit zwei Köpfen – anging, weitestgehend zurückhielt. Wenn ihr Ehemann nur so klug gewesen wäre, das ebenfalls zu tun.

Als sie den Deckel der schweren Kleidertruhe schloss, tröstete sie sich mit dem Gedanken an die beiden Gold-Sovereigns, die sie vom Abt als Anzahlung erhalten hatte. Durch die Kunst des Buchmalers gewann nicht nur die Heilige Schrift. Dieses neue Bündnis verhalf ihr zu dringend nötigen Einnahmen, und es bestätigte außerdem ihre Behauptung, mächtige Freunde zu haben.

All das war geeignet, diesem abscheulichen, geldgierigen Priester endlich die Stirn bieten zu können.

Bis zum späten Nachmittag hatte sie alle persönlichen Dinge ihres verstorbenen Ehemannes aus dem Zimmer hinausschaffen lassen. Kathryn nahm den Raum noch einmal in Augenschein. Das große Himmelbett mit seinen Samtvorhängen mochte dem bescheidenen Koloristen vielleicht die Illusion vornehmer Pracht vermitteln, zum Malen war das Zimmer jedenfalls bestens geeignet. Es wurde von diesem einzigartigen Licht erfüllt, das von der Nordsee her kam, manchmal golden, wenn der Streitwagen der Sonne über das Firmament zog, manchmal silbern, ein wässriger Glanz, der sich über die Landschaft ergoss. Das klare Licht erhellte sogar noch das angrenzende Wohnzimmer, wo sie für die Tochter des Künstlers eine Liege hatte aufstellen lassen.

Sie klappte die letzte Truhe zu und sah auf, als Glynis das Zimmer betrat und flüchtig knickste.

»Ihr habt mich rufen lassen, Mylady?«

»Ich brauche deine Hilfe, um das Schreibpult ans Fenster zu rücken. Der Buchmaler wird gutes Licht brauchen. Hast du die Füllung in der Matratze schon gewechselt?«

»Ja, Mylady. Genau wie Ihr gesagt habt. Ich habe Mylords Matratze mit frischen Gänsedaunen gefüllt, und Agnes näht gerade eine neue Strohmatratze für die Liege.«

»Gut.« Lady Kathryn war sich mit der Strohmatratze jedoch noch nicht sicher. Angenommen, das Mädchen war verwöhnt und machte Zicken? Sie stemmte sich gegen das große, schwere Schreibpult und versuchte, es zu bewegen, während sie Glynis mit einem kurzen Kopfnicken andeutete, dass sie dasselbe tun solle.

Wieder der flüchtige Knicks. »Verzeihung, Mylady, aber soll ich nicht jemanden holen, der uns hilft?«, fragte das Mädchen, die einen starken Akzent, so wie er in Nordengland gesprochen wurde, hatte.

»Ich werde Master Alfred holen. Ihm macht es gewiss keine Mühe, das Pult zu verrücken. Schließlich hat er die männliche Statur seines Vaters geerbt«, sagte sie.

Ein Echo des gestrigen Schmerzes hallte in Kathryns Kopf wider, als sie dem Mädchen nachblickte, das ein wenig zu fröhlich davoneilte. Ganz offensichtlich hatte sie noch etwas völlig anderes im Sinn als den strapazierten Rücken ihrer Herrin. Glynis verrichtete ihre Arbeit stets zu ihrer vollen Zufriedenheit. Kathryn würde sie nur höchst ungern gehen lassen, wenn sie plötzlich einen dicken Bauch bekam. Sie hatte weiß Gott schon genügend Dienstmädchen wegen Rodericks Herumhurerei verloren. Alfred war erst fünfzehn, aber sie hatte bereits einige Gerüchte über ihn und das Schankmädchen aus dem Schwarzen Schwan gehört. Sie hoffte inständig, dass sich seine Erfahrungen bislang auf die Seufzer und das Gefummel der unerfahrenen Jugend beschränkten. Über seiner Oberlippe zeigte sich jedoch schon ein dünner Bartflaum, und falls er die wollüstige Natur seines Vaters geerbt hatte, blieb ihr vermutlich kaum etwas anderes übrig, als ihn zur Diskretion anzuhalten. Harmlose Techtelmechtel mit Schankmädchen waren eine Sache, aber sie durfte nicht zulassen, dass er mit seiner Lüsternheit das eigene Nest beschmutzte.

Es dauerte nicht lange, bis Glynis mit Alfred zurückkam und ihm, mit geröteten Wangen und ein wenig unsicher, ins Zimmer folgte.

»Glynis sagt, dass meine verehrte Mutter einen kräftigen Burschen mit starkem Rücken braucht. Also: Da bin ich. Ich bin Euer

Mann.« Eine rostrote Locke hatte sich aus dem Lederriemen gelöst, mit dem er seine Haare zusammengebunden hatte, und fiel auf seine Wange.

»Mehr Junge als Mann, würde ich sagen. Da aber sonst niemand da ist, werde ich wohl mit dir vorliebnehmen müssen. Also, dann schieb das Schreibpult mit deinem starken Rücken unters Fenster.«

Falls sich der Junge über ihre barsche Antwort wunderte, ließ er sich das jedenfalls nicht anmerken. Stattdessen machte er sich gutmütig an die Aufgabe.

»Nichts leichter als das«, sagte er und tat so, als müsse er sich für das schwere Eichenmöbel weniger anstrengen als ein erwachsener Mann. Sie fragte sich, was er sonst noch getan hatte, um das pummelige kleine Zimmermädchen zu beeindrucken.

Nachdem er dem Schreibtisch, das Gesicht gerötet, noch einen letzten Stoß versetzt hatte, so dass sich dieser jetzt exakt unter dem Mittelpfosten des Fensters befand, fragte er: »Warum soll das Pult unter dem Fenster stehen? Wie ich sehe, habt Ihr auch Vaters Sachen aus dem Zimmer räumen lassen.« Er blies sich die lästige Locke aus den Augen, die blau wie die seines Bruders waren und damit das einzige äußere Merkmal darstellten, das die beiden gemeinsam hatten.

»Glynis, du kannst gehen«, sagte Lady Kathryn. »Ich werde mich selbst um frische Bettwäsche kümmern.« Sie wartete, bis die Schritte des Mädchens im Gang verhallt waren.

»Wir bekommen einen Gast, Alfred.« Sie nahm das Leintuch, das Glynis gebracht hatte, und wandte sich dem Bett zu, während sie über die Schulter hinweg weiter mit ihrem Sohn sprach. »Ich hätte es dir schon früher gesagt, aber du hast es ja für passender gehalten, dich die letzten beiden Abende der Gesellschaft deiner Mutter zu entziehen.«

»Colin sagte, dass Ihr Kopfschmerzen hättet, da wollte ich Euch nicht stören.« Er trommelte mit den Fingerknöcheln gegen den Eichentisch.

Zu viel nervöse Energie, dachte sie. Er erinnerte sie an einen Topf auf dem Herd, unter dessen Deckel sich immer mehr Druck aufbaut. Sie faltete das Laken auseinander und breitete es schwungvoll über dem Bett aus. »Nun, jedenfalls bezweifle ich, dass du überhaupt in der Lage gewesen wärst, deiner Mutter einen Besuch abzustatten. Deiner Mutter, der es beim Anblick ihres ältesten Sohnes, der so betrunken ist, dass er nicht mehr stehen kann, mit Sicherheit noch schlechter gegangen wäre. Beim Anblick eines Jungen, kaum der Muttermilch entwöhnt, der sein Bier nicht bei sich behalten kann.«

Gut. Wenigstens war es ihr gelungen, dass jetzt eine dunkle Röte seine von Natur aus rosigen Wangen überzog.

»Colin hat also gepetzt...«

»Dein Bruder hat mir überhaupt nichts gesagt. Es war Agnes. Sie sagte, dass sie dein Bettzeug von deinem Erbrochenen säubern musste. Ich wünsche nicht, dass sich mein Sohn vor den Dienstmädchen und Leibeigenen zum Gespött macht. Und wenn wir schon beim Thema sind, du nimmst dir zu große Freiheiten bei meinem Zimmermädchen heraus. Mir sind die schmachtenden Blicke, die ihr euch zugeworfen habt, keineswegs entgangen.«

Wenigstens besaß der Junge den Anstand, verlegen dreinzusehen. Anders als es ein junger Roderick getan hätte, funkelte er sie auch nicht böse an – obwohl sie nicht sagen konnte, ob er sich aus Diskretion oder Zuneigung zurückhielt.

»Ich fürchte, ich bin nicht streng genug mit dir gewesen. Von jetzt an wirst du jeden Tag zur Vesper zu Hause sein.«

»Zur Vesper«, jammerte er. Er schüttelte den Kopf, so dass sich eine weitere widerspenstige Locke löste. »Ich hasse diesen Priester. Ist er derjenige...«

»Nein, Alfred. Pater Ignatius wird nicht bei uns wohnen. Und wenn es so wäre, würde ich ihm wohl kaum die Zimmer deines Vaters geben. Wir bekommen zahlende Gäste.«

»Zahlende Gäste! Bei den Wunden unseres Herrn, Mutter, wir sind doch sicher nicht so arm, dass wir die Zimmer meines Vaters vermieten...«

»Sprich nicht in diesem Ton mit mir, Alfred. Du kannst deinem Zorn ruhig freien Lauf lassen und fluchen wie ein Pferdeknecht, wenn du dich in der Gesellschaft von Leibeigenen befindest, in Anwesenheit deiner Mutter wirst du dich jedoch mäßigen.«

Diesmal senkte er den Kopf. Vor Scham oder weil er ein freches Grinsen verbergen wollte? Wie auch immer, sie fand, dass es jetzt genug war. Eine kluge Mutter vermied es, ihren Sohn allzu sehr zu reizen.

»Ich denke, ich habe einen Weg gefunden, wie wir den Priester, dessen Gesellschaft du als so lästig empfindest, loswerden können«, sagte sie. »Uns allen könnten ein paar Gebete mehr zwar durchaus nicht schaden, aber ich sehe nicht ein, dass wir dafür bezahlen sollen. Ich wüsste nicht, dass unser Herr Jesus Christus für seine Predigten etwas berechnet hätte.«

»Wer ist denn unser zahlender Gast. Und wie sollte es ihm gelingen, uns den Priester vom Leib zu halten?«

»Sollten *sie*, nicht sollte *er*. Es sind zwei Gäste. Ein Mann mit seiner Tochter. Der Abt von Broomholm hat uns gebeten, sie bei uns aufzunehmen. Und was noch wichtiger ist, er ist bereit, für ihre Unterbringung zu bezahlen. Bei den Abgaben für den König und den steigenden Kosten für die Gebete wird von deinem Erbe bald nichts mehr übrig sein, wenn dieser Aderlass nicht gestoppt wird.«

»Mir ist nur immer noch nicht klar, wie ...«

»Jetzt überleg doch mal. Wenn wir dem Abt helfen, wird er uns helfen. Unser Gast ist ein überaus angesehener Buchmaler, der im Auftrag des Abtes eines der vier Evangelien illuminieren wird. Wegen seiner Tochter will er aber nicht in der Abtei bei den Mönchen wohnen.«

Alfreds Gesicht begann zu strahlen, so als wäre die Sonne durch die Wolken gebrochen. »Wie alt ist die Tochter denn?«

Das Licht, das durch das Nordfenster fiel, ergoss sich über den Jungen, als dieser sich auf den Schreibtisch setzte. Er ließ die Beine baumeln und sah sie fragend und voller Neugier an. Sein Unmut über die tadelnden Worte seiner Mutter war bereits vergessen. Kein Wunder, dass die Mädchen auf ihn flogen wie Schwalbenschwänze auf Glockenblumen. Seine fröhlichen Augen und sein strahlendes Lächeln ließen es selbst ihr warm ums Herz werden, aber das wollte sie ihm nicht zeigen.

»Das braucht dich nichts anzugehen. Du lässt die Finger von dem Mädchen. Hast du mich verstanden, Alfred?«

Er hob abwehrend beide Hände, um zu verhindern, dass sie wieder zu schimpfen anfing.

»Ich war einfach nur ein wenig neugierig. Das ist alles. Wahrscheinlich ist sie ohnehin hässlich wie eine Krähe.« Er lachte, als er wieder von der Tischplatte herunterrutschte. Seine widerspenstige kupferfarbene Lockenmähne sah im Gegenlicht des Fensters aus wie ein feuriger Heiligenschein. Dann sah er sie plötzlich rebellisch und mit finsterem Blick an. »Bedeutet das, dass wir jetzt einen Spion aus der Abtei im Haus haben und wieder die Stundengebete einhalten müssen?«

»Ich glaube nicht.« Sie spielte geistesabwesend mit den schwarzen Perlen des Rosenkranzes an ihrem Gürtel. »Wahrscheinlich wird man nur einen kleineren Beweis unserer Frömmigkeit von uns verlangen. Du wirst wohl Zeit finden, einmal am Tag die Kapelle aufzusuchen, oder? Das sollte genügen. Immerhin ist der Mann Künstler und nicht Mönch.«

»Und niemand in Blackingham braucht einen Mönch, nicht wahr, Mutter?«

Ohne die unverschämte Bemerkung ihres Sohns eines Kommentars zu würdigen, drehte sich Lady Kathryn um und verließ das Zimmer.

Der Illuminator und seine Tochter trafen am Freitag ein. An diesem Tag besprach Lady Kathryn sonst auch immer mit Simpson im großen Saal organisatorische Angelegenheiten. Sie freute sich nie besonders auf dieses Treffen, und heute war das nicht anders. Sie musste jedoch zwei wichtige Punkte mit dem Verwalter klären und hoffte, das erledigen zu können, noch bevor die Gäste eintrafen.

Das Erste war ein Gesuch einer ihrer Kleinbäuerinnen. Die Frau, eine der Weberinnen, war weinend zu ihr gekommen. Simpson hatte ihre jüngste Tochter mitgenommen, damit sie als Dienstmädchen bei ihm im Haushalt arbeitete. Als Verwalter hatte er durchaus das Recht dazu, denn sowohl Mutter als auch Kind waren Leibeigene. Da die Mutter nicht zu den Freien gehörte, die für die Miete und einen sehr geringen Lohn für sie arbeiteten, gab es außer Lady Kathryn niemanden, an den sie sich hätte wenden können. Kathryn hatte der Frau versprochen, dafür zu sorgen, dass sie ihre Tochter zurückbekam. Sie konnte das eigenmächtige Vorgehen des Verwalters unmöglich dulden. Hier stand nämlich nicht nur das Wohl des Kindes auf dem Spiel, die Sache hatte auch einen wirtschaftlichen Aspekt. Die Mutter war eine von Blackinghams besten Weberinnen und würde ihre Fähigkeiten einmal an ihre Tochter weitergeben. Kathryn hätte das Ganze also auch dann rückgängig gemacht, wenn die Mutter sie nicht unter Tränen darum gebeten hätte. Jetzt stellte sie Simpson zur Rede, noch bevor er mit seiner affektierten Begrüßung fertig war.

»Eine Sechsjährige ist viel zu jung, um als Dienstmädchen zu arbeiten. Ihr werdet das Kind zu seiner Mutter zurückbringen und Euch jemanden suchen, der besser geeignet ist, Eure Nachttöpfe zu leeren und Eure Stiefel zu putzen.«

Simpson knetete unablässig den wulstigen Samtrand seines Hutes, den er in der Hand hielt. Sie empfand seinen Federschmuck und sein starkes Parfum einfach nur als aufdringlich. Wenn er sich, wie sie vermutete, für diese freitäglichen Abrechnungen herausputzte, um sie zu beeindrucken, dann bewirkte er damit jedenfalls genau das Gegenteil.

»Mylady, das Mädchen ist groß und kräftig für sein Alter. Und Sir Roderick hielt nichts davon, die Leute zu verhätscheln. Er sagte, damit würde man sich nur schlechte Arbeiter heranziehen.«

»Ich dachte eigentlich, Euch wäre inzwischen klar geworden, dass es mir vollkommen egal ist, was Sir Roderick gesagt oder gewünscht hätte. Es nützt Euch keineswegs, wenn Ihr ihn zitiert. Da Ihr den Status eines Freisassen habt und ich Euch ein großzügiges Gehalt zahle, solltet Ihr Euch von Eurem Lohn einen Diener leisten. Die Leibeigenen von Blackingham sind dazu da, Blackingham Hall und dessen Ländereien zu dienen. Ihr werdet das Kind also zu seiner Mutter zurückbringen. Und Ihr werdet die Kleine nicht durch eine andere ersetzen.«

Sie beobachtete mit einer Mischung aus Befriedigung und Besorgnis, wie sehr Simpson sich darum bemühte, seinen Zorn zu unterdrücken. Es ärgerte sie, dass sie auf diesen widerwärtigen Mann angewiesen war, aber es gab niemanden, der ihn hätte ersetzen können.

»Ich möchte Euch in diesem Punkt durchaus entgegenkommen. Falls Ihr Euch eine der Kleinbauernfrauen als Dienstmagd aussucht und sie für Euch arbeiten möchte, werde ich ihr als Zuschlag zu Eurem Gehalt einen kleinen Lohn zahlen. Mehr kann ich allerdings nicht für Euch tun. Ich erwarte jedenfalls, dass das Kind binnen einer Stunde wieder bei seiner Mutter ist.« Sie sah ihn mit festem Blick an und sagte leise, wobei sie jedes Wort bewusst langsam und deutlich aussprach, damit er ihr Angebot nicht als Schwäche auslegte. »In genau demselben Zustand, in dem es den Herd seiner Mutter verlassen hat.«

»Wie Ihr wünscht, Mylady.« Er senkte den Kopf so weit, dass sie ihm nicht in die Augen sehen konnte, und wollte sich dann nach einer angedeuteten Verbeugung entfernen.

»Wir sind noch nicht fertig, Simpson. Da gibt es noch etwas. Die Abrechnung der Gewinne aus der Wolle vom letzten Vierteljahr weist einen Fehlbetrag aus.«

Er blieb abrupt stehen und sah sie an. Sie beobachtete, wie sich auf seinem Gesicht zuerst Überraschung, dann Unmut zeigte. Er schloss kurz die Augen, so als versuche er, sich zu erinnern.

»Vielleicht haben Mylady die Fußfäule im letzten Frühjahr vergessen. Wir haben mehrere Schafe verloren.«

»Fußfäule?« Sie sah das Hauptbuch mit den Abrechnungen vom letzten Vierteljahr durch, das sie mitgebracht hatte. »Hier sind keine Kosten für Teer aufgeführt.«

Der Verwalter trat verlegen von einem Bein aufs andere. »Nun, der Schäfer hat uns nicht rechtzeitig Bescheid gesagt, und dann hatte es keinen Sinn mehr, Teer zu kaufen, um die Füße der erkrankten Tiere zu behandeln und...«

»Ihr seid der Verwalter, Simpson. Deshalb seid Ihr auch der Verantwortliche, und nicht John. Aber wie auch immer. Es hätte genügend Teer vorrätig sein sollen, um einen kleineren Befall behandeln zu können. Wie viele Schafe haben wir verloren?«

Simpson verlagerte das Gewicht seines ungeschlachten Körpers wieder auf den anderen Fuß. Seine linke Hand zuckte. »Acht ... zehn Stück.«

Kathryn richtete sich auf. »Was nun, Simpson? Acht oder zehn?«

Der Verwalter ballte mehrmals seine linke Hand zur Faust, dann murmelte er: »Zehn.«

250 Pfund Wolle verloren! 250 Pfund, mit denen sie gerechnet hatte.

Sie blickte auf ihre Hände und tat dabei so, als wäre sie damit beschäftigt, die Verschlüsse am Geschäftsbuch zuzubinden. Dabei beobachtete sie ihn jedoch weiter unter ihren gesenkten Lidern hervor.

»Nun, dann habt Ihr wenigstens einen Teil der Wolle gerettet und die toten Schafe geschoren.«

Ein Ausdruck der Überraschung huschte über sein Gesicht, verwandelte sich dann in Verschlagenheit. »Leider nicht, Mylady. Wir haben die Kadaver mit Steinen beschwert und in den Sumpf geworfen, um den Rest der Herde vor einer Ansteckung zu bewahren.«

Sie hob den Kopf und sah ihn mit ruhigem Blick an. »Wie überaus umsichtig von Euch. Wer weiß, wie verseucht die Häute durch die Fußfäule gewesen sein mögen.«

Der Verwalter hatte Glück, dass genau in diesem Moment das Klappern von Pferdehufen das Verhör unterbrach. Aber der Blick, den ihm Lady Kathryn zuwarf, bevor sie in den Hof hinausging, um die Ankömmlinge zu begrüßen, machte unmissverständlich klar, dass die Angelegenheit nur aufgeschoben, nicht aufgehoben war.

Die Besucher hatten gerade den Hof betreten. Kathryn sah blinzelnd ins Sonnenlicht und erkannte Bruder Joseph. Ein junges Mädchen von etwa siebzehn Jahren saß auf einem Esel, der von einem Mann mit einem kantigen Gesicht geführt wurde. Einen Moment lang kam es ihr so vor, als hätte sie eine Erscheinung, eine Vision der Heiligen Jungfrau auf ihrem Weg nach Bethlehem. Dieses Mädchen allerdings trug kein Kind unter dem Herzen, was an ihrer schlanken Gestalt in dem dunkelblauen Kittel deutlich zu erkennen war. Das Kleid war schlicht geschnitten, aber aus ausgezeichnetem Tuch gefertigt. Kathryns Weber stellten keine so feinen Stoffe her. Das Mädchen trug als einzigen Schmuck ein kleines, mit Perlen besetztes Kreuz, das von erlesen gearbeiteten Flechtwerkornamenten umgeben war. Sie berührte den Anhänger, den sie an einer karminroten Kordel um den Hals trug, ohne Unterlass nervös mit ihren dünnen, bleichen Fingern. Eine ebenfalls karminrote Kordel hielt einen hauchdünnen Schleier, der ihr Haar bedeckte, das schwarz und glänzend wie das Gefieder eines Raben war. Sie sah irgendwie exotisch aus: große Mandelaugen in einem ovalen Gesicht, Gesichtszüge, so vollkommen, dass sie in Marmor gemeißelt schienen, und eine Haut, die eher oliv als cremefarben war. Dies hier war jedenfalls nicht das reizlose, plumpe Mädchen, das Kathryn sich erhofft hatte. Und sie hatte eine würdevolle Haltung an sich, die, genau wie ihre Kleidung, weit über das hinausging, was für ihre gesellschaftliche Stellung angemessen gewesen wäre.

Der Mann neben ihr, der den Esel führte und jeden seiner Schritte mit meergrünen Augen überwachte, musste ihr Vater sein. Hoch gewachsen, nicht muskulös, aber sehnig, hatte er sich schützend seiner Tochter zugewandt. Er war glatt rasiert und trug keinen Hut. Kathryn bemerkte, dass sein graues Haar am Scheitel bereits ein wenig dünner wurde. Sein Rock war knielang, aus leichtem, hellem Leinen von guter Qualität und absolut sauber. Sein einziger Schmuck war ein kleiner Dolch an einem Ledergürtel, den er locker um seine Taille trug. Vater und Tochter hätten eine Szene aus einem Weihnachtsspiel der Tuchhändlergilde darstellen können.

Als der Vater seiner Tochter beim Absitzen half, trat Kathryn nach vorn, um ihre Gäste zu begrüßen. Beim Näherkommen stellte sie fest, dass der Illuminator sowohl nach Sarazenenseife wie auch ganz leicht nach etwas anderem roch, das ihr nicht vertraut war, Leinöl vielleicht. Die Hand, die er nach seiner Tochter ausstreckte, hatte einen schmalen Handteller mit langen, eleganten Fingern, und obwohl die Nägel sorgfältig gepflegt waren, sah sie an der Nagelhaut seines rechten Zeigefingers eine Spur ockerfarbenes Pigment. Er sah aus, als wäre er ein durchaus anspruchsvoller Mensch. Sie hoffte, dass er kein allzu wählerischer Gast sein würde.

Bruder Joseph ergriff das Wort. »Ich habe Euch Eure Gäste mitgebracht«, sagte er und nahm ihre Hand. »Aber ich fürchte, dass wir...«

Seine Worte gingen im Dröhnen von Pferdehufen unter, als eine Gruppe berittener Männer, eingehüllt in eine sommerliche Staubwolke, in den Hof galoppierte. Gewiss waren nicht so viele Männer – sie erkannte sogar den Sheriff unter ihnen – notwendig, um einen einzigen Mann und seine Tochter zu ihrer Unterkunft zu begleiten.

»Sir Guy«, begrüßte sie den Neuankömmling. »Ihr wart schon lange nicht mehr hier.«

Als Roderick noch gelebt hatte, war der Sheriff häufig sein Gast gewesen. Ihr Mann und Sir Guy waren mit ihren Falken oft gemeinsam in den Wiesen um Aylsham herum auf die Beizjagd gegangen, manchmal hatten sie auch mit Pfeil und Bogen im Bacton Wood Wild gejagt. Seit dem Tod ihres Mannes hatte sich der Sheriff jedoch nicht mehr blicken lassen. Sie war nicht begeistert, ihn jetzt zu sehen.

Er beugte sich aus dem Sattel zu ihr herunter und hob ihre Hand an seine Lippen. »Das ist in der Tat so, Lady Kathryn. Ich entschuldige mich für mein Versäumnis und muss Euch leider gestehen, dass mein heutiger Besuch offizieller Natur ist.«

Sie musterte kurz die drei Reiter, die ihn begleiteten. Möglicherweise befand sich ein vertrautes Gesicht darunter. Dann ließ sie instinktiv ihren Blick auf der Suche nach ihren Söhnen über den Hof schweifen. Hatte Alfred sich zu etwas hinreißen lassen, das sie in Verlegenheit bringen oder, schlimmer noch, sich als kostspielig erweisen würde?

»Offizieller Natur?« Sie zwang sich zu einem Lächeln.

Der Sheriff zeigte auf ein Pferd, das in diesem Moment von einem weiteren Mann in den Hof geführt wurde. Auf den ersten Blick schien es reiterlos zu sein, bei näherem Hinsehen entdeckte sie, quer über den Rücken des Pferdes gelegt, jedoch etwas, das wie eine in eine Decke eingewickelte menschliche Gestalt aussah. Ein Windstoß hob den Rand der Decke an, und Kathryn rümpfte angewidert die Nase.

Was oder wer auch immer dort eingewickelt war, war mehr als reif. Das Pferd stampfte mit den Hufen und wieherte, so als wolle es endlich von seiner widerlichen Last befreit werden.

Der Sheriff gab dem Mann, der das Pferd hielt, einen Wink. »Führ ihn ein Stück zurück. Das ist kein passender Geruch für eine Lady. Sie kann die Leiche auch aus der Ferne identifizieren.«

Die Leiche identifizieren! Lady Kathryn spürte, wie der Boden unter ihren Füßen zu schwanken begann. Wieder suchte sie unwillkürlich mit den Augen den Hof ab, diesmal noch beunruhigter. *Alfred! Wo war Alfred?* Und Colin hatte sie seit heute Morgen auch nicht mehr gesehen. *Was war, wenn das dort Colin war!* Sie ging auf das Pferd mit der Leiche zu, während sie eine Hand auf ihre Brust gedrückt hatte, um ihr rasendes Herz zu beruhigen.

Sir Guy musste die Angst in ihren Augen gesehen haben. Er hob beschwichtigend die Hand. »Ich habe Euch ganz umsonst erschreckt, Lady Kathryn. Das hier ist weder der junge Colin noch Alfred. Es ist nur ein Priester.«

Sie glaubte, vor Erleichterung ohnmächtig zu werden. Der hoch gewachsene Fremde, der neben Bruder Joseph stand, kam ihr zu Hilfe, indem er den Arm um sie legte, damit sie nicht zu Boden sank. Dankbar für seinen starken Arm, lehnte sie sich einen kurzen Augenblick an ihn. Als der kurze Anfall von Schwäche vorüber war, löste sie sich wieder von ihm und trat dann einen Schritt zur Seite. Er wich ebenfalls zurück, gerade einen halben Schritt, aber weit genug, um einen angemessenen Abstand zwischen sie zu bringen.

»Ich danke Euch«, sagte sie. »Es ist die Torheit einer Mutter, die mich schwach gemacht hat.«

Der Buchmaler nickte und schenkte ihr ein freundliches Lächeln. »Die Liebe einer Mutter ist niemals töricht, Mylady.« Seine Stimme klang, als würde man vom Wasser glatt geschliffene Flusskiesel durch ein Sieb schütten. »Und meiner Erfahrung nach macht sie auch nicht schwach.«

Sir Guys Pferd stampfte schnaubend mit den Hufen, und der Sheriff riss heftig an den Zügeln.

Nachdem Kathryn wieder genügend Kraft gesammelt hatte, um

zu sprechen, wandte sie sich an Sir Guy: »Ein Priester, sagt Ihr? Was hat Euer Priester denn mit Blackingham zu tun?«

Er saß ab, bevor er ihr antwortete. Lady Kathryn winkte einen Stallburschen herbei. Vor den Stallungen hatte sich eine kleine Gruppe von Dienern gebildet, die die Geschehnisse neugierig verfolgten. Einer von ihnen kam herbeigeeilt, um das Pferd des Sheriffs zu halten.

Sir Guy wies mit einem Kopfnicken zu der Leiche. »Ich glaube, das dort ist der Gesandte des Bischofs. Und falls das zutrifft, dann wird hier schon bald der Teufel los sein. Henry Despenser hat mit großem Aufwand nach ihm suchen lassen. Er sagt, er hätte ihn vor ein paar Tagen nach Blackingham geschickt, um Eurer Ladyschaft seine Aufwartung zu machen. Er wurde am Montag zur Komplet in Norwich zurückerwartet.« Der Sheriff ging zu dem Pferd, das die Leiche trug. »Wir haben ihn mit eingeschlagenem Schädel in dem Sumpf gefunden, der an Eure Ländereien angrenzt.«

Er zog die Decke weg, und der schlammverkrustete Habit eines Benediktiners kam zum Vorschein. Als er den Kopf des leblosen Mönchs etwas anhob, damit sie ihn sich genauer ansehen konnte, erkannte sie trotz der aufgedunsenen Gesichtszüge und des getrockneten Blutes die dichten schwarzen Augenbrauen. Ohne Zweifel. Das war Pater Ignatius. Sie wandte voller Abscheu ihr Gesicht ab. Eine durchaus natürliche Reaktion, mit der sie aber auch etwas Zeit gewann. Ihre Gedanken rasten, wirbelten wild durch ihren Kopf, so dass ihr ganz schwindelig wurde und sie ein weiteres Mal für den starken Arm des Fremden dankbar war. Was sollte sie tun? Sagen, dass der Priester hier gewesen war? Ihre Söhne somit einem Verhör aussetzen? Ihre schwache rechtliche Stellung einer genauen Prüfung unterziehen lassen? Hatte sie gegenüber irgendjemandem in ihrem Haushalt erwähnt, wie bedroht sie sich von diesem Priester fühlte, wie wütend sie seine erpresserischen Forderungen machten? Hatte schon jemand Verdacht geschöpft? Wo war Alfred in jener Nacht gewesen? Alfred, der das hitzige Temperament seines Vaters, dessen leichtsinnige Impulsivität geerbt hatte. Hatte der Priester ihn so sehr provoziert, dass er sich vergessen hatte? Sie atmete tief ein und straffte sich.

»Ja, das dort ist der Gesandte des Bischofs. Aber ich habe ihn schon seit einigen Wochen nicht mehr gesehen«, sagte sie. Ihre Stimme war fast nur noch ein Flüstern, aber ihr Blick war ruhig und fest. »Er muss sein vorzeitiges Ende gefunden haben, als er sich gerade auf dem Weg nach Blackingham befand.«

4. KAPITEL

*Die Welt ist voller Verwalter von Gutsherrenland
und Gerichtsbarkeiten, die unredlich sind.
Dessen eingedenk, muss die Herrin
(des Landgutes) mit Klugheit ihre Stellung schützen,
damit sie nicht hintergangen wird.*

CHRISTINE DE PISAN,
Das Buch der drei Tugenden, 1406

Es war ihr einfach nichts anderes übrig geblieben, als Sir Guy zum Abendessen zu bitten. Sie hatte gehofft, er würde sich damit entschuldigen, dass er die Leiche des Priesters nach Norwich bringen müsse, aber er hatte lediglich seine Leute vorausgeschickt und erklärt, dass er nachkommen würde.

Als Lady Kathryn am Tisch saß, hörte sie dem belanglosen Geplauder um sie herum nur mit halbem Ohr zu, denn sie war von ihren Pflichten als Gastgeberin völlig in Anspruch genommen. Diese lenkten sie auch von dem Gedanken an ihre Lüge und deren mögliche Folgen ab. Damit befasste sie sich am besten, wenn sie wieder allein war und Ruhe hatte, denn Sir Guy so kurzfristig als Gast zu bewirten war in der Tat eine große Herausforderung.

Glücklicherweise hatte sie ihre Köchin Agnes angewiesen, für den Buchmaler, seine Tochter und Bruder Joseph ein üppigeres Mahl als üblich zuzubereiten. Sie hatte allerdings nicht vorgehabt, im großen

Saal auftragen zu lassen. Sie hoffte, ihre Gäste würden sich damit zufriedengeben, wenn sie ihnen ihr Essen auf ihrem Zimmer servieren ließ – diesen Punkt klärte sie am besten im Voraus –, während sie mit ihren beiden Söhnen und Bruder Joseph ihre Mahlzeit im Söller einnahm. Sir Guys überraschende Anwesenheit erforderte jedoch einen größeren Aufwand, also rief sie hastig die Diener zusammen und ließ die Tischböcke und das Tafelbrett hereinbringen, über das dann ein seidenes Tischtuch gebreitet wurde. Agnes hatte zwar gejammert – bis zur Ernte würde es noch einen Monat dauern, und die Speisekammer war so gut wie leer –, aber der treuen Seele war es dank ihrer Geschicklichkeit gelungen, die schlichte Kost zu strecken, so dass das Mahl jetzt dem entsprach, was sich Kathryns überraschender Gast von einem gastfreundlichen Haus erwarten durfte. All das hatte ihr nur wenig Zeit gelassen, um über die Umstände nachzudenken, die ihn zu ihr geführt hatten. Jetzt jedoch drängte sich das Thema, das sie so beharrlich gemieden hatte, allmählich wieder in ihr Bewusstsein.

»Wer auch immer der Schuldige ist, der Mord an einem Priester wird wie Blei auf seiner Seele lasten«, sagte Sir Guy gerade, während er sich ein Stück von dem gespickten Eberkopf abschnitt, den ihm der Tranchierer anbot. »Kein Respekt vor heiligen Männern. Daran sind nur die ketzerischen Lehren der Lollarden schuld.«

»Lollarden?«, fragte Lady Kathryn, um das Gespräch in Gang zu halten. Nicht, dass sie das auch nur im Geringsten interessiert hätte. Sie hörte nur mit halbem Ohr zu, während sie an den aufgedunsenen Leichnam von Pater Ignatius dachte, ein Bild, das sie gern vergessen hätte. Grässlich genug im Leben, schrecklicher noch im Tod.

»Ein zusammengewürfelter Haufen selbst ernannter *Priester*, Anhänger von Wycliffe, die ketzerisches Gedankengut verbreiten. Der Mann spielt ein gefährliches Spiel. Oxford hat ihn bereits suspendiert.«

Erschrocken dachte Kathryn an den belastenden Text, den sie in Rodericks Kleidertruhe gefunden hatte. »Dank der Heiligen Jungfrau hat solches Gift keinen Eingang in Blackingham gefunden«, sagte sie, fragte sich aber gleichzeitig, wie viel Sir Guy bereits von den Verstrickungen ihres verstorbenen Ehemannes wusste.

Sie gab dem Tranchierer ein Zeichen, woraufhin dieser eine doppelte Portion Stör auf das Schneidebrett legte, das Sir Guy als Ehrengast mit seiner Gastgeberin teilte. Sie hatte in ihrem ziemlich leeren Keller eine kleine Lederflasche mit Wein aufgestöbert. Diesen schenkte der Kellermeister jetzt in den Silberbecher ein, den sie ebenfalls mit Sir Guy teilte. Sie selbst nahm davon nur winzige Schlückchen, damit die Flasche nicht leer war, bevor Sir Guy seinen Durst gestillt hatte. Allen anderen am Tisch kredenzte der Kellermeister Ale in Zinnkrügen. Colin und Bruder Joseph saßen neben Sir Guy auf Kathryns rechter Seite. Der Buchmaler, Alfred und die Tochter des Buchmalers saßen links von ihr.

Bruder Joseph, den offensichtlich allein schon der Name Wycliffes in Wallung brachte, beugte seinen tonsurierten Kopf nach vorn, so dass er an Colin vorbeisehen und Sir Guy direkt ansprechen konnte. »Es heißt, dass der Ketzer Wycliffe es sogar wagt, das Wunder der Messe in Frage zu stellen. Er nennt die Transsubstantiation der Hostie einen *Aberglauben*!« Beim letzten Wort überschlug sich seine Stimme vor Empörung. »Die Universität wird ihn langfristig nicht beschäftigen können, und mehr noch, es heißt, jetzt, da der König tot ist und nicht mehr seine schützende Hand über ihn halten kann, will der Erzbischof ihn wegen Ketzerei vor Gericht bringen.« Er durchbohrte die Luft mit seinem Messer, als wäre sie Wycliffes Herz. »Wenn er nicht aufpasst, landet er noch am Galgen. Obwohl ich persönlich ihn lieber brennen sähe.«

Der bis dahin so sanftmütige Mönch lächelte selbstgefällig. Die Vorstellung, den Scheiterhaufen höchstpersönlich in Brand zu stecken, schien ihm größtes Vergnügen zu bereiten. Lady Kathryn konnte schon regelrecht vor sich sehen, wie sich die Flammen in seinen schwarzen Pupillen spiegelten. Sie spürte ein Würgen im Hals, während sie erfolglos versuchte, ein Stück Fasanenpastete hinunterzuschlucken. Ihr Vater hatte sie einmal zu einer Hinrichtung auf dem Scheiterhaufen mitgenommen. Damals war sie noch ein kleines Mädchen gewesen, aber das Entsetzen in den Augen der Frau, die man als Hexe verurteilt hatte, hatte sie niemals vergessen können. Als der Gerichtsscherge die Reisigbündel entzündet hatte und beißender Rauch aufgestiegen war, hatte Kathryn laut aufgeschrien und ihr Gesicht im Ärmel ihres Vaters versteckt. Dem Geruch verbrennenden Fleisches hatte sie damit aber nicht entgehen können.

Kleine Schweißperlen bildeten sich an ihrem Haaransatz. Sie tupfte sie mit ihrem Seidentaschentuch weg. Die lang dauernde Dämmerung hatte die Hitze der Julitage noch nicht zu vertreiben vermocht. Feuchtigkeit sammelte sich zwischen ihren Brüsten, und das Leinen ihres Unterhemdes klebte feucht auf ihrer Haut. Die Gerüche von den Kochstellen in der Küche, der Duft von gebratenem Fleisch und der Rauch von verbranntem Fett, das in die Flammen getropft war, zogen durch die offenen Fenster des großen Saales herein, vermischten sich mit dem Schweißgeruch, der in Sir Guys Kleidung hing, da dieser den ganzen Tag im Sattel verbracht hatte. Bildete sie sich das nur ein, oder konnte sie an ihm auch eine Spur Leichengeruch wahrnehmen?

Sie hätte ihrem Gast wenigstens ein frisches Hemd anbieten sollen, aber sie war viel zu beschäftigt damit gewesen, sich um die karge Mahlzeit zu kümmern. Falls der Sheriff über Nacht blieb, und das würde er höchstwahrscheinlich tun, würde sie Rodericks Kniehosen wieder hervorholen müssen. Denn selbst ein so kampferprobter Mann wie Sir Guy würde davon absehen, mitten in der Nacht die zwölf Meilen durch Wald und Sumpfland nach Norwich zu reiten.

Plötzlich merkte sie, dass es um sie herum still geworden war. Es herrschte betretenes Schweigen.

»Was sagt Ihr da, Sir?« Der Sheriff beugte sich ungläubig nach vorn und starrte den Illuminator an.

»Nicht *Sir*. Einfach nur Finn. Mein Name ist Finn. Ich bin Künstler und gehöre keineswegs Eurem edlen Stand an.«

In seinen Worten schwang ein schalkhafter Ton mit, der schon fast an Spott grenzte. Seine Stimme hatte denselben rauen Klang, der ihr bereits aufgefallen war, als er sie an diesem Tag davor bewahrt hatte, zu Boden zu sinken.

»Ich sagte: ›Er wird niemals brennen.‹ Wycliffe wird niemals brennen. Und er wird auch nicht am Galgen enden. Dafür hat er viel zu viele Freunde an höchster Stelle.«

»Er sieht sich besser vor, damit man nicht irgendwann findet, dass er an *niedrigster* Stelle zu viele Freunde hat.« Der Sheriff lachte, während er mit seinem Messer den Rücken eines Rebhuhns spaltete, die eine Hälfte dann aufspießte und herzhaft davon abbiss.

»Ah, ich weiß, was Ihr meint«, sagte Finn langsam und ohne seine Stimme zu erheben. »Aber hoch und niedrig sind nicht notwendigerweise seltsame Bettgenossen. Ich vermute, wenn man aufmerksam lauscht, mag man den Teufel wohl über so manches päpstliche Edikt lachen hören.«

Bruder Joseph schnappte entsetzt nach Luft.

Kathryn musste dieses Gespräch unbedingt unterbinden, bevor es vollends aus dem Ruder lief. Während sie in die Hände klatschte, damit der Tranchierer wieder an den Tisch kam, sah sie ihren Gast misstrauisch an. Sie hoffte, dass er nicht noch mehr heikle Themen anschnitt, wo sie doch gerade so verzweifelt darum bemüht war, ihren Haushalt von jedem Makel zu befreien.

»Bitte, meine Herren, reden wir doch nicht über Scheiterhaufen. Das eignet sich nun wirklich nicht als Tischgespräch. Und Ihr, Sir Guy, solltet die Worte meines Gastes nicht missverstehen. Er ist nämlich keineswegs der bescheidene Handwerker, als der er sich hier darstellt. Er ist ein überaus berühmter Illuminator, der für den Abt tätig ist. Er hat ebenfalls sehr viele Freunde an höchsten Stellen. Vielleicht versucht er Euch ja nur um eines interessanten Gesprächs willen aus der Reserve zu locken. Hier, probiert doch etwas vom geräucherten Hering mit roter Soße.«

Sie gab dem Kellermeister zu verstehen, noch ein paar Tropfen aus der ledernen Weinflasche zu quetschen, während der Tranchierer eine große Portion des Fisches, der in roter Maulbeersoße schwamm, auf Sir Guys Seite des Schneidebretts legte. Lady Kathryn hingegen lehnte dankend ab. »Gebt meinen Fisch Bruder Joseph, ich fürchte, die Hitze des heutigen Tages hat mir doch ein wenig den Appetit verdorben.«

Bruder Joseph musterte lächelnd die großzügige Portion Fisch, die man ihm vorgelegt hatte. Die Vorfreude auf den leckeren Bissen hatte ihn sein Entsetzen über die ketzerischen Worte des Buchmalers bereits völlig vergessen lassen. »Myladys Verlust ist mein Gewinn«, sagte er. »Ich werde sogleich dafür sorgen, dass davon nichts verkommt.«

Als ob in Blackingham schon jemals irgendetwas verkommen war, dachte sie. Die Bediensteten, die zu Hause eine Schar hungriger Münder zu stopfen hatten, würden schon zusehen, dass das nicht der Fall war. Dennoch amüsierte es sie, die überschäumende Begeisterung des Mönchs zu beobachten. Sein kleiner runder Bauch zeugte davon, dass er Gefräßigkeit nicht unbedingt zu den Todsünden zählte.

»Ach übrigens, Mylady, ich habe Euch von unserem Apotheker etwas gegen Eure Kopfschmerzen mitgebracht«, sagte er mit vollem Mund. »Gemahlene Pfingstrosenwurzeln mit Rosenöl.« Er griff in eine der tiefen Taschen seines Habits und brachte eine kleine blaue Phiole zum Vorschein.

»Wie freundlich von Euch, Bruder Joseph. Bitte sagt auch Eurem Apotheker meinen Dank.«

Und das meinte sie auch so. Schwer zu glauben, dass dieser sanftmütige Mann, der sich solche Mühe machte, ihre Schmerzen zu lindern, derselbe Brandstifter sein sollte, der sich noch vor wenigen Augenblicken begeistert ausgemalt hatte, wie man einen seiner Mitmenschen verbrannte. Mit derselben Begeisterung, mit der er sich jetzt auf sein Essen stürzte. Und das alles im Namen Gottes. Nun, egal. Sie war ihm jedenfalls für die Arznei dankbar. Diese würde sie nämlich dringend brauchen, wenn dieses Abendessen nicht bald vorbei war. Zum Glück hatte sich das Gespräch jetzt weltlicheren Themen zugewendet. Colin erzählte Bruder Joseph gerade etwas von den Festzügen der Gilden, die er zu Ostern in Norwich gesehen hatte. Sir Guy fragte den Buchmaler über seinen Auftrag aus.

Kaum aber war der eine Brand gelöscht, loderte an anderer Stelle schon der nächste auf. Alfred war noch ein Stück näher an die Tochter des Buchmalers herangerückt und flüsterte ihr gerade etwas ins Ohr. Der Schein der Talgkerzen an der Wand hinter ihm ließ rotgoldene Funken in seinem Haar aufleuchten. Lady Kathryn hörte sein vertrautes, fröhliches Lachen und sah, wie die olivfarbene Haut des Mädchens das zarte Rosa eines errötenden Pfirsichs annahm.

Der Buchmaler hatte sie als seine Tochter Rose vorgestellt. Rose. Nicht Margaret, Anna oder Elizabeth. Einfach Rose. Wie die Blume. Ein seltsamer Name für ein Christenkind, hatte sie in diesem Moment gedacht. Das war, nachdem man die Leiche des Priesters weggebracht hatte und ihre beiden Söhne, herbeigelockt durch den Aufruhr, im Hof erschienen waren. Sobald sie den Ausdruck in Alfreds blauen Augen gesehen und erkannt hatte, was er bedeutete, hatte sie gewusst, was zu tun war. Jetzt war sie sich ihres Entschlusses sicherer denn je.

Finn beugte sich zu seiner Tochter hinüber und flüsterte ihr leise etwas ins Ohr. Offensichtlich tadelte er sie. Das schloss Kathryn aus Roses flüchtigem Stirnrunzeln und der Tatsache, dass sie die Mundwinkel herunterzog, bevor sie ihren Blick senkte. Dann begannen ihre Finger nervös an dem Anhänger an ihrem Hals herumzuspielen, betasteten ihn wie einen Talisman. Kathryn würde sich heute Abend um das Mädchen kümmern, aber sie konnte nicht ewig ihr Kindermädchen spielen. Morgen würde sie Alfred ihren Entschluss mitteilen.

Finn war ebenfalls abgelenkt, während er am Tisch im großen Saal saß. Er hatte den ärgerlichen Ton in der Stimme seiner Gastgeberin, die zu seiner Rechten saß, sehr wohl bemerkt und daher beschlossen, keine weiteren politischen Andeutungen mehr zu machen. Er wollte vermeiden, dass Bruder Joseph dem Abt von Broomholm erzählte, die Abtei würde einen Ketzer beschäftigen. Er hatte bereits unnötig viel Aufmerksamkeit auf seine Person gelenkt, als er dem Bischof von Norwich gegenübergetreten war und ihm gestanden hatte, seine Sau getötet zu haben. Er hatte versucht, diesem unverschämten Jüngling von einem Bischof gegenüber ehrerbietig zu sein – hatte sogar angeboten, für das Schwein und das Ferkel zu bezahlen –, aber ehrerbietiges Verhalten fiel Finn nicht leicht, und er fürchtete deshalb, die Sache gründlich verpfuscht zu haben. Aber immerhin hatte er dadurch, dass er die Schuld auf sich genommen hatte, den Zwerg vor dem Stock oder vor noch Schlimmerem bewahrt.

Er hoffte, dass der Abt die unbedachten Bemerkungen seines Buchmalers vergessen würde, wenn er erst einmal die Teppichseiten für das Manuskript sah. Sie würden prachtvoll werden. Auf dem Weg von Broomholm nach Aylsham hatte Finn viel Zeit gehabt, um sich über die Gestaltung dieser Vorsatzblätter, die dem Johannesevangelium vorangehen sollten, Gedanken zu machen. Dem Hintergrund würde er das satte Rot der Maulbeersoße verleihen, die das Brot auf seinem Schneidbrett durchtränkte und das Rebhuhn bedeckte, das er sich gerade schmecken ließ.

»Ich hoffe, die Soße sagt Euch zu, Master ... Finn.«

»Es gibt hier vieles, was mir zusagt, Madam.« Bildete er es sich nur ein, oder wurde sie ein wenig rot? Hastig fügte er hinzu: »Ihr habt großes Glück mit Eurer Köchin. Der Vogel ist wirklich hervorragend zubereitet.«

Sie lächelte ihn an – ein echtes Lächeln, nicht die angespannte Grimasse, die er bis zu diesem Zeitpunkt gesehen hatte.

»Agnes ist schon bei uns, seit ich ein Kind war. Sie war mein Kindermädchen. Sie ist überaus loyal.«

Finn entbot ihr mit seinem Messer einen Gruß und spießte dann einen weiteren Bissen auf. Agnes, dachte er. Den Namen musste er sich merken. Es war immer sinnvoll, sich mit der Köchin gut zu stellen. Außerdem wollte er bei Lady Kathryn keineswegs in Ungnade fallen. Wenn sie Loyalität so sehr schätzte, dann durfte er auf keinen Fall etwas sagen, das sie an der seinen zweifeln ließ. Aber er hoffte inständig, dass er hier nicht in einen dieser frommen Haushalte geraten war, wo er sich gezwungen sah, pausenlos irgendwelche Ausreden zu erfinden, um den unablässigen, geisttötenden Andachten zu entgehen. Auf jeden Fall wollte er verhindern, dass Rose durch ein solches Übermaß an religiöser Inbrunst beeinflusst wurde, denn er hatte den dunklen Schlund dieser Art von Frömmigkeit durchaus schon kennen gelernt. Alle Dinge brauchten ein Gegengewicht, um in der Balance zu bleiben, und das galt vor allem auch für die Religion. Fromme Hingabe an die Heilige Jungfrau, jedoch ausbalanciert durch intelligentes Denken, das war es, was er sich für seine Tochter vorstellte. Sein Leben stand unter dem Zeichen des Kreuzes – hatte er ihm nicht seine Kunst gewidmet, hatte er es nicht sogar in der Schlacht vor sich hergetragen? Geboren aber war er unter einem anderen Zeichen: der Libra, der Waage – in der einen Schale die Vernunft, die Frömmigkeit in der anderen.

Es hätte ihm schon weitergeholfen, wenn er gewusst hätte, warum Lady Kathryn eingewilligt hatte, ihn und seine Tochter bei sich aufzunehmen. Er vermutete, dass mehr als nur Loyalität gegenüber der Kirche dahintersteckte. Der Abt trug sicher dafür Sorge, dass es sich auch für sie lohnte. Die Silberbecher und die mit Silber beschlagenen Hornlöffel wiesen zwar darauf hin, dass er sich hier in einem wohlhabenden Haushalt befand, die Speisen auf der Tafel aber konnten, wenn sie auch köstlich zubereitet waren, keineswegs extravagant genannt werden. Außerdem war ihm aufgefallen, wie sorgfältig Lady Kathryn das Ausschenken des Weins überwachte. Er und Rose würden in Zukunft einfachere Kost serviert bekommen, da war er sich sicher. Wahrscheinlich sah sich seine Gastgeberin genötigt zu sparen, damit sie ihre Steuern zahlen und den Zehnt erbringen konnte.

Ihm war auch nicht entgangen, dass die Witwe noch anderen Zwängen ausgesetzt war. Der hakennasige Sheriff zu ihrer Rechten, mit dem sie Becher und Schneidbrett teilte, berührte viel zu oft ihren Ärmel. Wäre sie nicht zurückgewichen, so hätte er sogar seine lange Nase in ihrem Dekolleté vergraben. Manche fanden sie sicher schön, Finn aber bevorzugte dunkelhaarige, dralle Mädchen mit einem freundlicheren, offeneren Wesen. Diese Frau war ihm zu groß, und sie hatte für seinen Geschmack ein viel zu stolzes Gebaren. Und auch wenn sich über dem viereckigen Ausschnitt ihres Mieders ansprechende Rundungen zeigten, konnte man sie keineswegs als drall bezeichnen. Ihr bemerkenswertestes Merkmal waren zweifellos ihre Haare. Sie konnte nicht älter als vierzig sein, ihre Haare aber waren grau, beinahe weiß. Nur eine einzige schwarze Strähne über ihrer linken Schläfe wand sich wie ein Samtband durch den kunstvollen Knoten, der in ihrem schlanken Nacken von einem blauen Netz gehalten wurde. Er fragte sich, wie sie wohl nackt im Mondlicht aussah, wenn sie ihre Haarpracht gelöst hatte und diese dann wie geschmolzenes Silber über ihre Brüste floss. Es überraschte ihn selbst, wie schnell ihm dieser lüsterne Gedanke in den Sinn gekommen war – für derart anziehend hatte er die Frau nämlich gar nicht gehalten.

»Auf Lady Blackingham.« Sir Guy hob sein Glas. »Auf die Schönheit unserer Gastgeberin und auf ihre Gastfreundschaft.«

Schleimiger Mistkerl, dachte Finn. Trank der Sheriff auf ihre Schenkel oder ihr Weideland? Er erhob jedoch ebenfalls sein Glas, um nicht als unhöflich angesehen zu werden. Einen Sheriff zu beleidigen wäre nicht besonders klug gewesen.

Im Saal war es warm. Ihm stieg ein leichter Moschusgeruch in die Nase, der von rechts kam. Er bemerkte, dass der zarte Stoff von Lady Kathryns Schultertuch an ihren Brüsten klebte. Er spürte, dass sich in seinen Lenden etwas rührte, und war froh, dass er beim Trinkspruch nicht aufstehen musste. Er hatte zu viele Monate lang gewissermaßen im Zölibat gelebt. Nicht weil er auf Pilgerschaft war oder fastete – nein, er hatte nichts für diesen Unsinn übrig, das überließ er den Mönchen –, sondern aus Bequemlichkeit und auch aus Ekel. Da er mit seiner Tochter reiste, war es schwierig, ein Verhältnis anzufangen. Die Dirnen, die sich ihm anboten, rochen nach den Schuppen, in denen sie wohnten, und waren samt und sonders total verlaust. Selbst in den Bordellen des Bischofs bestand die Gefahr, dass man sich die Pocken holte.

Finn wurde plötzlich bewusst, dass es am Tisch völlig still geworden war. Alle sahen ihn erwartungsvoll an. Dann beugte sich der runde kleine Mönch ein Stück nach vorn und rief ihm zu.

»Stimmt Ihr dem nicht zu, Master Buchmaler?«

»Verzeihung, ich habe nicht…«

»Bruder Joseph, möchtet Ihr noch eine kleine Leckerei?« Lady Kathryn winkte den Diener herbei. »Agnes hat die Sahnetörtchen extra für heute Abend zubereitet.«

Der Mönch hielt schon seinen Löffel bereit. Seine Augen leuchteten. Seine Frage hatte er bereits vergessen.

Wie auch immer sie gelautet hatte, für Finn war offensichtlich, dass seine Gastgeberin seiner Antwort nicht traute. Sie war schlau. Er erinnerte sich an ihre Reaktion, als der Sheriff ihr die Leiche des

Priesters gezeigt hatte, an die allzu sichere Art, mit der sie verneint hatte, den Priester in letzter Zeit gesehen zu haben. Auf welche Weise konnte sie in diese Sache verwickelt sein? Nun, wie auch immer. Das alles ging ihn nichts an. Er musste an seine Tochter denken. Irgendetwas über den Mord an einem Priester zu wissen war bestimmt nicht ungefährlich.

Plötzlich schrillten sämtliche Alarmglocken in Finns Kopf und rissen ihn aus seinen Überlegungen, als er, diesmal von links, leise vertrauliche Worte vernahm. »Ich könnte Euch eine gute Stelle zum Zeichnen zeigen – unten in einer kleinen Bucht am Meer.«

Er erkannte die Stimme des jungen Rotschopfs neben ihm, der seiner Tochter mit seinem Gesicht bereits viel zu nahe gekommen war. Ihrer beider Lippen berührten sich fast.

Finn sprach laut genug, um Alfred auf der Stelle von seinem amourösen Kurs abzubringen. »Eine Bucht am Meer, sagt Ihr. Rose und ich würden uns freuen, sie zu sehen. Nicht wahr, Rose?«

Alfred räusperte sich verlegen. Er wirkte wie ein Dieb, den man mit der Hand im Heringsfass erwischt hat. Seine Tochter wurde rot, Zorn auf ihren Vater flammte in ihren wunderschönen Augen auf. Vielleicht war das hier ja nur harmloses Geplänkel. Trotzdem sollte der Junge wissen, dass er ihn nicht aus den Augen ließ.

Das Mahl zog sich endlos dahin. Was für eine Erleichterung, als sich ihre Gastgeberin endlich von der Tafel erhob. Jetzt konnte auch er sich entschuldigen und in die angenehme Unterkunft zurückziehen, die sie ihm zur Verfügung gestellt hatte. Er wünschte den anderen höflich eine gute Nacht, dankte Lady Kathryn noch einmal für ihre Gastfreundschaft und bemühte sich, seine Tochter den Fängen ihres glühenden Verehrers zu entreißen. Bevor ihm jedoch der Rückzug gelang, kam ein Diener an den Tisch und überreichte ihm ein Stück versiegeltes Pergament. »Das ist gerade für Euch abgegeben worden, Sir. Ich soll es Euch persönlich übergeben.«

Das Siegel war ihm unbekannt, aber das heilige Kreuz darauf gab ihm einen Hinweis auf dessen Ursprung. Wahrscheinlich war dies ein Nachtrag zu den Anweisungen seines Gönners.

»Wartet der Bote auf eine Antwort?«

Der Sheriff hatte zu reden aufgehört und zeigte unverhohlenes Interesse an Finns Gespräch mit dem Diener. Das ärgerte Finn, genau wie es ihn geärgert hatte, dass Sir Guy ihn vorhin über seinen Auftrag hatte aushorchen wollen.

»Nein, Sir«, sagte der Page. »Aber der Bote hatte noch eine weitere Nachricht für Euch. Ich soll Euch ausrichten: ›Halb-Tom bezahlt seine Schuld.‹«

Der Zwerg. Aber warum sollte dieser ihm eine Nachricht aus der Abtei Broomholm schicken? Die Abtei befand sich im Bacton Wood, mehrere Meilen östlich von Aylsham. Der Weg dorthin führte durch den Wald. Blackingham lag überdies gar nicht in seiner Richtung – mindestens zwölf Meilen nördlich von Norwich. Halb-Tom wohnte am Rande des Marschlands, westlich von Norwich. Die Frage hätte sich sicher leicht beantworten lassen, wenn er das Scheiben einfach geöffnet hätte. Genau das wollte er auch gerade tun, als der Sheriff aufstand, sich hinter ihn stellte und ihm neugierig über die Schulter sah. Aufdringlicher Mistkerl. Anstatt das Siegel zu brechen, tippte Finn seiner Tochter mit dem zusammengefalteten Pergament an den Ärmel, schob Alfred dann sanft beiseite und nahm Rose beim Arm.

»Komm, Tochter. Es ist Zeit, dass wir uns zurückziehen. Lady Kathryn soll sich ungestört von ihren Gästen verabschieden können.« Er nickte dem Benediktiner zu. »Gute Nacht, Bruder Joseph. Wenn Ihr morgen in Euer Kloster zurückkehrt, könnt Ihr Eurem Abt versichern, dass sein Buchmaler fleißig bei der Arbeit ist. Ich wünsche Euch eine gute Reise. Und Euch ebenfalls, Sir Guy.« Das *Sir* kam ihm dabei nicht leicht über die Lippen.

»Aber Ihr habt Euren Brief noch gar nicht geöffnet«, sagte der Sheriff.

»Nun, möglicherweise ist er von einer Dame«, erwiderte Finn, »daher werde ich mich an der Lektüre besser ungestört in meiner Kammer erfreuen.« Er erhob sich vom Tisch.

Zum zweiten Mal an diesem Abend rettete Lady Kathryn die Situation, indem sie sich in das Gespräch einschaltete. »In diesem Fall wünschen wir Euch eine gute Nacht, Finn. Wir wollen Euch auf keinen Fall länger von Eurem Vergnügen fernhalten.« Sie nahm ein

Binsenlicht aus einem der Wandhalter. Als Alfred ihr dieses abnehmen wollte, sah sie ihn stirnrunzelnd an und rief nach ihrem anderen Sohn, vom dem Finn bis dahin so gut wie keine Notiz genommen hatte. Lady Kathryn gab ihm das Binsenlicht und sagte dann zu Finn: »Colin wird Euch leuchten. Auf den Treppen ist es dunkel, und Ihr kennt Euch hier noch nicht aus. Ihr wollt doch sicher nicht, dass Rose stolpert.«

Finn kehrte der Runde erleichtert den Rücken. Während sie die Treppen hinaufstiegen, dachte er zum ersten Mal seit seiner Ankunft auf dem Landgut wieder an das verletzte Kind. Wie schnell dieses Ereignis für ihn in den Hintergrund getreten war. Wie es der Kleinen wohl ging? Natürlich. Halb-Tom, das Siegel mit dem heiligen Kreuz: Die Nachricht kam von der Einsiedlerin. Als sie in ihrem Quartier angekommen waren, nahm er die Kerze, die neben seinem Bett stand, und öffnete den Brief.

Das Kind hatte nur noch drei Tage gelebt.

»Ihr habt nach mir geschickt, Mutter?« Alfred wischte sich den Schlaf aus den Augen und versuchte dabei, nicht allzu vorwurfsvoll zu klingen, denn es hatte noch nicht einmal zu dämmern begonnen. Lady Kathryns Zimmer wurde nur von einem matten Lichtschein erhellt. Die Fackeln flackerten in ihren Wandhaltern, ihre Dochte waren so gut wie heruntergebrannt.

Sie antwortete ihm nicht sofort, sondern ging im Zimmer auf und ab, wobei die ledernen Sohlen ihrer Pantoffeln in der Stille des frühen Morgens leise über den Boden kratzten.

Das Bett seiner Mutter war bereits gemacht, vielleicht hatte sie aber auch, so schloss Alfred, nachdem er die dunklen Schatten unter ihren Augen bemerkt hatte, in dieser Nacht gar nicht darin geschlafen. Hatte sie womöglich wieder diese Kopfschmerzen? Er vergaß seinen Ärger darüber, dass man ihn aus seinen Träumen gerissen hatte, und beobachtete besorgt, wie sie vor ihm im Zimmer auf und ab ging. Sie trug noch immer die Kleidung, die sie am vergangenen Abend angehabt hatte. Auf dem Stoff ihres Seidenkleides zeichneten sich unter den Achseln Schweißränder ab. Sie hatte ihren Kopfschmuck abgelegt, und ihr silbernes Haar fiel als wirre, ungekämmte Mähne bis über ihre Taille. In dem grauen Licht des anbrechenden Tages sah ihr Gesicht verhärmt aus.

»Mutter, geht es Euch nicht gut?«

Sie hörte mit dem Umherwandern auf und sah ihn an, so als wäre sie überrascht, dass er in ihrem Schlafgemach stand.

»Alfred, du bist schon so früh auf? Stimmt irgendetwas nicht?«

»Meine verehrte Frau Mutter hat nach mir geschickt«, sagte er, wobei er den Ärger in seiner Stimme nicht mehr verbergen konnte. Er war erst kurz zuvor zu Bett gegangen. Sein Kopf fühlte sich benebelt an, und seine Zunge war schwer. Er war mit ein paar Burschen aus dem Dorf bei einem Hahnenkampf gewesen, aber das sagte er ihr besser nicht.

»So früh sollte Agnes dich gar nicht wecken«, sagte sie.

»Nun, die alte Krähe hat es aber getan, und es schien ihr auch noch Freude zu machen.« Er wartete darauf, dass seine Mutter ihn für seine Worte schalt, aber da kam nichts. Stattdessen stand sie einfach nur da und sah ihn an. Es kam ihm so vor, als wisse sie nicht, was sie sagen sollte. Es war ungewöhnlich, dass seine Mutter, deren Zunge sonst scharf wie ein Schwert war, offensichtlich nicht die richtigen Worte fand.

»Ist Euch nicht wohl, Mutter?«, fragte er. Mit einem Mal fühlte er sich wieder wie ein Kind. Panik stieg in ihm auf. Was war, wenn sie auch ihre Mutter verloren? Genauso plötzlich wie sie ihren Vater verloren hatten? Alfred hatte seinen Vater geliebt, aber es war Lady Kathryn, bei der er und Colin immer Beistand suchten und deren Zorn sie fürchteten, wann immer sie vom rechten Weg abgekommen waren. Roderick war oft mehrere Monate lang fort gewesen, hatte gegen die Franzosen gekämpft oder Höfling des Königs gespielt.

Sie schüttelte den Kopf, setzte sich aufs Bett und klopfte mit der flachen Hand auf den Platz neben sich. »Mir geht es gut. Komm, setz dich ein wenig zu mir. Ich muss etwas sehr Wichtiges mit dir besprechen.«

Also, das war neu. Normalerweise verhielt sie sich ihm gegenüber entweder selbstherrlich und dominierend oder aber nachsichtig und gütig: strenge Zuchtmeisterin oder verhätschelnde Mutter. Heute aber klang ihre Stimme irgendwie anders, beinahe so, als suche sie seinen Rat. Gewiss, er wurde nächstes Jahr sechzehn, und nach dänischem Recht war er damit volljährig, aber er wusste, dass er auf Blackingham niemals wirklich etwas zu sagen haben würde, solange seine Mutter da war. Sie hatte Blackingham in die Ehe eingebracht, und ihr Ehevertrag sicherte ihr Recht auf ihre Mitgift. Niemand außer dem König selbst konnte ihr diese nehmen.

Er setzte sich neben sie auf die Bettdecke. Sie drehte sich zu ihm um, legte ein Bein aufs Bett und lehnte sich am Bettpfosten an. Dann hob sie die Hand und strich ihm zärtlich übers Haar. Plötzlich war er wieder ein kleiner Junge, und sie versuchte ihm zu erklären, dass es ein grausamer Scherz gewesen war, seinem Bruder die kleine grüne Schlange ins Bett zu legen – überhaupt nicht komisch. Aber sie hatte schließlich auch nicht gesehen, wie Colin seinen Kindermund zu einem festen kleinen O verzogen hatte, während er wie wild auf einem Bein herumgehüpft war und panisch »eine Schlange, eine Schlange« geschrien hatte. Alfred hätte bei dieser Erinnerung auch jetzt noch am liebsten laut gelacht. Er hatte nicht die geringste Ahnung, was er diesmal angestellt haben sollte – oder hatte sie das mit dem Hahnenkampf doch irgendwie herausgefunden?

»Alfred, du weißt, dass wir in schwierigen Zeiten leben. Der Tod des Königs hat eine große Lücke hinterlassen. Seine Söhne versuchen jetzt, diese Lücke auszufüllen und selbst an die Macht zu gelangen. Das heißt, dass Lancaster und Gloucester dem elfjährigen Sohn ihres toten Bruders den Thron mit Sicherheit nicht kampflos überlassen werden. Dann ist da natürlich noch der Krieg mit Frankreich und zu allem Überdruss auch noch ein Papst zu viel.«

»Was hat das alles denn mit mir zu tun?«, fragte er irritiert. Sie würde ihn wohl doch nicht allen Ernstes aus dem Bett holen lassen, um mit ihm über die Politik des Hofes und der Kirche zu diskutieren.

Sie lächelte ihn an und schüttelte ungeduldig den Kopf. Er kannte diesen Blick. Wenn sie ihn so ansah, kam er sich immer wie ein Einfaltspinsel vor.

»Es hat sehr viel mit dir zu tun, Alfred. Mit dir und mit Blackingham. Wenn wir uns nämlich auf die falsche Seite schlagen und diese dann im Kampf um den Thron unterliegt, könnten wir – könntest du – alles verlieren.« Sie berührte ihn mit ihren langen, schmalen Fingern sanft am Kinn. Ihr Blick liebkoste ihn. »Einschließlich deines wunderschönen roten Lockenkopfes.«

»Aber Vater und der Herzog von Lancaster waren doch Freunde.«

»So ist es. Dein Vater hat unüberlegterweise ein Bündnis mit John of Gaunt geschlossen. Was ist jedoch, wenn der Herzog seinen eigenen Intrigen zum Opfer fällt? So etwas geschähe nicht zum ersten Mal. Und was ist, wenn der junge Richard von den Machenschaften seiner beiden Onkel genug hat und jemand anderes Einfluss auf ihn gewinnt – sagen wir einmal, der Erzbischof? John of Gaunt ist bei den Bischöfen alles andere als beliebt, weil er John Wycliffe und seine Lehren gegen die Macht der Kirche verteidigt. Sie wiegeln den Mob gegen den Papst auf. Wenn die Bischöfe sich gegen John of Gaunt wenden, dann würde der Herr von Blackingham mit dem Herzog zusammen untergehen. Man würde ihn des Verrats anklagen und seine Ländereien konfiszieren. Der Herr von Blackingham! Das bist du! Hast du mich verstanden, Alfred?«

»Ich denke schon.« Vielleicht war Colin trotz allem der Glücklichere von ihnen beiden, dachte er, als er plötzlich die Last seines Geburtsrechts spürte. »Und was sollen wir jetzt machen?«, fragte er schlicht.

»Wir tun so, als wüssten wir nichts vom Bündnis deines Vaters, erklären uns, wann immer möglich, für neutral. Wir machen uns einfach unsichtbar.«

»Unsichtbar?«

»Wir halten still und lassen uns absolut nichts zuschulden kommen. Wir äußern niemals unaufgefordert unsere Meinung, und wenn man uns fragt, wem unsere Treue gilt, wägen wir unsere Worte so sorgfältig ab wie Gold.« Sie leckte an ihrem Zeigefinger und hielt ihn hoch. »Und wir sind immer auf der Hut, wohin sich der Wind dreht.«

»Ihr meint, wir sollten lieber nicht mit unseren Freunden prahlen.«

»Ich meine, dass wir weder mit unseren Freunden prahlen *noch* unseren Feinden das Gefühl vermitteln sollten, dass wir ihnen drohen.«

»Und in der Gegenwart wichtiger Leute sollten wir lieber den Mund halten«, sagte er nickend. »Nicht so wie der Buchmaler.«

»Genau.« Die Mundwinkel ihres breiten Mundes zogen sich nach unten, so dass ihr Gesicht jetzt noch verhärmter aussah. »Er hätte vor dem Sheriff und Bruder Joseph niemals so freimütig sprechen dürfen. Das könnte nicht nur ihm schaden, sondern auch uns.«

»Wollt Ihr mit ihm darüber reden?«

Sie sah ihn nachdenklich an. »Nein, ich glaube nicht. Irgendetwas sagt mir, dass ein Mann wie Finn nicht einfach den Mund halten wird, nur weil es ratsam ist.«

»Wollt Ihr damit sagen, dass er ein mutiger Mann ist?«, fragte Alfred.

»Ich will damit sagen, dass er keine Ländereien besitzt, die man konfiszieren könnte, und keine Söhne hat, die er in Gefahr bringen würde. Er ist ein begabter Kunsthandwerker, der keiner Gilde angehört. Und aufgrund seines Könnens genießt er den Schutz der Kirche.«

»Aber er hat eine Tochter.«

»Das stimmt.« Sie wandte den Blick ab. »Ich habe dich jedoch nicht aus dem Bett holen lassen, damit wir über Finn und seine Tochter sprechen.«

»Ich weiß. Ihr wolltet mich warnen. Ich soll aufpassen, was ich sage.«

Sie nickte. »Richtig. Und ich wollte dich außerdem darum bitten, dass du dich allmählich deiner Verantwortung als Gutsherr stellst.«

Jetzt kommt's, dachte er. Der Vortrag über die Verantwortung, über zu viel Bier, zu viele Trinkgelage. Er erinnerte sich daran, wie böse sie geworden war, als er in ihrer Gegenwart mit Glynis herumgeschäkert hatte. Und sie hatte anscheinend doch bemerkt, dass er heute erst in den frühen Morgenstunden nach Hause gekommen war.

»Aber ich bin noch nicht alt genug, um Gutsherr zu sein. Das habt Ihr selbst gesagt. Wisst Ihr das nicht mehr?«

»Du bist alt genug, um zu lernen, wie du deine Ländereien und deine Familie schützt.« Sie hielt die Hand hoch, um zu verhindern, dass er sie unterbrach. »Ich spreche nicht davon, sie mit Waffen zu verteidigen. Ich weiß, dass dein Vater dich gelehrt hat, wie man ein Schwert führt und einen Dolch benutzt. Und was hat ihm das genützt? Nein, ich spreche von einer anderen Art des Schutzes.«

Sie erhob sich und begann wieder, im Zimmer auf und ab zu gehen.

»Ich habe Grund zu der Annahme, dass Simpson uns bestiehlt, dich bestiehlt.«

»Warum entlasst Ihr ihn dann nicht, wenn Ihr sicher seid, dass er ein Dieb ist?«

»Weil die Pest und die Französischen Kriege herzlich wenige Männer übrig gelassen haben. Es ist schwer genug, normale Arbeiter zu finden: Freisassen, Schäfer und Weber – noch schwieriger aber ist es, Männer zu finden, die lesen und schreiben können. Außerdem verfügt Simpson über wertvolles Wissen über die Pächter, die Schafe, die Vorbereitung und den Verkauf der Wolle: Wissen, das dir noch fehlt.« Sie drehte sich um und sah ihn an. Ihr Blick war ruhig, direkt. »Deshalb bitte ich dich, dass du zu Simpson gehst und in seinem Haushalt wohnst. Auf diese Weise kannst du ein wachsames Auge auf ihn haben und gleichzeitig etwas von ihm lernen.«

»Ihr meint wie ein Lehrjunge! Ich? Der zukünftige Lord von Blackingham, Sir Rodericks Erbe, soll bei seinem Verwalter in die Lehre gehen?« Er hörte, wie sich seine Stimme zu einem kindischen Kreischen hinaufschraubte, konnte es aber nicht verhindern. »Warum kann Colin das nicht machen?«

»Weil Colin nicht Erbe von Blackingham Manor ist. Der Erbe bist du. Abgesehen davon wärst du nicht Simpsons Lehrjunge, Alfred. Simpson ist immer noch der Diener, und du bist der Herr. Das wird er respektieren. Er ist viel zu gierig, um es nicht zu tun. Da er weiß, dass ich ihn nicht leiden kann, wird er wahrscheinlich sogar versuchen, sich bei dir einzuschmeicheln. Und du kannst tatsächlich etwas von ihm lernen. Er mag zwar ein Dieb sein, aber er kennt sich hervorragend mit Wolle aus. Noch wichtiger aber ist, dass du ihn im Auge behalten kannst und dich und uns dadurch vor seinen Diebereien schützt.«

»Und wie lange soll ich das machen?«

»So lange, bis man ihn überführen kann.« Sie zuckte mit den Schultern. »Bis Michaelis vielleicht.«

Nach seiner ersten Empörung begann Alfred, die Argumente seiner Mutter zu überdenken. Er würde also Spion sein. Diese Vorstellung hatte durchaus ihren Reiz. Und er konnte den alten Simpson fröhlich nach seiner Pfeife tanzen lassen. Außerdem war es vielleicht gar nicht so schlecht, sich für eine gewisse Zeit dem wachsamen Blick seiner Mutter entziehen zu können. Manchmal fühlte er sich nämlich unangenehm gegängelt von ihr. Er hatte schon überlegt, ob er sie bitten sollte, ihm zu erlauben, Schildknappe zu werden. Beim Sheriff, Sir Guy de Fontaigne, vielleicht. Sein Vater hatte vor seinem Tod schon einmal so etwas erwähnt. Aber das hier war womöglich noch viel besser. In ihrer Nähe zu bleiben, ihr aber nicht zu nahe zu sein.

»Es erübrigt sich zu sagen, dass du solange von den Andachten befreit bist«, fügte sie hinzu. »Ich weiß allerdings nicht, wie viel Frömmigkeit man angesichts unserer neuen Beziehung zur Abtei von uns erwartet. Vermutlich werden wir Bruder Joseph jetzt öfter zu Gesicht bekommen. Und zwischen Blackingham und dem Skriptorium der Abtei werden möglicherweise öfter Kuriere unterwegs sein. Wir müssen also den Schein wahren. Simpsons Anwesenheit bei den Gottesdiensten ist nur an den Feiertagen erforderlich. Falls du aber weiter hier wohnst, wird von dir als zukünftigem Gutsherrn erwartet werden, dass du wesentlich häufiger bei der Andacht anwesend bist, als das bisher der Fall war.«

Das gab den Ausschlag.

»Wann soll ich anfangen?«, fragte er.

»Morgen. Simpson bringt mir jeden Freitag die Abrechnungen. Gestern sind wir unterbrochen worden. Ich werde morgen nach ihm schicken. Du wirst dabei sein, und ich werde ihn über deinen neuen Status informieren. Jetzt, da ich darüber nachdenke, würde ich sagen, dass er dir seinen Bericht vorlegen soll. Ich werde mich im Hintergrund halten, um dir später alle Fragen zu beantworten, die du vielleicht hast. Simpson soll schließlich merken, dass du jetzt der Herr bist. Du kannst ihm sagen, dass es deine eigene Idee war, ihm eine Weile bei der Arbeit zuzusehen – damit du alles über den Wollhandel lernst –, dann wird er auch keinen Verdacht schöpfen.«

Sein so plötzlich erworbener Erwachsenenstatus war sofort irgendwie unheimlich, aber er hatte zweifellos auch etwas Spannendes. Was war besser: Weiterhin hier zu wohnen und von seiner Mutter herumkommandiert zu werden oder zu Simpson zu gehen und selbst Befehle zu geben? Darüber hinaus konnte er ein wenig männliche Gesellschaft durchaus gebrauchen. Er vermisste seinen Vater sehr.

»Ich werde es machen, Mutter«, sagte er und nickte ernst, so als wäre das allein seine Entscheidung gewesen. »Macht Euch keine Sorgen, ich werde mit dem Kerl schon fertig werden.«

»Gut.« Lady Kathryn lächelte. »Ich wusste, dass ich mich auf dich verlassen kann.« Sie atmete tief durch, und ihr Gesicht entspannte sich. »Jetzt geh und sag Agnes, sie soll dir Frühstück machen.«

Sie gab ihm einen Kuss auf die Wange. Ihre Lippen fühlten sich weich an, und ihr Haar roch nach Lavendel. Wenigstens diesmal hatte er sie glücklich gemacht. Und es war auch gar nicht so schwer gewesen. Sich dem verdrießlichen Simpson gegenüber als Gutsherr aufzuspielen, das machte vielleicht sogar Spaß. Aber dann dachte er an Rose und seufzte voller Bedauern. Die hübsche Tochter des Buchmalers hatte er vollkommen vergessen. Was für ein ungünstiger Zeitpunkt, um das Haus zu verlassen. Vielleicht konnte er sich ja hin und wieder davonstehlen, um zu sehen, wie die Arbeit in dem behelfsmäßigen Skriptorium voranging.

Lady Kathryn ließ sich erleichtert auf ihr Bett sinken. Aus dem Hof drangen bereits die ersten klappernden Geräusche in ihr Zimmer. Rauch von den noch niedrig brennenden Herdfeuern erfüllte die Morgenluft mit seinem Geruch. Blackingham erwachte langsam aus seinem Schlummer: die Pferdeknechte, die Dienstmädchen, selbst die Hunde, die im Stall schliefen – sie alle begannen sich beim ersten grauen Licht des Tages zu regen. Sie aber hatte überhaupt nicht geschlafen. Sie hatte die ganze Nacht darüber nachgedacht, wie sie Alfred am besten dazu bringen konnte, ihrem Vorschlag Folge zu leisten. Ihre sorgfältige Planung hatte sich jedoch ausgezahlt. Natürlich hätte sie ihn auch einfach zum Gehorsam zwingen können, aber sie war froh, dass es ihr gelungen war, ihn zu überzeugen. Für ihn war das offensichtlich jedoch alles nur ein Spiel.

Alfred und seine Spiele. Wie gern sie ihm zugesehen hatte, damals, als er noch ein kleiner Junge gewesen war, einen Stock als Schwert an seine Seite gebunden. Dann hatte er, seinen Holzschild hinter sich herschleifend, Schlachtpläne ersonnen – er selbst von seinen imaginären Kampfgefährten natürlich immer der Kühnste –, hatte mutige Reden über Ehre und Tapferkeit gehalten und diesen mit einem heftigen Schütteln seiner roten Locken noch mehr Nachdruck verliehen. Sie hörte ihn noch immer rufen: »Vorwärts, Leute. Erschlagt die Schufte.« Und dann hatte er Colin völlig frustriert mit seinem Stockschwert gedroht, seinem Bruder, der völlig unbeeindruckt davonspaziert war, um irgendeinen bunten Schmetterling zu betrachten. Sie gab sich ganz kurz der Vorstellung hin, wieder hier mit ihren beiden kleinen Söhnen zusammen zu sein – ihnen beim Spielen zuzusehen, sie zu verhätscheln, ihre Köpfe zu streicheln, sie in den Schlaf zu singen, ihre Schrammen zu verbinden. All die Dinge zu tun, die Mütter eben tun. Wie sehr hatte sie diese einfachen Freuden doch für selbstverständlich gehalten.

Simpson auf die Finger zu sehen würde für Alfred einfach nur ein weiteres Spiel sein, aber es würde ihn von Rose fernhalten. Außerdem konnte er tatsächlich von Simpsons Erfahrung profitieren. Alfred war alles andere als dumm. Falls Simpson sie bestahl, würde Alfred das nicht entgehen, und dann konnten sie etwas dagegen unternehmen. Dennoch würde sie ihren Sohn vermissen. Es gelang ihm stets, sie zum Lachen zu bringen. Und wenn Simpson auch nicht unbedingt der beste Umgang für ihn war, welchen Schaden konnte er Alfreds Charakter zufügen, den Roderick nicht schon durch sein Beispiel angerichtet hatte?

Direkt vor ihrem Fenster begann jetzt eine Lerche zu singen – unverschämter Bursche, auch noch eine Morgendämmerung anzukündigen, die viel zu früh gekommen war. Sie hätte ihren Schuh nach der Lerche geworfen, hätte es nicht Unglück gebracht, wenn man einer Lerche etwas antat. Und Kathryn hatte in ihrem Leben schon genug Unglück gehabt.

Da war so vieles, an das sie denken musste. Sie musste wachsam sein. Manchmal fühlte sie sich wie ein trockenes Blatt, das der Winterwind über die Felder weht. Richtungslos, ziellos, ohne sich wehren zu können. Wenn sie nur eine kleine Weile hätte ausruhen können, dann hätte sie wieder so viel Kraft geschöpft, um nachsehen zu können, ob sich Finn und Rose in ihrer neuen Unterkunft wohlfühlten.

Kurz bevor sie die Augen schloss und einschlief, fiel ihr noch ein, dass sie etwas vergessen hatte. Sie hatte Alfred nicht gefragt, wo er in der Nacht, in der man den Priester ermordet hatte, gewesen war.

5. KAPITEL

*Es soll euch genügen, auf dem Altar eine
Darstellung unseres ans Kreuz geschlagenen
Heilands zu haben: dies vor Augen, wird euch
dazu anleiten, seine Passion nachzuahmen.
Seine ausgebreiteten Arme werden euch einladen,
ihn zu umarmen, seine nackte Brust wird euch
zum Trost die süße Milch der Sanftmut spenden.*

AELRED VON RIEVAULX,
Regeln für das Leben eines Einsiedlers, 1160

Die Einsiedlerin lag ausgestreckt auf dem Boden vor dem Altar, vor dem Bildnis des leidenden Christus, und brachte ihm ihre eigene Qual als Opfergabe dar. Ihre Kontemplation war gestört. In ihre Gebete hatte sich ein Entsetzen gedrängt, dem ihr Verstand nichts entgegenzusetzen vermochte. Sie erinnerte sich (so als wäre es nur Tage und nicht schon Jahre her) an das Gesicht des Bischofs, als er die Totenmesse rezitiert hatte, das Geräusch, als er die wuchtige Tür verriegelt und sie damit in ihrem symbolischen Grab eingeschlossen hatte. Selbst jetzt, während sie, von absolutem Schweigen umgeben, vor ihrem Altar lag, hallte das metallische Klappern des Riegels und das Kratzen der schweren, über den Boden schleifenden Eichentür immer noch in ihren Ohren wider. Sie lag da, von Dunkelheit umgeben, in kalten Angstschweiß gebadet.

Es war der höchste und ehrenvollste Ruf von allen, der an sie ergangen war. Der Ruf, in Einsamkeit zu leben, in Abgeschiedenheit von der Welt, von ihrer Familie, ihren Freunden – nicht einmal die tröstliche Gemeinschaft eines Klosters war ihr gestattet –, damit sie ein leeres Gefäß wurde, um Gott in sich aufnehmen zu können. Die Frau, die sie einst gewesen war, war für die Welt gestorben. Sie hatte sogar ihren Namen aufgegeben und jenen der Kirche Saint Julian angenommen, unter deren Dachtraufe sich ihre kleine Hütte duckte. Als Symbol für den einsamen, allem entsagenden Status der Eremitin war sie wie bloßes Zubehör an die Außenmauern der Kirche angebaut. Sie war dem Ruf zu diesem Leben bereitwillig gefolgt, hatte sich sowohl jeder kirchlichen als auch jeder weltlichen Gemeinschaft versagt und sich mit einem Leben einverstanden erklärt, in dem sie völlig von den milden Gaben anderer abhängig war, damit sie in Gemeinschaft mit ihrem Schöpfer leben konnte. Ihre Einsamkeit wurde nur hin und wieder von einem Besucher unterbrochen, der Trost oder das gemeinsame Gebet suchte. Und das war ihr genug gewesen.

Bis zu dieser Nacht.

Heute Nacht war die erste Nacht, in der ihr Herz in ihrer Brust raste wie das Herz eines gefangenen Vogels. Sie spürte erneut Panik in sich aufsteigen, wollte schreien und mit den Fäusten gegen die schwere Holztür trommeln, die sie von der Welt trennte.

Wie lange lag sie nun schon in dieser undurchdringlichen Finsternis? Unzählige Gebete auf den Lippen, die ihre Gemeinschaft mit Gott, die sie durch ihre Zweifel zerstört hatte, nicht wiederherzustellen vermochten.

War das eine Lerche? Die Glocken der Kathedrale schlugen gerade die Matutin. Der Morgen war also noch nicht angebrochen.

Ihre Glieder waren steif, ihr Körper schmerzte, da sie, in der Julihitze schwitzend, schon so lange auf dem feuchten, harten Stein lag. Ein Leben der Kontemplation zu führen, den wirbelnden Reigen des Todes, den *danse macabre* auszusperren, ihre Ohren vor der Trauer und dem Wehklagen, den niemals endenden Totenliedern zu verschließen – der Sensenmann ging übers Land, erntete Seelen wie reife Ähren –, stattdessen der ruhigen, leisen Stimme zu lauschen: Das war der Weg, den sie gewählt hatte, als sie sich Gott verpflichtet hatte.

Und sie war damit zufrieden gewesen, bis zu dem Moment, als der Illuminator ihr das verletzte Kind gebracht hatte.

Sie hatte das Kind in ihren Armen gewiegt und ein Schlaflied gesummt. Als der Buchmaler aber mit der Mutter zurückkam, hatte sich die »Einsiedlerin« in die Dunkelheit zurückgezogen. An ihre Stelle war eine Frau getreten, die von tiefstem Schmerz erfüllt war, eine Frau, die sich all dessen, was sie hinter sich gelassen hatte, bewusst war.

In ihrer Abgeschiedenheit hatte ihre Monatsblutung aufgehört.

»Ihr Name ist Mary«, hatte die Mutter gesagt, als Julian die Haut des vor Fieber glühenden Kindes mit Wasser kühlte. Die Stimme der Mutter brach beim letzten Wort. Ihr Gesicht war vor Schmerz grotesk verzerrt, erstarrt wie eine der Tragödienmasken, die die Pantomimen in den Mysterienspielen trugen. »Ich habe sie nach Unserer Lieben Frau genannt. Damit sie sie beschützt.«

Aber die Heilige Jungfrau hatte das Kind, das nach ihr benannt war, nicht beschützt. Auch nicht der Christus, zu dem Julian so oft betete. Wusste die Mutter, wie sehr Julian sie um dieses kleine Mädchen beneidete? Selbst ein totes Kind lebt in der Erinnerung weiter. Zuerst kam der Neid, und dann der Zweifel. Welche anderen Sünden würden in Zukunft wohl noch durch den Riss, den ihr Glauben bekommen hatte, hervorkriechen?

Der Stein unter ihren Lippen schmeckte nach Moder und Tod. Ihr Körper war vom langen Liegen auf dem Steinboden ganz steif geworden. Konnte sie ihre erstarrten Gelenke durch Willenskraft dazu zwingen, sich zu bewegen, wenn sie es versuchte? Ich werde hier sterben, dachte sie. Ich werde sterben. Man wird meine Gebeine vor dem Altar finden. Das Fleisch wird von meinen Kochen fallen wie bei einer verfaulenden Frucht, die ihre Kerne freigibt. Die Finger ihrer linken Hand, deren Handteller sie fest auf den Boden gedrückt hatte, begannen krampfhaft zu zucken.

Ich weiß nicht einmal, wie die Mutter heißt, dachte sie.

Julian hatte ihr Trost zusprechen wollen. Aber die Worte waren in der Stille wie Kieselsteine zu Boden gefallen, hart und spröde wie Kummer. Wie sollte sie auch von Gnade sprechen, wenn es keine Gnade gab?

Nachdem sie das Kind begraben hatten, hatte Julian drei Nächte hintereinander geträumt, dass der Teufel sie zu erwürgen versuchte. Sie war nach Luft ringend aufgewacht, geweckt von den Schreien hinter den geschlossenen Fensterläden des Dienstmädchenzimmers, den Schreien der Mutter, die im Schlaf nach ihrem toten Kind rief. Julian hatte mit aller Kraft versucht, die Sehnsucht zu unterdrücken, die das Kind in ihr geweckt hatte. Sie hatte ihre Wahl getroffen – es war Blasphemie, diese Wahl jetzt in Frage zu stellen.

»*Pastor Christus est*…« Ihren Lippen gelang es nicht mehr, die Worte zu formen. *Vergib meinem schwachen Fleisch, Herr. Ich danke dir für diese unerfüllte Sehnsucht. Ich bringe dir mein Leiden als Opfer dar.*

Aber sie konnte die heißen Tränen nicht zurückhalten, die unter ihrem Gesicht bereits kleine Pfützen bildeten. Beweinte sie das Leiden ihres Heilands, den Tod der kleinen Mary, den Kummer der Mutter? Oder beweinte sie ihren eigenen unfruchtbaren Leib?

Im Garten kündigte der erste Ruf der Lerche die Morgendämmerung an. In der Kirche huschten Ratten über die Steinfliesen, suchten nach Krümeln der Hostie. Wie zerbrechlich war doch dieses Ding, das sich Glaube nannte.

»Herr, wenn es dein Wille ist, dann nimm diese Sehnsucht von mir. Wenn es aber nicht dein Wille ist, dass ich von allen weiblichen Sehnsüchten befreit sein soll, dann verwandle dieses Verlangen in ein besseres Verständnis deiner vollkommenen Liebe.«

Als Antwort sickerte das erste perlmuttfarbene Licht des anbrechenden Morgens wie ein launenhaftes Zeichen der Gnade unter ihrer Zellentür hindurch. Julian hörte, wie Alice auf der anderen Seite der Tür mit den Vorbereitungen für den neuen Tag begann: die knackenden Zweige des Feuers, das sie unter dem Kochtopf entzündet hatte, das Klappern der Fensterläden an der kleinen Durchreiche, die sie öffnete. Julian erhob sich vom Boden, überrascht, dass es ihr so leicht fiel, ihre widerstrebenden Gliedmaßen zum Gehorsam zu zwingen.

»Ist es ein schöner Morgen?«, fragte sie, als Alice einen Stapel sauberes Leinen auf die Fensterbank legte.

»Ja. Die Mutter des Mädchens ist fort. Ihre Bettstatt war leer, als ich gekommen bin. Wahrscheinlich ist sie zu ihrem Mann zurückgekehrt.«

»Das ist gut. Jetzt kann sie versuchen, ihren inneren Frieden wiederzufinden.«

Zu Julians Erleichterung gab Alice keinen Kommentar zu der scheinbaren Ungerechtigkeit des Lebens ab, obwohl ihr Mund bereits zuckte. »Habt Ihr die ganze Nacht gebetet?«, fragte sie, als Julian einen sauberen Nonnenschleier vom Stapel auf dem Fensterbrett nahm.

»Der Heilige Geist spendet den verwundeten Seelen Trost.«

»Nun, aber auch der Körper braucht von Zeit zu Zeit etwas Erquickung.« Alice eilte geschäftig hin und her wie ein Zaunkönig, der sein Nest baut. »Hier, esst dieses Ei und beendet Euer Fasten.«

Als Julian einen Bissen von dem gekochten Ei nahm und den Rest dann wieder in den Becher legte, bemerkte sie die frisch gespitzten Federkiele, die aus dem Korb herausragten, den Alice gerade ins Fenster stellte.

»Ich sehe, dass du noch mehr Schreibfedern mitgebracht hast. Ich werde später etwas essen. Wenn meine Arbeit getan ist.«

Die Dienerin kniff die Lippen noch fester zusammen, schluckte aber ihren Protest hinunter. »Ich habe einen Mohnkuchen für den Zwerg mitgebracht«, sagte sie. »Er mag zwar nur ein halber Mann sein, aber er hat den Appetit eines Riesen.«

»Und den Mut eines Riesen hat er auch. Du kannst den Kuchen zum Almosentor bringen oder ihn an die Vögel verfüttern. Tom ist nicht mehr da. Er ist zu seinen Aalreusen zurückgekehrt. Außerdem habe ich ihn gebeten, dem Mann, der das Kind zu uns gebracht hat, eine Nachricht zukommen zu lassen. Ich dachte, dass er gern wüsste, was geschehen ist.«

Alice goss Wasser aus dem Brunnen der Kirche in ein Becken. Dieses stellte sie dann, nachdem sie das halb aufgegessene Ei beiseitegeschoben hatte, ins Fenster. »Also, das ist wirklich ein seltsamer Vogel. Er malt für die Abtei und tut damit die Arbeit eines Mönches, aber er ist kein Mönch. Er hat eine Tochter.«

Alice legte Seife und Handtücher, außerdem frische Kräuter für das wöchentliche Bad bereit. Julian bestand darauf, jede Woche zu baden, auch wenn Alice fand, dass das nicht gesund sei. Julian entkleidete sich, während Alice weiterplauderte.

»Ich hätte ihn gar nicht für einen Familienvater gehalten. Er hat das verwegene Aussehen eines Walisers, spricht aber genau wie Ihr normannisches Französisch. Und das passt doch irgendwie nicht zusammen. Mir ist nämlich noch nie ein Waliser begegnet, der ohne Akzent gesprochen hat. Ich würde mein Jungfernhäutchen verwetten, wenn ich noch eines hätte, dass er ein umhervagabundierender Kelte ist, mehr Heide als Christ. Dabei arbeitet er sogar für das Kloster. Diese Mönche sollten wirklich nur gottesfürchtige Angelsachsen einstellen.«

Julian kehrte dem Fenster den Rücken zu und legte ihr Unterhemd ab. Die kleine Zelle, in der es normalerweise ziemlich kalt war, hatte sich in der Hitze dieses Sommers unangenehm aufgeheizt. Das Wasser fühlte sich auf ihrem geschundenen Körper angenehm kühl an. War dieses wöchentliche Bad ein fleischlicher Genuss, den sie sich versagen sollte? Oder durfte sie es als eine Art Taufe ansehen? Sie hörte dem Geplapper der älteren Frau nur mit einem Ohr zu, während sie den beruhigenden Duft des mit Lavendel aromatisierten Wassers einatmete. Noch ein Genuss? Aber es war doch Gott selbst, der dem Lavendel diesen frischen Duft verliehen hatte – das Geschenk eines liebenden Vaters an seine Kinder.

»Gottesfürchtige Angelsachsen, sage ich.«

Julian war sich schon seit langem bewusst, dass Alice, genau wie die meisten anderen Angehörigen ihres Standes, viele Vorurteile in ihrem ansonsten guten Herzen hegte. Und sie wusste auch, dass es überhaupt keinen Sinn hatte, mit ihr über diese Vorurteile zu diskutieren.

Alice plapperte munter weiter. »Aber er war ungewöhnlich sauber und gepflegt. Sind Euch seine Hände aufgefallen? Glatt wie die einer Frau. Und die Fingernägel! Bis auf die kleinen Farbränder waren sie sauber wie ein Hühnerknochen, den ein Bettler abgenagt hat.« Sie warf der Einsiedlerin unter gesenkten Lidern einen verschmitzten Blick zu. »Aber er hatte bestimmt nichts Weibliches an sich.«

Eine Pause. Ein Seufzen. Julian wusste, was jetzt kam.

»Aber wahrscheinlich habt Ihr das gar nicht bemerkt.«

»Ich habe ein Keuschheitsgelübde abgelegt, Alice. Das heißt aber nicht, dass ich deshalb blind geworden bin. Viel wichtiger aber ist, dass dieser Mann eine aufrichtige Seele zu haben scheint.«

Alice räusperte sich. »Nun, jedenfalls nicht so aufrichtig, dass es ihn daran gehindert hätte, den Bischof anzulügen. Er hat ihm gesagt, dass er das Schwein getötet hätte, dabei weiß ich, dass es der Zwerg war. Halb-Tom hat es mir selbst erzählt. Er sagte, dass er Angst vor dem Stock hatte. Dem Letzten, den man dabei erwischt hat, als er den Bischof bestahl, hat man die Nasenflügel aufgeschlitzt.«

Julian konnte keinen frommen Grund mehr finden, um ihr Bad noch weiter auszudehnen. Während sie sich wünschte, dass sie ihre Seele ebenso leicht reinigen könnte wie ihren Körper, schlüpfte sie in ein sauberes Unterhemd. Das Hemd roch nach Lauge, scharf und beißend. Der Geruch brannte in ihrer Nase.

»Aber es war eine edle Lüge«, gab Alice widerwillig zu, »denn der Bischof ist gegenüber jemandem, der für die Abtei Broomholm tätig ist, wesentlich nachsichtiger als bei einem Aalfänger aus dem Marschland. Und es ist gut, dass das Ganze schon letzte Woche passiert ist und nicht erst diese.«

»Eine *edle* Lüge, Alice? Darüber werde ich wohl nachdenken müssen. Aber was den Zeitpunkt angeht, wo liegt da der Unterschied?«

»Dann wisst Ihr es also noch gar nicht. Ich dachte, der Zwerg hätte es Euch erzählt.«

»Mir was erzählt?«

»Der Gesandte des Bischofs kehrte als Leiche zurück. Mit zertrümmertem Schädel.«

»Was…?«

»Und es war kein Unfall. Henry Despenser will den Mörder dafür hängen lassen. Er will seinen Kopf auf eine Stange aufspießen und seine Eingeweide verbrennen lassen.«

»Aber was soll der Buchmaler damit zu tun haben?«

»Nun, er ist ein Fremder. Das ist alles. Und schließlich weiß jeder, dass die Waliser ein wilder Haufen sind. Jedenfalls hat der Bischof einen Wutanfall bekommen, als er von dem Mord hörte. Er sagte, wer auch immer den Priester erschlagen hat, die eigentliche Schuld daran trägt John Wycliffe, weil er die Leute gegen die Heilige Kirche aufwiegelt. Er sagte, wenn Oxford Wycliffe nicht zum Schweigen bringt, geht er höchstpersönlich zum französischen Papst.«

Julian reichte ihre schmutzige Kleidung durch das Fenster. Alice nahm sie entgegen und redete dabei unablässig weiter. »Allerdings weiß ich nicht, was ihm das nützen sollte, wo doch jeder weiß, dass er Reich und Arm beraubt, um den italienischen Papst zu unterstützen. Zwei Päpste! Einer in Frankreich. Der andere in Rom. Heilige Mutter Gottes. Ist denn einer nicht genug? Wie soll ein gottesfürchtiger Mensch denn wissen, welcher der Richtige ist? Nun, vielleicht keiner von beiden.« Und dann fügte sie murmelnd hinzu. »Vielleicht erkläre ich mich einfach selbst zum Papst, dann hätten wir sogar drei. Und einer davon ist eine Frau.«

Alice musste an Julians Gesichtsausdruck gesehen haben, dass sie jetzt eindeutig zu weit gegangen war.

»Nun, ich kümmere mich jetzt wohl besser um den Kräutergarten und überlasse Euch Euren Texten.« Sie öffnete die Tür ihres Zimmers. Draußen schien die Morgensonne. Julian konnte von ihrem Fenster aus sehen, wie das Licht, das durch die offene Tür fiel, das graue Bild eines Astes auf die Wand malte. Ein Schattenblatt bewegte sich in einem Windhauch, der für sie nur noch Erinnerung war. Sie konnte den jungen Morgen riechen. Sie sehnte sich danach, die warme Sonne auf ihrem Gesicht zu spüren. Licht fiel durch die Durchreiche auf ihren Schreibtisch. Das war ihr Anteil. Und sie würde damit zufrieden sein.

Sie hörte noch immer Alices Stimme. Offensichtlich befand sie sich direkt neben der Tür und führte ein Selbstgespräch, während sie das Unkraut zwischen dem Thymian und dem Fenchel jätete. Ein leise gemurmelter Fluch, dann: »Zwei Päpste. Die Welt ist schlecht. Der Anti-Christ ist unterwegs.«

Julian wandte sich ihrem Manuskript zu und begann zu schreiben:

Von der Genügsamkeit
Unseres Herrn Jesus Christus

Ich wusste sehr wohl, dass Gott mir (und in der Tat allen lebendigen Kreaturen, die gerettet werden sollen) genügend Kraft geben würde, um allen Dämonen der Hölle und allen geisterhaften Feinden zu widerstehen.

Zuerst empfand die Köchin von Blackingham es einfach nur als Zumutung, dass sie jetzt noch für zwei weitere Personen kochen musste. Während sie die rote Glut unter der weißen Asche gleichmäßig flach drückte und den schweren Topf an seinen Platz schwenkte, beschwerte sich Agnes brummend gegenüber ihrem Mann John, dass ihr armer alter Rücken das nicht mehr lange durchhalten würde.

»Und wo wäre Mylady dann?«, fragte sie.

»In derselben Zwickmühle, in der sie schon steckt.«

Sie wusste, dass sie sich bei John nicht beschweren sollte, dann wurde er nämlich nur noch ärgerlicher und mürrischer als sonst, und das war etwas, was sie überhaupt nicht wollte. Er hatte sie vor vielen Jahren gebeten, Blackingham Manor zu verlassen, damals, 1354, nachdem die Pest im Land gewütet hatte und viele kräftige Arbeiter gestorben waren.

»Das ist unsere Chance, von hier fortzukommen«, hatte er zu ihr gesagt. »Ich habe gehört, dass sie in Suffolk die Arbeiter gut bezahlen. Man kann sich dort für jede beliebige Arbeit verdingen. Und man kann gehen, wenn man will. Niemand stellt einem irgendwelche Fragen. Nach einem Jahr in Colchester wären wir dann frei, und Blackingham hätte keine Macht mehr über uns.«

»Das Gesetz des Königs verbietet uns das aber. Wir müssten ein ganzes Jahr lang als Geächtete leben. Ich werde den Wolfskopf nicht tragen, John, nicht einmal für dich. Ich werde mich nicht wie ein wildes Tier im Wald jagen lassen. Lady Kathryn ist immer gut zu uns gewesen. Warte einfach ab, eines Tages wird dich Sir Roderick bestimmt zum Verwalter machen.«

John war in jenen Tagen ein rechtschaffener, wackerer Mann gewesen. Und er war klug und konnte alles. Er hatte die Herden ganz allein aufgebaut, hatte den Schafbestand Stück für Stück erweitert.

Irgendwann produzierten sie so viel Wolle, dass jeder Mann, der zur Verfügung stand, mit den Vliesen beschäftigt war, dem Scheren und Rollen, dem Sortieren und Packen. Damals war John ein stolzer Mann gewesen, aber die Dinge hatten sich nicht so entwickelt, wie Agnes sich das erhofft hatte. Ihr John war für seine Loyalität und harte Arbeit keineswegs belohnt worden. Stattdessen hatte Sir Roderick diesen griesgrämigen Simpson als Verwalter eingestellt, und der hatte John sogleich gezeigt, wo sein Platz war. Er kommandierte ihn ständig herum und nannte ihn nicht einmal bei seinem Namen, sondern rief ihn immer nur »Schäfer«.

John war also Schäfer geblieben, aber er hatte alle Freude an seiner Arbeit verloren. Er war immer noch für die Schafschur verantwortlich und dazu noch für vieles andere mehr – Arbeiten, die eigentlich von Simpson persönlich hätten erledigt werden müssen. Gerade heute hatte Agnes ihre Küche verlassen und im Wollraum helfen müssen, weil sonst niemand mehr da war. Es war bereits Spätsommer und Zeit für die Heuernte. John war bei den Schnittern, die Simpson für Lohn eingestellt hatte. Sie und Glynis hatten die gewaschenen Vliese mit der Unterseite nach oben zusammengerollt und die Ballen auf dem sauber gefegten Boden des Wollhauses ausgelegt – sie, Glynis und der junge Master Alfred, der vorbeigekommen war und ihnen seine Hilfe angeboten hatte.

Wenn John in diesen Tagen bei Sonnenuntergang nach Hause kam, war er zu müde, um noch etwas zu essen. Also suchte er Trost bei einem Krug Ale. Agnes gönnte ihm sein Bier, obwohl es ihr wehtat, zu sehen, wie sich ihr einst so freundlicher John zu einem polterigen und verbitterten Menschen wandelte. Sie hatte ihn für ihre Herrin verraten. Ohne ihre Loyalität gegenüber Lady Kathryn wäre ihr John heute ein freier Mann. Er würde für Lohn arbeiten, anstatt Menschen wie Simpson als Lakai dienen zu müssen. Es wäre also mehr als ungerecht gewesen, wenn sie jetzt ausgerechnet ihm gegenüber ihr Los beklagt hätte, daher beschloss sie, kein Wort mehr über die zusätzliche Arbeit zu verlieren.

Aber zusätzliche Arbeit oder nicht, es dauerte nicht lange, und der Buchmaler hatte ihr Wohlwollen gewonnen. Schon nach zwei Wochen war sie davon überzeugt, dass Finns angenehmes Benehmen und seine bescheidene Art die Last der zusätzlichen Aufgaben voll und ganz ausglichen. Sie freute sich immer darauf, wenn er in der Pause, die er am Nachmittag machte, zu ihr in die Küche kam. Ganz besonders hatte sie Gefallen an seinem Witz und seinem Verstand gefunden. Er war zwar weder normannisch-französischer Herkunft wie ihre Herrin noch Däne wie Sir Roderick, aber über seine walisische Impulsivität war wesentlich leichter hinwegzusehen als über die angelsächsische Brutalität. Und sie bewunderte Gelehrsamkeit.

»Hättet Ihr für einen armen Schreiber ein Glas Ale oder vielleicht sogar einen Schluck Birnenmost, Agnes?«, hatte er an jenem ersten Nachmittag gefragt, als er in ihre Küche kam. Er füllte fast den Türrahmen aus, so groß war er.

Sie sah von dem Fleisch auf, das sie gerade zu einer Paste verarbeitete. Wenig begeistert über die Unterbrechung, schenkte sie ihm brummend einen Humpen Birnenwein ein.

Zu ihrer Überraschung nahm er auf dem hohen Schemel neben ihr Platz, stützte die Ellbogen auf den Hackblock, an dem sie arbeitete, und sagte dann: »Ich wette, Ihr macht gerade Mortrewes. Meine Großmutter hat den auch oft gemacht. Sie war eine gute Köchin. Eure Speisen erinnern mich an ihre Art zu kochen.« Er zeigte auf die Mischung aus Brotkrumen und Fleisch, die sie gerade zu einem flachen Laib knetete. »Wälzt ihr ihn in Ingwer und Zucker? Und Safran? Ich erinnere mich, dass der Mortrewes bei meiner Großmutter immer die Farbe von Safran hatte.«

Agnes runzelte die Stirn und antwortete ihm nur widerwillig. »Zucker ist zu teuer. Deshalb nehme ich meistens Honig. Das Geheimnis eines guten Mortrewes ist die Beschaffenheit der Masse. Sie muss gekocht werden, bis sie richtig fest ist. Aber müsst Ihr nicht wieder an Eure Arbeit? Dann kann nämlich auch ich ungestört weiterarbeiten.«

»Der junge Colin und Rose mischen gerade Farben für mich an. Colin hat mich gefragt, ob er bei mir in die Lehre gehen kann. Er sagte, dass sein Bruder einmal Blackingham Manor erben würde, und da er nicht von ihm abhängig sein will, würde er gern ein Handwerk lernen. Ich habe ihm erklärt, dass ich kein Gildemeister bin und deshalb keinen Lehrling ausbilden darf. Aber ich habe ihm erlaubt, mir zuzusehen, damit er etwas lernt. Rose kann übrigens ziemlich streng sein. Sie wird ihm viel beibringen.«

Agnes klopfte die Masse mit den Händen flach. »Und Master Colin lernt schnell. Ihr könnt darauf vertrauen, dass Eurer Tochter von ihm keine Gefahr droht. Also, mit Alfred, dem anderen Sohn, hättet Ihr sie nicht allein lassen dürfen, wenn Ihr versteht, was ich meine.«

»Colin ist ein harmloser Bursche – wahrscheinlich wird er sogar eines Tages in die Abtei eintreten –, und Rose freut sich über seine Gesellschaft.« Stirnrunzelnd klopfte er mit den Fingerknöcheln auf die Tischplatte und sah in die Ferne. »Ich hatte mir schon Sorgen gemacht, dass sie sich hier einsam fühlen könnte. Sie war immer so ein liebes, zufriedenes Kind, aber in letzter Zeit habe ich doch eine gewisse Ruhelosigkeit bei ihr bemerkt. Hier spielt Colin auf der Laute, und die beiden singen dazu. Sie sprechen über Musik, über Farben und über ferne Städte. Manchmal lenkt mich ihr Geplauder so sehr ab, dass ich die beiden hinausscheuchen muss, um ungestört arbeiten zu können. Aber vielen Dank für Eure Warnung. Ich werde aufpassen, ob der junge Alfred trotz der Aufgaben, die ihm seine Mutter zugewiesen hat, nicht doch noch Zeit findet, zu versuchen, sich etwas zu nehmen, was nicht ihm gehört.«

Er trank einen kräftigen Schluck aus dem Krug. »Der Birnenmost ist wirklich ausgezeichnet, Agnes. Lasst Ihr den Saft in Fässern gären?«

»In Eichenfässern«, antwortete sie.

»Aha, daher kommt diese köstliche, holzige Note.«

Agnes musste unwillkürlich lächeln.

Seit diesem Tag freute sie sich auf die Besuche des Illuminators. Sie stellte ihm immer einen Krug Birnenmost hin – obwohl das Fass schon ziemlich leer war und es noch einen ganzen Monat bis zur diesjährigen Birnenernte dauern würde –, und manchmal servierte sie ihm noch einen süßen Kuchen dazu. Sie genoss es, mit ihm zu plaudern, und ließ sich auch bereitwillig ausfragen. Dies allerdings immer nur innerhalb gewisser Grenzen. Auch wenn sie eine einfache Frau war, so war sie doch lange genug auf der Welt, um sich bewusst zu sein, in welch schwierigen und gefährlichen Zeiten sie lebte, und zu wissen, dass Schwatzhaftigkeit Hoch und Niedrig gleichermaßen schnell zu Fall bringen konnte.

Sie saßen am Hackstock, Finn hielt seinen Humpen mit Birnenmost mit beiden Händen umfasst, während Agnes gerade zwei Gänse rupfte, um sie dann am Spieß zu braten. Kühle Winde von der Nordsee her verdrängten die Hitze, die sich im Zimmer gestaut hatte. Der Rauch des Torffeuers, das ständig in dem steinernen Herd brannte, vermischte sich mit dem Geruch von Gemüsesuppe mit Rinderknochen, Gerste und Lauch, die Agnes immer in einem großen Eisentopf vor sich hin köcheln ließ. So konnte sie einem hungrigen Leibeigenen oder Bettler, wer auch immer an ihre Tür klopfte, immer eine Schüssel Suppe und einen Haferkuchen anbieten.

»Blackingham ist ein ziemlich großes Gut. Ich habe gehört, dass Sir Roderick Freunde bei Hofe hatte und sogar mit dem Herzog von Lancaster befreundet war«, sagte er.

»Ja, das kann man wohl sagen. John of Gaunt war hier einmal zu Besuch. Er und Sir Roderick sind mit diesem hakennasigen Sheriff auf die Jagd gegangen. Das hat mir ganz schönes Kopfzerbrechen bereitet, kann ich Euch sagen. Dem Herzog musste ich nämlich nichts weniger als einen gebratenen Pfau auftischen. Ich bin fast verrückt geworden, weil ich dem gebratenen Vogel wieder alle seine bunten Federn anstecken musste.«

»Und Lady Kathryn? Ist sie, jetzt, da ihr Ehemann tot ist, dem Herzog gegenüber noch loyal?«, fragte Finn.

Agnes zuckte mit den Schultern. Sie merkte, dass sie sich auf gefährlichem Terrain bewegte, aber sie genoss Finns Gesellschaft und wusste, dass er, solange sie seine Fragen beantwortete, bei ihr in der Küche bleiben würde. Also versuchte sie, so vorsichtig wie möglich zu antworten.

»Lady Kathryns Loyalität gilt ihren Söhnen. Und Blackingham. Sie fürchtet die Herzöge und die Tatsache, dass sie versuchen, Macht über den jungen König zu gewinnen.«

»Nun, Lancaster scheint das ja gelungen zu sein. Es heißt, dass er den jungen König Richard vollkommen unter seiner Kontrolle hat. Ich bin John of Gaunt einmal begegnet. Er war mir nicht sympathisch – obwohl ich keinen Pfau für ihn zubereiten musste.« Er lächelte sie entwaffnend an. »Aber er ist bestimmt nicht dumm, das muss ich ihm zugestehen. Er bedient sich des Predigers John Wycliffe, um einen Keil zwischen Kirche und König zu treiben. Er weiß ganz genau, dass Reich und Arm gleichermaßen der Steuern der Kirche überdrüssig sind.«

»Ja. Der gierige Lancaster hat jetzt das Sagen. Das ist richtig. Im Moment jedenfalls. Aber er ist es, bei dem wir uns für diese elende Kopfsteuer bedanken müssen. Denkt an meine Worte, Buchmaler. Die armen Leute werden diese Steuer nicht länger hinnehmen. Man darf es nicht zu weit treiben, selbst ein kleiner Bauer kann irgendwann einfach nicht mehr. Ihr wärt schlecht beraten, zu schnell auf irgendeinen Karren aufzuspringen. Den anderen Onkel des jungen Richard« – sie versuchte, sich an den Namen zu erinnern –, »Gloucester, sollte man nicht aus den Augen lassen. Auf Ebbe folgt Flut. Und weise Männer lassen sich nicht aufs Meer hinausziehen.«

»Ein guter Rat, Agnes. Ich werde versuchen, mich daran zu halten.« Er sah sich die Gänsefedern an, die sie gerade ausgerupft hatte, dann drückte er mit der Fingerspitze dagegen, um zu prüfen, wie fest sie waren. »Und ist Lady Kathryn dem Papst gegenüber loyal? Jetzt, wo ich darüber nachdenke, fällt mir auf, dass in ihrem Tagesablauf verdächtig wenig Gebete eingeplant sind – nicht, dass ich mich darüber beklagen würde, versteht Ihr. Ich habe einfach nur angenommen, dass Lady Kathryns Sympathien der Reform gelten.«

Agnes zeigte mit einer Stoppelfeder, die sie dem fast kahlen Vogel gerade ausgerupft hatte, auf den Illuminator.

»Mylady ist eine sehr fromme Frau, Buchmaler. Erzählt dem Abt bloß nicht irgendwelche Geschichten. Sie hält ihre Andacht im Stillen, und sie hat dem Bischof genug gezahlt, um selbst ihren nichtsnutzigen Ehemann aus dem Fegefeuer freizukaufen. Erinnert Ihr Euch an den toten Priester, denjenigen, den der Sheriff im Wald gefunden hat? Nun, er hat sich hier regelmäßig rumgetrieben, hat Mylady mit versteckten Drohungen gequält und immer wieder Geld verlangt. Er hat sie regelrecht ausgequetscht.«

Sie glaubte, einen überraschten Ausdruck über das Gesicht des Buchmalers huschen zu sehen, und war sich einen Moment lang nicht sicher, ob sie vielleicht zu viel gesagt hatte. Sie griff nach dem Hackbeil und ließ es zuerst auf den Hals des einen, dann auf den des anderen Vogels herabsausen.

Finn nahm die Hälse mit der flachen Klinge seines Messers auf und warf sie in die köchelnde Brühe auf dem Herd. »Und was ist mit Euch, Agnes? Was haltet Ihr von John Wycliffe und seiner Behauptung, dass die Heilige Kirche kein Recht hat, das zu besteuern, was dem König gehört?«

»Ich? Ihr fragt mich, was ich denke!«

»Ihr seid eine kluge Frau. Ihr habt sicher eine Meinung dazu.«

»Ja sicher, aber die behalte ich besser für mich. Woher soll ich denn wissen, ob Ihr nicht ein Spion des Bischofs seid? Ihr tut die Arbeit eines Mönchs, und der rechte Ort für Eure Arbeit wäre die Abtei. Dass Ihr lieber hier arbeitet, könnte also nur ein Vorwand sein, um hier herumzuspionieren. Möglicherweise nähren wir mit Euch eine Schlange an unserem Busen.«

Sie hatte das halb im Scherz gesagt. Und dennoch: Was wusste sie denn schon über diesen Fremden, der am selben Tag hierher gekommen war, an dem man auch den Gesandten des Bischofs ermordet aufgefunden hatte? Vielleicht hatte sie bereits zu viel gesagt.

»Wenn ich spionieren würde, dann gewiss nicht für diesen Grünschnabel Henry Despenser. Jugend und unangemessener Ehrgeiz können sich als eine gefährliche Kombination erweisen.«

Agnes war derselben Ansicht. Sie hatte den Bischof letztes Jahr gesehen, als sie mit John nach Norwich gefahren war, um den Wollhändlern aus Flandern Vliese zu liefern. Bischof Despenser hatte Reparaturarbeiten an der Brücke über den Yare beaufsichtigt. Sie hatten mit ihrem mit Vliesen voll beladenen Karren eine ganze Stunde lang warten müssen, während er den Steinmetzen eine flammende Rede hielt. Sie hatte sich über seine Arroganz und die Art, wie er in seinem Hermelinmantel herumstolziert war, fürchterlich geärgert.

Finn leerte seinen Becher und erhob sich.

»Da Ihr mich an meine Arbeit erinnert habt, Agnes, werde ich am besten zu ihr zurückkehren. Rose wird mich ohnehin gleich holen kommen.«

Aber Rose kam nicht. Sie war mit viel angenehmeren Dingen beschäftigt.

»Ich werde dir das Lautespielen beibringen«, hatte Colin ihr vorige Woche versprochen, als sie gerade gemeinsam die Pinsel ihres Vaters gereinigt hatten.

»Das wäre wunderbar. Ich könnte meinen Vater damit überraschen. Er freut sich immer, wenn ich etwas Neues lerne.« Sie räumte Finns Manuskripte auf. Für ihren Vater kam Ordnungssinn nämlich gleich nach Gottesfurcht.

»Also, wenn du ihn überraschen willst, sollten wir aber nicht hier üben.« Colins Stimme klingt wie Musik, selbst wenn er gar nicht singt, dachte sie. Manchmal fiel es ihr richtig schwer, sich auf seine Worte zu konzentrieren. »Glaubst du, dass wir Zeit dafür finden werden?«, fragte sie.

Sie überlegte, während sie an dem perlenbesetzten Kreuz an ihrem Hals herumspielte. Sie nahm diese komplizierte filigrane Arbeit und die glatten Perlen gern in ihre Hand – es war ihr liebster Schmuck. Ihn zu berühren half ihr beim Nachdenken. »Vater hört am Nachmittag, wenn sich das Licht ändert, immer auf zu malen. Dann geht er hinunter in den Garten, um vor Einbruch der Dunkelheit noch die Skizzen für den nächsten Tag anzufertigen. Wenn es regnet oder zu kalt ist, um im Garten zu sitzen, macht er einen Spaziergang. Ich werde ihm einfach sagen, dass ich bei Lady Kathryn bin, um an meiner Stickerei zu arbeiten.«

Ein Stirnrunzeln kräuselte Colins hohe, glatte Stirn. »Rose, ich möchte nicht, dass du deinen Vater belügst. Ich bewundere ihn sehr.« Er räumte einen Tuschebehälter auf. Dann berührte er den Stapel Manuskriptseiten und fuhr mit dem Finger den Umriss des vergoldeten Kreuzes in der Mitte der maulbeerfarbenen Teppichseiten nach –

der Vorsatzblätter, die von einem komplizierten Knotenmuster in Schwarz und Bernsteingelb überzogen waren. »Was ist, wenn er es herausfindet?«

»Dann werden wir ihm einfach die Wahrheit sagen, du dummer Kerl, und alles wäre verziehen.« Sie liebte es, wenn seine glänzende Kappe aus hellem Haar wie ein glatter Seidenvorhang seine Kinnlinie umspielte. »Er wäre dir ganz sicher nicht böse. Im Gegenteil, er wäre begeistert. Du weißt doch, wie sehr mein Vater dein Lautenspiel liebt. Ist dir denn nicht aufgefallen, dass er viel besser arbeitet, wenn du ihm etwas vorspielst?«

Seine Stirn glättete sich wieder. »Ich denke, ich kenne einen Ort, wo wir uns treffen können. Das Wollhaus. Dort sind wir vollkommen ungestört. Wenn nicht gerade Schafschur ist und die Vliese geschnürt werden, ist dort nie jemand.«

Die Nachmittagssonne war warm, die Luft schwer und träge wie der Hund, der neben dem Weg lag, als Rose am achten Unterrichtstag die Tür des Wollschuppens öffnete und nach drinnen schlüpfte. Rose und Colin trafen sich jetzt seit einer Woche täglich am Spätnachmittag im Wollhaus. Sie setzte sich mit gekreuzten Beinen auf die sauber gefegten Dielen, die durch den jahrelangen Kontakt mit dem Lanolin der Vliese ganz glatt geworden waren. Manchmal setzte sich Colin hinter sie, legte die Arme um sie und führte ihre Finger auf den Saiten. Manchmal nahm er auch ihr gegenüber Platz und zeigte ihr ganz genau, wie sie die Saiten zupfen musste. Während dieser Stunden lernte sie jedoch mehr, als nur die Laute zu spielen. Dieser Junge mit seiner freundlichen Art und dem seidigen blonden Haar weckte Gefühle in ihr, die sie bis dahin nicht gekannt hatte. Sein Atem in ihrem Nacken, die Berührung seiner Hand, wenn er ihre Finger auf die Saiten legte, ließen ihr Herz rasen. Manchmal wurde ihr so schwindelig, dass sie nicht mehr denken konnte.

Das Erste, was sie heute jedoch wahrnahm, war der schwere, stechende Geruch von Wolle. Das hier war nicht der ihr vertraute Duft von Lanolin, das die Bodendielen durchtränkt hatte, sondern ein viel stärkerer, ein viel intensiverer Geruch. Sie sah, dass überall auf dem Boden frisch geschorene Vliese lagen. In diesem Moment hörte sie auch Stimmen. Erschrocken darüber, dass sich jemand anderes in ihrem Versteck aufhielt, zog sie sich instinktiv in die Dunkelheit zurück, um nicht gesehen zu werden. Zuerst dachte sie, dass sie sich das Ganze vielleicht nur eingebildet hatte. Bis auf die Vliese schien der Raum nämlich leer zu sein. Dann hörte sie es wieder: Stimmen, Stöhnen und Kichern. Die Geräusche kamen hinter einem großen Sack hervor, der an die Deckenbalken gebunden war und darauf wartete, mit Wolle gefüllt zu werden. Sie lauschte, während ihre Finger nervös an dem Kreuz an ihrem Hals nestelten. Das, was sie da hörte, ließ sie erstarren.

»Hört auf, Master Alfred, Mylady wird böse auf mich, wenn sie herausfindet, was wir hier tun. Und auf Euch höchstwahrscheinlich auch.« Ein Quietschen, ein Kichern, und dann: »Ich hätte mir denken können, dass es nicht einfach nur Freundlichkeit war, weshalb Ihr der Köchin und mir beim Vlieserollen geholfen habt.«

Rose spürte, wie ihr Gesicht feuerrot wurde. Obwohl sie sehr behütet aufgewachsen war, wusste sie sehr wohl, was die beiden da gerade taten. Sie erkannte Glynis' hohe, durchdringende Stimme im selben Augenblick, in dem sie vier Füße hinter dem Wollsack hervorragen sah. Die ineinander verschlungenen Glieder bewegten sich hin und her, sie hörte ein paar gemurmelte Worte. Rose wartete jedoch nicht ab, um noch mehr zu hören oder zu sehen. Sie stürzte zur Tür und rannte zur Rückseite des Schuppens. Sie lehnte sich gerade an die rauen Bretter, während sie ihre Gedanken zu sammeln versuchte und sich fragte, ob man sie gesehen hatte, als plötzlich Colin vor ihr stand.

»Rose, was machst du denn hier draußen?«

»Ich ... da war jemand im Wollhaus. Ich wollte nicht gesehen werden.«

Sie blickte über seine Schulter, ohne die schwarznasigen Schafe wahrzunehmen, die auf der Wiese vor ihr friedlich grasten, und ohne das Summen der Bienen in den Hecken in der Nähe zu hören. Sie sah nur Colins Hände, die so wunderbar die Laute spielen konnten, und hörte das Schlagen ihres Herzens, das in ihren Ohren hallte.

»Das war wahrscheinlich nur John, der die Wolle ausgelegt hat. Aber er wird bestimmt nichts weitererzählen. Komm schon, das spielt doch keine Rolle. Dann müssen wir uns für den Unterricht heute eben eine andere Ecke suchen.«

»In Ordnung«, sagte Rose, folgte Colin aber nur zögernd, denn sie fürchtete, dass der Raum noch nicht verlassen sein würde. Als sie daran dachte, für welchen Zweck das andere Paar ebenjenen Platz aufgesucht hatte, kroch plötzlich ein Gefühl der Wärme ihren Nacken hinauf. Was war, wenn Colin ihre Gedanken lesen konnte?

Durch die Vliese wirkte der Raum vollkommen anders als sonst, schien irgendwie lebendig geworden zu sein. Selbst die Musik klang anders. Die Töne hallten jetzt nicht in der Leere nach, sondern hatten einen gedämpften, weichen Klang. Es war beruhigend. Colin schlug seine Laute und sang ein paar Verse.

Mich erfüllt ein Liebessehnen
Nach dem schönsten aller Dinge,
das Glückseligkeit mir bringen mag,
Und ihr allein gehört mein Herz.

Die Worte wurden von einer betörenden, wehmütigen Melodie begleitet. Rose spürte eine tiefe Sehnsucht in sich aufsteigen, obwohl sie nicht einmal hätte sagen können, wonach sie sich eigentlich sehnte. Es war ein seltsames, ein völlig neues Gefühl.

»Ach, Colin, dieses Lied ist wirklich wunderschön. Kannst du es mir beibringen?«

Ohne ihr zu antworten, gab Colin ihr die Laute, dann beugte er sich über sie, um ihr zu zeigen, wie sie die Finger setzen musste.

»Du riechst gut, Rose, nach Sommer«, sagte er über ihre Schulter.

Sie war froh darüber, dass sie ihre Haare in Lavendelwasser gewaschen hatte. Sie spürte seine Nähe, wie das noch bei keinem anderen Menschen der Fall gewesen war – nicht einmal bei ihrem Vater, der immer steif wie ein Holzklotz wurde, wenn sie ihn umarmte. Als sie noch klein war, hatte er sie oft gehätschelt und liebkost. Sie erinnerte sich daran, wie rau sich sein Bart auf ihrer Kinderwange angefühlt hatte. Sie fragte sich, ob Colin zurückweichen würde, wenn sie ihn berührte. Also saß sie still wie ein Rehkitz da, um den Zauber nicht zu brechen.

»*Mich erfüllt ein Liebessehnen*. Sing mit, und ich werde deine Finger setzen«, sagte er.

Ihre Finger zitterten so sehr, dass sie kaum die Saiten herunterdrücken konnte.

»*Und ich gehöre ihr*.« Er sang es leise wie ein Wiegenlied in ihr Haar hinein.

Sie spürte seinen Atem. Sie musste unwillkürlich an die ineinander verschlungenen Beine denken, die sie hinter dem Wollsack gesehen hatte. Sie wusste, was die beiden da gemacht hatten. Sie hatte einmal Tiere bei der Paarung beobachtet. Als sie ihren Vater daraufhin voller Ekel gefragt hatte, ob das bei den Menschen genauso sei, hatte er ihr kurz angebunden geantwortet: »So ziemlich.« Sie hatte sich daraufhin mit einem Zustand immerwährender jungfräulicher Unwissenheit abgefunden.

Aber mit Colin war es vielleicht anders. Glynis jedenfalls schien diese Sache keineswegs unangenehm gewesen zu sein.

Colin legte die Laute zur Seite und berührte zärtlich ihr Gesicht. Wenn sie jetzt ganz still sitzen blieb, würde er sie vielleicht sogar küssen. Wonach würden seine Lippen schmecken? Sie sahen jedenfalls wie reife Kirschen aus. Rose verspürte den beinahe unwiderstehlichen Drang, seine Unterlippe zwischen ihre Zähne zu nehmen.

Sie schloss die Augen, und Colin küsste sie tatsächlich. Zuerst streifte er nur scheu und zart ihre Lippen mit den seinen, dann wurde sein Kuss eindringlicher, er schob sanft die Zunge vor, und Roses Entschluss schmolz dahin wie Schnee in der Frühlingssonne. Nach diesem ersten Kuss hielt er sie in den Armen, vergrub sein Gesicht in ihren Haaren und sang in ihr Ohr: »Rose, meine Rose, der ich gehöre.« Das Lied klang wie ein Versprechen.

Sie lagen da, bis das Tageslicht verblasste und es langsam dämmrig wurde, hielten einander in den Armen, zaghaft forschend, beide angesichts dieser neuen Erfahrung verlegen. Plötzlich hörte Rose ein leises Rascheln, fast ein Flüstern. Sie setzte sich erschrocken kerzengerade auf.

»Was war das?«

»Ich habe nichts gehört.« Er liebkoste ihren Nacken.

»Nein, hör doch. Da ist es wieder.«

Ein leises Seufzen wie das Rascheln von Blättern in einem leichten Windhauch störte die Stille des Wollraums.

»Hab keine Angst, das ist nichts Schlimmes. Das ist nur die Wolle, die auskühlt. Siehst du, wie sich über den Vliesen dieser feine Nebel bildet. Sie sind warm und lebendig. Die Wolle atmet nur in der kühler werdenden Nachtluft.«

Und tatsächlich, als Rose genau hinsah, entdeckte sie einen feinen weißen Nebelschleier über den Vliesen. Sie konnte hören, wie sich die Fasern ausdehnten und leise miteinander flüsterten. Es war ein freundliches Geräusch, aber es lag auch eine gewisse Traurigkeit darin, so als würden sich die Geister früherer Liebender seufzend nach erinnerten Umarmungen sehnen.

»Es ist spät, Colin. Mein Vater macht sich vielleicht schon Sorgen. Wir sollten gehen.« Ihre Frisur hatte sich aufgelöst, und eine Strähne hatte sich an seiner Schulter verfangen. Sie machte keinerlei Anstalten, sich zu befreien.

»Nur noch einen Kuss, bitte, Rose. Du bist so wunderschön. Ich liebe dich. Das wollte ich dir schon die ganze Zeit sagen, aber ich hatte Angst davor, dass du mich auslachst. Du bist für mich die Erste, weißt du. Ich bin nicht wie mein Bruder.«

»Ich würde niemals über dich lachen, Colin.« Und dann tauchte ein neuer, ein beunruhigender Gedanke in ihrem Kopf auf, kroch wie eine Schlange in ihr Paradies. »Colin, glaubst du, dass wir etwas Unrechtes getan haben? Glaubst du, dass man uns bestrafen wird?«

»Ich liebe dich mehr als irgendjemanden sonst, Rose. Viel mehr.« Er fuhr mit dem Finger den Umriss ihrer Lippen nach, ehrfürchtig, so wie er erst vor kurzem das Kreuz auf dem Manuskript ihres Vaters berührt hatte. Dann stützte er sich auf einen Ellbogen und sah sie an. Er wirkte ernst, vielleicht sogar ein wenig beunruhigt. »Wie kann es eine Sünde sein, Rose? Du wirst meine Herrin sein. Ich werde dir mein Herz verpfänden wie in dem Lied von Tristan und Isolde. Ich werde dich für immer lieben. Ich liebe dich sogar mehr als die Musik.«

»Dann musst du mich wirklich lieben«, sagte sie lachend.

Und während sie inmitten der aufsteigenden Nebel auf dem Boden des Wollraums lag, dachte sie, dass ihre Liebe zu ihm so Glück bringend und rein war wie die weißen Wollvliese, die seufzend ihr Einverständnis gaben.

6. KAPITEL

*Manuskripte sollten so weit wie möglich
ausgeschmückt werden, damit sie allein durch ihr
Erscheinungsbild zum Lesen einladen.
Wir wissen, dass die Alten große Sorgfalt darauf
verwendeten, Inhalt und äußere Schönheit in
Einklang zu bringen. Die Heilige Schrift
verdient daher allen Schmuck, der überhaupt
nur möglich ist.*

Abt Johannes Trithemius,
De Laude Scriptorum, 15. Jahrhundert

Lady Kathryn sah sich beifällig in der Unterkunft ihres Mieters um. Ein geordneter Arbeitsplatz zeugte von einem geordneten Geist, und hier herrschte zweifellos Ordnung: kleine Farbtöpfe waren wie Wachtposten am hinteren Rand des Schreibpultes aufgereiht, Pinsel und Schreibfedern waren sauber und ordentlich nach Größe sortiert. Mehrere Stapel von Schreibpergament waren sorgsam mit feinen Linien versehen, um die Hand des Künstlers zu leiten – die Pergamente hatte, wie sie wusste, ihr Sohn vorzubereiten geholfen. Auch das fand ihren Beifall. Sie freute sich, wenn ihre Söhne glücklich waren.

Eigentlich hatte sie Colin gesucht und war überrascht, das Zimmer leer vorzufinden. Sie hatte zwar vermutet, dass der Illuminator im Garten saß und dort im schwächer werdenden Licht des Tages noch zeichnete, war aber davon ausgegangen, dass sie Colin hier im Zimmer antreffen würde. Sie hatte ihn aus keinem speziellen Grund gesucht, sondern einfach nur, weil sie die Gesellschaft ihrer Söhne vermisste. Sie sah Alfred, seit er seine Tage bei Simpson verbrachte, nur noch sehr selten, und sogar Colin war in letzter Zeit mit seiner Gesellschaft ziemlich sparsam. Sonst kam ihr Sohn am späten Nachmittag immer kurz zu ihr ins Zimmer und pflegte ihr etwas vorzusingen oder ihr irgendetwas zu erzählen – von einem Schwanennest, das er im Schilf gefunden hatte, oder von irgendeinem Gedicht, auf das er in einem der wenigen Bücher gestoßen war, die Roderick mehr aus Geltungssucht denn aus Liebe zur Poesie erworben hatte. Manchmal hielten sie auch gemeinsam in der Kapelle die Vesperandacht ab – dann sprach er leise die Gebete, während sie stumm neben ihm kniete, mehr die Nähe zu ihrem Sohn als die zu Gott suchend.

Colin war sicher mit dem Buchmaler im Garten, dachte sie. Wie auch immer. Sie würde ihm diese Freundschaft nicht missgönnen und auf seine Gesellschaft bereitwillig verzichten, wenn ihn die Tatsache, dass er einen Beruf erlernte, vor der Mönchskutte bewahrte. Zu viele Mütter opferten ihre Söhne dem König oder der Kirche. Sie wollte nicht zu ihnen gehören. Es war gut, dass er von dem meisterlichen Kunsthandwerker etwas lernen konnte. Aber sie musste ihn warnen, dass er seine Worte sorgfältig abwog. Er durfte nicht zu viel plaudern. Was wussten sie den schon über diesen Illuminator? Oberflächlich betrachtet, schien er der zu sein, der er zu sein behauptete. Agnes jedenfalls mochte ihn sehr. Sie verwöhnte ihn sogar mit besonderen Leckerbissen, was ihm Lady Kathryn auch durchaus gönnte, denn immerhin bezahlte der Abt sie ja für seine Unterbringung. Aber die Köchin war eine einfache Seele, die durch eine charmante Art leicht zu täuschen war. Doch hinter einer charmanten Art konnten sich durchaus ein totes Herz und ein hinterhältiger Verstand verbergen. Ihr Ehemann war auch charmant gewesen. Anfangs jedenfalls, bevor er die Macht über ihre Ländereien in seinen Händen gehalten hatte.

Nach der Hitze des Tages war es im Zimmer merklich kühler geworden. Das letzte Tageslicht fiel durch das Nordfenster auf das

Schreibpult, hob die brillanten Farben des erst halb fertig illuminierten Blattes hervor. *In principio erat verbum.* Am Anfang war das Wort. Der vertikale Schaft des Anfangsbuchstabens zeigte ein tiefes Meergrün und war von einem auserlesenen, filigranen Knotenwerk in Rot und Gold umgeben. Das heruntergezogene *I* beschirmte sozusagen den Rest des Textes und bildete einen zarten Schrein für den Heiligen Johannes. Sprießende grüne Blätter und ineinander verschlungene Weinreben bildeten einen kunstvollen Rand, so fein gezeichnet, dass er lebendig zu sein schien. Winzige Vögel und seltsame Tiergestalten tollten zwischen den verschiedenen Zweigen und Ästen herum. Ihre Farben sprangen einem förmlich entgegen. Kein Wunder, dass der Abt von Broomholm so sehr darum bemüht war, Finns Wünsche zu erfüllen.

Sie schob das Blatt ein wenig zur Seite, denn sie war neugierig, was für Zeichnungen sich wohl darunter befinden mochten. Was sie sah, überraschte sie jedoch. Der Rand des nächsten Blattes war nur knapp skizziert und auch noch nicht koloriert – kaum mehr als ein Entwurf. Der Text aber schockierte sie. Er war nicht in normannischem Französisch, sondern in angelsächsischem Englisch abgefasst! Zumindest handelte es sich um eine Art von Englisch: eine Mischung aus Angelsächsisch und normannischem Französisch mit ein paar eingestreuten lateinisierenden Wörtern. Warum sollte Finn oder irgendein anderer Künstler sein Talent und seine Mühe auf einen englischen Text verschwenden? Die Sprache der Edlen und Reichen war Französisch – und nur sie konnten sich den Luxus eigener Bücher leisten.

»Ich hoffe, Ihr findet meine Arbeit würdig.«

Lady Kathryn fuhr erschrocken herum, als sie Finns Stimme hörte. Sie fühlte sich ertappt und spürte, wie ihr das Blut ins Gesicht schoss. Also beugte sie sich wieder über das Schreibpult und hoffte, so ihr vor Verlegenheit rotes Gesicht hinter dem lang herunterhängenden Schleier ihres Kopfputzes verbergen zu können. Dann beschloss sie, in die Offensive zu gehen.

»Eure Arbeit schon, Euer Thema jedoch weniger, Sir.«

Finn zog irritiert eine Augenbraue hoch. »Ihr findet also, der Heilige Johannes sei es nicht würdig, illuminiert zu werden.«

»Den Heiligen Johannes habe ich nicht gemeint. Ich beziehe mich auf das, was unter dem Heiligen Johannes liegt.«

»Tatsächlich? Was liegt denn unter dem Heiligen Johannes? Ich dachte eigentlich, dass er im Zölibat lebte.«

Unter anderen Umständen hätte sie seine zweideutige Bemerkung vielleicht sogar amüsant gefunden. Jetzt aber ärgerte sie sich, dass er sie bewusst missverstanden hatte. Am besten, sie ignorierte seine Unverschämtheit. Sie nahm den englischen Text und wedelte damit vor seiner Nase herum.

»Ach, das«, sagte er. »Das ist das Gedicht eines Burschen, den ich bei Hofe kennen gelernt habe. Er ist Zollbeamter, ein Bürokrat des Königs, und heißt Chaucer. Merkt Euch diesen Namen. Eines Tages werdet Ihr ihn vielleicht wieder hören. Der Mann hat zwar eine eigentümliche Vorstellung von Sprache, aber er ist ein guter Dichter.« Er nahm ihr den Text aus der Hand, legte ihn auf das Schreibpult zurück und rückte den Stapel Blätter, den sie verschoben hatte, wieder zurecht. »Er sagt, *dies hier* sei die wahre Sprache Englands.«

»Das da?« Sie zeigte fassungslos auf das Manuskript auf dem Pult. »Die wahre Sprache Englands?« Angesichts einer solchen Vorstellung war sie so aufgebracht, dass sie ihre Verlegenheit völlig vergaß. »Es gibt keine einheitliche *Sprache* Englands. Es gibt normannisches Französisch für die Lords und Angelsächsisch und Altnordisch für die gemeinen Leute. Und die Kleriker sprechen Latein.«

Finn grinste. Es war offensichtlich, dass er diesen Wortwechsel genoss. »Habt ihr schon einmal von einem Gedicht mit dem Titel *The Vision of Piers Plowman* gehört?«

»Das nennt Ihr ein Gedicht? Roderick – mein verstorbener Ehemann – hat es mitgebracht. Ich denke, dass Colin es an sich genommen hat. Aber ich weiß nicht, warum es ihn überhaupt interessiert hat. Es ist eine entsetzliche Mischung von Lauten, die Worte sind schwer zu verstehen und auch deren Bedeutung. Es klingt einfach sperrig – und ist kaum die Federn wert, die nötig waren, um es niederzuschreiben.«

»Wenn sich das Ohr erst einmal darauf eingestimmt hat, dann hat die Sprache des westlichen Mittelenglands eine ganz eigene Schönheit«, sagte Finn. »In London nennt man sie die Sprache des Königs. König Richard hat sie zur offiziellen Sprache der Gerichtsbarkeit und des Hofes erklärt, was auch nicht verwunderlich ist, da der König und seine Onkel eine ausgeprägte Abneigung gegen alles Französische haben – sogar gegen das alte Nordfranzösisch, das die Wikinger nach England gebracht haben.«

»Ich versichere Euch, dass ich ebenfalls keine Vorliebe für Frankreich habe. Meine Loyalität gilt dem jungen Richard. Und davor galt sie seinem Vater.«

Das klang selbst in ihren eigenen Ohren ziemlich dick aufgetragen, so als wolle sie sich krampfhaft vor irgendetwas schützen. Aber seine Bemerkung, dass er bei Hofe gewesen sei, hatte sie wachsam gemacht. Spionierte er möglicherweise doch für den Herzog von Lancaster? Roderick hatte aus seiner Ergebenheit gegenüber John of Gaunt keinen Hehl gemacht. Hatte der Herzog jetzt Finn geschickt, um herauszufinden, ob Rodericks Witwe und ihre Söhne ihm gegenüber noch loyal waren? Oder schlimmer noch: Was war, wenn Gloucester, der Bruder von John of Gaunt, den Buchmaler in ihren Haushalt eingeschleust hatte, um Beweise gegen sie zu sammeln, Beweise für den Tag, wenn er den Machtkampf gegen den anderen Onkel des jungen Königs für sich entschieden hatte? Ein vertrauter Schmerz machte sich plötzlich wieder in ihrer linken Schläfe bemerkbar.

Die tief stehende Sonne schickte einen Strahl durch das schmale Fenster, der sich auffächerte und einen Weg zur Tür bildete. Finn stand in ebendiesem Licht zwischen ihr und der Zimmertür. Während sie redete, entfernte sie sich vom Schreibpult und ging auf die Tür zu, kam ihm dabei immer näher und war schließlich nahe genug, um Agnes' Birnenmost in seinem Atem wahrzunehmen.

»Ich bin nur eine arme Witwe, die sich in solchen Dingen nicht auskennt. Mein Ohr zieht einfach das vor, was es gewöhnt ist. Das ist alles. Normannisches Französisch oder das Englisch Mittelenglands, es spielt keine Rolle, solange das Wort unseres Herrn auf Latein gelesen wird.«

Es war eine hingeworfene Bemerkung, für die Ohren des Abtes bestimmt – falls ihr Mieter diesen mit Informationen versorgte. Sie hatte ihrem Gespräch damit außerdem eine neue Wendung geben wollen, weg von der Politik, musste aber feststellen, dass der Buchmaler angesichts ihrer Worte seine Kiefermuskeln anspannte. Er setzte an, etwas zu erwidern, überlegte es sich dann aber doch anders. Das verwirrte sie. Aber schließlich gab es so vieles, was sie an Finn verwirrte. Der Abt hatte ihn mit einer frommen Aufgabe betraut, in Finns Verhalten und seinem Auftreten zeigte sich jedoch keine besondere Frömmigkeit. Wenn er von heiligen Dingen sprach, lag in seinen Worten eine Sorglosigkeit, die fast schon an Geringschätzung grenzte. Er hatte erwähnt, bei Hofe gewesen zu sein, dennoch hatte er eine Direktheit an sich, die den Höfling Lügen strafte.

»Ihr seid eine einfache Witwe, und ich bin nur ein einfacher Künstler, der seine Feder anbietet – sei es für Französisch, Latein oder das Kauderwelsch Mittelenglands.«

Der amüsierte Zug um seine Lippen und das Funkeln in seinen graugrünen Augen zeigten ihr, dass er sich über sie lustig machte. Sie hätte sich irgendeine schlagfertige Antwort einfallen lassen sollen, hätte auf seinen Ton reagieren müssen, der nahelegte, dass sie mehr als nur eine »einfache Witwe« war, hätte seine Beziehungen zur Krone und Abtei in Frage stellen und eine Erklärung verlangen sollen, wem seine eigene Loyalität galt. Aber sie blieb stumm. Seine Augen erinnerten sie in ebendiesem Moment an die meergrünen Teiche, in denen sie als Kind gebadet hatte, damals, als sie die Sommer im kleinen Haus ihrer Mutter an der See verbracht hatte. In der Zeit vor Roderick, vor ihren Söhnen. Bevor der Priester zu ihr gekommen war, der jetzt tot war, bevor sie mehr von Intrigen und Gier wusste, als ihr lieb war. Diese Augen hatten genau die Farbe des Anfangsbuchstabens *I*... *In principio*, am Anfang... Es war, als hätte er seinen Pinsel in die sommerlichen Teiche ihrer Kindheit getaucht. Das waren glückliche Zeiten gewesen, als ihre Mutter noch lebte.

»Lady Kathryn, wollet Ihr etwas von mir?«

Sie erschrak und spürte, wie ihr erneut das Blut ins Gesicht schoss. Finn wartete darauf, dass sie ihm sagte, weshalb sie in seine Privatsphäre eingedrungen war, eine Privatsphäre, für deren Ungestörtheit der Abt sie überaus großzügig entlohnte. Sie bemühte sich krampfhaft, ihre Fassung wiederzugewinnen, während sie nach irgendeiner glaubhaften Erklärung suchte. Dann entschied sie, dass die Wahrheit die beste Verteidigung war.

»Ihr habt mich beim Herumschnüffeln ertappt, Sir, und ich bitte Euch deshalb um Verzeihung. Ich hatte aber nicht die Absicht, meine Nase in Eure persönlichen Angelegenheiten oder Eure Arbeit zu stecken. Die Wahrheit ist, dass ich einfach auf der Suche nach Colin war, da habe ich, mehr zufällig, Eure Manuskripte gesehen. Ich denke, einer Mutter ist es gestattet, ein gewisses Interesse an dem zu zeigen, was ihren Sohn von ihr fernhält. Nicht wahr?«

»Ich fühle mich überaus geschmeichelt, dass Ihr Euch für meine bescheidenen Bemühungen interessiert«, sagte er. Sein Lächeln aber verriet, dass er eher belustigt als geschmeichelt war. »Colin hat ein gutes Auge für Farben und Licht. Ich denke, unter meiner Anleitung – dies natürlich nur mit Eurer Erlaubnis – würde er ein guter Buchmaler werden.«

Als der Künstler Colins Namen erwähnte, fand sie endlich ihre Fassung wieder. Sie riss ihren Blick von seinen Augen los und sah stattdessen seinen mit Farbe bespritzten Rock an. Dann wies sie mit einem Kopfnicken auf das Schreibpult unter dem Fenster und lächelte entschuldigend.

»Bitte, versteht die Sorgen einer Mutter nicht falsch. Ich habe Eure Arbeit gesehen und weiß, dass Ihr ein begnadeter Künstler seid. Wenn ihr bereit seid, Colin zu unterrichten, bin ich natürlich sehr dankbar dafür. Dann werde ich mir für meine stillen Stunden eine andere Gesellschaft suchen. Gebet und Kontemplation sind stets … nutzbringend.« Ihre Zähne gruben sich in ihre Oberlippe.

»Ja. Gut für die Seele.« Er nickte, ohne dabei zu lächeln.

Lag da eine Spur von Spott in seiner Stimme? Sie wurde verlegen. Wieder bewegte sie sich auf die Tür zu. Er tat es ihr gleich. Sie sagte: »Ich könnte vielleicht ein paar Gedichte lesen – mich noch einmal in *Piers Plowman* vertiefen, den Ihr mir so nachdrücklich empfohlen habt. Und dann habe ich natürlich auch noch meine Stickarbeit.«

Sie trat ein, zwei Schritte zurück, um mehr Raum zum Atmen zu haben. Diesmal folgte er ihr nicht.

»Ich hätte nicht gedacht, dass Euch bei all der Arbeit, die es bedeutet, ein solches Gut zu führen, noch so viele freie Stunden bleiben. Was ist mit Eurem anderen Sohn?«

»Alfred? Er war immer mehr mit seinem Vater zusammen. Wie dem auch sei, jetzt verbringt er seine Tage ohnehin bei meinem Verwalter. Er wird bald volljährig. Zwei Tage vor Weihnachten ist sein sechzehnter Geburtstag.«

»Und dann werdet Ihr noch mehr Zeit für Gebet und Kontemplation haben, es sei denn, ein junger Gutsherr braucht genau wie ein minderjähriger König die Hand eines starken Regenten.«

War dies eine versteckte Kritik an Lancaster? Oder am Herzog von Gloucester? Oder machte er sich nur wieder einmal über sie lustig? Sie konnte sein Gesicht nicht sehen. Er war zum Schreibpult hinübergegangen, wo er ein frisches Blatt Schreibpergament, einige Federkiele und einen Beutel mit zu Pulver zerriebener Kohle in die Hand nahm. Der Weg zur Tür war frei. Geh jetzt, sagte sie sich, solange deine Würde noch intakt ist. Sie hatte die Tür fast schon erreicht, als er wieder sprach.

»Ich würde mich freuen, wenn Ihr Euch im Garten noch etwas zu mir setzen würdet«, sagte er. »Draußen ist es noch hell genug. Ich bin nur zurückgekommen, um ein paar Sachen zu holen, die ich brauche.«

Sie drehte sich um und stellte fest, dass er ihr zur Tür gefolgt war und der Abstand zwischen ihnen wieder kleiner geworden war. Sie sah ihn an.

»Ich glaube nicht... ich möchte Euch keinesfalls in Eurer Inspiration stören.«

»Die Gesellschaft einer schönen Frau stört die Inspiration niemals, im Gegenteil, sie beflügelt sie.«

Die Engel mussten ihm diese Augenfarbe gegeben haben. Vielleicht war es auch der Teufel gewesen. Und dieses Lächeln, schief und ein wenig verächtlich. Dennoch fand sie es sympathisch.

»Die Rosen duften wunderbar. Kommt«, versuchte er sie zu überreden. »Nehmt Eure Stickarbeit mit. Wir werden in geselligem Schweigen dasitzen, während Ihr stickt und ich zeichne. Auf diese Weise können wir beide noch das schwindende Tageslicht nutzen.«

Wie ein altes Ehepaar, dachte sie, und mit einem Schlag wurde ihr bewusst, wie einsam sie war. Wie einsam sie schon seit sehr langer Zeit war. Sie schauderte.

»Nun, vielleicht setze ich mich dieses eine Mal zu Euch. Ich hole mein Stickzeug aus dem Söller und komme dann zu Euch in den Rosengarten.«

Nur dieses eine Mal, versprach sie sich.

Die Eichelhäher gewöhnten sich schon bald daran, Lady Kathryn mit Finn im Garten sitzen zu sehen, und beschwerten sich deshalb inzwischen auch nicht mehr über ihre Anwesenheit. Kathryn freute sich auf diese gemeinsamen Nachmittage. Wie wohl sie sich doch in seiner Nähe fühlte. Jeden Tag lockerte sie die Schnüre, mit denen sie ihre Vorsicht verpackt hatte, ein wenig mehr, bis diese sich eines Tages unbemerkt davonschlich und sie sich freimütig mit dem Buchmaler unterhielt. Und das trotz der Tatsache, dass sie noch immer sehr wenig über ihn wusste. Sie hatte in seiner Kunst jedoch seine Seele aufschimmern sehen, und sie fand diese Seele überaus vertrauenswürdig.

Heute war es still im Garten, über dem die schwüle Hitze des späten Augustes lag. Ein leichter Windhauch vom Meer her brachte die Luft sanft in Bewegung, strich seufzend über Kathryns feuchte Haut und kühlte sie angenehm. Inspiriert durch die Rotbrustdrossel, die auf der Sonnenuhr hockte, wählte sie aus dem Korb zu ihren Füßen einen scharlachroten Faden aus und fädelte ihn in ihre Nadel ein. Neben ihr skizzierte Finn mit sicheren Strichen flink und geschickt die verschnörkelten Blätter und die ineinander verschlungenen Knoten, die er morgen malen würde. Sie bemerkte, dass sein Blick ebenfalls zwischen der Sonnenuhr und dem Zeichenblatt hin und her wanderte. Und schon war die Drossel für immer auf der Seite eingefangen, ein mit Kohle formuliertes Versprechen zukünftiger Pracht. Ihr Schnabel ragte keck zwischen den Blättern eines Strauches hervor, der denen des Weißdornbusches, der sie vor den Strahlen der tief stehenden Sonne schützte, verdächtig ähnlich sah.

»Die Tage werden langsam kürzer. Mit der langen Dämmerung wird es bald vorbei sein«, sagte Finn.

Hörte sie da einen bedauernden Unterton in seiner Stimme? Sie hasste ebenfalls den Gedanken, dass diese angenehmen Abende einmal ein Ende haben würden. Aber das konnte sie ihm nicht sagen.

»Die Ernte hat gerade begonnen«, sagte sie und stach ihre Nadel durch das Leinen. »Und Arbeiter sind schwer zu finden. Es ist eine Schande. Sie ziehen von Ernteherr zu Ernteherr, schauen, wer den meisten Lohn zahlt, und schämen sich nicht, um eines Schillings willen den Roggen und die Gerste auf den Feldern verrotten zu lassen.«

»Um eines Schillings willen? Ich würde sagen, um ihrer Familien willen. Damit sie etwas zu essen, etwas anzuziehen und ein Dach über dem Kopf haben.«

»Wenn sie weiter fest an das Land gebunden wären, dann hätten sie keinen Mangel an Essen, Kleidung und Obdach. Fragt Agnes. Fragt John, Glynis und Simpson. Fragt meine Melkerinnen und Kleinbauern, ob es ihnen an irgendetwas mangelt, was zum Leben notwendig ist.«

»Gewiss, Mylady. Aber ein Mensch braucht mehr als nur das Lebensnotwendige. Er braucht einen Traum. Abgesehen davon sind nicht alle Reichen ihren Pächtern und Dienern gegenüber so großzügig wie Ihr.«

»Reich. Ihr haltet mich für reich? Wenn Ihr wüsstet, wie ich vom König und von der Kirche ausgequetscht werde.«

Er zeigte mit seiner Zeichenfeder in einer weit ausholenden Geste auf die Umgebung des Gutshauses. »Ihr besitzt Land. Ihr tragt feine Kleider. Ihr habt Diener. Und Ihr könnt so viel essen, wie Ihr wollt. Die Mutter, die ihrem Kind nicht einmal eine Brotkruste geben kann, wird nicht verstehen können, dass Ihr das Armut nennt.«

Sie war nicht beleidigt. Sie hatte gelernt, dass es seine Art war, freimütig auszusprechen, was er dachte.

»Sir Guy sagt, dass die Krone eine neue Steuer erheben wird«, meinte sie. Sie nahm den scharlachroten Faden in den Mund, biss ihn ab und knüpfte dann einen französischen Knoten ins Ende. »Aber wenigstens ist es diesmal eine Kopfsteuer: ein Schilling pro Person. Nun, vielleicht kann ich noch drei Schilling für Colin, Alfred und mich zusammenkratzen.«

»Und Agnes und John?«

»Sie werden die Steuer von ihrem Lohn zahlen müssen, den ich ihnen gebe.«

»Ihr zahlt ihnen Lohn.«

Sie erkannte Beifall in seinem Lächeln.

»Ich habe damit angefangen, als die Pest die meisten kräftigen Männer dahingerafft hatte. Es schien mir damals das Klügste zu sein, denn ich konnte es mir nicht leisten, die beiden zu verlieren. Ich kann mir zwar nicht vorstellen, dass Agnes jemals Blackingham verlassen würde, aber bei John bin ich mir nicht so sicher. Wie dem auch sei, auch der Sheriff sagt, dass die Leute die Steuer von ihrem Lohn zahlen sollen. Diesmal sei die Steuer wesentlich gerechter. Es ist eine Pauschalsteuer. Alle zahlen das Gleiche. Reich und Arm.«

»Und das nennt Ihr gerecht? Was ist mit den Kleinbauern, die keinen Lohn bekommen und nur das haben, was sie dem Boden mühsam abringen, den sie von Euch und den anderen Landbesitzern gepachtet haben. Ein Mann mit sechs Kindern und einer Frau müsste dann acht Schillinge zahlen. So viel kann er in einem ganzen Jahr nicht erwirtschaften.«

Davon hatte Sir Guy nichts gesagt. Sie war so erleichtert gewesen, dass sie überhaupt nicht daran gedacht hatte, ihm noch weitere Fragen zu stellen. Sie spürte, wie sich eine Last auf ihre Schultern legte. Ihr war klar, was ihre Arbeiter und Kleinbauern tun würden, wenn sie die Steuer nicht bezahlen konnten. Sie würden zu ihr kommen, und sie würde das Geld irgendwie auftreiben müssen. Aber was war mit den anderen, fragte sie sich. Was war mit den Tagelöhnern? Wer würde für sie bezahlen? Und jene, deren Gutsherrn sich nicht dazu bewegen ließen, für ihre Pächter zu bezahlen, was würden sie tun?

»Nun, vielleicht ist es ja doch keine so gerechte Steuer«, gab sie zu.

»Sie ist nicht gerecht, und sie wird auch nicht funktionieren. Selbst bei armen Leuten gibt es Grenzen. Wenn man sie so sehr bedrängt, dass sie mit dem Rücken zur Wand stehen, wenn sie nichts mehr zu verlieren haben, dann haben sie auch vor nichts mehr Angst. Es werden jetzt bereits Stimmen gegen den Erzbischof von Canterbury laut.«

»Was hat er denn mit der Steuer des Königs zu tun?«

»Er ist von John of Gaunt zum Chancellor ernannt worden. Ihr könnt sicher sein, dass es diese beiden waren, die die Idee zu dieser Steuer hatten, um die durch die Französischen Kriege arg in Mitleidenschaft gezogene Staatskasse wieder aufzufüllen. Ansonsten hätte man vielleicht die Abteien zur Kasse bitten müssen. Also hat man diesen teuflischen Pakt geschlossen. Da ist bei weitem zu viel Gier im Spiel.«

Sprach er gerade vom König oder von der Kirche? Wem gehörte seine Loyalität? Sie fragte jedoch nicht.

»Ich habe schon die Gier beider Seiten zu spüren bekommen«, sagte sie. Sie dachte dabei an ihre Perlen – jene Perlen, die so schnell in der Tasche des Priesters verschwunden waren – und fragte sich, ob sie jetzt den zarten Hals einer französischen Kurtisane schmückten oder gar den der Mätresse des Bischofs. Sie seufzte leise. Wie auch immer, für sie war die Kette jedenfalls verloren. Dabei hatte sie einst ihrer Mutter gehört.

Sie saßen eine Weile schweigend da – außer der Feder, die kratzend über das Papier glitt, war im Garten keine Bewegung wahrzunehmen. Die Blätter der Rosen zitterten nicht mehr in der Brise. Es war völlig windstill. Das Licht hatte sich verändert, die Schatten waren länger geworden. Der Weißdorn und die Sonnenuhr malten dunkle Streifen auf den Rasen. Kathryn legte ihre Nadel zur Seite. Schließlich wollte sie nicht wie eine alte Frau angestrengt blinzelnd über ihrer Arbeit sitzen.

»Werdet Ihr Alfred zum Herrn der Ernte machen?«, fragte Finn.

Er hörte ebenfalls zu arbeiten auf und legte das Manuskript, die Federn und den kleinen Beutel mit geriebener Kohle in die Ledertasche zurück, die einem Schäferranzen nicht unähnlich war, nur dass sie größer war.

»Nein, das geht nicht. Es wäre nicht schicklich, wenn er direkten Kontakt mit den Bauern hätte. Er ist von edler Geburt.«

Warum klang für sie das, was sie da sagte, so hohl?

»Ich verstehe«, sagte Finn.

»Simpson wird der Ernteherr sein. Aber er ist natürlich Alfred unterstellt.«

»Und Alfred Euch.«

»Ja, jedenfalls, bis er volljährig ist.«

Finn verstaute seine Skizzen und seine Federn sorgfältig in der Ledertasche. Kathryn, die das als Aufforderung zum Gehen verstand, wickelte den scharlachroten Wollstrang auf und legte die Nadel in ihr Kästchen zurück. Finn deutete auf die weiten Wiesen, die sich hinter der Weißdornhecke erstreckten.

»Blackingham ist ein großartiger Besitz. Euer Ehemann hinterlässt seinem Sohn ein stattliches Anwesen.«

»Blackingham hat mir gehört«, sagte sie. Dies jedoch etwas zu schnell, so dass der Ärger über seine Worte nicht zu überhören war. »Roderick hat wenig mehr getan, als das, was damit erwirtschaftet wurde, zu verprassen, um seine Freunde bei Hofe zu beeindrucken.«

Finns zog erstaunt die Augenbrauen fast bis zu seinem ergrauenden Haaransatz hoch.

»Ich hatte angenommen...«

»Mein Vater hatte keine Söhne. Meine Mutter starb, als ich fünf war, und ich habe mich um meinen Vater gekümmert, bis er gestorben ist. Eines Tages ist er mit Roderick nach Hause gekommen und hat gesagt, dass dies der Mann sei, den ich heiraten solle. Er war der Meinung, dass Blackingham einen starken Herrn brauche.«

»Habt ihr ihn geliebt?«

»Ich habe meinen Vater von ganzem Herzen geliebt.«

»Ich meine nicht Euren Vater. Ich meine Roderick, Euren Ehemann. Habt Ihr ihn geliebt?«

Die Rotbrustdrossel war schon vor einiger Zeit davongeflogen. Die Sonnenuhr lag nun vollkommen im Schatten und zeigte keine Stunde mehr an.

»Er hat mir zwei Söhne geschenkt«, antwortete sie.

»Das war keine Antwort auf meine Frage.« Seine Stimme klang plötzlich belegt. »Habt Ihr ihn geliebt?«

Sie zuckte wortlos mit den Schultern, stand auf und hob den Korb mit der Stickwolle vom Boden hoch.

»Liebe? Was ist schon die Liebe zwischen einem Mann und einer Frau? Stöhnen und Keuchen, Herumgrapschen im Dunklen – die Befriedigung fleischlicher Lust.« So wie bei Roderick und seinen gesichtslosen Mätressen, dachte sie. Finn hatte sich ebenfalls erhoben und stand jetzt ziemlich nah bei ihr. Sie empfand diese Nähe als äußerst beunruhigend und konnte in der stillen Abendluft kaum noch atmen. Sie machte einen Schritt zurück, dann fügte sie hinzu: »Liebe ist das, was eine Mutter für ihr Kind empfindet. Liebe ist das, was unser Herr Jesus Christus für uns empfand, als er am Kreuz für uns starb.«

»Liebe ist vieles. Sie nimmt viele Formen an. Diese höhere Liebe, von der Ihr sprecht, gibt es auch zwischen Brüdern oder zwischen Freunden. Sie ist sogar zwischen einem Mann und einer Frau möglich.«

Der Garten lag in der heraufziehenden Dämmerung vollkommen still vor ihr. Seine Stimme war so leise, dass sie nicht einmal den Raum zwischen ihnen in Schwingungen zu versetzen vermochte. Sprach er überhaupt noch mit ihr? Er hätte genauso gut auch mit sich selbst sprechen können oder mit jemandem aus seiner Erinnerung. Es war schwer zu sagen.

Sie gingen schweigend über das kleine Stück Rasen, das den Garten vom Söller trennte. Als sie den Eingang erreichten, sah er nachdenklich aus. »Wollt Ihr noch mit in mein Zimmer kommen?«

Sie antwortete ihm eine ganze Weile nicht, denn er hatte sie mit seinen Worten vollkommen überrumpelt. Darin hatte er wirklich Talent. Sie spürte, wie ihr das Blut ins Gesicht schoss, genau wie bei den Hitzewellen, die sie nachts manchmal aufweckten oder bei Tag überfielen. Sie war sich sicher, dass ihr Gesicht feuerrot geworden war.

Er grinste sie an. »Ich nehme an, dass Colin und Rose da sind. Also sind weder Eure Tugend noch Euer Ruf in Gefahr. Ich würde Euch nur gerne zeigen, wie meine Arbeit voranschreitet. Das schien Euch doch zu interessieren.«

Sie war versucht, ihn wegen seiner Selbstgefälligkeit zurechtzuweisen. Aber sie war auch neugierig. Außerdem hatte sie den Verdacht, dass er sich mit mehr als nur mit dem Heiligen Johannes beschäftigte. Und sie hätte gern gesehen, wie einige der Skizzen, die er in ihrer Gegenwart angefertigt hatte, aussahen, wenn sie in strahlenden Farben ausgearbeitet waren.

»Davon gehe ich aus. Wie Ihr sagt, mein Ruf wird keinen Schaden nehmen. Immerhin bin ich in gewisser Weise ja Eure Gastwirtin und deshalb auch befugt, nach Belieben Euer Quartier in Augenschein zu nehmen. Und was meine Tugend angeht? Ich versichere Euch, Master Finn, dass sie gewiss nicht billig zu haben ist.«

Der Buchmaler warf den Kopf in den Nacken und brach in ein herzhaftes, volltönendes Lachen aus. Der Luftzug, den sein Lachen verursachte, ließ die Binsenlichter in ihren Haltern flackern. Schatten huschten einen kurzen Moment umher und belebten die Düsternis des nur matt erleuchteten Treppenhauses.

»Mylady, es trifft mich sehr, dass Ihr auch nur annehmen könntet, ich hätte es auf etwas anderes als Eure Gesellschaft abgesehen. Der gegenwärtige Preis für päpstliche Vergebung in Hinblick auf die Sünde der Unzucht übersteigt meine Geldbörse bei weitem«, sagte er und legte dabei wie ein Hofnarr die Stirn so übertrieben in Falten, dass sie unwillkürlich lachen musste. »Leider sind das Zölibat – und natürlich eine platonische Freundschaft – alles, was ich mir leisten kann.«

Als sie ihm jedoch die Treppe hinauffolgte, rief sie sich in Erinnerung, dass auch eine Freundschaft sehr wohl ihren Preis hatte, auch wenn dieser in anderer Münze gezahlt wurde. Und sogar diese Kosten würden sie im Moment überfordern.

Der Illuminator hatte etwas an sich, das ihn einfach viel zu anziehend machte. Zu diesem Schluss kam Kathryn, nachdem sie eine angenehme Stunde in Finns Gemach verbracht und ihm dabei zugesehen hatte, wie er die skizzierte Drossel mit strahlenden Rottönen kolorierte. Einem Mann wie ihm war sie noch nie begegnet. Sie mochte alles an ihm: die außerordentliche Geduld, die er seiner Tochter entgegenbrachte, die Ordnung auf seinem Arbeitstisch, seinen wachen Verstand und die meergrüne Farbe seiner Augen. Sie mochte sein unbeschwertes Lachen und die Art, wie seine Finger die Federn und Pinsel hielten, sie beinahe liebkosten, während sie schwungvolle, rasche Striche ausführten. Sogar, dass es ihm so leicht fiel, sie aus der Reserve zu locken – vielleicht manchmal zu leicht –, so dass sie mehr von sich preisgab, als sie eigentlich wollte. All das machte ihn zu einem sehr gefährlichen Mann. Mit einem Wort, er war ein Mann, dem sie unbedingt aus dem Weg gehen sollte.

Aber je mehr sie einen Bogen um ihn zu machen versuchte, desto öfter schien sie ihm zu begegnen: auf dem Weg zu ihrem Zimmer oder zur Küche, manchmal sogar im Küchengarten, wo sie frischen Lavendel für ihr Bad pflücken wollte.

»Agnes hat mir gerade eines ihrer wunderbaren Zimt-Creme-Törtchen geschenkt. Es ist groß genug, dass es für zwei reicht. Wir sollten uns auf die Bank hier setzen und es uns teilen. Hier im Kräutergarten. Ein sommerliches Picknick machen.«

Der Mann war einfach unglaublich. Woher wusste er von ihrer Vorliebe für Zimt-Creme-Törtchen?

»Ich mag keinen Zimt, Master Finn. Aber trotzdem vielen Dank.« Dann ging sie davon, während ihr angesichts des verlockenden Geruchs der würzigen Süße das Wasser im Mund zusammenlief, schlug die Einladung aus, die in seinem Lächeln lag, und ließ ihn allein mit seinem Zimt-Creme-Törtchen auf der Gartenbank sitzen.

Am nächsten Tag sprach er sie im Rosengarten an. Er war so plötzlich neben ihr aufgetaucht, dass sie erschrak und sich die Handfläche an einer Dorne ritzte. Er entschuldigte sich charmant und hob die verletzte Hand an seine Lippen. Sie entzog sie ihm hastig und spürte dabei, wie sie rot wurde wie ein dummes kleines Mädchen. Er sah ein wenig bestürzt aus.

»Ich war auf dem Weg in den Wald, um dort Beeren für einen ganz bestimmten Purpurton zu pflücken. Es ist ein so wunderschöner Tag. Ich hatte gehofft, dass Ihr mir Eure Gesellschaft leihen würdet«, sagte er.

Leihen – als wäre ihre Gesellschaft etwas, das er zurückgeben müsste. Außerdem hatte er weder eine Schüssel noch eine Tasche für die Beeren dabei.

»Nein, vielen Dank, Master Finn. Ich bin … ich bin im Moment einfach viel zu beschäftigt.« Hatte sie gestottert? Sie sah an ihm vorbei in die Ferne, versuchte, ihre Verlegenheit zu verbergen und sich nicht von der Enttäuschung in seinen Augen umstimmen zu lassen. »Ich werde übrigens mehrere Tage lang sehr beschäftigt sein. Ich muss eine Bestandsaufnahme der Vorräte in der Speisekammer und den Lagerräumen machen.«

Als er gegangen war, überfiel sie jedoch ein schlechtes Gewissen. Was konnte denn schon passieren, wenn zwei Freunde gelegentlich miteinander einen Spaziergang im Wald machten? Aber sie wusste, was passieren konnte. Sie spürte es am heftigen Schlagen ihres Herzens. Für eine Frau in ihren Jahren war es gewiss nicht gesund, wenn ihr Blut derart in Wallung geriet!

Seine Nähe, sein gelegentliches Auftauchen machte sie überaus nervös.

Seine Abwesenheit machte sie jedoch genauso nervös.

Die nächsten vier Tage sah sie ihn nicht. Also erkundigte sie sich so beiläufig wie möglich bei Agnes.

»Gestern ist er wie sonst auch in die Küche gekommen, um seinen Becher Birnenmost zu trinken. Heute aber ist er, glaube ich jedenfalls, mit seiner Tochter zum Markt nach Aylsham gefahren. Sie sind schon im Morgengrauen aufgebrochen. Hättet Ihr ihn für irgendetwas gebraucht? Wenn er wieder da ist, werde ich ihm sagen, dass er zu Euch kommen soll.«

»Nein, nein. Ich war nur neugierig, weil ich ihn nicht gesehen habe. Das ist alles.«

Agnes sagte nichts mehr, zog aber eine Augenbraue hoch und lächelte vielsagend.

Kathryn beschloss, diese Reaktion einfach zu ignorieren.

Als die Zeiger der Sonnenuhr zwei Uhr anzeigten, fühlte sich Kathryn ziemlich lustlos. Lächerlich. Das war ja fast so, als würde sie ihn vermissen. Das Haus kam ihr so leer vor. Ihre Schritte verursachten ein einsames, flüsternden Echo, etwas, das ihr zuvor noch nie aufgefallen war.

Sie ging in den Söller und setzte sich dort auf die Bank am Fenster, ihre Stickarbeit auf dem Schoß. Auf einem kleinen Tisch neben dem Fenster hatte jemand – wahrscheinlich Colin – ein Buch liegen lassen. *The Vision of Piers Plowman*. Das englische Buch. Es erinnerte sie sofort an Finn. Sie nahm es, schlug es auf und begann zu lesen, wobei sie mit der ungewohnten Schreibung kämpfen musste. Es las sich einfach nicht so flüssig wie das Französische. Warum sollte irgendjemand den Dialekt, der im westlichen Mittelengland gesprochen wurde, als Sprache der Poesie wählen? Und dann der Inhalt. Der alliterative Vortrag über Begnadigung, Buße und Beten erinnerte sie an Finn.

Ein Schatten huschte plötzlich über die Textzeilen. Sie blickte auf und sah Finn in der Tür stehen. Er beobachtete sie mit einem Gesichtsausdruck, den sie nicht deuten konnte. Ihr Herz schlug wild gegen ihre Rippen. Sie holte tief Luft, um sich zu beruhigen.

»Mylady, ich bin froh, Euch hier zu treffen. Welch glücklicher Zufall.«

Sie klappte das Buch zu und versuchte dabei, den Titel mit ihrer Hand zu verbergen.

»›Glücklicher Zufall‹, Master Finn? Eine Dame in ihrem eigenen Gemach anzutreffen? Und warum sei Ihr ›froh‹?«

Er lächelte sie an. Aber sein Lächeln war schwach und unsicher. Seine Augen blieben ernst. »Es ist ein glücklicher Zufall, dass Mylady nicht anderweitig beschäftigt sind. Und froh bin ich, weil ich ein zweites Paar Augen brauche.«

»Habt Ihr ein Problem mit Euren Augen? Agnes kann Euch eine Tinktur aus...«

Er lachte. Jetzt erschienen auch in seinen Augenwinkeln kleine Lachfältchen. »Nein, nein. Meine Augen sind immer noch gut genug, um Schönheit zu erkennen, wenn sie sich zeigt.«

Sie spürte, wie zuerst ihr Hals und dann ihr Gesicht feuerrot anlief. Hätte sie etwas dagegen tun können, sie hätte es getan.

»Ich sagte *froh*, weil ich Eure Meinung hören will. Das heißt natürlich, falls ihr die Zeit erübrigen könnt. Normalerweise berät mich meine Tochter. Aber sie ist mir, sobald wir vom Markt zurückgekommen sind, einfach davongelaufen.«

»Sie berät Euch? Inwiefern?«

»Was die Farben angeht. Ob irgendwelche Farbtöne zu grell sind oder zu zurückhaltend. Aber ich sollte eine so viel beschäftigte Dame wie Euch nicht stören, die sich gerade einen ihrer wenigen kostbaren Augenblicke der Ruhe mit einem Buch gönnt. Ich würde ein zu großes Opfer von Euch verlangen. Und vielleicht kommt Rose ja bald zurück.«

Er wandte sich zum Gehen.

»Nein, wartet.«

Sie würde es später bereuen, das war ihr schon jetzt klar. Aber sie konnte einfach nicht anders.

»Die Lektüre dieses Buches aufzugeben ist für mich nun wirklich kein Opfer. Ich empfinde das Englisch, das Ihr so sehr schätzt, als eine langweilige Sprache. Sie hat einfach keine Melodie. Ich werde mir Eure Arbeit mit Vergnügen ansehen. Obwohl ich nicht weiß, welchen Wert meine wenig sachkundige Meinung haben könnte.«

Er fuhr herum, so als hätte sie ihn an einer unsichtbaren Schnur herumgerissen. Oder war er es, der an der Schnur gezogen hatte?

»Soll ich Euch die Seiten bringen? Ich bin mir allerdings nicht sicher, ob die Farbe schon ganz trocken ist.«

»Ja. Nein. Ich meine… Ich werde sie mir in Eurem Zimmer ansehen. Auf diese Weise lauft Ihr nicht Gefahr, Eure Blätter zu verderben.«

Kathryn, Kathryn, du bringst dich in Schwierigkeiten, sagte eine leise Stimme in ihrem Kopf.

Ihr Herz aber sagte etwas vollkommen anderes.

Ende September waren die Tage schon merklich kürzer geworden. Finn saß jetzt bereits mittags anstatt am Spätnachmittag mit Lady Kathryn im warmen Sonnenschein im Garten. Am Spätnachmittag zogen sie die Ungestörtheit seines Quartiers vor. Sie inspirierte ihn bei seiner Arbeit – und außerdem noch bei vielem mehr. Goldenes Herbstlicht schien von der Seite her durch das Fenster, ergoss sich über seinen Arbeitstisch und warf eine Bahn aus Licht über das Bett, wo das Paar mit ineinander verschlungenen Gliedern in den zerknüllten Laken lag. Wieso hatte er sie an jenem Abend, als er zum ersten Mal an ihrer Tafel saß, nicht wunderschön gefunden? Lag es daran, dass sie sich in ihrer Gestalt und ihrem Aussehen so sehr von seiner Rebekka unterschied?

Finn löste sich sanft aus ihren Armen und erhob sich vom Bett. Ihre Hände glitten über ihn hinweg wie fließendes Wasser. »Ich muss jetzt arbeiten, Mylady«, sagte er lachend. »Jedenfalls solange ich noch die Kraft habe, meinen Pinsel zu halten.«

Sie sank in die Federkissen zurück, die Arme hinter dem Kopf verschränkt, einladend. Ihr silbriges Haar ergoss sich über das Kissen, und die dunkle Strähne wand sich wie ein Seidenband um ihre rosa Brustwarzen.

»Euer Pinsel, Sir, scheint sich ganz von selbst zu halten«, sagte sie.

Er lachte und spürte, wie ihm das Blut ins Gesicht schoss. »Nun, dann werde ich ihn zur Seite legen müssen und einen anderen nehmen«, sagte er, als er seine Hose anzog. Er beugte sich über sie, um ihr einen Kuss auf die Stirn zu geben. Sie tat so, als würde sie schmollend den Mund verziehen, während sie sich in das zerknitterte Laken einhüllte und ihm dann folgte, um sich hinter ihn zu stellen und über seine Schulter zuzusehen, wie es draußen langsam dunkel wurde.

Sie hatte nicht übertrieben, als sie ihm gesagt hatte, dass ihre Tugend nicht billig zu haben sei, dachte er. Er hatte dafür einen sehr hohen Preis bezahlt. Er hatte das Gefühl, dass ihre Beziehung ihn auf irgendeine tief greifende Weise veränderte, so wie er das noch nie zuvor bei einer anderen Frau erlebt hatte. Und er wusste, dass er niemals wieder der Alte sein würde. Sie hatte ihn in sich aufgesogen, und jetzt war er nicht mehr derjenige, der er gewesen war, sondern ein Teil von ihr. Sie hatte ihn vollkommen vereinnahmt, hatte seinen Körper, seinen Geist und seine Seele mit ihrem Feuer verzehrt. Aber es war nicht nur ihre Leidenschaft – obwohl ihn diese völlig überrascht hatte und er bis zu dem Tag, an dem sie zum ersten Mal in sein

Zimmer gekommen war, um sich seine Skizzen anzusehen, und er sie geküsst hatte, nicht geahnt hatte, wie tief und überwältigend sie war. Es war nicht nur die Art, wie ihr Körper mit dem seinen verschmolz, sondern die Art, wie sich ihr Geist mit dem seinen vereinigte. Manchmal kam es ihm fast so vor, als könnte sie seine Gedanken lesen und er die ihren. Seine künstlerischen Fähigkeiten, die wie ein Samenkorn in seiner Mitte lagen, nicht einmal diese konnte er vor der Hitze, die sie ausstrahlte, abschirmen. Auf den von ihm illuminierten Seiten sprangen dem Betrachter die Linien und Formen von den schmalen Rändern entgegen. Die dunklen Farben waren jetzt noch dunkler, die hellen noch strahlender, die Flechtmuster noch komplizierter, in sich verschlungen und sich windend wie ihr weiblicher Verstand. Seine Begabung gehörte nicht länger ihm allein, er teilte sie mit ihr. Und wenn er ihr nicht einmal diese vorenthalten konnte, was war dann mit seinem Geheimnis? Wie lange würde es dauern, bis sie auch dieses erahnte? Aber es musste ihm einfach gelingen, es zu bewahren. Er musste sie davor schützen, denn sie war zur Quelle seiner schöpferischen Kraft geworden und zum Objekt einer Liebe, die er nicht mehr empfunden hatte, seit er seine Frau vor sechzehn Jahren zu Grabe getragen hatte.

»Ihr zieht Euch jetzt besser an, Kathryn. Rose und Colin werden bald zurück sein.« Er saß bereits an seinem Arbeitstisch, das linierte Schreibpergament vor sich ausgebreitet, auf das Rose bereits in sorgsamer Handschrift den Text übertragen hatte.

»Ich denke, es wird noch eine Weile dauern. Ich habe gesehen, dass Colin seine Laute mitgenommen hat. Als ich ihn fragte, wohin er damit wolle, sagte er, dass er Rose Lautenunterricht gäbe. Als *Überraschung* für Euch.«

»Das ist also der Grund, weshalb sie jeden Tag verschwinden.« Er wischte den Pinsel an einem Lumpen ab und tauchte ihn dann wieder in die Farbe. »Nun, ich werde so tun, als wäre ich überrascht.« Er hielt inne und überlegte, wie er das, was er als Nächstes sagen wollte, am besten formulierte. »Ich habe gestern gesehen, wie Alfred sich mit Rose unterhalten hat. Irgendetwas an seiner Art kam mir allzu vertraut vor.« Er hoffte, dass sie ihn verstand und ihn beruhigen würde. Sie sah ihn jedoch nur an und wartete darauf, dass er fortfuhr.

»Sie ist meine Tochter, versteht Ihr, Kathryn. Ich will sie beschützen…« Der ängstliche Ton in seiner Stimme machte ihn verwundbar, das wusste er. Aber er vertraute ihr, er musste seine weiche Seite nicht vor ihr verbergen.

»Ich verstehe.« Sie beugte sich zu ihm herunter und küsste ihn auf den Nacken. »Ein Kind ist ein kostbarer Schatz, ein Geschenk Gottes, das beschützt werden muss.« Dann knabberte sie zärtlich an seinem Ohr und flüsterte ihm leise zu: »Ich werde mit Alfred reden.«

Wehrlos legte er seinen Pinsel weg.

7. KAPITEL

*Große Gotteshäuser machen Menschen
nicht fromm, Gott aber kann man nur durch
Frömmigkeit wirklich dienen.*

JOHN WYCLIFFE

Bischof Henry Despenser schenkte der komplizierten Steinmetzarbeit über dem Portal der Kathedrale von Norwich keine Beachtung. Dort war eine Anzahl unglücklicher Seelen zu sehen, die mit einem Seil zusammengebunden waren und von einem Haufen Teufel zu einem Kessel gezerrt wurden, unter dem schon ein großes Feuer brannte. Gleichzeitig geleitete eine Schar Engel wenige erlöste Unschuldige in die entgegengesetzte Richtung. Obwohl diese plastische Erinnerung an die Verdammnis, die einen Sünder erwartete, nicht für einen Pförtner des Paradieses wie ihn dort angebracht war, hätte diese in Stein gemeißelte Predigt Bischof Despenser, wäre er weniger jung, weniger arrogant – und weit unschuldiger – gewesen, wohl dazu veranlasst, über den Zustand seiner eigenen Seele nachzudenken.

Seine Sorge galt jedoch mehr dieser und nicht der nächsten Welt. Und in ebendiesem Augenblick galt sie dem unaufgeklärten Mord an Pater Ignatius, einer Angelegenheit, die langsam peinlich wurde.

Das leise Klatschen seiner Ledersohlen auf dem Fliesenboden vermochte die Stille unter den würdevollen normannischen Bögen des südlichen Seitenkreuzgangs der Kathedrale kaum zu stören. Es war nicht so, dass Henry Despenser von der Pracht um ihn herum nicht beeindruckt gewesen wäre. Die erhabenen Holzrippen des Daches wölbten sich wie das Skelett eines mythischen Leviathan und strebten dann immer weiter nach oben. Die Gemälde, die Lettner, die Schreine aus Silber und getriebenem Gold: Die pure Macht und der unermessliche Reichtum beeindruckten ihn sogar sehr.

Tatsächlich wohnte hier Henry Despensers Gott. Dieser aber war kein bescheidener Zimmermann aus Galiläa. Der Gott des Bischofs war die Kathedrale selbst. Und wie alle falschen Götter forderte er von den Menschen Opfer und unablässige Anbetung. Nicht, dass Henry etwas hätte opfern müssen, obwohl es Tage gab, an denen er lieber gegen die Franzosen gekämpft, lieber Kettenhemd und Helm in der Schlacht getragen hätte, als das goldene Brustkreuz mit seinem von Rubinen eingefassten Christus. Nein, die Opfer brachten eine Armee von Steinmetzen und Zimmerleuten, von denen viele starben, bevor ihre Arbeit vollendet war, nur um dann von ihren Söhnen, Enkeln und Lehrlingen ersetzt zu werden. Einige hatten schon fünf Jahrzehnte lang an der großen Kathedrale gebaut und arbeiteten jetzt immer noch an ihr, da es galt, den gezimmerten Kirchturm neu zu errichten, der vor einem Vierteljahrhundert durch einen Sturm beschädigt worden war. Das Klatschen des Mörtels, das Polieren der Steine, das Zischen der Schreinerhobel gehörte genauso zu den Geräuschen der Kathedrale wie der Choralgesang der Mönche, die in ihrem Priorat lebten.

Für Bischof Despenser war dieses erhabene Gebäude aus Stein, das in der Sonne golden schimmerte, eine Hymne auf die schöpferische Kraft des Menschen, ein Lobgesang auf ihren Ehrgeiz. Seine eigenen Ambitionen erhoben sich in ebenso schwindelnde Höhen wie der herrliche Gewölbebogen über seinem Kopf. Aber von all der Pracht, die ihn umgab, liebte Henry den Bischofsstuhl hinter dem Hochaltar am meisten. Der Stuhl beherrschte allein schon durch seinen Standplatz die Apsis im Osten und war einem Mosessitz aus einer alten Synagoge nachempfunden. Es war dieser Stuhl, der Henrys Seele absorbiert hatte. Die Kathedrale zu beherrschen, das hieß, East Anglia zu beherrschen. Die Tausende von Schafen, die die Felder sprenkelten, die Wiesen, die der Safran golden gefärbt hatte, das Marschland und die Gewässer, wo es von Vögeln, Fischen und Aalen nur so wimmelte, selbst die Weiden und Binsen an den Flüssen: Es war, als wäre all das sein rechtmäßig übertragenes Eigentum. Der Bischof von Norwich wusste, dass derjenige, der die Macht besaß, Steuern zu erheben, auch die Macht besaß zu zerstören. Und was war das anderes als Eigentumsrecht?

Aber es war ein Eigentumsrecht, das er sich mit dem König teilte. Und das ärgerte ihn. Dies – und die Rüge des Erzbischofs – waren der Grund für seine schlechte Laune an diesem ansonsten so strahlend schönen Sommermorgen. Man hatte ihn soeben über die neue Kopfsteuer des Königs informiert.

Der Hermelinsaum seines schweren Mantels glitt hinter ihm über den Boden und den gewundenen Weg entlang, als er rasch an einer Gruppe von Mönchen vorbeiging, die im Kreuzgang, der als Skriptorium diente, mühsam Manuskripte kopierten. Er blieb nicht stehen, um zu sehen, wie sie vorankamen, er nahm nicht einmal vom nervösen Kratzen der Federn und dem Rascheln des Pergaments Notiz. Bücher waren selbst unter normalen Umständen für ihn kaum von Interesse, und heute war kein normaler Tag.

Er war dankbar, dass es in der Kathedrale so kühl war, aber selbst deren Außenhaut schwitzte in der Sommerhitze. Feuchtigkeit färbte die Fugen in den steinernen Wänden dunkel. Sie verfärbte auch die Achseln des feinen Leinenhemdes, das der Bischof trug.

Heute verzichtete er darauf, das Hauptschiff zu betreten, sich dem Altar zu nähern, seine Knie vor dem goldenen Kelch zu beugen. Heute eilte er direkt ins Pfarrhaus, wo er ungestört war. Dort konnte er auch sein Hemd wechseln und den langen, schweren Mantel gegen einen kürzeren, leichteren Wappenrock austauschen, den er ohnehin getragen hätte, hätte er sich nicht mit dem Finanzminister des Königs und dem Erzbischof getroffen. Der würdevolle Alte hatte sich lautstark über die gegenwärtige Nachlässigkeit in Hinblick auf die Einhaltung der religiösen Kleiderordnung beklagt. Der Rat der Stadt London hatte sogar eine Verordnung erlassen, in welcher gerügt wurde, dass Kleriker Kleidung trügen, »die eher einem Ritter denn einem Kleriker angemessen« sei. Er hatte sich darüber beklagt, dass manche seiner Glaubensbrüder zu einem teuren Stoffhändler in der Colgate Street gingen – wo auch Henry seine feinen Batisthemden kaufte – und »wie die Pfauen« herumstolzierten. Der Bischof allerdings wollte sich sein Recht auf Prachtentfaltung keinesfalls beschneiden lassen. Immerhin war er von adeliger Geburt und bildete sich außerdem so einiges auf seine wohlgeformten Waden ein. Trotzdem hatte er aus Rücksicht auf seinen Vorgesetzten den schweren Mantel angezogen, den er jetzt erleichtert ablegte, sobald er seine Privaträume betreten hatte und ungestört war.

Während er sein verschwitztes Hemd auszog, rief er nach seinem betagten Kammerdiener. Der alte Seth, der in der Ecke saß und vor sich hin döste, fuhr erschrocken aus dem Schlaf, stieß ein »Verzeiht, Eure Lordschaft« aus und eilte mit einem frischen Hemd und einem Wams zu seinem Herrn. Henry übergab ihm den Mantel, und der alte Mann begann ihn sofort kräftig auszubürsten. Zu kräftig. Henry wusste, dass der alte Kammerdiener befürchtete, durch einen jüngeren Mann ersetzt zu werden. Seine Sorge war jedoch unbegründet. Seth mochte zwar alt und schon etwas langsam sein, aber der Bischof wusste, dass er ihm gegenüber absolut loyal war. Und Loyalität zählte in diesen unsicheren Zeiten mehr als alles andere.

»Haben Eure Eminenz schon zu Abend gegessen?«

»Der Erzbischof hat uns Austern und Fischeintopf mit Schmalzgebäck und eingemachten Kirschen servieren lassen.« Er runzelte die Stirn und rülpste dann laut. »Und jetzt habe ich heftiges Magendrücken. Ich fürchte, die Austern waren nicht mehr ganz frisch. Aber du kannst mir einen Becher Wein bringen. Und dann kannst du dir für den Nachmittag freinehmen. Ich erwarte Besuch.«

Henry bemerkte weder, dass sich der alte Mann unter Bücklingen entfernte, noch hörte er ihn ein paar Minuten später wieder den Raum betreten. Der Bischof schenkte sich seinen Wein ein und setzte sich hin, um in der knappen Stunde, die ihm noch blieb, bevor das Mädchen kam, in aller Ruhe nachzudenken. Constance kam immer am Freitag zur Beichte. Er hatte sich nur allzu gern bereit erklärt, ihr als Ratgeber in spirituellen Dingen zu dienen. Sie war die Tochter eines alten Freundes. Ihm waren sofort ihre straffen Schenkel und ihre jungen Brüste aufgefallen, die keck nach vorn ragten und geradezu darum bettelten, fest angepackt zu werden.

Heute aber wäre es ihm fast lieber gewesen, wenn sie nicht gekommen wäre. Die Hitze und auch die Strafpredigt des Erzbischofs über die laxe Moral unter den Klerikern hatten seine Leidenschaft merklich gedämpft. Der aufgeblasene alte Narr hatte Henry mit Nachdruck an den Skandal vor vier Jahren erinnert, als man zehn Priestern in Norwich unkeusche Verhältnisse nachgewiesen hatte, einem davon sogar mit zwei Frauen. Henry musste an sich halten, um nichts zu sagen. Er war sich nämlich ziemlich sicher, dass sich auch der Erzbischof eine Mätresse hielt. Außerdem duldete er es, dass der Bischof von London ein einträgliches und günstig gelegenes Bordell betrieb. Waren, so fragte er sich jetzt, vielleicht doch irgendwelche Informationen über seine Aktivitäten an den Freitagnachmittagen nach außen gedrungen? Nein, das war unwahrscheinlich. Aber in der Stimme des Erzbischofs hatte ganz ohne Zweifel ein warnender Ton gelegen.

Was den Mord an Pater Ignatius anging, war der Erzbischof jedoch wesentlich direkter gewesen. Er hatte ihn mit den Worten: »Welche Neuigkeiten habt Ihr, den ermordeten Priester betreffend?« begrüßt, als er Henry seinen Ring zum Kuss darbot.

»Wir haben den Täter noch nicht gefunden.«

»Dann müsst Ihr Euch noch mehr bemühen. Dieses Verbrechen darf nicht ungesühnt bleiben. Kümmert Euch also darum.«

Kümmert Euch also darum. Einfach so. Kümmert Euch also darum. Als ob es Henry nicht schon genügend Kopfzerbrechen bereiten würde, das Geld für den Feldzug gegen den Gegenpapst in Avignon zusammenzubekommen. Und jetzt war da auch noch diese neue Steuer. Eine Rübe konnte nur so viel Saft geben, wie sie hatte. Dabei war es auch für ihn ein herber Verlust gewesen, als man den Priester ermordet hatte. Wenn es darum ging, Frauen um ihre Schätze zu erleichtern, war Pater Ignatius der Beste gewesen. Er kam gerade von einem solchen speziellen Auftrag in Aylsham zurück oder war auf dem Weg dorthin gewesen, als ihn bei Blackingham der Tod ereilte.

Der Sheriff hatte gesagt, dass er die Gutsherrin befragt hätte. Vielleicht sollte er sie ja noch einmal ein wenig eingehender befragen. Er würde morgen nach Sir Guy schicken und ihm die heiße Kohle weiterreichen.

Bischof Despenser nippte an seinem Wein. Die Glocke der Kathedrale schlug das Mittagsoffizium: drei Uhr, noch drei Stunden bis zur Vesper. Sein Magen hatte sich wieder etwas beruhigt. Der Wein und der Gedanke daran, wie Constance ihn mit ihren kühlen, weißen Händen streichelte, taten ihm gut. Nur ein einziges Mal wollte er in ihr zum Höhepunkt kommen und sich nicht vorzeitig zurückziehen. Aber das war zu gefährlich und konnte sein Verderben bedeuten. Genau das nämlich hatte den Skandal mit den Priestern ausgelöst: Zwei der Frauen waren schwanger geworden. Dumm. Unverantwortlich. Eine schlimme Sünde. Er würde sich also wie üblich beherrschen, und dennoch würde er sein Vergnügen haben.

»Die Heilige Jungfrau ist damit einverstanden«, hatte er Constance versichert, als sie das erste Mal zögernd zu ihm gekommen war. Er hatte ihr mit der rechten Hand unters Kinn gefasst und sie gezwungen, ihm in die Augen zu sehen. »Indem du dich einem Diener Gottes darbietest, bietest du dich Gott selbst dar.« Danach war sie zwar willfährig, wenn auch nicht sonderlich begeistert gewesen. Aber ihre mangelnde Begeisterung störte ihn im Grunde nicht. Um die Wahrheit zu sagen, sie steigerte sogar noch sein Vergnügen, weil ihm dies nämlich nur bestätigte, welche Macht er über sie hatte.

Das Mädchen müsste jetzt jede Minute eintreffen. Er konnte bereits spüren, wie sich ihr warmer, fester Körper an ihn presste, wie sich ihre Haut unter seinen forschenden Händen anfühlte, glatt und kühl wie die Schnitzereien im Altarraum. Nichts war so sehr geeignet, einen Mann seine Sorgen vergessen zu lassen, wie eine harmlose Liebelei an einem Sommernachmittag. Er nippte wieder an seinem Wein, rollte ihn auf der Zunge hin und her. Die Franzosen sollten einfach bei dem bleiben, was sie am besten konnten, und Rom den Papst überlassen.

Sir Guy, der gerade die zwölf Meilen von Norwich nach Aylsham ritt, bemerkte grauen Rauch in der Ferne. Ein Wiesenbrand, dachte er, wahrscheinlich von irgendeinem unachtsamen Bauern verursacht, der sein Feld in der viel zu trockenen Luft abbrannte. Sir Guy hatte eine Schwester bei Hofe, die sich darüber beklagte, dass in London der Himmel immer grau war und es ständig regnete. In East Anglia weigerte sich der Sommer in diesem Jahr jedoch zu weichen. Jeder Tag war heißer und strahlender als der vorige gewesen, und die wenigen Wolken, die wie gewaschene weiße Wollvliese am Himmel aufgezogen waren, hatten sich schnell wieder aufgelöst. Er war dankbar für die Brise, die jetzt wehte. Dass sie auch das Feuer am Horizont anfachte, kümmerte ihn nicht, denn sie verschaffte ihm in seinem Lederwams Kühlung, genau wie seinem Pferd, das er in scharfem Tempo ritt.

Offiziell war er im Auftrag der Krone unterwegs, inoffiziell für den Bischof. Hinsichtlich des toten Priesters war die Rechtslage unklar. Da das Opfer ein Gesandter des Bischofs und außerdem ein geweihter Priester gewesen war, hätte sich die Kirche des Falls annehmen können. Da das Verbrechen jedoch auf dem Land der Krone begangen worden war, hatte man sich darauf geeinigt, dass die Sache in die Zuständigkeit des Sheriffs fiel. Eine undankbare Aufgabe. Die Welt konnte gut auf so einen gierigen Kirchenmann verzichten, warum also das ganze Theater? Der Bischof hatte ihn jedoch wissen lassen, dass der Mörder unbedingt vor Gericht gestellt werden musste und dass es Aufgabe des Sheriffs sei, ihn zu finden. Und zwar schnell.

»Der Kirche ist eine schwere Beleidigung widerfahren, und der Statthalter des Königs, der für Recht und Ordnung zu sorgen hat, findet nicht die Zeit, nach dem Mörder zu suchen? Ist es wirklich so schwierig, ein paar Fragen zu stellen und ein Motiv herauszufinden?« Henry Despenser hatte höhnisch gegrinst, als er auf Sir Guys Makel anspielte. »Ihr habt schließlich die richtige Nase für so etwas. Benutzt also euren Zinken, um ein paar Antworten zu finden.«

Unverschämter Emporkömmling. Wagte es, Sir Guy de Fontaigne herumzukommandieren wie einen angelsächsischen Tölpel. Verlangte von ihm, dass er Lady Kathryn von Blackingham befragte.

Nun gut, vielleicht konnte er den Verdacht des Bischofs ja zu seinem eigenen Vorteil nutzen. Er bezweifelte zwar, dass Lady Kathryn selbst eines Mordes fähig war, aber irgendetwas stimmte da tatsächlich nicht – so wie sie mit kerzengeradem Rücken und einem nervösen Zug um den Mund bestritten hatte, den Priester an jenem Tag, an dem man ihn tot aufgefunden hatte, gesehen zu haben. Wenn er, Sir Guy, ihr also genügend Angst einjagte und die Befragung geschickt genug durchführte, überdachte sie vielleicht noch einmal ihr Verhalten und zeigte sich ihm gegenüber etwas weniger abweisend. Vielleicht wäre sie sogar froh, wenn er sich ihr als Beschützer anbot.

Sein Pferd machte plötzlich einen Sprung nach rechts, stampfte mit den Hufen und drohte zu steigen. Der Wind trug ganz eindeutig einen beißenden Geruch heran. Die Rauchfahne im Norden war wesentlich dunkler geworden, die Farbe der Wolken am Horizont war von Weiß in Grau umgeschlagen. Sie schienen auch mehr zur Erde als zum Himmel zu gehören. Das war keine brennende Wiese. Der Rauch kam von weiter rechts, also aus einem Gebiet nordöstlich von Aylsham, ungefähr von dort, wo der Bacton Wood lag. Wenn der Wald Feuer fing, dann bedeutete das, dass die Abtei Broomholm und viele Meilen jungfräulicher Forst in Gefahr waren. Auch sein Lieblingsrevier, wo er Hirsche und Wildschweine jagte, war dann gefährdet. Er schnalzte mit den Zügeln und grub seine Absätze in die Flanken seines Pferdes. Die immer dicker werdende Luft deutete jedoch darauf hin, dass es nicht im Bacton Wood oder in Aylsham brannte, das Feuer musste wesentlich näher sein. Vielleicht stand die Hütte eines Bauern oder einer der auf den Feldern verstreuten Schuppen in Flammen, die als Lager für Korn, manchmal sogar als Schäferhütte genutzt wurden. Nein, solch dicke Rauchschwaden entstanden nicht, wenn nur ein Schuppen brannte. Es musste sich um etwas Größeres handeln. Während Sir Guy weiterritt, kam er zu dem Schluss, dass es möglicherweise in Blackingham selbst brannte. Er spornte sein widerspenstiges Pferd noch mehr an und galoppierte auf den Rauch zu. Die Sache ging ihn nämlich doch etwas an.

8. KAPITEL

*Diridin, diridon, diridin, diridon
Der Falke (i.e. Tod) trug meinen Gefährten davon.*

AUS EINEM LIED,
ANFANG DES 15. JAHRHUNDERTS

An dem Tag, an dem das Wollhaus brannte, war Lady Kathryn gerade damit beschäftigt gewesen, andere Feuer zu löschen. Sie hatte eine heftige Konfrontation mit Alfred hinter sich, der sich bitter darüber beschwert hatte, dass sie ihn »in die Schafhürden« verbannt hätte. Sie hatte ihm zwei weitere Wochen abgerungen und ihn dringend gebeten zu bleiben, bis die Ernteabrechnung und die Pachteinnahmen kontrolliert waren, »damit Simpson nicht in Versuchung geriet«. Außerdem hatte sie immer noch einen Ballen Wolle – 240 Pfund, nicht geschoren, sondern ausgezupft, was die feinsten Garne ergab –, den sie, wenn die Nachfrage auf dem Markt wieder größer war, zu einem besseren Preis an die Händler aus Flandern verkaufen wollte, und auch das musste beaufsichtigt werden.

»Nur noch die zwei Wochen bis zu deinem Geburtstag«, hatte sie gesagt und ihm dann eine Geburtstagsfeier versprochen, wie sie eines jungen Gutsherrn würdig war.

Sie vermisste ihn, vermisste sein unbeschwertes Lachen, seinen Witz, seine nervöse Energie, aber sie hatte auch Angst davor, dass er zurückkam. Finn würde ebenfalls nicht glücklich darüber sein. Sie hatte ihm versprochen, Alfred von Rose fernzuhalten. Aber Alfred war schließlich ihr Sohn. Finn würde eben einfach besser auf Rose aufpassen müssen und ihr eine so vertraute Nähe, wie er sie zwischen ihr und Colin gestattete, verbieten müssen. Sie hatte beobachtet, wie Colin und Rose Finns Manuskripte vorbereitet und im Garten Fangen gespielt hatten. Ihr unbeschwertes Lachen war bis zu ihrem Fenster heraufgeschallt, wo sie gestanden und den beiden zugesehen hatte. Colin war immer viel zu ernst und nachdenklich, daher hatte sich Kathryn auch über die Freundschaft gefreut, die sich zwischen ihm und Rose entwickelt hatte. Ein- oder zweimal, als sie die beiden einen bestimmten Blick hatte wechseln sehen, war es ihr so vorgekommen, als wäre da noch etwas anderes, irgendein heimliches, weit weniger unschuldiges Wissen. Sie hatte ihre Beobachtung sogar Finn gegenüber erwähnt, er aber hatte gemeint, sie solle diesen Gedanken vergessen. Die beiden seien einfach nur Freunde, Kinder, die noch nichts vom Lauf der Welt wussten. Aber Alfred? Alfred gegenüber hatte Finn kein so großes Vertrauen.

Allein an Finn zu denken weckte in Kathryn die Sehnsucht nach ihm. Er war vor drei Tagen zur Abtei Broomholm aufgebrochen, einige bereits fertige Blätter sicher in seinen Satteltaschen verstaut. Vor morgen erwartete sie ihn nicht zurück. Sie hatte zwei Nächte allein in ihrem Bett geschlafen und seinen Körper vermisst, der sie sonst wie ein warmes Tuch umhüllte, seinen Atem, der ihren Nacken wärmte. Ihn einfach in ihrer Nähe zu haben vermittelte ihr ein merkwürdig tröstliches Gefühl. Die brodelnde Hitze in ihr, die sie manchmal fast zum Überkochen brachte, hatte sich beruhigt und war zu einem milden, stillen See geworden. Ihre Kopfschmerzen hatten sich ebenfalls gebessert. Sie hatte schon seit Wochen keinen Anfall mehr gehabt. Bis heute.

Sie war zu einer wollüstigen Frau geworden, obwohl sie und Finn genau genommen keinen Ehebruch begangen hatten – darauf hatte Finn sie ausdrücklich hingewiesen, nachdem sie das erste Mal beieinander gelegen hatten, er ihr Haar gelöst und ihren Nacken geküsst und das erste Mal ihre Brüste mit ebenjenen eleganten Händen liebkost hatte, mit denen er den heiligen Texten Farbe verlieh. Seine Rebekka sei schon seit Jahren tot, hatte er argumentiert, und Roderick sei ebenfalls nicht mehr am Leben. Selbst die Kirche erkannte die Bedürfnisse des Körpers an – das, was sie täten, sei keine Todsünde, im Gegenteil, mit ein paar Vaterunsern sei die Sache leicht abgegolten. Dann hatte er sie auf die Stirn geküsst, ihr Kinn in seine Hand genommen und ihren Kopf ein wenig angehoben, so dass sie ihn ansehen musste. Ihre Beziehung sei viel mehr als nur die Befriedigung animalischer Begierden, hatte er gesagt. Es sei eine spirituelle Vereinigung. Das war so, musste einfach so sein. Sie war von Gott gebilligt. Und er hatte die Tatsache, dass sie so glücklich miteinander waren, als Beweis dafür angeführt.

Also hatte sie ihre Schuldgefühle verdrängt. Seine Worte hatten ihr Gewissen beruhigt. Er war sozusagen zu ihrem Beichtvater geworden. Nur er konnte ihre Schuld von ihr nehmen. Jetzt aber, in seiner Abwesenheit, waren die Schuldgefühle plötzlich wieder da. Die Heilige Jungfrau missbilligte Unzucht, dessen war sich Kathryn sicher. Nicht, dass sie in letzter Zeit in einer besonders engen Verbindung zu ihr gestanden hätte – da kein Priester da war, der sie mehr oder weniger dazu zwang, betete sie nicht einmal mehr zur Vesper, und auch zur Matutin war sie viel zu häufig anderweitig beschäftigt.

Sie war auch in anderer Hinsicht nachlässig gewesen. Obwohl ihre Monatsblutung inzwischen sehr unregelmäßig kam – einmal schwere Blutungen und dann wieder monatelang nichts –, vermutete sie, dass sie noch immer schwanger werden konnte. Aber es war ihr einfach egal gewesen. Sie hatte sogar davon geträumt, von Finn ein Baby zu bekommen, hatte seine wunderschöne Rose angesehen und sich eine eigene Tochter gewünscht. Ein Kind der Liebe, nicht ehelich geboren, von allen anderen gemieden, das Ziel von Mitleid und Spott. Heilige Mutter, sie war wirklich sehr, sehr töricht gewesen. Aber obwohl sie das alles wusste, vermisste sie Finn und erwartete voller Sehnsucht seine Rückkehr.

Nach der Konfrontation mit ihrem ältesten Sohn hatte sie plötzlich wieder dieses altvertraute Spannungsgefühl in ihrem Gesicht gespürt, diese heftige Stechen unterhalb ihres Wangenknochens. Sie war wütend geworden, hatte ihn angeschrien und ihm vorgeworfen, ebenso verantwortungslos wie sein Vater zu sein. Sie würde noch einmal zu ihm gehen und ihm sagen, dass es ihr leidtat. Sie würde das Ganze an seinem Geburtstag wieder gutmachen. Jetzt aber wollte sie erst einmal etwas Kühles trinken. Sie ging in die Küche, um Agnes zu suchen.

Zuerst war Kathryn der Rauch nicht aufgefallen. In der Küche, in der gebraten und gebacken wurde, war es immer ziemlich verräuchert. Wenn die Luft in dem höhlenartigen Raum an diesem Tag bläulicher als normal erschien, so schrieb Kathryn das der Oktobersonne zu, die zur Hintertür hereinschien. Wegen der Hitze in der Küche stand die Tür offen. Licht erfüllte den Raum und erhellte einen blauen Nebelschleier, der in mehreren Schichten über dem langen Holztisch hing, an dem Agnes arbeitete. Die alte Frau war in Kathryns Leben immer gegenwärtig gewesen. Obwohl Kathryn, wie alle Angehörigen der Adelsschicht, ihre Dienerin als ihr persönliches Eigentum ansah, ging sie wie ein Kind, das an einem alten Spielzeug oder einer zerschlissenen Decke besonders hängt, stets zu Agnes, wenn sie Trost brauchte. Kathryn wusste, dass es nicht vorkam, dass eine Frau die Küche eines adeligen Haushalts beaufsichtigte, aber sie hatte in ihrem Ehevertrag ausdrücklich festlegen lassen, dass sie Agnes als Köchin behalten durfte. Kathryn hatte Blackingham in die Ehe mitgebracht, aber wenn sie starb, hätte Roderick das Land geerbt. Sie wusste, dass gerade in schwierigen Ehen der Tod durch Gift eine ständige Bedrohung war, also hatte sie keine Mühe gescheut sicherzustellen, dass ihre Küche ihr gegenüber absolut loyal war.

»Agnes, ich brauche etwas Kühles zu trinken.« Sie ließ sich auf einen dreibeinigen Schemel, der neben dem Arbeitstisch stand, fallen. Es war derselbe Schemel, auf dem auch Finn immer saß, wenn er die Köchin besuchte, was jetzt allerdings weniger oft geschah – seine Mußestunden waren anderweitig ausgefüllt.

Agnes sah das Küchenmädchen in der Ecke an und sagte: »Nimm

einen Krug von dem Regal über deinem Kopf, und hol für Mylady etwas Buttermilch aus dem Keller.«

Das Mädchen, ein dürres Ding von etwa vierzehn Jahren, schien sie zuerst nicht gehört zu haben. Schließlich aber schickte sie sich doch an, den Krug aus dem Regal zu nehmen.

»Warte. Wasch dir zuerst noch deine schmutzigen Hände. Ich habe gesehen, wie du diesen räudigen Köter, dem du ständig irgendwelche Brocken zusteckst, gestreichelt hast.«

Das Mädchen ging langsam zum Zinnbecken am Ende des Tisches und begann, sich die Hände zu waschen. Sie ließ ihnen nicht die oberflächliche Reinigung angedeihen, wie dies die meisten Kinder tun, sondern stand wie in Trance da, rieb methodisch eine Hand an der anderen, während das Wasser auf den Tisch tropfte und auf ihr mit Asche verschmutztes Hemd spritzte.

»Jetzt ist es genug. Beeil dich. Lady Kathryn hat nicht den ganzen Tag Zeit. Und pass auf, dass du nichts verschüttest, wenn du die Milch die Treppe heraufträgst.«

»Ich habe die Kleine hier noch nie gesehen«, sagte Kathryn, als das Mädchen gegangen war.

Die beleibte Köchin seufzte, als sie einen schweren Topf vom Feuer hob. Dann wischte sie sich mit ihrer Schürze die Schweißperlen vom Gesicht. »Sie ist etwas einfältig. Ihre Mutter hat mich gebeten, es mit ihr als Küchenhilfe zu versuchen. Sie sagte, sie könne es sich einfach nicht mehr leisten, sie noch weiter durchzufüttern. Aber sie macht mir mehr Schwierigkeiten, als sie nützlich ist. Ich denke, ich werde sie wieder fortschicken müssen.«

Aber Kathryn wusste, dass Agnes das Kind trotz ihrer schroffen Worte behalten würde. Das Mädchen würde vielleicht nur selten ein Lob von der alten Köchin zu hören bekommen, aber es würde wenigstens immer genug zu essen haben. Obwohl Agnes viele der Taugenichtse von Aylsham aus der Küche von Blackingham versorgte, wusste Kathryn, dass die Köchin eine gute Haushälterin war und deshalb genauso viel sparte, wie sie verschenkte. Abgesehen davon war eine Tat, die aus christlicher Nächstenliebe geschah, eine Tat der Reue, und Kathryn, die Agnes' Freigiebigkeit stillschweigend duldete, sah sich durch ihr Schweigen an deren Wohltätigkeit beteiligt.

Sie betrachtete das Bündel von Lumpen in einer Ecke neben dem Herd. Ein Bett für einen Hund, nicht für ein Kind, hätte Finn gesagt, wenn er da gewesen wäre.

»Agnes, sorg bitte dafür, dass das Mädchen einen Strohsack und eine warme Decke bekommt. Die Nächte werden langsam kälter.«

Die Köchin sah sie überrascht an. »Ja, Mylady, ich werde mich sofort darum kümmern.«

Kathryn hustete. »Hier drin ist die Luft heute ziemlich verräuchert. Ist der Schornstein schon länger nicht mehr ausgefegt worden?«

»Doch, erst letzten Monat. Aber es weht heute schon den ganzen Tag ein frischer Wind, und der fährt in die Kohlen und schürt das Feuer an.«

Das Mädchen kam mit der Buttermilch zurück, überreichte sie Kathryn scheu und versuchte, so etwas Ähnliches wie einen Knicks zustande zu bringen. Kathryn bemerkte, dass der Zinnkrug nur halb voll war, sagte aber nichts. Entweder hatte das Mädchen unterwegs die Hälfte verschüttet, oder es hatte den Krug nur halb gefüllt, aus Angst davor, etwas zu verschütten und dann dafür geschlagen zu werden.

Agnes gab dem Mädchen mit einem großen Kochlöffel einen Wink. »Jetzt geh zum Taubenschlag und fang zwei Tauben. Der Taubenschlag, das ist das steinerne Haus hinter dem Waschhaus. Du weißt, wo das Waschhaus ist. Hinter dem Wollschuppen.«

Das Mädchen nickte stumm, zögerte dann jedoch, so als sei sie sich nicht ganz sicher, was sie tun sollte.

»Zwei fette Tauben«, sagte Agnes. »Und jetzt verschwinde schon.«

»Schlägst du sie, Agnes?« Kathryn war selbst überrascht, dass diese Frage aus ihrem Mund kam. Irgendetwas an dem Mädchen rührte sie an, erinnerte sie auf unerklärliche Weise an sich selbst. Unerklärlich deshalb, weil sie als Kind mit allen nur denkbaren Privilegien aufgewachsen war. Dennoch war ihr die Angst zu versagen, die bebende Unsicherheit in Gegenwart von Autoritätspersonen durchaus nicht fremd.

»Ich sie schlagen? Nein. Es sei denn ihr nennt es schon schlagen, wenn ich ihr mit dem Kochlöffel gelegentlich einen Klaps auf die Schulter gebe, damit sie besser aufpasst.«

»Nun, Agnes, belass es bei einem leichten Klaps mit einem kleinen Löffel«, sagte sie. »Sie ist ziemlich schmächtig.«

Genau in diesem Moment erschien das Mädchen wieder in der Tür, ohne die Tauben, aber mit schreckgeweiteten Augen.

Agnes seufzte. »Was ist denn jetzt schon wieder, Kind. Hast du den Taubenschlag nicht gefunden? Ich habe dir doch gesagt...«

Das Mädchen unterbrach sie. Ihre Stimme war dabei kaum mehr als ein Flüstern. »B-bitte, verzeiht, Herrinnen« – sie sah Lady Kathryn an, dann Agnes. Offensichtlich war sie nicht in der Lage, von ihrer Position ganz unten in der gesellschaftlichen Pyramide den Standesunterschied zwischen den beiden Frauen zu erkennen –, »ich b-bin zurückgekommen, um Euch etwas zu sagen.«

»Was willst du uns denn sagen? Was plapperst du denn da?«, fragte Agnes ungeduldig.

»F-Feuer. Das Wollhaus brennt«, flüsterte das Kind.

Das Wollhaus. Und plötzlich merkte Kathryn, dass in der Küche ein strenger Geruch hing. Das, was sie da roch, war nicht der Geruch von Fett, das ins Küchenfeuer tropfte, sondern der Geruch von brennender Wolle. Zweihundertvierzig Pfund Wolle – bester Qualität. Sie schob das Mädchen einfach zur Seite und rannte dann in Richtung Wollhaus. Aber dort, wo das Wollhaus hätte sein sollen, sah sie nur qualmenden schwarzen Rauch und orangefarbene Flammen.

Das Wollhaus brannte lichterloh. Simpson und ein paar andere Männer, meistens Feldarbeiter und Stallburschen, hatten sich wegen des dichten Rauchs auf der dem Wind abgekehrten Seite versammelt. Sie sahen, leere Ledereimer nutzlos in den Händen haltend, tatenlos zu, wie eine Ecke des Dachs sich zuerst ein Stück senkte und dann mit einem lautem Krachen vollends einbrach.

»Es hat keinen Sinn – das lässt sich nicht mehr löschen«, sagte Simpson. Kathryn bemerkte, dass er kaum schwitzte und auch keinen Eimer in der Hand hielt.

»Ja, das wäre so, als würde man ins Meer pinkeln.« Derjenige, der das sagte, ein Mann mit struppigem Backenbart, den Kathryn nicht kannte – wahrscheinlich war es einer der Freisassen, die Simpson eingestellt hatte, um die Schuppen für den Winter vorzubereiten –, grinste zahnlos.

Als Lady Kathryn näher kam, verschwand sein Grinsen. Er nahm seine dreckige Mütze ab, eine Geste halbherziger Ehrerbietung.

»Verzeiht, Mylady.«

Simpson trat vor und schob dabei den Arbeiter zur Seite, als wäre er eine Garbe Korn oder ein Ast, der seinen Weg blockierte.

»Es war wirklich nichts mehr zu machen, Mylady«, sagte er. »Das Wollhaus ist hochgegangen wie eine Zunderbüchse. Die Bodendielen mit dem ganzen Wollwachs sind ein hervorragendes Brennmaterial. Und dann war da ja auch noch der Wollsack.«

Sie sehnte sich danach, dieses affektierte Grinsen von seinem selbstgefälligen Gesicht zu wischen. Wenn sie nur irgendjemanden gehabt hätte, jemanden, der die gleiche gesellschaftliche Stellung wie Simpson hatte, und ihn hätte ersetzen können, sie hätte den Mann auf der Stelle entlassen. Sie biss die Zähne zusammen und atmete tief ein. Sofort wurde sie von einem heftigen Hustenanfall geschüttelt, der sie ein weiteres Stück ihrer Fassung und ihrer Würde kostete. In ihren Augen brannten gleichermaßen Asche wie bittere Enttäuschung. Ihre linke Schläfe klopfte.

Sie hatte mit dem Gewinn aus diesem letzten Wollballen gerechnet. Sie wollte ihre Söhne neu einkleiden. Ein Wappenrock allein kostete drei Schilling, das war das, was ein Freisasse in zwei Tagen verdiente. Jetzt, da ihre Söhne bald Geburtstag hatten, hätte sie die zusätzlichen Gold-Sovereigns für Lebensmittel gebraucht. Da ein Pfund Rohrzucker oder ein Pfund Gewürze fünfmal so viel kosteten, wie ein Facharbeiter am Tag verdiente, würde es für sie immer schwieriger werden, den äußeren Schein zu wahren. Sie hatte an allen Ecken und Enden sparen müssen, um überhaupt die Erbschaftssteuern bezahlen zu können, aber jetzt, da die beiden jungen Herrn von Blackingham volljährig wurden, würde man von ihr größere Gastfreundschaft erwarten.

»Ich verstehe nicht, wie das passieren konnte«, schrie sie hustend und ziemlich laut, um das Tosen des Feuers zu übertönen. »Der Wind hat die Flammen angefacht, aber wo kam der Funke her? Wir haben seit Wochen kein Gewitter mehr gehabt.«

»Wahrscheinlich hat jemand eine Lampe neben den Wollsack gestellt und sie dann vergessen.« Simpsons Blick wanderte zu Agnes und dem Küchenmädchen hinüber, die Kathryn gefolgt waren und am Rand der Gruppe standen und ebenfalls dem Feuer zusahen. Der Verwalter erhob seine Stimme, damit auch sie ihn deutlich hören konnten. »Jemand, der nicht aufgepasst hat. Oder betrunken war. Ihr solltet vielleicht einmal den Schäfer fragen. Falls der sich überhaupt noch hierher traut.«

Der zahnlose Mann schniefte und rieb sich den kahlen Schädel, der so schrumpelig war wie die Rüben vom letzten Jahr. »Wenn Ihr mich fragt, dann würde ich sagen, dass da auch noch ein widerlich süßer Geruch ist. Hier riecht es nicht nur nach verbrannter Wolle, sondern auch nach verbranntem Fleisch.«

Er verzog den Mund und spuckte dann aus. Der Speichel bohrte ein Loch in den Rauch und landete als schaumiger Fleck zu seinen Füßen. Er fuhr fort: »Ihr mögt vielleicht im Augenblick niemanden vermissen, Mylady, aber an Eurer Stelle würde ich nachzählen, ob alle da sind, an denen mir was liegt.«

Er sagte das so beiläufig, als würde er von einem fehlenden Karren oder einem Becher sprechen. Kathryn roch es jetzt ebenfalls. Da lag etwas Beißendes, etwas Scharfes in der Luft. In den Geruch von brennender Wolle und brennendem Holz mischte sich der von verkohltem Fett, Haut und Haaren. Ihr Magen krampfte sich zusammen und drohte, seinen Inhalt wieder herzugeben.

Alfred. Wo war Alfred? Hätte er nicht beim Verwalter sein müssen?

Simpson weiß ganz genau, was ich jetzt denke, dachte sie. Und dennoch sagt er nichts und weidet sich an meiner Angst. Er will, dass ich ihn frage. Sie versuchte, so ruhig wie möglich zu bleiben: »Simpson, wisst Ihr, wo Master Alfred ist?«

»Ich habe den jungen Master schon vor einiger Zeit vom Hof reiten sehen. Vermutlich wollte er zum White Hart. So wie er geflucht und sein Pferd angetrieben hat, würde ich sagen, dass er dort seinen Zorn bei einem Krug Bier abkühlen wollte. Er hatte vorher eine Unterhaltung mit Euch, Mylady, nicht wahr?«

Sie war so erleichtert, dass sie die höhnische Anspielung des Verwalters gnädig überhörte. Die Hitze des Feuers ließ ihr Gesicht glühen. Eine Windbö kam auf, und eine Fontäne aus Funken stob hoch, als das gesamte Dach unter lautem Zischen und Getöse einbrach. Die Gruppe von Zuschauern bewegte sich geschlossen auf die Seite zu, von der der Wind kam, weg vom Funkenregen. Die Flammen, die das Wollhaus so gierig verschlungen hatten, fanden jetzt immer weniger Nahrung und nagten nur noch am verkohlten Gerippe des Gebäudes. Die Hitze war jedoch noch immer viel zu stark, um näher herangehen zu können. Kathryn versuchte, im Zentrum des Infernos, bei den Überresten des Dachs, etwas zu erkennen. Vielleicht lag dort die Leiche eines Bettlers, der vor den kühlen Winden der letzten Nacht Schutz gesucht hatte, oder irgendein Tier, das sich durch die schlecht schließende Tür in den Wollschuppen hineingeschlichen hatte. Wieder krampfte sich ihr Magen zusammen. Armer Teufel, sei es nun Mensch oder Tier, der dort unter den brennenden Balken lag. Aber Gott sei Dank war es nicht Alfred. Und Colin hatte im Wollhaus ohnehin nichts zu suchen.

»Hier kann nichts mehr getan werden«, rief sie laut, um das Zischen und Knistern zu übertönen. »Geht wieder an eure Arbeit.« Sie wandte sich von den Männern ab. Ihr Seufzen war fast so laut wie das Zischen der Flammen. »Komm, Agnes. Wir können jetzt nur noch warten, bis das Feuer von selbst erlischt. Was verloren ist, ist verloren. Auch wenn wir es uns noch so sehr wünschen, wir bekommen es nicht wieder.«

Das Küchenmädchen lief wie ein verängstigtes Kaninchen davon – wahrscheinlich, um sich in ihrem Bett aus Lumpen neben dem Küchenherd zu verkriechen, dachte Kathryn. Die alte Frau aber rührte sich nicht von der Stelle. Sie starrte an Kathryn vorbei zur Vorderseite des Gebäudes, dort, wo die Tür gewesen war. Dann begann sie auf die Flammen zuzurennen, stolperte, als sich ihre Röcke um ihre Beine wickelten. Sie fing sich aber wieder und kämpfte sich weiter voran wie ein Schwimmer, der sich stromaufwärts müht. Es schien, als wolle sie direkt ins Feuer laufen. Kathryn rannte hinter ihr her und rief:

»Agnes, komm zurück. Deine Kleidung wird Feuer fangen, wenn du näher herangehst. Komm zurück. Lass es brennen.«

Als Kathryn endlich bei Agnes war, war diese auf ihre Knie gesunken und stieß einen hohen, heulenden Klagelaut aus, der ihren ganzen Körper schüttelte. Sie presste etwas an ihre Brust, etwas, das sie vom Boden aufgehoben hatte. Lady Kathryn kniete sich neben sie und zog ihre Arme sanft auseinander, um zu sehen, was es war.

Ein Schäferranzen. Genauer gesagt, die Ledertasche, die John immer bei sich hatte. Kathryn konnte sich nicht erinnern, ihn jemals ohne seine Tasche gesehen zu haben. Der Geruch, von dem der Freisasse gesprochen hatte, der Geruch verbrannten Fleisches – das war Agnes' Ehemann, der im Wollhaus verbrannt war.

Obwohl die Hitze des Feuers noch immer unerträglich war, kniete Kathryn neben Agnes nieder und legte die Arme um die alte Frau. »Es ist doch noch gar nicht sicher, Agnes. John ist vielleicht nur weggegangen, um Hilfe zu holen, und wird jede Minute wieder da sein.«

Minuten vergingen. Jahre. Aber John kam nicht. Simpson und die anderen Zuschauer entfernten sich. Zweifellos befürchteten sie, dass man doch noch irgendeine heldenhafte Rettungsaktion von ihnen verlangen könnte. Kathryn aber wusste, dass es nichts mehr zu tun gab. Falls es tatsächlich John war, der da unter dem eingestürzten Dach verbrannte, würde man von seiner Leiche nur noch wenig finden, das sie beerdigen konnten.

Die beiden Frauen kauerten vor diesem riesigen Scheiterhaufen wie Priesterinnen eines uralten, heidnischen Kultes, die vor einem Opferfeuer beten. Kathryn verharrte die ganze Zeit in derselben Position. Ihre Beine und Schulter begannen zu schmerzen, lange bevor Agnes zu wehklagen aufhörte und versuchte, etwas zu sagen. Ihre Augen waren trocken, sie hatte nicht geweint. Da war nur dieses verzweifelte, entsetzliche Wehklagen gewesen, das mehr nach einem Tier als einem Menschen geklungen hatte. Und Kathryn wurde sich zum ersten Mal in der langen Zeit, in der sie ihre Dienerin kannte, bewusst, dass dieser Mensch, dessen Dienste sie immer für selbstverständlich gehalten hatte, ihr viel ähnlicher war, als sie gedacht hatte. Agnes' Trauer um ihren Mann war so tief und so echt wie alle Trauer, die Kathryn jemals gefühlt hatte oder noch fühlen würde. Zwar hatte Kathryn beim Tod ihres eigenen Ehemannes keinerlei Trauer gespürt, aber sie war durchaus in der Lage, eine solche Trauer zu empfinden. Wenn auch nicht für ihren Ehemann, dann doch für ihre Söhne. Vielleicht sogar für Finn. Wieder spürte sie Erleichterung, dass das dort in dem brennenden Wollhaus nicht ihr Sohn war. Aber dann bekam sie sofort Schuldgefühle. Schuldgefühle, weil sie darüber froh war, dass es, wenn es schon jemanden hatte treffen müssen, nicht Alfred, sondern John war.

»Falls es tatsächlich John ist, dann werde ich eine Messe für seine Seele lesen lassen, Agnes. Und wenn das Feuer erloschen ist, werden wir seine sterblichen Überreste auf geweihtem Boden bestatten.«

»Das würdet Ihr für John tun, Mylady! Nach alledem, was Simpson über ihn gesagt hat?« Noch bevor Kathryn ihr antworten konnte, fuhr sie fort: »Er hat Unrecht, wisst Ihr. Mein John trinkt niemals am Tag. Nur am Abend, wenn ihn die Sehnsucht überkommt. Bei der Arbeit rührt er niemals auch nur einen Tropfen an.«

»Das weiß ich doch, Agnes. Vergiss es einfach. Ich weiß, dass John ein guter Mann war und dass ihr, du und John, gegenüber Blackingham immer loyal gewesen seid.«

»Ja, loyal, ja. Aber John ist nur meinetwegen hiergeblieben. Und deshalb ist er auch hier gestorben.« Und dann wurden ihre Schultern von einem trockenen Schluchzen geschüttelt.

Kathryn wusste, wovon Agnes sprach. Sie war sich schon seit langem bewusst, dass es allein Agnes' Loyalität war, die die beiden davon abhielt, die Freiheit zu suchen, die die Landstraße und der Lohn eines Freisassen versprachen.

»Komm.« Sie versuchte Agnes auf die Beine zu helfen. Die Last ihres Kummers hatte die schon von Natur aus schwere Frau noch schwerer werden lassen. »Es gibt nichts, was wir jetzt noch für John tun könnten.« Dann fügte sie matt hinzu. »Falls es überhaupt John ist.«

Sie nahm Agnes die Ledertasche aus der Hand und öffnete sie, suchte nach irgendeinem Hinweis. Da war das übliche Kästchen mit Teer, etwas Zwirn und ein Messer, dann noch ein Stück Brot, Käse und etwas Zwiebel, in gewachstes Leinen eingewickelt. Agnes schrie laut auf, als sie das Essen sah.

»Das habe ich ihm eingepackt, als er heute Morgen zur Arbeit gegangen ist. Er sagte, dass er heute auf der Wiese ganz hinten sei und deshalb nicht vor dem Abend zurückkommen würde.« Ihre Stimme brach.

Kathryn nahm eine kleine Flasche aus der Tasche, entfernte das zusammengerollte Stück Tuch, das als Stöpsel diente, und roch an deren Inhalt. Der scharfe Geruch von Alkohol ließ sie die Nase rümpfen.

»Schau, Agnes. Die Flasche ist noch voll. Kein einziger Schluck fehlt. Falls John im Wollhaus war, dann ist er aus gutem Grund dort hineingegangen. So wie seine Tasche neben der Tür lag, schien er es sehr eilig zu haben. Da muss irgendetwas gewesen sein. Vielleicht hat er Rauch gesehen, seine Tasche hingeworfen und ist hineingerannt, um das Feuer zu löschen.« Sie nahm Agnes in den Arm. »Wahrscheinlich ist dein John als Held gestorben, Agnes.«

Agnes sah ihre Herrin an. Ihr Gesicht war zu einer Maske des Kummers verzerrt.

»Er hat als Held *gelebt*, Mylady. Aber ich habe ihm das nie gesagt.«

Bei Einbruch der Dunkelheit war es dann möglich, die verkohlten Überreste von Agnes' Ehemann aus den schwelenden Trümmern zu bergen. Sir Guy war genau in dem Moment aufgetaucht, als Kathryn und Agnes wieder ins Haupthaus zurückgingen. Er hatte auf Kathryns Bitte hin doch noch einen Löschtrupp zusammengestellt – vor dem Sheriff zeigte sich sogar der sonst so arbeitsunwillige Verwalter beflissen –, um die Flammen so weit einzudämmen, dass man Johns Leiche aus den Trümmern ziehen konnte. Es dauerte dennoch eine ganze Weile, bis die Männer die Frauen wieder zur Brandstelle riefen. Sie hatten den Leichnam des Schäfers in eine saubere Decke gewickelt und zeigten ihn dann zuerst Lady Kathryn und anschließend seiner Witwe. Agnes gab ein paar leise, erstickte Laute von sich, dann schluchzte sie einige unverständliche Worte, deren Bedeutung aber durch die heftigen Bewegungen ihrer Hände klar wurde. Agnes wollte, dass man die Decke entfernte, damit sie das Gesicht ihres Mannes sehen konnte. Kathryn verstand dieses Bedürfnis nach Gewissheit.

»Mylady, ich halte es nicht für ratsam...«, begann Sir Guy, zuckte dann aber ergeben mit den Schultern, als Kathryn barsch mit dem Kopf nickte. Er kniete neben der Leiche nieder und schlug die Decke zurück, um das Gesicht des Toten zu enthüllen.

Kathryn musste den Kopf abwenden, um ihre aufsteigende Übelkeit zu bekämpfen, aber sie legte fest ihre Arme um Agnes, als sie spürte, dass die Witwe ohnmächtig zu werden drohte. Johns Gesicht hatte nichts Menschliches mehr. Es war völlig verbrannt, die Augäpfel waren geschmolzen. Dort wo die Augen hätten sein sollen, starrten zwei klaffende Höhlen aus einem haarlosen Schädel, von dem sich verkohlte schwarze Fleischfetzen abschälten. Sie schwelten immer noch. Aber ein einziges Büschel vertrautes strähniges graues Haar klebte noch hinter dem linken Ohr, das nicht verbrannt war.

Kathryn ließ Agnes sanft neben ihrem Mann auf den Boden sinken. Als sie zu schluchzen begann, ließ sie sie gewähren. Erst als sie schließlich glaubte, Agnes' Kummer nicht mehr ertragen zu können und dass diese zu schwach war, um sich zu wehren, half sie der Witwe wieder auf die Beine.

»Bringt Johns Leichnam zur Kapelle«, sagte sie. »Wir folgen Euch.« An Sir Guy gewandt, meinte sie dann: »Ich wäre Euch sehr verbunden, Sir, wenn Ihr nach Saint Michael reiten und den Priester holen könntet. Er soll Johns Seele die Absolution erteilen. Heute Abend noch. Damit Agnes ihren inneren Frieden findet. Ich werde jemanden aus meinem Haushalt bitten, Euch zu begleiten.«

Sie ließ ihren Blick über die Gruppe von Zuschauern schweifen und sah Colin, der bleich und niedergeschlagen etwas weiter entfernt stand. Das hier ist zu viel für ihn, dachte sie. Er sieht richtig krank aus. Aber sie hatte keine Zeit, sich jetzt um ihn zu kümmern.

»Es würde mich freuen, wenn Colin Euch begleiten dürfte, Sir

Guy. Mein jüngerer Sohn hat ein sanftes Gemüt, und Beschäftigung ist noch immer die beste Medizin für einen allzu aufgewühlten Geist. Ich würde ihn auch allein nach Saint Michael schicken, aber da die Nacht bald anbrechen wird, denke ich, dass auch Pater Benedict sich sicherer fühlen wird, wenn er in Eurer Gesellschaft unterwegs ist.«

»Pater Benedict? Ihr habt keinen eigenen Beichtvater?«

Sie las Missbilligung in seinem Blick. Warum nur waren alle so um ihr Seelenheil besorgt?

»Unser Beichtvater ist letztes Weihnachten an der roten Ruhr gestorben.« Sie bemühte sich, nicht ärgerlich zu klingen. »Ich habe noch keinen geeigneten Ersatz für ihn gefunden, aber ich halte meine privaten Andachtsstunden ein.«

Das war nicht einmal so sehr gelogen. Obwohl sie sich nicht an die kanonischen Gebetsstunden hielt, betete sie doch täglich ihren Rosenkranz, und manchmal besuchte sie auch die kleine, aus Ziegelsteinen erbaute Kapelle an der Rückseite des Haupthauses. Sie und Finn waren sogar zweimal gemeinsam dort gewesen, hatten sich auf die erste der vier Bänke dort gesetzt und vor der kleinen, vergoldeten Statue der Heiligen Jungfrau auf dem Altar gebetet. Seine Andacht war dabei weniger traditionell als die ihre, aber irgendwie persönlicher gewesen. Er hatte keine Gebete gesprochen, keinen Rosenkranz gebetet, sondern er hatte einfach in kontemplative Gedanken versunken dagesessen, während sie das Ave Maria gesprochen hatte.

Sir Guy sagte darauf nichts, so als warte er auf weitere Erklärungen.

»Wir vertrauen dem Priester in Saint Michael. Pater Benedict betreut Blackingham sehr gut. Wir haben aus unserem Gewinn aus dem Wollverkauf auch einen großzügigen Beitrag zum Bau der Kirche beigesteuert.«

Falls er noch irgendwelche weiteren Fragen zu Blackinghams religiöser Konformität hatte, behielt er sie jedenfalls für sich. Der missbilligende Blick verschwand, war weggewischt wie Worte im Sand. An seine Stelle trat wieder dieser undurchdringliche, verschlossene

Ausdruck, den sie schon so gut kannte. Kathryn mochte Guy de Fontaigne nicht besonders. Sie hielt ihn für arrogant und anmaßend, aber auch für sehr gerissen – vielleicht sogar für gefährlich. Trotz alledem war sie jetzt über seine Anwesenheit froh.

Und als er seine Hacken zusammenschlug und sagte: »Wie Ihr wünscht, Mylady. Ich werde nicht ohne den Priester zurückkommen, und ich werde mich außerdem bemühen, Euren Sohn, der Entsetzliches gesehen hat, auf andere Gedanken zu bringen«, da wurde ihr bei seinem Lächeln beinahe warm ums Herz.

Da sie die Angelegenheit mit dem Priester geregelt und auch für Colin gesorgt hatte, konnte sie sich der Aufgabe zuwenden, die sie am meisten fürchtete. Sie überlegte kurz, ob sie Glynis rufen sollte, damit diese Agnes dabei half, die Leiche für die Beerdigung vorzubereiten. Der geistesabwesende Gesichtsausdruck der alten Köchin sagte Kathryn jedoch, dass sie sich selbst darum kümmern musste, den Leichnam zu waschen – falls man eine verkohlte Leiche überhaupt waschen konnte – und dann aufzubahren. Agnes war vor Kummer wie gelähmt. Gott sei Dank habe ich einen starken Magen, dachte Kathryn. Wenn nur der Schmerz in ihrem Kopf ebenso leicht in den Griff zu bekommen wäre.

Sie führte Agnes in die Küche, setzte sie vor den Herd und hielt ihr einen Becher mit Ale an die Lippen. »Trink das«, befahl sie ihr. Agnes öffnete den Mund und schluckte. Ihre Bewegungen wirkten hölzern wie bei den Pantomimen in einem Weihnachtsspiel.

»Agnes, meinst du, dass du es schaffst, Johns Leichnam aufzubahren? Wenn nicht, rufe ich Glynis, damit sie mir hilft.«

Die alte Frau schüttelte den Kopf. Eine kurze, ruckartige Bewegung. »Nein. Das ist meine Pflicht. Es ist der letzte Dienst, den ich ihm erweisen kann.«

Kathryn tätschelte ihr tröstend die Schulter. »Dann werden wir es gemeinsam machen.«

Plötzlich schoss ihr durch den Kopf, was Roderick wohl dazu gesagt hätte, dass sie die Leiche eines Dieners anfasste. Und dann überkam sie eine ungeheure Sehnsucht nach Finn. Sie sehnte sich nach seiner Stärke, seiner Zuversicht und seinem Mitgefühl.

Simpson kam durch die Küchentür geschlurft. »Die Leiche liegt jetzt in der Kapelle, Mylady. Falls Ihr mich nicht mehr anderweitig benötigt, werde ich zu meinem Abendessen zurückkehren. Mein Dienstmädchen hatte gerade aufgetragen, als Sir Guy mich um Hilfe bat.«

»Natürlich, Simpson. Geht nur. Es wäre wirklich eine Sünde, wenn Euer Abendessen kalt würde.«

Sein Gesicht wurde so rot wie gekochter Schinken. Er wandte sich zum Gehen, drehte sich dann aber doch noch einmal um, um eine letzte boshafte Bemerkung loszuwerden.

»Ach, übrigens, Mylady. Falls Ihr den Brand im Wollhaus untersuchen wollt, dann solltet Ihr zuerst einmal Euren Sohn dazu befragen.«

Unflätiger Mistkerl. Sie so zu beleidigen und dann einfach zu gehen, bevor sie darauf reagieren konnte. War es tatsächlich möglich, dass Alfred etwas mit dem Brand zu tun hatte? Dass er unvorsichtig gewesen war? Oder schlimmer noch, dass er das Wollhaus mit Absicht in Brand gesteckt hatte, aus Zorn darüber, dass sie ihn an diesem Morgen zurechtgewiesen hatte. Aber das wäre reiner Wahnsinn gewesen. Der Verlust durch den Brand betraf ihn schließlich genauso wie sie. Dennoch, wer konnte schon das Temperament und die Unvernunft der Jugend ermessen! Sie würde ihn zur Rede stellen, wenn sie ihn das nächste Mal zu Gesicht bekam, vorausgesetzt, er war nüchtern genug, um sie auch zu verstehen. Jetzt jedoch hatte sie erst einmal eine andere Aufgabe vor sich.

Während Agnes wie eine Holzstatue neben dem Herd saß und das Küchenmädchen sie mit großen Augen ansah, machte sich Kathryn auf die Suche nach einem sauberen Leintuch. Sie wählte zunächst eines der gröber gewebten Tücher aus, dann suchte sie seufzend weiter in der Truhe und zog schließlich eines aus feinerem Leinen hervor. Sie holte aus ihrem Nähkorb noch einen Faden, der ausreichend dick und reißfest war, und ihr Nadelkästchen.

Auf dem Rückweg die Treppe hinunter begegnete sie Glynis und wies sie an, im Söller einen Tisch zu decken. Später würde sie in der Küche selbst etwas zu essen zusammensuchen müssen. Sir Guy, der

Priester und ihre Söhne würden hungrig sein. Aber darum konnte sie sich jetzt noch nicht kümmern.

Sie ging in die dämmerige, verräucherte Küche zurück und näherte sich der Köchin so behutsam, wie sie konnte. »Komm, Agnes. Wir müssen John den letzten Dienst erweisen.«

Dann gingen sie zusammen in die Kapelle, um den Toten in sein Leichentuch einzunähen.

9. KAPITEL

*Die Käuze unter der Dachtraufe
symbolisieren die Klausner, die unter der
Dachtraufe der Kirchen wohnen. Sie tun dies,
weil sie ein so frommes Leben führen wollen,
dass die ganze Heilige Kirche, also die gesamte
Christenheit, auf sie bauen kann…
Eine Klausnerin heißt Einsiedlerin – anchoress –,
weil sie unter einer Kirche verankert – anchored –
ist wie ein Anker – anchor – unter einem Schiff,
welches er festhält, damit Wellen und Sturm es
nicht kentern lassen.*

ANCRENE RIWLE,
Regelbuch für Einsiedlerinnen, 13. JAHRHUNDERT

Finn genoss seinen Ritt zur Abtei Broomholm. Es war ein schöner Tag und für Oktober ziemlich warm. Zumindest für einen Oktober, so wie er ihn von den Bergen her kannte, die die Grenze zwischen England und Wales bildeten. In London hatten bereits winterliche Regenfälle eingesetzt, hier aber war es noch sonnig, der Sommer verweilte noch ein wenig. Es hatte seit Tagen nicht mehr geregnet. Die Nacht verbrachte Finn in der Abtei, aber nicht wie die Pilger und Reisenden, die im Herbergsflügel untergebracht waren, sondern als persönlicher Gast des Abtes. Nachdem er hervorragend zu Abend gespeist hatte, ging er zu Bett und schlief sofort tief und fest ein. Umgeben von Jahrhunderten der Stille, die die steinernen Wände in sich aufgesogen zu haben schienen, träumte er von Kathryn und wachte mit einem Lächeln auf dem Gesicht und in feuchtem Bettzeug auf – etwas, was ihm seit seiner Jugend nicht mehr passiert war.

Am Morgen frühstückte er mit dem Abt, während dieser sich die komplizierten Flechtmuster und die ineinander verschlungenen Goldkreuze auf den maulbeerfarbenen Teppichseiten ansah. »Diese Vorsatzblätter sind wirklich ganz exquisit. Sehr komplex. Hier zeigen sich die wahren Fähigkeiten eines Buchmalers. Diese vollkommene Symmetrie! Ihr wisst mit dem Zirkel genauso gut umzugehen wie mit dem Pinsel. Es wird uns nicht leichtfallen, einen Einband zu bekommen, der Eurer Arbeit gerecht wird.«

Es war für Finn als Künstler eine tiefe Befriedigung, solches Lob zu hören, und sein Frühstück, das aus köstlichem Schinken, frischem Brot und Käse bestand, schmeckte ihm daraufhin gleich noch besser. Der Abt blätterte die ersten fünf Kapitel durch, sah sich jede Seite sorgfältig an, fuhr die Temperazeichnungen mit seinem beringten Zeigefinger nach. »Eine ausgezeichnete Arbeit. Ich bin ausgesprochen zufrieden.«

Er gab die Seiten an Bruder Joseph weiter, der schräg hinter dem Stuhl des Abtes stand und Finn schon die ganze Zeit argwöhnisch ansah. Bei seiner ersten Reise von Broomholm nach Blackingham hatte Finn den Mönch als liebenswürdigen Begleiter erlebt und ihn deshalb auch gestern freundlich begrüßt, nur um von ihm schroff abgewiesen zu werden. Seitdem überlegte er die ganze Zeit, womit er sich wohl den Zorn des Mönches zugezogen haben mochte.

»Eure Kunst ist des Textes würdig«, sagte der Abt. »Ich habe übrigens bereits einen berühmten Goldschmied beauftragt. Der Einband des Buches soll mit getriebenem Gold und Edelsteinen geschmückt werden.«

»Euer Exzellenz ist auch für die Arbeit Eures Skriptoriums zu loben. Man hat mich mit Texten versorgt, auf denen der Platz vorzüglich bemessen war.« Die Mönche hatten die mühselige Arbeit des Kopierens übernommen, wobei sie ihm nur die großen quadratischen Großbuchstaben und natürlich den Rand zur Ausgestaltung überlassen hatten. »Mein Latein ist zwar nicht so gut, wie es sein sollte, aber ich erkenne es, wenn ich eine gute Transkription vor mir habe.«

Finn wurde sich unangenehm bewusst, dass Bruder Joseph ihn verächtlich ansah. Was war los? Irgendetwas, das mit der Heiligen Schrift und dem Text zu tun hatte? Das musste es sein. Übersetzung. Wycliffe und seine Übersetzung der Bibel ins Englische. Finn hatte plötzlich wieder vor Augen, wie sich Bruder Joseph im großen Saal von Blackingham am Tisch nach vorn gebeugt hatte, den kleinen Mund zu einem festen Strich zusammengepresst, weil Finn irgendetwas gesagt hatte, was bei ihm Anstoß erregt hatte. Es war von Wycliffe und seinen Lollarden die Rede gewesen. Finn erinnerte sich verschwommen daran, dass er den Kleriker halbherzig verteidigt hatte. Angesichts der Umstände war das ohne Zweifel ziemlich unklug gewesen.

»Seid vorsichtig, Bruder Joseph. Beschmiert die Seiten nicht«, sagte der Abt streng. Dann wandte er sich wieder an Finn, der ihm gegenüber am Tisch saß. Er rückte mit seinem Stuhl ein Stück zurück, ließ seine verschränkten Hände auf seiner Brust ruhen, so dass er das reich verzierte Kreuz, das er um den Hals trug, verdeckte. Er wirkte sehr zufrieden mit sich.

»Finn, Euer guter Ruf ist wohlbegründet.«

»Ich freue mich sehr, dass Ihr mit meiner Arbeit zufrieden seid.«

»Zufrieden. Ich bin mehr als zufrieden. Eine solche Arbeit verdient einen Bonus. Kräftige Pigmente ... und sehr viel Gold auf den Teppichseiten ... Ich weiß, dass das nicht billig ist, mein Freund.« Er gab Bruder Joseph einen Wink. Dieser schien den wortlosen Befehl sofort verstanden zu haben. Er holte eine geschnitzte Schatulle, stellte sie vorsichtig vor dem Abt auf den Tisch und trat dann wieder einen Schritt zurück. An seiner steifen, verkrampften Haltung war allerdings deutlich zu erkennen, wie sehr ihm das Ganze missfiel. Der Abt jedoch ignorierte ihn einfach, während er aus dem Schlüsselbund an seinem Gürtel einen Schlüssel heraussuchte, um damit den Deckel der Schatulle zu öffnen. Er nahm sechs Goldmünzen heraus und gab sie Finn.

»Ich danke Euch für Eure Großzügigkeit.«

»Ihr habt Euch jeden Heller davon redlich verdient.«

»Ich freue mich sehr, dass ich der Abtei zu Diensten sein darf.«

Der Abt nahm noch einige Silbermünzen aus dem Kästchen, die er in einen kleinen Beutel steckte. Er zog die Schnur zu und übergab auch diesen Finn.

»Dieser Beutel hier ist für die Herrin von Blackingham. Wärt Ihr bitte so freundlich und würdet dafür sorgen, dass sie ihn erhält?«

»Ich werde ihn ihr höchstpersönlich übergeben.« Finn lächelte und verstaute dann den kleinen Beutel in seiner etwas größeren Geldbörse, die er unter seinem Hemd um den Hals trug.

»Ich hoffe, dass Ihr und Eure Tochter in Blackingham gut untergebracht seid.«

»Ganz ohne Zweifel.«

»Und für Eure spirituellen Bedürfnisse ist ebenso gut gesorgt wie für Eure körperlichen?«

Hatte die Feuchtigkeit in den Mauern der Abtei in Bruder Josephs Nase plötzlich einen Sturm ausgelöst, oder war das ein verächtliches Schnauben?

»Bruder Joseph, bitte holt doch aus dem Skriptorium die Seiten, die dort für den Buchmaler bereitliegen.«

Bruder Joseph eilte mit entrüstet gehobenem Kopf aus dem Zimmer. Offensichtlich war er sich durchaus bewusst darüber, dass man ihn gerade einfach des Raums verwiesen hatte.

»Jetzt können wir in Ruhe fortfahren«, sagte der Abt.

»Lady Kathryn und ihr ganzer Haushalt sind sehr fromm. Meine Tochter und ich nehmen oft an ihren Andachten teil.«

Der Abt zögerte kurz.

»Das freut uns zu hören. Es sind gewisse Bedenken laut geworden, weil Lady Kathryn keinen Beichtvater hat. Pater Ignatius hat sich vor seinem unglückseligen Ableben äußerst besorgt darüber geäußert, dass den Seelen in Blackingham Gefahr drohen könnte.«

Finn konnte sich gut vorstellen, dass Bruder Joseph die Sorge des Abtes nicht gerade zerstreut hatte.

»Ich kann Eurer Exzellenz versichern, dass dies nicht der Fall ist.

So wie Lady Kathryns Börse geschröpft wurde, ist ihre Seele mehr als sicher.«

Finn bereute seine Bemerkung auf der Stelle. Schließlich war der Abt sein Mäzen. Er musste sich sofort entschuldigen.

»Euer Exzellenz, bitte verzeiht ...«

»Das ist nicht nötig. Wenn die Steuern des Königs nicht so drückend wären ...«

»Ja, so ist es«, stimmte Finn zu.

»Übermittelt ihrer Ladyschaft unsere besten Grüße, zusammen mit unserer Dankbarkeit und Verbundenheit.«

Sein ernster Ton wies darauf hin, dass das nicht nur förmliches Geplauder war. Der Abt, so vermutete Finn, war ein Mann, der genau wusste, in welche Richtung ein Baum fiel, wenn man ihn fällte.

Als Bruder Joseph zurückkam, erhob sich Finns Gastgeber und machte damit deutlich, dass ihre Unterredung beendet war. Also stand Finn ebenfalls auf. Bruder Joseph übergab ihm ein Paket mit den frisch kopierten Blättern und außerdem noch ein versiegeltes Päckchen.

Zu Letzterem erklärte er: »Dies hat vergangene Woche ein Bote für Euch abgegeben.«

»Vielen Dank«, sagte Finn und nahm ihm die beiden Päckchen ab.

»Das Siegel sagt, dass das Päckchen aus Oxford kommt.« Bruder Joseph sah ihn herausfordernd an.

»Ja, das ist richtig«, sagte Finn und klemmte sich die Päckchen unter den Arm, um dem Mönch zu zeigen, dass er seine Neugier nicht zu befriedigen gedachte. »Euer Exzellenz. Bruder Joseph.« Er nickte den beiden zu. »Ich habe genug von Eurer Zeit in Anspruch genommen. Vielen Dank für Eure Gastfreundschaft und Eure Schirmherrschaft. Ich freue mich, Euch dienen zu dürfen, und werde die nächsten Seiten so bald ich kann bei Euch abliefern.«

»Ich freue mich, dass Ihr und Eure Tochter in Blackingham sicher und angenehm untergebracht seid. Die Straßen hier sind im Winter nämlich manchmal unpassierbar. Und der Winter kommt in East Anglia oft recht unvermittelt. Er ist dann wie ein allzu ungeduldiger Ehemann, der, ohne zu werben und ohne die Hochzeit abzuwarten, über seine Braut herfällt.«

Als Finn eine derart unpassende Metapher aus dem Munde eines Mannes hörte, der sonst nur fromme Männer zur Gesellschaft hatte, fragte er sich flüchtig, welche Gewässer der Abt wohl befahren haben mochte, bevor er in Broomholm gestrandet war. Der Abt reichte ihm die Hand. »Gott sei mit Euch«, sagte er. Bruder Joseph schwieg.

Die Sovereigns waren mehr als ausreichend, um selbst die hochwertigen, teuren Pigmente zu kaufen, die er brauchte, um das Manuskript zu beenden. Es war Donnerstag, also Markttag in Norwich, und Finn traf gerade noch rechtzeitig in der Stadt ein, um etwas von seinem unverhofften Gewinn ausgeben zu können. Er kaufte für Agnes eine neue Schöpfkelle, denn sie hatte sich darüber beklagt, dass ihre alte verbogen sei. Außerdem kaufte er Geschenke für Rose und Kathryn: feine Lederstiefel, weich wie Handschuhe, keine genähten Pantoffeln aus Rindsleder, wie sie sie normalerweise trugen. Sie waren nach der neuesten Mode gefertigt und kamen direkt aus London, wo die neuen Silberverschlüsse, »Schnallen« genannt, als überaus chic galten. Er war sich einigermaßen sicher, welche Größe Rose passen würde, bei Kathryn aber wusste er es genau. Er hatte ihren Fuß schon öfter in seiner Hand gehalten, hatte mit der Handfläche ihren Rist liebkost, während seine Finger die Ferse, den Ballen und den Zwischenraum zwischen ihren schlanken, perfekten Zehen massiert hatten.

Er konnte es kaum erwarten, zu Kathryn und Rose zurückzukehren, genauso wenig, wie er es erwarten konnte, mit der Arbeit an den Seiten in dem Päckchen anzufangen, das man für ihn in Broomholm abgegeben hatte, dem Kodex von Wycliffe. Es würde eine ganz neue Herausforderung für ihn sein. Er hatte diesen Auftrag auf Drängen von John of Gaunt übernommen, für den er letztes Jahr ein Stundenbuch gestaltet hatte, und war sich des Streits, den der Kleriker entfacht hatte, zunächst gar nicht bewusst gewesen.

Es hatte ihn fasziniert, dass Wycliffe die englische Sprache für die Übersetzung der heiligen Schrift gewählt hatte. Die Idee von einer weit weniger protzigen, klareren künstlerischen Ausgestaltung hatte ihm außerordentlich zugesagt. Dies war dem Evangelium sicherlich angemessener, als die mit unzähligen Edelsteinen verzierte, schreiend bunte Zurschaustellung von Pracht, die dem Abt vorschwebte. Außerdem war er von der offenen, ehrlichen Art Wycliffes zutiefst beeindruckt gewesen. Von seiner Geradlinigkeit, die sich in seiner schlichten Kleidung und seinem Verhalten gleichermaßen zeigte. Finn hatte diese Anspruchslosigkeit sehr gefallen, zumal er, während er für den Herzog gearbeitet hatte, ein Übermaß an Sophisterei und Verstellung vorgefunden hatte. Alles in allem tat es ihm also keineswegs leid, dass er diesen Auftrag angenommen hatte, obwohl er jetzt wusste, dass die Vorsicht gebot, das Päckchen nicht in Gegenwart des Abtes zu öffnen.

Er war deshalb auch sehr erleichtert, als er feststellte, dass sich niemand am Siegel zu schaffen gemacht hatte.

Es war später Nachmittag, als er den Markt schließlich wieder verließ. Als er in den Sattel stieg, spürte er ein plötzliches Stechen in der Schulter. Der Abt hatte Recht gehabt. Das Wetter würde sich ändern. Die schöne Jahreszeit würde schon bald endgültig vorbei sein. Aber so sollte es sein. Alle Dinge folgten ihrer natürlichen Ordnung. Er freute sich darauf, die kalten Wintertage im warmen Kokon des aus rotem Ziegelstein erbauten Gutshauses zu verbringen und sich dort mit seiner Kunst und den beiden Frauen, die er liebte, zurückzuziehen. Aber bevor er nach Aylsham ritt, musste er noch einen Abstecher machen. Er lenkte sein Pferd zu der kleinen Kirche Saint Julian.

Julian hatte den Mann, der an ihr Besucherfenster klopfte, sofort wiedererkannt. »Finn«, sagte sie, als sie den Vorhang zur Seite gezogen hatte. »Wie schön, Euch zu sehen.« Sie hielt ein Blatt Pergament in der Hand, an dem sie offensichtlich gerade gearbeitet hatte.

»Ich habe an die Tür geklopft, doch Alice hat mir nicht aufgemacht, also bin ich hier an dieses Fenster gekommen. Jetzt sehe ich aber, dass ich Euch bei der Arbeit gestört habe. Es tut mir leid. Das war nicht meine Absicht.«

»Ihr habt mich nur bei meinem Misserfolg gestört. Und eine solche

Störung ist mir immer willkommen. Ich wünschte, ich könnte Euch eine Erfrischung anbieten, aber Alice ist heute nicht da.«

»Ich habe bereits gegessen. Aber ich habe euch einen Laib frisches Brot und außerdem noch etwas Süßes mitgebracht.«

Er zog ein kleines Päckchen unter seinem Wams hervor und reichte es ihr durch das schmale Fenster. Als sie es ausgepackt hatte, stieß sie leise einen entzückten Schrei aus. Das knusprige Brot war ihr sehr recht, aber der bräunliche Klumpen daneben war in der Tat eine Kostbarkeit.

»Zucker. Ach, Finn, dass ist ja mindestens ein Pfund. Das ist doch viel zu viel für mich.« Im Geiste rechnete sie kurz durch, dass dreihundertsechzig Eier nötig waren, um ein Pfund Zucker zu bekommen. Bei einem Ei pro Tag war dies der Wert eines ganzen Jahres. »Ihr müsst davon wieder etwas zurücknehmen.«

»Der Abt hat mich überaus großzügig entlohnt, und in Blackingham Manor bekomme ich gut zu essen. Ihr aber habt viele Besucher. Ich bin mir sicher, dass Ihr einen Weg finden werdet, den Zucker zu teilen.«

Seine Stimme klang wie eine tief gestimmte Orgelpfeife. Sie spürte, wie sie sich entspannte, wie sie dieser auf und ab wogende Rhythmus beruhigte. Er tippte mit seinem langen, mit Farbe verschmierten Finger auf den knusprigen Laib Brot. Ohne Zweifel: Die Hand eines Künstlers. Sie fragte sich unwillkürlich, ob ihr seine Arbeit gefallen würde. Irgendwie war sie jedoch davon überzeugt, dass das so sein würde.

»Das Brot kommt gerade erst aus dem Ofen und ist deshalb noch warm«, sagte er. »Esst doch etwas davon, bevor es kalt wird.«

»Nur, wenn Ihr mir dabei Gesellschaft leistet«, sagte sie und merkte, wie sich ihre Stimmung plötzlich besserte. »Kommt auf die andere Seite. Alice hat immer einen Schlüssel unter dem zweiten Trittstein im Garten versteckt. Wir können uns durch das Fenster in ihrem Zimmer eine Mahlzeit teilen. Die Durchreiche dort ist viel größer als dieses schmale Fenster hier.«

»Es wäre mir ein Vergnügen, in solch frommer Gesellschaft das Brot zu brechen.«

Während sie auf das Geräusch des Schlüssels im Türschloss lauschte, schnitt sie zwei Scheiben Brot ab. Intensiver Hefeduft erfüllte ihr kleines Zimmer. Sie kratzte ein paar kostbare Körnchen Zucker von dem Klumpen ab und streute sie auf die Brotscheiben. Als sie damit fertig war, hatte Finn das angrenzende Zimmer bereits betreten und einen Schemel unter das Fenster gestellt.

»Ich habe auch frische Milch. Alice hat sie mir gebracht, bevor sie gegangen ist.« Sie rückte ihren eigenen Schemel unter die Durchreiche, so dass sie ihm gegenüber Platz nehmen konnte, füllte dann etwas Milch in zwei Zinnbecher und stellte sie vor ihn auf das Fensterbrett. Schließlich goss sie noch etwas Milch in ein Tellerchen und stellte dieses auf den Boden zu ihren Füßen. Ein grauer Schatten löste sich aus der dunklen Ecke und schoss durch das Zimmer.

Finn lachte und zeigte auf die rauchfarbene Katze, die die Milch aufleckte. »Wie ich sehe, habt Ihr seit unserer letzten Begegnung einen Gast aufgenommen.«

»Das ist Jezebel«, sagte Julian und brockte ein wenig Brot in den Teller der Katze und streichelte sie. »Halb-Tom hat sie mir gebracht. Er sagte, dass er sie auf dem Markt gefunden hat. Sie war halb verhungert und wäre fast an ihrem eigenen Fell erstickt.«

»Für die Mitbewohnerin einer so frommen Frau wie Ihr ist das aber ein ziemlich ungewöhnlicher Name.«

»Den hat sie von Pater Andrew, dem Kuraten, bekommen. Er hat sie in einem Wutanfall so getauft, weil sie den Messwein umgestoßen hat.«

»Und er hat Euch gestattet, sie zu behalten, nachdem sie eine solche Sünde begangen hat?«

»Nun, ich habe ihn auf das *Ancrene Riwle* – das ist das Regelbuch für Einsiedlerinnen – hingewiesen. Dort steht ganz ausdrücklich, dass eine fromme Frau in ihrer Einsiedelei sich eine Katze halten darf. Das – und die Tatsache, dass Jezebel eine ausgezeichnete Mäusejägerin ist – hat ihn schließlich überzeugt.«

Sie mussten beide lachen. Es war ein herzhaftes Lachen. Sie hatte in letzter Zeit wenig Grund zum Lachen gehabt.

Während sie die Milch und das Brot teilten, unterhielten sie sich:

über Halb-Tom, über Jezebel, über Julians göttliche Offenbarungen. Er fragte sie, was es mit der Schüssel voller Haselnüsse auf sich hatte, die in der Durchreiche stand.

»Ich schenke immer eine von ihnen meinen Besuchern. Als Erinnerung an die Liebe Gottes. Damit sie nicht vergessen, dass er auch die kleinsten Dinge seiner Schöpfung liebt. Bitte, nehmt auch eine mit, wenn ihr wieder geht. Sie kostet Euch weniger als eine heilige Reliquie, denn sie ist genauso wie die Gnade ein Geschenk.«

Sie bemerkte, dass Finns Blick zu den Manuskriptseiten wanderte, die sie vorhin hastig beiseitegeschoben hatte. Obwohl die karge Zelle mit einem kleinen Schreibpult ausgestattet war, schrieb sie stets auf dem Fenstersims.

»Ihr sagt, dass Ihr mit Eurem Text nicht so recht vorankommt?«

Sie schluckte, bevor sie ihm antwortete. »Das meiste davon, vor allem die Dinge, die in Zusammenhang mit meiner Vision stehen, habe ich schon vor Monaten niedergeschrieben. In letzter Zeit aber habe ich kaum mehr daran gearbeitet.«

»Seit der Sache mit dem Kind nicht mehr«, sagte er.

»Ich kann den Schmerz der Mutter einfach nicht vergessen. Ich komme nicht darüber hinweg, dass es mir nicht gelungen ist, sie zu trösten und ihr zu zeigen, wie sehr Gott sie liebt, auch wenn er ihr ihre kleine Tochter genommen hat.« Sie tupfte mit der Fingerspitze ein paar verstreute Zuckerkristalle auf.

Sie war dankbar dafür, dass Finn sie nicht mit ein paar leeren Worten des Trostes abspeiste, sie auch nicht darauf hinwies, dass Kummer eine Sünde sei, weil er im Widerspruch zum Glauben stehe. Wie sehr auch ihm die Sache zu schaffen machte, zeigte sich an seinem angespannten Gesicht, als sie ihm erzählte, was mit dem kleinen Mädchen geschehen war. Dem Kind war es zuerst besser gegangen. Das Bein hatte zu heilen begonnen, dann aber hatte das Mädchen plötzlich hohes Fieber bekommen. Sie erzählte, dass die Mutter untröstlich gewesen war und mit Gott gehadert hatte, dass sie die Kirche, das Schwein und den Bischof, dem es gehörte, verflucht hatte.

Als Julian geendet hatte, saßen sie eine Weile einfach nur schweigend da. Dann bat er sie, ihm ihre Arbeit zu zeigen.

Sie schob ihm den Stapel Blätter zu und kaute weiter stumm an ihrem süßen Brot, während er sich die einzelnen Seiten genau ansah. Jezebel hatte ihren Teller inzwischen sauber geleckt und sich dann mit ihrer rosa Zunge die Schnauze gesäubert. Sie sprang Julian auf den Schoß und beobachtete Finn argwöhnisch aus halb geschlossenen, grünen Augen beim Lesen. Sie schnurrte, als Julian sie zwischen ihren Pinselohren zu kraulen begann.

Es vergingen einige Minuten. Julian fühlte sich plötzlich ein wenig unbehaglich. Die Tatsache, dass sie sich inständig wünschte, er möge ihre Arbeit positiv beurteilen, überraschte sie einerseits, beunruhigte sie andererseits aber auch. Jezebel schien ihre Unruhe zu spüren, denn sie sprang von ihrem Schoß herunter und zog sich in ihre dunkle Ecke zurück. Schließlich schob Finn die Blätter zu einem ordentlichen Stapel zusammen, ordentlicher, als sie sie ihm gegeben hatte, und legte diesen dann zurück auf das Fensterbrett.

»Ich bin zwar kein frommer Mann, aber ich sehe, dass Eure Lehre von einem liebenden Gott, einem mütterlichen Gott, die Menschen zu einem besseren Verständnis seiner Natur führen kann. Dieser Text ist es zweifellos wert, illuminiert zu werden.«

Sie vermutete, dass er trotz seiner gegenteiligen Worte sehr wohl ein frommer Mann war, wenn auch nicht auf die selbstgerechte Weise, die so viele Menschen mittels ihrer kunstvollen Rosenkränze und reich verzierten Kreuze zur Schau stellten. Auch wenn sie fürchtete, dass das, was sie empfand, ein Gefühl des Stolzes war, freute sie sich, dass ihm ihre Arbeit gefiel. Gleichzeitig schämte sie sich jedoch auch ein wenig, denn der Text, den sie ihm gezeigt hatte, zeichnete sich bestimmt nicht durch eine besondere Eloquenz aus.

»Der Text ist vor allem für mein eigenes Verständnis gedacht. Er soll mir dabei helfen, die wahre Bedeutung meiner Vision zu begreifen. Ich schreibe nicht für andere, dazu bin ich nicht gelehrt genug, und außerdem wäre mein Latein auch viel zu schlecht dafür. Ich kann nicht in der Sprache der Kirche schreiben.«

Er lächelte. Es war ein leicht schiefes, rätselhaftes Lächeln.

»Erzählt mir von Euren Visionen«, bat er sie.

Sie erzählte ihm von ihrer Krankheit. Mit ihm darüber zu sprechen fiel ihr wesentlich leichter, als nur über sie zu schreiben. Er war ein guter Zuhörer. Als sie ihm schilderte, wie sehr sie sich als junge Frau nach der Errettung ihrer Seele gesehnt und Gott um drei Dinge gebeten hatte, beugte er sich gespannt nach vorn.

Zuerst hatte sie darum gebetet, dass sie Jesu Passion wirklich verstehen möge. Sie hatte sich nichts sehnlicher gewünscht, als sein Leiden mitzuerleben so wie Magdalena unter dem Kreuz. Hatte sich gewünscht, seinen Schrei zu seinem himmlischen Vater zu hören, den hellen Quell seines reinigenden Blutes zu sehen, als die Römer sein Fleisch durchbohrten. Es war ihr nicht genug, die Heilige Schrift in einer Sprache zu hören, die sie nur halb verstand. Sie musste es sehen, musste es verstehen, musste seine Passion wirklich begreifen, bevor ihre Seele von dieser Quelle trinken konnte.

Er nickte ihr ermutigend zu, als sie ihm erzählte, dass sie um ein schweres körperliches Leiden gebetet hatte, damit sie Gott in Geduld und im Verständnis näher kam und damit schließlich ihre Seele gereinigt würde. Sie erzählte ihm, dass sie um drei Wunden gebeten hatte: wahre Reue, wahres Mitgefühl und wahre Sehnsucht nach Gott.

Sie hielt inne, um etwas von der Milch zu trinken. Ihre Schlucke hallten in ihren Ohren.

Finn hörte ihr aufmerksam zu – noch nie hatte sie einen Mann so still sitzen sehen –, während sie ihm von der Krankheit erzählte, die ihren Körper daraufhin befallen hatte. Drei Tage und drei Nächte hatte sie an der Schwelle des Todes gestanden, war von der Taille abwärts gelähmt und ohne jedes Gefühl gewesen. Ihre Mutter hatte ihr Kissen in den Rücken schieben müssen, damit sie überhaupt noch atmen konnte. Als dann der Priester kam, um ihr die letzte Ölung zu geben, konnte sie so gut wie nichts mehr sehen. Sie sah nur ein Licht, das von dem Kreuz ausging, das der Kurat vor sie hinhielt. Sie sah nur noch das Kreuz. Nur noch das Licht.

»Das war vor sechs Jahren gewesen, kurz bevor ich hierherkam. Damals war ich dreißig Jahre alt«, sagte sie.

Während sie ihre Geschichte erzählte, wurde es im Zimmer langsam dunkler. Sie stand auf, holte eine Kerze und stellte sie in die

Durchreiche. Die Flamme erhellte sein Gesicht – den bereits leicht ergrauten Bart, die hohe Stirn, dort, wo sein Haar schon dünn geworden war. Sie wartete auf irgendeine Reaktion – eine ungeduldige Geste, das Scharren seines Schemels –, die ihr signalisierte, dass sie mit ihrer Geschichte schnell zu einem Ende kommen sollte. Manchmal war das so. Er stellte ihr jedoch keine Fragen, wartete einfach darauf, dass sie fortfuhr. Die Brotscheibe lag, nur zur Hälfte aufgegessen, vor ihm.

»Als ich das Kreuz sah, wurde plötzlich all mein Schmerz, all meine Angst von mir genommen. Beides war einfach weg, so als wäre es nie da gewesen. Ich fühlte mich gesund und so lebendig, wie ich mich seit Wochen nicht mehr gefühlt hatte. Ich wollte aufstehen, wollte laufen. Ich wollte singen. Ich wusste sofort, dass diese wundersame Veränderung nur auf das unerforschliche Wirken Gottes zurückzuführen sein konnte.«

Er verlagerte sein Gewicht, beugte sich ein kleines Stück weiter nach vorn. »Und die Visionen?«, fragte er.

»Ich sah das rote Blut unter der Dornenkrone unseres Herrn Jesus Christus herunterrinnen. Heiß und frisch und vollkommen real. Genau wie es zu jener Zeit gewesen sein musste, als man ihm die Dornenkrone auf das Haupt drückte. Ich empfand eine große Qual, ihn so zu sehen, aber auch eine große Freude. Eine überraschende, unglaubliche Freude. Eine Freude, wie man sie, denke ich, im Himmel erfährt. Und ich verstand mit einem Mal so vieles, ohne dass da irgendein Vermittler war. Es war niemand zwischen meiner Seele und Gott. Ich sah und verstand ganz von selbst, ohne dass mir jemand irgendetwas auslegte oder erklärte.«

»Ohne einen Priester, wollt Ihr damit sagen. Ich habe so etwas schon einmal gehört, und zwar von – nun, das spielt jetzt keine Rolle. Fahrt fort. Hattet Ihr sonst noch eine Vision?«

»Als Letztes zeigte unser Herr mir dann auch noch seine Mutter, Unsere Liebe Frau. Er zeigte sie mir in geisterhafter Gestalt, eine Maid, jung und sanft, fast noch ein Kind.«

Er deutete auf die Pergamentblätter. »Und das schreibt Ihr hier gerade auf?«

»Das *versuche* ich aufzuschreiben. Aber ich muss feststellen, dass meine Begabung dazu einfach nicht ausreicht.«

Er nahm die Seiten, wog sie in der Hand. »Was ich hier sehe, ist jedenfalls ein wundervoller Anfang.«

»Aber genau das ist es doch: Ich bin damit schon fertig. Ich habe alle Visionen aufgeschrieben, aber es ist irgendwie nicht genug. Mein Gekritzel ist der Freude, die mir unser Herr offenbart hat, in keiner Weise würdig. Es will mir einfach nicht gelingen, das überquellende Wesen seiner Liebe zu beschreiben. Meine Worte – alle Worte der Welt – sind… ungenügend. Es gibt einfach keine Worte, um diese Liebe zu beschreiben.« Die Kerze flackerte, so heftig atmete sie aus. »Ich könnte sagen, dass sie jener Art von Liebe entspricht, wie sie Mütter ihren Kindern gegenüber empfinden, wie sie meine eigene Mutter mir gegenüber zeigte, aber sie ist einfach noch viel mehr. So viel mehr. Wenn ich die Wärme beschreiben wollte, in die er mich eingehüllt hat, sind Worte einfach unzulänglich und leer. Zu sagen, seine Liebe ist wie – nein, ist noch viel größer als die Liebe einer Mutter, kommt dem, was ich ausdrücken will, dennoch am nächsten. Jesus ist eine vollkommene Mutter mit einer vollkommenen Liebe für eine unendliche Anzahl von Kindern.«

»Eine vollkommene Mutter? Aber Jesus war ein Mann.«

Sie schüttelte den Kopf. »Das bestreite ich ja gar nicht. Ich sage nur, dass Gott, der Vater, unser Schöpfer ist, während Jesus, der Sohn, unser Ernährer, unser Hüter und Beschützer ist. Sein Blut speist uns wie Muttermilch. Die Liebe, die er uns zeigt, findet am ehesten ihre Entsprechung in der Opferbereitschaft einer Mutter. Anders kann ich es einfach nicht ausdrücken.«

Finns Gesicht wurde weich wie Ton, der sich langsam unter der Hand eines Bildhauers erwärmt. »Diese Art der Liebe ist mir nicht ganz fremd. Ich habe eine Tochter. Sie heißt Rose.«

Julian nickte. Sie erinnerte sich daran, dass er schon einmal von ihr gesprochen hatte. Damals hatte sie gedacht, dass dies ein ungewöhnlicher Name für ein Christenkind sei. Ziemlich ausgefallen. Aber aus seinem Mund klang er sehr hübsch.

»Meine Frau starb bei der Geburt unseres Kindes. Und wisst Ihr, was ihre letzten Worte waren? Rebekka, meine Frau, drückte unsere Rose an ihre Brust – diesen winzigen, neuen Menschen, dessen Geburt ihr solche Qual bereitet hatte – und flüsterte: ›Hierin liegt eine solche Freude, mein Ehemann, ich wünschte, dass du das auch empfinden könntest.‹«

Rebekka! Ein jüdischer Name? Ein Christ und eine Jüdin? Nein. Da müsste ein Mann schon ein Narr sein, und der Buchmaler war bestimmt kein Narr. Es sei denn, seine jüdische Ehefrau hatte ihn verhext. Aber auch eine Jüdin würde sich nicht mit einem Christen einlassen, das wäre einfach zu riskant für sie gewesen. In Frankreich konnten Juden, die Beziehungen mit Christen hatten, geköpft werden. Die Juden wurden beschuldigt, Brunnen zu vergiften und die Pest von '48 verursacht zu haben. Als Julian hörte, dass man am Rhein Hunderte von ihnen wie Vieh in Gebäude getrieben und bei lebendigem Leibe verbrannt hatte, hatte sie für ihre Seelen gebetet und ihren Tod beweint. Aber innerhalb der Kirche gab es auch Menschen, die für Toleranz plädierten und nicht müde wurden, darauf hinzuweisen, dass die Pest auch in Gebieten aufgetreten war, in denen keine Juden lebten. Andererseits war die Pest in Gemeinden, in denen sie stark vertreten waren, nicht ausgebrochen. Finn gehörte sicher zu diesen tolerant denkenden Menschen. Aber war er auch tolerant genug, sich gegen Kirche und König zu stellen und eine Jüdin zur Frau zu nehmen?

Sie beobachtete, wie Finns Kiefermuskeln zuckten, während er in die bittersüße Erinnerung an seine Frau versunken war. Sie wartete darauf, dass er noch etwas sagte. Als das nicht geschah, berührte sie seine Hand und sagte: »Eines weiß ich ganz sicher, Finn: *Was auch immer auf dieser Welt geschieht, unser mütterlicher Gott wird dafür sorgen, dass alles gut wird.*«

Er sah sie zweifelnd an. »Einsiedlerin, wie könnt Ihr angesichts des toten Kindes und nachdem Ihr den Kummer der Mutter miterlebt habt, noch mit solch einer Gewissheit glauben?«

»Ich glaube, weil er es mir gesagt hat. Mein mütterlicher Gott hat es mir gesagt. Und meine Mutter lügt nicht.«

»Ich beneide Euch zutiefst um diese Gewissheit«, sagte er. Dann klopfte er mit seinen Fingern auf das Manuskript. »Gestattet mir, dieses erste Kapitel mitzunehmen, jenen Teil, in dem Ihr von Eurer Krankheit erzählt. Ich werde ihn für Euch illuminieren. Den Rest könntet Ihr in der Zwischenzeit noch einmal überarbeiten, wenn Ihr wollt.«

»Ich freue mich sehr, dass Ihr mein Manuskript gelesen habt, aber die Sprache ist es einfach nicht wert, mit kostbaren Malereien ausgeschmückt zu werden. Der Text sollte lateinisch sein.«

»Die Sprache könnte aber dafür sorgen, dass er größere Verbreitung findet. Habt Ihr schon einmal von John Wycliffe gehört?«

»Genug, um zu wissen, dass der Bischof ihn hasst.«

Als sie Finns Stirnrunzeln sah, musste sie lachen. Sie senkte die Stimme zu einem verschwörerischen Flüstern. »Ihr seid wohl der Ansicht, dass das allein schon als Empfehlung genügen sollte.«

Er antwortete ihr mit seinem schiefen Lächeln. »Mutter Julian, Ihr seid eine überaus kluge Frau.« Er stand auf und schob ihre Manuskriptseiten zu einem Stapel zusammen. »John Wycliffe übersetzt die Heilige Schrift gerade in ebenjene Sprache, in der auch Ihr schreibt. Ich habe zwei Lehrlinge, die an Eurem Text lernen könnten, wenn Ihr so viel Vertrauen in mich habt, mir Euer Manuskript mitzugeben.«

»Natürlich, nehmt es nur mit. Ich weiß, dass meine Worte bei Euch sicher sind, Finn. Mein einzige Bitte ist, dass die Illuminationen nicht schwülstig oder protzig werden, sondern schlicht und einfach, so wie es sich für meine demütigen Worte geziemt.«

»Mutter Julian, Ihr habt mit John Wycliffe viel mehr gemeinsam, als Ihr ahnt.«

Inzwischen war die für East Anglia so typische lange Dämmerung zur Dunkelheit geworden, und das Zimmer wurde nur noch von der einen Kerze im Fenster erhellt. Als Finn, das Manuskript unter dem Arm, auf die Tür zuging, die nach draußen führte, folgte ihm Julians Blick bis zur Schwelle. Er öffnete die Tür, und sie konnte ein Stück des Nachthimmels sehen. Die kühle Oktobernacht war vollkommen windstill. Neben dem Weg im Garten waren im Licht des Vollmonds einige blaugrüne Kräuterbüschel zu erkennen.

»Die wird sich der Frost bald holen«, sagte Finn, als er an der offenen Tür noch einmal stehen blieb.

Sein Pferd wieherte und wurde unruhig. Es hatte die Stimme seines Herrn gehört.

»Der Boden ist ziemlich kalt, fast schon zu kalt, um noch im Freien zu übernachten«, sagte Julian. »Außerdem ist dies die Nacht zu Allerheiligen, da sollte man besser nicht unterwegs sein. Bis Blackingham ist es ziemlich weit. Ihr solltet bei den Mönchen in der Kathedrale übernachten.«

Finn lachte. »Ich werde mir im Gasthaus ein Strohlager neben dem Kamin suchen. Unter den Vagabunden dort bin ich wahrscheinlich sicherer als bei den Mönchen. Der Bischof kann mich nämlich nicht ausstehen. Er glaubt, ich hätte ihn um sein Eigentum gebracht.«

»Vielen Dank für Eure Gaben«, rief sie, als er ihr zum Abschied noch einmal zuwinkte. »Bringt doch das nächste Mal Eure Tochter mit.«

Aber er hatte die Tür schon hinter sich geschlossen. Sie hörte, wie der Schlüssel im Schloss umgedreht und dann unter den Trittstein gelegt wurde. Sie goss den Rest der Milch aus den beiden Zinnbechern in Jezebels Teller, wischte die Krümel weg und wickelte das Brot und den Zucker in gewachstes Papier. Dann blies sie die Kerze aus – Kerzen waren beinahe so kostbar wie Zucker – und ging im Dunkeln zu ihrer Bettstatt in der Ecke. Jezebel sprang auf das Bett, schlüpfte unter die Bettdecke und rollte sich als Fellball in Julians warme Kniekehle.

Rose hatte sich noch nie in ihrem Leben so einsam gefühlt, nicht einmal damals, als sie bei den Nonnen in Thetford gewohnt hatte. Selbst ihr Lieblingskleid – aus blauer Seide, blau wie das Meer an einem sonnenhellen Tag – konnte heute ihre Stimmung nicht heben. Sie hatte es extra für Colin angezogen, aber Colin war nicht da. Lady Kathryn hatte erklärt, er müsse sich »ausruhen« und würde deshalb nicht mit ihnen zusammen im Söller zu Abend essen. Sie hatte sich auch dafür entschuldigt, dass die Tafel nicht im großen Saal gedeckt war. Der Sheriff hatte gesagt, es sei »gemütlich«. Rose fand es einfach nur erdrückend.

Sie traute dem Sheriff nicht. Wie er Lady Kathryn ansah! Und wie er auch sie selbst mit seinen kleinen schwarzen Augen ansah. Sie bekam eine Gänsehaut. Wenn doch nur ihr Vater da gewesen wäre. Als sie noch ein kleines Mädchen gewesen war, hatte ihr Vater sie niemals mit fremden Menschen allein gelassen. Allerdings musste Rose zugeben, dass Lady Kathryn jetzt wohl kaum mehr eine Fremde war. Sie war Colins Mutter und würde eines Tages vielleicht sogar ihre Schwiegermutter werden. Dieser Gedanke ließ ihr Herz schneller schlagen.

Vielleicht sollte sie Lady Kathryn fragen, ob sie Colin das Abendessen auf sein Zimmer bringen durfte. Niemand sagte ihr etwas. Alle behandelten sie wie ein Kind, schlossen sie aus. Sie wusste nur, dass das Wollhaus gebrannt hatte und dass John, der Schäfer, in den Flammen umgekommen war. Er war verbrannt wie eine Seele im Feuer der Hölle. Entsetzlich. Und jetzt erwartete man von ihnen, dass sie hier saßen und Tauben mit Lauch aßen, so als wäre nichts passiert. Sie und Colin waren noch am letzten Abend im Wollhaus gewesen. Hatten sie dort, so wie sie es manchmal getan hatten, eine Kerze angezündet? Sie konnte sich einfach nicht mehr daran erinnern. Aber dann hätten sie die Flamme doch sorgfältig gelöscht. Das hätten sie doch sicher getan, oder?

Lady Kathryn lächelte sie über das Schneidbrett hinweg, das sie mit dem Sheriff teilte, freundlich an. Es war jedoch zugleich ein müdes Lächeln. Rose hatte ihr geholfen, die Mahlzeit für den Sheriff und den Priester zuzubereiten, die über Nacht als Gäste bleiben würden. Es wäre mehr als grausam gewesen, von Agnes zu verlangen, das Mahl zu bereiten. Agnes, die so freundlich zu ihr gewesen war, Agnes, die vor lauter Trauer um ihren armen verbrannten Mann fast den Verstand verlor. Rose schauderte und griff sich dabei unwillkürlich an den Hals, um das kleine Silberkreuz zu berühren. Ihre Hand fand jedoch nur nackte Haut. Sie hatte das Kreuz abgenommen, um das Band zu waschen, und vergessen, es wieder umzulegen. Ohne dieses Kreuz fühlte sie sich verwundbar. Nackt. So, als hätte sie vergessen, ihr Hemd anzuziehen.

Ein kleiner Fettfleck schimmerte im Bart des Sheriffs. Der Geruch der geschmorten Tauben mischte sich mit dem Rauch des Holzfeuers im Kamin und dem Miasma des Brandes, das immer noch in der Luft hing.

Die Tür des Söllers, dort wo sie aßen, öffnete sich zum Hof.

Rose schaffte es gerade noch bis dorthin, bevor sie sich erbrach.

10. KAPITEL

*Wenn er eine Jungfrau, die das
Keuschheitsgelübde abgelegt hat, schändet,
soll er drei Jahre lang Buße tun.*

DAS BUSSBUCH DES THEODORE, 8. JAHRHUNDERT

In der dunklen, höhlenartigen Küche war das Feuer im großen gemauerten Herd erloschen. Zum ersten Mal seit der Pest von '48, als Lady Kathryns Vater noch Herr von Blackingham gewesen war, stieg kein Rauch aus dem großen Schornstein. Das Küchenmädchen, das fröstelnd auf seinem Bett aus Lumpen lag, wusste das jedoch nicht. Sie wusste nur, dass der Ofen jetzt kalt war. Selbst der Hund, der sich manchmal neben ihr auf dem steinernen Kamin zusammenrollte, hatte sich auf die Suche nach einem wärmeren Platz gemacht.

Magda aber hatte kein anderes Bett. Bis zu dem Dorf, in dem ihre achtköpfige Familie in einer erbärmlichen Hütte lebte, die nur einen einzigen Raum hatte, waren es zwei Meilen. Zwei Meilen über dunkle Felder voller Dämonen, vorbei am Gerippe des Wollhauses, wo heute ein Mann im Feuer des Teufels verbrannt war. Aber sie hätte auch nicht in ihr Dorf zurückgehen können, wenn unterwegs keine Schatten, keine neu erschaffenen Geister gelauert hätten. Sie hätte den Zorn ihres Vaters, die Enttäuschung ihrer Mutter einfach nicht ertragen können. Ihr Vater hatte sie schon so oft verwünscht, weil sie dumm war, hatte sie geschlagen, wenn sie in dem jämmerlichen kleinen Garten der Familie wieder einmal das Gemüse anstelle des Unkrauts ausgerissen hatte. Schließlich hatte ihre Mutter sie in ihrer Verzweiflung hierher gebracht. »Wenigstens hast du es hier warm und bekommst auch immer genug zu essen«, hatte sie ihr zugeflüstert. »Tu also alles, was man dir sagt.« Sie hatte ihr nicht direkt verboten, nach Hause zurückzukommen. Als sie dann aber gegangen war, ohne sich noch einmal nach ihr umzusehen, mit hängenden Schultern und ihre Hände schützend auf ihren schwangeren Bauch gelegt, da hatte sie gewusst, dass sie zu Hause nicht mehr willkommen war.

Magda hatte diese Wendung in ihrem Leben genauso hingenommen, wie sie den Wechsel der Jahreszeiten und die regelmäßigen Wutanfälle ihres betrunkenen Vaters und die jährlichen Entbindungen ihrer Mutter hinnahm. So wie sie all die Dinge in ihrem Leben hinnahm, über die sie keine Kontrolle hatte. Eine solche Kontrolle erwartete sie auch nicht, denn sie wusste, dass sie einfältig war. Das hatte man ihr ja schließlich auch oft genug gesagt – selbst jemand, der einfältig war, begriff das irgendwann. Von ihrer Gabe aber wusste niemand. »Der Herr gibt, und der Herr nimmt«, hatte ihre Mutter gesagt, als ihr ältester Sohn von einem umstürzenden Karren zerquetscht worden war. Vielleicht hatte der Herr ihr ja diese Gabe gegeben, gewissermaßen als Entschädigung dafür, dass er sie einfältig gemacht hatte. Sie wusste, dass andere Menschen diese Gabe nicht hatten. Weshalb würden sie sonst immer wieder so dumme Dinge tun oder sagen? So wie damals, als ihr Vater das einzige Schwein der Familie gegen eine Kuh eingetauscht hatte, die schon am nächsten Tag krank wurde und starb. Magda hatte gewusst, dass man dem Viehhändler nicht trauen konnte. In seinen Augen hatte die Gier gestanden, und er war auch viel zu schnell auf diesen Handel eingegangen. Ihr Vater aber war völlig arglos gewesen. Also, so schloss sie, war diese Fähigkeit, sozusagen in die Menschen hineinschauen zu können, zu hören, was sie nicht sagten, eine Gabe, die nicht jeder besaß.

Sie wusste aber auch noch andere Dinge. Zum Beispiel, welche

Farbe die Seele eines Menschen hatte. Da war die hoch gewachsene Dame mit den weißen Haaren. Ihre Stimme war stolz, aber ihre Seele war blau. Nicht blau wie der Himmel, sondern ein grünliches Blau wie der Fluss. Ja, wie der Fluss. Ein schattiges Gewässer, in dem sich die Trauerweiden spiegelten, die am Ufer wuchsen, während weiße Wolken an einem sonnig blauen Himmel dahintrieben. Und die Köchin – ihre Seele war rostbraun wie die nasse Erde, aus der man Tontöpfe machte. Dass ihr Mann jetzt tot war, war wirklich traurig. Magda hatte den Schäfer nur ein oder zwei Mal gesehen und hatte ihn sehr nett gefunden. Seine Seele war ebenfalls braun, aber heller, die Farbe, die Gras im Winter hatte. Am liebsten aber mochte Magda das Mädchen, das der hoch gewachsenen Frau dabei geholfen hatte, den Taubeneintopf zu kochen. Rose und Lady Kathryn – sie hatte inzwischen die Namen gelernt. Sprach sie im Geiste immer wieder vor sich hin, so wie die Worte eines Liedes, das die fahrenden Sänger am Maientag gesungen hatten. Sie sagte sie wieder und wieder und wieder, bis sie sie sich eingeprägt hatte. Von ihrer Ecke aus hatte sie die merkwürdige Farbe von Roses Haut angestarrt, ein helles Rehbraun, nicht rosa und weiß wie ihre eigene, und ihr Haar, das so dunkel und glänzend wie Kohle war. Aber es waren die beiden Farben von Roses Seele, die sie am meisten faszinierten. Sie gingen ineinander über, leuchteten, eine in der anderen, ein goldenes Gelb wie süße Butter, umgeben von einem rosigen Rand. Sie kannte nur noch einen einzigen anderen Menschen, dessen Seele auch zwei Farben hatte. Und das war ihre Mutter. Ihre Seele war violett und in der Mitte golden. Aber nicht immer. Nur manchmal.

Magda fröstelte und kratzte an dem Grind eines Flohbisses an ihrem Bein herum, bis es zu bluten anfing. Vielleicht konnte sie ja die Glut wieder ein wenig anfachen und im Stall dann etwas Brennbares suchen. Bis zum Stall war es nicht sehr weit. Sie würde trotzdem all ihren Mut aufbringen müssen, um sich bis dorthin vorzuwagen. Sie nahm den großen Schürhaken in beide Hände und stocherte damit zwischen den erkalteten Kohlen herum, bis sie in der Asche doch noch auf ein paar Funken stieß. Der Sohn des Stallknechts hatte sie ausgelacht, hatte sie »kleines, dummes Mädchen«

genannt, aber seine Seele war grün, und sie war noch nie einem Menschen mit grüner Seele begegnet, der sie unfreundlich behandelt hätte. Er würde ihr sicher helfen. Agnes würde morgen früh froh darüber sein, dass das Feuer nicht erloschen war – und sie selbst würde nicht in der Kälte schlafen müssen.

Finn hatte sein Lager im Gemeinschaftsraum aufgeschlagen, auf einem Strohsack neben dem Kamin. Das kam ihm weniger riskant vor, als sich mit zwei Fremden oben in einer der kleinen Kammern, zu denen man über eine gewundene Treppe gelangte, eine muffige Matratze zu teilen. Er lauschte angewidert dem Schnarchen der sechs oder sieben anderen Reisenden, Pilger auf dem Weg nach Canterbury, die um ihn herum auf dem Boden lagen und schliefen. Derjenige, der ihm am nächsten lag, sah aus, als hätte er seinen Bart und seine Haare seit der Weizenernte im letzten Jahr nicht mehr gewaschen. Talgklümpchen, Krümel und weiß Gott was sonst noch hingen in dem strähnigen, verfilzten Haar. Finn zog seine Decke fester um sich und fragte sich dabei, wie weit ein Floh wohl springen konnte. Er fragte sich auch, wie viele Diebe sich unter seinen schlafenden Gefährten befinden mochten. Er befestigte die schwere Geldbörse, die er unter seinem Hemd trug, so, dass sie nicht herausrutschen konnte, wenn er schlief. Aber er hätte sich darum keine Gedanken zu machen brauchen, denn er konnte nicht einschlafen. Seine anspruchsvollen Schlafgewohnheiten und vor allem das allgemeine Gefühl des Unbehagens hielten ihn wach.

Der Tag, der so viel versprechend begonnen hatte – da war die großzügige Prämie des Abtes gewesen, sein Einkaufsbummel zwischen den bunten Marktständen, sein Besuch bei der Einsiedlerin –, dieser Tag hatte sich, nachdem er die kleine Kirche Saint Julian verlassen hatte, rapide gewandelt. Finn wäre liebend gern die King Street hinaus nach Blackingham geritten, das aber hätte bedeutet, dass er den größten Teil seines Weges in der Dunkelheit hätte zurücklegen müssen. Also war er stattdessen dem Fluss Wensum ein oder zwei Meilen weit gefolgt, um nach Bishop's Gate im Norden zu reiten. Er war sich sicher, im Schatten der großen Kathedrale ein Gasthaus für die Nacht zu finden.

Vor Bishop's Gate hatte er dann warten müssen, weil gerade ein großer, prächtiger Tross in die Stadt Einzug hielt. Die meisten anderen Reisenden waren abgestiegen, um dem Siegel der Kirche, das an den scharlachroten Draperien des eleganten Reisewagens angebracht war, ihre Reverenz zu erweisen. Finn aber war auf seinem ungeduldig schnaubenden Pferd sitzen geblieben, als das protzige Gefährt vorbeirumpelte, und befand sich deshalb genau auf Augenhöhe mit dem Würdenträger, der in der Kutsche saß.

Henry Despenser, Bischof von Norwich.

Finn wandte den Kopf ab, um einen Blickkontakt mit dem Bischof zu vermeiden, aber es war schon zu spät. Er hatte ihn sofort wiedererkannt. Die große Kutsche kam quietschend zum Stehen. Ein überraschtes Murmeln ging durch die Menge, als der Wagen einen Lakaien in scharlachroter Livree ausspuckte. Der Lakai kam direkt auf Finn zu.

»Seine Eminenz, Henry Despenser, Bischof von Norwich, wünscht Euch zu sprechen«, leierte der Lakai herunter und zeigte dann mit seinem federgeschmückten Hut zur Kutsche hin.

Finn verspürte plötzlich den überwältigenden Drang, einfach davonzureiten. Die Dummheit gehörte jedoch nicht zu seinen Fehlern. Also saß er ab und übergab dem prächtig gekleideten Diener die Zügel seines Pferdes. Dieser sah ein wenig verblüfft aus, blieb aber neben dem Pferd stehen und hielt die Zügel so, als hätte er etwas höchst Unangenehmes zwischen seinen behandschuhten, beringten Fingern.

»Pass gut auf dieses Pferd auf«, sagte Finn. »Es trägt überaus wertvolle Manuskripte aus der Abtei Broomholm.« Nachdem Finn noch einen kurzen nervösen Blick auf das Päckchen aus Oxford geworfen hatte, ging er auf die Kutsche zu, an deren Fenster die Vorhänge ein Stück zurückgezogen waren. »Euer Eminenz«, sagte er zu dem hochmütigen Gesicht, das davon eingerahmt wurde.

Die Menge bewegte sich ein Stück nach vorn, blieb aber vollkommen stumm. Es war, als lausche sie mit einem einzigen, einem gemeinsamen Ohr. Der Bischof murmelte einem anderen Lakaien etwas zu, und die Tür der Kutsche öffnete sich. Eine mit Fransen besetzte, brokatbezogene Fußbank wurde in den Staub der Straße gestellt.

Finn rührte sich nicht. Er sah den zweiten, gleichermaßen prächtig gekleideten Diener nur fragend an.

»Mylord, der Bischof, wünscht ungestört mit Euch zu sprechen.« Sein Ton machte jedoch unmissverständlich klar, dass er diesen schlicht gekleideten Reiter einer solchen Ehre nicht für würdig hielt. Die Menge seufzte, als Finn den Vorhang teilte und dann in den mit Stoff drapierten Wagen einstieg.

Als er sich erst einmal in der Equipage der Kirche, diesem Palast auf Rädern, befand, war Finn augenblicklich im Nachteil. Sollte er sich hinsetzen, ohne dass man ihn dazu aufgefordert hatte, oder sollte er die unangenehm gebückte Haltung beibehalten, zu der ihn seine Körpergröße zwang? Das affektierte Grinsen des Bischofs zeigte, dass ihm Finns Unbehagen durchaus bewusst war. Nach einer Pause, lange genug, um deutlich zu machen, dass Henry Despenser ein Mann war, der sich am Unbehagen anderer gern weidete, deutete er auf die samtbezogene Sitzbank gegenüber. »Bitte, setzt Euch.«

Finn setzte sich. Er sagte nichts.

Das Schweigen dehnte sich aus, während der Gast den gelassenen Blick des Gastgebers ebenso gelassen erwiderte. Aus der Nähe und im schwächer werdenden Licht des Tages sah der Bischof sogar noch jünger aus, als Finn ihn in Erinnerung hatte. Er mochte zwar noch jung an Jahren sein, seine Arroganz jedoch näherte sich der Perfektion. Despenser brach das Schweigen.

»Ihr seid doch der Illuminator, der für die Abtei in Broomholm arbeitet.«

»Ja, Euer Eminenz.«

»Derjenige, der eine Vorliebe für Schweinefleisch hat.«

Finn reagierte nicht, obwohl er wusste, dass dies eine direkte Anspielung auf ihre letzte Begegnung war. Despenser fuhr fort: »Seit unserer letzten Begegnung unter« – er lächelte boshaft –, »nun, sagen wir, weniger glücklichen Umständen habe ich einige Erkundigungen über Euch und Eure Arbeit eingeholt. Der Abt hat mir gesagt, dass ich sehr weise gehandelt habe, als ich Euch Euren mangelnden Respekt vor dem Eigentum der Kirche so großzügig vergeben habe. Er lobt Euch über alle Maßen.«

Finn reagierte noch immer nicht auf die Anspielung und nahm das Kompliment lediglich mit einem Kopfnicken und einem Lächeln zur Kenntnis. Worum ging es hier? Spielte der Bischof nur ein Spiel mit ihm? Despenser kam ihm vor wie die Katze der Einsiedlerin, die gerade eine Maus zwischen ihren zierlichen Pfoten festhielt.

»Nun, mir scheint, Ihr seid eher ein Mann der Tat als ein Mann vieler Worte«, sagte der Bischof. »Aber gut, dann werde ich Euch ohne Umschweife sagen, was ich von Euch wünsche. Ich habe einen Auftrag für Euch. Ich wünsche, dass Ihr ein Retabel, einen Altaraufsatz, für mich malt.« Er hielt inne, so als denke er erst jetzt genauer über das Thema nach. »Auf dem die Passion, die Auferstehung und die Himmelfahrt unseres Herrn dargestellt sind.«

Also, das war jetzt wirklich eine Überraschung. War das eine Falle? Wollte sich Despenser auf irgendeine Weise für das abgestochene Schwein rächen?

Der Bischof fuhr fort: »Ich weiß, was Ihr jetzt gerade denkt – warum gibt er den Auftrag nicht einer der Gilden? –, aber Ihr müsst wissen, dass ich ein Mann bin, dem gewisse ästhetische Aspekte überaus wichtig sind. Jemand mit Euren überragenden Fähigkeiten, so versicherte mir jedenfalls der Abt, ist nicht leicht zu finden.«

Hohes Lob von einem hoch gestellten Gönner. Das hätte ihn eigentlich freuen sollen, was jedoch nicht der Fall war. Das Wageninnere mit seinen schweren Vorhängen kam ihm plötzlich beengend, fast wie ein Gefängnis vor. Der Bischof roch trotz seiner Jugend und seiner hermelinbesetzten Robe nicht besonders gut. Sein Körper strömte den Geruch nach Knoblauch und ranzigem Parfum aus.

»Ihr erweist mir eine große Ehre«, antwortete Finn vorsichtig. »Im Augenblick aber kann ich beim besten Willen keinen weiteren Auftrag annehmen. Der Abt hat mir sehr viel Arbeit mitgegeben, und er hat sich außerdem als großzügiger Mäzen erwiesen. Ich will ihn auf keine Fall enttäuschen.«

Er hatte seinen Satz noch nicht beendet, da wusste er schon, dass er das Falsche gesagt hatte.

Das Gesicht des Bischofs lief feuerrot an. »Ich seid also eher bereit, einen Bischof zu enttäuschen als einen Abt? Dabei ist Broomholm nicht einmal eine Abtei von besonderem Rang. Ich frage mich, wo Euer Ehrgeiz bleibt, Buchmaler, und Eure Weisheit.«

»Aber ich erteile Euch doch keine Absage, Euer Eminenz. Ich bitte Euch doch nur, das Ganze zu verschieben, bis ich so viel Zeit habe, dass ich dem Altaraufsatz auch gerecht werden kann.«

Despensers dünne Lippen spannten sich an. Auch das war offensichtlich die falsche Antwort gewesen. Finn hätte wissen müssen, dass der Bischof es nicht schätzte, nach dem Abt an zweiter Stelle zu stehen. War dies der Grund, weshalb Finn es gesagt hatte? Aus einem unbewussten Verlangen heraus, diesen Emporkömmling von einem Kirchenmann, der all das repräsentierte, was er an der Kirche hasste, zu brüskieren? Er versuchte es noch einmal.

»Ich fühle mich durch das Vertrauen eines so noblen und geachteten Mäzens wirklich sehr geschmeichelt, aber, und da wird mir Euer Eminenz gewiss Recht geben, mit meiner Arbeit für die Abtei diene ich doch demselben Herrgott, dem ich dienen würde, wenn ich Euren Auftrag ausführe. Aus persönlichem Gewinnstreben das eine über das andere zu stellen, das wäre ein Frevel an der Heiligen Jungfrau, der ich meine Kunst geweiht habe.«

»Eine fromme und wohlerwogene Antwort. Und eine überaus schlaue dazu.« Despensers Ton zeigte jedoch, dass er sich bei einem Künstler weder Frömmigkeit noch Schlauheit wünschte.

Finn versuchte weiter, die Wogen zu glätten. Er gab zu bedenken, dass er stets nur Miniaturen gemalt habe und ein Altaraufsatz durch seine Größe seine Fähigkeiten durchaus übersteigen könnte. »Wenn Ihr erlaubt, würde ich vorschlagen, dass Ihr Euren Altaraufsatz bei einem der flämischen Maler in Auftrag gebt. Damit wäre der Sache sicher besser gedient.«

Der Bischof hatte bei Finns Worten so nervös herumgezappelt, wie Finn dies jetzt auf dem harten Fußboden der überfüllten Gästestube tat.

»Nun, wenn Ihr Euch nicht in der Lage seht, einen Altaraufsatz zu malen, werde ich mich natürlich anderweitig umsehen müssen«, hatte der Bischof schließlich scharf bemerkt und dem Lakaien, der vor der Kutsche stand, einen ungeduldigen Wink gegeben. Die Tür öffnete sich abrupt, Finn stieg aus und fand sich in der abendlichen Kälte wieder. Er schaffte es gerade noch, einen Schritt zur Seite zu springen, als der Kutscher schon mit der Peitsche knallte und der Wagen sich mit einem Ruck wieder in Bewegung setzte.

Ich habe es verpfuscht. Und ich habe mir vielleicht sogar einen mächtigen Feind gemacht, dachte er. Im Augenblick jedoch machten ihm das Schnarchen und die geräuschvollen Blähungen des schlafenden menschlichen Strandguts um ihn herum weit mehr zu schaffen. Gib es auf, Finn. Du findest heute Nacht bestimmt keinen Schlaf mehr, sagte er sich. Also ging er noch vor Tagesanbruch hinaus, um den Stallknecht zu wecken und sich sein Pferd bringen zu lassen. Als sich am Horizont die ersten grauen Streifen Licht zeigten und ein trüber Wintermorgen zu dämmern begann, hatte er die Stadtmauern von Norwich bereits weit hinter sich gelassen und befand sich auf dem Weg nach Blackingham.

Finns frühmorgendlicher Ritt war bei weitem nicht so angenehm, wie er gestern zu werden versprochen hatte. Er spürte eine sorgenvolle Unruhe, so wie sie einen normalerweise am Ende eines Tages und nicht in der Morgendämmerung überfiel. Weder das Gewicht der Gold-Florins in dem Beutel um seinen Hals noch der Gedanke an die Geschenke in seinen Satteltaschen vermochten seine Stimmung zu verbessern. Seine Augen brannten, weil er nicht geschlafen hatte, und sein Rücken schmerzte. Er war einfach zu alt, um noch auf dem Fußboden zu übernachten. Vielleicht war er auch durch seine bequeme Unterkunft in Blackingham inzwischen einfach zu verwöhnt. Blackingham. Auch das bedrückte ihn. Er wusste sehr wohl um den Preis der Liebe.

Was würde letztlich der Preis für diese kurze Unterbrechung seiner Einsamkeit sein? Und kurz würde sie in der Tat sein müssen.

Wenn bekannt würde, dass er und Kathryn eine Beziehung hatten ... Aber seine Vergangenheit lag inzwischen weit hinter ihm. Wenn er seinen Auftrag beendet hatte, würde er weiterziehen. Nicht, weil er das wollte, sondern weil er gar keine andere Wahl hatte. Solange ihre Romanze geheim blieb, waren Kathryns Stellung und Ansehen nicht gefährdet. Dennoch sollte er sich zügeln, damit der Preis für dieses kurze Glück nicht so hoch wurde, dass er ihn nicht mehr begleichen konnte.

Als er eine kurze Pause machte, um sein Pferd an einem Teich im Sumpfland trinken zu lassen, schoben sich dicke Wolken vor die Sonne, und es wurde noch kühler. Vielleicht war es das Gewicht der Heiligen Schrift in seinen Satteltaschen, das seinen Optimismus so sehr dämpfte. Oder aber es war die Last des Geheimnisses, das er so tief in seinem Inneren vergraben hatte, dass er es manchmal sogar selbst vergaß. War es richtig, es ihr nicht zu sagen? Er war überzeugt davon, war doch ihre Unwissenheit ihr einziger Schutz.

Er versuchte, den Horizont ausfindig zu machen, was ihm aber nicht gelang. Der graue Himmel ging einfach in Sumpfland über. Himmel, Sumpf und Meer, alles verschwamm ineinander wie bei einem Bild, das von einem melancholischen Kind gemalt worden war, in dessen Malkasten sich nur die Farbe Grau befand. Die Landschaft hier war so flach, dass es den Anschein hatte, als könne man einfach über den Rand der Erdscheibe hinausspazieren – da war nicht ein einziger kleiner Hügel, nicht einmal eine Bodenwelle, die ihm vor dem Wind Schutz bot. Wie hatte er dieses flache Land, diesen beängstigend weiten Himmel nur schön finden können? Er hatte sich durch den langen Sommer mit seinem klaren goldenen Licht täuschen lassen. Jetzt aber spürte er, dass dieser Sommer endgültig vorbei war. Der kalte Nordwind, der ihm in den Rücken blies, sagte ihm das nur allzu deutlich.

Vor ihm tauchte Blackingham auf. Der Anblick der roten Ziegelfassade befreite ihn auf der Stelle von der düsteren Stimmung, die sich auf sein Gemüt gesenkt hatte. Aus dem Küchenschornstein stieg nur eine dünne Rauchfahne empor, die vor dem Hintergrund des grauen Himmels kaum auszumachen war. Für Finn aber war sie ein

Willkommensgruß. Er spornte sein Pferd an, um so schnell wie möglich zu Rose und Kathryn zu gelangen. Rose und Kathryn.

Der neue Morgen fand Colin auf dem kalten Boden der Kapelle liegend, wo er die ganze Nacht verbracht hatte. Er war sich dabei die ganze Zeit über qualvoll bewusst gewesen, dass vor dem Altar der in ein Leichentuch gewickelte Körper des Schäfers aufgebahrt war. Von dem Geruch verkohlten Fleisches war ihm entsetzlich übel geworden. Das helle Leichentuch aus Leinen reflektierte geisterhaft das Licht der einen Fackel, die noch in ihrem Halter brannte und über den Toten wachte, bis es Tag wurde und der Schäfer seine letzte Reise antreten würde. Colin hielt ebenfalls Wache. *Pater Noster, qui es in coelis, sanctificetur nomen tuum. Adveniat regnum tuum...* Wie oft hatte er in dieser Nacht das Vaterunser gesprochen? Sein Hals war vom vielen Beten völlig ausgetrocknet, seine Zunge geschwollen. *Libera nos a malo, libera nos a malo, libera nos a malo.* Erlöse uns von dem Bösen. Aber im Grunde seines Herzens fürchtete er, dass es dafür schon zu spät war. Es war alles seine Schuld. Warum nur hatte er das nicht früher erkannt? Der Teufel hatte sich Roses Schönheit bedient, um ihn zu einer Todsünde zu verleiten. Er hatte eine Jungfrau verführt, und jetzt befleckte das Blut des Schäfers seine Seele und auch die ihre.

Hatten sie die Lampe wirklich gelöscht? Er konnte sich einfach nicht mehr daran erinnern. Aber es spielte ohnehin keine Rolle mehr. Gott hatte durch das Feuer Recht gesprochen. Der Brand des Wollhauses war ihr Urteil. *Et dimitte nobis debita nostra*, murmelte er schluchzend in die kalte Stille der Kapelle hinein. Keine weiße Taube ließ sich in dem schmalen Fensterschlitz nieder, keine engelhafte Lichtvision versprach Erlösung, nur eine Ratte huschte über den Boden. Aber er hatte auch keine übernatürliche Erscheinung erwartet. So leicht würde ihm seine Sünde nicht vergeben werden. Es würde ein ganzes Leben voller Paternoster nötig sein, um seine Seele vor der ewigen Verdammnis zu retten. Und auch die Seele von Rose – Rose, die das, was sie getan hatten, als Erstes eine Sünde genannt hatte.

Hatte er denn nicht schon immer gewusst, dass er Gott gehörte? Aber er hatte sich seinem Ruf verweigert, und der Teufel, der sich mit solch einem kleinen Sieg nicht zufriedengab, hatte ihn in eine Falle gelockt. Jetzt klebte Blut an seinen Händen. Und an denen von Rose ebenfalls – die wunderschöne, unschuldige Rose, die er durch seine Lust so sehr besudelt hatte. Er würde den Rest seines Lebens damit verbringen, für ihre Rettung zu beten. Aber dieses Leben würde jetzt nicht mehr so verlaufen, wie er sich das vorgestellt hatte. In diesem Leben würde es keine Musik mehr geben. Es würde kein Chor harmonischer Stimmen erklingen. Kein Choralgesang würde sich zum Himmel erheben. Er würde in eine Abtei ohne Musik gehen, vielleicht zu den Franziskanern. Er würde ein Schweigegelübde ablegen und den Rest seines Lebens in ungebrochener Stille verbringen, im Gebet für Rose, die er beschmutzt hatte. Er würde ohne den Trost seiner Musik alt werden. Er würde Buße tun.

Seine Haut fühlte sich trotz der Kälte in der Kapelle glühend heiß an. Vielleicht würde er Fieber bekommen und sterben und dem allen so entfliehen können. Aber er durfte sich nicht wünschen, jetzt sterben zu können, da er sich nicht im Zustand der Gnade befand. Abgesehen davon war da ja auch noch Rose. Ihre Seele brauchte ihn.

Die Glocke im Hof schlug die Prim, rief die Gläubigen zum Morgengebet. Sie rief auch ihn. Mit seinem Schluchzen vor dem Altar, vor dem in letzter Zeit so wenig Andachten gehalten worden waren, erlangte er bestimmt keine Gnade. Der Raum erschien im ersten grauen Licht der Morgendämmerung noch geisterhafter als zuvor, aber das machte ihm keine Angst mehr. Er erhob sich wie ein alter Mann mühsam und mit steifen Gliedern. Er würde in Sack und Asche hinter dem Wagen hergehen, der Johns Leichnam zur Saint-Michael-Kirche brachte. Er würde den toten John mit seinen eigenen Händen vom Wagen herunterheben, ihn durch das Friedhofstor auf den geweihten Boden tragen, wo man ihn bestatten würde. Und dann? Er spürte, wie eine Last in ihm verrutschte, nicht von ihm abfiel, nur verrutschte, so dass er sie wenigstens etwas besser tragen konnte.

Dann würde er beim Priester in der Saint-Michael-Kirche die

Beichte ablegen, und danach würde sein Leben als Colin, jüngster Sohn der Herrin von Blackingham, beendet sein.

Sir Guy de Fontaigne stand ebenfalls schon im Morgengrauen auf. Er verspürte keinerlei Verlangen, noch länger Gast in Blackingham zu sein. Er hatte schlecht geschlafen, nachdem er eine kärgliche Portion kalten Taubeneintopf gegessen hatte, den ihm seine Gastgeberin unter vielen Entschuldigungen vorgesetzt hatte. Dann war es also der Mann der Köchin gewesen, der im Feuer gestorben war. Na und? Sie war eine Leibeigene. Ihre oberste Pflicht bestand darin, dem Haushalt ihrer Herrin zu dienen. Wenn er Herr von Blackingham gewesen wäre – eine Vorstellung, die dem Sheriff in zunehmendem Maße gefiel, vor allem, nachdem er erfahren hatte, dass Blackingham Lady Kathryns Mitgift und somit mit dem Tod ihres Ehemannes wieder in ihr Eigentum übergegangen war –, hätte er eine solche Nachlässigkeit niemals geduldet. Nicht, dass er der Frau die Trauer verweigert hätte. Selbst Bauern und Leibeigene hatten einen Anspruch darauf. Sie hätte auch mit ihren Tränen das Essen salzen können. Aber es hätte auf jeden Fall etwas zu essen gegeben. Und es hätte zur rechten Zeit auf dem Tisch gestanden. Die Pflicht war einem Menschen genau wie sein Platz im Leben von Gott bestimmt, sonst wäre Sir Guy bei seinem Ehrgeiz inzwischen bestimmt schon König. Das allerdings war ein unerreichbares Ziel, doch Herr von Blackingham Manor zu werden lag durchaus in seiner Reichweite.

Zuerst musste er Lady Kathryn jedoch umwerben. Im Augenblick allerdings, mit knurrendem Magen und in einem ungeheizten Zimmer stehend, war er dazu einfach nicht in der Stimmung. Er hatte auf ihre Bitte hin gestern noch den Priester geholt und versucht, ihren bedrückten Sohn etwas *abzulenken* – das war es jedenfalls, worum sie ihn gebeten hatte. Alfred, der andere Sohn, war schon wesentlich mehr nach dem Geschmack des Sheriffs. Roderick hatte Alfred öfter zum Jagen mitgenommen, ein aufgeweckter Bursche, immer gut gelaunt und manchmal auch zu Dummheiten aufgelegt. Colin, dieser blasse Junge mit dem seidigen Haar und dem hübschen Gesicht, war nur ein einziges Mal mit ihnen auf der Jagd gewesen und hatte beim Anblick eines verletzten Hirsches prompt zu weinen begonnen. Roderick hatte sich über ihn lustig gemacht und ihn nach Hause geschickt. »Er hat viel zu lange an der Brust seiner Mutter gehangen. Aus dem wird nie ein richtiger Mann werden.«

Nun, beim Leib des Herrn, er war wirklich eine armselige Begleitung gewesen. Genauso gut hätte er taub und stumm sein können, so wenig hatte er auf die Versuche des Sheriffs, ihn von dem, was geschehen war, abzulenken, reagiert. Sie waren schon nach einer Stunde mit dem Priester zurückgekommen, wo sie dann diese unangemessene Gastfreundschaft erwartet hatte. Und all das wegen eines toten Schäfers. Blackingham brauchte wirklich eine starke Hand, jemanden, der sich um dieses Gut kümmerte. Es reizte ihn sehr, diese Aufgabe zu übernehmen. Falls er Rodericks Witwe heiraten würde, würde er über ihre Mitgift bestimmen können. Die stolze Witwe war dabei nur die Dreingabe.

Er zog sich im ersten Licht der frostigen Morgendämmerung hastig an, fluchte kurz, weil sich in seinem Krug kein Wasser befand, und schnallte dann eilig sein Schwert und seinen Dolch um. Als er über den verlassenen Hof zu der großen Küche ging, rührte sich im gesamten Anwesen keine Menschenseele. Hoffnungsvoll betrat er die verräucherte Küche: Vielleicht wurde dort ja bereits eine fette Wurst gebraten. Aber auch hier war alles still. Er sah nur das Küchenmädchen, das vor dem heruntergebrannten Herdfeuer schlief.

Er schlug mit dem Dolch gegen ein paar der Töpfe, so dass es laut schepperte. Das Mädchen schrak auf wie ein Hund, dem man einen Tritt versetzt hat, und kauerte sich dann unwillkürlich zusammen, so als versuche sie, sich unsichtbar zu machen.

»Sag, Mädchen, wo ist deine Herrin?«

Das Mädchen sah ihn nur mit großen, verschlafenen Augen an.

»Herrgott, Mädchen. Bist du taub? Wo kriege ich hier ein Stück Brot?«

Jetzt sprang das Mädchen auf. Plötzlich war ihr Blick hellwach. Sie brummte irgendetwas Unverständliches und lief zu einem Schrank.

Sie kam mit einem halben, in ein muffiges Tuch eingewickelten Laib Brot zurück und bot es ihm an.

»Brot«, sagte sie. Sie legte den Laib auf den Tisch, der zwischen ihnen stand, und zog sich dann wieder in eine dunkle Ecke zurück.

»Sie bietet Euch aus ihrem eigenen Vorrat etwas zu essen an. Ich denke, es wäre unziemlich, dieses Geschenk abzulehnen.«

Sir Guy fuhr herum, als er hinter sich die Stimme eines Mannes hörte. Er hielt seinen Dolch griffbereit und ließ ihn auch dann nicht sinken, als er sich undeutlich daran erinnerte, den Mann, der grinsend vor ihm stand, schon einmal gesehen zu haben.

»Noch unziemlicher wäre es, verfaultes Brot zu essen, würde ich sagen.« Erst jetzt steckte er den Dolch wieder in seinen Gürtel, behielt die Hand aber weiterhin auf dem Heft. Ihm war wieder eingefallen, wo er den Mann gesehen hatte. »Ihr wart an jenem Abend hier, an dem man den Gesandten des Bischofs ermordet aufgefunden hat. Ihr seid aus der Abtei gekommen, irgendein Künstler.«

»Ich bin Illuminator. Mein Name ist Finn. Und Ihr seid der Sheriff. Ich erinnere mich noch gut an unsere Begegnung. Ihr habt Lady Kathryn sehr erschreckt, als Ihr ihr die Leiche des Priesters gezeigt habt.«

Sir Guys Rückgrat versteifte sich. Sein Daumen strich über die Schnitzereien am Heft seines Dolches. Für einen Kunsthandwerker hatte dieser Mann einen ziemlich arroganten Ton an sich. Das Verhalten dieses Burschen passte einfach nicht. Und wenn etwas nicht passte, machte ihn das misstrauisch. Er erinnerte sich jetzt auch vage an einen Wortwechsel zwischen ihnen beiden, irgendeine Meinungsverschiedenheit am Tisch, aber er konnte nicht mehr sagen, worum genau es dabei gegangen war. Das Einzige, woran er sich mit Gewissheit erinnerte, war die Tatsache, dass er diesen Kerl schon damals nicht ausstehen konnte. Und das war heute noch genauso. »Und ich erinnere mich daran, das Ihr hier als Mieter wohnt, nicht als Mitglied des Hauses, deshalb geht es Euch wohl kaum etwas an, ob Lady Kathryn erschrocken war oder nicht.«

Der Eindringling schien seine Worte jedoch völlig zu ignorieren. Stattdessen sah er sich in der Küche um, in der sich nur noch sie beide befanden. Das Küchenmädchen war davongelaufen und hatte ihre beleidigende Gabe auf dem Tisch liegen lassen.

»Wo ist Agnes?« Finn sog schnuppernd die Luft ein. »Um diese Zeit backt sie normalerweise immer Brot.«

Die Tatsache, dass der Illuminator so vertraut in Blackingham war, dass er nicht nur den Namen der Köchin kannte, sondern ihn auch so aussprach, als seien sie beide alte Freunde, irritierte Sir Guy noch mehr.

»*Agnes* ist auf dem Begräbnis ihres Mannes. Und deshalb müssen wir hier heute auch alle fasten.« Ein Ausdruck echten Entsetzens erschien auf dem Gesicht des Buchmalers. Nun, in diesem Punkt zumindest waren sie sich offensichtlich einig. Finns nächste Worte machten jedoch deutlich, dass sein Entsetzen nicht dem schlecht geführten Haushalt galt.

»John? Tot? Aber wie...«

Plötzlich war von der Tür her ein Geräusch zu hören, ein kalter Windstoß, das Rascheln von Röcken. Ein schwarzhaariges Mädchen rannte auf Finn zu und warf ihre Arme um seinen Hals. Sir Guy, den diese liebevolle Begrüßung zunächst verblüffte, kramte in seinem Gedächtnis. Ach ja, das musste die Tochter sein. Aber so vertraut. Da war nichts von der Höflichkeit und dem Respekt, den er von einer Tochter verlangen würde. Diesem törichten Mädchen hätte er schon gezeigt, wo sein Platz war.

»Vater, es war so schrecklich. Und du warst nicht da. Ich konnte es fast nicht ertragen.«

Der Sheriff sah, wie Finn die Arme seiner Tochter sanft von seinem Nacken löste und ihr mit seinem farbverschmierten Zeigefinger eine Träne von der Wange wischte.

Seltsam, ihm war damals gar nicht aufgefallen, wie exotisch das Mädchen aussah. Ihr Teint war viel dunkler als der ihres Vaters. Wahrscheinlich war sie das uneheliche Kind irgendeiner dunkelhäutigen Schlampe.

»Pst, Rose, beruhige dich, und dann erzähl mir, was passiert ist.«

Das Mädchen sah sich in der Küche um. Offensichtlich bemerkte sie erst jetzt, dass sie nicht allein waren.

»Das Wollhaus, Vater. Es ist abgebrannt. Und John war drin.« Ihre Stimme war kaum mehr als ein Flüstern.

Der Buchmaler sah schockiert aus. Welche Verbindung hatte zwischen dem Schäfer und ihm bestanden, fragte sich Sir Guy.

»Armer John.« Finn schüttelte den Kopf. Er schien ehrlich bekümmert. »Arme Agnes«, murmelte er, und dann: »Das ist wirklich eine schlimme Sache.«

Die Verwirrung des Sheriffs wurde mit jeder Minute größer.

»Für Lady Kathryn war es ebenfalls ein großer Verlust, Vater. Sie hat fest mit dem Gewinn aus der Wolle gerechnet.«

Nun, das war der erste Satz, der Sinn ergab.

Das Mädchen fuhr fort: »Sie hat zwar nicht viel gesagt, aber ich weiß, dass sie außer sich war. Ich glaube, sie wäre sehr froh darüber gewesen, wenn du hier gewesen wärst.«

Sie wäre sehr froh darüber gewesen, wenn du hier gewesen wärst! Sie? Lady Kathryn? Winzige Körnchen der Unsicherheit und des Ärgers kratzten an der glatten Oberfläche der Pläne, die der Sheriff geschmiedet hatte.

»Ich werde sofort zu ihr gehen. Trockne deine Tränen. Was machst du hier überhaupt so früh am Morgen?«

»Ich bin gekommen, um etwas zu essen zu machen. Wenn Lady Kathryn, Colin und Agnes von der Beerdigung zurückkommen, werden sie sicher sehr hungrig sein.«

Agnes? Dieses Mädchen, das Gast eines adeligen Hauses war, wollte die Köchin bedienen? War denn die von Gott gegebene Ordnung der Dinge plötzlich auf den Kopf gestellt?

»Ich kann mich wirklich nützlich machen«, sagte sie stolz. »Ich habe Lady Kathryn gestern Abend geholfen, einen Taubeneintopf zu kochen.«

Dem Sheriff knurrte angesichts dieser Erinnerung der Magen.

»Dann werde ich dir jetzt helfen«, sagte der Vater. »Es wird wie in alten Zeiten sein. Lady Kathryn, Colin und Agnes werden, wenn sie zurückkommen, eine angenehm warme Küche und eine heiße Mahlzeit vorfinden.«

Der Sheriff machte auf dem Absatz kehrt und verließ leise fluchend die Küche. Er war sich durchaus darüber bewusst, dass Finn und Rose, die schon damit beschäftigt waren, das Feuer anzuschüren, keine Notiz mehr von ihm nahmen.

Als der Sheriff allein vor einem Stück Brot und etwas Käse in der Beggar's Daughter, einer Schänke in Aylsham, saß, in der er (und jeder, der in seiner Begleitung war) regelmäßig gratis essen durfte, kaute er nicht nur auf dem Brot, sondern auch noch auf etwas anderem herum.

Ich werde sofort zu ihr gehen, hatte der Buchmaler gesagt, und das auf eine ganz selbstverständliche Art. So als würde diesen Finn irgendetwas mit Lady Kathryn verbinden, Freundschaft vielleicht. Sir Guy kaute und schluckte. Eine solche Freundschaft konnte für ihn möglicherweise zu einem Problem werden. Wenn Lady Kathryn nämlich bereits einen Beschützer hatte, dann war sie bei weitem nicht so verletzlich, wie sie für seinen Plan sein musste. Aber vielleicht verband die beiden ja sogar mehr als nur eine Freundschaft, vielleicht waren sie sogar ein Paar. Nein, diese Vorstellung war einfach absurd. Eine Frau von Adel und ein Kunsthandwerker. Abgesehen davon wäre das Unzucht. Auch wenn Lady Kathryn, so wie Roderick behauptet hatte, nicht übermäßig fromm war, so war sie doch eine kluge Frau. Und wenn man Roderick Glauben schenken konnte, dann war sie auch eine völlig leidenschaftslose Frau. Nein. Es war weitaus wahrscheinlicher, dass der Buchmaler ihr gegenüber die Rolle des Freundes und des Ratgebers übernommen hatte. Dennoch, es war ihm offensichtlich gelungen, sich bei ihr einzuschmeicheln, und wer konnte schon sagen, was sich daraus noch entwickeln würde. Eines war jedenfalls klar: Freund oder Geliebter, der Buchmaler war ein Hindernis, das aus dem Weg geräumt werden musste. Aber immer eins nach dem anderen.

Zuerst musste er die Angelegenheit mit dem toten Priester regeln. Der Mord war jetzt schon drei Monate her. Der Bischof hatte anfänglich noch andere Dinge im Kopf gehabt. Er war damit beschäftigt gewesen, die Ruine der alten angelsächsischen Kathedrale in

North Elmham in ein Herrenhaus und Jagdschloss zu verwandeln. Jetzt aber, da der Erzbischof langsam ungeduldig wurde, verlangte der Bischof von ihm, dass endlich etwas geschah. Und so war die Angelegenheit schließlich zum persönlichen Problem des Sheriffs geworden. Sir Guy kippte den letzten Schluck Ale hinunter, kniff das Schankmädchen, das ihn bediente, in den Hintern und ritt dann, ohne dem Wirt auch nur zum Dank zuzunicken, davon. Er wollte sich den Schauplatz des Verbrechens noch einmal genauer ansehen.

Der Bure war nur einer der vielen kleinen Flüsse, die sich aus den Torfmooren von East Anglia speisten. Der flache, träge Bure, der auf seinem gewundenen Weg zum Meer oft über seine schmalen Ufer trat, schlängelte sich nördlich und östlich von Aylsham dahin und war die natürliche Grenze der südlichen Weiden von Blackingham, auf denen schwarzgesichtige Schafe friedlich grasten. Wo der Fluss und die Hauptstraße, die nach Aylsham und dann weiter nach Norwich führte, sich kreuzten, befand sich eine Furt. Und genau dort hatte man die Leiche des Priesters gefunden, am flachen Ufer des Flusses, mitten im Schilf – auf dem Grund und Boden von Blackingham. Der Priester musste auf dem Weg dorthin gewesen sein – nicht auf dem Rückweg von dort, da Lady Kathryn ihn, ihrer Aussage nach, schon länger nicht gesehen hatte –, oder aber er wollte noch weiter nach Norden, zur Abtei Broomholm vielleicht. Dies also war die Gegend, die Sir Guy an diesem trüben Tag noch einmal aufsuchte, auch wenn er sich selbst noch nicht im Klaren darüber war, was genau er eigentlich zu finden hoffte. Da es sich hier um Sumpfland handelte, war höchstwahrscheinlich schon längst jeder Hinweis auf das Verbrechen verschwunden. Die Spur war also kalt, aber nichtsdestotrotz konnte er vielleicht doch noch irgendetwas finden. Seine Männer hatten die Gegend bereits wenige Tage nach der Tat durchkämmt und nichts entdeckt. Da der Bischof jetzt aber wieder Druck auf ihn ausübte, schien es ihm angebracht, sich noch einmal höchstpersönlich zu vergewissern.

Sein Pferd suchte sich mühsam seinen Weg am sumpfigen Ufer entlang, scheuchte dabei eine Brandente auf, die zwischen dem Schilf nach Nahrung suchte. Dem Sheriff fiel trotz seiner scharfen Augen nichts Ungewöhnliches auf. Er war sich bewusst, dass jeder Hinweis auf die blutige Gewalttat längst verschwunden war. Da war lediglich eine gemähte Stelle, wo die Schnitter Schilf geerntet hatten. Sie hatten dabei eine Garbe übersehen, die halb versteckt zwischen höheren Halmen am Boden lag. Wenn Sir Guy eines war, dann gründlich. Da er aber nicht absitzen wollte, spießte er das Schilfbündel mit seinem Schwert auf, um es hochzuheben. Die Brandente, die sich schon wieder gestört fühlte, schnatterte laut, schlug dann empört mit den Flügeln und erhob sich schließlich in die Luft.

Der Sheriff, der unter der Schilfgarbe nichts gefunden hatte, ließ sie wieder fallen, dann begann er, mit seinem Schwert zwischen den hohen Halmen herumzustochern. Auch dort fand er nichts, aber er hatte auch nichts anderes vermutet. Er wendete sein Pferd scharf nach rechts, dabei trat es auf die Schilfgarbe, und ein kleines viereckiges braunes Päckchen fiel heraus. Wahrscheinlich ein Stück Sackleinen, in das die Schnitter ihr Mittagessen eingewickelt hatten. Dennoch verdiente es eine genauere Untersuchung.

Seine Neugier war jetzt groß genug, um abzusteigen. Er hob den aus der Schilfgarbe herausgefallenen Gegenstand auf, der erstaunlich trocken war. Anscheinend hatte ihn die dicke Schilfgarbe vor der Nässe geschützt. Er musste zwischen die Halme gefallen sein und war dann wohl in die Garbe mit hineingebunden worden, nachdem das Schilf geschnitten worden war. Bei näherer Betrachtung stellte sich heraus, dass es sich um eine kleine, in Leder gebundene Schiefertafel handelte, an der eine Schnur mit einem Stück Kreide hing. Sein Atem beschleunigte sich, als er das Siegel der Kirche sah, das in die Lederhülle eingeprägt war. Ohne die Nässe zu beachten, die durch seine feinen Lederstiefel drang, untersuchte der Sheriff die Kritzeleien auf der Tafel mit höchstem Interesse. Sein Latein reichte für eine bruchstückhafte Übersetzung aus.

»2 Gold-Florins«, las er, gefolgt von etwas, das wie die Initialen »P. G.« aussah. Dann, kaum noch zu entziffern: »Für die Seele ihrer Mutter.«

»1 versilberter Pokal«, dann folgten die Initialen »R. S., für die Seele seiner verstorbenen Frau.«

»2 Pence, Jim der Kerzenmacher für die Sünde der Habgier.«

Diese drei waren durch eine Klammer, hinter der das Wort »Aylsham« stand, verbunden. Dem Sheriff wurde erst jetzt bewusst, was er da gerade gefunden hatte. Dies war ganz offensichtlich die Liste der Dinge, die der Priester bei seinem letzten Botengang für die Kirche erhalten hatte. Es war sogar das Datum vermerkt: »22. Juli, Mariamagdalenenfest.«

Aber da war noch etwas. Ein weiterer Eintrag. Der letzte. »1 Perlenkette. L. K. für die Sünden von Sir Roderick.« Daneben stand »Blackingham.«

Lady Kathryn hatte gesagt, der Priester sei an dem Tag nicht in Blackingham gewesen. Hier aber stand es, in der Handschrift des Toten. Lady Kathryn hatte also gelogen.

Der Morgen war bereits ziemlich fortgeschritten, als Alfred mit Lady Kathryns Zelter, einem auf Passgang abgerichteten Pferd, in Richtung der Saint-Michael-Kirche galoppierte. Er war wieder auf der Suche nach seiner Mutter, die er an diesem Morgen schon einmal gesucht hatte. Er hatte bei ihr etwas gutzumachen. Glynis hatte ihm gesagt, dass seine Mutter und sein Bruder zum Begräbnis des Schäfers gegangen waren. Wahrscheinlich würde sie wieder böse auf ihn sein, weil er ohne ihre Erlaubnis ihren Zelter genommen hatte, dabei hätte ihm sogar ein eigenes Pferd zugestanden. Sein Vater hatte seinen Söhnen jedenfalls versprochen, ihnen an dem Tag, wenn sie volljährig wurden, zwei prächtige Hengste zu schenken. Seine Mutter hatte ihnen jedoch gesagt, dass sie dafür im Moment kein Geld hätte, und sie auf später vertröstet. Colin hatte dafür natürlich Verständnis gehabt. Aber was brauchte eine Memme wie er auch ein Pferd? Jetzt war er, wie sonst auch immer, natürlich bei seiner Mutter und versuchte, sich lieb Kind bei ihr zu machen. Alfred hätte sie ebenfalls begleiten sollen, weil sie das sicher gefreut hätte. Und im Moment lag ihm sehr daran, sie zu erfreuen.

Er fröstelte in seinem Leinenrock und wünschte sich, er hätte etwas Wärmeres angezogen. Die Luft, in der der Rauch der Küchenfeuer von Aylsham hing, war feucht. Der Geruch verbrannten Fetts erinnerte ihn daran, dass er noch nichts gegessen hatte. Er sah direkt vor sich den geduckten, kleinen Kirchturm von Saint Michael. Was für ein entsetzlicher Tod. Er wäre nur allzu gern dabei gewesen, als man die Leiche des Schäfers aus den Trümmern gezogen hatte. Waren die Augäpfel geschmolzen? Hatte sich die Haut abgeschält? Er hätte ein Krone darauf gewettet, dass er Manns genug gewesen wäre, selbst eine verbrannte Leiche anzusehen, ohne sich übergeben zu müssen. Falls Colin dabei gewesen war, so war er sicher ganz grün im Gesicht geworden und hatte kotzen müssen. Er war so ein Weichling. Sicher hatte er auch noch nie ein Mädchen gehabt.

Simpson hatte gesagt, John sei betrunken gewesen und hätte wahrscheinlich das Wollhaus durch seine Unachtsamkeit in Brand gesteckt. Alfred bezweifelte das allerdings. Er hatte in der Zeit, die er bei dem Verwalter verbracht hatte, genug über ihn erfahren, um zu wissen, dass seine Mutter Recht hatte: Man durfte ihm nicht trauen. Es stimmte zwar, dass John dem Ale nicht abgeneigt war, aber er war alles andere als verantwortungslos. Er hätte niemals am helllichten Tag getrunken. Nein, Simpson wollte aus irgendeinem eigennützigen Grund, oder vielleicht auch nur aus reiner Bosheit, dass alle glaubten, John wäre für den Brand des Wollhauses verantwortlich.

Alfred wollte jedoch nicht nur über Simpsons Anschuldigungen mit seiner Mutter sprechen. Er hatte etwas bei sich, das ihr gehörte, etwas, das er im Haus des Verwalters gefunden hatte. Gestern war er wütend davongestürmt, weil sie darauf bestanden hatte, dass er noch länger bei Simpson blieb. Er war es inzwischen leid, den Spion zu spielen. Simpson nahm ihn inzwischen auch nicht mehr ernst und hatte Möglichkeiten gefunden, ihn mit niedrigen Arbeiten einzudecken. Es war schwierig, den Ritter zu spielen, wenn man bis zum Hintern in Schafdung stand. Also war Alfred gestern, nachdem ihn seine Mutter zusammengestaucht hatte, zuerst nach Aylsham geritten, um im White Hart seine Wut in ein paar Bier zu ertränken und dabei sein arg ramponiertes Selbstbewusstsein wieder etwas aufzurichten. Dann war er zu Simpsons Haus geritten, um ein paar Dinge mit ihm zu regeln. Wenn er schon die zwei Wochen bis zu seinem

Geburtstag noch bei ihm bleiben musste, dann musste sich etwas ändern.

Da niemand im Haus war, hatte er die Gelegenheit beim Schopf gepackt und es gründlich durchsucht. Bislang war die Tür zu Simpsons Zimmer immer verschlossen gewesen. Alfred hatte in dem Zimmer zwar keinen Beweis dafür gefunden, dass Simpson sich der Untreue schuldig machte, dafür aber hatte er etwas anderes entdeckt, etwas, das seiner Mutter endlich die Möglichkeit gab, gegen Simpson vorzugehen. Die Drohung, dass man ihn des Diebstahls anklagen würde, würde ihn bestimmt gefügig machen. Alfred war also auf dem Weg zu seiner Mutter, um ihr den Beweis zu bringen – eine Art Versöhnungsgeschenk, aber auch eine Art von Bestechung. Er hatte einen Entschluss gefasst. Er war der älteste Sohn von Sir Roderick von Blackingham, und er würde keinen einzigen Tag länger als Lakai verbringen.

Falls ihn seine Mutter jedoch noch immer nicht nach Hause lassen wollte, so hatte er sich einen anderen Plan zurechtgelegt. Das Wikingerblut, das in seinen Adern floss, ein Erbe seines Vaters, verlangte nach Taten. Und er wusste auch schon, wie er dieses Verlangen stillen konnte. Er hatte im White Hart ein paar jungen Burschen zugehört. Diese hatten über den allzu ehrgeizigen Bischof geschimpft, der gerade eine Armee aufstellte, um den italienischen Papst wieder in sein Amt einzusetzen. Und deshalb brauchte der Bischof jetzt mehr als nur Gold. Er brauchte tapfere englische Soldaten. Englische Soldaten aus adeligem Hause. Die Sache war nur die, dass Alfred in diesem Fall unbedingt ein eigenes Pferd benötigte, und dies war ein weiterer Grund, weshalb ihm so viel daran lag, seine Mutter milde zu stimmen. Als er im Frühling die Rüstung seines Vaters anprobiert hatte, hatte sie ihm schon fast gepasst. Der Helm und die Beinbekleidung hatten gut gesessen, der Kettenpanzer war um die Brust herum allerdings noch etwas weit und die Halsberge ein wenig zu groß gewesen. Er war sich jedoch sicher, dass er im Sommer etwas zugenommen hatte. Er würde die Rüstung also in den nächsten Tagen noch einmal anlegen.

Er spornte den widerwilligen Zelter an, vergaß die Kälte und Feuchtigkeit. In seiner Fantasie schien die Sonne von einem wolkenlosen Himmel, und er spürte, wie der Wind mit seinen Haaren spielte. Wilde Träume von Schlachtenruhm beflügelten seine Vorstellung. Er sah flatternde Seidenbanner und hörte die Trompeten der Herolde. Und mitten drin er selbst. Er ritt triumphierend in den französischen Hof ein, während sich alle Damen hinter ihren Fächern aufgeregt über den tapferen jungen Mann aus England unterhielten, dessen Rüstung in der Sonne glänzte und natürlich weder von Schmutzflecken noch Blutspritzern verunziert wurde. Vielleicht würde man ihm sogar einmal den Hosenbandorden verleihen, eine Ehre, die seinem armen Vater versagt geblieben war.

Er brachte den Zelter in einiger Entfernung vom Friedhofstor zum Stehen. Die Beerdigung war schon vorbei. Nur die alte Köchin stand noch weinend an dem frischen Grab. Von seiner Mutter und Colin war nichts zu sehen.

Einen kurzen Augenblick lang überlegte Alfred, ob er absitzen und der Köchin sein Beileid aussprechen sollte. Aber er wusste einfach nicht, was er zu einer Leibeigenen hätte sagen sollen.

11. KAPITEL

*Dirige, Domine, Deus meus, in conspectu tuo
viam meam.
Lenke, oh Herr, mein Gott, meine Wege
vor deinem Angesicht.*

DAS DIRIGE AUS DEM SEELENAMT

Lady Kathryn stand allein auf dem Friedhof von Saint Michael. Die Hand voll Kleinbauern und deren Familien, die dem Begräbnis beigewohnt hatten, nickten ihr scheu zu, als sie sich auf den Nachhauseweg machten.

»Einen guten Tag noch, Mylady.«

»Es war sehr gütig und freundlich von Euch, zum Begräbnis des Schäfers zu kommen, Mylady.«

Gütig und freundlich? Oder einfach nur unglaublich dumm? Als sie gesehen hatte, wie sich die Leute voller aufrichtiger Anteilnahme um Agnes geschart hatten, wie sie ihr das Beileid ausgesprochen hatten, da hatte sie – ja, sie konnte es ruhig zugeben – sogar so etwas wie Neid empfunden. Unter den Leibeigenen und Pächtern von Blackingham herrschte offenbar ein starkes Gemeinschaftsgefühl, etwas, was ihr bis zu diesem Zeitpunkt gar nicht aufgefallen war. Aber wie hätte es ihr auch auffallen sollen? Schließlich hatte sie bisher nie direkt mit ihnen zu tun gehabt. Zuerst hatten die Menschen ihrem Vater unterstanden und dann ihrem Ehemann. Und keiner von beiden war für seine Großzügigkeit bekannt gewesen. Und jetzt war es Simpson, der ihnen gnadenlos zusetzte, wenn sie ihre Pacht zu spät zahlten, der ihnen ihr Vieh von der Weide holte und der ihnen ihre kräftigsten Söhne wegnahm, um sie für sich als Arbeiter einzusetzen, wenn sie nicht zahlen konnten. Da sie als Gutsherrin jedoch zunächst durch Roderick und jetzt durch Simpson vertreten wurde, konnte sie sich nur fragen, in welch schlechtem Licht sie ihnen erscheinen musste. Sie bemerkte, dass sie immer wieder verstohlen und unsicher beobachtet wurde.

»Es ziemt sich nicht, das Abendmahl zusammen mit der Herrschaft einzunehmen«, hörte sie einen von ihnen flüstern.

Sein Gesicht kam ihr irgendwie bekannt vor, aber sie hatte nicht die geringste Ahnung, wie er hieß. Auch sonst kannte sie hier niemanden mit Namen. Sie sah sich nach Simpson um. Er war jedoch nicht gekommen. Das ärgerte sie, denn es wäre seine Pflicht gewesen, dem Schäfer die letzte Ehre zu erweisen. Außerdem gehörte es zu seinen Aufgaben, als Verbindung zwischen ihr und den Kleinbauern zu fungieren. Sie tat so, als würde sie die geflüsterten Bemerkungen nicht hören und nicht bemerken, wie unbehaglich sich diese Leute in ihrer Gegenwart fühlten. Dabei kam sie sich jedoch so aufdringlich vor wie eines der Wasserspeierungeheuer, das sich mit den Seraphim zusammentut.

Sie bezahlte die Mönche, die das Seelenamt rezitiert hatten, blieb dann aber noch lange auf dem Friedhof. Der letzte Psalm war verklungen, das letzte *misere nobis* gesprochen. Man hatte die in ein Leichentuch eingenähte Leiche aus dem Prozessionssarg genommen und längst in ihr Grab gebettet, über das man dann einen Hügel aus Torf aufgehäuft hatte. Alle anderen waren bereits gegangen, aber Kathryn blieb, weil sie Agnes nicht auf dem Friedhof allein lassen wollte. Agnes kniete neben dem Grab, das wie eine grobe, hässliche Narbe in der Erde aussah. Kathryn wartete unter dem moosbewachsenen Dach des Friedhofseingangs und hielt dabei nach ihren Söhnen Ausschau. Sie hatte nach Alfred geschickt, aber er war nicht gekommen. Und Colin hatte das Begräbnis einfach verlassen. Er hatte zwar darauf bestanden, im Trauerzug hinter dem zweirädrigen Karren mit dem Leichnam herzugehen, aber vor oder während der Messe hatte er sich unbemerkt davongestohlen. Das überraschte sie, wusste sie doch, dass Colin Gottesdienste über alles liebte.

Kathryn setzte sich auf die Bank, wo der kleine Trauerzug vor weniger als einer Stunde Halt gemacht hatte, um auf den Priester zu warten. Eine Trauertaube rief klagend nach ihrem Partner. Kathryn fröstelte. Sie hätte ihren Mantel anziehen sollen. Agnes, die noch immer neben dem frischen Erdhaufen auf dem Boden kniete, schien die Kälte jedoch nicht zu spüren. Aber schließlich wusste jeder, dass Bauern wesentlich robuster waren als Adelige. Wie fühlte es sich wohl an, einen Ehemann, den man wirklich liebte, zu verlieren? Sie selbst hatte damals nicht lange an Rodericks Grab gestanden, aus Angst davor, jemand könnte bemerken, dass der Ausdruck in ihrem Gesicht nicht Kummer oder Trauer, sondern Erleichterung zeigte.

Der Wind hatte inzwischen nach Norden gedreht und blies raschelndes Laub über den Rasen. Hatte Agnes noch nicht genug getrauert? Plötzlich musste Kathryn an Finn denken. Er war nicht ihr Ehemann – und er würde es auch niemals werden, da der König verboten hatte, dass eine Adelige einen Bürgerlichen heiratete –, und dennoch: Es würde ihr unglaublich schwerfallen, ihn auf einem einsamen Friedhof zurückzulassen, umgeben nur von schwarzen Eiben, die dort einsam Wache hielten. Sie wickelte ihr Schultertuch fester um sich und blies sich in die Hände, um sie zu wärmen.

Als sie die Kälte nicht mehr länger aushielt, ging sie vorsichtig zu Agnes hinüber, legte ihr behutsam die Arme auf die Schultern und versuchte, sie zum Aufstehen zu bewegen, genau so, wie sie es schon am Tag des Brandes getan hatte.

»Komm, Agnes. Wir haben für John alles getan, was wir tun konnten. Ich verspreche dir, dass ich für seine Seele noch ein paar Messen lesen lasse. Jetzt aber ist es Zeit zu gehen. Du brauchst etwas Warmes zu essen.«

»Geht Ihr nur schon vor, Mylady. Wenn es Euch recht ist, dann bleibe ich noch ein Weilchen bei meinem John. Sobald ich zurück bin, werde ich mich um Euch, den jungen Master Colin und die Tochter des Buchmalers kümmern.«

Kathryn blieb nichts anderes übrig, als Agnes auf dem Friedhof zurückzulassen und die zwei Meilen allein nach Hause zu gehen. Sie war entschlossen, dass sie sich selbst um alles kümmern würde. Dieses eine Mal würde sie ihre eigenen Bedürfnisse hintanstellen und diese Frau, die sie durch ihre Loyalität beschämte, in Ruhe trauern lassen. Wenigstens blieb es ihr erspart, den Sheriff bewirten zu müssen. Kathryn hatte gesehen, wie Sir Guy kurz nach Tagesanbruch davongeritten war. Gewiss war er sehr gekränkt gewesen, weil er in Blackingham nicht die Gastfreundschaft erhalten hatte, die er sich erwartete. Ihr war durchaus nicht entgangen, dass er angesichts des Abendessens, das sie und Rose zubereitet hatten, verächtlich die Nase gerümpft hatte. Er würde sicher keine Zeit verlieren und diese Tatsache überall herumerzählen. Jetzt musste sie irgendetwas für Colin, Rose und sich selbst zubereiten. Hatten die Lakaien daran gedacht, in Abwesenheit der Köchin den großen Herd in der Küche anzuheizen? Wahrscheinlich nicht. Nun, dann musste sie eben mit einem kalten Herd vorliebnehmen. Wie mühsam das alles war. Sie sehnte sich nach ihrem angenehm warmen Gemach.

Als sie sich dem Haus näherte – warum hatte sie nur keine festeren Schuhe angezogen, der Weg war uneben, und sie spürte die harten Erdklumpen schmerzhaft durch ihre Sohlen –, sah sie Rauch aus dem doppelten Schornstein aufsteigen. Gott sei Dank, wenigstens diese Arbeit blieb ihr erspart.

Sie ging über den Hof und hörte eine vertraute Männerstimme, bei deren Klang sie ihre Müdigkeit und ihre wunden Füße auf einen Schlag vergaß. Sie raffte ihr Röcke und rannte in die Küche. Dort sah sie Rose und Finn, der gerade ein paar Eier aufschlug, um sie auf einem rauchenden Backblech zu braten.

»Ihr seid wieder da«, sagte sie und kam sich dabei ziemlich dumm vor, denn sie wäre am liebsten zu ihm gerannt und hätte ihre Arme um seinen Hals geworfen, wusste aber, dass dies völlig unmöglich war – jedenfalls solange Rose im Raum war.

»Mein Beileid, Mylady. Rose hat mir von dem Brand erzählt«, sagte er. Sie las noch etwas anderes in seinem Gesicht, eine geheime

Sprache, die Liebende jedoch mit ihren Augen und nicht mit ihrem Mund sprechen.

Plötzlich verspürte sie einen Bärenhunger.

»Habt Ihr genügend Eier, dass ich mit Euch essen kann?«

Er lachte sein raues Lachen. »Wir haben sie nur für Euch zubereitet. Allerdings würden wir uns sehr geehrt fühlen, wenn Ihr uns gestatten würdet, mit Euch zu essen.«

Mitten während ihrer Mahlzeit aus Brot, Käse und Eiern – wann hatte ihr eine so schlichte Kost je so gut geschmeckt, sie konnte sich nicht daran erinnern – wurde Rose plötzlich grün im Gesicht. Sie stürzte nach draußen, um sich zu übergeben. Finn rannte ihr hinterher. Er hielt ihren Kopf, während sie sich erbrach, und wischte ihr dann mit seinem Batisttaschentuch gelb gesprenkelten Speichel von den Lippen.

»Ich glaube, ich sollte mich hinlegen, Vater. Ich fühle mich nicht gut«, sagte sie, als sich ihr Magen der Eier entledigt hatte.

Lady Kathryn legte Rose die Hand auf die Stirn. »Fieber hat sie nicht. Wahrscheinlich ist das einfach nur eine Reaktion auf die schlimmen Ereignisse, die hier in Eurer Abwesenheit geschehen sind. Sie war übrigens sehr tapfer und hat mir sehr geholfen. Sie hat sich verhalten wie eine wahre Tochter Blackinghams.«

Angesichts dieses großen Lobes lächelte Rose matt, aber sie hatte immer noch diese ungesunde, grüne Gesichtsfarbe.

»Geht doch mit ihr nach oben, und bringt sie ins Bett. Ich werde ihr den Tee machen, den ich auch meinem Vater immer gemacht habe, wenn er Gallenbeschwerden hatte.«

Finn ging mit seiner Tochter hinaus und sah dabei aus wie eine Glucke, die ihr Küken hütet. Kathryn versuchte inzwischen, ihr Versprechen zu erfüllen. Nachdem sie sich in der Küche kurz umgesehen hatte – langsam wurde sie mit diesen Räumlichkeiten vertrauter, als sich das für eine Dame schickte –, fand sie einen Mörser, in dem sie Anis-, Fenchel- und Kümmelsamen zu einem feinen Pulver zerstieß. Als sie den Tee nach oben brachte, lag Rose bereits im Bett. Ihr Vater hatte sie bis unters Kinn zugedeckt und den schweren Gobelin vors Fenster gezogen, damit es im Zimmer etwas dunkler war.

»Mir geht es schon viel besser. Ich denke, ich kann wieder aufstehen. Außerdem muss ich Colin helfen, die Farben anzumischen. Du wirst sie brauchen, wenn du weiterarbeiten willst, Vater.«

»Colin ruht sich wohl gerade auch ein wenig aus.« Kathryn hielt dem Mädchen den würzig duftenden Tee an die Lippen. »Ich habe ihn seit dem Begräbnis nicht mehr gesehen. Das Ganze war für uns alle eine schlimme Tortur. Ich habe Glynis gesagt, dass sie ihm etwas zu essen auf sein Zimmer bringen soll, und ich habe Brot, Käse und ein Glas Wein für Agnes in der Küche bereitgestellt.« Sie warf Finn einen kurzen Blick zu, versuchte, ihm mit den Augen etwas zu sagen. »Ich denke, ich werde mir jetzt auch ein wenig Ruhe gönnen.« Finn war jedoch zu sehr von Rose in Anspruch genommen, um ihre Einladung zu verstehen, falls es überhaupt eine Einladung war. Sie war sich da selbst nicht mehr so sicher. Erschöpft, wie sie war, würde sie wahrscheinlich sofort einschlafen. Rose trank ihren Tee, und als dem Mädchen langsam die Augen zufielen, schlich sich Kathryn auf Zehenspitzen aus dem Zimmer. Finn saß an Roses Bett und merkte nicht einmal, dass sie ging.

Im Kamin in ihrem Zimmer brannte ein schwaches Feuer. Kathryn stocherte gerade darin herum, um es wieder zum Leben zu erwecken, als es an ihrer Tür klopfte. Vermutlich war das Alfred, der kam, um sich zu entschuldigen, so wie er das sonst auch immer tat. Würde sie nun auch für ihn noch etwas zu essen bereiten müssen, oder hatte ihm Simpsons Wirtschafterin ein Frühstück gemacht? Es war jedoch wahrscheinlich, dass er in einer der freundlichen Schänken in Aylsham ein flüssiges Frühstück zu sich genommen hatte. Müde warf sie sich ihr Gewand über – denn sie trug nur noch ihr Unterkleid.

»Mylady, darf ich hereinkommen?« Eine kehlige, raue Stimme. Das war nicht Alfred.

Sie ging zur Tür, öffnete den Riegel und machte dann die Tür einen Spalt weit auf.

»Solltet Ihr nicht bei Rose sein?«

»Sie schläft wie ein Baby. Meine Anwesenheit würde sie nur stören. Ihr hattet wohl Recht, das Mädchen hat sich wahrscheinlich einfach nur zu sehr aufgeregt. Öffnet mir bitte. Ich habe etwas für Euch.«

Was für eine Versuchung. Einfach nur im Arm gehalten zu werden. Die schrecklichen Ereignisse der letzten beiden Tage vergessen zu können. »Nicht jetzt. Nicht in meinem Zimmer. Colin oder Alfred könnten jederzeit kommen.«

»Wäre das denn so schlimm?«

Sie dachte daran, wie vorsichtig und zurückhaltend er sich in der Küche bei ihrer Begrüßung verhalten hatte. In Gegenwart seiner Tochter hatte er sie nicht einmal umarmt. Sie spürte, wie ihr das Blut in die Schläfen schoss. Es wäre wirklich das Beste, wenn sie ihn jetzt einfach wegschicken würde.

»Kommt schon. Öffnet die Tür. Wir werden nur miteinander reden.«

Endlich fror Kathryn nicht mehr. Das lag jedoch weniger an dem vernachlässigten Feuer im Kamin, sondern mehr an dem sehnigen Körper, der sich an den ihren schmiegte. Der Rauch der zischenden Glut und der pikante Geruch ihres Liebesakts erfüllten das Zimmer. Eine köstliche Trägheit hatte sich wie eine weiche Wolldecke auf sie gelegt. Wenn sie nur für immer so liegen bleiben könnte, ihre Glieder mit den seinen verschlungen wie ineinander verdrillte Seidenstränge. Ihre Lippen berührten seinen glatten Scheitel, dort, wo sich ein perfektes, haarloses O gebildet hatte.

Noch lange, nachdem sie einander geliebt hatten, war sie sich des Rhythmus seines Körpers bewusst, seines Atems, der mit ihrem in völligem Gleichklang stand, noch lange, nachdem sich ihre Leidenschaft wieder beruhigt hatte. Es lag ein großes Mysterium in der Art und Weise, wie »zwei zu einem Fleisch wurden«. Es schien nicht weniger ein Wunder zu sein wie die Eucharistie, die Verwandlung von Brot und Wein in den Leib und das Blut Christi. Von diesem Wunder aber erzählte man ihr nur, sie selbst hatte beim Abendmahl noch nie den Geschmack von Fleisch und Blut im Mund gehabt. War dies so, weil sie dessen unwürdig war? In ihrem Mund blieb der Wein immer Wein, und das Brot blieb immer Brot. Aber diesen anderen heiligen Ritus, diese Vereinigung zweier Seelen, die hatte sie mit Finn tatsächlich schon erfahren. Bei Roderick war das nie der Fall gewesen. In ihrer Ehe, die den Segen der Kirche und des Königs gehabt hatte, war sie nichts anderes als eine Zuchtstute gewesen, ihr Ehemann ein Hengst, und sie hatten sich, ihrer Natur folgend, gepaart.

»Ich habe Euch ein Geschenk vom Markt in Norwich mitgebracht«, sagte Finn.

»Ich brauche keine Geschenke. Euch hier zu haben ist für mich das größte Geschenk.« Bei jedem einzelnen Wort hauchte sie einen federleichten Kuss auf dieses vollkommene O.

»Mich hier zu haben, aha. Ich verstehe. Der Abt hat mir übrigens Euren Lohn dafür, dass ihr mich hier ›habt‹, mitgegeben. Es ist eine ziemlich schwere Börse, also muss es in der Tat eine sehr beschwerliche Aufgabe sein.«

Seine Worte waren jedoch nicht ernst gemeint. Er lächelte und schmiegte seinen Kopf unter ihr Kinn. Sie aber spürte Zorn in sich aufsteigen. Sie wusste, dass er sie für selbstsüchtig hielt, dass er glaubte, alle jene, die nicht ihrem adeligen Stand angehörten, wären ihr völlig gleichgültig. Sie erinnerte sich daran, dass sie darüber diskutiert hatten, wer die Kopfsteuer für ihre Diener bezahlen sollte. Als er ihren Hals küsste und eine Haarsträhne von ihrer nackten Brust strich, um sie mit seiner Zunge zu liebkosen, schob sie ihn fort – mit sanftem Nachdruck –, zog dann die Decke hoch und klemmte sie unter ihren Achseln fest.

Sie stützte sich auf einen Ellbogen und sah ihn an. »Macht Euch bitte nicht über mich lustig. Das habe ich mit ›Euch hier haben‹ nicht gemeint. Ich meinte Eure Gegenwart. Obwohl ich nicht leugnen kann, dass ich über die Großzügigkeit des Abtes sehr froh bin. Vor allem jetzt, da ich das Wollhaus durch den Brand verloren habe. Ganz zu schweigen von dem Gewinn, den der Wollsack gebracht hätte.«

Warum hatte sie das mit dem Gewinn gesagt? Weil sie wusste, dass er sich darüber ärgern würde?

Nein. Der Grund war, dass in seinen Worten eine unangenehme

Anspielung gelegen hatte. Er hatte sie im Grunde als Hure bezeichnet, und so etwas sagte man nicht einmal im Spaß.

»Ihr habt den Schäfer nicht erwähnt.«

»Ja, natürlich, der Schäfer. Er wird nicht leicht – oder billig – zu ersetzen sein.« Dann bestärkte sie eben seine schlechte Meinung von ihr. Sollte er sie doch für gierig halten.

Er lehnte sich zurück und verschränkte die Arme hinter dem Kopf. An einer Lederschnur um seinen Hals hing eine in Zinn gefasste Haselnuss. Sie hatte ihn gefragt, was es damit auf sich hatte, und er hatte ihr geantwortet, dass dies das Geschenk einer frommen Frau sei. Plötzlich fand sie diese Haselnuss ärgerlich, so als repräsentierte sie irgendeinen Teil von ihm, den er vor ihr verbarg. Sie schob sie zur Seite und strich mit ihrer Fingerspitze sein Brustbein entlang, leicht, neckend. Er aber lächelte nicht mehr, sah sie auch nicht mehr an. Stattdessen starrte er stirnrunzelnd zur Decke hinauf, so als würde er dort im Schatten der geteerten Dachbalken Dämonen tanzen sehen.

»Ist das der einzige Grund?«

»Was meint Ihr mit ›der einzige Grund‹?«

»Gewinn. Ist der *Gewinn* wirklich alles, woran Ihr denkt?«

»Nun, offensichtlich ist das nicht so«, sagte sie und deutete auf die zerwühlten Laken.

Wo war er denn gewesen, als sie den Leichnam des Schäfers gewaschen hatte? Wo war er mit seinen erhabenen Vorstellungen von Wohltätigkeit gewesen, als sie sich um Agnes gekümmert hatte? Er hatte mit einem Bischof geplaudert, hatte mit einer frommen Frau über Philosophie diskutiert und war, umgeben von Luxus, bei Wein und Kuchen mit einem Abt an dessen Tisch gesessen.

»Ich muss an das Wohl meiner Söhne denken. Ich muss ihr Erbe schützen. Ihr, andererseits, seid ein Kunsthandwerker.« Sie sah, wie er irritiert eine Augenbraue hochzog, und bereute sofort, dass sie das Wort »Kunsthandwerker« so stark betont hatte. »Ich will damit sagen, dass Ihr Euch auf Euer Können verlassen könnt, um Eure Tochter zu ernähren. Das ist nichts, das die Kirche oder der König Euch wegnehmen können.«

Sie spürte, wie sein Puls schneller schlug, wie sich seine Glieder und seine Gesichtsmuskeln anspannten. Plötzlich war sein ganzer Körper so straff wie eine gerade erst gestimmte Harfensaite. Sie legte ihre Hand auf die Mulde unterhalb seines Brustkorbes, dort, wo die Haut locker und die Muskeln normalerweise weich waren! Doch sie fühlte keine Entspannung.

»Ich vertraue auf mein Können als ›Kunsthandwerker‹, weil ich keine andere Wahl habe. König und Kirche haben mir bereits alles genommen.«

Ihre Hand lag weiter auf seinem Bauch, während sie mit den Fingern kleine Kreise in den Haaren um seinen Nabel herum beschrieb.

»Was meint Ihr damit?«

»Was ich damit meine, Kathryn, ist, dass Ihr nicht der einzige Mensch seid, der das Joch der Tyrannei spürt. Fragt den Kleinbauern, der Eure Wolle krempelt. Fragt den Freisassen, der Eure Felder für einen kläglichen Lohn bestellt. Fragt den Leibeigenen, dessen Arbeitskraft Euch gehört. Aber für all diese Menschen ist es *Euer* zierlicher Fuß, den sie im Nacken spüren und der ihr Gesicht in den Staub drückt.«

Ihre Hand hatte aufgehört, seinen Bauch zu liebkosen.

»Ihr mögt zwar mit Euren Farben gut umgehen können, Master Buchmaler, aber Ihr habt offensichtlich nicht die geringste Ahnung, was es bedeutet, ein Lehnsgut von der Größe Blackinghams zu führen.«

In der Antwort, die er ihr gab, schwangen gerechte Empörung und verletzter Stolz mit. Seine Augen lächelten nicht. Er war zutiefst verletzt, in seinem Stolz gekränkt.

»Dieser kleine Ziegelbau mit seinen paar Morgen Weideland! Ihr sollt wissen, *Mylady*, dass ich früher einmal der Erbe eines Schlosses war – ein steinernes Schloss mit Befestigungsmauer, dazu Wälder und ein Heer von Gefolgsleuten –, neben dem Blackingham aussieht wie das ... das Haus eines Gildemeisters.«

Hatte sie richtig gehört? Sie griff sich an den Hals, um ihren plötzlich wie wild schlagenden Puls zu beruhigen.

»Soll das heißen, Finn, dass Ihr aus einem Adelsgeschlecht stammt?

Das habt Ihr mir nie gesagt! Ist Euch klar, was das bedeutet?« Die Hand, die eben noch Kreise in seinem Bauchhaar gezogen hatte, schmiegte sich jetzt um sein Kinn und drehte sein Gesicht zu ihr, so dass er sie ansehen musste. »Wenn ihr von edler Geburt seid, dann können wir den König um Erlaubnis bitten, heiraten zu dürfen!«

Er antwortete ihr nicht. Widerstreitende Gefühle – Ärger, Bestürzung und Erschrecken – huschten über sein Gesicht. Sie wartete. Mit jeder Sekunde des Schweigens verblasste ihre Freude ein wenig mehr. Eine Hitze, die nichts mit Leidenschaft zu tun hatte, ließ ihre Haut glühen. Was war, wenn er ihr das alles nur deshalb verschwiegen hatte, weil er sich keine eheliche Verbindung mit ihr wünschte, sondern der Meinung war, dass sie, Kathryn, seiner nicht würdig war? Wahrscheinlich hatte er sich die ganze Zeit nur über sie lustig gemacht, hatte sich darüber amüsiert, wie sie die edle Dame spielte. Jetzt, da ihm die Wahrheit in einem Moment der Wut herausgerutscht war, würde er sicher zugeben müssen, dass er von vornherein nur mit ihr ins Bett hatte gehen wollen. War es möglich, dass das, was sie als große Leidenschaft erlebt hatte, für ihn nichts anderes als eine Liebelei gewesen war – eine Liebelei, für die man sie bezahlte?

Sie fühlte sich wie Eva nach dem Sündenfall.

Sie konnte ihn nicht einmal mehr ansehen. Sie setzte sich auf, rutschte zum Rand des Bettes und nahm dabei die Decke mit.

Er packte das Ende der Decke und hielt sie fest, bevor er vollkommen nackt auf dem Bett lag. »Ich sagte, ich *war*, Kathryn. Ich *war* Erbe. Jetzt bin ich nichts anderes als das, was Ihr gesagt habt. Nicht mehr als ein Kunsthandwerker«, sagte er kläglich. »Der König hat meine Ländereien und meinen Titel eingezogen.«

Eingezogen? Das wiederum konnte nur eines bedeuten: Er war ein Verräter! Und sie gewährte ihm einen Platz in ihrem Herzen und Unterschlupf in Blackingham. Damit setzte sie das Erbe ihrer Kinder aufs Spiel und brachte sie vielleicht sogar in Lebensgefahr.

»Das hättet Ihr mir sagen müssen«, meinte sie. »Ihr hättet mir sagen müssen, dass Ihr Verrat begangen habt.«

Sie konnte sich immer noch nicht überwinden, ihn anzusehen.

Durch sein Schweigen hatte er ihr Vertrauen missbraucht, hatte ihre Beziehung verraten. Und dennoch hätte sie ihn gern in den Arm genommen und wegen seines Verlustes getröstet. Was konnte schlimmer sein, als seine Ländereien zu verlieren? Und sie kannte ihn gut genug – zumindest hatte sie das bis jetzt geglaubt –, um zu wissen, dass er diesen Verlust um seiner Tochter und nicht um seiner selbst willen bedauerte.

»Wenn ich Verrat am König begangen hätte, hätte man mich gehängt, gestreckt und geviertailt«, sagte er hinter ihr. »Man hätte meinen Kopf auf eine Stange gespießt, und die Krähen hätten mir schon längst die Augen ausgehackt.«

Diese meergrünen Augen, die in ihrer Seele lasen, diese lachenden Augen, deren Lider sie selbst jetzt noch küssen wollte.

Er setzte sich auf, beugte sich über ihre Schulter, berührte ihre Wange. »Meine Ländereien wurden eingezogen, weil ich eine Frau zu sehr geliebt habe. Das scheint wirklich eine Schwäche von mir zu sein.«

Dann war das alles bestimmt nur ein Missverständnis, ein kleineres Vergehen, das man vielleicht vergeben würde. Und falls er seine Ländereien nicht zurückbekam, was machte ihr das schon aus? Blackingham würde, auch wenn er sich gerade noch so verächtlich darüber geäußert hatte, für sie beide mit Sicherheit genügen.

»Wo stand denn Euer Schloss?«, fragte sie, über die Schulter gewandt. Sie saß immer noch so, dass sie ihm den Rücken zukehrte, fühlte sich immer noch nicht im Stande, ihm in die Augen zu sehen.

»In den Marschen. An der walisischen Grenze.«

»Und die Frau. Ist sie…«

Sein Blick beruhigte sie. »Sie war die Mutter von Rose.«

Kathryn spürte, wie eine große Last von ihr abfiel. Sie wusste, wie sehr er seine Frau geliebt hatte. Sie liebte ihn dafür umso mehr. Auch wenn ein Teil von ihr die tote Frau beneidete.

»Und der König hat dem Ganzen nicht zugestimmt.«

Das war keine Frage, sondern eine Feststellung. Es war offenbar die altbekannte Geschichte: Finn war jung und verliebt gewesen, hatte rebelliert, hatte dem König den Gehorsam verweigert, hatte einfach geheiratet und sich damit gegen die Frau entschieden, die König Edward für ihn ausgesucht hatte.

»Der König hat dem Ganzen nicht zugestimmt«, wiederholte er.

Er hielt inne. Sie wartete, malte sich erleichtert die romantische Geschichte einer Liebe gegen alle Widerstände aus. Und sie würde noch einen Augenblick warten, bis sie sich wieder zu ihm umdrehte, würde noch auf weitere beruhigende Worte warten und ihn so auch ein wenig dafür bestrafen, dass er sie so beunruhigt hatte. Also saß sie aufrecht da, mit steifem Rückgrat, und starrte zur Decke hinauf. Sie hörte ihn tief Luft holen und dann rasch wieder ausatmen.

»Ich habe eine Jüdin geheiratet«, sagte er.

Zuerst war sie sicher, sich verhört zu haben. Aber das Wort stand im Raum, schien sich selbst immer wieder in die Luft zu schreiben, mit jedem Mal ein Stück größer. Jüdin. Jüdin. Jüdin. Sie blieb ganz still sitzen, erstarrt wie ein Kaninchen unter dem Schatten eines Habichts. Selbst ihr Atem stockte.

Jüdin, Jüdin, ich habe eine Jüdin geheiratet, hatte er gesagt. Sie hatte mit einem Mann ihr Bett geteilt, der mit einer Jüdin Verkehr gehabt hatte.

Er streckte die Hand aus und berührte sanft ihre Schulter.

»Kathryn, wenn Ihr Rebekka gekannt hättet...«

Sie zuckte zusammen, wich unwillkürlich noch ein Stück zurück, bis sie gerade noch auf der Bettkante Halt fand. *Rebekka.* Und Rose mit ihrer olivfarbenen Haut und dem rabenschwarzen Haar, das Mädchen, das sie anfangs mit der Heiligen Jungfrau verglichen hatte. Aber wie hätte sie das wissen sollen? Sie hatte in ihrem Leben nur einen einzigen Juden gesehen, und das war ein alter Geldverleiher in Norwich gewesen, auf den ihr Vater sie einmal aufmerksam gemacht hatte. Sie zog so lange an der Decke, bis sie sie in der Hand hatte, dann wickelte sie sich darin ein und stand, immer noch abgewandt, auf. Sie wollte nicht, dass einer, der mit einer Jüdin Umgang gehabt hatte, sie nackt sah.

»Ich muss noch einmal in die Küche zurück und sehen, ob Agnes wieder an die Arbeit gegangen ist. Schließlich müssen die Menschen in diesem Haushalt hier irgendwann wieder etwas zu essen bekommen.« Ihre Stimme klang leise, gepresst.

»Kathryn, glaubt Ihr nicht, wir sollten ...«

»Ihr geht besser zu Ro-, zu Eurer Tochter zurück. Einer meiner Söhne könnte jederzeit zur Tür hereinkommen.«

Alfred und Colin. Was war, wenn sie erfuhren, dass ihre Mutter mit einem Juden Unzucht getrieben hatte?

Sie zog ihr Unterkleid an. Sie hörte ihn tief seufzen, hörte seine Leinenhose rascheln, als er sie über seine Schenkel zog. Als sie ihre Haare zu einem dicken Zopf flocht, spürte sie seinen Atem auf ihrem Rücken, dann eine sanft Berührung seiner Lippen in ihrem Nacken. Ihre Haut prickelte.

»Kathryn, bitte ...«

»Ein andermal, Finn. Wir werden später Zeit dafür finden.«

Spürte er ihren Abscheu? Würde er sie für ihre Engstirnigkeit verachten? Aber sie war einfach nicht wie er – sie konnte nicht aus einem großen Quell der Gnade und des Mitleids schöpfen, wie er ihn scheinbar in sich hatte.

Sie hörte, wie er zur Tür ging, wie seine Strümpfe leise auf den Binsen raschelten, mit denen der Boden bestreut war. *Ruf ihn zurück. Sag ihm, dass sich zwischen euch nichts geändert hat.*

»Später, Finn. Ich verspreche Euch, dass wir später darüber sprechen werden.« Sie nestelte an den Verschlüssen ihres Mieders herum. Sie musste jetzt an ihre Söhne denken. Es war gegen das Gesetz, mit einem Juden zu verkehren.

Keine Antwort. Sie drehte sich um, um ihn zurückzurufen, um ihn zum Bett zurückzuführen. Aber es war zu spät. Sie war allein im Zimmer und hörte nur noch, wie der Riegel in das eiserne Schloss fiel, als er die Tür hinter sich zuzog.

Und auf dem Tisch neben ihrem Bett glänzten die Silbermünzen, die der Abt ihr geschickt hatte.

Alfred suchte seine Mutter, anders als Kathryn das erwartet hatte, an diesem Nachmittag nicht in ihrem Zimmer auf. Aber er war auf dem Weg zu ihr gewesen und hatte gerade noch gesehen, wie jemand das Zimmer betrat und sich die Tür hinter ihm schloss. Es war ein Mann gewesen, aber er hatte nur noch dessen Rücken sehen können. Alfred hatte nur kurz an der Tür gelauscht, doch das hatte ausgereicht. Er ging auf direktem Weg zum Quartier des Buchmalers, dem ehemaligen Zimmer seines Vaters – wie konnte er es nur wagen –, um seinen Verdacht bestätigt zu finden. Das Zimmer war, wie er schon vermutet hatte, leer. Er spähte hinter den Vorhang, der das Nebenzimmer abtrennte, und sah dort nur die schlafende Rose, ein Anblick, der ihn zu jeder anderen Zeit auf dumme Gedanken gebracht hätte. Heute jedoch nicht. Nicht während seine Mutter die Erinnerung an seinen Vater und ihr keusches Witwenbett mit diesem Eindringling besudelte.

Er spielte an der Perlenkette herum, die er in der Tasche seines Rocks hatte. Die Perlen, die seiner Mutter gehörten und die er in Simpsons Zimmer gefunden hatte. Der verschlagene Verwalter hatte sie zweifellos gestohlen, als seine Mutter nicht aufgepasst hatte, und dann darauf gehofft, dass sie glauben würde, sie hätte sie verloren. Alfred hatte sich schon darauf gefreut, sie ihr als Beweis für seine Tüchtigkeit präsentieren zu können, hatte sich ihr erfreutes Lächeln vorgestellt, wenn sie sie sah. Es würde wie ein Geschenk für sie sein, etwas, womit sie Simpson unter Druck setzen konnte. Aber sie war anderweitig beschäftigt gewesen, und jetzt war ihm die Freude an seinem Geschenk für sie verdorben.

Das war also der wahre Grund, weshalb sie ihn aus dem Haus hatte haben wollen. Dass er dem Verwalter auf die Finger sehen sollte, war nichts als ein Vorwand gewesen. Sie wollte ihn einfach nur aus dem Weg haben, damit sie mit diesem Fremden Unzucht treiben konnte. Colin war sowieso zu dumm, um zu merken, was da direkt vor seiner Nase geschah. Gütiger Himmel! Wahrscheinlich hatten sie es sogar im Bett seines Vaters getan. Allein schon bei diesem Gedanken wurde ihm übel. Seine eigene Mutter! Es war so, als hätte sie seinen Vater endgültig ausgelöscht. Alfred unterdrückte den Drang, die ordentlich aufgereihten kleinen Farbtöpfchen mit einer einzigen Handbewegung vom Schreibtisch seines Vaters zu wischen – dem Schreibtisch, den dieser... dieser *verschrumpelte kleine Sack* sich anzueignen gewagt hatte. Aber nein, der Lärm würde die schlafende

Prinzessin im Zimmer nebenan aufwecken, außerdem würde er sich damit gewiss den Zorn seiner Mutter zuziehen. Also machte er nur ein wenig Unordnung. Dann nahm er ein paar Schreibfedern und zerdrückte sie in seinen Händen. Ihre Spitzen bohrten sich in seine Handflächen, und er zuckte zusammen.

An einem Haken im Zimmer hing eine lederne Büchertasche. Sie war offen. Es war die Tasche, in der sich früher die Bücher seines Vaters befunden hatten. Er blätterte die losen Manuskriptseiten durch, die bereits illuminiert waren. Bei den Blättern, die obenauf lagen, handelte es sich um das Johannesevangelium. Dann waren da noch andere Seiten ganz unten einsortiert, so als wären sie weniger wertvoll oder halb vergessen. Er entzifferte einige angelsächsische Wörter, englische Wörter. Unwichtiges Gekritzel also. Nicht so wütend, dass er ein Evangelium entweiht hätte – vor allem jetzt, da ihm gerade eine andere Idee gekommen war –, steckte er das Johannesevangelium vorsichtig wieder in die Tasche. Dann nahm er die Perlenkette, legte diese auch in die Tasche und schob die losen Seiten so darüber, dass jemand, der nur einen flüchtigen Blick in die Tasche warf, die Perlen sah, aber gleichzeitig den Eindruck gewinnen musste, dass sie dort hatten versteckt werden sollen.

Nachdem er mit diesem kleinlichen Racheakt seine Wut abreagiert und seine Enttäuschung gemildert hatte, schlich Alfred sich auf Zehenspitzen aus dem Zimmer. Vorher aber steckte er noch einen dünnem Stapel Blattgold ein – man musste kein Künstler sein, um zu wissen, dass das teuer war – und ging, ein Lächeln auf den Lippen, die Treppe hinunter. Draußen legte er das Blattgold auf einen Dunghaufen und lächelte angesichts des Ergebnisses in sich hinein. Er dachte kurz darüber nach, dem Buchmaler den vergoldeten Kuhfladen ins Bett zu legen, da er sich an dem frischen Dung die Hände jedoch nicht schmutzig machen wollte, widerstand er diesem Drang. Allein der Gedanke daran reichte aus, um ihn zu befriedigen. Sollte doch seine Mutter die Perlen im Zimmer ihres Geliebten finden. Er war gespannt, wie er ihr das erklären würde.

Alfred ritt auf direktem Weg zur Beggar's Daughter, um seinen gloriosen Einfall gebührend zu feiern. Das erste Bier kaufte er sich noch selbst. Das zweite gab ihm Sir Guy de Fontaigne aus. Das dritte ebenfalls. Und dann begann Alfred zu reden.

Sir Guy, der aufmerksam zuhörte, gab dem Jungen einen gönnerhaften Klaps auf den Rücken, seufzte mitleidig und bedeutete dem Wirt mit einem Wink, ihm noch ein Bier zu bringen.

Agnes kniete noch immer am Grab. Die Kälte spürte sie nicht. Sie konnte noch nicht gehen, bevor sie nicht das gesagt hatte, was sie noch sagen wollte. »Ich weiß, dass du mir ein guter Ehemann warst, John. Bis auf deine Trinkerei. Und die wird dir Gott vergeben. Er weiß, dass es nicht deine Schuld war.«

Sie zupfte sich eine lange Haarsträhne aus – war ihr Haar wirklich so grau geworden? – und wickelte sie um ihren Zeigefinger, so dass sie einen perfekten Ring bildete. Dann zog sie den aschgrauen Ring von ihrem Finger und drückte ihn in die lehmige Erde. Wahrscheinlich würden ihn sich die Krähen holen, um damit ihr Nest auszupolstern, aber sie hatte nichts anderes, das sie ihrem toten Mann hätte geben können.

John hatte an ihrem Hochzeitstag einen solchen Ring für sie gemacht, einen Reif aus seinen damals noch glänzend braunen Haaren. Als ein Funke vom Herdfeuer auf ihren Finger gefallen war und den Ring versengt hatte, hatte sie geweint, mehr wegen des verlorenen Rings als vor Schmerz. Er hatte sie ausgelacht, hatte sie dann aber in die Arme genommen und gesagt, dass er sich, wenn das seine Braut glücklich machen würde, den Kopf kahl scheren und ihr all seine Locken – seine prächtigen braunen Locken – schenken würde.

»Jetzt bist du frei, John. Endlich und doch viel zu früh. Ich weiß, dass dir Blackingham nichts bedeutet hat, und ich bin deshalb sehr froh, dass du dein Grab nicht auf dem Grund und Boden von Blackingham gefunden hast. Aber Lady Kathryn ist dir gegenüber gerecht gewesen, John. Sie gibt dir keine Schuld an dem Feuer. Und ich gebe dir ebenfalls keine Schuld daran.«

Sie saß noch lange Zeit neben dem Grab. Die Sonne versuchte, sich zu zeigen, es gelang ihr aber nicht, die Nebelschleier zu durchdringen. Der klagende Ruf der Taube verstummte. Das einzige Geräusch, das jetzt noch zu hören war, war das Rascheln der trockenen Blätter an den Zweigen, die über das Dach der Saint-Michael-Kirche strichen.

»Ich muss jetzt gehen, John. Ich muss meinen Pflichten nachkommen.«

Sie stand auf und drehte sich um, bevor sein Geist ihren Lippen eben jenen einen Vorwurf entlocken konnte, den sie ihm nicht machen wollte. Es war das Einzige, das sie ihm nicht verzeihen konnte. Sie hatte das Friedhofstor schon ein ganzes Stück hinter sich gelassen, war weit genug weg, so dass sein Geist sie nicht mehr hören konnte, als sie leise die Worte murmelte. Sie auszusprechen ließ den letzten Tropfen Bitternis aus ihrem Herzen rinnen.

»Du hast mir keine Kinder geschenkt, John. Du hast mich allein zurückgelassen.«

Sie ging die zwei Meilen nach Blackingham zurück und nahm dabei denselben holperigen Weg, den Lady Kathryn schon vorher genommen hatte. Sie hingegen spürte die Kälte nicht. Die Hornhaut an ihren Füßen, die in schlechten Holzschuhen steckten, schützte sie davor. Das rote Ziegelgebäude tauchte vor ihr auf, rief sie zur Arbeit. Es war zu spät, um noch eine Hammelkeule zu braten, das konnte sie am Stand der matten Sonne ablesen, die noch immer mit dem Nebel kämpfte. Vielleicht reichte die Zeit aber noch für zwei Rebhühner am Spieß. Wenn sie sich beeilte, schaffte sie es möglicherweise sogar noch, einen Kuchen zu backen.

Eine dünne, gekräuselte Rauchfahne stieg aus dem Küchenschornstein. Der Heiligen Jungfrau sei Dank. Sie hatte schon befürchtet, dass der Junge, der die Kaminfeuer unterhielt, seine Aufgabe in ihrer Abwesenheit vernachlässigt hatte. Er war der Sohn eines Freisassen, aber er war auch ein fauler, flegelhafter Bursche, von den Pocken gekennzeichnet und kriegsuntauglich, sonst wäre er wohl wie all die anderen schon lange nicht mehr hier.

Sie betrat die stille Küche und lehnte sich mit dem Rücken an die

Tür aus Eichenbohlen, um sie zu schließen. Wieso war ihr bis heute nicht aufgefallen, wie schwer diese Tür war? Plötzlich jedoch, so als wäre ihr ein unsichtbarer Engel zu Hilfe gekommen, schwang die Tür mit einem Quietschen zu, und der metallene Riegel fiel laut ins Schloss.

»Ach, du bist's, Magda. Hast du dich wieder hinter der Tür versteckt?«, sagte sie, als sie ihr Umschlagtuch aus grober Wolle auf den Haken hängte. »Mehr Teufel als Engel, wenn Reinlichkeit eine Tugend ist.«

Nachdem Lady Kathryn ihr erlaubt hatte, das Küchenmädchen zu behalten, hatte sie sich vorgenommen, dass sie sie zuerst einmal baden würde. Solchen Schmutz wollte sie nämlich nicht in ihrer Küche haben. Das Mädchen lächelte sie an, so als hätte sie ihr ein Kompliment gemacht. Ihre Augen strahlten vor Freude, sie hob die Hand und streichelte die Luft über Agnes' Kopf, so als hätte sie ein Stück feine Seide zwischen ihren Fingern.

Das Mädchen war nicht richtig im Kopf. Welch ein Jammer. Agnes sah sie sich genauer an. Verrückt, gewiss, dennoch hatte sie etwas Besonderes an sich. Da lag vielleicht sogar etwas wie Intelligenz in ihren Augen.

Das Mädchen zeigte auf das Herdfeuer, dann auf sich und nickte dabei heftig mit dem Kopf.

»Was versuchst du mir zu sagen, Mädchen? Sag es doch einfach.«

»Magda.« Sie zeigte auf sich, dann auf den Herd. »F-Feuer.«

»Du hast das Feuer am Brennen gehalten?«

Das Mädchen nickte strahlend. »Hab d-den Jungen gefragt, nach Holz.«

»Gut. Das ist gut. Du hast das Feuer nicht ausgehen lassen. Vielleicht bist du gar nicht so einfältig, wie alle sagen.«

Das Mädchen rieb die verschränkten Arme aneinander. »Magda, kalt«, sagte sie grinsend.

Die Wärme des Herdfeuers tat auch Agnes gut. Bis zu diesem Augenblick hatte sie gar nicht bemerkt, wie kalt ihr war. *Kalt. War John in seinem Grab auch kalt? Aber solchen Gedanken gab sie sich besser nicht hin. Sie riefen einen Kummer hervor, den sie nicht er-*

tragen konnte. Sie sah das Mädchen mit abschätzendem Blick an. Für den Stallburschen gab es vermutlich Grund genug, um der Kleinen behilflich zu sein. Das Mädchen war zwar klein, unter ihren Lumpen waren jedoch bereits die knospenden Brüste einer Frau zu erkennen.

»Essen. Für Euch.« Magda zeigte auf ein Gericht aus gebratenen Eiern.

»Hast du die Eier gebraten?«

Das Mädchen ließ den Kopf hängen, so als sei sie enttäuscht darüber, dass sie dieses Lob nicht für sich in Anspruch nehmen konnte. »Nein. Ein M-Mann und die Lady.« Dann, beinahe trotzig: »Aber ich kann auch Eier braten.«

»Kannst du das tatsächlich?«

Lady Kathryn, Gott segne sie. Und ein Mann. Der Buchmaler war also wieder da. Agnes war froh über die Eier. Nicht nur, weil sie selbst endlich etwas essen musste – obwohl sie vor Kummer ihren Hunger völlig vergessen hatte –, sondern weil das hieß, dass auch die anderen etwas zu essen bekommen hatten. Sie würden zwar noch zu Abend essen wollen, aber das Mahl würde nicht so üppig ausfallen müssen.

Das Mädchen reichte ihr mit seiner schmutzigen Hand ein Stück Brot. Agnes sah das Brot an und runzelte die Stirn – es war das Brot, das sie vor dem Brand, als ihr John noch am Leben gewesen war, gebacken hatte –, aber sie nahm es und tunkte mit der Kruste, die das Mädchen nicht angefasst hatte, ein wenig gestockten Eidotter auf. Während sie kaute, sah sie das Küchenmädchen nachdenklich an.

»Setz Wasser auf, Magda. Wir werden dich jetzt erst einmal baden.«

Das Mädchen schüttelte den Kopf und riss angstvoll die Augen auf.

»Es wird dich nicht umbringen, mein Kind. Und wenn du erst einmal die Flöhe und Läuse los bist, musst du auch nicht mehr bei den Hunden schlafen.«

Magdas Angst ließ kaum nach, aber sie schüttete gehorsam das Wasser in den hängenden Kessel. Sie hatte den Wasserkrug an diesem Morgen selbst am Brunnen gefüllt, jetzt aber goss sie das Wasser so zögerlich ein, als wäre jeder Tropfen reines Gift.

»Mach ihn nur ganz voll. So ist es recht.«

Zum ersten Mal seit dem Brand spürte Agnes, wie der Druck auf ihrer Brust ein klein wenig nachließ. Sie ging in die Besenkammer und holte ein Stück Laugenseife und ein paar zerschlissene Wolllappen. Als sie wieder in die Küche kam, war das Mädchen verschwunden, und es war nur noch das Blubbern des kochenden Wassers zu hören. Dann vernahm sie jedoch ein leises Geräusch unter dem schweren Eichentisch, kaum lauter als das Rascheln einer Kaminfegerbürste.

»Komm unter dem Tisch hervor, Kind. Ich werde dir nicht wehtun, und dir wird bestimmt nichts passieren.«

Das Mädchen folgte ihrer Aufforderung, zuckte aber zusammen, als sie die Seife und die Lappen sah. Agnes nahm sanft ihren Arm, zog sie zum Herd und setzte sie auf dessen steinerne Bank. Das Mädchen blieb gehorsam, aber jederzeit zur Flucht bereit, dort sitzen, als Agnes eine Schüssel mit dampfendem Wasser füllte. Dann nahm Agnes Magdas Gesicht in die Hand und begann zu schrubben, bis rosa Haut zum Vorschein kam.

»Heute Nacht darfst du bei mir im Bett schlafen«, sagte Agnes. »Dann werden wir beide nicht frieren.«

Kathryn hörte, dass Colin betete, als sie auf ihrem Weg zum großen Saal, wo Simpson ihr heute seine monatliche Abrechnung vorlegen würde, an der Kapelle vorbeikam. »*Miserere Nobis, Kyrie Eleison.*« Gebete zur Prim bei Sonnenaufgang, noch mehr Gebete zur Terz, zur Sext und zum Mittagsoffizium, und dann wieder, wenn die abendlichen Schatten zur Vesper heraufzogen. Ganz egal, zu welcher Tageszeit – selbst wenn die Abendglocke zur Komplet läutete –, immer wenn sie in letzter Zeit an der Kapelle vorbeigekommen war, hatte sie ihren Sohn beim Gebet gesehen. Und es waren keine oberflächlich heruntergeleierten Gebete, die sie hörte, vielmehr war es ein aufrichtiges, ein leidenschaftliches Flehen.

Waren die Sünden von Blackingham so schwer, dass ihr wunderschöner Sohn, der vor lauter Fasten inzwischen bleich und hager geworden war – wann hatte sie ihn eigentlich zum letzten Mal etwas essen sehen? –, unablässig um göttliche Gnade flehen musste? Flüsterte er seine Bitten hier in der kalten Kapelle etwa auch zur Matutin, wenn die Binsenlichter dämonische Schatten auf den Wänden tanzen ließen, und dann wieder zu den Laudes, wenn es noch dunkel war und der Hahn des heiligen Petrus mit seinem Krähen die Morgendämmerung ankündigte? Während die Sünder von Blackingham noch schlummerten und seine Mutter mit einem Mörder Christi schlief – einem »Mörder Christi«, der jedoch christlicher war als jeder Priester, den sie kannte –, hielt ihr Kind, gewiss der Unschuldigste von ihnen allen, mit seinen Gebeten Wache.

Sie blieb an der Tür der Kapelle stehen und wollte schon hineingehen, ihren Sohn ansprechen, ihn aus seiner frommen Hingabe reißen und ihn in den hellen Sonnenschein dieses Novembertages hinausziehen. Sie konnte sich nicht daran erinnern, wann sie das letzte Mal miteinander gesprochen hatten. Jedenfalls nicht mehr seit dem Tod des Schäfers, und das war inzwischen schon eine Woche her. Auch Finn war nach jenem einen Nachmittag, als sie ihn aus ihrem Zimmer geschickt hatte, nicht mehr zu ihr gekommen. Sieben lange Nächte hatte sie jetzt schon auf ihn gewartet, hatte auf sein Klopfen an ihrer Tür gelauscht. Am Morgen des Tages, der auf jenen Nachmittag folgte, hatte Glynis ihr eine Nachricht von ihm gebracht. »Ein Geschenk für Mylady, als dankbare Anerkennung dafür, dass sie einem armen Kunsthandwerker und seiner Tochter Unterkunft gewährt«, stand auf dem Stück Pergament, das auf einem Päckchen festgebunden war. *Kunsthandwerker*. Das Wort war wie ein Schlag in ihr Gesicht. Sie öffnete das Päckchen und fand darin Schuhe aus weichem Wildleder mit einem Schnallenverschluss. Sie hatte gehört, dass Schnallen in London die neueste Mode waren. Bis zu diesem Tag hatte sie aber noch nie welche gesehen. Die Stiefel waren wirklich wunderschön. Aber warum hatte er sie ihr nicht persönlich gebracht?

Domini Deus. Das war Colin in der Kapelle. Sein helles Haar umrahmte leuchtend wie ein Heiligenschein sein zartes Gesicht, das von allzu viel Frömmigkeit völlig ausgezehrt war. Das Licht des karminroten Kreuzes im Fenster der Kapelle schimmerte auf seinem Haar, warf seine heilige Form auf seinen Scheitel und die Schultern wie den Umhang eines Mönches. Dies war das Fenster der Heiligen Margaret. Roderick hatte für die strahlenden Farben, in denen die Schutzheilige der Geburt dargestellt war, eine stattliche Summe bezahlt. Als Kathryn mit seinen Söhnen schwanger gewesen war, hatte er Kerzen anzünden lassen und die Kapelle, die zuvor dem Heiligen Judas Thaddäus geweiht war, zur Kapelle der Heiligen Margaret ernannt – wie leicht er sich doch der Heiligen entledigte. Genauso schnell und leicht, wie er sich seiner Favoritinnen entledigte. All diese Mühe, all diese Kosten, sie galten nicht ihr, das war ihr vollkommen klar. Er tat dies nur und ausschließlich für seine Nachkommen, »den Stolz seiner Lenden«. So nämlich hatte er die kräftigen Zwillinge genannt, die ihm die Hebamme präsentierte, obwohl er von Anfang an für einen der beiden größeren Stolz zu empfinden schien.

Den kleineren Säugling, der friedlich schlief, hatte er Kathryn in die Arme gelegt, während er den laut brüllenden, vor Zorn rot angelaufenen anderen Säugling, dem er den Namen Alfred gegeben hatte, wie eine Trophäe mit einer Hand hoch in die Luft gehalten hatte. »Dieser hier. Dieser hier«, hatte er gesagt, »wird einmal ein richtiger Kämpfer werden.« Sie war zutiefst erschrocken und hatte zur Heiligen Margaret gebetet, ihre beiden Söhne zu beschützen. Zur Heiligen Margaret, die jetzt mit ihrem sonnendurchfluteten Kreuz dazu beitrug, ihr Colin zu entfremden. Was würde Roderick wohl dazu sagen, wenn er seinen jüngeren Sohn Tag und Nacht vor dem Altar wimmern sähe? Roderick hatte zeit seines Lebens keinerlei Neigung zur Reue gezeigt, obwohl seine Sünden weiß Gott zahlreich und schwer genug gewesen waren, um ihm dazu Anlass zu geben.

Colin verharrte völlig reglos vor dem Altar, auf Knien, die Hände gefaltet, die Augen geschlossen: die klassische Haltung des reuigen Sünders. Er musste ihre Gegenwart spüren, musste ihre Röcke rascheln gehört haben, doch er reagierte überhaupt nicht auf sie.

»Colin.« Leise, fast ein Flüstern.

Er hätte ebenso gut eine Statue aus Stein sein können, wäre da nicht die leichte Bewegung seiner Lippen gewesen, während er seine Gebete sprach.

Seufzend drehte sie sich um. Da sie nicht in der Lage gewesen war, seinen Bruder vor dem Fluch zu retten, den die Zuneigung seines Vaters bedeutete, hatte sie versucht, wenigstens den jüngeren Sohn davor zu schützen. Gegen diesen anderen Vater aber, den himmlischen Vater, würde sie sich nicht stellen. Nicht einmal, wenn es um ihren Sohn ging, denn damit hätte sie nicht nur ihre eigene Seele, sondern auch die seine in Gefahr gebracht.

»*Christi Eleison.*« Seine flehentliche Stimme wurde leiser, als sie sich entfernte.

Christus erbarme dich unser. Ja, vor allem deiner, Colin, mein wunderschöner Junge. Der Herr erbarme sich deiner. Sie sprach die Worte stumm. »*Christi Eleison.*«

Erbarme dich auch meiner, betete sie. Sie spürte, wie es hinter ihrem Wangenknochen wieder zu klopfen begann. Schon bald würden die Kopfschmerzen kommen. Sie war auch mit ihrer Regel über der Zeit. Sollte sie sich deswegen Sorgen machen? Es war nicht das erste Mal, dass ihre Regel sich verspätete. Sie hatte das bislang immer ihrem Alter zugeschrieben. Aber das war vor Finn gewesen. War es möglich, dass Finns Same doch noch eine fruchtbare Nische in ihrem Leib gefunden hatte? Er hatte ihn doch immer rechtzeitig herausgezogen, oder etwa nicht? Jedes Mal? Er hatte niemals darüber gesprochen und sie nicht gebeten, an einer sündigen Verschwörung teilzunehmen, aber sie hatte gelernt zu warten, bis er seine Leidenschaft an ihrem weichen Bauch verausgabt hatte. Wie verschütteter Wein.

Coitus interruptus.

Sie massierte ihre linke Schläfe, versuchte, den Schmerz mit purer Willenskraft zu vertreiben. Aber da war noch die Besprechung mit Simpson, die sie hinter sich bringen musste.

Coitus interruptus. Christi Eleison. Sie holte tief Luft, atmete dann heftig wieder aus und spürte eine schwere Last auf ihrer Brust. In ihrem Leben gab es bei weitem zu viel Latein.

Kathryn betrat den großen Saal, wo ihr der Verwalter die Abrechnungen vorlegen sollte. Man hatte die Festtafeln und die Bänke nach dem letzten großen Fest hinausgetragen – seit Rodericks Tod waren Feste in Blackingham ohnehin äußerst selten geworden. Die Ausstattung des Saals bestand nur noch aus den schweren Gobelins, die an den Wänden hingen und die Kälte, die durch die Ziegel drang, ein wenig dämmten, einem einsamen Tisch und einem Stuhl, auf dem sie immer dann Platz nahm, wenn sie in ihrer Funktion als Gutsherrin etwas zu regeln hatte. Dieser wie ein Sattel geformte Stuhl bestand aus massivem englischem Eichenholz und war für ihren Mann angefertigt worden. Roderick war ein groß gewachsener Mann gewesen. Er hatte den Stuhl ausgefüllt, hatte dort als Herr wie auf einem Thron gesessen. Bei ihr aber war das anders. Selbst wenn sie ihren voluminösen Samtkittel trug, blieb zwischen ihr und den geschwungenen Armlehnen des Stuhles auf jeder Seite viel Platz. Wenn sie versuchte, ihre Ellbogen auf die Lehnen zu stützen, kam sie sich vor wie ein verletzter Falke, dessen Schwingen unnatürlich weit abgespreizt waren.

Sie hatte die Anweisung gegeben, den Stuhl vom Podium in die Mitte des Raumes zu versetzen, weil sie fand, dass das weniger bedrohlich auf die Besucher wirkte. Sie zog es vor, ihre sonstigen Verwaltungsangelegenheiten in der freundlicheren Atmosphäre des Söllers zu erledigen, und hatte deshalb beschlossen, den großen Saal nur zu bestimmten Anlässen zu benutzen. Und dies war ein solcher Anlass. Der griesgrämige Verwalter sollte sich ihrer Position bewusst werden. Jetzt allerdings kam sie zu dem Schluss, dass es ein Fehler gewesen war, den Stuhl von seinem etwas erhöhten Standplatz zu entfernen – es wäre von Vorteil gewesen, wenn Simpson zu ihr hätte aufschauen müssen. Abgesehen davon kam sie sich inmitten dieser großen leeren Fläche selbst ziemlich klein vor. Aber der Stuhl war für sie allein viel zu schwer. Und außerdem hatte sie höllische Kopfschmerzen.

Sie schloss die Augen, versuchte, den wohlvertrauten Schmerz zu vertreiben oder wenigstens so viel Kraft zu sammeln, dass sie ihn einigermaßen ertragen konnte, während sie auf den Verwalter wartete.

Warum nur ließ sie es zu, dass dieser Mann sie so plagte? Er war der Diener. Sie war die Herrin. Sie sollte sich einfach von ihm trennen. Aber wo sollte sie einen Ersatz für ihn finden? Sie hörte das Schlurfen von Schritten, dann das Gemurmel von Stimmen. Als sie die Augen öffnete, sah sie nicht nur Simpson, sondern auch ihren Sohn. Natürlich, warum hatte sie eigentlich angenommen, dass Alfred nicht bei der Besprechung zugegen sein würde? Alfred – wann war er nur so groß und so gut aussehend geworden? – stand neben Simpson. Ihre Unruhe legte sich. Sie richtete sich auf und hob ihr Kinn.

Alfred nahm ihre Hand und führte sie an seine Lippen, während er ein Knie beugte. Eine höfliche Geste.

»Ich hoffe, meine verehrte Mutter ist bei guter Gesundheit.«

Er demonstrierte höfische Manieren, dachte sie. Wie sehr er seinem Vater doch in einigen – vielleicht zu vielen – Dingen ähnlich ist. Aber er gehört mir. Er hat an meiner Brust getrunken. Dieses Band ist stark. Und er wird Blackingham ein starker Herr sein. Sie lächelte, als sie daran dachte, wie sich ihr Vater, der erste Herr von Blackingham, über solch einen kräftigen Erben gefreut hätte.

Es gab vieles, was sie mit Alfred besprechen musste – sie hatte das alles schon viel zu lange aufgeschoben –, aber nicht in Gegenwart von Simpson, der ergeben hinter ihrem Sohn stand. Sie bemerkte jedoch, dass diese Haltung nur äußerlich war.

Sie bedeutete Alfred mit einem Wink, sich wieder zu erheben.

»Nun, in Anbetracht der Umstände geht es mir gut. Es ist schön, dass du dich entschlossen hast, deiner Mutter endlich deine Aufwartung zu machen. Deine Abwesenheit während der jüngsten Ereignisse war auffällig« – sie sah den Verwalter mit einem bösen Blick an –, »und die Eure ebenfalls. Ihr hättet der Messe beiwohnen sollen.«

Simpson begann hinter Alfreds Rücken affektiert zu grinsen. Sie wusste, was er dachte, aber nicht auszusprechen wagte: Eine Totenmesse für einen gewöhnlichen Bauern abhalten zu lassen, zeugte von übertriebenem Mitleid. Es war daher unter seiner Würde, daran teilzunehmen.

Alfreds Gesicht wurde ein wenig rot, während seine Augen sie ärgerlich anfunkelten.

»Es war nicht meine Absicht, nachlässig zu sein, verehrte Mutter. Ich war völlig mit der Aufgabe ausgelastet, die Ihr mir übertragen habt.«

Die Worte waren charmant, aber was seinen Ton betraf, war sie sich nicht so sicher.

»An ebenjenem Nachmittag, an dem das Begräbnis des Schäfers stattgefunden hat, wollte ich meine Mutter in ihrem Zimmer aufsuchen, um ihr als gehorsamer Sohn in diesen schwierigen Zeiten zur Seite zu stehen. Ich musste jedoch feststellen, dass sich meine verehrte Mutter bereits mit jemand anderem zurückgezogen hatte. Da ich nicht stören wollte, blieb mir nichts anderes übrig, als wieder zu gehen.«

Der Verwalter grinste höhnisch, aber das nahm sie kaum wahr, so schockiert war sie. Der Nachmittag, an dem der Schäfer beerdigt worden war, hatte er gesagt. Das letzte Mal, als Finn und sie das Bett geteilt hatten. Sie spürte, wie ihr alles Blut aus dem Gesicht wich.

Die Tür war verriegelt gewesen, dessen war sie sich sicher. Er konnte daher nicht wissen, wer sie in ihrem Zimmer besucht hatte, noch, wie intim dieses Zusammensein gewesen war. Also beschloss sie, ihm die Stirn zu bieten. Angriff war noch immer die beste Verteidigung. Zumindest war das immer Rodericks Strategie gewesen.

»Du hättest einfach anklopfen sollen. Ich bin sicher, dass ich allein war. Außerdem sind mir meine Söhne stets willkommen. Ich wollte ohnehin mit dir reden, denn ich habe noch einige Fragen zu dem Brand. Ich würde zum Beispiel gern wissen, ob es irgendeinen Grund gegeben hat, der dich kurz vorher ins Wollhaus geführt hat.«

Bildete sie sich das nur ein, oder wurde Simpson tatsächlich ein wenig nervös? Wenn er sie in Bezug auf Alfred angelogen hatte, dann hatte er jetzt die Gelegenheit, sein Verhalten zu erklären.

»Der Brand?« Alfred sah sie verwirrt an. Sein ohnehin schon rotes Gesicht verfärbte sich dunkelrot. Sie wusste, wie wütend er jetzt war. »Ihr gebt doch gewiss nicht mir die Schuld! Ich war nur ein- oder vielleicht zweimal dort, um… um John dabei zu helfen, die Vliese auszulegen.«

»Es ist nur so, dass dich jemand am Morgen des Brandes in das Wollhaus hat gehen sehen, da dachte ich, dass du...«

»Ihr dachtet was? Dass ich das Feuer gelegt habe? Ich wette, Colin habt Ihr nicht gefragt, wo er sich an diesem Tag rumgetrieben hat.«

Ein weiterer kurzer Blick auf Simpson zeigte ihr, dass dieser sich plötzlich sehr für die gewölbte Decke des großen Saales zu interessieren schien. Aber er hörte ihrem Gespräch genau zu, dessen war sie sich sicher. Und er freute sich über jedes einzelne Wort. Er versuchte nicht einmal mehr, sein affektiertes Grinsen zu verbergen.

»Wir werden später darüber reden, wenn wir ungestört sind. Nach der Abrechnung«, sagte sie.

Simpson trat vor und übergab Alfred die mit mehreren Lederbändern verschnürten Blätter, welche dieser dann an Lady Kathryn weiterreichte. Sie prüfte sie sorgfältig, um zu sehen, ob die Zahlen mit der Abrechnung des letzten Jahres, die sie sich vorsorglich noch einmal angesehen hatte, in Einklang standen.

»Die Abrechnungen scheinen in Ordnung zu sein.« Sie legte das Geschäftsbuch auf den Tisch, der zwischen ihr und den beiden stand. »Gut gemacht, Alfred. Deine Aufsicht hatte offenbar einen heilsamen Einfluss auf Simpsons Buchführung. Diesmal kann ich keinen Fehlbetrag feststellen.«

Das blöde Grinsen war mit einem Schlag vom Gesicht des Verwalters verschwunden.

»Ihr dürft jetzt gehen, Simpson. Ich möchte ungestört mit meinem Sohn sprechen.«

Seine Verbeugung war so abrupt wie das Zuklappen eines Sargdeckels.

Seine Schritte waren verhallt, aber Alfred behielt seine geschäftsmäßige Haltung bei. Anscheinend war er nicht gewillt, die Aura des Erwachsenseins so ohne weiteres aufzugeben, dachte Lady Kathryn.

»Wir sind jetzt allein, Alfred. Sei nicht so verdrossen. Komm, gib deiner Mutter einen Kuss, damit wir unseren Streit beilegen können.«

Alfred machte jedoch keinerlei Anstalten, ihrem Wunsch zu entsprechen. Seine Haltung wurde, wenn dies überhaupt möglich war, sogar noch steifer. Dann griff er in sein Wams und zog ein mit einer Seidenschnur umwickeltes Pergament heraus.

»Ich habe hier ein Gesuch an meine verehrte Mutter.«

Er zeigte eine ungewohnte Zurückhaltung. Kathryn musste unwillkürlich an Colin denken, der wohl wieder ausgestreckt vor dem Altar in der Kapelle lag. Nur mit Mühe unterdrückte sie einen Seufzer. Ihre beiden Söhne würden bald Männer sein. Sie konnte es jedoch bereits spüren, wie die beiden ihr immer mehr entglitten.

Sie nickte ernst, da sie entschlossen war, seine neu gewonnene Würde nicht zu untergraben. »Du darfst mir deine Bitte unterbreiten.«

Er übergab ihr das Pergament. Sie erkannte das Siegel. Es war das Siegel von Sir Guy de Fontaigne. In ihre Neugier mischte sich Unbehagen.

»Das ist das Siegel des Sheriffs«, sagte sie. »Ich dachte, du hättest gesagt, dieses Gesuch käme von dir.«

»Das ist auch so. In Abwesenheit meines Vaters steht mir jedoch Sir Guy als mein Pate bei meiner Bitte zur Seite.«

»Ich verstehe«, sagte sie und fuhr mit ihren Fingern rasch unter das Siegel, um es zu brechen. »Es ist dir also gelungen, ein eindrucksvolles Bündnis zu schmieden.«

»Ein Bündnis, das bereits von meinem Vater geschlossen wurde und in Einklang mit seinen Wünschen steht, wie Ihr gleich sehen werdet.«

Sie überflog den Inhalt, dann blätterte sie die Seiten noch einmal fieberhaft durch und las ungläubig, was da stand. Sie wollte zu ihm gehen, ihn in die Arme schließen, an ihre Brust drücken, aber sie fürchtete, ihr könnten die Beine versagen. Die pure Angst fesselte sie an ihren Stuhl.

»Alfred, bist du sicher, dass das wirklich dein Wunsch ist?«, war alles, was sie über die Lippen brachte.

»Es ist das, was mein Vater sich immer für mich vorgestellt hat. Das, was ich auch getan hätte, wenn er noch leben würde.«

»Aber ist es auch das, was *du* willst?«

»Es ist das, was ich will. Im Dienste von Sir Guy werde ich all das lernen, was man braucht, um ein Ritter wie mein Vater zu werden. Ich habe seine Rüstung bereits anprobiert. Sie passt mir. Ich werde sie mitnehmen, und Sir Guy wird mir ein Pferd zur Verfügung stellen.« Dann fügte er mit steinerner Miene hinzu: »Mit Eurer Erlaubnis, natürlich.«

Plötzlich fühlte sie sich unglaublich alt. Der große Saal kam ihr mit einem Mal noch größer und noch bedrohlicher vor. Sie beobachtete, dass unter der Dachtraufe eine Krähe hereinflog und unter den Deckenbalken das verlassene Nest eines Zaunkönigs zu zerstören begann. Sie sah sich das Schriftstück noch einmal genau an, Sir Guys Unterschrift, scharf und kantig wie er selbst, darunter das Amtssiegel des Sheriffs. Sie wusste, dass sie ihre Zustimmung nicht verweigern konnte. Sir Guy würde sonst beim jungen König und dem für ihn regierenden John of Gaunt eine Eingabe machen. Sie konnten für ihren Sohn gegen sie Partei ergreifen, konnten anordnen, dass Blackingham trotz ihrer verbrieften Mitgift von nun an allein unter Alfreds Herrschaft stand. Sie selbst würde man in irgendeiner abgelegenen Abtei unterbringen, wo sie ihr weiteres Leben unter dem »Schutz« des Königs fristen würde. Mit Colin als einzigem Fürsprecher.

Christi Eleison.

Nein, sie konnte es sich nicht leisten, sich Sir Guy de Fontaigne zum Feind zu machen.

»Du wirst mir fehlen«, sagte sie mit leiser Stimme.

»Ich bin sicher, du wirst schon bald jemanden finden, der an meine Stelle treten kann. Bis jetzt warst du ja auch über meine Abwesenheit froh.«

»Aber das ist doch überhaupt nicht vergleichbar. Ich wusste, dass du in der Nähe bist. Ich konnte dich sehen, wann immer ich wollte.« Sie zeigte auf das Rechnungsbuch. »Deine Abwesenheit war ein notwendiges Opfer für Blackingham.«

Seine Antwort bestand darin, dass er seine Kiefermuskeln anspannte. Er hatte ein energisches, vorspringendes Kinn, Rodericks Kinn.

»Kommst du wenigstens an Weihnachten? Ich wollte für dich und deinen Bruder eine große Geburtstagsfeier ausrichten.«

»Wenn mir Sir Guy die Erlaubnis dazu gibt.«

Er stand förmlich stramm vor ihr, steif und unnachgiebig. Sie wusste, dass er so abweisend stehen bleiben würde, wenn sie ihn jetzt umarmte. Und diese Demütigung wollte sie sich lieber ersparen. »Dann geh mit dem Segen deiner Mutter«, sagte sie. Ihre Stimme war dabei jedoch kaum mehr als ein Flüstern.

Er verbeugte sich leicht, wollte sich zum Gehen wenden.

»Bekomme ich zum Abschied nicht einmal einen Kuss, Alfred?«

Er beugte sich über den Tisch und streifte ihre Wangen leicht mit seinen vollen Lippen. In ihrer Erinnerung zuckte das Bild ebenjenes Mundes auf, seines Säuglingsmundes, gierig an ihrer Brust saugend. Wie ungern hatte er damals losgelassen, und wie gern tat er es heute.

Als er zur Tür ging, musste sie alle Kraft zusammennehmen, um dem Drang zu widerstehen, ihn zurückzurufen. Sie hatte nicht die Macht, ihm etwas zu befehlen. Er war in die Welt hinausgegangen und hatte andere Bündnisse geschlossen. Sie würde sich nur lächerlich machen.

»Du kannst dir einen der Bediensteten als persönlichen Diener mitnehmen. Ich will nicht, dass du als Almosenempfänger beim Sheriff deinen Dienst antrittst. Du wirst als Mann dorthin gehen. Und lass die Rüstung deines Vaters auf Hochglanz polieren.«

Er drehte sich zu ihr um, und sie glaubte einen Moment lang, in seinen Augen den Jungen zu erkennen, der sein Gesicht weinend in ihren Röcken versteckt hatte, wenn sein Vater ihn wieder einmal geschlagen hatte, »um ihn abzuhärten«. Aber sie hatte sich das wohl nur eingebildet, denn sein Gang war stolz, als er nach einem letzten Gruß den Saal verließ.

Die andere Frage, die sie schon so lange beschäftigte, hatte sie ihm wieder nicht gestellt: Wo war er an dem Tag gewesen, als der Priester ermordet wurde. Inzwischen waren Monate ins Land gezogen. Wahrscheinlich hatte diese Frage für niemanden mehr Bedeutung – außer für sie selbst. Sie betrauerte den Verlust ihres Sohnes, gleichzeitig hörte sie in ihrem Kopf jedoch auch eine Alarmglocke schlagen. Dadurch, dass Alfred in den Dienst des Sheriffs trat, brachte er diesen in ihr persönliches Umfeld. Und auch wenn sie selbst noch nie mit einem Falken auf der Hand zur Jagd geritten war, so erkannte sie doch einen Räuber, wenn sie einen sah.

Kathryn blieb noch lange Zeit in dem stillen, großen Saal sitzen und sinnierte über ihren doppelten Verlust. Innerhalb von sieben Tagen waren zwei der drei wichtigsten Männer in ihrem Leben einfach daraus verschwunden. Und der dritte war gerade auf dem besten Weg, sich von ihr zu entfernen. *Christi Eleison. Herr erbarme dich unser.*

Die Krähe saß jetzt ebenfalls still. Sie hockte auf den Deckenbalken, mit dem Schnabel über dem Nest verharrend, so als warte sie nur darauf, dass die Zaunkönige zurückkehrten. Die schräg stehende Nachmittagssonne schien durch die schmalen Fenster und verwandelte die Flügel des Vogels in riesige Schatten, die über Kathryn schwebten, während sie klein und einsam auf ihrem großen Eichenstuhl saß.

12. KAPITEL

*Sie kniete sich auf ihn und zückte ihren Dolch mit
der breiten, glänzenden Klinge, um ihren Sohn,
ihren einzigen Nachkommen, zu rächen.*

BEOWULF, ANGELSÄCHSISCHES EPOS, 8. JAHRHUNDERT

Der Zwerg erhob sich von seinem Bett, einem Haufen von Pelzen, die auf dem Boden aus Pappelholz lagen (ein Lehmboden wurde im Marschland aufgrund der Feuchtigkeit nie richtig fest), und stocherte in dem mit Asche bedeckten Feuer herum, um es wieder zum Leben zu erwecken. Dann ging er vor die Tür, um sich zu erleichtern. Es war noch sehr früh am Morgen: In der Luft lag der Duft der Hoffnung, die Welt streckte und reckte sich, war jedoch noch nicht richtig aufgewacht. Hier und da durchdrang schon ein erstes zaghaftes Piepsen das Schweigen der Kreaturen der Nacht, die sich jetzt gähnend zur Ruhe begaben. Er atmete die feuchte Luft tief ein, den Nebel, der über dem Sumpf aufstieg. Eine noch schemenhafte Sonne kämpfte darum, hinter dem Nebel Gestalt anzunehmen. Halb-Tom hatte einen solchen Morgen schon oft genug erlebt, um zu wissen, dass die Sonne am Ende den Sieg davontragen würde. Es würde ein schöner Tag werden, ein seltenes Geschenk für Mitte November – Martini, der Tag des heiligen Martin. Aber Halb-Tom beging die Feiertage nicht. Er ging auch nicht zur Kirche, nicht einmal in die prächtige neue Saint Peter Mancroft, die Marktkirche in

Norwich, mit ihren heiseren Glocken. Sein Kalender waren die Phasen des Mondes.

Anhand der Kerben, die er in eine Weidenrute schnitt, wusste er immer ganz genau, wann Markttag war. Die Feiertage hingegen waren ihm nicht wichtig. Ein kurzer Blick auf die Kerben in seinem Stab sagte ihm, dass heute der zweite Donnerstag im November war. Also war heute Markttag in Norwich. Wenn er jetzt sofort aufbrach, würde er bis Mittag dort sein. Alle Vorzeichen deuteten darauf hin, dass es einen harten Winter geben würde; dies war für ihn also vielleicht die letzte Gelegenheit für einen Marktbesuch, bevor es Frühling wurde. Er würde sich ein oder zwei Bier gönnen, und ihm würde vielleicht sogar Zeit für einen kurzen Besuch bei der frommen Frau bleiben. Dann aber dachte er an den langen, nächtlichen Heimweg. Nun, wenn nötig, konnte er ja im Heuwagen irgendeines Kleinbauern Unterschlupf suchen, bis der zunehmende Mond am Himmel erschien. In seinem Licht würde er dann seinen Weg durch den Sumpf leicht finden.

Er entschied sich, einen gebackenen Fladen und einen getrockneten Fisch für die Reise einzupacken, und ging wieder nach drinnen. Er hatte seine Hütte, die nur aus einem Raum bestand, aus dem Holz einer vom Wind völlig verbogenen Pappel gebaut und das Dach mit Riedgras vom Fluss Yare gedeckt. Die Hütte war überraschend dicht und bot somit einen guten Schutz vor den winterlichen Winden, die hier vor allem aus dem Osten wehten. Sie bot ihm aber auch Zuflucht. Denjenigen, die ihn quälten, fehlte nämlich der Mut, ihn bis ins Herz des Sumpfes zu verfolgen. Sie wussten, dass der schlammige Schlund des Moores ein Pferd samt Reiter binnen Sekunden verschlingen konnte.

Das rauchende Torffeuer auf dem Herd in der Mitte des Raumes und der bequeme Stuhl, der davorstand, sprachen jedoch gegen sein Vorhaben. Dieser Stuhl, bei dessen Anfertigung er sich geschickt eine durch den Wind geformte Biegung des Stammes zunutze gemacht hatte, war seiner kindlichen Statur perfekt angepasst. Aber Halb-Tom würde während der langen Winterabende noch genügend Zeit haben, um vor dem Feuer zu sitzen und aus den Weidenruten, die er im Frühling geschnitten und im Sommer geschält hatte, seine Körbe zu flechten – Bienenkörbe, Aalkörbe mit Verschluss, Fischreusen, Transportbehälter an Stangen. Und es würde ihm auch viel Zeit zum Träumen bleiben. Zeit, um die Lieder zu singen, die er von den fahrenden Spielleuten gehört hatte, die das Kloster besuchten, in dem er seine Kindheit verbracht hatte. Lieder von den Heldentaten des mächtigen Beowulf.

In diesen winterlichen Tagträumen schlüpfte Halb-Toms Seele in den großen Krieger. Nachdem er etwas getrockneten Fisch gegessen und dazu Rübensuppe getrunken hatte, sprang der Zwerg in seiner Hütte umher und forderte die flackernden Schatten mit seinem Weidenstockschwert heraus. In seiner Fantasie war er, Halb-Tom, niemand anderes als Beowulf. Es war Halb-Tom, der Lord Hrothgar Treue schwor, Halb-Tom, der sein blitzendes Schwert gegen das Ungeheuer Grendel führte, Halb-Tom, der voller Genugtuung seufzte, als sich sein Dolch in die weiche Kehle des riesigen Meerestrolls bohrte. Er konnte beinahe die heiße Fontäne aus Blut spüren. Roch dieses Blut wie Schweineblut? Es war Halb-Tom, ein groß gewachsener Halb-Tom, ein wahrer Hüne und unglaublich tapfer – die Skops rühmten in ihren Gesängen seinen Namen –, der Grendels rachsüchtige Ungeheuermutter in ihrem Versteck im Sumpf aufspürte. Es war Halb-Tom, der Grendels Mutter besiegte und ihr sein Schwert »in den Hals stieß, durch die knöchernen Ringe drang«. Es war Halb-Tom, der dabei zusah, wie der Stahl seines Schwertes in ihrem giftigen Blut zerschmolz.

In nachdenklicheren Stunden (denn wenn er sich nicht gerade wilden Träumen von Heldentaten hingab, die er in seinem anderen Leben beging, fand er durchaus auch Zeit zum Nachdenken) hatte er auch ein wenig Verständnis für das Ungeheuer. War es nicht das launenhafte Wyrd gewesen, das Grendel das unbezähmbare Verlangen nach Menschenfleisch eingepflanzt hatte? War das Ungeheuer dann nicht eigentlich schuldlos? Machte Wyrd, das Schicksal, nicht aus ihnen allen Ungeheuer? Ungeheuer schufen sich nicht selbst. Und dann war da die Mutter, erfüllt von Rachsucht und glühender Liebe. Er beneidete Grendel um seine Mutter.

»Teufelsbrut«, so wurde Halb-Tom von manchen Menschen genannt. Sie sagten, er sei »von einem Kobold gezeugt«. Seine Seele war durch solche Worte abgeschliffen worden. Jetzt war sie völlig blank poliert, hart und glänzend. Wenn Gott, keinesfalls der Teufel – das wusste er ganz genau, weil die fromme Frau ihm versichert hatte, dass der Teufel nichts erschaffen konnte –, wenn Gott ihn also unvollendet gelassen hatte, dann musste es einen Grund dafür geben.

»Gott hat alles geschaffen, was geschaffen wurde; und Gott liebt *alles*, was er geschaffen hat«, hatte die Einsiedlerin zu ihm gesagt. Sie hatte dabei so beruhigend geklungen und eine so mütterliche Liebe und große Sicherheit ausgestrahlt, dass er es schließlich selbst glaubte.

Er nahm seinen dreizackähnlichen Aalspeer und ging zu der Stelle, wo der Yare seine seichten Wasser in eine Flussschlinge schwappen ließ. Mit einem einzigen Stoß seines muskulösen Armes durchbohrte er die Kiemen eines großen Hechts, so dass dieser auf dem flachen Grund festgespießt wurde, dann hob er den zappelnden Fisch aus dem Wasser und legte ihn in eine Fischreuse aus Weidenruten. Ein schöner Fisch für seine Freundin. Ein schönes Geschenk für die fromme Frau.

Am Ende des Markttages, nach dem zweiten Ale aus dem dritten Ausschank – er war nicht so vermögend, dass er sich den ersten Ausschank hätte leisten können –, und nach seinem Besuch bei Julian von Norwich, machte sich Halb-Tom nicht auf den Heimweg zurück in das Marschland, sondern schlug den Weg nach Norden, nach Aylsham ein. Er hatte dem Illuminator, *seinem* Hrothgar, eine Nachricht zu überbringen. Diesmal würde er die Botschaft nicht einem Diener übergeben. Er hatte der frommen Frau versprochen, dass er die Seiten, die er unter seinem Rock trug, nur dem Buchmaler persönlich übergeben würde.

Es war für ihn ein größerer Umweg – zwölf Meilen nach Aylsham und dann zwei weitere Meilen nach Blackingham Manor, und das Tageslicht wurde schon schwächer. Aber das war das Mindeste, was er tun konnte. Er stand bei dem Buchmaler tief in der Schuld.

Und Mutter Julian war ebenfalls immer freundlich zu ihm. Sie hatte Verständnis für seine Bedürfnisse wie niemand sonst. Sie wusste, wie sehr er unter seiner Einsamkeit litt. Aber was noch mehr zählte, sie verherrlichte seine geringe Körpergröße geradezu. Als er sie das erste Mal aufsuchte, hatte er ihr sein Herz ausgeschüttet und sich bitter darüber beklagt, dass Gott ihn nur zu einem halben Mann gemacht hatte, und das in einer Welt, in der man ein Riese sein musste. Sie hatte ihn voller Mitleid angesehen – dass man ihm gegenüber Mitleid zeigte, geschah so selten, dass er es als solches erst gar nicht erkannte. Dann hatte sie aus einer Schüssel, die auf dem Fenstersims zwischen ihnen stand, eine Haselnuss herausgenommen.

Sie beugte sich vor und hielt dabei die Nuss in ihrer Hand. »Seht Ihr das, Tom?« Sie nannte ihn nur selten so wie die Mönche, die ihn vor ihrem Tor gefunden und ihn nach seinem unübersehbaren Makel benannt hatten. »Das ist eine Haselnuss. Unser Herr zeigte mir einmal ein kleines Ding, nicht größer als diese Nuss hier, das in meiner Handfläche zu liegen schien. Es war so rund wie eine Kugel. Ich sah es mit dem Auge meines Verstandes an und dachte: ›Was ist das?‹«

Sie öffnete seine Finger und legte ihm die Haselnuss in seine schwielige Hand, dann fuhr sie fort: »Und ich hörte in meinem Geist: ›Alles ist mein Werk.‹ Auch ein solch kleines Ding. Alles ist seine Schöpfung. Eine Welt, nicht größer als eine Haselnuss, die in Christi beschützender Hand liegt. Ich fragte mich, wie lange dieses Ding bestehen konnte, denn es schien, als könnte es plötzlich zu Nichts werden. Es war ja so klein. Und ich erhielt zur Antwort: ›Es besteht und wird für immer bestehen, denn Gott liebt es. Und das heißt, alles besteht durch die Liebe Gottes.‹«

Das war vor drei Jahren gewesen, und die Haselnuss, die Halb-Tom in einem Beutel aus Fuchsleder um seinen Hals trug, war so fest, hart und rund wie an jenem Tag, an dem die Einsiedlerin sie ihm geschenkt hatte. Das war für ihn schon Wunder genug. Sollten die reichen Äbte doch die Gebeine ihrer Heiligen in mit Edelsteinen verzierte Schreine aus getriebenem Gold betten. Diese Haselnuss war die einzige Reliquie, die er brauchte.

Die Sonne stand klar und hell am Himmel, aber es war kalt, als er nach Norden marschierte. Auf der Straße waren so gut wie keine Pilger mehr zu sehen. Die meisten hatten ihre Reise in Norwich beendet, und die wenigen, die ihr Weg noch weiter führte, hatten sich eine Unterkunft für die Nacht gesucht und würden ihre Pilgerfahrt erst am nächsten Tag fortsetzen. Man musste schon sehr tapfer sein, oder sehr dumm, um nach Einbruch der Dunkelheit noch unterwegs zu sein, wenn die Banditen und Geächteten ihre Verstecke verließen, um ihre Rechte mit Dolchen und Garrotten einzufordern. Daher war Halb-Tom auch überaus erleichtert, als er die rote Ziegelfassade von Blackingham sah, auf die gerade die letzten Sonnenstrahlen fielen.

Er betrachtete die Ansammlung von Nebengebäuden und überlegte, ob er dort Unterschlupf suchen sollte. Als er am Gerbplatz vorbeikam, wo die abgezogenen Häute des geschlachteten Viehs in großen Bottichen mit Urin gekocht wurden, rümpfte er angewidert die Nase. Wenn er seine Nachricht losgeworden war, würde er versuchen, in der Nähe der Schmiede sein Nachtlager aufzuschlagen, dort, wo die Hitze der Esse selbst noch in der kältesten Nacht etwas Wärme abstrahlte. Schon kurz nach Aylsham hatte überall ein scharfer Rauch in der Luft gelegen, da die Kleinbauern und Freisassen gerade dabei waren, ihr Fleisch für den Winter zu räuchern. Je mehr er sich Blackingham genähert hatte, desto stärker war der Rauchgeruch geworden. Am besten war es, wenn er zunächst einmal die Küche aufsuchte. Da er als Bote mit einer Nachricht für einen Gast des Hauses kam, war die Köchin dazu verpflichtet, ihm etwas zu essen zu geben. Die Speisekammern waren sicherlich schon mit reichlich Fleisch von den winterlichen Schlachtungen gefüllt, vielleicht bekam er ja sogar eine Portion fetten Hammeleintopf oder eine Schweinepastete.

Als er auf den Küchenhof zuging, bemerkte er im letzten Licht des Tages einen abgestorbenen Baum, der auf einem kleinen Hügel stand. Dessen knorrige Eichenfinger und der verdrehte Stamm hoben sich vor einem indigoblauen Himmel ab. Bestimmt ein guter Bienenbaum, dachte er seufzend, aber den Honig hatte man vermutlich schon Ende September herausgeholt. Aber dann gab es in der Küche von Blackingham vielleicht sogar Met. Würzig süß und berauschend. Vergorenes Honigwasser. Met und eine Fleischpastete, eine wunderbare Vorstellung.

Er klopfte auf das Päckchen unter seinem Wams und ging entschlossen auf die Küchentür zu. Doch dann blieb er wie angewurzelt auf halbem Weg stehen. Aus der Richtung des Baumes vernahm er ein Flüstern. Ein tonloses und dennoch melodisches Flüstern. Vielleicht das Summen von Bienen, die kurz vor dem Ausschwärmen standen? Im November? Er ging neugierig auf den Baum zu. Oben auf dem Hügel erschien die Dämmerung weniger düster, er war plötzlich von einem von hellen Streifen durchzogenen Lavendelblau umgeben, und es war absolut windstill, so wie das manchmal der Fall ist, wenn sich ein Tag seinem Ende zuneigt. Aber hier war niemand – zumindest sah er keine Menschenseele. Und dennoch wurde dieser gestaltlose Klang immer stärker und melodiöser. Das musste der Gesang der Engel sein. Musik, so wie sie nur im Paradies erklang. War dies die Stimme der Heiligen Mutter Gottes? In seinen Zehen begann ein angstvolles Zittern, das langsam bis zu seinem Scheitel hinaufstieg, so dass sein Kopf schließlich närrisch wackelte wie der einer Puppe eines Spaßmachers. Trotzdem ging er noch näher an den Baum heran, geradezu magisch angezogen von den schwebenden Klängen. Sanft auf und ab schwellend, lockten sie ihn wie der Körper einer Frau, eine verbotene Frucht, von der er bisher nur in seinen Träumen gekostet hatte (denn für einen wie ihn waren nur die überreifen oder die verdorbenen Früchte zu haben – und die wiederum wollte er nicht haben).

Sein Blick versuchte die purpurfarbene Dämmerung zu durchdringen, suchte den Hügel und den Baum ab. Der Klang schien aus dem Inneren der großen Eiche zu kommen. Er begann den Baum so vorsichtig wie ein Reh, das sich dem Rand des Waldes nähert, zu umkreisen. Dann berührte er die raue Rinde. Ein Lied, unzweifelhaft eine weibliche Stimme, aber jung, vielleicht sogar die eines Mädchens, drang aus den Eingeweiden des Baumes. Das war nicht die Heilige Jungfrau. Ihre Stimme würde gewiss aus luftiger Höhe kommen. Dann war es vielleicht eine Hexe? Irgendein böser Geist, der diesen Baum in Besitz genommen hatte? Halb-Tom war normalerweise nicht leicht zu erschrecken. Er hatte schon oft Jäger und Beute gesehen, war Zeuge der Heimtücke des Moores geworden, hatte schwere Unwetter erlebt und war hin und wieder im Moor einem Wesen begegnet, das er für eine Elfe gehalten hatte. Vielleicht aber war es doch nur eine Libelle gewesen – wer konnte das schon mit Sicherheit sagen? Aber selbst unter all den Wundern der Natur, die der Zwerg mit kindhaftem Erstaunen einfach hinnahm, gab es keine singenden Bäume. Aber dieser Baum hier sang ohne jeden Zweifel. Mit der Stimme einer Frau, und das war für sich genommen schon ein Grund zur Sorge. Er zog seine Hand hastig zurück, als hätte er sich an einem heißen Rost verbrannt. Dann drehte er sich um und rannte in Richtung Küche, als wäre der Teufel hinter ihm her.

Magda saß mit verschränkten Beinen im Stamm der hohlen Eiche und summte leise vor sich hin. Dies war ein Ton, der den Bienen gefiel. Sie konnte zwar nicht sagen, woher sie das wusste, aber sie war sich dessen ganz sicher. Die Bienen waren ihre Freunde. Der Baum war Magdas liebster Rückzugsort. Sie liebte die Stille dort. Sie liebte diesen kleinen, geheimen Raum, wo sie verborgen vor der Welt war. Sie war durch ein Loch an der Basis des Stammes in den Baum gekrochen, hatte sich mit einem Geschenk für die Bienen zwischen den knorrigen Wurzeln hineingequetscht. Dann hatte sie sich mühsam eine Stelle gesucht, wo sie aufrecht sitzen konnte. So musste sich ein Baby im Bauch seiner Mutter fühlen, dachte sie. Kein Wunder, dass sie alle weinend auf die Welt kamen.

Magda liebte die kleinen Dinge. Kleine Räume, kleine Kreaturen. Sie vermisste ihre beiden jüngeren Geschwister, auf die sie zu Hause oft aufgepasst hatte. In kalten Nächten wie diesen hatte sie ihre kleinen Schwestern auf dem Heuboden, wo sie schliefen, immer in die Arme genommen wie eine Henne, die ihre Küken hudert. Sie fragte sich, wer die beiden jetzt wärmte. Und auch, wer sich um das Frettchen kümmerte, dem sie immer heimlich kleine Bissen vom Tisch ihres Vaters zugesteckt hatte.

Es war nicht so, dass sie in Blackingham unglücklich gewesen wäre. Sie musste zwar hart arbeiten, aber man verlangte nichts Unmögliches von ihr. Die Köchin war gut zu ihr. Sie ließ sie in kalten Nächten sogar bei sich im Bett schlafen. Sie hatte immer genügend zu essen, und sie hatte sogar ein warmes Hemd aus Wolle bekommen, das nach Kräutern duftete. Ihr altes zerlumptes Hemd hatte wie der Abtritt gerochen, und es hatten böse Käfer darin gewohnt, Teufelskäfer, die sie geplagt hatten. Sie war froh gewesen, als die Köchin das alte Ding verbrannt hatte. Jetzt war ihre Haut rosa, und ihr Haar roch gut, nach Lavendel, und all die schorfigen Stellen waren abgeheilt. (Sie konnte sich nicht daran erinnern, dass es jemals eine Zeit gegeben hätte, zu der sie nicht ständig an ihrem Schorf herumgekratzt hatte.) Dennoch verwirrte sie manchmal die Größe des Anwesens – so viele Leute, so viel Leere, so viele Farben. Und manchmal, in Momenten der Einsamkeit, sehnte sie sich nach ihren kleinen Geschwistern. Sie hatte jetzt niemanden mehr, um den sie sich kümmern konnte.

Im düsteren Hohlraum des Baumes konnte sie kaum die Bienen erkennen, die an der Innenwand des Stammes hingen, eine brodelnde Masse, ein lebendiger Wandteppich, wobei die äußeren Bienen ihre Flügel bewegten, um Wärme für die anderen zu erzeugen. Sie wusste, dass die Bienen ihren Platz tauschen würden, wenn den Tieren außen kalt wurde. Sie waren eine Einheit, arbeiteten perfekt zusammen, um das Überleben aller im Winter zu sichern. Warum verhielten sich die Menschen nicht genauso? Wahrscheinlich gab es irgendeinen Grund dafür, und sie war nur zu dumm, ihn zu verstehen. Sie war einfältig. Das hatte ihr Vater ihr immer wieder gesagt.

Aus der Schale vor ihr auf dem Boden nahm sie zwei Stöckchen, die sie mit Honigwasser getränkt hatte, und schob sie dann vorsichtig in die lebendige Masse von Insekten hinein, damit die Bienen etwas zu essen hatten. Das Innere der Masse war so warm wie der Ziegelstein, den die Köchin in kalten Nächten in ihr Bett legte. Der Geruch des pulsierenden Bienenteppichs vermischte sich mit dem von Erde und Holz. Es war jedoch keine Spur von fauliger Süße wahrzunehmen. Die Arbeitsbienen hatten das Innere des Baumes sorgfältig gesäubert.

Das Bienenvolk wuchs. Bald würde es für den Schwarm im Baum zu eng werden. Im nächsten Jahr würden sie die alte Königin vertreiben, und es würde sich ein neuer Schwarm bilden. Sie erinnerte sich daran, dass es sich wie weiche Wolle angefühlt hatte, als sich die Bienen auf ihren Armen und ihren Schultern versammelt hatten, während sie im September den Honig geerntet hatte. Damals war der Schmied gekommen, um die Bienen umzubringen, damit man ihnen ihren Honigschatz rauben konnte. Sie aber hatte ihn mit einem heftigen Kopfschütteln und der Hilfe der Köchin davon überzeugt, es ihr zu überlassen, den Honig zu sammeln. Und so die Bienen zu retten.

»Lass sie es doch versuchen«, hatte die Köchin gesagt. »Die Kleine ist immer für eine Überraschung gut.«

Der Schmied, ein sanfter Riese, war also lächelnd und nickend ein paar Schritte zurückgewichen. Magda kannte ihn gut. Alle Kinder kannten ihn. Er erlaubte ihnen, sich in der Nähe seiner Esse aufzuhalten und ihm dabei zuzusehen, wie sein Schmiedehammer auf dem Amboss Funken sprühte. Wenn eines von ihnen ein Gerstenkorn hatte, sagte er immer: »Komm her. Halte diesen Eisenstab, während ich das andere Ende bearbeite. Wenn wir damit fertig sind, werde ich mich um dein Auge kümmern.«

Die Hitze der Esse zog währenddessen den Eiter heraus, aber der Schmied hatte dann stets seinen großen Auftritt, wenn er den Eiter unter Zuhilfenahme irgendeines Zauberspruchs wegwischte.

»Sie kann tatsächlich die Bienen verzaubern«, sagte der Schmied anerkennend, als sie die Bienen besänftigte und die tropfenden Waben aus dem Inneren des Baumes holte.

Magda war nicht bewusst gewesen, dass dies eine besondere Gabe war, aber sie hatte schon immer gewusst, wie sie den Honig holen konnte, ohne den Schwarm zu töten. Die Bienen waren, so wie alle Kreaturen Gottes, verpflichtet, ihren Tribut zu leisten, und sie erbrachten ihn eben in Form süßen Goldes. Jetzt brachte sie den ruhenden Arbeitern sozusagen als Gegenleistung ein Geschenk: Eine Schüssel mit in Honigwasser und Rosmarin getränkten kleinen Stöcken, damit sie im Winter nicht hungern mussten.

Magda saß also bei den Bienen, während es langsam Abend wurde, und dachte darüber nach, welches Glück sie doch hatte, diesen Ort gefunden zu haben. Das schwindende Licht erinnerte sie jedoch daran, dass es an der Zeit war, in die Küche zurückzugehen und der Köchin zu helfen. Magda hatte nämlich die Aufgabe zugewiesen bekommen, dem Buchmaler und seiner Tochter das Essen zu bringen. Seit letzter Woche kamen die beiden nicht mehr in den Söller, um zusammen mit Lady Kathryn zu essen. Der Buchmaler schien irgendwie ärgerlich zu sein, und das Mädchen war anscheinend krank geworden. Sie war oft grün im Gesicht und erbrach sich ständig. Nun, richtig krank war sie eigentlich nicht. Ihr Vater hätte sich keine Sorgen um sie zu machen brauchen. Magda wusste, warum Rose ihr Essen nicht bei sich behielt. Und sie wusste jetzt auch, warum die Seele der Tochter des Buchmalers zwei Farben hatte, das Rosa mit dem inneren Kreis aus Licht. Dieses Licht wurde immer heller, immer deutlicher sichtbar, während es Rose immer schlechter ging. Aber die Übelkeit würde schon bald vorbei sein. Sie dauerte nie sehr lange, das wusste Magda.

Als Magda den Bienenschwarm, der am samtigen, braunen Inneren des Stammes hing, nicht mehr erkennen konnte, nahm sie zwei mit Honig getränkte Stöckchen aus einem gewachsten Leinenbeutel, den sie an ihrem Gürtel trug, und legte sie auf die Stelle, an der sie gesessen hatte. Ein süßer Tribut an die Bienen. Dann hörte sie zu singen auf und kroch rückwärts aus dem Baum.

Sie richtete sich gerade noch rechtzeitig auf, um ein weißes Licht zu sehen, das niedrig und schnell in Richtung Küche flog und dabei fast den Boden berührte. Von ihrem Platz auf dem Hügel aus konnte Magda erkennen, wie sich die Küchentür öffnete und die Köchin im hell erleuchteten Türrahmen erschien. Sie fuchtelte wild mit den Händen herum und sagte offenbar etwas zu jemandem, der in der purpurfarbenen Dämmerung jedoch nicht zu erkennen war. Magda lief den Hügel hinunter und lächelte, als sie die schrille Stimme der Köchin hörte. Sie wusste, dass bellende Hunde nicht beißen.

»Es ist mir völlig egal, wer hinter dir her ist. Mit deinen schmutzigen Stiefeln kommst du mir nicht in meine Küche.«

Magdas Neugier überwog ihre angeborene Schüchternheit, und ihre Füße flogen geradezu über den Boden, den die nächtliche Kälte bereits hart und somit holperig hatte werden lassen. Sie platzte fast vor Freude, als sie in die Küche kam, denn dort stand, verzweifelt nach Luft schnappend und wild gestikulierend, ein wunderbarer kleiner Mann. Ein vollkommener kleiner Mann. Er hatte die schönste Aura, die sie je gesehen hatte.

13. KAPITEL

Wenn aber diese Krankheit (das Ausbleiben der Menstruation) eine Folge von Zorn oder Kummer ist, muntere man die Betreffende auf, gebe ihr erfrischende Speise und Trank und lasse sie gelegentlich baden. Ist sie das Ergebnis von zu langem Fasten oder ständiger Schlaflosigkeit, sorge man dafür, dass die Betreffende gesunde Speise und Trank zu sich nimmt, wodurch sie gesundes Blut und Lebensfreude bekommen und alle düsteren Gedanken vergessen wird.

DIE FRAUENKRANKHEITEN, ZUSAMMENGESTELLT
VON GILBERT DEM ENGLÄNDER, 13. JAHRHUNDERT

Finn arbeitete im Stehen, denn auf diese Weise konnte er das flüchtige Dezemberlicht, das durch den Schlitz im Fensterflügel fiel, besser nutzen. Während er sich über das Schreibpult beugte, warf er hin und wieder einen Blick zu dem Vorhang hinüber, der als Tür zu dem Raum diente, in dem Rose schlief. Er hatte seine Tochter nach dem Mittagessen ins Bett geschickt. Das Küchenmädchen hatte ihnen eine dicke Gemüsesuppe mit Fleisch und heißen gewürzten Apfelwein gebracht, Rose aber hatte nichts essen wollen und behauptet, zu sehr mit ihrer Arbeit beschäftigt zu sein. Als das Mädchen die Suppe wie eine Opfergabe, die man einer Göttin darbringt, vor ihr auf den Tisch gestellt hatte, hatte Rose das

Schälchen angewidert weggeschoben, so als beleidige allein schon das Aroma von Salbei und Rosmarin ihre Nase.

»Meine Tochter ist im Augenblick ziemlich heikel«, sagte Finn, um das Küchenmädchen zu beruhigen.

Das Mädchen zog sich zögernd zurück. Offensichtlich wollte sie noch etwas sagen. Ihre Lippen öffneten sich, sie holte Luft, dann aber atmete sie wieder aus und schwieg. Finn nahm das Schälchen in beide Hände, wärmte seine Finger daran und wünschte sich, dass seine Tochter wenigstens ein wenig von der fetten, kräftigenden Brühe gegessen hätte.

»Du kannst die Suppe wieder mitnehmen«, sagte er dann. »Aber sag Agnes, dass es nicht an ihrer Kochkunst liegt.« Er schob sein eigenes Schälchen mit Suppe so weit wie möglich auf die andere Seite des großen Schreibpultes, so dass Rose durch den Geruch nicht mehr behelligt wurde. »Ich werde die meine später essen.«

Das Mädchen nahm die Schüssel in eine Hand, knickste und senkte den Kopf, dann ging sie mit lautloser Würde zur Tür. Kaum zu glauben, dass das dasselbe schmutzige Gör sein sollte, das sich noch vor kurzem vor ihm in der dunklen Ecke neben dem Herd versteckt hatte. Finn hätte ihr gern ihre Schüchternheit genommen und herausgefunden, woher dieser plötzliche Funken Lebhaftigkeit kam, den er in ihren Augen gesehen hatte. Aber das hatte Zeit. Er machte sich Sorgen um seine Tochter, denn da war schon wieder dieser grünliche Ton in Roses Gesicht. Und ihm gefiel ihre Blässe nicht, genauso wenig wie die dunklen Schatten unter ihren Augen. Vielleicht war es ja irgendeine rätselhafte Frauensache. Er wünschte, er hätte mit Kathryn darüber reden können.

»Vielleicht würde dir ja ein Nickerchen guttun, Röslein.« So hatte er sie schon eine ganze Weile nicht mehr genannt. Er hoffte, sie würde gegen den kindlichen Kosenamen protestieren, aber sie sagte kein Wort. »Komm schon«, meinte er. »Ich weiß doch, dass du letzte Nacht kaum geschlafen hast. Abgesehen davon kannst du mir momentan sowieso nicht helfen. Diese Arbeit muss ich allein machen.«

»Ja, Vater«, sagte sie fügsam.

Das sah ihr so gar nicht ähnlich. Außerdem war sie früher nie so still und blass gewesen. War dies eine Krankheit des Körpers oder des Geistes? Er sah, wie sie den schweren Gobelin zuzog, der die beiden Zimmer voneinander trennte – weibliches Schamgefühl hatte sie also auch entwickelt. Dies war nur ein weiteres untrügliches Zeichen dafür, dass sie allmählich ins heiratsfähige Alter kam. Wie lange noch würde er sie vor ihrer Herkunft schützen können?

Hinter dem gestickten Vorhang hatte er zunächst gedämpfte Geräusche gehört. Ein Rascheln, ein Husten, dann Stille. Dem Lichteinfall nach zu urteilen, musste dies vor ungefähr einer Stunde gewesen sein. Er widerstand dem Drang, zu ihr zu gehen und zu sehen, wie es ihr ging.

Er würde die Zeit dazu nutzen, an Wycliffes Bibel weiterzuarbeiten. Er hatte bisher sorgsam darauf geachtet, dass Rose in keiner Weise mit dieser Arbeit in Berührung kam. Er wollte nicht, dass das ohnehin schon schwere Erbe seiner Tochter durch seine eigene Unbedachtheit noch schwerer wurde, auch wenn er ihre Hilfe durchaus hätte gebrauchen können. Bei diesem Auftrag nämlich musste er Kalligraph, Illuminator und Miniaturenmaler in einem sein. Aber gerade die Kalligraphie war eine Kunst, die er sehr vernachlässigt hatte. Die meisten der Manuskripte, die er illustrierte, waren von Mönchen in Skriptorien oder von Mitgliedern der großen Pariser Gilden angefertigt worden. Aber wenn er den Text jetzt selbst kopierte, würde er wenigstens nicht so schlampig aussehen wie das, was die Pariser Schreiber oft ablieferten. Darüber hinaus würde das fertige Werk eine künstlerische Einheit und eine Ausgewogenheit aufweisen, die nur schwer zu erreichen war, wenn die Arbeit von mehreren Personen ausgeführt wurde.

Er räumte das Manuskript weg, an dem Rose gerade gearbeitet hatte – einen Psalter, der ein Neujahrsgeschenk für Lady Kathryn werden sollte. Seine Tochter hatte die Idee zu diesem Geschenk gehabt. Sie bewunderte die Herrin von Blackingham über alle Maßen. Finn hatte die Sehnsucht in ihrem Blick bemerkt, wenn Lady Kathryn sie auch nur ein wenig gelobt hatte. Er hatte auf eine Freundschaft zwischen ihr und seinem mutterlosen Kind gehofft. Wie hatte er nur so dumm sein können?

Er lenkte seine Gedanken wieder auf die Aufgabe, die er vor sich hatte. Es war wohl das Beste, wenn er auch die Schreibtinte selbst herstellte. Er hatte bereits so viel Tinte gekauft, wie er es für vertretbar hielt, ohne Aufmerksamkeit auf sein gefährliches Tun zu lenken. Obwohl es nicht Wycliffe war, der diese Geheimhaltungsmaßnahmen von ihm forderte. Wycliffe war, wenn überhaupt irgendetwas, dann eher zu kühn in seiner Konfrontation mit der Kirche. Finn aber wusste, dass Vorsicht manchmal besser als Tapferkeit war.

Er zog unter dem Tisch einen Ledereimer hervor, der mit eingeweichter Schlehdornrinde gefüllt war. Das Wissen über die Tintenherstellung war, genau wie all seine anderen künstlerischen Fähigkeiten, etwas, das er von seiner flämischen Großmutter vermittelt bekommen hatte. Sie, die Wales und alles Walisische gehasst hatte, hätte sicher stillvergnügt in sich hineingelacht, wenn sie gewusst hätte, dass die künstlerischen Techniken, die sie ihm als Kind beigebracht hatte, ihm jetzt seinen Lebensunterhalt sicherten. Sie war eine starke Frau gewesen, stolz und nie um ein Wort verlegen. Sie hatte nie Angst davor gehabt, das zu sagen, was sie dachte, und darin war sie Lady Kathryn nicht unähnlich gewesen.

Lady Kathryn sagte auch immer das, was sie dachte. Nur bei dieser einen Gelegenheit hatte sie sich zurückgehalten. Sie hatte sich ihm gegenüber zu ihrem Hass auf seine jüdische Verbindung nicht geäußert. Irgendein wohlmeinender Engel hatte wohl ihre Zunge im Zaum gehalten. Vielleicht war sie auch nur viel zu entsetzt gewesen, um ihrem Vorurteil mit Worten Ausdruck zu verleihen. Aber Worte waren auch gar nicht nötig gewesen. Er hatte es auch so erkannt. Daran, wie sie ihren Blick abgewendet hatte, und vor allem, dass sie es nicht ertragen konnte, ihn noch einmal anzusehen.

Er drückte das Wasser sorgfältig aus der Rinde, brachte es in die Latrine und schüttete es in den Abtritt, wo es sich mit den anderen Abwässern des Hauses vermischte, die in den Fluss Bure geleitet und schließlich ins Meer hinausgetragen wurden. Dann nahm er den schwarzen Rindenrückstand und mischte ihn sorgfältig mit etwas Kirschbaumharz aus dem Garten. Er hatte den Baum im Herbst angezapft, damals, als das Licht noch warm und golden war. Danach waren er und Kathryn in ihr Zimmer gegangen und hatten sich während des langen Nachmittags geliebt. Im Garten war unterdessen der Saft aus dem verletzten Kirschbaum getropft. Dieses Bild hatte er später einer Miniatur des gekreuzigten Christus auf den Seiten des Johannesevangeliums gegenübergestellt. Kirschrote Tropfen, die aus seiner vom Speer verwundeten Seite rannen. Blut, das aus dem verletzten Baum tropfte.

Er erwärmte den Klumpen Kirschgummi über einer Kerzenflamme, bis er genau die richtige Konsistenz hatte, um mit der ausgedrückten Schlehdornrinde gemischt zu werden. Er versuchte, nicht mehr an Kathryn zu denken, versuchte, die Erinnerung an diesen Nachmittag zu verdrängen. Auch den Nachmittag vor drei Wochen wollte er nur noch vergessen. Als sie ihn weggeschickt hatte. Sie hatte sich zu verstellen versucht, hatte ihm gesagt, dass sie sofort nach ihm schicken würde, wenn ihre Söhne bei ihr gewesen wären. Aber das hatte sie nicht getan. Seitdem hatte er sie kaum mehr gesehen. Zuerst hatte er sie auch gar nicht sehen wollen. Sein verletzter Stolz hatte eine gewisse Zeit gebraucht, um zu heilen.

Bei ihren kurzen und zufälligen Begegnungen pflegte sie einen förmlichen Gruß zu murmeln, dann sofort den Blick abzuwenden und so zu tun, als wäre sie sehr beschäftigt: das anstehende Weihnachtsfest, die Geburtstagsfeierlichkeiten für ihre Söhne. Sie würde aber bald wieder Zeit für ihn haben, hatte sie ihm versprochen, als sie sich das letzte Mal begegnet waren, ein zufälliges Treffen vor der Kapelle. *Wenn Eber Ferkel säugen,* dachte er. Er würde bestimmt nicht wie ein Bittsteller zu ihr gehen und sie auf Knien anflehen. Das wäre alles andere als männlich.

Er rührte die Tinte sorgfältig um und stellte die Mischung dann beiseite. Seine Hand war heute nicht ruhig genug, um die zarten Buchstaben zu zeichnen. Er würde auf einen besseren, einen ruhigeren Tag warten, einen Tag, an dem seine Nerven nicht bis zum Zerreißen gespannt waren. Er würde heute an etwas anderem arbeiten, das weniger Kunstfertigkeit erforderte – zum Beispiel an dem vergoldeten Hintergrund für die Umrandung des Textes, den er bereits kopiert hatte.

Irgendjemand hatte seine Farbtöpfe durcheinandergebracht. Er ließ seinen Blick kurz über die Farben wandern. Wo war das Blattgold? Er hatte es auf dem Markt gekauft, an dem Tag, an dem er auch die hübschen Schuhe mit den Silberschnallen erstanden hatte. Hatten sie Kathryn überhaupt gefallen? Sie hatte ihm ein höfliches, aber sehr formelles Dankesschreiben geschickt. »Master Finn, Eure Großzügigkeit ist erfreulich...« Es war ein Schreiben, wie es eine vornehme Grundherrin jemandem von niedrigerer Geburt schickte. Bestimmt kein Liebesbrief, den man in der Nähe seines Herzens trug. Das war nicht die Sprache der Liebe. Trug sie die Stiefel? Angesichts der Kälte, die neuerdings zwischen ihnen herrschte, besaß er nicht die Verwegenheit, neckisch ihre Röcke hochzuheben, um nachzusehen.

Sein Ärger wuchs, als er seine Farbtöpfe in die Hand nahm und an ihren Platz zurückstellte. Er fand das Blattgold einfach nicht. Vielleicht hatte Rose es weggeräumt und in die Büchertasche gesteckt, die am Haken hing.

Er nahm vorsichtig die Seiten des bereits fertig gestellten Johannesevangeliums heraus und suchte am Boden der Tasche unter jenem Teil der englischen Bibel, an dem er zuletzt gearbeitet und den er dann sorgfältig vor neugierigen Blicken versteckt hatte. Seine Finger ertasteten etwas... nein, nicht das Blattgold, sondern etwas Glattes, Rundes, etwas, das sich wie Steine anfühlte. Er zog dieses Etwas unter den raschelnden Pergamentblättern hervor. Das matte Licht im Zimmer lag schimmernd auf einer taillenlangen Kette aus perfekten Perlen.

Hinter sich hörte er den Gobelin rascheln. Er drehte sich um und sah Rose, deren Wangen wieder etwas rosiger aussahen. Sie lächelte.

»Es tut mir leid, dass ich so nachlässig bin, Vater. Du musst mich wirklich für eine sehr faule Tochter halten.« Ihre Zähne schimmerten weiß, genau wie die Perlen der Kette, die er in seiner Hand hielt.

»Ich hoffe, es geht dir wieder besser?«

»Ja, ich fühle mich frisch wie ein Sommermorgen. Ich weiß gar nicht, was vorhin über mich gekommen ist. Aber es war bestimmt nichts Ernstes. Sieh mich nicht so besorgt an, Vater. Es geht mir wirklich gut. Aber jetzt sag, was ist das denn für ein geheimnisvolles Projekt, das du mir nicht zeigen willst?«

Sie hatte sich auf Zehenspitzen gestellt, um über seine Schulter hinweg einen Blick in die Tasche werfen zu können. Als sie die Perlen sah, stieß sie einen überraschten Laut aus. »Vater, die sind ja wunderschön. Sind die für mich?« Sie streckte ihre Hand nach der Kette aus. »Erst die Schuhe mit den Silberverschlüssen und jetzt diese wundervolle Kette. War je ein Mädchen auf dieser Welt mit einem solch wunderbaren Vater gesegnet! Hier.« Sie hob ihren schweren Zopf an, der ihr bis zur Taille reichte. »Bitte, leg sie mir doch gleich um.«

Er war versucht, es tatsächlich zu tun. Die Begeisterung brachte endgültig wieder Farbe in ihre Wangen. Sie glühten fast.

»Ich enttäusche meine wunderschöne Tochter nur äußerst ungern, aber leider...«

»Oh.« Sie ließ ihr Haar wieder los. »Dann sind die Perlen also gar nicht für mich.«

Ihre vollen Lippen zuckten, als sie versuchte, ihre Enttäuschung zu verbergen. Sie hat den Mund ihrer Mutter, dachte er. Das war ihm noch nie aufgefallen. Je mehr sie zur Frau wurde, desto mehr erinnerte sie ihn an Rebekka.

»Sind sie für Lady Kathryn?«

»Lady Kathryn? Warum sollte ich so ein teures Geschenk für unsere Wirtin kaufen?« Hatte seine Tochter den bitteren Unterton in seiner Stimme bemerkt?

Die rosige Farbe in Roses Gesicht verstärkte sich noch mehr. Sie schlug die Augen nieder. »Also, wenn sie nicht für mich und auch nicht für Lady Kathryn sind, für wen hast du sie denn dann gekauft?«

»Das ist es ja. Ich habe sie überhaupt nicht gekauft. Ich habe das Blattgold gesucht, das verschwunden ist, und dabei diese Kette zwischen meinen Manuskripten gefunden. Ich weiß beim besten Willen nicht, wie sie dorthin gekommen ist oder wer sie dort hineingelegt hat.«

Er überlegte. Vielleicht hatte einer der Bediensteten die Perlenkette gestohlen und sie, aus Angst, damit erwischt zu werden, zwischen seinen Sachen versteckt, um sie später zu holen. Es gab aber auch noch eine andere Möglichkeit. Er sah Rose scharf an.

»Könnte es sein, Tochter, dass du einen liebeskranken Verehrer hast, irgendeinen Freier, von dem du mir noch nichts erzählt hast und der dir dieses verschwenderische Geschenk gemacht hat?«

»Nein, Vater. Natürlich nicht.«

Die Vorstellung, dass sie einen Geliebten haben könnte, war offensichtlich so weit hergeholt, dass sie ihn nicht einmal ansehen konnte, dachte er.

»Ich ... ich weiß auch nicht, wie die Kette in deine Tasche gekommen ist. Aber ich weiß vielleicht, was mit dem Blattgold passiert ist. Allerdings bin ich mir nicht sicher.«

»Wie meinst du das, du bist dir nicht sicher? Entweder du weißt etwas über das Blattgold oder nicht.«

»Ich denke, da war ein Eindringling.«

»Du denkst, da war ein Eindringling.« Er versuchte, seinen Ärger im Zaum zu halten, denn er wollte nicht, dass Rose sich aufregte. »Nun, natürlich war da ein Eindringling, wenn weder du noch ich wissen, wie die Kette in die Tasche gekommen ist.«

»Nein, ich glaube, ich habe einen Eindringling *gesehen*.«

»Du glaubst es? Hast du ihn nun gesehen oder nicht, Rose?«

»Ja. Aber ich dachte, ich hätte das nur geträumt. Ich habe gesehen, dass Alfred deine Sachen durchsucht hat.«

»Alfred?« Jetzt hatte Rose seine volle Aufmerksamkeit. »Alfred war hier, und du hast mir kein Wort davon gesagt?«

»Es war doch nur ein einziges Mal. Und ich war mir nicht sicher. Ich meine, ich hatte geschlafen. Es war an dem Tag, an dem ich krank geworden bin. Vor ungefähr drei Wochen. Lady Kathryn hatte mir einen Tee gemacht, erinnerst du dich noch? Und dann habe ich mich ins Bett gelegt. Ich habe tief und fest geschlafen. Als ich aufwachte, glaubte ich ein Klirren zu hören, dann Schritte, schwere Schritte, und schließlich das Zuschlagen einer Tür. Der Vorhang war offen.«

Sie hielt inne, so als ginge sie das Ganze im Geiste noch einmal durch. Er wartete, sah sie an, nickte ihr ermunternd zu, während sie an dem filigran gearbeiteten Kreuz herumspielte, das er ihr an ihrem sechsten Geburtstag geschenkt hatte. Es hätte ihrer Mutter gehört und sie solle es immer tragen, hatte er ihr gesagt und dabei gehofft, dass es sie immer beschützen würde – nein, nicht vor dem Teufel, aber vor einem ebenso großen Übel.

»Ich habe nichts sehen können, aber ich bin aufgestanden und zu deinem Arbeitstisch gegangen. Deine Farbtöpfe standen völlig durcheinander auf dem Tisch. Ich bin zur Tür gerannt und habe in den Flur hinausgeschaut. Ich entdeckte Alfred, zumindest war es jemand, der von hinten genauso wie Alfred aussah – groß gewachsen, breite Schultern und rote Haare. Ich habe ihm noch hinterhergerufen, aber er ist einfach weitergegangen. Mir war schwindelig, deshalb habe ich mich wieder hingelegt und bin sofort eingeschlafen. Als ich dann aufwachte, waren die Farbtöpfe alle wieder ordentlich aufgeräumt. Ich habe geglaubt, dass der Kräutertee, den mir Lady Kathryn gegeben hat, mich das alles nur hat träumen lassen. Jetzt aber glaube ich, dass das doch kein Traum war. Vielleicht hat Glynis aufgeräumt, während ich geschlafen habe.«

Alfred? Aus welchem Grund sollte Alfred die Kette in seine Tasche gesteckt haben? Es sei denn, er hatte im Auftrag seiner Mutter gehandelt. Aber Finn konnte sich einfach nicht vorstellen, dass Kathryn so wütend auf ihn war oder solche Angst vor ihm hatte, dass sie ihn eines Diebstahls bezichtigen wollte, nur um ihn loszuwerden. Was sollte er jetzt tun? Sollte er ihr die Perlen geben und sie mit Alfreds Verhalten oder ihrer eigenen Heimtücke konfrontieren. Dies würde ihrer bereits gestörten Beziehung jedoch mit Sicherheit den Todesstoß versetzen. Und was war, wenn Rose sich irrte? Dann hätte er eine unüberbrückbare Kluft zwischen ihnen geschaffen.

Die kleine Truhe, mit der er immer reiste, besaß einen doppelten Boden. Dort bewahrte er Wycliffes Manuskripte auf. Er würde auch die Kette dort verstecken, bis er sich sicher war, was er tun sollte. Er durfte jetzt nichts überstürzen. Morgen würde er noch genug Zeit für eine Entscheidung haben.

Agnes sah sich gerade die letzten Norfolk-Biffins an, die kleinen roten Kochäpfel, die John so sehr geliebt hatte. Magda trug inzwischen die Mittagstabletts nach oben. Die alte Köchin schickte ein stummes Gebet zum Himmel, um der Heiligen Jungfrau für das Mädchen zu danken. Magda redete zwar nicht viel, aber sie war ihr eine angenehme Gesellschaft, und sie bemühte sich wirklich sehr, ihr alles recht zu machen. Außerdem gehörte sie zu den wenigen Bediensteten, denen Agnes nicht ständig sagen musste, was sie tun sollten. Sie mochte auf den ersten Blick vielleicht einfältig erscheinen, aber das war sie keineswegs. Das Mädchen wusste genau, was sie wollte.

Die Äpfel waren überreif und verströmten bereits einen modrigen, vergorenen Geruch. Agnes steckte einen davon in ihre Tasche, eine kleine Gabe, die sie John aufs Grab legen wollte, irgendwann, wenn sie die Zeit hatte, zum Friedhof zu gehen. Aber das würde bestimmt nicht heute der Fall sein – und auch nicht morgen. Sie hätte die Äpfel schon längst aus dem Keller holen sollen. Einige von ihnen hatten bereits zu faulen begonnen. Aber sie hatte so viel andere Arbeit, vor allem jetzt, da die Weihnachtszeit vor der Tür stand. Allein schon der Gedanke daran ließ ihre Füße anschwellen und ihren Rücken schmerzen. Aber es würde wenigstens nicht mehr so schlimm werden wie damals, als Sir Roderick noch gelebt hatte. Von Lady Kathryn wurde nicht erwartet, dass sie mit großem Aufwand viele Gäste bewirtete. Immerhin befand sie sich in Trauer: Sir Roderick war erst im Frühling dieses Jahres gestorben. (Im Kampf für den Herzog gefallen, wie es hieß. Agnes hatte jedoch ihre Zweifel an dieser Geschichte. Sie vermutete vielmehr, dass ihn der Tod bei einer Auseinandersetzung um eine Frau ereilt hatte.) Aber Trauer hin oder her, es würde immer noch den üblichen Tag der offenen Tür für alle Diener und alle Kleinbauern geben und auch für alle Freisassen, die gegen Lohn für das Gut arbeiteten. Im großen Saal würde man eine Tafel aufstellen und die Leute mit Pökelfleisch, Fisch, Safrankuchen, gefüllten Pasteten und natürlich mit den kleinen getrockneten Biffins bewirten müssen.

Dieser Tag war jedoch mit einer Aushilfe aus dem kleinen Dorf bei Aylsham durchaus zu bewältigen. Im Gegensatz zum letzten Weihnachten, als Sir Roderick den Herzog von Lancaster bewirtet hatte. In ihre Küche waren ganze Heerscharen von Männern in grün-roter Livree eingefallen, hatten Befehle gebrüllt und sich gegenseitig in ihrer Eitelkeit zu überbieten versucht. Ein aufgeblasener Kerl hatte die Aufsicht über all die Brauer und Bäcker gehabt, außerdem über die Freisassen, die die Speisen und Getränke auftrugen, genauso wie über die beiden Jungen, die man extra dafür eingestellt hatte, um die Spieße zu drehen, an denen man einen Ochsen, einen Eber und fünf Spanferkel briet.

»Dass eine Frau in der Küche von Blackingham das Sagen hat, ist eine Demütigung, die ich vor dem Herzog nicht dulden werde«, hatte Sir Roderick gesagt. »Die fette alte Kuh soll sich in irgendeine Ecke verziehen, wo sie sich um den verwöhnten Gaumen von Mylady kümmern kann.«

In Lady Kathryns Ehevertrag war festgelegt, dass sie nur von Agnes zubereitete Speisen essen würde. Dies war ein kluger Schachzug gewesen, denn schon so manche vornehme Dame war wegen ihrer Mitgift vergiftet worden, insbesondere dann, wenn sie bereits einen Erben geboren hatte. Überraschenderweise hatte sich Sir Roderick damit einverstanden erklärt, dass Agnes auch für ihn kochte und ihm sein Ale braute. Er hatte nicht einmal einen zusätzlichen Diener verlangt, der ihn bei Tisch bediente. Er hatte auch keinen Einwand gegen das Personal erhoben, das Agnes als Aushilfe einstellte, meistens Frauen, die sie mit Naturalien entlohnte. Warum hatte er keine Angst gehabt, vergiftet zu werden? Immerhin war sie mehr als nur einmal versucht gewesen, seine Jägersoße mit Tollkirschen zu würzen. War er sich der Loyalität seiner Ehefrau so sicher? Oder hielt er sich in seiner unerhörten Arroganz für so stark und unangreifbar, dass er glaubte, Frauen könnten ihm nichts anhaben? Nun, vielleicht war er sich auch durchaus bewusst, dass ihm durch Agnes' kluge Herrschaft in der Küche mehr Geld für das Glücksspiel und anderen Zeitvertreib blieb. Aber vor seinen adeligen Freunden musste er den großen Herrn geben, während Agnes für alles verantwortlich war, ohne dass sie etwas zu sagen hatte.

Seufzend warf sie zwei Äpfel in den Kübel für die Schweine. Einen weiteren legte sie zu dem ständig wachsenden Haufen von angefaulten Äpfeln. Wenn sie die fauligen Stellen wegschnitt, konnte sie das, was übrig blieb, noch zu Mus für Pasteten weiterverarbeiten. Die gesunden, makellosen Früchte befreite sie vom Kerngehäuse und legte sie auf eine schwere Eichenbohle, um sie dann, mit einem Gewicht beschwert, im abkühlenden Ofen zu trocknen. Sie warf einen Blick über ihre Schulter, als sie hörte, dass Magda mit dem Mittagstablett zurückkam. Angesichts des noch immer vollen Schälchens mit Gemüsesuppe verzog sie den Mund.

»Da verkommt bestes Essen, während an der Straße nach Aylsham Bettlerinnen stehen, die liebend gern einen ganzen Tag in den Wehen liegen würden, wenn ihre Kinder dafür nur etwas Warmes in den Magen bekämen.«

»Das Mädchen hat nichts gegessen«, sagte Magda.

Agnes räusperte sich. »Nun, es hätte mich auch gewundert, wenn das die Schüssel des Walisers wäre. Er hat immer einen gesegneten Appetit. Wenn ich's mir recht überlege, dann sieht Rose in letzter Zeit wirklich nicht gesund aus.« Sie bekreuzigte sich. »Gott steh uns bei, dass sie nicht die Pest in sich trägt. Man kann bei Fremden nie vorsichtig genug sein.«

Agnes hatte ihre Eltern und ihre drei älteren Brüder durch die Pest verloren. Das war jetzt zwar schon dreißig Jahre her, aber es kam ihr immer noch so vor, als wäre es gerade erst gestern gewesen, als die Leichenwagen über das Pflaster holperten und der Ruf »Bringt eure Toten heraus!« durch die Straßen schallte. Sie hatte als Einzige ihrer Familie überlebt, war verschont geblieben, weil sie zu der Zeit bereits in Diensten von Blackingham gestanden hatte. Die verheerende Seuche war damals von Fremden eingeschleppt worden. Einige sagten, es sei eine Gruppe von fahrenden Musikanten gewesen, andere wiederum behaupteten, ein alter Jude hätte diese Geißel der Menschheit in seinen Reisetaschen zu ihnen gebracht. Noch lange Zeit danach hatten Troubadoure in dieser Gegend unter Acht und Bann gestanden. Dem alten Juden hatte man das Dach über dem Kopf angezündet. Er und seine Familie hatten sich gerade noch retten können und waren geflohen. Es war ihnen nur das geblieben, was sie auf dem Leib getragen hatten.

»Keine P-Pest«, sagte Magda, die wie sonst auch mit Worten geizte. »Sie ist schwanger.«

»Die Tochter des Buchmalers? Sei nicht albern. Das Mädchen ist sicher noch Jungfrau. Bei den feinen Leuten ist das so, Kind. Dort lassen die Frauen nicht gleich den ersten Bauernrüpel in ihr Bett, der ihnen mit einem steifen...«

Das Mädchen starrte sie mit großen, runden Augen an. Graue, heitere Augen. Augen wie eine tiefe Zisterne mit klarem Wasser.

Agnes fuhr fort: »Was ich damit sagen will, ist, dass sie dazu überhaupt keine Gelegenheit hatte.« Sie warf einen weiteren Apfel in den Eimer für die Schweine. »Ihr Vater passt auf sie auf wie eine brütige Henne.« Sie legte die Äpfel, die noch zu retten waren, in ihre Schürze und ging dann zum Hackstock. Dort begann sie die verfaulten Stellen wegzuschneiden. »Wie kommst du nur auf so etwas?«

»Ihre Seele hat sich geteilt.«

»Was redest du denn da für einen Unsinn, Kind.«

»Ihre Seele hat zwei Farben. Wie die von Mama, wenn sie ein Kind bekam.«

»Was soll denn das! Zu behaupten, dass man eine Seele sehen kann wie einen Hut oder einen Mantel. Zwei Farben! Also wirklich!«

»Roses Seele i-ist rosa.« Eine sehnsüchtiger Ausdruck ließ das Gesicht des Mädchens plötzlich weich werden. »Die Seele des Kleinen ist wie warme B-Butter, hellgelb, und sie verläuft am Rand.«

Sie verläuft am Rand! Aber schließlich gab es unter diesem Himmel vieles, was sich nicht erklären ließ. Vielleicht besaß Magda ja eine ganz besondere Gabe. Oder aber es war ein Fluch.

»Sag so etwas niemals zu irgendjemand anderem. Hast du mich verstanden, Kind?«, meinte Agnes in strengem Ton. »Für solch unbedachte Worte sind Frauen schon verbrannt worden. Was auch immer du glaubst, gesehen zu haben, behalte es für dich. Wahrscheinlich ist es ohnehin nichts anderes als pure Einbildung.«

Und das war es auch. Nichts anderes als kindliche Fantasterei. Schließlich war allgemein bekannt, dass Mädchen, die an der Schwelle zur Frau standen, alle möglichen wunderlichen Ideen hatten.

Magda nahm das Messer, das Agnes zur Seite gelegt hatte, und begann die angefaulten Äpfel zu schneiden. Seufzend nahm ihr Agnes das Messer wieder aus der Hand.

»Hier, ich schneide die Äpfel selbst. Geh du und hol die Wäscherin. Sag ihr, dass ich sie sofort sprechen will.«

Kathryn wachte auf und schlug die Bettdecke zurück. Sie ignorierte die kalten Steinfliesen unter ihren nackten Füßen, während sie zunächst ihr Unterkleid anzog, dann in ihre Röcke stieg und schließlich in der Kleidertruhe nach Strümpfen suchte. Glynis hatte kaum das Becken mit Wasser gefüllt, als Kathryn sich schon das Gesicht wusch.

»Kämm die Haare einfach nur durch, Glynis, und lass sie offen. Ich werde eine Kappe aufsetzen. Für kunstvolle Zöpfe habe ich heute keine Zeit.« Sie riss dem Mädchen den Kamm aus der Hand. »Du bist zu langsam. Ich mache es selbst. Lauf du schnell in die Küche, und sag Agnes, dass sie einen Korb mit Lebensmitteln für die Frau des Gerbers vorbereiten soll. Sag ihr, dass ich den Korb so schnell wie möglich brauche.«

»Schnell« war ein Wort, das es im Wortschatz des Mädchens offensichtlich nicht gab, dachte Kathryn, als Glynis mit verdrossenem Gesicht gemächlich zur Tür hinausschlenderte. Aber es hatte keinen Sinn, sie zu tadeln, denn dann würde sie einfach noch langsamer gehen. Und gerade heute hatte Kathryn es eilig. Sie musste sich um einige Dinge kümmern, die den Haushalt betrafen, musste einen Krankenbesuch bei einer Pächterin machen – sie durfte die barmherzigen Taten keinesfalls vernachlässigen, vor allem jetzt nicht, da sie so vieles gutzumachen hatte –, und dann würde sie Finn in seinem Zimmer aufsuchen.

Kathryn rief dem Dienstmädchen noch nach: »Und komm sofort wieder zurück. Meine Schuhe müssen noch geputzt werden, sie sind bis obenhin mit Dreck verkrustet.«

Gestern hatte sie gebeichtet. Sie war allein durch Schlamm und Wind die zwei Meilen zur Saint-Michael-Kirche gelaufen – damit hatte sie sicher mehr Buße getan, als wenn sie ihren Zelter genommen hätte –, hatte den Kuraten aufgesucht und ihm mit so wenig Worten wie irgendwie möglich von der Sünde der Fleischeslust (das war der Ausdruck des Priesters gewesen, nicht der ihre) zwischen

Finn und ihr erzählt. Sie hatte sich dabei ihren Beichtvater sorgfältig ausgesucht, da sie sich auf seine Diskretion verlassen musste. Immerhin war es der Zehnt aus dem Verkauf der Blackingham-Wolle, der maßgeblich zum Bau der Saint-Michael-Kirche beigetragen hatte. Der Priester würde eine solch großzügige Wohltäterin wegen einer so lässlichen Sünde bestimmt nicht verärgern wollen.

Und in der Tat hatte er ihr keine allzu schwere Buße auferlegt: zwanzig Ave Maria und zehn Paternoster, gefolgt von einer Tat der Reue – daher der Lebensmittelkorb für die Frau des Gerbers. Aber es hätte auch keine Rolle gespielt, wenn man von ihr verlangt hätte, im tiefsten Winter auf Knien zum Schrein von Walshingham zu rutschen, um die Reliquie des heiligen Kreuzes zu küssen. Sie wusste, dass allenfalls die Flammen der Hölle, die an ihrem Kleidersaum leckten, ihr Verlangen ersticken konnten. Und sie fürchtete, dass sie selbst im Fegefeuer noch die Gesellschaft ihres Geliebten suchen und ihm sogar bis zum Tor der Hölle folgen würde, falls ihn dort seine Strafe erwarten sollte. Würde sie ihm aber auch durch dieses Tor direkt in die Hölle folgen? Dies war eine Frage, von der sie hoffte, sie sich niemals stellen zu müssen. Aber wenn es je eine Leidenschaft gegeben hatte, die es wert war, dass man sein Seelenheil aufs Spiel setzte, dann war es die ihre.

Es war jetzt drei Wochen her, seit sie Finn weggeschickt hatte, und jedes Mal, wenn sie sich auf der Treppe oder im Hof zufällig begegneten, hatte sie die Frage nach dem Warum in seinen Augen lesen können. Sie hatte gespürt, wie die Kälte zwischen ihnen immer größer wurde, als sie ihm keine Antwort geben konnte. Es war nicht einfach nur die Lust – obwohl sie dieses Feuer mit Gebeten nicht löschen konnte, ganz egal, wie sehr sie es auch versuchte. Es war seine Art: sein unbeschwertes Lachen, sein Witz, sein Verständnis, die Art, wie er ihre Gedanken las. Wenn sie ihm jetzt begegnete, schien der Mantel der Vertrautheit, der sie beide gewärmt hatte, mit jedem Mal ein wenig fadenscheiniger zu werden. Dafür lag der Umhang aus schmerzlicher Einsamkeit immer schwerer auf ihren Schultern. Als sie den Verlust einfach nicht mehr länger ertragen konnte, war sie zum Priester gegangen, um Absolution zu erhalten – nicht nur für

Sünden der Vergangenheit, sondern auch für jene, die sie in Zukunft noch begehen würde.

Sie hatte die Sünde der Unzucht gebeichtet, aber nicht mehr. Dass sie Verkehr mit jemandem gehabt hatte, der mit einer Jüdin verheiratet gewesen war, hatte sie verschwiegen. Aber war nicht Christus selbst Jude gewesen? Würde er nicht vielleicht sogar Anstoß daran nehmen, dass sie jemanden verächtlich abgewiesen hatte, der ihm selbst so ähnlich war? Und wenn der Herr seine unerschöpfliche Gnade auch den Juden gewährte, war es dann nicht sogar eine Sünde, wenn sie sich weigerte, das ebenfalls zu tun?

Außerdem hatte sie auch Anspruch auf ein bisschen Glück.

Als Kathryn die Küche betrat, ging sie zum Brottisch und schnitt sich eine Scheibe Brot ab, steckte es auf eine Röstgabel und ging dann zum Küchenfeuer hinüber.

»Lasst Magda das Brot rösten, Mylady«, sagte Agnes und blickte von dem Korb auf, den sie gerade packte. »Ihr solltet Euch Euer Frühstück nicht selber machen. Ich war gerade dabei, ein Tablett für Euch vorzubereiten, aber ich habe es erst einmal beiseitegestellt, um Eurer Bitte mit dem Korb Folge zu leisten. Glynis sagte, dass Ihr ...«

»Ich werde das Brot selbst rösten, Agnes. So wie in alten Zeiten. Erinnerst du dich noch, wie es war, als ich ein kleines Mädchen war? Damals hast du mir auch einfach ein Stück Brot und eine Gabel in die Hand gedrückt.«

»Aber jetzt seid Ihr die Herrin. Es ziemt sich nicht, wenn Ihr Euer Brot selbst röstet.«

Agnes nickte dem Küchenmädchen zu, die Kathryn zögernd die Gabel aus der Hand nahm und sie dann sorgfältig hin und her drehte, damit das Brot gleichmäßig bräunte. Als es goldbraun und knusprig war, bestrich Magda es mit Brombeermarmelade und gab es Kathryn auf einer sauberen Serviette zurück. Kathryn fiel auf, dass auch ihre Hände sauber waren.

»Dieses Mädchen hat sich wirklich sehr gut gemacht. Nicht wahr, Agnes?«

»Durchaus.«

Kathryn kaute stumm ihr Brot und überlegte, warum ihr Agnes, von der sie wusste, dass sie mit ihren Worten nie sparsam war, eine so einsilbige Antwort gegeben hatte.

»Fühlst du dich nicht wohl, Agnes? Wenn es dir nicht gut geht, kann ich vielleicht die Frau des Schmieds als Aushilfe einstellen. Dann kannst du dich ausruhen.«

Aber nicht zu lange, dachte Kathryn. Nicht zu lange, bei einem Lohn von einem Penny pro Tag.

Agnes warf einen Blick über ihre Schulter und machte dann eine Kopfbewegung zur Tür hin. »Geh in die Räucherkammer, Magda, und schneide eine Scheibe Schinken ab«, sagte sie, als sie einen knusprigen Laib Brot in den Almosenkorb legte.

»Zwei Scheiben«, sagte Kathryn. *Barmherzige Taten. Wiedergutmachung für vergangene Sünden und für solche, die noch kommen werden.* »Und schneide sie schön dick.«

Ein kalter Luftzug fuhr in die Asche im Herd, als das Mädchen die schwere Eichentür hinter sich schloss. Agnes kaute an ihrer Unterlippe. Kathryn kaute an ihrem gerösteten Brot. Schließlich ergriff Agnes das Wort.

»Mir fehlt nichts, Mylady. Aber es gibt da etwas, das mich sehr beschäftigt.«

Kathryn trommelte ungeduldig mit ihren Fingern auf den Henkel des Korbs. »Wenn etwas nicht in Ordnung ist, Agnes, dann sag es mir. Wenn es dir um die Kopfsteuer geht, brauchst du dir keine Sorgen zu machen. Ich habe beschlossen, die Steuer für dich zu bezahlen. Das ist nur gerecht. Du bist eine gute und loyale Dienerin.«

»Ihr seid viel zu gut zu mir, Mylady, und ich bin Euch wirklich sehr dankbar dafür. Nein, es geht mir nicht um die Steuer.« Sie schob den Korb, der noch auf die letzte Gabe wartete, den Schinken aus der Räucherkammer, ein Stück zur Seite. »Ihr wisst, dass ich nicht jemand bin, der klatscht... Klatsch ist die Zunge des Teufels, heißt es, aber...« Agnes wischte sich die Hände an ihrer Schürze ab und gestikulierte nervös.

»Wenn es etwas ist, das ich wissen muss, dann ist es kein Klatsch, Agnes. Also, was ist los?«

Kathryn schluckte das letzte Stück geröstetes Brot hinunter und leckte sich die süßen Krümel von den Fingerspitzen. Wahrscheinlich ging es wieder um irgendeinen Streit zwischen den Freisassen und den Leibeigenen. Da Erstere für ihre Arbeit entlohnt wurden, gab es immer wieder Missstimmung. Aber was es auch war, vielleicht konnte es Simpson diesmal regeln.

»Es geht um die Tochter des Buchmalers«, sagte Agnes. »Sie ist in letzter Zeit ziemlich wählerisch, was das Essen angeht. Gestern hat sie nicht einmal ihre Suppe gegessen.«

Kathryn entspannte sich.

»Ach, da würde ich mir keine Sorgen machen, Agnes. Es stimmt. Sie war krank, aber ich denke, es geht ihr schon wieder viel besser.« Arme Agnes, jeder Schnupfen war bei ihr schon ein Vorbote der Pest. Sie hatte panische Angst vor dem schwarzen Tod. »Du kennst doch die jungen Mädchen. Wahrscheinlich ist sie nur etwas schwermütig. Vielleicht ist es auch Evas Fluch.«

Agnes schürzte die Lippen, schüttelte dann entschieden den Kopf. »Nein, Mylady. Evas Fluch ist es nicht. Die Wäscherin hat mir gesagt, sie hat seit drei Monaten kein blutiges Leinen mehr von dem Mädchen gewaschen.«

Kathryn goss sich einen Becher Schafsmilch ein. »Das Mädchen hat seine Blutung vielleicht noch nicht regelmäßig. Bei manchen ist das anfangs so. Du weißt doch, wie viel geklatscht wird, gerade unter den…«

»Ja, das weiß ich. Deshalb habe ich die Wäscherin ja auch selbst gefragt. Drei Monate lang war ihre Blutung so regelmäßig wie der Sonnenuntergang, und dann nichts mehr.«

»Soll das heißen…?«

»Ich sage nur, was die Wäscherin sagt. Ich dachte, Ihr solltet das wissen.«

Die Tür öffnete sich knarrend, und Magda kam wieder in die Küche. Agnes nahm dem Mädchen den geräucherten Schinken ab, wickelte ihn in einen sauberen Leinenlappen und legte ihn in den Korb. Kathryn hängte sich den Korb über den Arm und nickte Agnes zu.

»Das ist etwas, was wir erst einmal für uns behalten sollten.«

»Jawohl, Mylady. Ihr habt keinen Grund, an meiner Loyalität zu zweifeln.« Und dann rief sie Kathryn, die bereits auf dem Weg zur Tür war, noch nach: »Richtet bitte der Frau des Gerbers meine besten Genesungswünsche aus. Sie soll die Markknochensuppe in der Flasche probieren. Sie wird sie wieder auf die Beine bringen.«

Draußen, und damit außerhalb von Agnes' kritischem Blick, hielt Kathryn erst einmal inne und lehnte sich, den Almosenkorb an sich gedrückt, Halt suchend an die Tür. Sie rief sich ein Bild von Rose ins Gedächtnis, wie sie sich mit ihrem Vater oder mit Colin geneckt hatte, sah dieses bezaubernde Lächeln vor sich, bei dem auch die Augen strahlten. Lag bereits das Wissen einer Frau in diesen strahlenden Augen? Nein, Rose war noch unschuldig. Sie hätte einen ganzen Ballen Wolle darauf verwettet. Es musste also irgendeine andere Erklärung geben. Schließlich war dies genau der Grund gewesen, weshalb sie Alfred weggeschickt hatte. Wenigstens hatte sie geglaubt, dass er nicht in Roses Nähe gekommen war. Aber was war, wenn er sich irgendwo anders mit dem Mädchen getroffen hatte? An irgendwelchen verschwiegenen Orten? »Fragt doch Euren Sohn«, hatte Simpson gesagt, als das Wollhaus brannte.

Heilige Mutter Gottes.

Kathryn traf Rose in Finns Zimmer an. Sie war allein und so in ihre Arbeit vertieft, dass sie nicht einmal aufblickte. Die Tür stand halb offen, damit zusätzliches Licht vom Korridor, von dem aus man zum Abtritt und zu mehreren anderen kleineren Zimmern gelangte, in das große Schlafzimmer fiel. Kathryn trat über die Schwelle, wobei ihre Pantoffeln den Stein nur ganz leicht streiften.

Rose saß auf einem hohen Schemel am Ende des Schreibpultes. Sie beugte sich ein wenig nach vorn und hatte die Lippen vor Konzentration gespitzt. Ihre Hand bewegte sich rasch über die Blätter, die vor ihr ausgebreitet lagen. Kathryn erkannte Finns sichere, leichte Linienführung, ausgeführt von der zierlichen Hand seiner Tochter, einer Hand, die durch Puffärmel und mit Bändern verzierte Manschetten noch zierlicher wirkte. Das Mädchen sah aus wie ein normannisches Edelfräulein. Sie trug einen Rock aus Goldbrokat und ein dazu passendes Mieder, das ihren Busen flach drückte und dabei ein wenig nach oben schob, so dass über dem viereckigen Ausschnitt zwei sanfte Wölbungen zu sehen waren: Die noch jungfräuliche Verheißung der volleren Brüste einer Frau. Ein Hemd aus feinem französischem Batist passte farblich genau zu den quer verlaufenden Einsätzen, die den Rock zierten. Ein Schal aus demselben fein gewebten Leinen bedeckte ihren Kopf, ließ aber ihr dunkles Haar durchschimmern. Ein sehr elegantes Kleid für die Tochter eines Kunsthandwerkers, dachte Kathryn. Ein sehr elegantes Kleid für eine Jüdin. Da war auch das Kreuz, das sie immer um den Hals trug. Rose hatte gesagt, ihr Vater hätte es ihr als Geschenk von ihrer Mutter gegeben. Eine Jüdin schenkte ihrer Tochter ein Kreuz? Oder war es einfach nur ein kluger Schachzug von Finn gewesen, seiner Tochter zum Schutz einen christlichen Talisman zu schenken?

Rose summte beim Arbeiten leise eine Melodie vor sich hin, die Kathryn irgendwie vertraut schien. Sie hätte aber nicht sagen können, wo sie sie schon einmal gehört hatte. Das Summen und das Kratzen des Federkiels auf dem Pergament waren die einzigen Geräusche im Raum. Plötzlich hörte Rose zu singen auf, seufzte tief, und ließ ihren Blick in die Ferne schweifen, während ihre Feder über dem Blatt verharrte. Ihr Gesicht sah schmaler aus als früher, um die weit auseinander stehenden Augen herum wirkte es beinahe schon eingefallen. Ansonsten aber machte das Mädchen einen gesunden Eindruck. Ein wässriger Sonnenstrahl, der durch das Bleiglasfenster hoch über ihr in den Raum fiel, zauberte einen rosigen Hauch auf ihre Wangen. Bis auf die etwas zu stark hervortretenden Wangenknochen strahlte Rose eine jugendliche Frische aus, um die sie eine Frau in Kathryns Alter nur beneiden konnte – wenn Neid nicht eine Sünde gewesen wäre.

Durch die halb geöffnete Tür, an der Kathryn noch immer stand, wehte ein Luftzug ins Zimmer. Er ließ die Bänder, die an Roses Manschetten hingen, flattern. Sie streiften über das Blatt, so dass die sorgsam gezeichneten Buchstaben verwischten. Rose stieß bestürzt einen leisen Schrei aus und versuchte mit einer Hand die Bänder festzubinden.

»Komm, lass mich dir dabei helfen«, sagte Kathryn und trat ins Zimmer.

Rose sah zur Tür hinüber. Ein verblüffter Ausdruck breitete sich auf ihrem Gesicht aus.

»Mylady«, sagte sie. »Es tut mir leid. Ich wusste nicht, dass Ihr hier seid. Ich meine, ich habe Euch nicht gehört.« Rose stand von ihrem Schemel auf und ging Kathryn entgegen. »Bitte, kommt doch herein.« Sie machte einen kleinen Knicks, während ein Lächeln ihre dunkelbraunen Augen erhellte, so als wolle sie sie necken. Kleines Biest. Sie wusste ganz genau, dass Kathryn sich nicht wohl fühlte, wenn jemand zu viel Ehrerbietung zeigte.

»Du hast gerade sehr konzentriert gearbeitet. Ich kann später noch einmal wiederkommen.«

Versuche später, die Wahrheit herauszufinden. Ignoriere das Problem einfach, dann verschwindet es vielleicht von ganz allein. Aber Kathryn konnte nicht mehr zurück. Sie war bereits dabei, die blauen Bänder an Roses Handgelenken zu perfekten Schleifen zu binden, und tätschelte die letzte davon noch einmal kurz.

»So«, sagte sie und sah dabei durch einen Tränenschleier ihre eigene Mutter vor sich, die damals immer genau dieselbe Bewegung gemacht hatte. Ihre Mutter, deren Gesicht sie zwar nicht mehr vor ihrem inneren Auge heraufbeschwören konnte, aber an deren Hände sie sich noch genau erinnerte – lange, schlanke Finger, die blaue Bänder zu Schleifen banden.

»Vielen Dank. Es ist sehr schwierig, sie selbst zu binden. Dazu müsste ich schon ein Schlangenmensch sein.«

»Natürlich ist das nicht leicht. Deshalb braucht ein Mädchen, wenn es ein gewisses Alter erreicht, auch eine Zofe, die ihr beim Anziehen hilft. Sag das deinem Vater. Er kann es sich durchaus leisten, für dich ein Mädchen aus dem Dorf einzustellen. Der Abt bezahlt ihn außerordentlich gut.«

»Ich habe auch schon einmal an so etwas gedacht, aber ich war mir nicht sicher ... Ich meine, wir waren immer nur zu zweit, mein Vater und ich. Ich möchte auf keinen Fall seine Gefühle verletzen. Manchmal hilft mir Magda, das Mädchen von Agnes. Ansonsten winde ich mich einfach so lange hin und her, bis alles zugehakt und festgebunden ist.« Rose lachte und sah dabei die Manschetten an. »Nun, fast alles, jedenfalls.«

Sie hatte Finns hohe Stirn. Aber den breiten Mund und die dunklen Augen musste sie von Rebekka geerbt haben. Es waren wunderschöne Augen. Wie hätte ihr Sohn, wie hätte der Sohn einer jeden Frau, da nicht in Versuchung geraten sollen?

»Bitte kommt doch und setzt Euch«, sagte Rose, nahm ihre Hand und zog sie ein paar Schritte weiter ins Zimmer hinein, bevor sie sie wieder losließ. »Ich freue mich sehr, dass Ihr gekommen seid.« Plötzlich verlor ihr Lächeln jedoch sein Strahlen. »Obwohl ich annehme, dass Ihr gekommen seid, um meinen Vater zu besuchen. Leider ist er nicht hier. Er ist zum Markt nach Norwich geritten, um Blattgold zu kaufen. Er sagte, er würde vor Sonnenuntergang wieder zurück sein. Möchtet Ihr Euch nicht ein wenig zu mir setzen und auf ihn warten? Ich würde mich über Eure Gesellschaft sehr freuen.«

Vielleicht verzehrte sie sich gar nicht nach einem verlorenen Geliebten, dachte Kathryn, sondern litt einfach nur unter Einsamkeit. Kathryn erinnerte sich noch gut daran, wie sie sich damals gefühlt hatte, als sie das einzige weibliche Wesen im Haushalt ihres Vaters gewesen war und niemanden außer Agnes zur Gesellschaft gehabt hatte. Bevor sie Roderick geheiratet und ihre Kinder bekommen hatte, hatte sie sich oft gefühlt, als litte sie unter einer Krankheit. Und eine Krankheit, aber auch die Einsamkeit oder die Sorge, konnten den Zyklus einer Frau durchaus durcheinanderbringen. Er war launenhaft und geheimnisvoll, dieser Zyklus, vor allem, wenn die Frau noch sehr jung war, so wie Rose, oder wenn sie schon so alt war wie sie. Sie hatte davon gehört, dass sich die Nonnen in manchen Klöstern mit ihrer Regel einander anglichen, so dass sie alle zur gleichen Zeit darunter litten. Man sagte, dass in anderen Klöstern die Nonnen überhaupt keine Regel mehr bekamen, wenn sie erst einmal mit Christus verheiratet waren.

»Ich wollte zu dir, Rose, nicht zu deinem Vater.«

In Roses strahlendem Lächeln lag eine solche Dankbarkeit, dass es ihr fast das Herz brach.

Kathryn sah sich nach einem Platz um, wo sie sich setzen konnte. Sie blieb am Fußende des Bettes stehen, strich sich die Röcke glatt, hielt dann aber inne. Ihr Ehebett. Rodericks Bett. Und jetzt Finns Bett. Die Vorhänge waren zurückgezogen, die Decken ordentlich darüber gelegt. Finn war der sauberste und ordentlichste Mann, den sie je kennen gelernt hatte. Alles an ihm, seine Kleidung, seine Umgebung, selbst sein Verstand spiegelten Ordnung wieder. Ganz im Gegensatz zu dem vorhergehenden Besitzer dieses Bettes, der niemals auch nur einen Funken Disziplin gezeigt hatte. Plötzlich spürte sie um ihre Knöchel herum ein Gefühl der Kälte, das langsam ihre Beine und schließlich ihren Rücken hinaufkroch. Ihre Nackenhaare sträubten sich. Ein Riss im Vorhang der Zeit tat sich auf, so dass sie, wenn auch nur ganz kurz, einen Blick in die Vergangenheit werfen konnte. Sie sah eine Sekunde lang, wie sie mit ihrem Mann in diesem Bett lag: Die Vorhänge waren geschlossen, die Bettdecke war um ihre Glieder gewickelt, so dass sie sich kaum rühren konnte. Sie hatte das Gefühl zu ersticken, während das Gewicht seines Körpers den letzten Rest abgestandener Luft aus ihren Lungen herauspresste und sie wie tot unter ihm lag. Auch ihr Körper erinnerte sich – an die Gewalt, mit der er in sie eingedrungen war und sie anschließend fluchend weggestoßen hatte.

»Mylady.« Roses Stimme holte sie in die Gegenwart zurück. »Ihr seht aus, als wäre Euch nicht wohl. Hier, setzt Euch doch auf das Bett. Vater hätte sicher nichts dagegen.«

Das Bett sah jetzt wieder freundlich aus. Es war ordentlich gemacht, die Vorhänge waren zurückgezogen und mit Quastenschnüren an die geschnitzten Bettpfosten gebunden. Es roch nach sauberem Leinen, Leinöl und Terpentin, ein Geruch, der stets in Finns Kleidung hing. Dazu kam ein wenig Rauch vom Torffeuer. Sie holte tief Luft.

»Nein, es geht mir gut. Dein Vater möchte vielleicht nicht, dass ich mich auf sein Bett setze. Ich nehme stattdessen seinen Arbeitsschemel.«

Sie stellte den Schemel so hin, dass sie Rose gegenübersaß, während zwischen ihnen auf dem Schreibpult Blätter aus Kalbshaut lagen. Kathryn warf einen Blick auf den Text. Das war etwas, womit sie das Gespräch eröffnen konnte. Schließlich konnte sie nicht einfach mit der entscheidenden Frage herausplatzen, der Frage, die ihren Mund trocken werden ließ. Sie wollte das Mädchen auf keinen Fall beleidigen.

»Woran arbeitest du gerade? Ich sehe, dass du in einer Sprache schreibst, die dein Vater Englisch nennt.«

Rose errötete und schob die Blätter hastig zusammen. »Ach, das kann man noch nicht herzeigen. Es war nur so eine Idee von mir. Ein Stundenbuch für jemanden, der mir ... der mir sehr nahesteht.«

Ein Geschenk für einen Geliebten. Bitte, Heilige Mutter Gottes, lass es nicht für meinen Sohn sein.

»Ich freue mich sehr, dass du so viel zu tun hast«, sagte Kathryn. »Aber fühlst du dich nicht manchmal ziemlich einsam?«

»Nun, manchmal schon. Aber nur ein wenig. Nur, wenn Vater nicht da ist.« Rose senkte den Kopf und fügte hastig hinzu: »Aber es gefällt mir hier sehr. Manchmal kommt Colin mit seiner Laute und singt mir etwas vor. Er ist übrigens ein wirklich guter Kopist. Vater sagt, dass er Talent hat.«

Die Melodie, die Rose gesummt hatte. Kathryn erinnerte sich jetzt. Das war eines von Colins Liedern gewesen.

»Ich freue mich, dass mein Sohn für dich und deinen Vater eine angenehme Gesellschaft ist«, sagte sie. »Ich mag seine Musik auch sehr.«

»Ich habe ... ich meine, wir haben ihn in letzter Zeit nicht oft gesehen.«

»Und jetzt ist Alfred auch fort«, sagte Kathryn nicht ohne Hintergedanken.

»Alfred? Den habe ich so gut wie nie gesehen. Obwohl ich mir sicher bin, dass ich ihn gemocht hätte.« Letzteres hatte sie wie eine Entschuldigung hinzugefügt. Es war anrührend zu sehen, wie sehr Rose sich darum bemühte, sie nicht zu beleidigen. »Er hatte immer sehr viel zu tun. Oft war er auch mit dem Verwalter unterwegs.«

Eine gute, eine beruhigende Antwort. Ungeachtet der Umstände ihrer Geburt, war es wirklich schwierig, das Mädchen nicht zu mögen, da sie den Charme ihres Vaters besaß.

»Nun, ich sehe meine Söhne auch nur noch selten, und ich vermisse sie beide sehr. Alfred ist jetzt Page bei Sir Guy, und Colin... nun, leider sehe ich ihn auch nicht sehr oft. Seit dem Tod des Schäfers verbringt er viel Zeit in der Kapelle. Er spricht in Rätseln von Vergebung und Buße, so als hätte er eine schwere Schuld mit sich herumzutragen. Aber er will nicht darüber sprechen. Zumindest nicht mit mir. Hat er dir irgendetwas gesagt?«

Rose wandte den Blick ab und griff sich an den Hals. Ihre Hand zitterte. Ihre Mundwinkel zuckten. »Seit dem Brand hat er für nichts mehr Zeit, nicht einmal mehr für die Musik.«

»Er wird schon damit fertigwerden. Anscheinend hat er John näher gestanden, als mir bewusst war. Ich denke, eine Mutter kann nicht alles über ihre Söhne wissen. Was ist mit dir, Rose? Wie fühlst du dich? Dein Vater ist seit dem Abend, an dem dir so schlecht wurde, sehr besorgt um dich. Der Abend, an dem ich dir den Kräutertee gemacht habe. Weißt du noch?«

Rose blinzelte und nickte. »Ihr wart sehr freundlich zu mir. Ja, mir geht es jetzt schon wieder viel besser. Obwohl mir manchmal noch etwas schwindelig ist. Es ist eine Art von Mattigkeit, die mich dann überkommt, sonst aber geht es mir wirklich gut.« Ein kurzes, fröhliches Lachen spielte um ihre Mundwinkel.

Eines Tages wird sie dort die gleichen Lachfältchen haben wie ihr Vater, dachte Kathryn.

»Ich konnte wochenlang nicht richtig essen, aber jetzt mache ich das wieder wett. Heute bin ich mitten in der Nacht aufgewacht und verspürte plötzlich ein unglaubliches Verlangen nach Salzheringen. Dabei mag ich überhaupt keine Salzheringe. Mir zieht sich bei ihrem Geschmack regelrecht der Mund zusammen.«

Kathryns Mund fühlte sich plötzlich trocken wie Asche an, und das hatte nichts mit den Salzheringen zu tun. Das Mädchen hatte plötzliche Gelüste. War sie wirklich so unschuldig, dass sie nicht wusste, was das bedeutete? Aber natürlich! Welche weibliche Gesellschaft hatte ihr auf ihrem Weg zur Frau zur Seite gestanden. Kathryn wusste sehr wohl, wie das war. Als sie ihre erste Regel bekommen hatte, hatte sie das Blut, dunkel wie Wein, gesehen und war sich sicher gewesen, dass sie sterben würde. Das hatte sie jeden Monat gedacht, bis sie schließlich zu ihrem Vater gegangen war und ihm davon erzählt hatte. Er hatte einen feuerroten Kopf bekommen und die Hebamme rufen lassen. Sie hatte ihr dieses Geheimnis mit Worten erklärt, die es ihr nicht unbedingt angenehm und verheißungsvoll erscheinen ließen, zur Frau zu werden.

Wie viel hatte Finn seiner Tochter wohl gesagt? Er war ein viel liebevollerer Vater, als es der ihre gewesen war, dennoch war es denkbar, dass auch er es peinlich vermieden hatte, seiner Tochter das zu sagen, was normalerweise eine Mutter oder eine nahe Verwandte einem heranwachsenden Mädchen sagte. Schließlich war er auch bereit gewesen, die Auswirkungen seiner jüdischen Ehe für Kathryn und ihre Söhne zu ignorieren.

»Lass uns offen miteinander reden, Rose. Von Frau zu Frau.« Früher hätte sie vielleicht gesagt von Mutter zu Tochter, jetzt aber konnte sie sich dazu nicht mehr überwinden. »Ist dein Zyklus regelmäßig?«

Rose sah sie unsicher an.

»Deine monatliche Blutung, Kind. Kommt sie jeden Monat?«

Draußen schob sich eine Wolke vor die Sonne. Das Licht im Raum wurde matter, tönte alles grau. Nur Roses Gesicht war gerötet.

»Das letzte Mal ist jetzt drei Monate her«, sagte sie. »Aber es war schon öfter so, dass sie nicht gekommen ist. Als ich jünger war. Ich dachte, das käme möglicherweise daher, dass ich krank war.«

Schweigen. Länger als eine Minute sagte keine von ihnen etwas. Die Sonne kam nicht wieder hervor, und im Zimmer wurde es trotz des Torffeuers, das im Kamin zischte, immer kälter. Kathryns Schläfe begann zu klopfen. Dies war ein Gespräch, das sie sich liebend gern erspart hätte. Es wäre Rebekkas Pflicht gewesen, nicht die ihre. Gingen jüdische Mütter mit einer solchen Situation anders um? Was hätte die tote Rebekka ihrer Tochter jetzt gesagt?

»Rose, es mag sehr wohl etwas damit zu tun haben, dass du krank warst, aber anders, als du denkst. Möglicherweise ist es der Grund und nicht das Ergebnis.«

»Ich verstehe nicht.« Das war die klägliche Stimme eines Kindes, des Kindes, das dieses Mädchen vor kurzer Zeit noch gewesen war.

»Möglicherweise bist du…«

Wie sollte sie es ihr nur sagen? »Möglicherweise bekommst du ein Kind. Die Blutungen hören auf, wenn eine Frau schwanger ist.«

Das Mädchen sah aus, als würde sie auf der Stelle ohnmächtig werden. Sie fuhr sich zitternd mit der Hand übers Gesicht. Kathryn stand auf und ging zu ihr, beugte sich leicht über sie, fasste sie unter dem Kinn und hob ihren Kopf ein wenig an, so dass sie Kathryn direkt in die Augen schauen musste.

»Rose, warst du mit einem Mann zusammen?« Ein jedes Wort war sanft, aber klar und deutlich ausgesprochen.

Das Mädchen schwieg, kaute nur nervös auf seiner Oberlippe herum. Ihr Kinn zitterte.

»Antworte mir, Kind. Warst du mit einem Mann zusammen?«

Kathryn versuchte, ihre Stimme nicht zu erheben, das fiel ihr jedoch nicht leicht. Sie wollte Rose nicht verschrecken. Vielleicht war es ja gar nicht Alfred gewesen.

»Nur mit Colin.«

»Ich meine nicht so. Ich meine, ob du Verkehr mit einem Mann hattest? Irgendeinem Dienstboten, den du vielleicht im Garten gesehen hast und der deine Unerfahrenheit ausgenutzt hat? Der dich vielleicht sogar gezwungen hat, mit ihm geschlechtlichen Umgang zu haben?«

Rose begann zu weinen. Dicke Tränen schossen aus ihren Augen, kullerten in kleinen Bächen über ihre Wangen, sammelten sich in den Winkeln ihres bebenden Mundes.

»Nur mit Colin, Mylady.«

Colin?

»Rose, weißt du überhaupt, was geschlechtlicher Umgang bedeutet?«, fragte Kathryn jetzt aufgebracht.

Rose nickte und schlug dann beide Hände vors Gesicht.

»Wir haben uns nur geküsst. Fast immer nur geküsst.« Sie hielt inne und begann mit zitternden Fingern an dem hübschen Kreuz herumzuzerren, das sie um den Hals trug. »Im Wollhaus.«

Das Wollhaus! Kathryn spürte, wie sich die Muskeln um ihr Herz herum zusammenzogen.

Fragt am besten Euren Sohn, was das Wollhaus angeht.

Rose stand so abrupt auf, dass ihr Schemel klappernd umfiel und einen Eimer mit eingeweichter Schlehdornrinde umstieß. Sowohl Kathryn als auch Rose ignorierten die Tintenbrühe, die langsam über den Boden kroch und schließlich in die Holzbohlen eindrang. Rose ging auf und ab, den Handrücken fest an ihren Hals gedrückt. Sie begann heftig zu schluchzen. Kathryn musste sie beruhigen, sonst würde dem Mädchen noch schlecht werden. Sie legte ihr den Arm um die Schultern, führte sie sanft zum Bett hinüber und ließ sie darauf Platz nehmen.

»Rose«, sagte sie, so ruhig sie konnte, »sich nur zu küssen, das meine ich nicht. Also, war das alles, was ihr getan habt? Habt ihr, du und mein Sohn, im Wollhaus nicht noch irgendetwas anderes getan, als euch nur zu küssen?«

Kathryn konnte ihr Antwort kaum verstehen. Das Wort kam mit einem kurzen Schluchzer hinter ihrer vorgehaltenen Hand heraus.

»Zweimal.«

»Zweimal? Hatte Alfred zweimal geschlechtlichen Umgang mit dir, Rose?«

Sie begann jetzt noch heftiger zu weinen, nickte dann aber mit dem Kopf. »Wir haben nur ... nur zweimal. Aber es war nicht Alfred.« Ein noch lauteres Schluchzen, unregelmäßiges Atmen. Rose heulte hemmungslos in die mit Bändern versehenen Manschetten hinein.

»Es war Colin.« Der Name ihres jüngeren Sohnes brach mit einem Schluckauf heraus. Kathryn hätte nicht schockierter sein können, wenn Rose den Papst genannt hätte. Sie rang verzweifelt nach Luft. Neben ihr schaukelte das hysterische Mädchen weinend vor und zurück. »Bitte ... sagt ... Vater ... nichts ... davon!« Sie stieß dabei jedes einzelne Wort zwischen abgehackten Atemzügen hervor. Kathryn nahm sie in die Arme.

»Dir wird noch schlecht, wenn du dich so aufregst, und das hilft keinem von uns«, flüsterte sie, während sie das Mädchen sanft hin und her wiegte und dabei die ganze Zeit dachte: *Colin*. Warum hatte sie es nicht gemerkt? Sie hatte von der engen Beziehung der beiden gewusst. Allerdings war sie davon ausgegangen, dass sie nur wie Kinder miteinander spielten. »Wir werden vorerst niemandem etwas davon sagen«, meinte sie schließlich. »Vielleicht irren wir uns ja auch. Es wäre möglich, auch wenn du... es wäre möglich, dass du nicht schwanger bist. Wir werden also erst einmal abwarten. Falls du es aber doch bist, nun, es gibt da gewisse Dinge... Im Augenblick lass uns einfach versuchen, Ruhe zu bewahren.«

Kathryns beruhigende Worte hatten eine besänftigende Wirkung auf Rose. Ihr Gefühlsaufruhr legte sich, und es waren nur noch ein gelegentliches Wimmern und einzelne Schluchzer zu hören. Kathryns Gedanken rasten. Die Situation war mehr als nur schwierig. Sie wusste, dass ihre beruhigenden Worte so leer wie die Zisternen der Hölle waren. Sie wusste auch, dass sie jetzt keine Zeit verlieren durfte. Sie würde sofort zur Hebamme gehen. Es gab spezielle Tränke... zuerst aber musste sie mit Colin sprechen. Colin!

Sie hatte Rose versprochen, Finn noch nichts zu sagen. Das war besser so. Weniger kompliziert. Er würde mit Sicherheit sehr wütend werden, wenn er erfuhr, dass ihr Sohn seine Tochter entjungfert hatte. Höchstwahrscheinlich würde er auch darauf bestehen, dass man sofort das Aufgebot bestellte. Er selbst hatte schließlich um einer Jüdin willen alles aufgegeben. Würde er von ihrem Sohn nicht dasselbe erwarten? Aber ein Sohn Blackinghams würde keine Jüdin heiraten. Nur über ihre Leiche.

Sie schob das zerzauste Mädchen weg, hielt sie auf Armeslänge von sich.

»Jetzt trockne erst einmal deine Tränen, Rose. Geh in dein Zimmer, und leg dich ein wenig hin. Und zieh den Vorhang vor, damit dein Vater, wenn er zurückkommt, seine Tochter nicht in diesem Zustand sieht.«

Finn würde bestimmt wissen wollen, was geschehen war, wenn er seine Tochter völlig aufgelöst vorfand. Er würde ihr die Wahrheit so leicht entlocken, wie ein dicker Mönch Winde abgehen ließ.

»Ich werde dir einen Becher mit Beruhigungstee bringen lassen. Mach dir keine Sorgen, Rose. Uns wird schon etwas einfallen.«

14. KAPITEL

*Das, was in der Bibel über Christus geschrieben
steht, ist alles, was für die Erlösung notwendig ist.
Für alle Menschen, nicht allein für Priester.*

JOHN WYCLIFFE

Finn näherte sich Norwich aus nördlicher Richtung. Von einem Hügel aus konnte er den Markt sehen, der sich wie ein geripptes Band von Norwich Castle bis zum Stadtzentrum hin ausrollte. Der massive, ungeschlachte und hässliche Bau diente inzwischen nicht mehr als militärische Festung, sondern als Gefängnis, in dessen dunklen Verliesen zahllose arme Teufel schmachteten. Trotz ihrer Verblendung mit cremefarbenem Caen-Stein, der in der Sonne golden glänzte, warf die Burg einen unheimlichen Schatten. Sie erhob sich drohend über die bunten Marktstände wie ein Bussard, der, auf einem Baum hockend, auf Beute lauert. Finn fröstelte unwillkürlich und zog seinen wollenen Umhang fester um seine Schultern.

Das eine Ende der Burgbrücke führte zu einem äußeren Hof, wo der Viehmarkt abgehalten wurde. Vor einem Gerüst mit einem Galgen hatte sich eine Gruppe von Schaulustigen versammelt. Finn wusste, um welche Attraktion es hier und heute ging. Derartige Ereignisse fanden stets an Markttagen statt, wenn man sicher sein konnte, dass viele Menschen kommen würden. Selbst aus dieser Entfernung – er würde auf keinen Fall näher herangehen, denn auf ein solches Schauspiel konnte er gut verzichten – hörte er heiseres Gelächter. Wenn er nur wenige Minuten früher gekommen wäre, dann hätte er von der Hinrichtung womöglich gar nichts mitbekommen. Jetzt aber gab es kein Entrinnen. Finn hatte bereits gesehen, wie man das Seil um den Hals des Verurteilten gelegt hatte, und er konnte, so sehr er es auch versuchte, den Blick einfach nicht mehr von der Szene abwenden. Die gesichtslose Menge stöhnte auf wie mit einer Stimme, ein Stöhnen, das sich langsam zu einem klagenden Crescendo steigerte. Die Falltür öffnete sich. Finn hielt den Atem an, als die Menge, der Verzückung nahe, in einem einzigen, tiefen Seufzer ausatmete. Er spürte, wie sich seine eigenen Muskeln verspannten, als sich der Mann am Galgen aufbäumte, dann zuckte, bevor er schwer und leblos wie eine Hammelseite am Seil hin und her schwang. Finn war, der Heiligen Jungfrau sei Dank, nicht nahe genug, um die hervorquellenden Augen und die purpurnen Lippen in dem geschwollenen Gesicht sehen zu können. Er lenkte sein Pferd nach rechts und wandte den Kopf ab, zu spät allerdings, um der aufsteigenden Übelkeit noch zuvorzukommen.

Armer Teufel, dachte er, während er sich den Mund mit dem Handrücken abwischte und seinem Pferd die Sporen gab. Wahrscheinlich war das irgendein rebellischer Bauer gewesen, der sich etwas zu laut und mit zu deutlichen Worten gegen John of Gaunts neue Kopfsteuer ausgesprochen hatte. Der zweiten Steuer in nur drei Jahren. Es war ein hoher Preis, den man bezahlen musste, wenn man nichts als die Wahrheit sagte. Sein abgetrennter Kopf, die Augen von Vögeln ausgehackt, würde bald auf einer Stange am Stadttor stecken, als unmissverständliche Warnung für alle anderen. Die Wahrheit zu sagen war lebensgefährlich.

Die Burg in seinem Rücken, ließ Finn seinen Blick über den Markt nach Osten schweifen, hin zu dem zweiten architektonischen Meisterwerk der Stadt. Die ebenfalls mit Caen-Stein verkleidete Kathedrale von Norwich strahlte sanft im Nachmittagslicht, aber auf Finn wirkte sie kaum weniger bedrohlich als die Burg. Er musste jedoch zugeben, dass dieses Bauwerk das Auge weit mehr erfreute. Der normannische Vierungsturm war überaus eindrucksvoll, wenn er auch immer noch ohne Spitze war. Ein Sturm hatte die hölzerne Kirchturmspitze im Jahre 1362 zerstört, und dabei war auch ein Teil der Apsis in Mitleidenschaft gezogen worden. Finn lächelte, als er sich daran erinnerte, dass Wycliffe den Sturm als »Gottes zornigen Atem« bezeichnet hatte.

Die Reparatur der Apsis war bereits von Bischof Despensers Vorgänger veranlasst worden, den Bau der Kirchturmspitze hatte man aber zugunsten wichtigerer Dinge erst einmal zurückgestellt. Der Kreuzgang musste ebenfalls erneuert werden, dasselbe galt für die Mauer, die die Benediktinermönche vor dem Mob schützen sollte. 1297 hatte ein Haufen wütender Dorfbewohner und Bauern den Mönchen das Dach über dem Kopf angezündet, weil die Priester ihnen manchmal den Gottesdienst, ja, sogar das Abendmahl verweigerten, wenn sie nicht dafür bezahlten. *Sie verkauften den Körper unseres Herrn für einen Penny, um mit diesem Geld eine Genehmigung für den Unterhalt von Konkubinen zu erwerben*, hatte Wycliffe ihm gesagt. In den beinahe einhundert Jahren, die seitdem vergangen waren, hätte sich nicht viel geändert, hatte Wycliffe hinzugefügt. Finn hatte ihm in diesem Punkt nicht widersprechen können.

Die Arbeiten am Kreuzgang waren gerade im Gange. Als Finn die Castle Street entlang und dann die Elm Hill hinaufritt, sah er mehrere Steinmetze, die dort arbeiteten, hörte das Klatschen von Mörtel und das Scharren von Steinen, wenn der stabile Stein aus der Umgebung von Norwich mit dem wesentlich ansprechenderen, importierten Stein aus der Normandie verkleidet wurde. Weil der Mörtel in der kalten Luft zu schnell aushärtete und ihre Hände in den fingerlosen Handschuhen schon mal blau und taub wurden, vermischten sich ihre Flüche mit dem Gezeter der Vögel, die man aus ihren Nestern zwischen den steinernen Rippen des Kreuzgangs verscheucht hatte.

Als er die Elm Hill erreichte, saß Finn vor dem Beggar's Daughter ab. Das Wirtshausschild verhieß einen Krug schäumendes Bier – großer Gott, das hatte er jetzt wirklich nötig. Er winkte einem Betteljungen, den er hier schon einmal gesehen hatte.

»Einen halben Penny und eine Schweinepastete, wenn mein Pferd nachher noch da ist.«

Der zerlumpte Bengel kam angerannt, nahm das Pferd am Zaumzeug und führte es zu einem Unterstand in der schmalen Lücke zwischen zwei Häusern.

»Nicht einmal der Teufel persönlich würde es schaffen, mir Euer Pferd wegzunehmen, Mylord.« Er verbeugte sich mit einer Energie, die seine Lebensumstände Lügen strafte.

»Es ist nicht der Teufel, der mir Sorgen macht«, antwortete Finn.

Er bewunderte den Unternehmungsgeist des Jungen. Er hatte ihn schon vorher herumrennen sehen – Botengänge erledigen, die Marktstände sauber halten, alles Mögliche, nur um sich ein wenig Geld für seinen Lebensunterhalt zu verdienen. Es gab Dutzende solcher Jungen, und das, obwohl ein Bettler heute schon sehr erfinderisch sein musste, um nicht im Stock zu landen. Selbst jemand, der einem Bettler eine milde Gabe zukommen ließ, lief Gefahr, verhaftet zu werden. Bei den Bettlern handelte es sich in aller Regel um entlaufene Leibeigene. Sie lebten von den Abfällen der Stadt und versteckten sich innerhalb deren Mauern, bis sie ihre Freiheit erlangten. Und Abfall gab es hier jede Menge. Die Elm Hill war die schmalste Straße von Norwich. Ein offener Abwasserkanal verlief in der Mitte der mit Kopfsteinen gepflasterten Straße und stellte so für Mensch und Tier ein heimtückisches Hindernis dar. Aber neben dem Wochenmarkt war diese Straße hier der wichtigste Handelsplatz der Stadt. Reiche Tuchhändler und flämische Weber lebten in einigen der größeren Stadthäuser, hinter denen sich zahlreiche Lagerhäuser bis zum Fluss hinunterzogen. An anderen Ende der Straße befanden sich die Häuser von Ladenbesitzern und Gildemeistern. Sie wohnten über ihren Läden und Geschäften, die in kunterbuntem Durcheinander in die Straße hineinragten und den Eindruck eines Labyrinths vermittelten. Es war ein Labyrinth, in dem ein Junge mit einem Pferd leicht verschwinden konnte, wenn er das wollte.

In der Schänke setzte sich Finn so hin, dass er durch das schmierige Fenster jederzeit einen Blick auf den Burschen und sein Pferd werfen konnte. Der Junge machte wieder eine Verbeugung und zwinkerte ihm dabei frech zu. Finn grüßte zurück. Sein Pferd würde noch da sein, wenn er es brauchte, dessen war er sich sicher.

Finn war in die Elm Hill gekommen, um Federkiele zu kaufen. Zuerst aber brauchte er eine kleine Stärkung, und außerdem musste er sich auch ein wenig aufwärmen. Er wollte sich hier mit Halb-Tom treffen, der ihm ein Päckchen von Wycliffe bringen würde. Finn musste nicht lange warten. Aus der hintersten Ecke der Schänke schallte betrunkenes Gelächter zu ihm herüber. Es kam von einer Gruppe von fünf Männern, die einen Kreis bildeten. Der Rädelsführer, der Mann, der Finn am nächsten stand und ihm dabei den Rücken zukehrte, trug die Uniform des Burggefängnisses.

»Wir könnten ihn aufhängen und sehen, ob er genauso schön schwingt wie der andere.«

»Nein. Dazu ist er einfach zu klein. Das macht keinen Spaß. Er würde nur zappeln wie ein kleines Stück Fischköder.«

Allgemeines Gelächter.

»Nun, dann sehen wir doch mal, wie hoch wir ihn werfen können.«

Ein Arm zuckte, dann wirbelte ein Bündel Lumpen in die Luft, prallte von einem der Deckenbalken ab und schlug einen Purzelbaum, bevor es wieder landete. Es fiel knapp außerhalb des Kreises auf den Boden, wurde dabei flach, sprang dann, wunderbarerweise unverletzt, auf zwei Beine. Es war Halb-Tom. Der Zwerg wollte in Richtung Tür fliehen, aber ein starker Arm packte ihn und zog ihn in den Kreis zurück.

Finn zog seinen Dolch aus dem Stiefel und ging langsam auf die Meute zu.

Halb-Tom schlug fluchend um sich und versuchte, in den Arm desjenigen zu beißen, der ihn festhielt.

»Verdammt, das ist wirklich ein zäher kleiner Kerl. Aber ich wette zwei Penny, dass er diesmal bluten wird.«

Finn näherte sich dem Kreis von Männern. Es war ein bunt zusammengewürfelter Haufen, der bei diesem üblen Spiel mehr aus Angst vor dem Rädelsführer mitmachte als aus Spaß an der Sache selbst. Vielleicht war auch noch Blutgier im Spiel, hervorgerufen durch die Hinrichtung. Finn hatte so etwas schon öfter erlebt: ganz normale Männer, die zu anderen Zeiten völlig friedfertig und freundlich waren, verwandelten sich angesichts von Blut und Tod in wild gewordene Hunde, die geifernd der Spur eines Wildes folgten. Interesse vortäuschend, sah er dem Gefängniswärter über die Schulter, wich dann aber wieder ein kleines Stück zurück, als er eine Laus durch das fettige Haar des Mannes krabbeln sah. Finn drückte dem Mann die Spitze seines Dolches in den Rücken, direkt unterhalb des Brustkorbes und gerade fest genug, dass sie durch das Lederwams hindurch zu spüren war.

»Warum lasst Ihr den Zwerg nicht einfach in Ruhe, mein Freund?«, sagte er freundlich, verstärkte dabei jedoch den Druck auf den Dolch, so dass der Gefängniswärter genau wusste, was die Stunde geschlagen hatte.

Der Mann drehte den Kopf ein Stück, um seinen Gegner anzusehen. Als er jedoch spürte, wie der Dolch durch das grobe Leinen seines Hemdes drang, wurde sein Körper steif. Er lockerte den Griff, mit dem er Halb-Tom festhielt, gerade lange genug, dass dieser freikam. Der Zwerg rannte zur Tür.

Finn legte dem Gefängniswärter eine Hand auf die Schulter, während er mit der anderen den Dolch fest an seinem Platz hielt.

»Eure Freunde hier feiern anscheinend, dass es nicht sie sind, die heute am Galgen baumeln.«

»Was geht Euch das an?«

Der mutige Ton des Mannes war jedoch nicht echt. Finn sah die verstohlenen Blicke seiner Kumpane, die versuchten, die neue Entwicklung einzuschätzen. Nun, er würde ihnen die Entscheidung leichter machen.

»Gastwirt, bringt meinen Kameraden hier eine Runde gutes Ale und setzt es auf meine Rechnung.«

Ein hoch gewachsener, müde aussehender Freisasse zuckte mit den Schultern und verließ als Erster den Kreis. Einer nach dem anderen folgte ihm, um sich einen Krug Bier von einem Tablett zu nehmen, das der Wirt, der sehr erleichtert wirkte, für sie bereitgestellt hatte. Die lose Verbindung zwischen den Männern war zerrissen, und der Kreis von Zwergenschindern zerstreute sich, wobei sie es sorgsam vermieden, einander anzusehen. Es ist aber noch nicht vorbei, dachte Finn, der den stämmigen Gefängniswärter noch immer mit seinem Dolch in Schach hielt. Ihm nämlich hatte er den Spaß gründlich verdorben.

»Was ist mit Euch, mein Freund? Dort steht auch ein Krug für Euch.«

Er hatte seinen Satz noch nicht ganz beendet, da drehte sich der Mann um und versuchte, nach dem Dolch zu greifen. Er bekam jedoch nicht das Heft zu fassen, sondern griff in die Klinge. Vor Schmerz kreischend wie eine verbrühte Katze, zog er seine blutige Hand zurück.

Genau in diesem Moment erschien Halb-Tom wieder in der Tür. In seiner Begleitung war ein Wachtmeister, der die scharlachroten Amtszeichen trug, die ihn als einen der Leute des Sheriffs auswiesen.

»Der kleine Mann hier behauptet, dass hier jemand ist, der den Königsfrieden bricht.« Er ließ seinen Blick stirnrunzelnd durch den Raum wandern. »Ich hätte mir denken können, dass ihr wieder mit von der Partie seid, Sykes.«

Halb-Tom hatte also Verstärkung geholt. Aber es war immer noch möglich, dass sie alle im Stock endeten. »Keine Sorge, Wachtmeister«, sagte Finn. »Ich kann Euch versichern, dass der Königsfriede nicht angetastet wurde. Ich habe diesem Mann hier nur eben meinen neuen Dolch gezeigt, als er ihm aus der Hand rutschte und er sich bei dem Versuch, ihn in der Luft aufzufangen, in die Hand geschnitten hat.«

Die anderen tranken einer nach dem anderen ihr Bier aus und stahlen sich dann davon. Einer von ihnen besaß wenigstens noch den Anstand, Finn mit seinem leeren Krug zum Dank zuzuprosten, bevor auch er die Schänke verließ.

»Seht Ihr, alles ist in bester Ordnung. Ihr könnt den Wirt fragen.«

Der Wirt nickte. Zweifellos hatte er genügend Gründe, um vor der Gerechtigkeit des Königs auf der Hut zu sein. Der Wachtmeister, der offensichtlich noch immer nicht ganz überzeugt war, hielt seine Hand am Griff seines Floretts.

»Ich habe Sykes gerade gesagt, dass er sich am besten gleich um die Wunde kümmert, bevor sie noch brandig wird«, sagte Finn, als er das Blut des Gefängnisaufsehers von seinem Dolch abwischte.

»Ich werde mich darum kümmern. Das tue ich, darauf könnt Ihr wetten.«

Trotz seiner bösen Blicke und der unterschwelligen Drohung in seinen Worten wickelte Sykes seine verletzte Hand in einen Lappen, den ihm der Wirt gegeben hatte, und stolperte dann in Richtung Tür. Der Wachtmeister machte ihm zwar Platz, aber nur so viel, dass der Aufseher sich seitlich an ihm vorbeischieben musste.

»Jedes Mal gibt es nach so einer verdammten Hinrichtung Ärger. Das habe ich noch nie anders erlebt. Und normalerweise ist Sykes immer mittendrin. Ich würde mich an Eurer Stelle eine Weile von ihm fernhalten. Der Mann ist so hinterhältig, wie eine alte Hure fett ist.«

»Vielen Dank, aber mein Freund und ich« – an dieser Stelle nickte er Halb-Tom freundlich zu und stellte fest, dass der Wachtmeister ihn daraufhin ziemlich verblüfft ansah – »mein Freund und ich werden schon fort sein, bevor sich Sykes auch nur ansatzweise in einem Zustand befindet, in dem er uns Ärger machen könnte.«

Als der Wachtmeister die Schänke verlassen hatte, bestellte Finn für sich und Halb-Tom etwas zu essen.

»Seid Ihr sicher, dass Ihr Euch nicht verletzt habt? Das war ein ziemlich harter Sturz.«

Halb-Toms breites Grinsen teilte sein rundes Gesicht in zwei Halbmonde. »Ich habe mir im Laufe der Zeit so ein, zwei Tricks angeeignet.« Er riss ein Stück Brot ab und stopfte es sich in den Mund. Energisch kauend fuhr er fort: »In aller Regel meide ich Orte wie diesen hier, oder ich versuche, mich rechtzeitig aus dem Staub zu machen, aber wenn alle Stricke reißen, dann ziehe ich den Kopf ein und rolle mich zu einer Kugel zusammen. Schaut her, so.«

Der Kopf des kleinen Mannes schien einfach in seinem Wams zu verschwinden, so dass er aussah wie eine große Schildkröte, die sich gerade in ihren Panzer zurückzieht. Finn konnte nicht anders, er musste lachen. Weit davon entfernt, beleidigt zu sein, lachte Halb-Tom laut mit. Er biss von seiner Zwiebel ab, dann nahm er einen weiteren Bissen Brot und schluckte, bevor er hinzufügte: »Und ich habe immer zwei Hemden an, wenn ich in die Stadt gehe. Das ist eine gute Polsterung.«

»Sehr einfallsreich.«

»Ja, aber es funktioniert leider nicht immer. Einmal habe ich mir drei Rippen gebrochen. Und heute wäre ich sicher auch nicht heil davongekommen, wenn Ihr nicht eingegriffen hättet.«

Finn winkte ab. »Wenn ich zur vereinbarten Zeit hier gewesen wäre, dann wärt Ihr gar nicht in diese Lage gekommen. Habt Ihr etwas von Master Wycliffe für mich?«

Halb-Tom griff in sein Hemd, band einen Riemen los und zog ein in Leder eingeschlagenes Päckchen hervor. »Das hier war auch eine ganz gute Polsterung. Die Seiten sind hier drin. Master Wycliffe empfiehlt Euch, äh... diskret zu sein.« Er sprach das ungewohnte Wort behutsam aus, ließ es über seine Zunge rollen. »Er sagt, der Erzbischof hätte eine Zielscheibe auf seinen Rücken gemalt.«

»Dann habt Ihr also mit ihm gesprochen?«

»Jawohl. Er war in Thetford, um vor der Bischofssynode zu sprechen, genau wie Ihr gesagt habt. Ich habe mich mit einer Truppe von Gauklern in den Saal geschlichen, die die Gesellschaft beim Essen unterhielt. Habe ein paarmal Rad geschlagen, ein-, zweimal einen Handstand gemacht. Master Wycliffe tat so, als würde er mich auf einen Botengang schicken, und gab mir dann dieses Päckchen, so als wäre es mein Lohn.«

»Habt Ihr ihm die fertigen Seiten gegeben?«

»Ja. Er hat so getan, als sei dies der Botengang gewesen, den ich für ihn unternommen habe.«

»War er mit meiner Arbeit zufrieden?«

»Er hat nur einen kurzen Blick darauf geworfen und mich dann gefragt, was er Euch schuldet.«

»Ihr habt ihm ausgerichtet, was ich Euch gesagt habe?«

»Jawohl. Ich habe ihm ausgerichtet, dass Ihr gesagt habt, Eure Arbeit sei...« Er hielt inne, sah dabei zur Decke hinauf. »Gratis«, sagte er feierlich. Offensichtlich war er auf dieses neue Wort in seinem Vokabular ziemlich stolz.

»Und wie lautete seine Antwort?«

»Dass Ihr Euren Lohn im Himmel bekommen würdet.«

»Ich denke, das ist durchaus ausreichend. Habt Ihr ihm auch gesagt, dass ich, wenn es meine Zeit erlaubt, versuchen werde, eine zusätzliche Kopie seiner Übersetzung zu erstellen?«

»Er sagte... ich weiß leider seine genauen Worte nicht mehr, aber im Grunde meinte er, je mehr Leute die Heilige Schrift selbst lesen würden, desto deutlicher würden sie erkennen, wie sehr die Kirche sie zum Narren hält.«

Finn nickte. Er hatte die Übersetzung gelesen, während er daran arbeitete, und war fasziniert davon gewesen. Er hatte das Johannesevangelium noch nie auf Lateinisch gelesen und wusste nur aus Predigten, Mysterienspielen und einzelnen auswendig gelernten, lateinischen Passagen, was darin stand. Er hatte es geglaubt, weil man ihm gesagt hatte, dass er es glauben müsse. Wycliffes Übersetzung hatte ihm jedoch einen anderen Christus offenbart als jenen, von dem die Priester sprachen. Oh ja, da gab es das Leiden, aber da war auch Freude und Liebe, so viel Liebe. Eine Liebe, so wie sie die Einsiedlerin beschrieben hatte. *Denn Gott liebte die Welt so sehr...* Das war alles, dachte Finn. Und es war genug.

»Könnt Ihr lesen, Tom?«

»Die Mönche haben versucht, es mir beizubringen, aber ich konnte kein Latein und habe es deshalb nicht gelernt. Wenn ich eines Tages die Bibel selbst lesen könnte, nun, das wäre die Mühe sicher wert.« Er grinste. »Und da ich jetzt Euer Bote bin, wäre es natürlich wesentlich einfacher, wenn ich die ausgefallenen Wörter, die Ihr mich ständig ausrichten lasst, nicht alle auswendig lernen müsste.«

Finn sah durch das Fenster, dass der Junge, der sein Pferd hielt, von einem Bein aufs andere trat, um seine mit Lumpen umwickelten Füße warm zu halten. Es war Zeit zu gehen. Er bestellte eine Schweinefleischpastete und kaufte dem Wirt noch eine warme Decke ab. Falls der Junge kein Bett hatte, würde er sich diese Nacht wenigstens mit einer Decke wärmen können.

Finn sollte der Anblick des todesstarren Gesichts des Gehängten letztlich doch nicht erspart bleiben. Wer war dieser Mann? Ein Wilderer, ein kleiner Dieb? Oder vielleicht jemand, der nur die Wahrheit gesagt hatte? All das waren Verbrechen, für die man gehängt wurde. Es war heutzutage so leicht, sein Leben zu verlieren – man brauchte nur der Kirche oder dem König in die Quere zu kommen. Eine weitere Mahnung, dass er in Zukunft noch vorsichtiger sein sollte. Machte ihn die Tatsache, dass er Wycliffes Texte illuminierte, schon zu einem Mitglied der Lollarden? Die Bewegung war an sich nicht verboten. Noch nicht. Welcher Engel oder vielleicht auch welcher Teufel hatte ihn nur dazu veranlasst, Wycliffes Projekt zu unterstützen? Und vor allem: Warum tat er das überhaupt? Von himmlischem Lohn hielt er nicht viel, genauso wenig wie von den Flammen der Hölle. Die Antwort lautete: Es war ihm einfach nur vernünftig vorgekommen. Ihm gefiel die Vorstellung, dass jeder, der des Lesens mächtig war, jetzt die Heilige Schrift auch selbst lesen konnte.

Als er die Stadt über die Wensum Street verließ, sah er ihn, den auf eine Stange aufgespießten Kopf des armen Kerls, oder vielmehr das, was noch davon übrig war.

Kathryn ging rasch die drei steinernen Stufen hinauf – eine für den Vater, eine für den Sohn und eine für den heiligen Geist –, die zu dem kleinen Vorbau der Kapelle führten, unter dessen mit dicken Steinplatten belegtem Boden sich die Krypta befand. Die Lebenden beteten über den Gebeinen der Toten. Sie musste unbedingt mit Colin sprechen und ihn fragen, ob das, was Rose ihr erzählt hatte, auch stimmte. Und wo sonst sollte er sein, wenn nicht in der Kapelle? Plötzlich ergab alles Sinn: das unablässige Beten, die unziemliche Trauer um einen toten Leibeigenen, das bleiche Gesicht, das so schmal und hohläugig geworden war.

Vielleicht war es eine Lampe gewesen, die sie in der Hitze der Leidenschaft umgestoßen hatten, oder eine tropfende Kerze, die sie vergessen hatten zu löschen. Vielleicht hatten Rose und Colin ja auch gar nichts mit dem Brand zu tun. Colin war schon immer sehr fromm gewesen. Hatte die fleischliche Sünde, die er mit Rose begangen hatte, so sehr an seiner unschuldigen Seele genagt, dass er glaubte, ein zusätzliches Maß an Schuld zu tragen?

Sie lauschte an der Kapellentür. Alles war still. Die Tür quietschte in ihren eisernen Angeln, als sie sie öffnete. In der Kapelle war die Luft so abgestanden, als wäre der Raum seit Stunden fest verschlossen gewesen. Der Altar war verlassen. Ein Gefühl der Angst beschlich sie, als sie sah, dass die Sonnenuhr an der Wand die Zeit für die Vesper anzeigte. Colin hatte zur Vesper immer gebetet, sogar vor dem Brand.

Sie verließ die Kapelle, schloss die Tür hinter sich und lehnte sich eine Minute dagegen, um Atem zu schöpfen und nachzudenken. Colin war vielleicht einfach nur vom vielen Beten erschöpft, das war alles. Wahrscheinlich lag er in seinem Bett und schlief, während unruhige Träume seine von blauen Adern durchzogenen Augenlider zucken ließen. Sie würde zu ihm gehen, würde ihn wecken und herausfinden, ob Rose die Wahrheit gesagt hatte. Wenn das der Fall war, dann würde sie ihm sagen, dass alles gut werden würde. Sie würde ihn auf irgendeinen Botengang schicken, vielleicht zu Sir Guy, um seinem Bruder eine Nachricht zu überbringen. Das würde ihn ablenken und ihr Zeit zum Nachdenken verschaffen. Es war nicht so, dass Kathryn kein Verständnis für sein Bedürfnis nach Buße gehabt hätte. Aber ihr geliebter Junge mit seiner Engelsstimme und seinem sanften Wesen – er sollte nicht derjenige sein, der für alles bezahlen musste. Er hatte in seinem ganzen Leben noch nie irgendjemandem etwas zuleide getan, hatte ihr nicht einmal bei seiner Geburt Schmerz zugefügt, als er im blutigen Sog seines Bruders aus ihrem Leib herausgeglitten war. Fast so wie ein Nachgedanke.

Ihr Vater und ihre Mutter, die gestorben war, als sie fünf Jahre alt gewesen war, ruhten unter dem Vorbau der Kapelle, genau dort, wo sie jetzt stand – gegenüber von Roderick, nicht neben ihm. Und beiden gegenüber, am Kopf des Dreiecks, wartete ein Platz auf sie. Sie hatte alles sorgfältig geplant: Alfred und seine Familie würden Rodericks Seite vervollständigen, Colin und seine Braut würden die Verbindung zu ihren Eltern darstellen. Jetzt war sogar das verdorben. Aber Kathryn hatte einen Entschluss gefasst. Wenn die Trompeten des Jüngsten Gerichts erschollen, würde sich keine Jüdin aus ihrer Gruft in Blackingham erheben, um ihren Sohn anzuklagen.

Colin konnte von dem Kind noch nichts wissen. Wenn er unter Schuldgefühlen litt, so waren sie eine Folge des fleischlichen Aktes und der Vorstellung, womöglich am Tod des Schäfers schuld zu sein. Rose konnte ihm noch nichts von ihrer Schwangerschaft erzählt haben, denn sie hatte bis heute selbst nichts davon gewusst. Kathryn war klar, was ihr Sohn sagen würde, wenn sie ihn mit den Tatsachen konfrontierte. Er würde Rose zur Frau nehmen wollen und jeden Vorwurf mit Liebesbeteuerungen im Keim ersticken. Aber würde er, wenn er die Wahrheit über Roses Abstammung erfuhr, das tun, was Finn für Roses Mutter getan hatte – alles aufgeben, nur weil ihn eine Jüdin verhext hatte? Verhext! Vielleicht war das Mädchen ja gar nicht so unschuldig, wie sie tat. Es gab zahlreiche Geschichten von Juden, die schwarze Magie ausübten – wenn sie Blei zu Gold machen konnten, dann war es gewiss keine Kunst, ihren Colin zu verführen. Dann erinnerte sie sich jedoch wieder an den Ausdruck in Roses Augen. Ein verschrecktes Rehkitz, das plötzlich auf einer Wiese voller Menschen steht. Nein, Rose war keine Zauberin. Sie war nur ein Mädchen, dessen Unschuld nicht ausgereicht hatte, um sie zu beschützen. Aber das tat die Unschuld schließlich nie. Die Unschuld war nichts anderes als Flachs für den Webstuhl des Teufels.

Lachen, das sorglose Geplänkel der Stallburschen, die sich die Hände an einem Feuer im Hof wärmten, weckte ihre Aufmerksamkeit. Finn war wieder da. Sie hatte gehofft, dass er erst morgen zurückkommen würde. Sie musste mit Colin sprechen, bevor Rose ihrem Vater die Wahrheit sagte. Sie war sich nicht sicher, ob sie darauf vertrauen konnte, dass sie ihr Geheimnis für sich behielt, vor allem, wo das Wissen über ihren Zustand noch wie eine frische Wunde schmerzte.

»Finn«, rief Kathryn.

Er hob den Kopf und sah sich um, versuchte herauszufinden, woher der Ruf gekommen war. Dann blieb sein Blick am Vorbau der Kapelle hängen.

»Agnes hat heute gebacken«, rief sie, während sie mit flatternden Röcken die drei Steinstufen hinuntereilte. »*Pain demaine*! Das mögt Ihr doch besonders gern.« Weißes Brot aus feinstem Mehl. Das waren die Vorlieben eines Adeligen. Es hatte viele Dinge gegeben, die ihr hätten auffallen müssen, und sie hatte sie alle übersehen. »Ihr solltet Euch welches holen, solange es noch warm ist.«

Sie waren immer noch ein paar Schritte voneinander entfernt, und Kathryn ging unwillkürlich etwas langsamer, um Distanz zu wahren. Er sah sie an, schirmte seine Augen mit der Hand vor der untergehenden Sonne ab. Für kurze Zeit spürte sie das brennende Verlangen, sich in seine Arme zu werfen und sich von ihm trösten zu lassen. Aber sie würde keinen Trost bei ihm finden, wenn er die Wahrheit erfuhr.

»Ich denke, ich sollte mir erst den Dreck der Stadt abwaschen«, sagte er.

Ihre Gedanken drehten sich wie ein Mühlrad in ihrem Kopf. Er würde also in sein Zimmer gehen. Dort würde er Rose antreffen, Rose mit ihren verheulten Augen. Falls Kathryn ihn eine Weile ablenken konnte, war das Mädchen vielleicht schon zu Bett gegangen, wenn er nach oben ging. Dann hätte sie einen weiteren Tag gewonnen. Einen Tag, um die alte Frau aufzusuchen, die im Thomas Wood wohnte, und sich irgendeinen Trank von ihr geben zu lassen – oder sogar einen Zauberspruch – nein, keinen Zauberspruch, das war zu gefährlich, aber eine Mischung aus irgendwelchen wild wachsenden Kräutern, etwas, das Rose quasi wieder zur Jungfrau machte.

»Geht in die Küche und sagt Glynis, dass sie Euch Wasser für ein Bad heiß machen soll«, sagte Kathryn. Das sollte ihm eigentlich Anreiz genug sein. Sie kannte keinen Mann, der so viel badete wie Finn. War das etwas, was ihm seine jüdische Frau beigebracht hatte? Der Stallknecht führte Finns Pferd gerade in den Stall. Kathryn senkte ihre Stimme. »Sagt Glynis, dass sie das Wasser in mein Zimmer bringen soll. Ich werde dann nach der Vesper zu Euch kommen.« Wunderte er sich vielleicht über ihre plötzliche Frömmigkeit und ihr Verlangen, allein in der Kapelle zu beten, in der kein Priester die Messe hielt. »Ihr könnt mit Agnes bei einem Becher Wein plaudern.

Sagt ihr, dass sie Euch den französischen Wein ausschenken soll. Den, den sie sonst wie einen Schatz hütet.«

Er zögerte, fuhr sich mit den Fingern durch sein von grauen Strähnen durchzogenes Haar, das sie so gern berührt hätte. Besaß sie nicht mehr die Macht, ihn zu bezaubern?

»Wir müssen miteinander reden«, sagte sie.

»Ich bin viel zu müde, um noch viel zu tun, Kathryn.«

In dem Blick, mit dem er sie ansah, lagen sowohl Schmerz als auch Misstrauen. Sie verspürte kurzzeitig Gewissensbisse, weil sie ihn täuschte. Aber hatte nicht er sie zuerst getäuscht? Sie griff nach seiner Ledertasche.

»Ihr braucht nicht in Euer Zimmer zu gehen. Rose ruht sich gerade aus, und Ihr würdet sie nur wecken. Sie hat den ganzen Tag sehr konzentriert gearbeitet. Mein Mann hatte immer saubere Wäsche in meinem Schlafzimmer liegen.« Sie hörte einen Rest von Sehnsucht in ihrer Stimme. Sie hoffte, dass er das ebenfalls gehört hatte und ein Versprechen daraus las.

»*Pain demaine*, sagtet Ihr? Mit Honig?«

»Mit Honig. Und noch warm.«

»Betet nicht zu lange«, sagte er. Da war wieder ein wenig von seinem früheren schelmischen Ton.

»Ich lege Eure Tasche auf Euren Arbeitstisch.« Sie berührte seinen Ärmel beinahe zärtlich, als sie das Päckchen mit dem Manuskript an sich nahm.

»Geht jetzt, bevor das Brot kalt wird.«

Auf ihrem Weg zu Colins Zimmer kam sie an Finns Quartier vorbei. Sie schlich auf Zehenspitzen hinein und legte die Ledertasche mitten auf den Arbeitstisch. Der Vorhang zu Roses Alkoven war zugezogen. Kein Laut war zu hören. Der Beruhigungstee, den sie ihr schicken hatte lassen, tat offensichtlich seine Wirkung.

Und jetzt zu Colin.

Zu ihrer Bestürzung musste Kathryn jedoch feststellen, dass Colin nicht in seinem Zimmer war. Sein Bett war unberührt. Er musste aber irgendwo in der Nähe sein, denn seine Laute lag auf dem einzelnen Stuhl in der Ecke. Ihr war noch nie zuvor aufgefallen, wie schlicht er sein Zimmer eingerichtet hatte. Es wirkte fast wie eine Klosterzelle. Sie nahm die Laute in die Hand und klimperte ein wenig darauf herum. Er hatte ihr vor langer Zeit einmal ein paar Töne beigebracht, aber obwohl sie sich sehr bemühte, konnten ihre Finger die Saiten nicht halten.

Finn wartete sicher schon auf sie. Vielleicht wurde er ungeduldig und beschloss, zu seiner Tochter zu gehen – sie legte das Instrument vorsichtig wieder auf den Stuhl zurück. Ein Stück Pergament fiel zu Boden. Sie bückte sich, um es aufzuheben. Sie erkannte Colins schöne Schrift.

Sie musste die Zeilen zweimal lesen, bevor ihr Verstand deren Bedeutung erfasste.

Ihr erster Gedanke war, ihm jemanden hinterherzuschicken, ihn zurückzuholen. Sie konnte Finn bitten. Sie hatte eine Vermutung, welchen Weg ihr Sohn genommen hatte. Er war sicher nicht zu den Mönchen in Norwich gegangen, auch nicht in die Abtei Broomholm. Das wäre zu nahe gewesen. Vielleicht war er nach Westen, nach Thetford, gegangen. Am wahrscheinlichsten aber schien es ihr, dass er sich auf den Weg zu den Benediktinern im Priorat Blinham gemacht hatte, das verlassen und isoliert an den wilden, einsamen Klippen von Cromer oben im Norden lag.

Aber wenn sie ihn zurückholte, würde er von dem Baby erfahren. Und dann würde er Rose heiraten. Es würde für ihn nicht die geringste Rolle spielen, dass Rose Jüdin war. Das würde seine Buße in seinen Augen nur noch vollständiger machen.

Nein, es war besser so, wie es jetzt war, dachte sie, als ihre Tränen zu fließen begannen. Vorläufig jedenfalls. Sie hätte wahrscheinlich nicht die Kraft aufbringen können, ihn wegzuschicken, selbst wenn es nur zu seinem eigenen Schutz war. So aber würde er nie von dem Baby erfahren und niemals eine Entscheidung treffen müssen. Er war viel zu jung, um das Mönchsgelübde ablegen zu können, und würde deshalb noch jahrelang Novize sein. Es blieb also genug Zeit, ihn zurückzuholen, wenn Rose und Finn ihren Haushalt wieder verlassen hatten. Sie würde Blackingham für ihn bewahren. Und für Alfred natürlich auch.

Eines Tages würden sie beide wieder nach Hause kommen.

Sie setzte sich auf den Boden und schaukelte vor und zurück, bis es im Zimmer langsam dunkel wurde. In seiner Nachricht hatte Colin geschrieben, dass er sein Leben Gott weihen und seine Stunden dem Gebet widmen würde. Er schrieb, dass er das Schweigegelübde ablegen würde. Little Walshingham und die Franziskaner? Es würde ihr helfen, wenn sie wenigstens wüsste, wo er war. Die Musik in seiner Stimme sollte für immer verstummen? Sie konnte diesen Gedanken einfach nicht ertragen. Das Zimmer war jetzt fast völlig dunkel. Sie musste sich zusammenreißen.

Sie versteckte das Pergament sorgfältig in ihrem Mieder und stand dann auf. Finn wartete sicher schon auf sie.

15. KAPITEL

*Er (Gott) duldet es, dass einige von uns härter
und schmerzhafter fallen, als wir dies je zuvor
taten, und dann denken wir – denn wir sind nicht
alle weise –, dass alles, was wir begonnen haben,
zu nichts führen wird. Aber das ist nicht so.*

JULIAN VON NORWICH,
Göttliche Offenbarungen

Finn zog sein Abendessen ganz bewusst in die Länge, um Lady Kathryn Zeit zu geben, ihre Vesper in Ruhe zu beenden. Er plauderte mit der Köchin, erzählte ihr von der Hinrichtung und von den zunehmenden Spannungen in der Stadt. Sie beklagte sich wortreich über die Kopfsteuer.

»Das ist jetzt schon die dritte Steuer in zwei Jahren. Lady Kathryn will, der Heiligen Jungfrau sei Dank, die Steuer für mich übernehmen, aber jetzt habe ich ein Mädchen, für das ich bezahlen muss.« Agnes zeigte mit ihrem Rührlöffel auf das Küchenmädchen, das gerade mit genauso viel Konzentration einen Kessel schrubbte, wie Finn beim Anmischen seiner Farben aufbrachte.

»Wenn Lady Kathryn auch die Kopfsteuer für Euren Ehemann gezahlt hätte«, sagte er zwischen zwei Bissen, »dann würde es doch keinen Unterschied für sie machen, wenn sie sie stattdessen für das Mädchen zahlt.«

Agnes nickte, so dass ihr üppiges Kinn zum Doppelkinn wurde. Ihr

Stirnrunzeln verriet jedoch, dass sie in diesem Punkt weit weniger zuversichtlich als Finn war. »Ja, aber das war, bevor die Wolle verbrannt ist. Das letzte Mal hat Lady Kathryn die Steuern sogar für die Kleinbauern bezahlt. Aber eine Rübe kann einfach nicht mehr Saft geben, als sie hat. Und wenn der Onkel des Königs schließlich den ganzen Saft herausgequetscht hat, dann wird es, fürchte ich, einen Aufstand geben.«

»Wenn man den Leuten mit dem Galgen droht, so ist das durchaus ein wirksames Mittel, um sie ruhig zu halten.«

»Nicht, wenn sie glauben, dass es besser ist, schnell durch den Strang zu sterben, als langsam zu verhungern.«

Finn hatte dieser schlichten aber wahren Aussage nichts entgegenzusetzen vermocht. Auf dem Weg zu Kathryns Zimmer dachte er noch einmal darüber nach. Dann aber wandte er sich persönlicheren Gedanken zu. Für heute hatte er genug von Verbrechen und Strafe.

Er klopfte leise an Lady Kathryns Tür, bevor er das leere Zimmer betrat. Ein knisterndes Kaminfeuer und zwei Binsenlichter vermochten den Raum nur matt zu erhellen, während es draußen langsam dunkel wurde. Vor dem Kamin stand eine Zinnwanne, deren Boden gerade einmal fünf Fingerbreit mit Wasser bedeckt war. Finn prüfte die Temperatur. Lauwarm. Das würde bestimmt nicht ausreichen, um die Kälte aus seinen Gliedern zu vertreiben, aber es war genug, um den Staub und Dreck der Reise abzuwaschen. Er zog sich aus und stieg in die Wanne. Zugluft vom Rauchfang her ließ ihn frösteln, und als sein Rücken beim Hinsetzen das kalte Zinn der Wanne berührte, zuckte er zusammen. Er versuchte, seine Arme warm zu reiben, und blickte dabei auf seine verschrumpelte Männlichkeit hinunter. Vielleicht war das Ganze doch keine so gute Idee gewesen. Sein Körper hatte ihn bisher zwar noch nie im Stich gelassen, wenn er Verlangen verspürt hatte, aber es gab immer ein erstes Mal. Schließlich war er kein junger Mann mehr.

Während er seine Haut mit Sarazenenseife schrubbte, hörte er unten ihm Hof Hufgeklapper und das heisere Bellen der Stallhunde. Wahrscheinlich waren das Pilger, die für die kalte Dezembernacht eine

Unterkunft suchten. Er wusste, dass man sie nicht abweisen würde. Man würde ihnen erlauben, ihr Bettzeug auszurollen – einige von ihnen würden im großen Saal, andere in den Ställen schlafen –, dies richtete sich nach ihrer gesellschaftlichen Stellung. Der Betteljunge in Norwich, der auf sein Pferd aufgepasst hatte, kam ihm plötzlich wieder in den Sinn. Er sah ihn vor sich, wie er ihn noch einmal verschmitzt gegrüßt, noch einmal mit den Augen gezwinkert und gegrinst hatte. Wer würde für ihn die Kopfsteuer bezahlen? Was konnten die Steuereintreiber des Königs von ihm verlangen – das zerlumpte Hemd, das er am Leib trug, die Decke, die Finn ihm geschenkt hatte? Wo würde er heute Nacht schlafen?

Die Seife roch gut. Ihr Lavendelduft vermischte sich mit dem erdigen Geruch des Torffeuers. Er erinnerte ihn an Kathryn, an den Duft, der in ihren Kleidern und ihrem Haar hing, der ihm aus der verführerischen Vertiefung zwischen ihren Brüsten entgegenströmte. Bei dem Gedanken an Kathryn spürte er, wie sich etwas regte. Gut. Sein Blut begann sich also langsam wieder zu erwärmen. Wenn er sich nicht täuschte – bei einer Frau konnte man sich schließlich nie ganz sicher sein –, hatte er den Willen zur Versöhnung in ihren Augen lesen können. Ihr musste also genauso sehr daran gelegen sein wie ihm, die Kälte zwischen ihnen zu beenden. Immerhin hatte sie den ersten Schritt gemacht.

Einer der Hunde im Hof unten jaulte auf, so als hätte ihn jemand getreten. Laute Stimmen, unverständliche Worte, gedämpft durch die schweren Wandteppiche und das geschlossene Fenster. Dann schien jemand mit dem Heft eines breiten Schwerts an eine Tür zu hämmern. Eine ziemlich laute Pilgergesellschaft.

Er schöpfte mit beiden Händen Wasser, um sich den Schaum von den Schultern zu spülen, trocknete sich dann mit einem Stück Leintuch ab und stieg aus der Wanne. Kathryn hatte etwas von den Hosen ihres Mannes gesagt. Er sah die Truhe in der Ecke an, griff dann aber doch nach seiner eigenen, schlammbespritzten Kleidung. Er würde sich nicht dazu herablassen, Rodericks Hosen anzuziehen. Stirnrunzelnd rieb er an einem Fleck auf seinem Rock.

»Öffnet die Tür! Wir verlangen, die Herrin des Hauses zu sprechen!« Die Stimme war durchaus dazu geeignet, die Toten unten in der Krypta aufzuwecken.

»Auf Befehl des Königs! Öffnet die Tür.«

Dann drang Kathryns leisere Stimme die Treppe herauf. Es war nicht zu verstehen, was sie sagte, aber sie klang ungehalten.

Finn zog seine Hosen an und warf sich sein Hemd über, während er schon auf dem Weg zur Tür war. Er nahm sich nicht einmal die Zeit, seine Stiefel anzuziehen, und war schon halb die Treppe hinuntergelaufen, als ihm einfiel, dass er seinen Dolch hatte liegen lassen. Kathryn zuliebe konnte er zwar den kalten Boden unter seinen nackten Füßen ignorieren, das mit dem Dolch aber war etwas vollkommen anderes. Er drehte sich um und rannte, immer zwei Stufen auf einmal nehmend, die gewundene Treppe wieder hinauf.

Sir Guy kam genau in dem Moment auf den Hof geritten, als Lady Kathryn die Tür öffnete. Das war zeitlich hervorragend abgestimmt. Er hatte gewusst, dass er sich auf seinen Sergeanten verlassen konnte, da er dessen rücksichtsloses Vorgehen sehr wohl kannte. Umso besser. Jetzt konnte er den wohlmeinenden Vermittler spielen.

Der Sergeant schob gerade die Witwe grob zur Seite. »Wir brauchen Eure Erlaubnis nicht. Wir haben den Befehl, dieses Anwesen zu durchsuchen.«

Sir Guy warf einem der Stallburschen die Zügel zu, saß von seinem Pferd ab und lief dann auf seine Männer zu. Dabei brüllte er so laut, dass Lady Kathryn es auch gewiss hörte: »Ungeschickte Tölpel! Ihr beleidigt dieses adelige Haus und seine Herrin. Das wird Folgen haben!«

Er machte eine ruckartige Kopfbewegung nach links, mit der er unmissverständlich zeigte, dass seine Männer draußen vor der Tür warten sollten, und stellte sich dann zwischen Kathryn und den Sergeanten. Er nahm Kathryns Hand – »Bitte verzeiht die Unverschämtheit meiner Männer, Mylady« – und drückte seine Lippen auf ihren Handrücken. Er hielt ihre Hand einen Moment zu lange fest. Als sie ihm diese abrupt entzog, versuchte er, nicht zornig auszusehen.

»Sir, durch wessen Autorität wird der Friede von Blackingham gebrochen?« Sie starrte zuerst den Sergeanten an, dann Sir Guy, so als wisse sie nur allzu gut, was für ein Spiel hier gespielt wurde.

Ihre Reaktion irritierte ihn. Diese Arroganz in ihrem Verhalten war ihm früher schon aufgefallen, und er hatte sich schon mehr als einmal gefragt, warum Roderick das geduldet hatte. Wenn er erst einmal der Herr von Blackingham war, würde sich das schnell ändern.

Der Sergeant, dem die Verblüffung ins Gesicht geschrieben stand, antwortete: »Die Autorität des Königs und die seiner Lordschaft des Sheriffs.« Der letzte Teil des Satzes klang jedoch mehr wie eine Frage. Sir Guy ignorierte den unsicheren Blick, mit dem der Sergeant ihn ansah.

»Ich bitte Euch für dieses Eindringen um Verzeihung, Mylady. Mir scheint, meine Männer haben es wieder einmal an Anstand fehlen lassen. Ich hatte schon so etwas befürchtet. Deshalb habe ich auch ein Gespräch mit dem Bischof unterbrochen, um Euch aufzusuchen.«

»Ihr seid gerade recht gekommen, Sir Guy. Aber Eure Worte und die Waffen, mit denen Eure Männer glauben, das Haus einer Lady betreten zu müssen, lassen vermuten, dass dies kein Besuch unter Freunden ist.«

»Ein Besuch leider nicht. Aber Freundschaft meinerseits sehr wohl« – er verbeugte sich steif –, »falls ich so kühn sein darf, das zu sagen.« Er wollte wieder nach ihrer Hand greifen, besann sich dann aber eines Besseren. Er schloss die Tür und sperrte damit sowohl die Kälte als auch den Sergeanten aus. »Da Ihr die Witwe eines lieben Freundes seid, empfinde ich Euch gegenüber ein gewisses Gefühl der Verantwortung, Mylady. Ich hoffe, Ihr wisst, dass ich in dieser wie auch in allen anderen Angelegenheiten immer für Euch eintreten werde.«

»Und was für *Angelegenheiten* sollten das sein?« Die Stimme, es war die Stimme eines Mannes, kam von hinten.

Der Sheriff erkannte den Illuminator, der aus dem dunklen Treppenhaus zu seiner Rechten trat. Ein wirklich lästiger Kerl. Eine Pferdebremse, die um sein Ohr herumsummte. Am besten, er erschlug sie so schnell wie möglich. Er musste nur warten, bis sie sich irgendwo niederließ, damit er sie auch traf.

Er richtete seine Antwort an Kathryn, um zu zeigen, dass der Illuminator seiner Worte nicht würdig war.

»Etwas, dem leicht zu entsprechen ist, versichere ich Euch. Eine reine Formalität.«

»Bitte, Sir. Sprecht offen«, sagte Kathryn.

Der Sheriff nickte. »Es geht um den toten Priester.«

Bildete er sich das nur ein, oder wurde ihre Haltung noch ein wenig steifer?

»Um den toten Priester?«

»Pater Ignatius. Der Gesandte des Bischofs, der letzten Sommer mit eingeschlagenem Schädel am Rande Eurer Besitztümer gefunden wurde. Ihr wärt beinahe ohnmächtig geworden, als ich Euch seine Leiche gezeigt habe. Das habt Ihr doch gewiss nicht vergessen.«

»Dies war kein Anblick, den man so leicht vergisst, das kann ich Euch versichern. Daran zu denken ist für mich noch immer eine Qual.«

Das schien in der Tat so zu sein. Sie war ziemlich blass geworden.

»Eine solche Qual sollte Ihrer Ladyschaft erspart bleiben«, warf der Buchmaler ein. »Lady Kathryn hat Euch damals, als man die Leiche fand, versichert, dass sie den Priester an diesem Tag nicht gesehen hatte. Ich habe es mit eigenen Ohren gehört. Es war der Tag, an dem ich in Blackingham ankam.«

»Ach, tatsächlich? Das war mir entfallen. Vielen Dank, dass Ihr mich daran erinnert.«

Dieser Schreiberling war wie eine Bremse, die einen Dunghaufen umkreiste, dachte der Sheriff. Aber er musste geduldig sein. Wenn er zu früh zuschlug, machte er sich möglicherweise die Hände schmutzig.

An die Hausherrin gewandt, meinte er: »Wie ich gerade sagen wollte: Der unaufgeklärte Mord an seinem Priester beschäftigt den

Bischof immer noch sehr. Das Ganze ist jetzt sechs Monate her. Inzwischen wurde jedoch ein Bestandsverzeichnis aufgefunden, das nahelegt, dass der Priester an diesem Tag doch in Blackingham gewesen ist. Obwohl Mylady das bestritten hat.«

Er wählte seine Worte sorgfältig, um sie so weit einzuschüchtern, dass ihr sein helfendes Eingreifen dann umso willkommener sein würde. Sie griff sich mit der Hand – es war die Hand, die sie ihm gerade entzogen hatte, als er sie an seine Lippen gedrückt hatte – an ihren weißen Hals und gab keine Antwort.

Er fuhr fort. »Obwohl ich mein Bestes getan habe, um Seine Eminenz von Eurer Unschuld zu überzeugen, besteht der Bischof auf einer Hausdurchsuchung. Meine Leute werden also eine oberflächliche Besichtigung Eurer Nebengebäude und der Küche durchführen, während ich Euch, mit Eurer Erlaubnis, Mylady, auf einem Rundgang durch das Haupthaus begleiten werde.«

Um seinen Worten Gewicht zu verleihen, schenkte er ihr sein aufrichtigstes Lächeln: jenes, zu dem er sein Gesicht verzog, wenn er ausdrücken wollte: *Ihr könnt mir vertrauen, denn ich bin loyal und handle uneigennützig.* Es war das Lächeln, das er an ebendiesem Morgen auch vor dem Bischof zur Schau getragen und das er damals eingesetzt hatte, um sein durchaus einträgliches Amt als Sheriff von Norfolk zu bekommen. Er berührte die Bänder an ihrer Schulter, ignorierte dabei, dass sie vor ihm zurückwich.

»Gemeinsam wird es uns schnell gelingen, den Bischof zufrieden zu stellen.«

Er versuchte auch, die Tatsache zu ignorieren, dass sie an ihm vorbeisah und den Buchmaler fragend anblickte, so als solle er ihr sagen, was sie tun sollte. Am liebsten hätte er seine Hand auf ihren Unterkiefer gelegt und ihr wie einem Huhn den mageren Hals umgedreht. Der Buchmaler nickte ihr zu. Herrgott! Wenn dieses verdammte Insekt sich nur endlich in seiner Reichweite niederlassen würde.

Sie sagte: »Nun gut, Ihr dürft fortfahren. Aber Ihr werdet gewiss verstehen, dass ich Euch, da Euer Besuch offizieller Natur ist, nicht als Gast behandle.«

Er erinnerte sich an den Tag des Brandes, an dem auch der Schäfer gestorben war. Auf Blackinghams Gastfreundschaft konnte er gut und gerne verzichten. Dennoch kränkten ihn ihre Worte. Er machte sich im Geiste eine Notiz, um sich später daran zu erinnern.

»Und bitte sagt Euren Männern, dass sie die anderen Mitglieder meines Haushalts nicht mit derselben Unhöflichkeit behandeln sollen, die ich erfahren musste.«

Er machte sich im Geiste noch eine Notiz.

»Euer Haushalt muss befragt werden, Mylady. Der Bischof wird sich nur mit einer gründlichen Untersuchung zufriedengeben. Da es niemanden gibt, der für Mylady spricht, müsst Ihr verstehen, dass der Schatten des Verdachts...«

»Die Unschuld braucht keinen anderen Anwalt als die Wahrheit.«

»Ja, so ist es. Jedenfalls, wenn man wie unser Erlöser bereit ist, für die Wahrheit den Märtyrertod zu sterben. Aber bedenkt, Ihr habt zwei Söhne. Wollt Ihr, dass sie ebenfalls sterben?«

Eine heftige Röte überzog ihr bleiches Gesicht. Er wusste, dass er ihren wunden Punkt getroffen hatte.

Inzwischen hatten sie den Söller betreten. Er sah, dass Finn ihnen in einem gewissen Abstand folgte. Die Bremse war immer noch da. Leise summend, knapp außerhalb seiner Reichweite.

Der Sheriff öffnete eine Truhe, die als Tisch, Sitzgelegenheit und Aufbewahrungsmöbel diente, suchte zwischen dem Besteck und den Leintüchern, fuhr mit seinem Schwert in den Zwischenraum zwischen den Wandteppichen und der Ziegelmauer.

Kathryn stand stocksteif daneben und schien sich äußerst unwohl zu fühlen.

»Nur noch einen kurzen Blick in die Schlafgemächer, und dann sind wir fertig«, sagte er.

Sie zeigte mit der Hand zum Treppenaufgang, der zu den Privaträumen führte. »Mein Zimmer ist oben. Mein Gast und seine Tochter bewohnen das Zimmer, das Euch als Rodericks Zimmer bekannt ist. Die Zimmer meiner Söhne befinden sich am Ende des Flurs. Falls Ihr meinen Verwalter befragen wollt, werde ich nach Simpson rufen lassen...?«

»Das wird nicht notwendig sein. Der fragliche Gegenstand ist mehr persönlicher Natur. Aber wenn Ihr so freundlich wärt und Colin rufen lassen würdet. Mit Alfred werde ich bei Gelegenheit sprechen.«

Er glaubte, ein kurzes Zögern zu erkennen, bevor sie ihm antwortete: »Colin ist nicht da.« Sie hielt inne, um Luft zu holen, dann wanderte ihr Blick wieder zu diesem Insekt von einem Buchmaler. Die folgenden Worte waren offensichtlich nicht an ihn, sondern ausschließlich an den Buchmaler gerichtet.

»Colin hat sich auf Pilgerfahrt begeben«, sagte sie zu Finn. »Er hat sich einer Gruppe von Pilgern angeschlossen, die heute hier vorbeigekommen sind. Nur für kurze Zeit, eine Art Atempause, um für … für den Schäfer zu beten. Er fühlt sich für seinen Tod verantwortlich. Er und Rose waren im Wollhaus, um …« Ihr Blick wurde unstet, so als wäre sie in großer Sorge. »Um auf der Laute zu üben. Es sollte eine Überraschung für Euch werden.«

Der Sheriff hätte genauso gut eine leere Rüstung sein können, die an einen Türsturz gelehnt war. In ihrer Stimme lag ein flehentlicher Unterton, eine Weichheit, die eine große Intimität zwischen der Hausherrin und dem Kunsthandwerker nahelegte. Die beiden waren ein Paar. Er hatte diesen Verdacht schon einmal gehabt, hatte ihn dann aber fallen lassen, weil er sich einfach nicht vorstellen konnte, dass sie sich so weit herablassen würde. Das durfte einfach nicht toleriert werden. Die Vorstellung, dass Lady Kathryn – oder irgendeine adelige Dame – sich mit solch einem affektierten Heuchler abgab, erfüllte ihn mit Abscheu. Dennoch, das Wissen um dieses verabscheuungswürdige Verhältnis gab ihm vielleicht etwas in die Hand, das er in Zukunft gegen sie einsetzen konnte.

»Nun gut, entweder ich spreche später mit Colin, oder ich schicke ihm sofort meine Männer hinterher«, sagte er. »Aber vielleicht ist ja auch keines von beidem notwendig. Wenn wir jetzt fortfahren könnten. Wir werden Master Finns Quartier als Erstes durchsuchen, damit er mit seiner Arbeit fortfahren kann.«

»Aber warum sein Quartier und nicht das von Simpson?«, fragte sie.

»Ich führe nur einen Befehl aus. Wie Master Finn schon bemerkte: Er war zu der Zeit, als der Priester ermordet wurde, hier in Blackingham. Aber was sagtet Ihr gerade über die Unschuld, die keinen Anwalt braucht? Ich bin sicher, Euer Buchmaler hat nichts zu befürchten.«

»Meine Tochter hat sich gerade zu Bett begeben. Sie war krank«, sagte Finn. »Ich möchte nicht, dass Ihr sie durch Euer ungehobeltes Verhalten erschreckt.«

»Ungehobeltes Verhalten? Da habt Ihr Euch wohl versprochen, Sir. Der Sheriff von Norfolk ist zu *edlen* Frauen und *unschuldigen* Kindern niemals unhöflich. Falls Ihr es wünscht, so geht uns in Euer Zimmer voran und bereitet Eure Tochter vor.«

Er erwartete keineswegs, dass eine Durchsuchung des Quartiers des Buchmalers irgendetwas Nützliches zu Tage fördern würde, aber es machte ihm durchaus Freude, den Mann zu schikanieren.

Als sie Finn in Sir Rodericks ehemaliges Zimmer folgten, das nunmehr das Arbeitszimmer eines Kunsthandwerkers war, war Sir Guy zunächst über die Ordnung verblüfft, die dort herrschte. Das Mädchen, die Tochter des Buchmalers, stand in einer der dunklen Ecken des Raumes. Sie ist hübsch, dachte er beiläufig, aber sie ist nicht von normannischem Blut – wahrscheinlich ein uneheliches Kind, gezeugt bei einem Seitensprung. Ihre Augen waren rot und geschwollen, so als hätte sie geweint. Lady Kathryn ging zu ihr und stellte sich neben sie. Die beiden wechselten einen geheimnisvollen Blick.

Der Sheriff zog die Decke von dem großen, geschnitzten Bett, dann benutzte er sein Schwert dazu, eine große Truhe auszuleeren, so als wäre deren Inhalt schmutzig. Finns sorgsam geplättetes Leinen ließ er als verknitterten Haufen auf dem Boden liegen. Er sah sich ein paar Farbtöpfe an, hinterließ auch hier Unordnung. Einen davon stieß er achtlos um, woraufhin er sich mit seinem einstudierten Lächeln entschuldigte. Er warf dabei einen kurzen Blick auf Finn, um zu sehen, ob sich dieser gebührend ärgerte.

»Die Pigmente waren teuer. Es war der Abt von Broomholm, der sie bezahlt hat«, sagte der Illuminator.

Sir Guy hätte fast laut gelacht, so sehr befriedigte ihn der wütende Unterton in der Stimme des Buchmalers. Um ihn noch mehr zu provozieren, durchstöberte Sir Guy jetzt die sauber aufgestapelten Manuskriptseiten. Die Kerzen im Wandhalter über dem Tisch warfen ihr flackerndes Licht auf die Pergamentblätter. »Ihr leistet ganz brauchbare Arbeit, Buchmaler. Vielleicht erlaube ich Euch ja eines Tages, auch ein Buch für mich zu machen.«

Finn schwieg.

Sir Guy schätzte mit einem Blick die Breite der Truhe ab, klopfte dann mit seinem Schwert gegen die Seitenwand. Zuerst ein hohler Ton, dann ein dumpfer. Die Truhe hatte also einen doppelten Boden. Er nickte dem Sergeanten zu, woraufhin dieser die Truhe umdrehte und mit der Faust gegen den Boden schlug. Der hölzerne Einsatz rutschte heraus, und ein Stapel von Manuskriptseiten flatterte auf die Dielen.

»Bitte, Sir. Die Arbeit meines Vaters ...«

Der Buchmaler schüttelte den Kopf, um seine Tochter zum Schweigen zu bringen. Sir Guy bückte sich, mehr aus Neugier als aus Höflichkeit, um einige der Blätter aufzuheben.

»Hm. Was haben wir denn hier? Ein Text aus dem Johannesevangelium? Nicht sehr farbenprächtig. Ich dachte, Ihr könnt mehr ...« Er stand auf, ging näher an den Wandhalter heran, um die Blätter im Schein des Lichtes genauer betrachten zu können. Er blinzelte angestrengt. »Das Johannesevangelium auf Englisch! Der profane Text von Wycliffe.« Das Lächeln, das jetzt auf seinem Gesicht erschien, war nicht mehr gespielt. »Master Buchmaler, es interessiert den Abt sicher sehr, dass er nicht Euer einziger Auftraggeber ist.« Dann fügte er noch, mehr für sich selbst, hinzu: »Und ich denke, den Bischof könnte das ebenfalls interessieren.«

Das Summen der Bremse war jetzt schon viel näher, fast schon in seiner Reichweite.

Er blätterte die Seiten unter dem Licht durch. »*Die göttlichen Offenbarungen von Julian von Norwich*. Diese ebenfalls im Kauderwelsch von Mittelengland. Der Bischof sollte wissen, wie seine frommen Frauen ihre Zeit verbringen.«

Sir Guy kniete sich auf den Boden, um auch den Rest dieses unerwarteten Schatzes nach nützlichen Informationen zu durchstöbern,

Informationen, mit denen er die Gunst des Bischofs wiedererlangen konnte. Henry Despenser hatte ihm in letzter Zeit sein Wohlwollen versagt, weil der Mörder des Priesters noch immer frei herumlief und er selbst deswegen den Zorn des Erzbischofs zu spüren bekam. Dieser kleine Leckerbissen würde ihn vielleicht ein wenig ablenken. Henry Despenser hasste John Wycliffe und seine Lollarden-Prediger wie die Pest. Vielleicht ließ sich ja aus diesem so unschuldig scheinenden Haufen von Manuskripten noch mehr Nützliches zu Tage fördern.

Seine Hand stieß unter dem Blätterstapel auf etwas Hartes, Glattes, Rundes. Als er es hervorzog und den cremefarbenen Schimmer sah, erfüllte ihn eine hämische Freude.

Das Insekt hatte sich niedergelassen.

Es war eine Schnur vollkommen ebenmäßiger Perlen, die Kette, die auf der Bestandsliste des toten Priesters aufgeführt war.

KLATSCH!

Lady Kathryn starrte die Perlenkette an. Es war die Kette, die ihrer Mutter gehört hatte. Die Kette, die sie Pater Ignatius an ebenjenem Tag gegeben hatte, an dem man ihm den Schädel einschlug.

»Ich nehme an, das sind Eure Perlen, Mylady«, sagte der Sheriff.

Er hielt ihr die Kette hin, die an der Spitze seines Schwertes baumelte. Woher wusste er, dass sie ihr gehörte? Und warum sah er mit einem Mal so erfreut aus? War er so sehr darauf aus, einen Beweis gegen sie in die Hand zu bekommen? Seine Augen, die normalerweise das leblose Grau von Flechten im Winter zeigten, glänzten plötzlich wie nasse Kieselsteine.

»›Eine Schnur weißer Perlen, vollkommen ebenmäßig, in der Mitte der Schließe eine schwarze Perle.‹ So steht es in der Bestandsliste des toten Priesters. Ich habe keinen Zweifel, dass dies ebendiese Kette ist.«

»In der Tat, das ist meine Kette. Ganz ohne Zweifel... aber, wie kommt sie in...«

»Ganz genau, Mylady.« Die Stimme des Sheriffs war leise. Er sprach jedes Wort langsam und drohend aus. »Wie kommt eine Perlenkette, die auf der Bestandsliste eines Toten aufgeführt ist, in Master Finns Besitz? Genau das ist die Frage, die unser Buchmaler dem Bischof wird beantworten müssen.«

Rose stieß einen leisen Schrei aus. Finn nahm seine völlig verwirrte Tochter in den Arm. Der Sheriff war voller Häme. Nach der Kette hatte er schon die ganze Zeit gesucht. Sie jetzt in Finns Quartier zu finden, im Quartier des Mannes, der ihm bei seinen Plänen im Weg stand, war in der Tat überaus befriedigend.

»Hier muss ein Missverständnis vorliegen. Ich kenne Fi… ich kenne den Buchmaler. Er ist ganz sicher nicht zu einem Mord fähig!« Sie griff nach der Kette, mehr um sich selbst zu überzeugen, dass sie kein Trugbild war, als um sie zurückzufordern. Der Sheriff zog das Schwert gerade so weit zurück, dass sie außerhalb ihrer Reichweite war, und ließ sie dann in seine linke Hand gleiten. Die Kette hing zwischen seinen Fingern. Die eine schwarze Perle in ihrer mit Filigranarbeit verzierten, goldenen Schließe schimmerte im Licht der Fackel. Niemand rührte sich.

Im schmalen Fenster war jetzt die Sichel des Mondes zu sehen. Eine kleine Wolke zog gerade darüber hinweg. Noch immer sagte niemand ein Wort, bis die lauten, barschen Stimmen der Männer unten im Hof sie wie die Schauspieler in einem Mysterienspiel wieder in Bewegung setzten.

Sir Guy stieß das Fenster auf und rief nach unten: »Ihr könnt die Durchsuchung einstellen, Sergeant. Wir haben den Fuchs in seinem Bau aufgespürt.« Dann richtete er, elegant wie eine Schlange und genauso schnell, die Spitze seines Schwerts auf Finns Kehle. »Kommt herauf, und vergesst die Eisen nicht.«

»Nein! Das dürft Ihr nicht.« Rose klammerte sich so fest an Finns Ärmel, dass ihre Fingerknöchel weiß wurden. »Mein Vater würde niemals irgendjemandem wehtun! Lasst ihn in Ruhe!« Ihr Gesicht hatte die Farbe von Molke angenommen. Kathryn fürchtete, sie könnte jede Sekunde in Ohnmacht fallen.

»Sie hat Recht, Sir Guy«, sagte Kathryn und erhob dabei die Stimme. »Auch wenn es im Moment vielleicht nicht so aussehen mag, ich versichere Euch, dass hier ein Missverständnis vorliegen muss. Dieser Mann ist kein Mörder. Es gibt bestimmt eine ganz einfache Erklärung.«

»Mylady, Eure Aufregung, ich wage zu sagen, Eure *Leidenschaft*, lässt Euch laut werden. Natürlich behauptet seine Tochter, dass er unschuldig ist. Aber welche andere Erklärung sollte es geben? Hier ist der Beweis. Der Beweis übrigens auch dafür, dass Eure Ladyschaft bei einer früheren Aussage alles andere als ehrlich war. Aber das ist etwas, das jetzt, da wir den Schuldigen gefasst haben, keiner weiteren Überprüfung mehr bedarf.«

Seine Herablassung und seine Andeutung machten sie zornig, erfüllten sie aber gleichzeitig auch mit Angst.

Finn räusperte sich laut. »Es gibt in der Tat eine andere Erklärung«, sagte er. »Die Perlen wurden mir untergeschoben. Ich fand sie vor zwei Tagen in meiner Tasche.«

Der Sheriff lachte höhnisch. Kathryn aber griff so begierig nach dieser Erklärung wie ein kleines Kind, das nach einer silbernen Rassel greift. So gelassen konnte er angesichts des Schwerts, das ihm der Sheriff noch immer an den Hals hielt, doch nur bleiben, wenn er seine Unschuld beweisen konnte, nicht wahr? Sie wollte ihn fragen, warum er ihr nicht gesagt hatte, dass er die Kette gefunden hatte, beschloss aber, dass es das Beste war, erst einmal zu schweigen, um ihn nicht noch verdächtiger erscheinen zu lassen.

»Das stimmt«, beharrte Rose, deren Gesicht noch eine Spur weißer geworden war. Sie klammerte sich mit beiden Händen an ihren Vater, zog an seinem Arm und war sich offensichtlich in keiner Weise bewusst, wie gefährlich jede plötzliche Bewegung für ihn werden konnte. »Es war jemand anderes. Ich habe ihn gesehen.«

»Ihn?«, fragte der Sheriff.

Sie warf zuerst Kathryn einen kurzen Blick zu, dann ihrem Vater, bevor sie trotzig antwortete: »Es war Alfred. Der junge Herr von Blackingham.«

Hatte sie Alfred gesagt? »Alfred! Rose, wie kannst du nur...«

»Lasst das Mädchen ausreden. Ich will nicht, dass es heißt, der Sheriff von Norfolk würde voreilige Schlüsse ziehen.«

»Es war an dem Abend, an dem ich krank wurde. An diesem Tag hatte man auch den Schäfer begraben. Ich war eingeschlafen und wachte von einem Geräusch auf. Da war jemand in Vaters Zimmer und durchsuchte seine Sachen. Ich tat so, als würde ich schlafen. Ich hatte Angst, weil ich wusste, dass es nicht Vater war.«

»Woher wusstest du, dass es nicht dein Vater war? Und wie konntest du mit geschlossenen Augen sehen, dass es sich um Alfred handelte?«, fragte der Sheriff.

»Der Eindringling hatte einen jugendlichen, schnellen Schritt. Mein Vater geht langsamer, ruhiger. Als er an meinem Alkoven vorbeiging, sah ich durch einen Spalt zwischen den Vorhängen, dass er ...« Rose hielt inne, warf Kathryn einen entschuldigenden Blick zu. »Dass er rote Haare hatte.«

Der konzentrierte Ausdruck, der auf Sir Guys Gesicht erschien, während er versuchte, Roses Aussage zu bewerten, sagte Kathryn, dass er durchaus geneigt war, Rose Glauben zu schenken. Wenn Kathryn vorher Angst verspürt hatte, so packte sie jetzt das schiere Entsetzen. Zuerst Finn, jetzt Alfred. Gott würde sie doch nicht zwingen, sich zwischen diesen beiden Menschen zu entscheiden. Sich zwischen einem Mann zu entscheiden, von dem sie wusste, dass er unschuldig war, und einem Sohn, von dessen Unschuld sie jedoch weit weniger überzeugt war.

Hatte Alfred den Priester in seiner jugendlichen Unbeherrschtheit getötet, nur weil sie sich bei ihm über dessen Gier beklagt hatte? War ihr Sohn zu so etwas überhaupt fähig? Alfred war zwar auch Rodericks Sohn, aber das war eine Tatsache, die nicht von vornherein gegen seine Unschuld sprach. Er konnte die Perlen durchaus in Finns Zimmer versteckt haben, weil er ihm einen Streich spielen wollte oder weil er eifersüchtig auf ihn war.

Aber wie sollte er in den Besitz der Perlen gekommen sein, ohne den Priester getötet zu haben?

»Als ich hörte, dass der Eindringling das Zimmer verlassen hatte, stand ich auf und lief zur Tür.« Rose wirkte jetzt gefasster, vielleicht weil es sie beruhigte, dass der Sheriff ihr so aufmerksam zuhörte, oder aber weil sie sich konzentrieren musste. »Es war Alfred, den ich den Flur hinuntergehen sah. Ich ging ins Zimmer zurück und bemerkte, dass jemand die Farben meines Vaters durcheinandergebracht hatte und dass sein Arbeitstisch in Unordnung war.«

»Hast du Alarm geschlagen?«, fragte Sir Guy. Er hatte das Schwert ein Stück sinken lassen. Obwohl es immer noch auf Finns Körpermitte gerichtet war, berührte es ihn jedoch nicht länger.

»Nein, mir war schwindelig, also habe ich mich wieder hingelegt, um auf Vater zu warten. Ich muss wieder eingeschlafen sein, denn als ich aufwachte, war alles im Zimmer wieder ordentlich aufgeräumt, daher dachte ich, dass ich das Ganze nur geträumt hätte. Dann aber hat Vater die Perlen in seiner Tasche gefunden.« Auf ihren aschfahlen Wangen erschienen jetzt zwei unnatürlich rote Flecken. »Ich dachte, er hätte sie für mich gekauft.«

»Aber du hast nicht gesehen, wie Alfred die Kette tatsächlich in die Tasche gelegt hat«, warf Kathryn ein.

»Vielleicht war ich doch ein wenig voreilig«, sagte der Sheriff. »Lady Kathryn, habt Ihr als Herrin von Blackingham Kenntnis von irgendeinem Vorfall im Quartier des Buchmalers? Muss ich Euren Sohn in dieser Angelegenheit befragen?« Er sah sie jetzt direkt an. »Oder könnt Ihr mir für seinen Aufenthalt in der fraglichen Zeit bürgen?«

Er weiß ganz genau, was er von mir verlangt, dachte Kathryn. Ich soll gegen den einen aussagen, dann ist der andere frei. Er genießt diese Situation. Sie verabscheute den hakennasigen Sheriff zutiefst.

Kathryn hörte schwere Schritte auf der Treppe und das Geräusch von Ketten, die über die steinernen Stufen schleiften. Sie las die flehentliche Bitte in Roses Augen, spürte in sich dasselbe Mitgefühl aufkeimen wie vorhin, als sie von Roses Dilemma erfahren hatte. Und dies war jetzt auch ihr Dilemma. Finns Verhaftung würde ihr Zeit verschaffen. Zeit, um Alfred persönlich zu befragen, Zeit, damit er fliehen konnte, falls er den Priester tatsächlich ermordet hatte, um sie zu schützen. Zeit, um bei der alten Frau im Wald einen Trank zu besorgen, mit dem sie den Samen, den Colin gelegt hatte, ausmerzen konnte.

Wenn Roses Geschichte stimmte – was Gott verhüten mochte –,

falls Finn die Perlen wirklich vor zwei Tagen gefunden hatte, warum war er dann nicht sofort zu ihr gekommen? Es war nicht ihre Aufgabe, über seine Schuld oder Unschuld zu befinden. Aber es war sehr wohl ihre Aufgabe, ihre Söhne zu beschützen. Der Bischof würde gewiss keinen Unschuldigen verurteilen. Sie würde für Finn täglich, nein, stündlich, zur Heiligen Mutter beten. Wenn er unschuldig war, dann würde er schon bald wieder frei sein. Für sie aber war es jetzt erst einmal wichtig, Zeit zu gewinnen.

Sie konnte jedoch weder Finn noch seiner Tochter in die Augen sehen, als sie die beiden verriet. Sie starrte durch das Fenster eine Wolke an, die gerade den Mond verschlang. »Es tut mir leid, Rose, aber du musst wirklich geträumt haben. Wahrscheinlich kam das von dem Kräutertee, den ich dir gekocht habe.«

Der Sergeant betrat das Zimmer und blieb nur wenige Schritte von Finn entfernt stehen.

Kathryn nahm die Lüge, als sie über ihre Lippen kam, ihre Worte, ihre Stimme wie in einem Traum wahr. »Alfred war damals den ganzen Abend bei mir. Ich war sehr niedergeschlagen, weil ich die Wolle und die Scheune verloren hatte ... und auch einen überaus nützlichen Bediensteten. Alfred ist bei mir geblieben, um mich zu trösten.« Es war nicht ihr Sohn gewesen, der sie getröstet hatte – was für eine unverschämte, sündhafte Lüge –, aber daran durfte sie jetzt einfach nicht denken. »Er hat bei mir in meinem Zimmer übernachtet.«

Ein breites Grinsen erschien auf dem Gesicht des Sheriffs. Er nickte dem Sergeanten zu, der auf Finn zutrat und seine Hände in Eisen legte. Kathryn öffnete den Mund, um ihre Lüge zurückzunehmen, aber es kam kein einziges Wort heraus. Rose stieß ein langes, kreischendes »Nein« aus, als der Sergeant ihre Arme vom Hals ihres Vaters löste.

»Rose, es wird alles gut. Du brauchst dir keine Sorgen zu machen«, sagte Finn. »Es wird alles gut.«

Der Sergeant stieß Rose zur Seite, und sie fiel auf das Bett. Kathryn wollte zu ihr gehen, aber sie konnte sich nicht rühren. Sie spürte, wie Finns Blick auf ihr lag. Seine Augen brannten wie blaue Flammen, ließen ihr Fleisch verkohlen, ihre Knochen schmelzen, bis ihre verlogene, verschrumpelte Seele offen zu Tage lag: ein hässlicher schwarzer Klumpen.

Draußen vor dem Fenster war die Mondsichel verschwunden, verschlungen von der Wolke. Die Nacht war pechschwarz.

16. KAPITEL

Wind aus dem Westen, wann willst du wehn?
Es mag regnen, Tag und Nacht,
Wenn ich in den Armen meines Liebsten
Die Nacht in meinem Bett verbracht.

GEDICHT, 14. JAHRHUNDERT

Im Jahre des Herrn 1379 gab es kein Fest, um den sechzehnten Geburtstag der Söhne von Blackingham zu feiern. Auch den Rest des Weihnachtsbaumstamms vom letzten Jahr holte man nicht hervor, um damit einen neuen anzuzünden. »Es wird Unglück über Euer Haus bringen«, sagte Agnes, »wenn Ihr kein Grün aufhängt und kein Weihnachtsfeuer anzündet.«

Ihre Herrin sah sie nur an und stieß einen verächtlichen Laut aus. »Unglück, sagst du. Was ist uns denn noch geblieben, dir und mir, alte Frau? Welches Unglück sollten wir denn noch fürchten?« Agnes gefiel weder die Bitterkeit in Lady Kathryns Stimme noch der grimmige Ausdruck in ihren Augen. Am wenigsten aber gefiel ihr ihr ungepflegtes Äußeres.

Es war jetzt zwölf Tage her, seit der Sheriff den Buchmaler in Ketten hatte abführen lassen, zwölf Tage, ohne dass sie etwas über sein Schicksal erfahren hätten, zwölf Tage, in denen ihre Herrin weder ihre Kleider gewechselt noch ihre Haare frisiert hatte. Glynis erzählte, dass Mylady sie nicht mehr in ihre Nähe ließ, »nachdem sie mir eine Haarbürste nachgeschmissen hat und ich sie fast ins Auge gekriegt hätte«. Das dumme Ding erzählte das überall herum, obwohl Agnes ihr eingeschärft hatte, dass sie ihr Plappermaul halten sollte. Die Leute im Dorf tratschten ohnehin schon genug. Auf die neugierigen Fragen, weshalb es denn in diesem Jahr keine Weihnachtsfestlichkeiten gäbe, antwortete Agnes: »Meine Herrin hat das Fieber und ist zu krank, um am Tag der offenen Tür selbst anwesend zu sein. Aber sie hat ihre Küche angewiesen, ein Festessen zuzubereiten. Die Bewirtung findet so wie jedes Jahr im großen Saal statt, und ein jeder ist willkommen.«

Dieser eingebildete Verwalter würde mehr als glücklich sein, an diesem Tag den Vorsitz übernehmen zu dürfen. Er tat gern vornehm, und vor allem spielte er nur allzu gern den Gutsherren. So würde zwar kaum eine festliche Atmosphäre aufkommen, aber was hätte man sonst tun sollen? Es war eines adeligen Hauses höchst unwürdig, sich an Weihnachten nicht großzügig und freigiebig zu zeigen. Kathryns Vater hatte sogar damals, als die Pest gewütet hatte, für seine Leibeigenen, Freisassen und Kleinbauern eine angemessene Tafel decken lassen.

Aber Lady Kathryn hatte überhaupt kein Interesse daran gezeigt, irgendeine Art von Fest vorzubereiten. Sie war jetzt schon zum dritten Mal in dieser Woche in den Wald geritten, während Agnes in der Küche schuftete und überlegte, wie sie aus dem, was noch da war, so etwas wie ein Weihnachtsessen zaubern konnte. Jedes Mal war ihre Herrin ein paar Stunden später mit irgendeinem Trank zurückgekommen, den die alte Gert zusammengerührt hatte. Es schien sie dabei nicht im Geringsten zu stören, dass es Ketzerei war, den Rat einer Hexe einzuholen. Nicht, dass Agnes die alte Frau für eine Hexe gehalten hätte. Für sie war sie einfach eine betagte Alte, die sich ihren kärglichen Lebensunterhalt damit verdiente, dass sie irgendwelche Kräuter und Tränke verkaufte. Kräuter und Tränke, die normalerweise keine Wirkung zeigten. Zumindest hatten sie bei Agnes nicht gewirkt. Kein bisschen. Vor zwölf Jahren hatte sie all ihren Mut zusammengenommen und die alte Gert aufgesucht, um sich von ihr etwas geben zu lassen. Einen Zauberspruch, einen Trank, ganz egal, was, das ihren unfruchtbaren Leib fruchtbar machen sollte. Sie hatte von dem Teufelszeug jedoch nur fürchterliche Gallenbeschwerden bekommen.

Bei Rose wirkten die Kräuter offensichtlich auch nicht. Alles, was das arme Mädchen tat, war zu weinen und sich zu erbrechen, zu weinen und sich zu erbrechen. Agnes wusste nicht, ob dies wegen der Angst um ihren Vater oder wegen der Last des Kindes, das sie in ihrem Bauch trug, geschah. Vielleicht war es auch wegen der Pillen, die sie Kathryn zuliebe hinunterschluckte. »Du willst doch gesund sein, wenn dein Vater wiederkommt«, pflegte Kathryn zu sagen, wenn sie ihr wieder einmal eine der Pillen verabreichte.

»Wisst Ihr überhaupt, was da drin ist«, hatte Agnes sie gefragt, als Rose das letzte Mal eine der seltsam geformten Pillen nur mit großer Mühe hatte hinunterwürgen können. »Dieses Ding ist ja so groß wie ein Vogelei. Außerdem stinkt es faulig.«

Kathryn hatte ihr einen warnenden Blick zugeworfen. »Das ist nur eine Arznei aus ganz gewöhnlichen Kräutern.«

Gewöhnliche Kräuter, dachte Agnes. Vermischt mit Osterluzei, Lärchenschwamm, Lavendelöl und weiß der Himmel was sonst noch für üblen Dingen. Agnes wusste ganz genau, was ihre Herrin da tat. Sie fragte sich, ob Rose das auch wusste. Aber bislang hatte das Mädchen die Frucht ihres Leibes nicht ausgestoßen – nur immer wieder seinen Magen entleert.

Lady Kathryn musste jede Minute von der alten Gert zurückkommen. Agnes sah nach, ob das Wasser im Topf auf dem Herd kochte, dann warf sie einen Blick aus dem Fenster. Der kalte Schatten der großen hohlen Eiche – Magdas Honigbaum – erstreckte sich den halben Hügel hinunter bis zu den Zisternen. Die metallenen Angeln stöhnten und ächzten, als sich die Tür öffnete – sie wurde immer erst zur Vesper von innen verriegelt. Das musste Lady Kathryn sein. Gut. Es war genügend heißes Wasser da, für welches schädliche Gebräu sie es auch brauchte.

Lady Kathryn schlug die Tür heftig hinter sich zu, als wolle sie das Holz und das Eisen für irgendetwas bestrafen. Sie war unglaublich wütend. Agnes hatte sie nur ein einziges Mal so erlebt. Das war damals gewesen, als ihr Vater sie gezwungen hatte, Roderick zu heiraten. Sie hatte zwei Wochen lang keinen Bissen gegessen, hatte dann aber, ihrem kranken Vater zuliebe, schließlich doch nachgegeben. In den letzten paar Tagen hatte Agnes oft darüber nachgedacht, was diesmal der Anlass für ihren Zorn sein mochte, und hatte den armen Teufel bemitleidet, der seine volle Gewalt zu spüren bekommen würde. Zuerst hatte sie gefürchtet, es könnte das Mädchen sein. Aber obwohl Kathryn Rose gegenüber manchmal etwas ungeduldig geworden war, blieb sie doch stets freundlich.

»Agnes, zerstoße das hier zu einem feinen Pulver, und mische es dann mit kochendem Wasser.«

Agnes nahm den kleinen Korb mit Eibischwurzeln, vermischt mit Schafgarbe, Fenchel und Zwergholunder.

»Wie viel Wasser? Soll es ein Elixier werden?«

»Nein, nur so viel, um ein Pflaster zu machen.«

Agnes seufzte. Arme Rose. Heute Nacht würde sie mit einem übel riechenden Pflaster schlafen – oder auch nicht –, das auf ihrem Bauch und ihren Geschlechtsteilen wie Feuer brennen würde.

Lady Kathryn ging in der Küche auf und ab, schlug die Hände vors Gesicht und massierte ihre Stirn. »Ich weiß mir einfach nicht mehr zu helfen. Wenn das Pflaster auch nicht wirkt, wird sie ihr Kind eben austragen müssen. Dann sehen wir weiter.«

Agnes wollte nicht einmal daran denken, was das bedeuten mochte. Sie bekreuzigte sich schaudernd. Zum ersten Mal bemerkte sie, dass die Frau, um die sie sich kümmerte, seit diese ein ganz kleines Mädchen gewesen war, langsam alt wurde. Ihr weißes Haar – das diese Farbe bekommen hatte, als sie noch nicht einmal dreißig Lenze alt gewesen war – hatte sie niemals alt erscheinen lassen. Normalerweise trug sie es um ihren Kopf geflochten, so dass es aussah wie ein leuchtender Heiligenschein. Jetzt hing es in wirren, fettigen Strähnen ihren Rücken hinunter, und die Haut über ihren Wangenknochen war so gespannt, dass es den Anschein hatte, als würde der Knochen gleich durch das dünne, weiße Pergament stoßen.

»Mylady, das wäre nicht das erste Kind in Blackingham, das unehelich geboren wurde. Und ich wage zu sagen, auch nicht das letzte.

Was ist daran denn so schlimm? Das Mädchen ist sehr angenehm, und sie ist fleißig. Sie könnte Euch doch Gesellschaft leisten. Sie und ihr Baby könnten hier bei uns bleiben.«

»So einfach ist das nicht.«

»Nun, es ist nie etwas einfach, oder?« Agnes zerstieß die Kräuter in ihrem Mörser. Vor Anstrengung betonte sie ihre Worte mit kleinen Atemstößen. »Zumindest könnte sie bei uns bleiben, bis ihr Vater wieder aus dem Gefängnis kommt. Ich verstehe nicht, warum sie ihn überhaupt mitgenommen haben. Ich habe eine gewisse Menschenkenntnis, und ich bin mir absolut sicher, dass Master Finn kein Mörder ist.« Sie schöpfte heißes Wasser aus dem Topf auf dem Herd. »Habt Ihr inzwischen etwas von ihm gehört?«

Kathryn schüttelte stumm den Kopf.

»Weiß Finn eigentlich, wer der Vater des Babys ist?«, fragte Agnes und versuchte, dabei so zu klingen, als wäre dies nichts von Bedeutung.

Lady Kathryn ließ die Metallschüssel, die sie in der Hand hielt, fallen.

»Das geht dich nichts an, oder?«

Wie auch immer. Agnes wusste sowieso, wer der Vater war. Wer anderes als der junge Colin? Die beiden waren ständig zusammen gewesen, hatten miteinander gespielt wie fröhliche Kinder. Jetzt plötzlich war Rose schwanger, und der junge Colin hatte sich »auf Pilgerfahrt« begeben. Das Verhalten der Adeligen war manchmal wirklich schwer zu verstehen. Warum konnte er das Mädchen denn nicht einfach heiraten?

Lady Kathryn hob die Schüssel auf und stellte sie auf den Tisch, und Agnes schaufelte die heiße Paste mit einem Löffel hinein. Sie musste aufgetragen werden, solange sie noch warm war, sonst wurde sie fest.

»Seid vorsichtig, sonst verbrennt Ihr dem Mädchen noch die Haut.«

Kathryn gab ihr keine Antwort. Als sie die Küche durch die Vorratskammer des Kellermeisters verließ, sagte sie, über die Schulter gewandt: »Ich habe Alfred eine Nachricht geschickt, dass ich ihn hier brauche. Wahrscheinlich wird er, so wie alle anderen, zuerst zu dir in die Küche kommen. Wenn er da ist, schick ihn bitte sofort zu mir.«

Als ihre Schritte auf der Treppe verhallten, kam Agnes noch ein anderer Gedanke. Konnte es sein, dass Finn überhaupt noch nichts von dem Baby wusste? Das würde zumindest erklären, warum Kathryn es mit den Mitteln der alten Gert so eilig hatte. Wenn sie tatsächlich wirkten, würde der Buchmaler vielleicht niemals etwas von der Schwangerschaft erfahren. Die geheimen Pläne und Gedanken der Frauen – für die meisten Männer waren sie nicht zu durchschauen. Sie sann kurz darüber nach, dann kam ihr noch ein anderer, ein weit schlimmerer Gedanke. Wenn der Buchmaler am Galgen sterben musste, war es vielleicht sogar ein Akt der Gnade, ihm die Notlage seiner Tochter zu verschweigen.

Alfred kam an diesem Tag nicht nach Blackingham. Aber der Zwerg tauchte auf. Wie alle anderen ging auch er zuerst zu Agnes in die Küche, aber sie wusste inzwischen, dass er nicht eine warme Suppe wollte. Da köchelte etwas ganz anderes vor sich ihn – das hatte sie an den verstohlenen Blicken gemerkt, die er Magda zuwarf, und daran, dass seine Nasenspitze jedes Mal zu glühen begann, wann immer sie in der Nähe war. Gott sei Dank war Magda an diesem Tag nicht da. Sie hatte sich mit einem Korb voller Lebensmittel auf den Weg zu ihrer Mutter gemacht.

Es war nicht so, dass Agnes Halb-Tom nicht gemocht hätte, aber sie wünschte sich für Magda einfach mehr als einen Zwerg aus den Sümpfen, und deshalb war sie ihm gegenüber ungewöhnlich schroff.

»Habt Ihr Euch an diesem frostigen Tag nicht ein bisschen weit aus Eurem Sumpf herausgewagt, Halb-Tom? Der Buchmaler ist nicht da, falls Ihr nach Blackingham gekommen seid, um ihm eine Nachricht zu überbringen.«

Sie bot ihm nichts zu trinken an, so wie sie das getan hatte, als er das erste Mal an ihre Tür klopfte, um dem Buchmaler eine Nachricht von der frommen Frau zu überbringen. Wenn er jetzt auf eine gastfreundliche Aufnahme hoffte, so würde sie ihm diese nur widerwillig gewähren, und auch nur in dem Maß, wie es die christliche Barmherzigkeit gebot. Agnes begann, zwei Rebhühner zu rupfen, und sah dabei nicht von ihrer Arbeit auf.

»Ich weiß«, sagte er und schüttelte traurig den Kopf. »Ich habe es schon in Aylsham gehört. Das ist eine wirklich üble Sache. Da sind sie nicht fähig, den Mörder des Priesters zu finden, also versuchen sie, die Tat einem Unschuldigen in die Schuhe zu schieben.«

Agnes reagierte auf seine Worte nur mit einem Räuspern, das in keiner Weise aussagekräftig war. Sie hatte schon vor langer Zeit gelernt, dass es bei besonders heiklen Themen das Beste war, seine Meinung für sich zu behalten. Abgesehen davon wollte sie ihn nicht dazu ermutigen, so lange zu reden, bis ihre Magda zurückkam. Ihr Mädchen, das die Liebe, die man ihr entgegenbrachte, so bereitwillig erwiderte.

Der Zwerg wärmte seine Hände am Feuer, das im Herd loderte.

»Macht nur weiter, Agnes. Ich habe ein Päckchen aus Oxford für Finn dabei, mit der Anweisung, es nur ihm persönlich zu übergeben. Deshalb habe ich mir gedacht, dass ich erst einmal hier vorbeischaue und frage, ob man in Blackingham vielleicht auch irgendeine Nachricht für ihn hat. Das alles natürlich nur unter der Voraussetzung, dass ich überhaupt zu ihm vorgelassen werde.«

Ja, und dann kannst du mit seiner Antwort zurückkommen, dachte sie. Und schon hast du einen Vorwand, ständig mit irgendwelchen Nachrichten zwischen dem Burggefängnis und Blackingham hin und her zu laufen. Beides lag ziemlich weit entfernt von seinem Moor. Er musste an der großen Kreuzung nach links abbiegen und den Weg nach Norden einschlagen, um nach Aylsham zu kommen, dabei hätte er Zeit und Kräfte sparen können, wenn er den direkten Weg nach Norwich nahm. Sie betrachtete sein Mondgesicht und sah, wie er mit seinen weit auseinander stehenden Augen die Ecken der höhlenartigen Küche absuchte. Sie wusste, wen er dort zu sehen erwartete.

»Blackingham hat keine Nachrichten für ihn«, sagte sie.

»Ist das nicht etwas, das Mylady entscheiden sollte?« Seine Stimme klang tief und heiser und stand, genau wie seine mächtigen Schultern, in keinem Verhältnis zum Rest seines Körpers.

»Ihr seid wirklich ein unverschämter Kerl, Halb-Tom. Aber ich kann Euch beruhigen. Die Herrin hat das bereits entschieden.« Sie rupfte die Vögel so schnell, dass ihr die Federn zwischen den Fingern hervorquollen. »Sie ist auf den Buchmaler böse, weil er sie getäuscht hat.«

»Aber sie kann ihn doch unmöglich für schuldig halten!«

»Es ist nicht ihre Aufgabe, zu entscheiden, ob er schuldig ist oder nicht.«

»Und was ist mit seiner Tochter? Sie wird doch sicher ...«

»Die Tochter des Buchmalers ist so krank vor Sorge, dass sie mit niemandem sprechen will.«

Die Lügen häuften sich an wie die Federn, die sie in einem großen, unter dem Tisch hängenden Sack sammelte, damit man sie später zum Ausstopfen der Matratzen verwenden konnte. »Wenn Ihr unbedingt eine Nachricht aus Blackingham übermitteln wollt, dann könnt Ihr Finn sagen, dass sich Lady Kathryn persönlich um seine Tochter kümmert und dass sie seinetwegen keinen Schaden nehmen wird. Und jetzt brecht Ihr am besten auf, kleiner Mann. Bis Norwich ist es ein schönes Stück Weg. Hier, nehmt das als Wegzehrung mit.« Sie schob ihm eine mit Schweinefleisch und Rübenmus gefüllte Pastete über den langen Tisch aus Holzplanken zu. »An Eurer Stelle würde ich mir nicht die Zeit nehmen, sie hier zu essen. Ihr wisst ja selbst, wie schnell es im Winter dunkel wird.«

Er sah sie mit einem Blick an, der ihr sagte, dass er sie durchschaute. Dann nahm er die Pastete, bedankte sich mit einem Kopfnicken und watschelte zur Tür. Er läuft wie eine fette Ente, dachte sie. Er hatte bereits den Riegel angehoben und sich mit der Schulter gegen die schwere Eichentür gelehnt, um sie aufzudrücken – sie würde ihn also aus dem Haus haben, bevor Magda zurückkam –, als sie zu ihrem Verdruss Worte hörte, die ihn innehalten ließen. Worte, die aus ihrem eigenen vorlauten Mund kamen.

»Wenn Ihr den Buchmaler seht, dann sagt ihm, dass Agnes ein Paternoster für ihn beten wird.« Es war alles andere als klug, das zu sagen. Aber sie konnte einfach nicht anders. Sie erinnerte sich mit einem Gefühl schmerzlichen Verlustes daran, wie Finn das letzte

Mal in ihrer Küche gesessen hatte. Er hatte ihr von der Hinrichtung erzählt und davon, wie abstoßend und ekelhaft er dieses Schauspiel gefunden hatte. Sie erinnerte sich auch daran, dass er sich stets Gedanken um die Nöte der gemeinen Leute gemacht hatte. Und dann war da noch dieses bezaubernde Lächeln, das immer dann über sein Gesicht huschte, wenn er sie um irgendeinen besonderen Leckerbissen oder um noch einen Becher Ale bat. Es war gerade so, als würde er mit ihr flirten, er, ein Mann in den besten Jahren, mit ihr, einem alten Weib. Ein freundlicher, warmherziger Mann. Ein Mann, wie man ihn nur selten fand.

»Sagt ihm, die alte Agnes weiß, dass er kein Priestermörder ist.«

Ein breites Grinsen erschien auf dem Gesicht des Zwerges.

»Falls ich irgendetwas Neues erfahre, werde ich es Euch berichten, wenn ich auf dem Rückweg hier vorbeikomme.«

Agnes ließ das Hackbeil auf die Rebhühner herabsausen und zerlegte die beiden Vögel mit einem einzigen kraftvollen Schlag in vier Teile. Die schwere Tür fiel ins Schloss. Der dadurch entstandene Luftzug wehte eine lange Feder mit brauner Spitze durch den Raum. Sie landete schließlich auf dem Herd, wo sie versengte und die Luft mit einem scharfen, beißenden Geruch erfüllte. Agnes nahm die beiden Vögel mit geübter Hand aus und warf die Eingeweide in den Kübel für die Schweine.

Colin war jetzt schon seit vier Tagen unterwegs und war sich in keiner Weise sicher, ob er dem Priorat Blinham überhaupt schon irgendwie näher gekommen war. Bei Tagesanbruch muss die Sonne rechts stehen, erinnerte er sich jeden Morgen, wenn er aufbrach. Aber in den letzten beiden Tagen hatte sich die Sonne kein einziges Mal gezeigt. Da war nur die kalte, graue Dämmerung gewesen, ohne jedes befreiende rosafarbene Licht. Er war auf einer der Nebenstraßen durch den Wald gegangen, da er annahm, dass seine Mutter, falls sie ihn suchte, die Hauptstraße in südlicher Richtung nach Norwich nehmen würde. Tief in seinem Inneren hatte er gehofft, dass sie ihn zurückholen und nach Hause zu Rose bringen und ihm sagen würde, dass alles nur ein schlimmer Traum gewesen sei: Es hatte nie gebrannt, er hatte nie gesündigt, er hatte kein Mädchen entjungfert. Aber ihm war klar, dass seine Mutter nicht einmal daran denken würde, ihn auf diesem farnbewachsenen Pfad zu suchen, der nur von Verbrechern und geflohenen Leibeigenen benutzt wurde.

Colin wusste von den Gefahren der Straße, weil er Agnes und John häufig bei ihren Gesprächen belauscht hatte. Als kleiner Junge war er oft in der Küche gewesen, hatte irgendwo still auf dem Boden gesessen und war von Agnes nur dann bemerkt worden, wenn er ihr im Weg war. Er kam in die Küche, weil er von der nachsichtigen alten Köchin immer Marzipan bekam. Aber er hörte auch gern die Geschichten, die John seiner Frau erzählte. Geschichten von der Kameradschaft, die es unter den Geächteten in den Wäldern gab. »Es ist gar kein so hartes Leben, wie du es dir vielleicht vorstellst, Agnes. Es gibt dort draußen eine Art von Bruderschaft. Außerdem wäre es nicht für immer. Wir würden nur ein Jahr in den Wäldern leben, bis Blackingham uns aufgibt, dann noch ein Jahr und einen Tag in einer Stadt, und dann wären wir frei, Agnes. Frei!«

Colin hatte gewusst, was das, was John sagte, bedeutete. Selbst damals schon. Aber er hatte niemandem von diesen Gesprächen erzählt, da man den Schäfer dann bestrafen würde. Und er wollte nicht, dass er ausgepeitscht wurde oder in den Stock kam. Jetzt war John tot, und Colin verreiste auf dem Weg der Vogelfreien. Und all das wegen des Brandes, den er und Rose verursacht hatten. Sie hatten die Laterne doch nicht mit Absicht im Wollhaus zurückgelassen. Colin war sich nicht einmal sicher, ob sie sie nicht vielleicht doch mitgenommen hatten. Aber es gab einfach keine andere Erklärung. Es sei denn, das Feuer war ein Zeichen Gottes, um ihnen zu sagen, dass sie an diesem Ort gesündigt hatten. Und Gott hatte diesen Ort, wie damals Sodom und Gomorrha, mit seinem feurigen Atem überzogen. Der Brand und Johns Tod waren allein seine Schuld, nicht die von Rose. Er war der Verführer. Er war derjenige, der dafür Buße tun musste. Wenn er also allein und von allen verlassen durch den Wald irrte, während sie in ihrem Federbett schlief, wenn er fastete, während sie festlich bewirtet wurde, dann war das nur gerecht. Mit seinem Leiden würde er ihre Erlösung erkaufen. Dennoch war es schwer, für sie zu beten und für Johns Seele Fürbitte einzulegen oder auch nur an Gott zu denken, wenn die Suche nach einem Platz, wo er schlafen konnte, seine ganze Aufmerksamkeit forderte.

Letzte Nacht hatte er Glück gehabt. In der Dämmerung war er zufällig auf eine Hütte aus groben Balken gestoßen, die sich unter einer großen Eiche duckte wie ein riesiger Pilz. Die verlassene Klause eines Einsiedlers? Der Zufluchtsort eines Vogelfreien, der jeden Moment zurückkommen konnte und ihn als Eindringling ansah? Aber John hatte so oft von der Bruderschaft des Waldes gesprochen. Vielleicht hatte der rechtmäßige Eigentümer der Hütte ja Mitleid mit ihm und gewährte ihm Unterschlupf, vielleicht würde er sogar einen Kanten Brot mit ihm teilen. Dankbar, dass die Hütte ihm Schutz vor dem kalten Wind bot, war Colin schließlich auf dem mit Binsen bestreuten Boden eingeschlafen.

Er träumte von Blackingham.

Er träumte von Rose.

Bei Tagesanbruch wurde er vom Gesang eines einsamen Vogels geweckt. Er zupfte das klein gehäckselte Binsenstroh von seiner Kleidung. Als er alles Stroh entfernt hatte, stampfte er mit den Füßen, um das taube Gefühl in seinen Zehen zu vertreiben. Eine Henne, die im Dachgiebel auf ihrem Nest saß, flatterte laut gackernd von dem niedrigen Querbalken herunter. Colin griff nach oben und tastete im Nest nach Eiern. Seine Hand fand ein einzelnes Ei. Während die Henne empört gackerte, brach er das Ei auf und trank es aus, wobei er sorgsam darauf achtete, nicht einen Tropfen davon zu verschütten. Das linderte das nagende Hungergefühl in seinem Bauch, wenn auch leider nur für kurze Zeit. Er starrte die Henne an, aber sie flog auf den Deckenbalken und befand sich damit knapp außerhalb seiner Reichweite. Auch gut. Ein Ei zu stehlen war eine Sache, etwas anderes war es jedoch, sich die Henne, die das Ei gelegt hatte, zu holen. Trotzdem hoffte er, dass die Henne außerhalb seiner Reichweite bleiben würde, damit er gar nicht erst in Versuchung kam. Er hatte seit gestern, als er in einem Blätterhaufen einen verschrumpelten Apfel gefunden hatte, nichts mehr gegessen. Er war auch keinem Mitglied von Johns Bruderschaft begegnet. Tatsächlich war er, obwohl er sich mehrmals beobachtet gefühlt hatte, auf diesem Pfad überhaupt noch keiner Menschenseele begegnet.

In der Nacht hatte es geschneit, eine Handbreit hoch, nach den weißen Streifen aus Schneeflocken am Boden zu urteilen, die zwischen dem Strohdach und den groben Balken in die Hütte gefallen waren. Er trat ins Freie und sah sich um. Die Welt sah frisch und rein aus. Er streckte sich und atmete tief ein. Es roch auch frisch – und es war so still, dass er glaubte, den Atem der schlafenden Füchse in ihrem Bau zu hören. Es war Zeit aufzubrechen. Aber in welche Richtung? Da waren keine Fußstapfen im jungfräulichen Schnee zu sehen. Der vorher schon kaum erkennbare Pfad war jetzt völlig verschwunden. Die Sonne musste bei Tagesanbruch rechts stehen, erinnerte er sich. Aber da war nur ein perlweißer, stiller Nebel. Der Junge zuckte mit den Schultern und ging nach Süden. Das Priorat Blinham lag genau in der entgegengesetzten Richtung.

Als er mehrere Stunden später auf die Hauptstraße traf, war es bereits früher Nachmittag. Er hatte noch immer keinen Menschen zu Gesicht bekommen. Seine Schritte verursachten im Schnee keinerlei Geräusch, hin und wieder knackte ein Zweig oder Tannenzapfen unter seinen Füßen, ein erschreckend lautes Geräusch in der Stille. Der ganze Wald schlief unter einer dicken Daunendecke. Das taube Gefühl in seinen Füßen hatte sich inzwischen bis zu seinen Waden ausgebreitet. Er atmete den scharfen Geruch von Kiefernnadeln ein und wischte sich seine Nase an seinem Ärmel ab. Es hatte wieder zu schneien begonnen. Er hätte sich gern ein wenig ausgeruht, fürchtete aber, dass er nicht wieder aufstehen würde, wenn er sich jetzt in den Schnee setzte. Als er auf die breite Straße sah, hätte er vor Erleichterung fast geweint, obwohl diese Straße bedeutete, dass er in die falsche Richtung gelaufen war. Zu seiner Bestürzung stellte er jedoch bald fest, dass diese Straße genauso menschenleer war wie der Wald – an diesem frostigen Tag waren keine Pilger oder Händler unterwegs –, aber wenn er einfach immer weiterging, würde er vielleicht eine Scheune finden, wo er sich ein wenig ausruhen konnte. Und wenn er Glück hatte, saß dort vielleicht wieder eine Henne auf einem Nest.

Plötzlich roch er den Rauch eines Torffeuers, obwohl er keinerlei Anzeichen für eine menschliche Behausung sah. Der Schnee fiel jetzt noch dichter. Er war sich nicht sicher, wie lange er noch durchhalten würde. Und dann, als er schon fast daran vorbei war – die Landschaft wurde durch den wirbelnden Schnee förmlich ausgelöscht –, sah er eine lange Stange, die am Schlussstein einer Tür angebracht war: Das Schild einer Bierschänke. Er war mit seinem Bruder einmal in einer solchen Schänke gewesen. Dort würde er etwas zu essen und zu trinken bekommen, dachte er aufgeregt, bevor ihm einfiel, dass er nicht einen roten Heller in der Tasche hatte. Aber wenigstens konnte er sich am Kamin wärmen.

Als er über den Hof des Wirtshauses ging, hörte er stürmisches Gelächter. Ein auffällig bunter Wagen stand in dem kleinen Hof. Er wirkte in dieser Umgebung riesengroß. Colin hatte diese Art von Wagen schon einmal gesehen. Ein flacher Karren, verkleidet mit bunten Planen, die entfernt werden konnten, so dass eine Bühne entstand. Das Gefährt gehörte wohl einer Truppe von Schauspielern, die jetzt im Wirtshaus saßen. Umso besser. Er konnte sich unauffällig unter die Leute mischen, und vielleicht fiel sogar ein Stück Brot für ihn ab. Das, was die Gäste auf ihren Schneidbrettern liegen ließen und was man sonst den Hunden zum Fraß vorwarf, würde seinen nagenden Hunger fürs Erste stillen.

Colin öffnete vorsichtig die Tür, und sofort schrie jemand: »Tür zu. Es ist verdammt kalt!«

Schnell schloss er die Tür hinter sich. »Entschuldigung.« Er zog den Kopf ein, damit der Gastwirt nicht sah, wie jung er war. Alfred hätte ihn sicher täuschen können, Colin aber war sich seines jungenhaften und zerzausten Äußeren viel zu sehr bewusst.

»Kommt herüber, Wirt«, ertönte eine Stimme weiter hinten in der düsteren Gaststube.

Dankbar für diese Ablenkung, lehnte sich Colin an die Tür und versuchte erst einmal, sich einen Überblick zu verschaffen. In der Luft hing dicker Torfrauch und der Duft von Geflügel, das am Spieß gebraten wurde. Sein Magen krampfte sich vor Hunger schmerzhaft zusammen. Er schob sich hinter zwei Jongleure, der eine schlank und drahtig, der andere muskulös, die sich inmitten einer Gruppe von bunt gekleideten Gauklern scherzhaft miteinander stritten. Während er sich am Feuer wärmte und dabei versuchte, das Gefühl zu ignorieren, das das gebratene Fleisch in seinem Magen hervorrief, hörte er ihnen mit halbem Ohr zu.

»Eine vornehme Witwe schenkte mir dieses Wams aus Samt, um mir zu zeigen, wie sehr sie meine *seidige Stimme* schätzte.« Diese Worte kamen von einem herausgeputzten Gecken, der zu seinem karminroten Wams einen federgeschmückten Hut trug.

»Nun, damit kann ich es leicht aufnehmen, und ich kann dich sogar noch übertreffen: Seine Lordschaft gab mir eine Börse mit Gold«, sagte der muskulöse Jongleur und ließ dabei seine Armmuskeln spielen.

»Und ich übertreffe euch beide. Ihre Ladyschaft gab mir mehr als nur eine Börse mit Gold.« Der drahtige Bursche wackelte mit seinen Augenbrauen und grinste dabei anzüglich. »Sie hat ihrer besonderen Vorliebe für meine Verrenkungen Ausdruck verliehen.«

Schallendes Gelächter ringsum.

»Das ist besser als Gold, würde ich sagen.«

»Nein, im Grunde nicht. Jedenfalls war sie nicht annähernd so gut wie Maud«, sagte der Schlangenmensch laut, hob seinen Pokal und zwinkerte dabei dem Schankmädchen zu, das so tat, als würde es ihn nicht beachten. »Das ist noch etwas, was wir gewöhnlichen Leute besser können, habe ich nicht Recht, Maud?«

Maud antwortete ihm nicht, das tat Muskelmann. »Darauf erhebe ich meinen Becher. Ich habe auch noch nie einen Adeligen gesehen, der sich mit einer Hand am Arsch kratzen und mit der anderen gleichzeitig in der Nase bohren konnte.« Er trank einen kräftigen Schluck Bier und runzelte die Stirn. »All diese Lords und Ladys, die so vornehm tun und sich mit gebratenen Schwänen vollstopfen, während gute Männer verhungern und ihre Frauen verrückt werden, weil sie verschimmelten Roggen essen müssen. Sie stolzieren in ihren feinen Kleidern herum wie fette Tauben und beachten die Bettler an ihrer Tür nicht einmal. Es ist genau so, wie der Prediger John Ball sagt. Ich habe ihn in Thetford nach der Messe reden hören. Merkt euch diesen

Namen. John Ball. Ihr werdet ihn noch öfter hören. Ball sagt, dass Gott uns alle aus demselben Klumpen Lehm geschaffen hat.«

»Das klingt für mich so, als sei er einer dieser Lollarden-Prediger.«

»Er mag ein Lollarde sein, aber in dem, was er sagt, liegt viel Wahrheit. Wer braucht schon einen Priester? Lasst doch jeden sein eigener Priester sein, sage ich.«

»Jawohl, und lasst jeden seinen Zehnt selbst ausgeben.« Die Feder auf dem Geckenhut wippte voller Begeisterung.

»Was weißt du denn schon vom Zehnt.« Der Muskelmann grinste. Anscheinend war er wieder gut gelaunt. »Wenn der Geldeintreiber kommt, sagst du ihm doch immer nur, wie arm du bist.«

»Ich denke, er könnte dem Geldeintreiber doch diesen reich verzierten, samtenen Ärmel als Zehnt geben«, sagte der Schlangenmensch.

»Ja, und du könntest ihm ein Zehntel dessen geben, was Ihre Ladyschaft dir gegeben hat.« Die Feder bebte jetzt vor Heiterkeit. »Nun gut: Falls er bereit ist, zwischen den Laken zu suchen.«

Alle lachten.

Colin, der einen solch zotigen Humor nicht gewöhnt war, hoffte, dass man sein rotes Gesicht der Tatsache zuschrieb, dass er so nah am Feuer stand.

Während Maud, ein Mädchen mit breiten Hüften, die Gäste bediente, beobachtete Colin sie. Ihre Fraulichkeit – die Art, wie sich ihr geschnürtes bäuerliches Mieder über ihrem Busen spannte – erregte seine Fantasie dabei genauso wie die zotigen Sprüche der Männer, denn mittlerweile wusste er Bescheid. Er fragte sich, wie es sich wohl anfühlen würde, wenn sie ihn zwischen ihre weichen Schenkel ließ. Diese Gedanken beunruhigten ihn jedoch. Sie erinnerten ihn an den Teil von ihm, der zu dem geführt hatte, was er jetzt als schwere Sünde ansah. Und sie erinnerten ihn auch an all das, was er aufgegeben hatte.

Maud ging mit einem Tablett voller Bierkrüge zu dem Tisch der Jongleure. Der Muskelmann nahm sich einen von dem Tablett. Auch der Schlangenmensch streckte seine Hand aus, nahm jedoch keinen der Krüge, sondern zwickte sie in den Busen. Sie schlug ihm auf die

Hand und brachte sich dann mit einer geschickten Drehung aus seiner Reichweite.

»Wenn es Gold ist, was du suchst, dann kannst du zu Ihrer Ladyschaft zurückgehen. Ich habe kein Gold zu verschenken. Ich habe nur Bier für dich«, sagte sie, als sie ihm einen vollen Krug über den Kopf schüttete.

Die anderen applaudierten begeistert oder johlten verächtlich. Auch Colin musste sich ein Grinsen verkneifen, als er den Ausdruck auf dem Gesicht des Schlangenmenschen sah.

»Ich denke, jetzt bist du richtig getauft worden.« Der Federhut bebte wieder.

»Jawohl, und zwar von einer schöneren Hand, als sie irgendein Kleriker hätte.« Der Schlangenmensch leckte sich über die Lippen. »Und es schmeckt auch besser als Weihwasser.«

Angesichts ihrer Ausgelassenheit fühlte sich Colin noch einsamer. Ihm war endlich warm geworden, also entfernte er sich von der Gruppe vor dem Feuer und versuchte, dem Geruch des gebratenen Fleisches auszuweichen. Einer der Gaukler hatte seine Laute auf einer Bank in der Ecke liegen lassen. Colin nahm sie in die Hand und begann, gedankenverloren darauf herumzuklimpern, während er leise dazu sang.

»Du hast wirklich eine schöne Stimme, Junge«, sagte plötzlich jemand neben ihm. Es war der drahtige Schlangenmensch. Colin hatte nicht gemerkt, dass er ihm gefolgt war. Er legte die Laute zur Seite und spürte, dass er ein feuerrotes Gesicht bekam. »Entschuldigung. Ist das Eure Laute? Ich habe sie mir nur angesehen. Ich wollte keinen Schaden anrichten.«

»Es ist kein Schaden entstanden.«

Colin wusste nicht, was er sagen sollte. Er hoffte, der Bursche würde wieder zu seinen Kumpanen zurückgehen. Stattdessen bedeutete er Colin, er solle ein Stück zur Seite rücken, damit er sich neben ihn setzen konnte.

»Bist du von hier?«

Colin wusste nicht, wie er diese Frage beantworten sollte. Er hatte nicht die geringste Ahnung, was mit »hier« gemeint sein könnte.

»Ich komme aus Aylsham«, sagte er, noch bevor ihm der Gedanke kam, dass seine Mutter vielleicht jemanden geschickt haben könnte, der ihn zurückholen sollte.

»Aylsham. Das ist ungefähr zwanzig Meilen nördlich von hier. Was machst du denn dann hier? Wir sind hier ein gutes Stück südlich von Norwich.«

Südlich! Bei Tagesanbruch musste die Sonne von rechts kommen, aber die Sonne hatte nicht geschienen. Colin spürte, wie ihn aller Mut verließ, und das war ihm bestimmt auch anzusehen.

»Wo willst du denn hin?«

»Nach Cromer, zum Kloster Blinham. Ich will dort eintreten. Ich muss wohl in die falsche Richtung gelaufen sein.«

»Du siehst nicht gut aus, Junge. Wann hast du das letzte Mal etwas gegessen?«

Colin starrte die Binsen auf dem Boden an. »Das ist schon eine ganze Weile her.«

»Wirt, einen Krug Bier und ein Stück Braten für meinen jungen Freund hier.«

»Aber ich habe kein Geld.«

»Nun, dann wirst du dir dein Essen mit Singen verdienen müssen. Will jemand ein Lied hören?«

»Ja, ich«, ertönte eine Stimme von ganz hinten im Raum. »Ein Liebeslied! Keine Hymnen oder Trauerlieder. Davon werden wir schon bald genügend hören.«

Maud brachte Colin ein Schneidbrett mit Fleisch. Während er das Essen gierig hinunterschlang, erklärte ihm der drahtige Schlangenmensch: »Wir sind Schauspieler und gerade auf dem Weg nach Fakenham zu den Osterspielen. Wahrscheinlich werden wir Anfang des Sommers auch nach Cromer kommen. Einen guten Sänger und Lautenspieler können wir immer brauchen. Wenn dich ein bisschen Schminke nicht stört, bist du herzlich eingeladen, mit uns zu kommen. Es gibt keinen Lohn, aber so viel zu essen, wie du willst.« Er gab Maud einen Wink, Colins Becher noch einmal zu füllen. »Aber du wirst bestimmt so nebenher noch den einen oder anderen Penny verdienen. Ein hübscher Junge mit einer so lieblichen Stimme – die

Damen werden dich mit Geschenken überhäufen. Wir werden unterwegs bei einigen Festen und Banketten spielen. Das ist eine nette Abwechslung von den biblischen Geschichten, die wir sonst immer aufführen. Nach dem Aschermittwoch werden wir mit den Mirakelspielen beginnen. Bis Pfingsten sollten wir es leicht nach Blinham geschafft haben.«

Colin musste nicht lange über dieses Angebot nachdenken. Welche Wahl hatte er denn schon? Er war jetzt eine Woche auf der Straße, und er war hungrig, halb erfroren und weiter von seinem Ziel entfernt als zu Beginn. Er konnte sich entweder den Schauspielern anschließen oder nach Hause zurückkehren. Und wenn er nach Hause zurückkehrte... Vor seinem inneren Auge erschien ein Bild der lieblichen Rose, das jedoch rasch durch das verbrannte Gesicht des toten Schäfers ersetzt wurde. Wenn er in die Wärme und Sicherheit von Blackingham zurückkehrte, würde er keine Vergebung finden. Weder für sich, noch für Rose.

»Kommt Ihr auch durch Aylsham?«, fragte er.

»Ja, aber wir werden dort nicht länger bleiben.«

Das war gut. Er konnte seiner Mutter eine Nachricht zukommen lassen, damit sie wusste, dass es ihm gut ging. Sie machte sich sicher schon große Sorgen. Und in Cromer würde er dann eben einfach ein bisschen später ankommen.

Colin nagte das letzte Stückchen Fleisch vom Knochen und wischte sich dann die Hände an seiner Hose ab.

»Nun, was sagst du, Junge? Willst du dich unserer kleinen Truppe anschließen?«

»Na ja, ich muss etwas essen«, sagte Colin. »Und nach Cromer ist es ein langer Weg.«

Der Schlangenmensch lachte. »Wohl gesprochen, Junge. Dann ist es also abgemacht.« Er nahm die Laute und gab sie Colin. »Es ist Zeit, dass du etwas für dein Essen tust.«

Colin klimperte auf den Saiten herum. »Ich kenne ein Liebeslied«, sagte er, und dann begann er zu singen, während seine Kehle vor Nervosität anfangs noch völlig verkrampft war:

Mich erfüllt ein Liebessehnen
Nach dem schönsten aller Dinge
Das Glückseligkeit mir bringen mag,
Und ihr allein gehört mein Herz.

Das ist nur ein Liebeslied, sagte er sich und stählte dabei sein Herz gegen die Erinnerung an den Duft ihrer Haare, an ihre weichen Lippen. Die Schauspieler jedoch wurden still und nickten anerkennend, während sie dem klagenden Klang seiner Stimme lauschten.

Finn dachte wieder und wieder an den Dolch, den er noch immer im Stiefel stecken hatte. Man hatte ihn nicht durchsucht, sondern, immer noch in Ketten, einfach eine Treppe hinunter in ein schwarzes Loch unter der alten Burg gestoßen. Er glaubte, den Kerl zu erkennen, der ihm an einer Stange den Kübel mit dem Schweinefraß, den sie hier Essen nannten, in sein dunkles Verlies herunterreichte. Mitleid würde er bei ihm sicher nicht finden.

Er musste geduldig sein, sagte er sich, während er für jeden einzelnen Tag eine Kerbe in den Stein ritzte, der sein Bett war. Wenn er an Roses entsetztes Gesicht dachte, fiel es ihm schwer, ruhig zu bleiben und zu warten, aber er musste jetzt geduldig sein. Irgendwann würde bestimmt ein Anwalt in seiner Amtsrobe kommen – von Kathryn beauftragt –, der seine Unschuld beweisen würde. Die Gerechtigkeit würde siegen. Aber solche Dinge brauchen Zeit, dachte er am zweiten Tag und erinnerte sich dabei an den Ausdruck in Kathryns Augen, als sie gelogen hatte. Es musste irgendein Missverständnis geben. Kathryn wird eine Lösung finden. Alfred wird zu Protokoll geben, dass er es war, der mir die Perlen untergeschoben hat. Doch am dritten Tag schrie er seine Wut heraus, seinen berechtigten Zorn und seine Drohungen. Manchmal antwortete ihm ein raues Lachen, oder, was häufiger der Fall war, er erhielt überhaupt keine Antwort – bis er schließlich verstummte.

Als er sieben Kerben in den Stein geritzt hatte, dachte er darüber nach, seine Wärter anzugreifen. Es war nicht nötig, dass er auf Rettung wartete wie eine hilflose Jungfrau, die in einem Turm gefangen gehalten wurde. Aber wenn er floh, machte ihn das zu einem Geächteten und seine Tochter ebenfalls.

Am Ende war es der Dreck, der ihn verzweifeln ließ. Nicht die Dunkelheit in seinem Verlies, nicht die Kälte; nicht der Hunger, nicht der Durst, den die tägliche Ration stinkendes Wasser mit einem Film aus Hammelfett niemals stillen konnte; nicht die Verzweiflung, die ihn quälte und die ihn mit jedem Tag, der verging, immer öfter überfiel – eine Verzweiflung, die die Ahnung in sich barg, dass er dieses Burgverlies, in das man ihn verbannt hatte wie Satan in die Hölle, nie wieder verlassen würde. Es war nicht einmal die Angst um seine Tochter, die jetzt allein war, oder der schmerzliche Gedanke an Kathryns Verrat. (Genau dieser Gedanke war ihm so oft im Kopf herumgegangen, dass er sich geschworen hatte, nicht mehr daran zu denken, nur um dann festzustellen, dass das überhaupt nicht möglich war. Da war immer nur diese eine Frage: Warum? Warum? Warum? Die Worte hallten in seinem Kopf wie die Stimme eines Großinquisitors.) Es war nichts von alledem. Es war der Dreck: Die Läuse, die er aus seinem Bart las und auf seinem Körper suchte – Tag für Tag, Stunde für Stunde, Sekunde für Sekunde – und dann leise fluchend zwischen schmutzigen Fingernägeln zerdrückte; der Schorf und darunter der Eiter, der sich um die Ungezieferbisse bildete; die modrige Feuchtigkeit auf dem Felsabsatz, der ihm Stuhl, Bett und Tisch zugleich war. Der Gestank seiner eigenen Exkremente – das war es, was ihn brach.

Er konnte nicht einmal mehr beten. Welcher Gott würde ihn in solch einem Schmutz auch hören?

Es gab hier kaum einen Unterschied zwischen Tag und Nacht. Die alles erstickende Dunkelheit war nur manchmal noch undurchdringlicher. Dass die Tage verstrichen, erkannte er an seiner täglichen Essensration aus Abfällen. Wenn er sie erhielt, kratzte er eine Kerbe in den Fels. Er ließ seine Finger darübergleiten. Einundzwanzig Kerben. Einundzwanzig Tage. Wie konnte sich ein Mensch in so kurzer Zeit in ein wildes Tier verwandeln? Er war inzwischen zu schwach, um sich mit seinen Ketten auch nur ein paar Schritt weit zu schleppen und das nächtliche Ungeziefer, dessen kleine, runde Augen in der Dunkelheit glänzten, zu erstechen. Was nützte ihm der Dolch, es sei denn, er wollte sich hineinstürzen wie Saul in sein Schwert? Ein schneller Stoß unterhalb seiner Rippen. Ein Geräusch, das Nagen von Rattenzähnen an einem Knochen zweifelhaften Ursprungs, ließ ihn diese Versuchung jedoch schnell wieder vergessen. Das und der Gedanke an Rose.

In seinen Träumen saß Kathryn neben ihm im herbstlichen Garten. *In der Luft liegt der Duft von saftigen Früchten und der Geruch von gebratenem Fleisch, der aus der Räucherkammer kommt. Sie hat den Kopf über ihre Stickarbeit gebeugt, ihre kleine Knochennadel gleitet durch den Stoff und markiert darauf einen gewundenen Pfad. Eine Hälfte ihres Gesichts ist hinter ihrem silbernen Haar verborgen, die andere liegt im Schatten eines Weißdornzweiges. Er kniet neben ihr. Er berührt sanft die Bänder an ihrem Ärmel, teilt ihr Haar mit seiner Hand und flüstert ihr etwas in die perlweiße Ohrmuschel. Sie lacht. Es ist ein helles Lachen, so wie das Plätschern von Wasser. Sauber, rein und süß. Sie hebt den Kopf, um seinen Kuss zu empfangen. Dann eine blitzschnelle Bewegung ihres Armes, und sie sticht ihm ihre kleine Knochennadel ins Auge. Er sieht nichts als glühend heißen Schmerz.*

Beim Aufwachen schmeckte er dann immer salzige Tränen in seinen Mundwinkeln.

Um die Dämonen dieses wahr gewordenen Albtraums zu bekämpfen, malte er im Geiste leuchtende Bilder, entwarf farbenprächtige Vorlagen für die Miniaturen des Johannesevangeliums, ließ vor seinem inneren Auge ein Stundenbuch entstehen. Er malte so viele Bilder auf die Leinwand seiner Augenlider, dass es Arbeit für ein ganzes Leben gewesen wäre. Es waren jedoch nicht die luxuriösen Evangelien, die der Abt in Auftrag gegeben hatte, und gewiss auch nicht die schlichten Illustrationen des Textes von Wycliffe. Es war ein Psalter, so herrlich wie der Gott, den David und Salomon gepriesen hatten. Ein Psalter ganz in Azurblau und Karminrot, von Akanthusranken aus Blattgold eingerahmt und mit einem Einband aus getriebenem Gold und einer Krone aus Rubinen versehen. Ein Buch, bei dessen Anblick der Bischof von Norwich vor Gier schier zu geifern anfangen würde. Ein Buch, das es mit dem legendären Evangeliar Heinrichs des Löwen, dem großen *Aurea Testatur*, dem Zeugnis in Gold, aufnehmen konnte, das dieser im Jahr 1185 bei dem Mönch Herimann in Auftrag gegeben hatte. Seine Augenlider schmerzten, wenn er davon träumte.

Und dann kam der Tag, an dem er nicht einmal mehr die Kraft hatte, sich an dieser strahlenden Vision aufzurichten. Da waren nur noch die Kälte und der nagende Hunger, die erdrückende Dunkelheit und der unerträgliche Gestank.

An solch einem Tag ließ ihn der Bischof zu sich rufen.

17. KAPITEL

*Ich sah seine (des Mönchs) Ärmel geschmückt
an der Hand
Mit feinem, grauen Pelzwerk,
dem feinsten im Land,
Und an seiner Kapuze, dass sie an seinem Kinn
auch halten wollt,
Hatte er eine schön gearbeitete Nadel aus
geschmiedetem Gold.*

GEOFFREY CHAUCER,
Die Canterbury-Geschichten, 14. JAHRHUNDERT

Finn lag zusammenkrümmt auf dem Steinsims in seiner Zelle, halb schlafend, halb bewusstlos, als ihn der Gefängnisaufseher mit einem heftigen Fußtritt in die Magengrube weckte. Der Tritt war schräg nach oben gerichtet, und Finn bekam eine Minute lang keine Luft mehr. Dann war die Luft plötzlich wieder da und mit ihr ein stechender Schmerz. Der Aufseher legte ihm Handeisen an und zerrte ihn dann auf die Füße. Finn stand unsicher wie ein alter Mann auf seinen Beinen. Ein Lichtstrahl drang durch das geöffnete Gitter über seiner Zelle und stach in sein Auge wie Kathryns kleine Knochennadel. Er sah seinen Peiniger blinzelnd an. Dieser lachte.

»Ihr kennt mich nicht, oder? Erkennt den alten Sykes nicht mehr, dem ihr so übel mitgespielt habt, nur weil er ein bisschen Spaß mit einem Zwerg haben wollte?«

Finn hatte ihn natürlich sofort erkannt. Schon an jenem ersten Tag im Gefängnis. Aber er hatte gehofft, dass Sykes damals zu betrunken gewesen war, um sich noch an ihre Begegnung im Beggar's Daughter zu erinnern. Die Hoffnung war jedoch vergebens gewesen. Sykes erinnerte sich sehr wohl daran, und nun hatte er die Gelegenheit, es ihm heimzuzahlen. Finn sagte nichts. Es war sicher das Beste, einfach zu schweigen. Wenn er sich nicht wehrte, verlor Sykes vielleicht irgendwann die Lust daran, ihn zu quälen. Finn hatte ohnehin keine Kraft mehr, Widerstand zu leisten. Er beugte sich ein wenig nach vorn und zog die Ellbogen an, um seine verletzten Rippen zu entlasten.

»Wo ist denn der feine Gentleman geblieben? Ihr stinkt, dass einem übel wird. Ich muss Euch wohl erst einmal ordentlich sauber machen, sonst weigert sich der Henker noch, auch nur in Eure Nähe zu kommen, wenn er Euch die Schlinge umlegen soll. Ohne Euren hübschen Dolch seid Ihr nicht mehr so stark, oder?«

Der Dolch. Vielleicht war seine Chance jetzt gekommen. Finn zwängte seinen linken Fuß in seinen Stiefel hinein. Dort, wo der Dolch hätte stecken sollen, fühlte er jedoch nur glattes Leder. Er erinnerte sich verschwommen daran, dass er ihn nach einem in der Dunkelheit glitzernden Augenpaar geworfen hatte. Doch er hatte sich nicht die Mühe gemacht, ihn wieder an seinen Platz zu stecken, denn das hätte bedeutet, auf dem schmierigen Boden herumzutasten, und zu welchem Zweck?

Der Wärter schubste ihn zur Treppe. Finn stolperte gegen die erste Stufe. Er trug immer noch Fußeisen – trug sie jetzt schon so lange, dass sie ihm inzwischen wie ein Teil seines Körpers vorkamen. Selbst die wund gescheuerte Haut an seinen Knöcheln hatte mittlerweile eine grobe Hornhaut bekommen.

»Ich kann mit den Ketten keine Treppen steigen. Ihr werdet sie mir schon abnehmen müssen.« Wegen seiner verletzten Rippen musste er leise sprechen. Außerdem wollte er seinen kostbaren Atem nicht verschwenden.

»Ich muss überhaupt nichts. Ich könnte Euch ganz einfach wie einen Sack Hundescheiße mit Fußtritten hinaufbefördern. Aber dann würde ich vielleicht mein Bein überanstrengen, und das werde ich später sicher noch für ein paar Fußtritte brauchen, meint Ihr nicht auch?«

Er löste eine der eisernen Fußfesseln, so dass die Kette und die lose Fessel klirrend hinter Finn über den Boden schleiften, als dieser langsam die Treppe hinaufstieg.

»Falls Ihr auf die Idee kommen solltet davonzulaufen, versucht es erst gar nicht.« Um deutlich zu machen, was er meinte, trat er abrupt auf die Kette. Finn taumelte nach vorn und unterdrückte ein Stöhnen.

Als sie den kahlen, ungepflasterten Hof draußen vor dem Kerker erreichten, stolperte Finn wieder. Das Licht blendete ihn und ließ das Blut in seinem Kopf pochen. Für jemanden, der wochenlang in völlige Stille eingehüllt gewesen war, herrschte hier draußen ein ohrenbetäubender Lärm. Wiehernde Pferde, kreischendes Geflügel, ärgerliche Rufe, bellende Hunde und Wachposten, deren Waffen laut klirrten – all dies stürmte auf seine Sinne ein, und Finn empfand eine beinahe religiöse Sehnsucht nach der Stille seiner Zelle.

Es war ein strahlend schöner, aber kalter Wintertag. Da er nur sein schmutziges Hemd trug, begann er unkontrolliert zu zittern.

»Was hast du denn da, Sykes?« Die Frage kam von einem der Männer, die in der Nähe der Ställe herumlungerten.

»Nichts weiter. Nur ein bisschen Krähenfutter. Aber ich muss ihn zuerst einmal sauber bekommen, sonst wollen nicht einmal die Bussarde etwas mit ihm zu tun haben.«

»Brauchst du Hilfe?«

»Nein, nein. Das Vergnügen will ich bestimmt mit niemandem teilen.«

Finn taumelte immer noch halb blind vorwärts, von Sykes angetrieben, bis er mit dem Fuß gegen einen hölzernen Trog stieß und spürte, wie Sykes seinen Oberkörper nach vorn drückte. Das eiskalte Wasser war ein Schock und betäubte sogar den Schmerz in seinen Rippen. Er bemühte sich, wieder hochzukommen, schlug mit einem Bein wie wild gegen den Rand des Troges, aber eine brutale Hand hielt seinen Kopf unter Wasser. Also wurde der Henker doch noch um seinen Lohn betrogen. Er zwang sich dazu, seinen Körper erschlaffen zu lassen, versuchte, sich so reglos zu verhalten wie ein Hase im Maul eines Jagdhundes. Da er wusste, dass er seinem Gegner in keiner Weise gewachsen war, widerstand er dem Drang, sich zu wehren. Durch das Wasser, das in seinen Ohren rauschte, hörte er gedämpft die Stimmen zweier sich streitender Männer.

»Himmelherrgott, Sykes. Du ertränkst ihn ja. Der Bischof wird nicht erfreut sein. Lass ihn los.«

Noch ein paar Sekunden länger, und seine Lungen würden platzen.

»Sofort, habe ich gesagt.«

Die Hand ließ seinen Hinterkopf los, und Finn richtete sich auf. Er spuckte Wasser. Sykes packte ihn am Hemd, um ihn vom Trog wegzuziehen. Der Stoff riss. Ein weiterer Aufseher kam angerannt und wickelte ihn in eine Decke.

»Despenser will ihn lebend haben, du Narr.«

»Ich musste ihn doch irgendwie sauber kriegen, oder? Er wäre sonst eine Beleidigung für die empfindliche Nase des Bischofs gewesen. Und das wäre doch gewiss nicht schicklich, oder?«

»Schicklich. Ich zeig dir gleich, was schicklich ist, du Ausgeburt der Dummheit.«

Inzwischen stand Finn wieder einigermaßen aufrecht, tropfnass und in eine Pferdedecke eingewickelt, die, wenn sie auch nicht ganz sauber war, doch eine wesentliche Verbesserung gegenüber der Decke in seiner Zelle darstellte. Er konnte nicht aufhören zu zittern, aber das kalte Wasser, auf dem Eisplatten schwammen, hatte ihm einen klaren Kopf verschafft.

Der Bischof hatte ihn rufen lassen – man würde ihn wenigstens anhören. Er fing also am besten gleich damit an, sich zu überlegen, was er sagen sollte. Er stand vor Kälte zitternd im Hof und hörte zu, wie sich die beiden Männer weiter stritten, während er verzweifelt versuchte, sich an die Erklärung zu erinnern, die er sich schon zu Beginn seiner Gefangenschaft zurechtgelegt hatte.

Sykes schlich zu den Ställen zurück, während der andere Mann, der Hauptmann der Wache, Finns Ketten abnahm. Finn rieb sich die Knöchel. Ohne die Eisen fühlten sie sich leicht an, irgendwie fremd.

»Welcher Tag ist heute?« Finn richtete seine Frage an den Mann, der ihm die Decke gebracht hatte. Seine Zähne schlugen aufeinander und zerhackten seine Worte.

»Der siebte Januar. Gestern war Epiphanias.«

Gütiger Heiland. Er hatte über einen Monat in dieser Jauchegrube verbracht. Er begann noch heftiger zu zittern, wobei ihn jede Bewegung an seine gebrochenen Rippen erinnerte.

»Kommt. Bevor ihr vor den Bischof tretet, müssen wir Euch erst einmal aufwärmen und zusehen, wie wir Euch sauber kriegen.« Der Mann sah Finn mit einem Blick an, der sagte, dass sich Letzteres sicher zu einer beschwerlichen und schwierigen Aufgabe entwickeln würde.

»Dann gibt es also eine Verhandlung?«

Endlich hatte jemand Alarm geschlagen. Lady Kathryn musste es gelungen sein, ihren Einfluss geltend zu machen. Dass man ihn so menschenunwürdig behandelt hatte, war also allein die Schuld dieses niederträchtigen Sykes gewesen.

»Nein, ich weiß nichts von einer Verhandlung. Nur dass der Bischof befohlen hat, Euch in sein Turmzimmer zu bringen.« Der Mann bedeutete Finn mit einem Wink, ihm zu folgen.

Im Hauptturm, der auch als Wachhaus diente, wärmte sich Finn an einem Kohlenbecken auf und hielt dabei einen Becher Brühe in seinen Händen, als wäre er der Heilige Gral. Wenn er jedoch mehr als nur winzige Schlucke trank, würde ihm mit großer Wahrscheinlichkeit schlecht werden. Zumindest zitterte er jetzt nicht mehr. Und wenn er seinen Oberkörper nicht bewegte, war auch der Schmerz erträglich.

»Hat jemand nach mir gefragt? Eine vornehme Dame vielleicht, die Herrin von Blackingham, oder meine Tochter? Sie heißt Rose.«

»Nicht, dass ich wüsste. Und ich hätte mit Sicherheit davon erfahren, denn ich bin der Hauptmann der Wache.«

Dann drehte er sich um und gab, wie um das zu beweisen, einem seiner Männer den Befehl, eine Wanne zu holen und vor das Feuer zu stellen. Finn hatte sein letztes Bad vor dem Kamin in Kathryns Zimmer genommen. Bevor sie ihn verraten hatte. Er würde niemals wieder sauber sein.

»Jetzt, da ich darüber nachdenke, fällt mir aber ein, dass da tatsächlich jemand war, der nach dem Buchmaler gefragt hat. Das seid Ihr doch, oder?«

Finn nickte.

»Er sagte, er hätte eine Nachricht aus Blackingham. Es war ein Zwerg. Ein lustiger kleiner Mann. Ich habe ihn zu dem für Euch zuständigen Aufseher geschickt.«

Sein Aufseher. Sykes. Also hatten sie ihn doch nicht völlig aufgegeben. Kathryn hatte Halb-Tom geschickt, aber Sykes hatte ihn nicht zu ihm gelassen.

Der Hauptmann stand auf. Sein Schlüsselbund klirrte. Er warf Finn ein Handtuch zu.

Ein sauberes Handtuch. Finns Augenlider begannen zu brennen. Er würde doch nicht vor dem Hauptmann beim Anblick eines sauberen Handtuchs und eines Stücks Seife zu weinen anfangen.

»Ich muss jetzt meine Runde machen«, sagte der Hauptmann. »Diese Burg beherbergt zur Zeit einige adelige *Gäste*. Meistens Franzmänner. Wir halten sie hier fest, bis man Lösegeld für sie zahlt. Für ein bisschen Luxus zeigen sie sich durchaus erkenntlich.« Er zwinkerte Finn zu. »Ein gewisser Herzog aus Bordeaux hat eine besondere Vorliebe für blonde Frauen mit großem Hintern.«

Er warf Finn eine saubere Hose und ein Hemd zu, das, wenn auch nicht aus feinem Batist, doch aus gutem englischen Wolltuch war.

»Es tut mir leid, aber ich kann Euch natürlich keine Rasierklinge geben. Aber hier ist ein Kamm für Eure Haare und Euren Bart. Benutzt die Seite mit den feinen Zinken. Der Bischof mag keine Läuse.«

Finn nahm den Kamm, legte ihn dann auf die Hose und das Hemd, die er ein Stück von seinem Körper weghielt, um sie nicht zu verunreinigen. »Darf ich Euch um etwas bitten, auch wenn ich unter den gegenwärtigen Umständen nicht in der Lage bin, Euch für Eure Dienste eine sofortige Belohnung zukommen zu lassen.«

Der Hauptmann grinste. »Ihr dürft.«

»Sykes hat mir die Rippen gebrochen. Wenn Ihr mir ein langes Stück festes Tuch bringen könntet, um meinen Brustkorb zu bandagieren, werde ich Eure Freundlichkeit gewiss nicht vergessen.«

»Ich denke, für einen besonderen Gefangenen des Bischofs wird sich das machen lassen.«

»Ein sauberes, bitte. Aber nur, wenn es nicht zu viel Mühe macht.«

Der Hauptmann lachte. Finn wurde sich bewusst, dass er dem Mann mehr von seinem Seelenzustand verraten hatte, als es unter diesen Umständen klug sein mochte. Er war so von der Aussicht, endlich wieder sauber zu sein, überwältigt gewesen, dass er die Antwort des Hauptmanns nur mit halbem Ohr registriert hatte. Hatte er »besonderer Gefangener des Bischofs« gesagt? Das klang unheilvoll.

»Ihr bekommt einen sauberen Verband. Ich werde Euch einen Jungen schicken, der Euch helfen wird, den Verband anzulegen. Außerdem lasse ich Euch auch etwas Mohnsaft gegen Eure Schmerzen bringen. Dann wird Euch einer meiner Männer zum Bischof begleiten.« Schließlich fügte er, plötzlich wieder vollkommen ernst und distanziert, hinzu: »An Eurer Stelle würde ich keinen Fluchtversuch unternehmen. Die Burg wird hervorragend bewacht. Dieses Gespräch mit Henry Despenser ist vielleicht Eure einzige Chance. Ihr solltet also Euer Bestes tun, um ihn zufrieden zu stellen. Ich habe schon oft erlebt, dass selbst hoch stehende Adelige für immer hinter diesen Burgmauern verschwunden sind.«

Henry Despenser saß aufrecht in seinem Sessel mit der hohen Lehne und schien genau wie der Windhund, der angeleint zu seinen Füßen lag, irgendwelchen Geräuschen zu lauschen. Es war eine wohl überlegte Pose, darauf angelegt, die Bittsteller einzuschüchtern, die vor ihm auf dem Boden knien mussten. (Eine einfache Verbeugung akzeptierte Bischof Henry Despenser nicht.) Mit dem beringten Zeigefinger seiner fleischigen linken Hand spielte er am Ohr des Hundes herum. Seine Rechte ruhte auf der Armlehne seines Sessels. Der Siegelring an seinem Mittelfinger schlug unablässig auf das geschnitzte Eichenholz. Welches Vergnügen ihm doch die Macht bereitete. Einen Mann seinem Willen zu unterwerfen, vor allem einen Mann wie jenen, den er heute hatte rufen lassen, löste bei ihm eine Art ekstatischer Erschütterung aus, die dem Höhepunkt fleischlicher Lust durchaus vergleichbar war.

Er ließ seinen Blick langsam durch den Raum schweifen. Alles war vorbereitet. Seine Dienstboten wussten ganz genau, welchen Wert er auch auf kleine Einzelheiten legte. Der Hund stellte plötzlich die Ohren auf. Dann hörte er es auch – das Geräusch eines langen Schwertes, das über die Kanten der Treppenstufen schleifte, dann Schritte.

Er breitete seinen Mantel aus, damit der pelzbesetzte Saum um ihn herum einen großen Kreis bildete. Da wendete er so viel Zeit und Energie auf, um jemanden in die Falle zu locken, der nichts weiter als ein Maler war, ein Ketzer vielleicht noch dazu. Aber es war die Mühe wert – diesem Mann durfte man seine Unverschämtheit nicht einfach so durchgehen lassen. Abgesehen davon war da noch die Sache mit dem Retabel, dem aus fünf Paneelen bestehenden Altaraufsatz, den er unbedingt für seine Kathedrale haben wollte. Aber warum sollte er für etwas bezahlen, das er auch umsonst bekommen konnte? Er hatte die Arbeit des Illuminators gesehen, die kühnen Pinselstriche, die prächtigen Farben, und hatte ihn um dieses Talent beneidet. Wenn er selbst schon nicht ein solches Talent besaß, dann würde er sich eben des Mannes bemächtigen, dem dieses Talent zu Eigen war.

Er grub seinen Fingernagel in das Fell des Hundes, tief in die weiche Verbindungsstelle zwischen Ohr und Schädelknochen. Der Hund zitterte, blieb aber ruhig und gab nicht einmal ein leises Knurren von sich. Ein wohlerzogenes und mit starker Hand geführtes Tier. Dies war die Art von Gehorsamkeit, die der Bischof schätzte.

Es klopfte leise an der Tür. Henry streichelte dem Hund über den Kopf. Er jaulte leise und zitterte kaum merklich, bevor er seinen Kopf auf die Vorderpfoten legte.

»Benedicite.«

»Euer Eminenz.« Der Wächter trat über die Schwelle und sank auf ein Knie, wobei sein Langschwert auf den Steinfliesen klirrte. Der Illuminator, der hinter ihm stand, neigte den Kopf in einer angedeuteten Verbeugung, blieb jedoch aufrecht stehen.

»Euer Gefangener hält es nicht für nötig, angesichts der Heiligen Kirche niederzuknien?«

Der Wärter nahm Finns Arm und zog ihn auf die Knie. Es war dies jedoch kein freiwilliger Akt, und in der Haltung des Buchmalers lag nicht die Demut, die nahelegte, dass die Wochen im Kerker etwas an seiner Einstellung geändert hatten. In Ordnung. Ein Triumph, den man sich hart erkämpfen musste, war schließlich noch süßer.

»Der Gefangene wurde verletzt, Eminenz. Seine Rippen sind fest bandagiert, daher ist es für ihn schwierig, Euch die gebührende Hochachtung zu erweisen.«

»Wurde er verletzt, während er unter Eurer Obhut stand?«

»Es war ein Unfall, Eminenz. Er ist auf der Treppe gestolpert.«

»Ich verstehe.« Henry lächelte. »Ihr solltet vorsichtiger sein… Master Finn, das ist doch Euer Name. Ihr dürft Euch wieder erheben.«

Ein Ausdruck des Schmerzes huschte über das Gesicht des Gefangenen, als er sich unbeholfen wieder auf die Füße rappelte.

»Ihr könnt uns allein lassen, Wärter.«

»Aber Eminenz, diesem Mann wird ein Mord zur Last gelegt.«

»Dessen bin ich mir bewusst. Noch einmal: Ihr könnt uns allein lassen.«

Nachdem sich der Gefängniswärter entfernt hatte, richtete der Bischof seinen Blick auf Finn. Unbedeutendere Männer wurden unter solch einem forschenden Blick unruhig. Despenser bewunderte, wenn auch widerwillig, die Disziplin und Willensstärke des Illuminators.

»Seid Ihr ein Priestermörder, Master Finn?«

»Ich bin kein Mörder, Euer Eminenz. Man hat mir großes Unrecht getan, wie Ihr sehen werdet, wenn Ihr erst einmal die Zeugenaussagen gehört habt. Fragt meine Tochter, dann wird…«

Henry winkte ab.

»Eine Tochter, die nicht für ihren Vater spricht, ist eine armselige Nachkommenschaft. Abgesehen davon wäre ein solches Zeugnis verfrüht. Der Vogt der Grafschaft sammelt noch immer Beweise in dieser Sache. So etwas kann ziemlich lange dauern. Sir Guy hat außerdem noch andere Dinge zu tun. Das zumindest hat er mir versichert. Ihr versteht doch sicher, dass die Heilige Kirche nicht zulassen kann, dass jemand, der möglicherweise einen Priester umgebracht hat, in der Zwischenzeit frei herumläuft.«

Vor allem nicht jemand mit deinen ketzerischen Verbindungen, dachte er, sagte dies aber nicht.

Bischof Despenser beobachtete, wie in dem ausgemergelten Gesicht des Gefangenen die Muskeln zuckten. Anscheinend bemühte er sich, seinen Zorn zu unterdrücken. Erstaunlich, wie schnell ein Gesicht doch ein verhungertes, gehetztes Aussehen annahm. Er hatte diesen Mann bisher zweimal gesehen: Das erste Mal, als er sich mutig dazu bekannt hatte, seine Sau getötet zu haben, und ein zweites Mal, als er seine bischöfliche Gönnerschaft abgelehnt hatte. Beides waren denkwürdige Gelegenheiten gewesen. Dennoch hätte Henry ihn jetzt nicht mehr erkannt, wäre da nicht diese arrogante Haltung gewesen. Selbst fünf Wochen im Verlies des Burggefängnisses hatten ihm kaum einen Dämpfer zu versetzen vermocht – ein würdiger Gegner also.

»Wir können Euch zwar keine Freiheit gewähren, aber wir können Euch ein wesentlich bequemeres Quartier zur Verfügung stellen, während Ihr auf Euren Prozess wartet. Der Kerker ist kaum der richtige Ort für einen Mann mit Eurer Begabung. Natürlich würde ein solches Arrangement Eure Mitarbeit erfordern. Aber ich vergesse meine guten Manieren. Ihr seht aus, als ginge es Euch nicht gut. Seid Ihr krank gewesen?«

Der verlockende Duft, der von dem gedeckten Tisch vor dem Kamin kam, entfaltete offensichtlich die gewünschte Wirkung. Henry klatschte in die Hände, und sein betagter Diener erschien.

»Seth, bereite den Tisch, und gib Master Finn einen Stuhl, bevor er uns noch ohnmächtig wird. Schenk ihm auch ein Glas Wein ein.«

Henry erhob sich aus seinem Sessel und ging zu dem Tisch hinüber. Er nahm sich eine gebratene Wachtelbrust, tunkte sie in schwarze Ingwersoße und knabberte dann geziert daran herum.

Er sah, dass der Illuminator den Blick abwandte. Ihm war klar, dass in Finn gerade ein Kampf zwischen dem Verlangen einerseits und der

Vernunft andererseits tobte. Auch ihm war bekannt, dass nach ausgedehntem Fasten – und die Fastenzeit dieses Mannes war bedeutend länger gewesen als die kurzen und seltenen Feiertage, an denen er selbst fastete – ein üppiges Essen höchst unangenehme Folgen haben konnte.

»Bitte, bedient Euch. Ihr seid sicher der mageren Gefängniskost überdrüssig.«

Finn schüttelte den Kopf. »Nur etwas Brot bitte – um die Wirkung des Weins abzuschwächen. Mein Magen hat sich inzwischen an die bescheideneren Portionen im Kerker gewöhnt.«

Nun gut. Ihm wurde der äußerst befriedigende Anblick eines hochmütigen Illuminators, der wie ein hungriges Tier über sein Essen herfiel und dann durch sein eigenes Erbrochenes zutiefst gedemütigt wurde, also verweigert. Henry gab jedoch nickend sein Einverständnis, und sein Diener schnitt eine Scheibe Brot ab und legte sie vor Finn auf den Tisch.

»Vielleicht doch ein bisschen von der Apfelsoße«, sagte Finn, als er einen winzigen Schluck aus seinem Glas trank. »Und ein kleines Stück einfachen Käse, bitte.« Er schob seinen Stuhl ein wenig vom Tisch zurück und rückte ihn so etwas näher ans Feuer.

Seth maß mit seinem Messer eine Ecke Käse ab. Finn schüttelte den Kopf, und der Diener halbierte sie. Als Finn wiederum den Kopf schüttelte, viertelte er sie.

Henry runzelte zwar die Stirn, aber er bewunderte auch die Willensstärke dieses Mannes. »Ich hoffe, Ihr habt Eure Zelle als angemessen komfortabel empfunden.« Er setzte sich dem Illuminator gegenüber und beobachtete ihn genau, um zu sehen, welche Wirkung seine ironischen Worte hatten.

»Es ist eine Behausung, die der Teufel für sein Ungeziefer geschaffen hat.« Er tunkte das Brot in die Apfelsoße und kaute dann langsam und sorgfältig.

Henry nahm sich ein gezuckertes Törtchen und löffelte fette Sahne darüber. »Das hier ist wirklich köstlich. Ihr solltet auf jeden Fall...« Er schluckte, leckte sich dann genüsslich die Finger ab. »Nun, es tut mir leid, wenn Ihr Eure Zelle als unangenehm empfunden habt. Aber wir haben auch andere Räumlichkeiten. Dieses Gemach, in dem wir uns gerade befinden, zum Beispiel, ist weniger ... spartanisch ausgestattet als die Keller.«

Er zeigte auf das Bett mit seiner sauberen Federmatratze, die Haken, auf denen saubere Leinenhemden und Hosen hingen, den niedrigen Arbeitstisch, auf dem Farbtöpfe und Pinsel lagen.

»Mein Bischofsstuhl würde natürlich nicht hier stehen bleiben. Aber wir haben da noch einen anderen bequemen Sessel. Der Arbeitstisch ist großzügig bemessen. Das Zimmer befindet sich so weit oben im Turm, dass es über ein Fenster verfügt, durch das man sogar den blauen Himmel sehen kann. Ich denke, dass so ein Stück blauer Himmel für einen Gefangenen manchmal doch sehr wichtig ist. Er kann am Fenster stehen und auf den Fluss hinunterblicken, kann zusehen, wie er vorbeifließt. So eine Zelle könnte für jemanden, der sich ganz seiner Kunst widmet, sogar ein Zufluchtsort werden.«

Der Gefangene sagte nichts. Er nippte an seinem Wein und nahm bedächtig einen kleinen Bissen von dem Käse, als sei er eine ganz besondere Delikatesse. Schließlich blieb sein Blick an den Farben und den Pinseln hängen. Henry bemerkte, wie Finn mit der rechten Hand unwillkürliche Bewegungen vollführte, als hielten seine Finger bereits einen der Marderpinsel.

Henry lächelte und nahm einen großen Schluck aus seinem Glas. »Ein hervorragender Wein. Die Franzosen sollten dabeibleiben, Burgunder zu machen, und den Papst Rom überlassen. Jetzt zu Euch und Eurem Prozess. Natürlich habt Ihr das Recht, Euch an den König zu wenden, aber das würde Euch nichts nützen, da der König in kirchlichen Angelegenheiten nicht zuständig ist. Der Heilige Stuhl wird Euer Urteil sprechen. Die Autorität des Königs würde erst wieder bei der Hinrichtung zum Tragen kommen.«

Er zeigte auf eine kleine Truhe. »Dort drin befindet sich saubere Wäsche. Der Bewohner dieser Zelle erhält einmal in der Woche saubere Wäsche.« Er musterte seine Fingernägel, drehte seinen Siegelring hin und her. »Falls Ihr auf einen zügigen Prozess drängt, nun ...« Er zuckte mit seinen hermelinumhüllten Schultern. »Ein zügiger Mordprozess geht für den Angeklagten in aller Regel schlecht aus. Man sollte sich besser Zeit nehmen, Bündnisse schließen …« Er knabberte wieder an seinem Törtchen, wischte sich dann den Mund ab und sah sich um. »Ich denke, hier ist genügend Licht zum Malen. Meint Ihr nicht auch? Wenn Ihr diesen Arbeitstisch dort hinüberstellt, direkt unter das Fenster?«

Der Gefangene stellte sein Weinglas ab und stand dann abrupt auf. Er ging zum Fenster und starrte hinaus. Er wagte es, dem Bischof den Rücken zuzukehren! Henry überlegte, entschied sich dann aber doch dafür, diese Unhöflichkeit einfach zu übersehen.

»Natürlich könnten wir Euch auch ein Urteil durch die Heilige Schrift anbieten. Das ginge schnell. Ihr könntet schon am Abend frei sein.«

»Oder tot«, antwortete Finn, ohne sich umzudrehen.

»Genau. Das hängt ganz davon ab, auf welche Textstelle mein Finger trifft.«

»Oder wie Ihr diesen Text auslegt«, sagte Finn. Jetzt drehte er sich um und sah den Bischof an.

»So ist es.« Es war schon eine ganze Weile her, dass Henry Despenser irgendetwas so vergnüglich gefunden hatte.

»Und was genau erwartet Ihr von einem Künstler als Gegenleistung für diese bevorzugte Unterbringung?«

Gut, jetzt verhandeln wir also endlich ernsthaft, dachte Henry. »Nur das, was Ihr vor Eurer unglückseligen Verhaftung auch getan habt. Ihr wisst vielleicht noch, dass ich Euch einmal einen Auftrag für einen Altaraufsatz geben wollte, auf dem die Kreuzigung, die Auferstehung und die Himmelfahrt unseres Herrn Jesus Christus dargestellt ist. Erinnert Ihr Euch noch an unser Gespräch?«

»Ganz vage«, räumte Finn ein.

»Ihr habt den Auftrag damals mit der Begründung abgelehnt, Ihr hättet nicht genügend Zeit, um einem so großen Werk gerecht zu werden.« Henry lächelte. »Nun, so wie es jetzt aussieht, hat das Schicksal Euch genügend Zeit zur Verfügung gestellt.« Ihm machte das Ganze so richtig Spaß. »Stimmt Ihr mir da zu?«

Finn schwieg. Aber die Muskeln in seinem Gesicht arbeiteten, so als würde er etwas Hartes und Bitteres kauen. Als er schließlich antwortete, klang seine Stimme jedoch völlig ruhig: »Ein Werk, wie Ihr es beschreibt, erfordert sowohl Talent als auch Konzentration. Was wäre der Lohn dafür?«

»Lohn? Es ist kühn, von Eurer schwachen Verhandlungsposition aus von Lohn zu sprechen.« Im Zimmer war es drückend heiß. Henry spürte, wie ihm Schweißperlen auf die Stirn traten. Seinem Gegenüber schien es jedoch immer noch nicht warm genug zu sein. Er hatte sich sogar noch näher an das Feuer gestellt. »Ihr bekommt einmal pro Woche saubere Wäsche, außerdem wird Euch ein Diener zur Verfügung stehen, der sich um Euer Zimmer kümmert und Euch das Essen besorgt, zubereitet und serviert.«

»Es steht geschrieben, der Mensch lebt nicht vom Brot allein.«

Finn hielt seine Hände so nahe an das Feuer, dass er die Flammen fast berührte.

Gütiger Himmel. Wenn der Mann noch näher heranging, würde er sich noch verbrennen. »Ich glaube, Ihr seid schlauer, als es Euch guttut, Illuminator. Falls Ihr mich durch dieses Bibelzitat in die Rolle des Teufels zu drängen versucht, so möchte ich Euch daran erinnern, dass Ihr wohl kaum für die Rolle von Jesus Christus taugt. Blickt in Eure eigene Seele. Da gibt es sicherlich vieles, worum Ihr Euch Gedanken machen solltet, selbst wenn, wie Ihr behauptet, das Blut des Priesters nicht an Euren Händen klebt. Sir Guy hat mir von den gottlosen Übersetzungen berichtet, die man bei Euch gefunden hat. Ihr leistet dem Teufel Gesellschaft, Buchmaler, zusammen mit John Wycliffe und John of Gaunt. Diese Männer sind nicht die Art von Freunden, die Ihr jetzt braucht. Aber vielleicht könnt Ihr Eure Seele noch retten, wenn Ihr Eure Kunst jetzt einer frommen Aufgabe widmet.«

»Ich dachte, dass ich meine Kunst bereits einer frommen Aufgabe gewidmet hätte. Aber es ist nicht meine Seele, auf die ich mich bezogen habe. Ich habe eine Tochter. Sie ist von meinen Einkünften abhängig.«

»Was würdet Ihr ihr nützen, wenn Ihr tot seid?«

»Ich bin noch nicht tot.«

Henry wurde dieses Spiels allmählich überdrüssig. Er nahm eine silberne Schüssel mit gehacktem Geflügel vom Tisch und stellte sie vor den Hund auf den Boden, dann nahm er wieder in seinem Stuhl mit der hohen Lehne Platz. Er klopfte mit dem Siegelring gegen das Holz. Der Hund legte den Kopf schief und sah den Bischof an. Als er ihn ignorierte, winselte er leise. Er nickte. Der Hund begann gierig, das Fleisch zu verschlingen.

»Also gut: Für Eure Tochter wird gesorgt werden.«

»Wird sie mich auch besuchen dürfen?«

Das sehnsüchtige Verlangen im Blick des Mannes war kaum zu übersehen. Aha, endlich. Das hier war also seine Schwachstelle. Wie konnte er diese am besten ausnutzen? Zuerst einmal: Keine vorschnellen Versprechungen. Er würde ihn wie einen Fisch an der Angel zappeln lassen. Dieser Fang würde Henry vielleicht sogar mehr einbringen als nur ein Kunstwerk für die Apsis der Kathedrale.

»Ich werde in einer Woche wiederkommen. Fertigt in der Zwischenzeit einen Satz Spielkarten für mich an – vier Farben: Kardinal, Erzbischof, König, Abt. Wisst Ihr, wovon ich spreche?«

»Ja, ich habe bei Hofe schon mit solchen Karten gespielt: König, Dame, Bube.«

Bei Hofe. Der Bursche versuchte doch tatsächlich, ein wenig eigenen Einfluss ins Spiel zu bringen. Gut. Gut. Er hatte also Verbindungen zum Hof – das war eine wertvolle Information, die vielleicht direkt zum Herzog von Lancaster und seinen ketzerischen Lollarden führte.

»Bemalt auch die Rückseiten, und zwar mit meinem Wappen. Einer Bischofsmütze und den Schlüsseln des Heiligen Petrus neben einem goldenen Kreuz auf rotem Grund.«

Er stieß mit dem Fuß die Silberschüssel weg, nahm die Leine und ging dann mit dem Hund zur Tür. »Ruf den Wärter. Er soll sich um meinen Stuhl kümmern«, rief er Seth zu, der im Flur vor sich hin döste.

»Ich werde ein besonderes Wachs brauchen, um das Pergament zu behandeln, damit es steif wird«, sagte Finn.

Henry öffnete die Börse, die an seinem Gürtel hing, und nahm einen Schilling heraus. »Schickt Euren Diener. Er soll kaufen, was immer Ihr benötigt. Wenn das hier nicht ausreicht, sagt einfach, Euer Einkauf sei für den Bischof. Falls sich der Verkäufer weigert, lasst Euch seinen Namen geben.«

»Wird meine Tochter mich besuchen dürfen?«

»Wir werden sehen. Wenn mir die Spielkarten gefallen, werde ich noch einmal darüber nachdenken.«

»Sie werden in zwei Tagen fertig sein.«

»Ich komme in einer Woche wieder. Es besteht also kein Grund zur Eile. Ihr habt genügend Zeit.« Er zog die Schnur an seiner Samtbörse wieder zu. »Ach, übrigens: Spielt Ihr Schach?«

»Leidlich.«

»Gut. Gut. Wenn wir uns das nächste Mal sehen, werde ich ein Schachbrett mitbringen.«

Henry lächelte, als er die Tür hinter sich schloss. Dies war ein äußerst ergiebiger Nachmittag gewesen. Und er würde immer noch rechtzeitig bis zur Vesper zurück sein.

Morgen würde er ein Gespräch mit der Einsiedlerin führen.

18. KAPITEL

Die Fürsorge einer Mutter ist am nächsten,
am bereitwilligsten und am verlässlichsten.
Am nächsten, weil voller Güte;
am bereitwilligsten, weil voller Liebe;
am verlässlichsten, weil voller Wahrheit.
Diese Fürsorge mag oder kann niemand so
vollständig geben wie Jesus Christus allein…
Allein Jesus, unsere wahre Mutter, geleitet uns
zur Freude und einem ewigen Leben…

JULIAN VON NORWICH,
Göttliche Offenbarungen

Wenn Rose sich nicht gerade erbrach, lag sie auf ihren Knien vor dem kleinen Altar der Heiligen Jungfrau. Was würde ihr Vater sagen, wenn er sehen könnte, welchem Zweck sein Arbeitstisch diente? Es wäre ihm bestimmt nicht recht – er hatte sich oft genug voller Bitterkeit über »die Frommen« geäußert, die »ihre Religion wie prächtige Wappenröcke über schmutzigen Hemden« trügen. Aber sie wusste, dass er es ihr auch nicht verweigern würde. Wann hatte er ihr schon jemals etwas verweigert?

Die kleine Statue der Madonna mit dem Kind war jetzt ihr einziger Trost. Da waren zwar noch Agnes und das Küchenmädchen – die beiden waren wirklich nett zu ihr, sorgten dafür, dass sie Feuerholz hatte und immer genügend zu essen bekam, aber sie standen im Dienste von Lady Kathryn. Und zu ihr hatte Rose kein Vertrauen mehr. Die kleine Alabasterstatue der Heiligen Jungfrau in ihrem blauen Mantel schien ihre einzige Freundin zu sein. Das ewige Licht, das Rose auf ihrem behelfsmäßigen Altar brennen ließ, spiegelte sich in den gemalten Augen der Himmelskönigin und ließ sie vor Mitgefühl leuchten, wann immer sie zu ihr betete: für ihren Vater, für Colin und für das Kind, das in ihr heranwuchs. Wenn sie mitten in der Nacht aufwachte, weil sie davon geträumt hatte, wie man ihren Vater in Ketten abgeführt hatte, erhellte das Licht der Kerze das Gesicht des Jesuskindes und zauberte eine zarte Röte auf seine Wangen. Wie ein lebendiges Kind, dachte sie und massierte dabei ihren Bauch. Wie das Kind, das Colin ihr geschenkt hatte.

Während sie das Ave Maria sprach – einige Wörter fand sie sehr schwierig, denn die religiöse Unterweisung hatte in ihrer Erziehung nicht an erster Stelle gestanden –, fragte sie sich, ob ihr Vater jetzt auch betete. Sie hoffte es. Es würde ihn genauso trösten, wie es ihr Trost spendete. Sie besaß keinen Rosenkranz, aber bei jedem Ave berührte sie das Kreuz, das sie um ihren Hals trug. Sie hatte sich niemals über diese Kette Gedanken gemacht. Jetzt jedoch kam es ihr seltsam vor, dass ihr Vater, der selbst keinerlei Symbole ritueller Frömmigkeit trug, sie gebeten hatte, dieses Kreuz immer und überall zu tragen. Es würde sie beschützen, hatte er gesagt. Und sie hatte diesen Schutz jetzt wirklich bitter nötig. Ihre Lippen bewegten sich bei ihrem Gebet, aber das einzige Geräusch im Zimmer war für lange Zeit nur das gelegentliche Rascheln ihres Satinrocks und das Knistern der Kohlen im Kamin. Doch trotz des lodernden Kaminfeuers war Rose immer kalt.

Das Geräusch von sich nähernden Schritten unterbrach ihre Andacht.

»Hier drin erstickt man ja fast, Rose.« Lady Kathryn öffnete das Fenster und ließ einen kalten Windstoß herein. Die Flamme der Kerze flackerte. Rose hielt schützend ihre Hand davor und stellte die Kerze dann zur Seite. »Es ist nicht gut für dich, wenn du so viel Zeit auf den Knien verbringst. Colin hätte dir diese Madonna niemals schenken sollen. Du bist auf dem besten Weg, zu einer religiösen Fanatikerin zu werden.«

Rose schauderte. »So wie Colin, wollt Ihr damit sagen. Vielleicht sollte ich jetzt, da Colin Mönch wird, auch ins Kloster gehen.« Sie sagte das ganz bewusst, um zu sehen, wie Kathryn darauf reagierte.

»Für dich ist es wohl ein kleines bisschen zu spät, um noch eine Braut Christi zu werden, meinst du nicht auch?« Kathryn runzelte die Stirn, als sie ihr einen Becher hinhielt. Rose war inzwischen aufgestanden und hatte sich aufs Bett gesetzt. »Hier. Wenn du es schnell trinkst, dann schmeckt es nicht ganz so schlimm.«

Rose zog ihr Tuch fester um ihre Schultern und nahm dabei all ihren Mut zusammen. »Ich werde es nicht trinken.«

»Was soll das heißen, du wirst es nicht trinken?«

»Ich bin nicht... es ist nicht gesund.« Sie holte tief Luft. Wohin sollte sie gehen, wenn Lady Kathryn sie hinauswarf? »Ich weiß genau, warum ich das trinken soll.« Ihre Stimme klang trotzig, innerlich aber zitterte sie wie Espenlaub.

»Wie meinst du das?«, fragte Lady Kathryn sie leise und ruhig, wobei sie sie jedoch herausfordernd ansah.

»Ihr versucht, mein Baby zu vergiften, damit... damit es weggeht. Ihr wollt mich dafür bestrafen, weil ich Alfred beschuldigt habe.« Dann fügte sie, weniger trotzig und mit einem flehentlichen Unterton in der Stimme, hinzu: »Aber das, was ich gesagt habe, war nur die Wahrheit.«

Das letzte Wort verschluckte sie fast. Ihre Kehle war so trocken, dass sie regelrecht zusammenklebte. Ihre Augen brannten, aber sie war fest entschlossen, vor Lady Kathryn nicht in Tränen auszubrechen. »Ihr hasst mich, weil Colin davongelaufen ist. Wenn sein Baby in mir stirbt, dann könnt Ihr mich auch fortschicken.«

So, jetzt hatte sie es gesagt. Hatte ihre größte Angst ausgesprochen.

Kathryn stand neben dem behelfsmäßigen Altar und hielt den Becher in der ausgestreckten Hand wie einen Kelch mit Gift. Ihre andere Hand ruhte dabei auf der Madonna. Sie antwortete nicht sofort. Stattdessen fuhr sie mit dem Finger den Umriss des Jesuskindes nach, so wie jemand, der versucht, sich einen Gegenstand ganz genau einzuprägen. Rose konnte ihren Gesichtsausdruck nicht deuten.

Lady Kathryn sah dünner und ziemlich gebrechlich aus, und Rose hätte sie bemitleidet, hätte sie nicht so große Angst vor diesem Wrack von einer Frau empfunden. Lady Kathryn stand genau zwischen ihr und dem Fenster. Durch einen grauen Wolkenschleier sickerte kaltes Licht und hob ihre Blässe hervor.

»Ich könnte dich auch so wegschicken«, sagte sie ruhig, beinahe so, als spräche sie zu sich selbst. »Colin weiß nichts von dem Baby. Und er wird wahrscheinlich auch niemals davon erfahren.«

Rose glaubte, ohnmächtig zu werden.

Die Flamme der Kerze auf dem Altar flackerte unregelmäßig. Ein leises Donnergrollen war in der Ferne zu hören. Weit draußen auf dem Meer, viele Meilen von Blackingham entfernt und für diese Jahreszeit höchst ungewöhnlich, war ein Gewitter aufgezogen. Lady Kathryn ging zum Fenster. Es donnerte wieder, ein tiefes Grollen. Lady Kathryn hielt inne, starrte den Inhalt des Bechers in ihrer Hand an und betrachtete dann Rose, als sähe sie sie zum ersten Mal. Rose schwieg. Was hätte sie auch sagen sollen? Sollte sie sie um ihres Kindes willen anflehen? Und wenn sie es tat, würde es für diese Frau, die ihr völlig fremd geworden war, noch irgendeinen Unterschied machen?

Ein Windstoß wehte Kathryn eine Haarsträhne ins Gesicht. Sie strich sie mit der freien Hand zurück, kämmte sich mit den Fingern durch ihre wirre Mähne. Irgendetwas – vielleicht ein Stück von einem trockenen Blatt – fiel auf ihren wollenen Kittel. Sie wischte es weg. Dann entdeckte sie einen eingetrockneten Fleck und rieb verblüfft daran herum. Als sie Rose wieder ansah, schien es, als wäre sie gerade dabei, aus einem Albtraum zu erwachen.

Sie holte aus und goss den Inhalt der Tasse in hohem Bogen aus dem Fenster.

Rose zuckte bei dieser plötzlichen Bewegung zusammen, so als hätte man sie geschlagen.

»Du brauchst das nicht mehr zu trinken«, sagte Kathryn. Dann zuckte sie mit den Schultern und fügte mit einem bitteren, leisen Lachen hinzu: »Es wirkt ohnehin nicht.«

Rose zog ihr Tuch fester um ihre Schultern. Sie zitterte noch immer. »Mylady, ich will doch nur ...«

Lady Kathryn unterbrach sie mit einer Handbewegung. »Es wird dich niemand wegschicken, Rose. Niemand wird dir etwas tun.« Sie warf einen Blick auf den leeren Becher, den sie in ihrer Hand hielt. »Und auch deinem Kind wird nichts geschehen.«

Die Worte klangen in Roses Ohren wie eine Prophezeiung.

»Du kannst jetzt weiterbeten, wenn du willst.« Lady Kathryn schlug die Hand vor den Mund, so als wolle sie einen Schrei unterdrücken. Dann drehte sie sich um und schloss das Fenster, wobei sie leise hinzufügte: »Und bete auch für mich.«

Rose atmete tief durch. Es klang wie ein tiefer, abgehackter Seufzer. »Vielen Dank, Mylady«, sagte sie. »Vielen Dank. Ich werde für uns alle beten.«

Sie verspürte den Wunsch, Lady Kathryn zu umarmen, diese früher so stolze Frau, die jetzt nur noch ein Schatten ihrer selbst war und die mit ihren ungepflegten Haaren und ihrer verschmutzten Kleidung einen höchst bemitleidenswerten Anblick bot. Lady Kathryn hatte ihr gegenüber jetzt jedoch eine abweisende Haltung eingenommen, so als wolle sie sagen, dass es genug der Gefühle war.

Kathryn wandte sich zum Gehen, blieb aber in der Tür noch einmal kurz stehen und erklärte, ohne sich umzudrehen: »Ich werde Agnes bitten, dass sie Glynis mit einer nahrhaften Brühe zu dir heraufschicken soll. Irgendetwas mit heißer Milch und Eiern.« Dann fügte sie hinzu: »Wenn sie kommt, sag ihr, dass sie mir saubere Wäsche und Salben bringen soll. Ich werde ein Bad nehmen.«

Julian erfuhr die schlimme Nachricht von ihrer Dienerin Alice.

»Ihr erinnert Euch doch sicher an den Waliser, der das verletzte Kind hierher gebracht hat? Also, der ist jetzt im Burggefängnis.« Sie servierte ihr die Neuigkeit zusammen mit einer dampfenden Schüssel Gemüsesuppe durch die Durchreiche.

Julian konnte ihr Entsetzen nicht verbergen. »Was legt man ihm denn zur Last?«

»Einen Mord. Den Mord an einem *Priester*!« Alice bekreuzigte sich, so als würde der Leibhaftige jeden Augenblick ins Zimmer stürmen und sie an der Gurgel packen. »Ich habe Euch ja gleich gesagt, dass er etwas Verschlagenes an sich hatte. Da war dieser unterdrückte walisische Zorn, den ich in seinen verhangenen grauen Augen gesehen habe. Trau keinem Waliser, das ist es, was ich immer sage.«

Mord! Alice musste sich irren. Das war sicher nur irgendein wildes Gerücht, das sie auf dem Marktplatz aufgeschnappt hatte. In Julians Kopf überschlugen sich die Gedanken. Aus alter Gewohnheit tadelte sie jedoch erst einmal ihre Dienstmagd wegen ihrer Vorurteile. »Du solltest dich für dein vorschnelles Urteil schämen, Alice. Gott hat die Waliser aus demselben Lehm geschaffen wie die Angelsachsen.«

Den Tadel ignorierend, nickte Alice mehrmals stumm, beeilte sich dann aber, ungefragt alle möglichen Einzelheiten zum Besten zu geben. »Er ist schuldig, ohne jede Frage. Dass es mit ihm kein gutes Ende nehmen würde, habe ich schon gewusst, als ich ihn das erste Mal gesehen habe. Trotz seiner schicklichen Manieren. Denkt an meine Worte. Er hat dem armen Priester den Schädel eingeschlagen. Hat ihn einfach zerschmettert wie eine faule Rübe.« Sie schauderte und bekreuzigte sich wieder. »Überall Blutspritzer und Gehirnmasse!«

Julian war höchst beunruhigt, als sie sah, wie sich Alices sonst so freundliches, rundes Gesicht angesichts dieser Vorstellung zu einer hässlichen Maske verzerrte. Die sanfte Alice, die sich immer so fürsorglich um sie kümmerte! Wer konnte schon sagen, welche Schrecken in den Herzen der Menschen lauerten. Wie sehr sie doch alle der göttlichen Gnade bedurften!

»Alice! Das reicht jetzt! Beruhige dich. Du bist ja wie von Sinnen. Wir werden für Master Finn beten. Ich bin von seiner Unschuld überzeugt. Da muss irgendein Missverständnis vorliegen, vielleicht hat es eine Verwechslung gegeben, oder jemand hat ihn verleumdet. *Alles wird gut*.«

Damit war für sie die Diskussion über Finns Schuld oder Unschuld beendet. Aber es war offensichtlich kein wildes Gerücht gewesen, was Alice da aufgeschnappt hatte. Julian ließ durch Tom Nachforschungen anstellen. Die Beweislast schien erdrückend, zumindest nach dem, was er gehört hatte. Man hatte bei Finn eine Perlenkette gefunden, die die Herrin von Blackingham dem toten Priester gegeben hatte. Eines aber wusste sie sicher, und an dieser Gewissheit würde kein Beweis der Welt etwas ändern können: Der Mann, der das verletzte Kind so zärtlich wie eine Mutter in seinen Armen gehalten hatte, der Mann, der sich selbst in Gefahr brachte, als er behauptet hatte, das Schwein des Bischofs getötet zu haben, dieser Mann war nicht fähig, irgendjemanden kaltblütig zu ermorden.

So wie jeden Abend kniete die Einsiedlerin im flackernden Kerzenschein vor dem Altar und sprach die Gebete zur Komplet, die in ihrem Stundenbuch standen. Als sie heute die Stunden der Heiligen Jungfrau rezitierte, gefolgt von den Stunden des Kreuzes und den Stunden des Heiligen Geistes, so wie sie dies schon seit zwei Wochen tat, sprach sie dazwischen auch ein Gebet für Finn. Ihre Lippen formulierten auf Latein: *Domine Ihesu Christe...* Ihr Herz betete: *Herr Jesus Christus, Sohn des lebendigen Gottes, stelle deine Passion, dein Kreuz und deinen Tod zwischen dein Urteil und mich.* Aber heute betete sie nicht für sich, wie es der formelle Gebetstext vorgab, sondern für Finn. Sie betete weiter bis zur Matutin, als bereits die mitternächtlichen Schatten heraufzogen. Ihre Glieder wurden steif, und ihr Körper begann zu schmerzen – *Deus in adiutorium meum intende. Gott steh mir bei.* Sie meinte damit nicht sich selbst, sondern Finn.

Das Stundenbuch lag vor ihr auf dem Altar und war auf jener Seite aufgeschlagen, die das Bild zeigte, das seit langer Zeit ihre Inspiration und ihr Trost war. Sie sah es auch mit geschlossenen Augen vor sich: der blutende Christus, ihr Erlöser, am Kreuz. Zuerst war es stets die eindimensionale Darstellung des Künstlers, die hinter ihren Augenlidern Gestalt annahm. Sie sah das Bildnis ihres Herrn, auf Pergament gemalt. Aschfahle Haut, darauf dünne rote Striche, das Blut seiner Wunden. Die Augenwinkel schmerzvoll nach unten gezogen, der Körper kraftlos, der Kopf ein wenig nach vorn gesunken. Aber während sie sich auf dieses Bild konzentrierte, begann der Körper Christi zu pulsieren, zuerst nur langsam, dann schneller, rhythmischer. Es ging ein Licht von ihm aus, in dem er sich immer wieder veränderte und neu formte, bis er schließlich dreidimensional und lebensgroß wurde. Der Kopf hob sich, das Blut begann zu fließen. Kleine rote Perlen tropften von seiner Stirn und rannen aus den Wunden, die die Dornenkrone verursacht hatte. Eine Dornenkrone, die so echt aussah, dass sie sich die Finger verletzt hätte, hätte sie es gewagt, sie zu berühren.

Dies war ihr Christus. Dies war der Christus jener Vision, die ihr Gott, der sie wie eine Mutter liebte, an jenem Tag schenkte, als sie sterbend in ihrem Bett gelegen hatte. Ein Christus, dessen Blut unaufhörlich aus den Wunden der Kreuzigung floss, aus den Wunden der Geißelung, aus der Wunde an seiner Seite, wo man ihn mit einem Speer durchbohrt hatte, und aus der blutenden Stirn. Schließlich sprudelte dieses Blut wie aus einer Quelle, strömte dahin, wogend, pulsierend, aber nicht todbringend, sondern voller Leben. Genug Leben, um die durstigen Seelen aller Menschen zu erquicken.

Sie rezitierte die Gebete aus dem Gedächtnis, während sie, von der Herrlichkeit ihres Herrgotts geblendet, dalag, die Augen geschlossen und völlig der Welt entrückt. Die Kerze verlosch zischend, die Nachtigall kündigte die Laudes an. Dies war der reinste Teil der Nacht, üppig und tief wie das Blut und die Liebe ihres Heilands. Sie und ihr Christus, ihr Freund, ihr Geliebter, ihr mütterlicher Gott – sie waren vereint, während der Rest der Welt noch schlief. Welch köstlicher Schmerz. Welch erhabene Freude. Ihr Geist war von tiefem Frieden umgeben – von Frieden, Wärme und Licht. Sie hatte ihren Körper hinter sich gelassen, ihre Seele war frei, um ihrem Schöpfer zu begegnen.

Ich werde dafür sorgen, dass alles gut wird.

Sie wusste, dass das wahr war.

Kurz bevor die Glocken die Prim schlugen, wurde Julian von einem Geräusch aus ihrer Trance gerissen. Die schwere Eichentür, die ihr Grab versiegelte, knarrte in ihren Angeln. Plötzlich war sie hellwach. Sie wurde sich der Dunkelheit bewusst, die sie umgab, des harten Bodens, auf dem sie lag, der Feuchtigkeit, die sich zwischen ihren Handflächen und den Steinfliesen bildete. Würde ein Geächteter es wagen, ihre heilige Einsiedelei zu entweihen? Oder war das ein Engel, den Gott geschickt hatte? Oder ein Dämon, der gekommen war, um sie zu quälen? Sie stand auf, wandte sich vom Altar ab und drehte sich zur Tür um.

Diese öffnete sich mit einem einzigen, lauten Stöhnen, und das Licht der Morgensonne fiel durch die Tür und blendete sie. Sie schloss ihre schmerzenden Augen, öffnete sie nach einer Weile blinzelnd wieder. Ihre Zelle war seit jenem Tag, an dem die Tür geschlossen worden war, nicht mehr von so viel Licht erfüllt gewesen. Sie erkannte die Silhouette des Bischofs in der Tür.

Ihre nächtliche Andacht hatte sie so sehr erschöpft, dass sich das Zimmer um sie herum zu drehen begann, als sie versuchte, seinen Ring zu küssen. Sie wäre zu Boden gesunken, hätte er sie nicht aufgefangen.

»Vergebt mir, Euer Eminenz. Ich habe die ganze Nacht im Gebet verbracht. Danach bin ich manchmal etwas schwach auf den Beinen.«

»Aber doch fest im Glauben? Ist es nicht so, Einsiedlerin?«

Sein anklagender Ton, seine nervöse Anspannung, sein finsterer Blick, all das sagte ihr, dass sie in irgendeiner Weise sein Missfallen erregt haben musste. Warum war er soweit gegangen, das Siegel ihrer Klause zu brechen? Er besuchte sie von Zeit zu Zeit, aber bei diesen Gelegenheiten unterhielten sie sich durch ihr Besucherfenster oder durch die Durchreiche in Alices Zimmer. Dies hier war also bestimmt kein normaler Besuch, denn üblicherweise kam er zu einer wesentlich späteren Stunde und schickte einen Diener mit seinem Stuhl, einem Korb mit Kuchen für sie und Milch für Jezebel voraus. Manchmal brachte er ihr auch Bücher aus der Bibliothek des Priorats Carrow mit. Heute aber stand er mit leeren Händen vor ihr. Seine steife Haltung und die Art, wie er gedankenverloren an dem reich verzierten Kreuz an seiner Brust herumspielte und sie dabei böse ansah – sie standen sich Auge in Auge gegenüber, denn sie war eine hoch gewachsene Frau –, sagten ihr, dass er nicht gekommen war, um mit ihr über theologische Fragen zu diskutieren.

»Meine Seele ist erfrischt, Euer Eminenz. Nur mein Körper ist schwach.« Sie sah ihn ruhig an, und begegnete der Herausforderung in seinen Worten, in seinem Blick. »Zweifelt Ihr an der Aufrichtigkeit meiner Hingabe?«

Seine Finger fuhren wieder über die schwere Goldkette, an der das Kreuz hing. »Nicht an der Aufrichtigkeit Eurer Andacht, Einsiedlerin. Aber mir ist vor kurzem etwas zu Ohren gekommen, das mich Eure Treue gegenüber Eurer Kirche bezweifeln lässt.«

Er ging zu ihrem Schreibpult hinüber, wo er auf ihrem Schemel Platz nahm. Sie ließ sich dankbar auf den Rand ihrer Bettstatt sinken. Sie empfand seine Anwesenheit in ihrer Zelle als äußerst beunruhigend, als Verletzung ihres Gelübdes. Gerade er sollte das doch wissen. Das einzige andere menschliche Wesen, das ihr seit ihrem Rückzug aus dem Leben so nahegekommen war, war das verletzte Kind gewesen.

Auf dem hohen Schemel sitzend, überragte er sie um ein ganzes Stück, während die Hermelinborte seines Bischofsmantels den Saum ihres eigenen, schlichten Leinenkleides berührte. Seine juwelengeschmückten Finger blätterten durch die Seiten, die auf ihrem Schreibtisch verstreut lagen. Es war, als würde er etwas Bestimmtes suchen. Er schob die Blätter beiseite, wobei seine Lippen einen harten, geraden Strich bildeten.

Sie wusste nicht, wie sie auf seinen Vorwurf reagieren sollte. Ihren Glauben an Gott zu beteuern würde nichts bringen, es sei denn, sie konnte ihn auch beweisen. Und wie bewies man etwas, das man im Herzen hatte?

»Warum schreibt Ihr nicht in der Sprache Eurer Kirche?«

War dies also der Grund für sein Missfallen? Dass sie ihre Göttlichen Offenbarungen nicht in Latein niederschrieb, sondern in Englisch? Aber das war doch sicherlich kein ausreichender Grund. »Ist die Sprache Roms die Sprache unseres Herrn? Lateinisch, Aramäisch, Englisch: Was spielt das schon für eine Rolle, wenn die Worte wahr sind?«

»Hättet Ihr Französisch gewählt, dann hätte ich eher Verständnis dafür. Aber dieser Dialekt aus Mittelengland, dieses Englisch, ist die Sprache gewöhnlicher Leibeigener.«

»Bedürfen gewöhnliche Leibeigene denn nicht der Wahrheit?«

»Haben gewöhnliche Leibeigene denn keine Priester, die ihnen die Wahrheit verkünden?«

»In den Zünften gibt es viele, die lesen können. Würde ihr Glaube nicht noch fester, wenn sie selbst von der Liebe Gottes lesen könnten. Ja, wenn sie sogar die Heilige Schrift lesen könnten?«

Seine Augen wurden schmal. »Ich sehe, dass der Einfluss des Bösen sogar bis in diese Einsiedelei reicht. Der Teufel lacht sicherlich laut, weil sich eine so fromme Frau, wie Ihr es seid, auf seine Seite schlägt.«

Zorn war ein Gefühl, das sie bis zu ebendiesem Moment so gut wie vergessen hatte. »Aber Ihr könnt doch nicht glauben …«

Er hielt seine Hand hoch, um sie zu unterbrechen. »Ich sage Euch, Einsiedlerin, eine so gewöhnliche Übersetzung entweiht die Heilige Schrift. Außerdem besitzt das einfache Volk weder den Verstand noch die Weisheit, die Bibel auszulegen. Die Leute würden sie nur dazu benutzen, um mit ihren gebildeteren Herrn zum Schaden ihrer Seele endlose Diskussionen zu führen.«

War dies eine Warnung für sie, oder war es nur eine Beobachtung? Aber seine Behauptung war in jedem Fall falsch. Viele der Kleriker, die das Volk unterwiesen, waren selbst in keiner Weise gebildet. Bis auf ein paar auswendig gelernte Sätze in Vulgärlatein konnten auch sie kaum lesen und schreiben. Aber dieses Argument brachte sie besser nicht an. Stattdessen sagte sie: »In London hat das Englisch weite Verbreitung gefunden. Es wird nicht nur vom gemeinen Mann benutzt. Es ist auch die Sprache des Hofes.«

»Die Sprache des Hofes, sagt Ihr. Mir ist bekannt, dass es bei Hofe tatsächlich jemanden gibt, der Euch in diesem Punkt zustimmen würde: John of Gaunt, der Regent des Königs. Aber der Herzog ist bestimmt nicht als Freund unserer Heiligen Kirche bekannt. Im Gegenteil, er unterstützt ganz offen John Wycliffe, der seine Lollarden-Prediger mit seinen *englischen* Pamphleten durchs ganze Land schickt. Und in ebendiesen Pamphleten wirft er den Bischöfen und Priestern vor, korrupt und vom Glauben abgefallen zu sein. Eine abscheuliche Lüge.« Er betonte jedes seiner Worte mit einem Schlag seiner Faust auf ihr Schreibpult. »Sie wiegeln den Pöbel mit falschen

Lehren und falschen Vorstellungen von Gleichheit auf.« Seine linke Augenbraue begann nervös zu zucken. »Er schreibt ebenfalls auf Englisch. Einsiedlerin, ich hoffe sehr, dass Ihr nicht auch unter seinem Einfluss steht. Was er predigt, ist pure Ketzerei. Und Ketzer werde ich nicht dulden!«

Finn hatte von Wycliffe gesprochen. War dies der wahre Grund, weshalb man ihn in den Kerker geworfen hatte?

Der Bischof griff in seinen Ärmel und zog ein Bündel von Blättern heraus. Sich leicht nach vorn beugend, wedelte er damit wütend vor ihrer Nase herum. »Erkennt Ihr das hier?«

Sie nahm die Seiten und warf einen kurzen Blick darauf. »Ja, das habe ich geschrieben. Das sind meine Göttlichen Offenbarungen. Aber wie kommen sie in…«

»Wir haben einen Mann unter dem dringenden Verdacht des Mordes an einem Priester festgesetzt. Zusammen mit einer gotteslästerlichen Abschrift von Wycliffes englischer Übersetzung des Johannesevangeliums wurde dieser Text hier in seinem Besitz gefunden. Ich frage mich, Einsiedlerin, wie Ihr die Tatsache erklären wollt, dass er Euren Namen trägt.«

»Dieser Text ist von mir«, sagte sie schlicht. »Und ich habe ihm diese Seiten persönlich gegeben.«

»Dann ist es also Euer eigener Text. Ihr leugnet es nicht. Und Ihr gebt zu, dass Ihr ihm diese Seiten gegeben habt.«

»Wie ich schon sagte: Er hat sich dafür interessiert.« Sie fügte nicht hinzu, dass es der Buchmaler gewesen war, der ihr den Vorschlag gemacht hatte, ihren Text genau deshalb auf Englisch zu veröffentlichen, weil dies Sprache des gemeinen Volkes war.

»Es scheint mir, dass dieser Finn großes Interesse an aufrührerischen Texten zeigt.«

Hatte sie richtig gehört?

»Euer Eminenz, wollt Ihr damit sagen, dass meine Offenbarungen aufrührerisch sind?«

Er riss ihr die Blätter wieder aus der Hand. »Nun, ich finde jedenfalls nicht, dass sie mit der Lehre vom rechten Glauben vereinbar sind.« Er schlug mit dem Papier gegen ihr Schreibpult. »Dieses Gerede von einer Mutter Jesus Christus. Was soll das sein, Einsiedlerin? Ein heidnischer Göttinnenkult?«

»Nein, nein, Euer Eminenz. Wenn Ihr mir meine Bemerkung erlaubt, Ihr habt mich missverstanden... wenn ihr einfach bis zum Ende lesen würdet.«

»›*Und die zweite Person der Heiligen Dreifaltigkeit ist dem Wesen nach unsere Mutter... Denn in unserer Mutter Christus haben wir Gewinn und Zuwachs*‹ – Jesus Christus ist keine Frau!«

Er stand abrupt auf und stieß dabei den Schemel um.

»›Er‹, Euer Eminenz«, sagte sie und senkte dabei die Stimme, um nicht zu erregt zu klingen. »Wenn Ihr bitte weiterlesen wollt, so werdet Ihr sehen, dass ich schreibe: ›*Er ist unsere Mutter voller Gnade.*‹ Mutterschaft, die freundliche, liebende, sorgende Gnade der Mutterschaft ist wie die Liebe unseres Herrn Jesus: Das ist alles, was ich sage. Das Wesen dieser Liebe, das Wesen der unendlichen Gnade Christi, ähnelt am ehesten der Liebe einer Mutter für ihr Kind. *Das* ist alles, was ich sage.«

Er schlug mit der Hand wieder heftig auf das Pult. Ihr Tintenfass schwappte über, kostbare Tropfen spritzten auf unberührtes Pergament.

»Das ist nicht gut formuliert. Und es ist auf *Englisch*.«

Sie versuchte hastig, die Tinte wegzutupfen. »Es tut mir leid, wenn Euch meine einfache Sprache nicht gefällt, aber ich schreibe nicht für Priester und Bischöfe, die von der umfassenden Liebe unseres Herrn Jesus Christus bereits wissen. Ich versuche, seine Liebe und seine unendliche Gnade einfach so zu erklären, wie sie mir selbst offenbart wurde, damit auch die Ungebildeten sie verstehen können. Was spielt es für eine Rolle, welche Sprache ich verwende, solange ich nichts anderes als die Wahrheit sage?«

»Es stellt Eure Loyalität Eurer Kirche gegenüber in Frage. Es geht hier um Bündnisse. Um Bündnisse und den äußeren Schein.«

Wenn das alles ist, worauf es für dich hinausläuft, Bischof, dann fürchte ich um deine Seele. Sie musste die Lippen fest zusammenpressen, um diese Worte nicht laut auszusprechen.

Er hatte das Bündel Seiten während ihres Gesprächs fest zusammengerollt. Jetzt stand er da und klopfte mit der Rolle gegen sein Bein, während er offensichtlich über das nachdachte, was sie gesagt hatte. Wenigstens schien er sich etwas beruhigt zu haben.

»Was wisst Ihr von Finn, dem Illuminator?«

»Ich weiß, dass er ein rechtschaffener Mann ist«, sagte sie, ein wenig verblüfft über seinen abrupten Themenwechsel.

»Beschuldigt Ihr mich also, einen Unschuldigen ins Gefängnis geworfen zu haben?«

»Ich beschuldige Euch in keiner Weise, Euer Eminenz. Das waren Eure Worte, nicht die meinen.«

Er sah sich suchend im Zimmer um. »Wo ist Eure Katze?«

»Meine Katze?« Hatte sie ihn vielleicht überzeugen können? Wechselte er deshalb das Thema? Sie versuchte ihn anzulächeln, denn sie wollte ihn nicht spüren lassen, wie gestört sie sich durch seine Anwesenheit in ihrer Klause fühlte. Aber er war ihr Bischof. Vielleicht hatte er das Recht dazu. »Jezebel ist schon seit einer Woche weg. Aber das ist nicht das erste Mal. Sie wird zurückkommen.«

»Ich vermisse sie auf Eurem Schoß.« Der Anflug eines Lächelns. Vielleicht war der Sturm ja vorüber. »Ich werde Euch einen meiner Diener mit etwas dicker Milch schicken, vielleicht lässt sie sich dadurch ja herbeilocken. Und Euch lasse ich ebenfalls etwas bringen«, sagte er.

»Das ist sehr freundlich von Euch, Euer Eminenz.« Sie seufzte erleichtert, als er die zusammengerollten Blätter auf ihr Schreibpult legte. Der Heiligen Jungfrau sei Dank, sein Besuch schien sich dem Ende zuzuneigen.

»Falls Ihr weiterhin mit der Heiligen Kirche verbunden bleiben wollt, solltet Ihr eine Apologie für Eure Abweichung vom rechten Glauben verfassen, in der Ihr Euer Verständnis des Göttlichen und der Heiligen Dreifaltigkeit darlegt. Außerdem muss sie eine Passage enthalten, in der Ihr Eure Loyalität gegenüber der Lehre der Heiligen Kirche erklärt. Diese Apologie muss jeder Kopie Eurer englischen Schriften beigefügt werden. Da Euer Latein unzulänglich ist, dürft Ihr eine Kopie davon für mich persönlich ins normannische Französisch übersetzen.«

Er hätte ihr genauso gut eine Liste von Lebensmitteln vorlesen können, so gleichgültig war sein Ton. Hatte sie richtig gehört? War ihr Recht auf ihre Einsiedelei bedroht?

»Bis ich dieses Dokument in den Händen habe, werdet Ihr Euch der heiligen Sakramente enthalten.«

Selbst das Recht auf das Abendmahl nahm er ihr!

»Ich rate Euch dringend, bei Euren gedanklichen Assoziationen Vorsicht walten zu lassen und Eure Worte sorgfältig zu wählen. Ketzerei ist eine schwere Anschuldigung. Sie kann Eurer Seele die ewige Verdammnis und Eurem Körper den Tod bringen.«

Er ging zur Tür. Sie war vorhin, als er sich erhoben hatte, ebenfalls aufgestanden, da es respektlos gewesen wäre, in seiner Gegenwart sitzen zu bleiben. Ihr war schwindelig. Sie fiel auf die Knie, eine Ehrfurchtsbezeigung, die jedoch zugleich einer Ohnmacht nahekam.

»Ich werde morgen jemanden zu Euch schicken, der das Dokument abholt. Ich werde Euch auch ein paar Texte über die Heilige Dreifaltigkeit schicken, von der Kirche sanktionierte Texte, die ich Euch zur Unterweisung Eurer Seele sehr ans Herz legen möchte.«

Er streckte ihr seine Hand hin, damit sie seinen Ring küssen konnte. Sie berührte ihn zitternd mit den Lippen.

»Ich werde Euch nicht wieder besuchen«, sagte er schließlich.

Sie blieb auf den Knien, nicht aus Ehrerbietung, sondern weil sie nicht die Kraft besaß, ihn anzusehen. Sie hörte das schwere Scharren der Tür, hörte, wie der Riegel mit einer gefühllosen Endgültigkeit einrastete. Jetzt war sie wieder allein in der erdrückenden Dunkelheit ihrer Zelle.

Pater Andrew bereitete in der Saint-Julian-Kirche gerade die Feier für Mariä Lichtmess vor, das Fest der Reinigung. Der Kerzenmacher brachte die Kerzen, die gesegnet werden sollten, schon in aller Früh in die Kirche. Er murrte, als er Pater Andrew seine Kerzen gab. In der Vorhalle war es so kalt, dass man den Atem des Mannes sehen konnte.

»Wenn all meine Kunden so knauserig wären wie Ihr, Pater, dann müssten meine Kinder hungern.«

Er hatte natürlich Recht. Die Kirche bestimmte den Preis, nicht der Kerzenmacher. Pater Andrew wusste, dass das, was der Mann für seine Kerzen bekam, kaum genug war, um das Bienenwachs zu bezahlen.

»Die Kerzen werden im Gottesdienst der Heiligen Jungfrau brennen. Euer Opfer wird bestimmt nicht ohne Lohn bleiben. Es dient dem Wohle Eurer Seele.«

Dies war eine Antwort, die er vollkommen mechanisch gab. Er wusste sehr wohl, wie wenig sie einem Mann bedeuteten, der nur für seine ehrliche Arbeit eine ehrliche Bezahlung haben wollte. Als junger Priester hatte er noch jedermann zu erklären versucht, welch große Ehre es für ihn war, Gott dienen zu dürfen, und gehofft, dass dies auch andere inspirieren würde. Das war ihm jedoch nie gelungen. Mittlerweile gab er einfach die offizielle Antwort, die die Kirche für geleistete Dienste empfahl, und dachte dabei nicht einmal mehr über die Worte nach. Die Messe las er auf dieselbe Art und Weise.

Der Kerzenmacher murmelte etwas davon, dass die Kirche doch wirklich reich genug sei, um einem armen Mann einen angemessenen Lohn zu zahlen. Pater Andrew nickte nur lächelnd, als er die schwere Tür schloss und die Klagen des Mannes zusammen mit der frostigen Luft aussperrte. Heutzutage schien niemand dafür Verständnis zu haben, wie wichtig es war, das Haus des Herrn in einem guten Zustand zu halten. Wenn erst einmal die Pest an die Tür des Kerzenmachers klopfte, dann würde er geradezu darum betteln, seine Waren der Heiligen Jungfrau spenden zu dürfen, dachte der Kurat, als er die Kerzen zu dem Schrank hinter dem Altar trug.

Er öffnete die linke Seite der Flügeltür des Schranks und legte die Kerzen hinein, stapelte sie ordentlich aufeinander und schob schließlich das halbe Dutzend, das noch vom letzten Jahr übrig geblieben war, zur Seite. Diese würde er als Erstes verwenden – sie waren bereits gesegnet. Wenn er schon hier war, konnte er auch gleich eine frische Stola für die Messe herausnehmen. Er öffnete die rechte Tür des Schranks. Sie hing schräg in der Angel, anscheinend hatte sich der eiserne Bolzen gelockert. Er würde einen Schreiner suchen müssen. Das war im Augenblick jedoch gar nicht so einfach, da fast alle Zimmerleute der Stadt mit der Neuerrichtung der Kirchturmspitze der Kathedrale beschäftigt waren und der Rest irgendwelche Handlangerdienste ausführte. Und selbst diese wiesen ihn mit irgendwelchen Ausreden ab, um sich eine einträglichere Beschäftigung zu suchen. Der schnöde Mammon, Gift für die Seele der Menschen.

Die Messdiener waren ebenfalls nachlässig. Dort, wo die zusammengefalteten, frischen Messgewänder liegen sollten, befand sich nur ein Haufen zerknülltes Leinen. Er zog das Altartuch aus dem Haufen heraus, um es zusammenzulegen, und sah, dass es schmutzig war. Stockflecken wahrscheinlich. In der dunklen, feuchten Kapelle war der Schimmel ein Problem. Aber selbst im winterlich düsteren Innern der Kapelle erkannte er, dass das kein Schimmel war. Es war dunkler – und steif. Fast wie Blutflecken. Sein Herz schlug schneller. Blutflecken? Er faltete das Tuch auseinander und hielt es ins spärliche Licht, das durch die Fenster fiel. Er kniff die Augen zusammen. Die dunklen Stellen waren wie Kleckse und Punkte verteilt und immer wieder von hellen, sauberen Stellen unterbrochen, aber es bestand kein Zweifel: Als Ganzes bildeten sie die Form eines Kreuzes. *Domine Ihesu Christe*. Das heilige Kreuz! Das war das Blut des Erlösers. Ein Wunder. Ein Wunder, hier, in der Saint-Julian-Kirche. Während er Dienst tat. Die Kirche von Saint Julian hatte eine Einsiedlerin, und jetzt hatte sie auch noch ein Wunder. Gott blickte voller Güte auf diese Kirche herab. Gott blickte voller Güte auch auf ihn herab.

Er sah das große Kruzifix an, das über ihm hing, und erwartete fast, dass das Blut Christi von den Beinen aus Elfenbein herabzutropfen beginnen würde. Aber da war nichts, keine Tränen, die aus den gemalten Augen flossen, keine Blutstropfen. Egal. Der Erlöser hatte ihnen ein Wunder geschenkt. Auf dem Altartuch hier befand sich das Blut Christi. Er, Pater Andrew, Kurat der Saint-Julian-Kirche, würde damit auf der Stelle zum Bischof gehen. Dieser würde es für authentisch erklären und sofort einen goldenen Reliquienschrein in Auftrag geben. Dann würde die heilige Reliquie im Rahmen einer großen, feierlichen Zeremonie – bei der er sich bereits eine bedeutende Rolle übernehmen sah – ihren Platz auf dem Altar einnehmen. Heerscharen von Pilgern würden von weit her kommen, aus Thetford und Canterbury, vielleicht sogar aus London, um sie zu sehen. Saint Julian würde im ganzen Land für die Wunder bekannt werden, die hier geschahen.

Sein Herz hämmerte so wild, dass er es fast hören konnte. Nein, das war nicht sein Herz – es sei denn, sein Herz tat in seiner Brust noch etwas anderes, als nur zu schlagen. Das Geräusch kam ganz hinten aus dem Schrank. Er hatte hier schon öfter Probleme mit Ratten gehabt, in letzter Zeit allerdings nicht mehr. Das war auch der Grund, weshalb er der Einsiedlerin erlaubte, eine Katze zu halten. Er faltete das blutbefleckte Tuch sorgfältig zusammen, drückte es an seine Lippen und legte es dann vorsichtig auf den Altar. Dann griff er wieder in den Schrank, um die restlichen Messgewänder herauszunehmen und zu sehen, ob sie mit Mäusekot verunreinigt waren. Seine Hand stieß dabei auf etwas Weiches und Zappelndes. Eine Zunge, rau wie Bimsstein, leckte über seine Finger. Seine Hand zuckte zurück. Er nahm seinen Krummstab und fuhr mit der gebogenen Spitze an der Rückwand des Schranks entlang.

Zwei kleine Kätzchen, die Augen noch kaum geöffnet, lagen zusammengerollt und schnurrend in der Krümmung des Stabes.

Die Enttäuschung schmeckt bitter wie Galle, und ebendiese stieg in Pater Andrew auf und füllte seinen Mund. Das also war sein Wunder. Die Kätzin der Einsiedlerin war dafür verantwortlich. Diese Vertraute des Teufels hatte seinen Altar entweiht und es gewagt, ihre gottlose Brut unter dem Bildnis des Erlösers zu werfen.

Die Kätzchen hatten inzwischen bemerkt, dass sich ihre Umgebung verändert hatte. Sie begannen sofort, sie zu erkunden, und tapsten dabei auf ihren unsicheren Beinchen über den Hirtenstab. Sein Krummstab musste erneut geweiht, der ganze Altar gereinigt werden. Jetzt gab es schon drei dieser Biester, und der nächste Wurf würde bestimmt noch größer werden. Jezebel – welch passender Name. Die Hure von Babylon, wahrscheinlich hurte sie jetzt schon wieder irgendwo herum, befriedigte ihre üble Natur und ließ ihre Babys allein.

Entschlossen ging er in die Sakristei und stöberte in einer angrenzenden Kammer herum. Verwünschungen murmelnd, die seines Amtes unwürdig waren, kam er kurz darauf mit einem Seil, einem alten Kornsack und einem großen Stein zurück. Innerhalb von Sekunden hatte er die Kätzchen gepackt, zusammen mit dem Stein in den Sack gesteckt und ihn zugebunden. Der Sack bewegte sich, bildete hier und dort kleine Beulen. Dass so kleine Tiere so laut schreien und wimmern konnten. Einen Moment lang – nur einen ganz kurzen Moment – verspürte er Gewissensbisse, dann jedoch fiel sein Blick wieder auf das besudelte Altartuch, auf sein Wunder, das keines war.

Er warf sich den Sack über die Schulter und ging auf die Tür zu, als er hinter sich plötzlich ein Fauchen hörte. Er drehte sich gerade noch rechtzeitig um, um die Katzenmutter zu sehen, die ihn, mit ihren ausgestreckten Krallen auf seine Augen zielend, ansprang. Er packte sie am Nacken – vorher aber war es ihr noch gelungen, ihm eine blutige Wunde in die Wange zu schlagen, die Narbe sollte noch bis ins hohe Alter zu sehen sein – und drehte ihr den Hals um, als wäre sie ein Huhn, dann band er den Sack noch einmal auf und warf die tote Mutter zu den Kätzchen.

Den Sack warf er von der Bishop's Bridge aus in den Wensum.

»Pater Andrew, habt Ihr meine Katze gesehen?«, fragte ihn die Einsiedlerin ein paar Tage später, nachdem sie bei ihm gebeichtet hatte. »Ich vermisse sie jetzt schon seit fast drei Wochen. So lange war sie noch nie weg.«

Er begann an dem Verband an seiner Wange herumzuzupfen.

»Nein, schon seit einigen Tagen nicht mehr«, sagte er.

Seine Stimme klang schroff, beinahe verärgert. Sein Blick wirkte distanziert, was jedoch schon seit dem Besuch des Bischofs so war. Hatte der Bischof mit ihm über sie gesprochen? Hatte er ihn angewiesen, ihr das Abendmahl zu verweigern? Sie hatte sich das jeden Tag gefragt, jedes Mal, wenn der Priester ihr den Leib und das Blut Christi auf dieselbe unpersönliche, abweisende Art und Weise gereicht hatte. Aber vielleicht bildete sie sich das alles auch nur ein. Möglicherweise hatte es sich der Bischof anders überlegt. Oder er hatte es inzwischen ganz einfach vergessen. Wenn sie jetzt also die Hostie auf ihrer Zunge spürte, erfüllte sie das mit großer Erleichterung.

»Pater, wenn Ihr zu Alices Fenster kommt, werde ich Eure Wunde versorgen. Es ist jetzt schon drei Tage her, seit wir den Verband gewechselt haben.«

Ein paar Minuten später betrat er Alices Zimmer und setzte sich Julian gegenüber vor die Durchreiche. Seine Schultern sackten nach vorn. Er schien sie nicht ansehen zu wollen. Was war nur so interessant an ihrem Fußboden? Oder konnte er ihr nicht mehr ins Gesicht sehen, weil er wusste, dass sie kurz davor stand, der Ketzerei angeklagt und aus ihrer Einsiedelei vertrieben zu werden? Sie nahm ihre Nähschere, um den Verband aufzuschneiden.

»Die Wunde ist gut verheilt«, sagte sie und lehnte sich durch das Fenster, um sich die Narbe genauer anzusehen. »Ich denke, ein Verband wird nicht mehr nötig sein.«

»Es tut aber immer noch weh.«

»Der Bischof hat mir letzte Woche ein paar Bücher aus der Bibliothek des Priorats Carrow geschickt.« Sie versuchte, das in unbeschwertem Plauderton zu sagen, während sie mit dem Finger einen Klecks Salbe auf die Narbe auftrug. »Hat er Euch auch welche geschickt?«, fragte sie, obwohl sie wusste, dass Pater Andrew sich noch nie ernsthaft mit Theologie auseinandergesetzt hatte. Sie beide hatten im Grunde noch nicht einmal über spirituelle Dinge gesprochen. Eigentlich hatten sie überhaupt noch nicht miteinander gesprochen. Er war ihr Beichtvater, das war alles. Er erschien täglich an ihrem Zellenfenster, durch das er mit ihr die Messe zelebrierte. Ihre Beziehung beschränkte sich nur auf die formellen Rituale.

»Den Bischof sehe ich nicht oft«, sagte er.

»Nun, mich hat er letzten Dienstag besucht. Ich dachte, dass Ihr ihn vielleicht auch gesehen habt.«

»Am letzten Dienstag war ich im Burggefängnis. Ich wurde gerufen, um für einen Gehängten das Totenamt zu zelebrieren.«

Ihre Hand erstarrte auf seiner vernarbten Wange. Konnte sie es wagen, ihn nach dem Namen des Gehängten zu fragen?

»Sterbesakramente für einen verurteilten Verbrecher? Ist das üblich?«

»Wenn der Verbrecher vor seinem Tod noch beichten will, entspricht die Kirche diesem Wunsch.«

»War dieser Mann... war er... welches Verbrechen hatte er begangen?«

»Er hatte gewildert.«

Dann war es also nicht Finn, sondern irgendein armer Bauer gewesen. Irgendein Vater, Ehemann oder Sohn war gestorben, weil er versucht hatte, Fleisch auf den Tisch zu bringen. Sie trug weiter die Salbe auf.

»Ich werde für die Seele des armen Mannes beten«, sagte sie, als sie den Salbentiegel wieder verschloss. »Nehmt das mit, und tragt es täglich auf Eure Wunde auf. Ich fürchte, dass Euch eine kleine Narbe bleiben wird. Sie wird Euch daran erinnern, dass Ihr das nächste Mal vorsichtiger sein solltet, wenn Ihr die Dornbüsche zurückschneidet.«

»Dornbüsche? Oh, ja. Das werde ich. Ich werde sicher vorsichtiger sein.«

»Ihr hattet großes Glück, dass der Zweig Euer Auge verfehlt hat, als er zurückgeschnappt ist.«

»Ja, das war wirklich großes Glück«, sagte er. Dann fügte er noch hinzu: »Ich habe ein Altartuch, das ausgebessert werden muss. Die Stickerei hat Fäden gezogen... Ihr wisst ja, diese nichtsnutzigen Messdiener. Ich werde es Euch ins Fenster legen, damit ihr es flicken könnt. Natürlich erst, wenn Ihr mit der Lektüre, die der Bischof Euch geschickt hat, fertig seid.«

»Ich werde mich sofort darum kümmern.«

Er schien sich zum Gehen erheben zu wollen, dann zögerte er. Würde er ihr etwas über den Bischof sagen? Versuchte er, die richtigen Worte zu finden, um mit ihr über den rechten Glauben zu sprechen?

»Einsiedlerin...«

»Ja?«

»Wegen Eurer Katze.«

»Oh, meine Katze. Jezebel, ja?«

»Nach so langer Zeit kommt sie wahrscheinlich nicht wieder.« Eine Pause. Er starrte an ihr vorbei durch das Fenster in das dunkle Innere ihrer Zelle. »Ich werde Euch eine andere besorgen.«

Am nächsten Tag zog ein alter Kater bei ihr ein. Er war dick, träge und faul, ein Mäusejäger im Ruhestand, der aus der Küche des Priorats Carrow kam. Er verbrachte die meiste Zeit damit, im Besucherfenster zu liegen und vor sich hin zu dösen. Die Mäuse, die durch die Zelle huschten, ignorierte er einfach.

19. KAPITEL

*Elf heilige Männer bekehrten die ganze Welt zur
rechten Religion. Umso leichter, denke ich,
sollte es gelingen, die Menschen in ihrem
Verhalten zu bekehren. Schließlich haben wir
viele Magister, Priester und Prediger, und an der
Spitze einen Papst.*

WILLIAM LANGLAND,
Piers Plowman, 14. JAHRHUNDERT

Halb-Tom hatte in den letzten beiden Wochen zweimal versucht, Finn zu sehen. Er nahm jeden Donnerstag den schwierigen Weg zum Markt auf sich, nicht, weil er viel zu verkaufen gehabt hätte – im Winter waren dort weniger Händler und somit auch weniger Käufer –, sondern weil er hoffte, etwas über seinen Freund zu erfahren. An beiden Donnerstagen war er jedoch abgewiesen worden, einmal von dem bösartigen Wärter, der ihn im Beggar's Daughter gequält hatte (damals, als Finn ihm zu Hilfe gekommen war), und einmal von einem unwirschen Hauptmann, der sagte, er wisse nichts von einem Gefangenen namens Finn. Keiner von beiden nahm anscheinend einen Zwerg aus den Sümpfen ernst.

Diesmal aber war er fest entschlossen, sich nicht abweisen zu lassen. Er hatte sich auch schon einen Plan zurechtgelegt. Am Mittwoch würde er sich erst einmal auf den weiten Weg nach Blackingham machen. Dies jedoch nicht nur wegen der Gemüsesuppe der alten

Köchin – sie schien ihn in letzter Zeit nicht mehr besonders gern zu mögen – oder um einen Blick auf das hübsche Küchenmädchen zu erhaschen, das ihn damals mit ihrem Gesang im Bienenbaum so erschreckt hatte. Nein, sein Besuch hatte einen anderen Grund. Er konnte zwar nichts an seiner Statur ändern, aber an seinem Status. Wenn er die Livree eines adeligen Hauses trug, würde man ihm bestimmt mehr Respekt entgegenbringen, und in der Livree eines herzogliches Hauses würde man ihn sogar mit so viel Respekt behandeln wie einen Hünen. Da er aber keinen Herzog kannte, würde er sich mit dem Haushalt eines Ritters zufriedengeben müssen.

»Nimm eine von einem *kleinen* Bediensteten«, hatte er Magda gesagt, als sie gemeinsam planten, eine Livree aus der Wäscherei von Blackingham »auszuleihen«.

Magda war mit ihrer Beute in die warme Küche gekommen, wo es köstlich nach dem Eintopf roch, der auf dem Herd stand. Tom wartete schon auf sie. Er war allein. Sie musste lachen, als er den blauen Rock anzog, aber das störte ihn nicht. Er wedelte mit den viel zu langen Ärmeln herum wie ein Hofnarr, um sie noch mehr zum Lachen zu bringen. Für ihn war ihr Lachen so berauschend wie Met – und genauso kostbar, denn sie lachte nur ganz selten.

»Du wirst dir keinen Respekt verschaffen, wenn du wie eine Vogelscheuche aussiehst«, sagte sie, während ihr vor lauter Lachen die Tränen über die Wangen liefen. »Sie werden dich wahrscheinlich gleich zu Master Finn ins Verlies werfen.«

So viele zusammenhängende Worte hatte er das Mädchen noch nie sagen hören. Er hüpfte auf einem Fuß herum, stolperte über die langen Hosenbeine und hoffte auf mehr Worte. Stattdessen spitzte sie konzentriert die Lippen, nahm dann ein Küchenmesser und sagte ihm, er solle sich auf einen der Schemel stellen.

Dann schnitt sie einfach den überschüssigen Stoff ab: zuerst die Ärmel, anschließend die Hosenbeine. »Steh still. Du willst doch bestimmt keine Blutflecken auf Lady Kathryns Livree haben.«

Er verharrte so reglos, als würde er ein Reh im Wald beobachten, wagte kaum zu atmen, aus Angst, er könne sie erschrecken und den Zauber ihrer Nähe brechen. Er wollte so gern ihr Haar berühren, aber er hatte bereits die schwere Eichentür in ihren Angeln knarren hören – Agnes kam zurück. Sie würde es nicht gutheißen, wenn sie sah, dass ein halber Mann dem Mädchen, das sie wie ihre Tochter behandelte, so offen seine Zuneigung zeigte.

»Was für einen Unsinn treibt ihr denn da?«, fragte Agnes, während sie einen Korb mit Rüben abstellte.

Magda hörte auf, mit der Schere herumzuhantieren. »Es ist kalt. Ihr hättet mich in den Keller schicken sollen, um die Rüben zu holen.«

»Wofür ist der kleine Mann denn so herausgeputzt? Weihnachten ist lange vorbei, und die Zeit für Albernheiten ist damit vorüber.« Sie hob die abgeschnittenen Stoffstreifen vom Boden auf und sah sie sich genauer an. »Gütiger Himmel, das ist ja eine Livree von Blackingham, die du da zerschneidest, Mädchen! Was hast du dir denn dabei gedacht? Dieses feine blaue Tuch ist nicht gerade billig. Lady Kathryn wird uns allen dafür das Fell gerben lassen, auch wenn das bei diesem hier nicht viel nützen wird.« Sie funkelte Halb-Tom böse an.

Er erklärte ihr seinen Plan.

Die Arme in die Seiten gestützt, die Stirn gerunzelt, überlegte Agnes eine Weile. Halb-Tom grinste sie an. Er hatte keinerlei Zweifel daran, dass sie, trotz ihrer schroffen, abweisenden Art – und wer konnte es ihr schon verübeln, dass sie ihren Schatz bewachen wollte – ein gutes Herz hatte. »Das ist der einzige Weg«, sagte er.

»Ich hole meine Nadel, um die Säume umzunähen«, sagte die Köchin. »Heb die Stücke auf, Magda. Das Tuch ist viel zu fein, um es einfach fortzuwerfen.«

Am nächsten Tag erschien Halb-Tom im Hauptturm der Burg und verlangte den Hauptmann der Wache zu sprechen.

»Die Herrin von Blackingham schickt mich. Ich habe eine Nachricht für den Gefangenen Finn.«

Der Hauptmann ließ seinen Blick stumm an ihm hinauf- und hinunterwandern, ohne sich von seinem Stuhl zu erheben. Halb-Tom wedelte dem Beamten mit einer Pergamentrolle vor der Nase herum – dies war keineswegs eine Nachricht von Lady Kathryn, sondern vielmehr eine alte Einkaufsliste für die Küche von Blackingham. Magda hatte ihm geholfen, das Wachssiegel zu erwärmen, so dass es aussah, als hätte man es noch nicht gebrochen. Der Hauptmann streckte seine Hand nach der Pergamentrolle aus. Halb-Tom jedoch versteckte sie sofort hinter seinem Rücken.

»Das Siegel darf nur von Finn persönlich gebrochen werden, das hat Lady Kathryn ausdrücklich angeordnet. Es sind private Dinge darin enthalten, die ausschließlich ihn und seine Tochter betreffen. Lady Kathryn bittet darum, mir zu gestatten, den Gefangenen zu sehen, damit ich seiner Tochter versichern kann, dass er nicht misshandelt wird.«

Der Hauptmann schien zu überlegen, rührte sich aber nicht.

»Lady Kathryn ist mit Sir Guy de Fontaigne befreundet, wie Ihr vielleicht wisst«, fügte Halb-Tom hinzu.

»Der Sheriff hat also sein Einverständnis gegeben?«

»Nun, wenn sie ihn erst noch fragen muss, dann wird sie ihm auch erklären müssen, dass Ihr ihre Bitte ohne jeden Grund abgeschlagen habt, nicht wahr?« Er seufzte theatralisch. »Und ich befürchte, das könnte den Sheriff ziemlich verärgern.«

Der Hauptmann grinste gutmütig. »Wahrlich, Ihr verhandelt wie ein großer Mann.« Er stand auf. »Kommt mit.«

Halb-Tom folgte dem Hauptmann zwei gewundene Treppen hinauf zu einem eisernen Gitter, das dieser dann mit einem der großen Schlüssel an seinem Gürtel öffnete. Er wies Halb-Tom an, im Flur zu warten. »Dieser Finn ist ein besonderer Günstling des Bischofs. Falls die beiden gerade Schach spielen sollten, werde ich Seine Eminenz auf keinen Fall stören.«

»Der Bischof?«

»Jawohl. Er besucht ihn mindestens einmal pro Woche. Sie diskutieren dann immer über Theologie.«

Halb-Tom wusste nicht, was Theologie bedeutete. Warum sollte ein Bischof einen Gefangenen besuchen – es sei denn, um ihn zu befragen? Ein Gefühl der Angst legte sich auf Halb-Toms Schultern wie eine Mönchskapuze. Er hatte entsetzliche Geschichten von der Streckfolter, mit Stacheln ausgekleideten Käfigen und von Brandeisen gehört. Er musste verrückt sein, sich in so etwas einzumischen. Aber er schuldete diesem Mann etwas. Zumindest lag die Zelle des Illuminators über der Erde. Der Zahl der Treppenstufen nach, die sie hinaufgestiegen waren, sogar ein ganzes Stück über der Erde.

Der Hauptmann kam nach kurzer Zeit zurück und bedeutete Halb-Tom mit einer Kopfbewegung, er solle in das Zimmer am Ende des Flurs gehen. Die Tür dieses Zimmers war nicht mit einem Gitter gesichert, sondern bestand aus normalem Holz und stand zum Korridor hin offen. »Schlagt einfach gegen das Gitter, wenn ihr wieder gehen wollt. Unten an der Treppe steht eine Wache, die Euch hören wird.«

Halb-Tom hätte vor Erleichterung fast geweint, als er einen Blick über die Schwelle warf. Das Zimmer war sauber, warm, und es war mit einem Bett und einem Arbeitstisch ausgestattet. Das Licht des Nachmittags fiel durch ein hohes Fenster auf den Arbeitstisch. Er erkannte Finn sofort, auch wenn er ihm dünner und gebeugter vorkam, als er ihn in Erinnerung hatte. Aber es war unzweifelhaft Finn, der da an diesem Arbeitstisch saß, den Pinsel in der Hand, so als wäre er kein Gefangener.

Halb-Tom räusperte sich. Der Illuminator blickte von seiner Arbeit auf. Als er den Zwerg sah, lächelte er strahlend.

»Halb-Tom! Mein alter Freund. Kommt doch herein.« Finn erhob sich steif. »Was für ein erfreulicher Anblick für meine müden alten Augen! Habt Ihr Neuigkeiten aus Blackingham für mich? Kommt doch herein. Hier, nehmt meinen Stuhl. Ich sitze sowieso die ganze Zeit.« Er zog den Stuhl näher an das kleine Kohlenfeuer heran und zuckte bei dieser Bewegung zusammen. »Wie ich an Eurer Livree sehe, hat Euch Lady Kathryn geschickt.«

Halb-Tom lachte verlegen. »Das mit der Livree ist nur eine List, Master Finn. Ich habe schon mehrmals versucht, zu Euch zu kommen, aber es ist mir nie gelungen. Also habe ich mir diese Livree *ausgeborgt*. Mit ein wenig Hilfe.«

»Oh. Und ich dachte...«

Plötzlich lag ein verhärmter, trauriger Ausdruck in seinen Augen. Enttäuschung huschte über sein Gesicht.

»Aber ich werde sofort in Blackingham berichten. Alle sind sehr gespannt, wie es Euch geht.«

Finn lächelte ihn müde an. Er wusste ganz genau, dass Halb-Tom ihm nur etwas Nettes sagen wollte. »Meine Tochter? Geht es ihr gut?«

»Nun, ich habe nichts Gegenteiliges gehört. Aber sie vermisst ihren Vater sicherlich sehr.« Er setzte sich auf den Boden, wobei er sorgsam darauf achtete, seine neue Livree nicht zu beschmutzen.

»Nehmt doch Ihr den Stuhl. Wo sitzt denn der Bischof, wenn er Euch besucht?«

»Der Bischof lässt seinen eigenen Stuhl bringen.«

»Habt Ihr Schmerzen, Master Finn? Ich sehe, dass Ihr Eure Seite schont.« Halb-Tom musste unwillkürlich wieder an die Folterinstrumente denken, die seine Fantasie vorhin heraufbeschworen hatte.

»Das ist ein kleines Abschiedsgeschenk von Sykes. Ihr erinnert Euch doch sicher an diesen Kerl im Beggar's Daughter?«

»Ja, ich stehe immer noch tief in Eurer Schuld.«

»Ihr schuldet mir nur das, was ein Freund dem anderen schuldet. Aber ich habe tatsächlich einen Plan, bei dem Ihr mir helfen könnt.«

»Einen Fluchtplan? Ich bin sofort dabei.«

»Nein, alter Freund, kein Fluchtplan. Eine Flucht ist nicht möglich. Aber lasst mich Euch zuerst etwas zu essen anbieten. Der Bursche, der mir serviert, hat mir heute so viel gebracht, dass es leicht für zwei reicht. Sehen wir einmal, was wir hier haben.« Er nahm das Tuch von einem Korb, der auf dem Kamin stand. Ein würziger Duft von Rindfleischbrühe und Gemüse erfüllte den Raum.

»Ihr habt einen Diener?«

Finns leises Lachen war von Bitterkeit erfüllt. »Nun, sagen wir einmal so, meine Haftbedingungen haben sich in den letzten zwei Wochen deutlich verbessert. Anscheinend bin ich ein ziemlich wertvoller Sklave.«

Halb-Tom sah sich jetzt den Arbeitstisch etwas genauer an – die Farbtöpfe und Pinsel, das hohe Holzpaneel, das in einer Ecke stand und auf dem bereits ein azurblauer Grund aufgetragen war. »Ihr arbeitet für den Bischof?«

»Henry Despenser stellt sich ein fünfteiliges Retabel für die Kathedrale vor. Und ebendieser Altaraufsatz ist der Faden, an dem mein Leben hängt. Ich habe vor, ihn auszuspinnen, bis er so fein ist wie der Golddraht im Haarnetz einer Dame.«

Halb-Tom schüttelte den Kopf, um das Essen dankend abzulehnen, das ihm der Buchmaler anbot. Es konnte ja sein, dass dies die einzige warme Mahlzeit war, die Finn in einer ganzen Woche erhielt.

»Kommt schon, esst ruhig. Ich bekomme, was immer ich haben will. Der Bischof füttert seine Haustiere gut.«

»Seid Ihr sicher?«

»Ja, ich bin mir sicher. Ich werfe das, was übrig bleibt, oft aus dem Fenster, um die Fische im Fluss zu füttern. Ich denke, sie sind enttäuscht, weil sie nur Reste bekommen. Sie erwarten wohl etwas Warmes, Lebendiges.«

»Der Fluss ist an dieser Stelle ziemlich tief. Wenn man schwimmen kann, könnte man einen Sprung durchaus überleben«, meinte Halb-Tom.

»Ich muss an meine Tochter denken, mein Freund«, sagte Finn. »Ich darf sie nicht in Gefahr bringen. Und hier kommt Ihr ins Spiel.«

»Sagt, was ich tun soll. Ich bin bereit.«

»Seid für mich und meine Tochter einfach nur der Bote. Sagt ihr, dass ihr Vater noch am Leben ist. Ich habe einen Brief für sie.« Ein Schatten zog plötzlich über sein Gesicht. Es war, als hätte man einen Fensterladen geschlossen. »Und einen für Lady Kathryn. Die Briefe sind bereits geschrieben. Ich hatte darauf gehofft, dass ich sie irgendwann einmal jemandem mitgeben könnte, dem ich vertrauen kann.«

Er suchte in einer kleinen Truhe, in der sich eine Vielzahl von Farben und Pinseln befand, herum, nahm dann zwei fest zusammengerollte Pergamente heraus und gab sie Halb-Tom. Als dieser sie in seinen reich verzierten, gegürteten Rock steckte, stellte er dankbar fest, dass sich ein kleiner Schlitz im Futter befand, der offenbar genau für diesen Zweck gedacht war.

»Ich werde sie heute noch übergeben.«

Finn schloss ein paar Sekunden lang die Augen. Die Muskeln in seinem Gesicht entspannten sich. »Da ist noch etwas«, meinte er dann.

»Ihr braucht es nur zu sagen.«

»Wycliffes Schriften. Ich bin davon überzeugt, dass eine englische Übersetzung der Bibel überaus wichtig ist. Der Bischof und seinesgleichen haben schließlich nicht das alleinige Anrecht auf das Wort Gottes. Meint Ihr, dass Ihr mir eine Kopie von Wycliffes Johannesevangelium bringen könnt...«

Halb-Tom grinste, griff in seinen blauen Rock und gab Finn ein kleines Päckchen, das das Oxforder Siegel trug. »Das hat mir Master Wycliffe für Euch mitgegeben, als ich ihm Eure letzten Arbeiten gebracht habe«, sagte er.

»Gut. Jetzt kann ich meine Tage mit etwas ausfüllen, das lohnender ist als die Launen des Bischofs. Aber ich kann es mir nicht leisten, dass man die Übersetzung hier findet. Meine Zelle kann jederzeit durchsucht werden. Wenn Ihr also unter dem Vorwand, Nachrichten zwischen hier und Blackingham zu übermitteln, immer wieder einzelne illuminierte Seiten mitnehmen könntet, würdet Ihr die weite Reise nach Oxford nur ein einziges Mal unternehmen müssen. Ich werde schmucklose Kopien fertigen, die Ihr jedem beliebigen Lollarden-Priester geben könnt. Die Priester werden sie dann weiter verteilen, so dass die Leute die Bibel selbst lesen können.«

»Was ist, wenn der Bischof Euch überraschend besucht und herausfindet, was Ihr tut?« Halb-Tom hatte plötzlich wieder das Bild einer Folterbank vor Augen.

»Bevor er kommt, schickt er immer seine Diener. Aber ich muss Euch warnen, mein Freund. Diese Schriften sind für jeden, der irgendwie damit in Berührung kommt, überaus gefährlich. Der Bischof ist sehr darum bemüht, Wycliffe und seine Anhänger der Ketzerei anzuklagen. Doch Wycliffe steht unter dem Schutz des Herzogs. Ihr nicht.«

»Ich habe genügend Verstand, um dem Bischof nicht in die Quere zu kommen«, versicherte Halb-Tom ihm.

»Ich weiß, dass das so ist. Schließlich seid Ihr jetzt hier, nicht wahr?«

»Jawohl. Und ich werde wiederkommen, das verspreche ich Euch.«

Er stand auf und klopfte auf seinen Rock, um sich zu versichern, dass die Briefe auch tatsächlich da waren.

Finn stand ebenfalls auf und gab ihm die Hand.

»Ich werde auf Euch warten, alter Freund.«

Eine Amsel landete auf dem Fenstersims, pickte eine Krume auf, flog dann wieder davon. Halb-Tom beobachtete, wie Finn dem Vogel nachsah, und spürte dabei ganz deutlich, wie sehr er sich nach der Freiheit sehnte.

Der Wagen der Schauspieler hatte Norwich bereits hinter sich gelassen und befand sich auf dem Weg nach Castle Acre, als Colin sah, wie der Schlangenmensch hinter ihnen hergerannt kam. »Fahr langsamer, Kutscher«, rief jemand. Der Muskelmann streckte seinen Arm aus und zog seinen Partner mit einer schwungvollen Bewegung in den Wagen. Dieser setzte sich auf einen Stapel Decken, gab Colin einen Klaps aufs Knie und sagte ihm, dass er seine Nachricht weitergeleitet hätte.

Colin hatte schon einen Monat lang versucht, seiner Mutter eine Nachricht zukommen zu lassen. Die Schauspieler hatten jedoch einen Ort gefunden, der ihnen als Spielstätte sehr zusagte, und waren deshalb einfach etwas länger dort geblieben. Ihr Zeitplan schien äußerst flexibel zu ein.

»Ein nettes Haus, Junge. Und ein großes dazu. Aber für meinen Geschmack ein bisschen zu leer. Ich habe nur in der Küche jemanden angetroffen. Die alte Köchin hat mir das hier für dich mitgegeben.«

Er faltete ein gewachstes Tuch auseinander, und Colin erkannte sofort den vertrauten Geruch von Agnes' Brot. Es schnürte ihm vor Sehnsucht die Kehle zusammen. Er hätte die Botschaft selbst überbringen sollen, oder besser noch, er hätte nach Hause gehen und seiner Mutter sagen sollen, dass er sich anders entschieden hatte. Aber in dem Augenblick, als er das dachte, tippte ihm Johns Geist auf die Schulter. Er schloss die Augen, um das Bild der leeren, schwarzen Augenhöhlen des Schäfers zu verdrängen, ein Bild, das ihn nicht mehr gequält hatte, seit er sich der Truppe angeschlossen hatte.

»Hast du sonst noch jemanden in der Küche gesehen?«

»Nur einen Zwerg, der sich gerade auf den Weg gemacht hat, und ein hübsches blondes Dienstmädchen, das kurz darauf hereinkam. Sie war sehr freundlich.«

Glynis. Colin spürte, wie sein Gesicht in dem dunklen Planwagen zu glühen anfing. Er wusste, was »freundlich« bedeutete, wenn es auf so joviale und anzügliche Weise gesagt wurde. Er kniff sich fest in den Arm, um die Versuchung des Teufels und diese mittlerweile vertraute, aber unerwünschte Regung zu vertreiben.

»Du hast meinen Brief abgegeben?«

Der Wagen schaukelte und ruckelte die holperige Straße entlang. Irgendjemand neben ihm verschüttete sein Bier, fluchte laut und rief dem Kutscher zu, dass er aufpassen solle.

»Ja, Junge, das habe ich. Ich habe deinen Brief abgegeben. Deine arme Mama weint jetzt wahrscheinlich herzzerreißend, weil ihr heiß geliebter Sohn mit einer Schauspieltruppe durch das Land zieht. Aber mach dir keine Sorgen. Wir werden gut auf dich aufpassen und dich im Frühling gesund und munter bei den Mönchen abliefern.«

»Und ein ganzes Stück weiser«, fügte einer der anderen hinzu.

Den Pantomimen schien die Kälte nichts auszumachen. Das lag wohl auch daran, dass sie beständig einen Krug Bier herumgehen ließen. Colin hatte noch nie zuvor Bier getrunken, nur mit Wasser vermischten Wein und Ale. Kein Wunder, dass Alfred eine Vorliebe für Bier hatte. Es schmeckte bitter, aber es wärmte den Bauch und machte seine Kameraden fröhlich. Hinten im Wagen begann jemand, auf einer Blockflöte zu spielen. Ein anderer nahm die hohen Töne auf und begann zu singen. Colin gefiel diese Musik. Genau wie das Bier linderte sie sein Heimweh.

Kathryn stand allein in der Küche und bereitete eine Arznei gegen Roses geschwollene Knöchel zu. Sie hatte eigentlich Agnes darum bitten wollen, hatte aber feststellen müssen, dass sowohl die Köchin als auch das Küchenmädchen nicht da waren. Als sie hörte, wie sich hinter ihr die Küchentür öffnete, drehte sie sich um in der Erwartung, Agnes zu sehen. Vor ihr stand jedoch ein Zwerg in Blackinghams prächtiger, aber schlecht sitzender Livree, der sich tief vor ihr verbeugte. Die Quaste auf seiner spitzen Kappe streifte dabei den Boden. »Ich habe ein Sendschreiben für Eure Ladyschaft.« Der Zwerg zog aus seinem Rock ein zusammengerolltes Stück Pergament hervor.

Sie hatte den Zwerg schon mal gesehen. Er hatte Finn Nachrichten gebracht. Sie war im Grunde nicht überrascht, dass er die Livree von Blackingham trug. Agnes hatte ihr gesagt, dass sie sich nicht wundern solle, wenn in ihrem Haushalt plötzlich eine Livree fehlte, und auch wenn Kathryn das Ganze nicht gebilligt hatte, so hatte sie durchaus keine Einwände gegen den Plan des Zwerges erhoben. Sie selbst hatte schon versucht, sich beim Sheriff vorsichtig nach Finn zu erkundigen, hatte aber nur die schroffe Antwort erhalten, dass der Gefangene noch am Leben sei und auf sein Urteil warte. Aber das war vor zwei Wochen gewesen, also vor einer kleinen Ewigkeit.

Der Zwerg hüstelte, so als wolle er sie an seine Gegenwart erinnern. Sie nahm das Pergament entgegen, öffnete es jedoch nicht. Die Rolle trug kein offizielles Siegel. Die Mitteilung über die Hinrichtung hätte sicherlich ein Siegel getragen, trotzdem zitterte sie am ganzen Körper und musste sich an den Tisch hinter ihr anlehnen. Die spitze Mütze des kleinen Mannes tanzte, als er nervös vor dem Feuer auf und ab ging – eine blaue Flamme, die vor den gelben Flammen herumhüpfte. Warum blieb er nicht einfach still stehen? Ihre Finger umklammerten das Pergament. Es war so einfach, es zu öffnen und zu lesen, was darin stand. Und dennoch, sie war nicht in der Lage dazu.

»Das ist ... Ist das für mich?«

Für wen denn sonst? Es sei denn, es war für Rose.

»Jawohl, Mylady. Für Rose habe ich auch einen Brief.« Er griff in sein Wams und zog eine weitere Rolle heraus.

Das war es also. Die Nachricht, nach der sie sich so sehr gesehnt hatte, die sie aber auch so sehr gefürchtet hatte.

»Aus dem Burggefängnis?« Sie bekam die Worte fast nicht heraus.

»Jawohl, Mylady. Von Master Finn persönlich.«

»Du hast ihn gesehen?«

»Das habe ich. Mit eigenen Augen.«

»Geht es... geht es ihm gut?«

»Nun, er hat in den letzten Wochen sehr viel ertragen müssen. Aber er lebt, und er ist weit besser gestellt als ein gewöhnlicher Gefangener.«

Sie merkte, dass sie unwillkürlich die Luft angehalten hatte. Sie atmete tief aus, dann fragte sie: »Wie sieht er aus?«

Der Zwerg hörte auf herumzuzappeln und blinzelte sie mit seinen Eulenaugen an. »Er sieht aus wie ein Mann, der sehr viel ertragen hat.«

»Sind... sind Male auf seinem Körper?«

»Male?«

»Narben, Brandmale?«, fragte sie in heiserem Flüsterton.

»Nein, Mylady. Seine Rippen sind gebrochen. Das ist sehr schmerzhaft, und deswegen zuckt er auch öfter zusammen, wenn er sich bewegt. Aber die Rippen werden heilen. Allerdings ist er sehr abgemagert.«

»Hat er dich gefragt... Hat er dich nach seiner Tochter gefragt?«

»Ja, Mylady. Er macht sich große Sorgen um sie. Er bittet Euch, dass...«

Die Tür öffnete sich, und ein kalter Windstoß fuhr in die Küche, dann kam Agnes herein. Sie hielt zwei geköpfte Tauben in der rechten Hand. Blut tropfte aus ihren Hälsen in eine Schüssel, die sie in der Linken trug. Das Küchenmädchen schloss die Tür hinter ihr. Sie lächelte, als sie den Zwerg vor dem Feuer stehen sah. Die beiden wechselten einen vielsagenden Blick. Kathryn erinnerte sich daran, welche Rolle das Mädchen im Zusammenhang mit der verschwundenen Livree gespielt hatte. Magda, ja, so hieß sie. Das Mädchen knickste artig. Kathryn bedankte sich mit einem Nicken.

»Agnes, wie es scheint, hat Blackingham einen neuen Bediensteten. Gib ihm etwas zu essen, und sag Simpson, dass er ihm für die Nacht ein ordentliches Quartier zuweisen soll.« Dann sagte sie zu dem Zwerg: »Wenn du schon meine Livree trägst, sollte ich wenigstens deinen Namen erfahren.«

»Man nennt mich Halb-Tom.«

»Also, Halb-Tom, es würde mich freuen, wenn du die Nacht hier in Blackingham verbringen würdest.« Sie wog das Pergament in ihrer Hand. Es war so leicht, und dennoch war sein Inhalt von großem Gewicht. »Ich nehme an, dass die Botschaft, die du mir gebracht hast, eine Antwort erfordert. Ich werde die Nachricht in meinem Zimmer lesen.« Sie griff nach der anderen Pergamentrolle. »Und das hier werde ich der Tochter des Illuminators geben.«

Plötzlich fiel ihr wieder ein, warum sie in die Küche gekommen war. »Agnes, dem Mädchen geht es wieder schlechter. Magda soll ihr den Kräutertee bringen, sobald er fertig ist.« Dann wieder an Halb-Tom gewandt: »Kannst du dem Buchmaler morgen meine Antwort überbringen? Wird man dich zu ihm lassen?«

»Ja, Mylady. Dank der Livree Eures Haushalts.«

Als Kathryn in ihrem Zimmer war, setzte sie sich aufs Bett. Sie musste sich an den Vorhängen festhalten, um ihre zitternden Hände zu beruhigen. Die beiden Pergamentrollen lagen neben ihr auf der Tagesdecke. Der Zwerg hatte gesagt, dass die Rolle mit der blauen Kordel für sie bestimmt sei. Roses Rolle war mit einer scharlachroten Kordel versehen. Sie konnte sich nicht überwinden, eine der beiden Rollen in die Hand zu nehmen. Stattdessen strich sie den schweren Brokat eines der Bettvorhänge glatt, die mit seidenen Bändern an den vier Bettpfosten festgebunden waren. In vergangenen, glücklicheren Zeiten waren diese Vorhänge losgebunden und zugezogen gewesen, damit sie und Finn in diesem Bett ungestört waren. Eine große Traurigkeit überfiel sie bei dieser Erinnerung. »Ich hätte niemals gedacht, dass ich noch einmal ein solches Glück finden würde«, hatte er in ihr Haar geflüstert, während sie, mit dem Rücken an ihn geschmiegt, dalag und er sie in den Armen hielt. Das war gewesen, als sie das erste Mal das Bett geteilt hatten. Noch mehr Erinnerungen konnte sie nicht ertragen.

Sie nahm mit zitternden Händen das mit blauer Kordel zusammengebundene Pergament, rollte es auseinander und hielt es unter das Binsenlicht im Halter an der Wand, das bereits brannte, da um diese Zeit das Tageslicht zu schwinden begann. Der Federstrich war, wenn auch nicht so kühn und selbstbewusst, wie sie ihn in Erinnerung hatte, unverkennbar der seine: Der nach unten gerichtete Schwung der vertikalen Linien, die eleganten Fähnchen der Großbuchstaben. Sie strich mit den Fingern über die Schrift und hielt sie kurz an ihre Lippen. Dann jedoch besann sie sich. Wie töricht sie doch war, hoffte sie tatsächlich, sie könne die Bedeutung der Worte mit ihren Lippen erahnen? Sie begann zu lesen.

Burggefängnis
 Der zweite Monat im Jahr des Herrn 1380
 Mylady,
(War ihm ihr Name inzwischen schon so verhasst, dass er sich nicht dazu überwinden konnte, ihn niederzuschreiben?)
 Ich schreibe Euch aus überaus ernster Notlage, zutiefst getroffen durch den Verrat eines Menschen, der früher das Ziel der leidenschaftlichsten Sehnsucht meines Herzens war.
(Früher. Er schrieb »früher«. Sie wollte nicht weiterlesen, dennoch gelang es ihr nicht, ihren Blick von den Zeilen loszureißen.)
 Tödlich verwundet durch den Dolch verräterischer Worte, bin ich gezwungen, ein Leben zu ertragen, das mir durch das Fehlen jeglicher Hoffnung zutiefst verhasst ist. Ich werde Mylady nicht mit den ermüdenden Einzelheiten meines Leidens in den Händen meiner Gefängniswärter belästigen. Da die Herrin von Blackingham weder nach mir gefragt noch meine Unschuld bezeugt hat, kann ich ihr Verhalten nur so deuten, dass ihr mein Schicksal gleichgültig ist, oder, schlimmer noch, dass sie mich des Verbrechens für schuldig hält, dessen ich bezichtigt werde. Beides bereitet mir größeren Schmerz, als ihn mir irgendein Peiniger zufügen konnte. Ich habe nur noch einen einzigen Grund, an diesem erbärmlichen Leben festzuhalten. Ich möchte mein Kind nicht ganz zur Waise machen. Daher bitte ich Euch inständig, Kathryn, im Namen der Liebe, die uns einst verbunden hat (hier begannen die Buchstaben vor ihren Augen zu verschwimmen, ob dies wegen ihrer Tränen oder seiner unsiche-

ren Hand war, konnte sie nicht sagen), *meinem Kind Obdach und Hilfe zu gewähren, bis ich für Rose ein anderes Arrangement treffen kann. Ich bin selbst unter diesen Umständen nicht mittellos, und ich werde Euch für Roses Unterhalt entschädigen.*

Ich möchte Euch noch um eines bitten, ja, in meiner Verzweiflung sogar anflehen. Ich bitte Euch, Rose eine Eskorte und ein Pferd zur Verfügung zu stellen, damit sie mich besuchen kann. Ich muss sie mit eigenen Augen sehen, und sie soll aus meinem eigenen Mund hören, dass ihr Vater sie nicht vergessen hat.

Dann stand da nur noch sein Name, ein harter, endgültiger Federstrich quer über das Blatt. Kein Segen, kein Kosewort. Nur: *Finn, der Illuminator*. Dabei hatte er wohl so fest aufgedrückt, dass anscheinend die Spitze seiner Feder abgebrochen war.

Kathryn rollte das Pergament wieder zusammen, versah es mit der blauen Kordel und legte es neben die andere Rolle. Keine von beiden trug ein Siegel. Dann rollte sie den Brief wieder auseinander und las ihn noch einmal. Wie weh es ihr tat, dass er glaubte, ihr für Roses Unterhalt etwas bezahlen zu müssen. »Ist der Gewinn alles, woran Ihr denkt?«, hatte er sie gefragt, als sie das letzte Mal zusammen gewesen waren, damals, als er die Silbermünzen neben ihrem Bett zurückgelassen hatte, damals, als sie ihn weggeschickt hatte, weil er eine Jüdin geliebt hatte. Sie strich mit zitternden Händen die Bettdecke glatt. Jetzt würde sie ihn nicht mehr fortschicken, selbst wenn er mit tausend Jüdinnen geschlafen hätte.

Sie nahm die andere Rolle in die Hand und spielte an der roten Kordel herum, die sie zusammenhielt. Rose schlief bestimmt schon. Kathryn löste das Band mit zitternden Fingern und las die liebevollen Koseworte, mit denen Finn seine Tochter ansprach. Da war keine Spur von Verzweiflung – hier standen nur tapfere Worte der Zuversicht. Er versprach ihr, dass alles wieder gut werden würde, und bat sie inständig, ihn zu besuchen. Nachdem man ihn freigelassen hätte, würde er sofort kommen und sie abholen. Er schrieb von Spanien. *Würdest du gern Andalusien sehen?* Waren dies Worte, die nur dazu dienten, ihn hoffen zu lassen und seine Tochter zu trösten? Oder wollte er tatsächlich weggehen, weit weg von Blackingham. Weg von ihr?

Die Fackel über dem Bett verlosch zischend. Das matte Licht der untergehenden Sonne vermochte die Schatten im Zimmer kaum noch zu durchdringen. Sie rollte die beiden Briefe ineinander und legte sie dann in ihre Kleidertruhe. Rose würde sich nur noch mehr aufregen, wenn sie erfuhr, dass ihr Vater sie sehen wollte. Sie war ein eigensinniges Mädchen. Vielleicht würde sie sogar versuchen, die zwölf Meilen nach Norwich zu Fuß zu gehen und womöglich eine Fehlgeburt erleiden. Und auch wenn das im Grunde ein Segen gewesen wäre, so würde Kathryn nicht zulassen, dass Finns Tochter irgendetwas zustieß, nicht, solange sie in ihrer Obhut war. Es gab bereits zu viele Dinge, die ihr Gewissen belasteten.

Kathryn legte sich in dem von Dämmerung erfüllten Zimmer auf ihr Bett und versuchte, den klopfenden Schmerz in ihrem Kopf zu verdrängen. Morgen früh würde sie Rose sagen, dass ihr Vater einen Boten geschickt hatte und sie wissen ließ, dass er wohlauf sei, ihr liebe Grüße sende und hoffe, sie im Frühling zu sehen. Den Brief würde sie nicht erwähnen.

Sie lag mit geschlossenen Augen in der Dunkelheit, bis Glynis – einige Minuten oder einige Stunden später? – an die Tür klopfte und ihr das Abendessen brachte.

Das Dienstmädchen ersetzte das Binsenlicht in der ausgebrannten Fackel und zündete es an den knisternden Kohlen im Kamingitter an. »Ich habe eine Nachricht für Euch«, sagte sie und zog ein Stück zusammengefaltetes Papier aus ihrer Tasche.

Kathryn setzte sich auf und strich sich die Haare zurück. Die fettigen Strähnen fühlten sich zwischen ihren Fingern irgendwie fremd an. »Gib mir die Nachricht, das Essen kannst du wieder mitnehmen.«

»Sie wurde von einem hübschen Burschen gebracht. Er sagte, er käme von einer Truppe von Schauspielern aus Colchester.«

»Agnes hat sie hoffentlich nicht eingeladen. Wir haben keinen Bedarf an Pantomimen oder Spaßmachern.«

Sie faltete das Papier auseinander – es war fleckig, zerfranst und roch nach Schweiß.

»Gibt es noch etwas, Mylady?«

»Sag der Köchin, sie soll den Zwerg morgen früh wieder fortschicken. Ich habe keine Nachricht für ihn.«

Was hätte sie Finn auch schreiben sollen? Sie wusste, dass er den Priester nicht umgebracht hatte, aber das spielte im Grund genommen keine Rolle. Selbst wenn sie von seiner Schuld überzeugt gewesen wäre, hätte sie ihn nicht ausgeliefert. Dies hatte sie nur und ausschließlich getan, um Alfred zu schützen. Und daran hatte sich bis heute nichts geändert. Sie wollte die roten Locken ihres Sohnes nicht auf dem Block des Henkers sehen. Nicht einmal im Namen der Gerechtigkeit. Abgesehen davon gab es nicht genügend Beweise, um Finn zu verurteilen. »Er ist weit besser gestellt als ein gewöhnlicher Gefangener«, hatte der Zwerg gesagt. Finn hatte also bereits Freunde gewonnen. Er war klug. Er würde überleben. Alfred vielleicht nicht, denn er war Erbe eines Besitzes, auf den sowohl die Krone als auch die Kirche ein Auge geworfen hatten.

Wenn sie nur mit Alfred sprechen könnte und er ihr seine Unschuld versichern würde – aber Sir Guy hatte ihn mit einem Kontingent seiner Freisassen zur Ausbildung geschickt, um den Traum des Bischofs von einem heiligen Krieg gegen den französischen Papst Wirklichkeit werden zu lassen. »Wenn die Kämpfe beginnen, werde ich ihn zurückbeordern.« Guy de Fontaigne hatte ihr das zugesichert, um sich bei ihr einzuschmeicheln, vielleicht wollte er ihr aber auch zeigen, welche Macht er über sie hatte. Beim Sheriff gab es nichts umsonst. Deshalb wollte sie ihn keinesfalls um einen Gefallen bitten. Noch nicht.

Glynis nahm das Tablett und fragte, während sie zur Tür ging. »Braucht Ihr mich heute noch?«

»Nein, heute Abend nicht mehr.«

Dem Mädchen gelang es nicht, ein Lächeln zu unterdrücken, wie Kathryn bemerkte. Sie beneidete Glynis um die Energie, mit der sie aus dem Zimmer stürmte. Zweifellos hatte sie vor, den freien Abend in den Armen irgendeines rotznasigen Bediensteten zu verbringen. Kathryn beneidete sie auch um diese Vorfreude.

Als Glynis gegangen war, wandte Kathryn ihre Aufmerksamkeit dem Brief zu.

Das war Colins Handschrift! Sie verschlang förmlich, was da stand, dann ließ sie den Brief fallen und stützte den Kopf in die Hände. Es gab also noch etwas, um das sie sich Sorgen machen musste. Sie hatte angenommen, dass Colin sicher bei den Benediktinern angekommen war. Aber anscheinend wurde ihr selbst dieser kleine Trost verwehrt. Ihr jüngerer Sohn zog mit einer Truppe lasterhafter Pantomimen in der winterlichen Landschaft herum – ein Schaf unter Wölfen –, während der Samen, den er in Roses Bauch gelegt hatte, langsam zu seinem Kind heranwuchs. Aber wenigstens war er körperlich unversehrt, wenn auch der Himmel allein wusste, welchen Schaden seine unsterbliche Seele in solch einer fragwürdigen Gesellschaft nehmen mochte.

Ein Stück Holz fiel in der trägen Glut in sich zusammen. Kathryn drehte ihr Gesicht zur Wand und gab sich dem Schmerz in ihrem Kopf hin. Das war ihre gerechte Strafe.

20. KAPITEL

*Eine Mutter mag es manchmal dulden, dass ihr
Kind hinfällt oder sich auf andere Weise wehtut,
wenn dies am Ende zu seinem Nutzen ist...
Und auch wenn eine irdische Mutter es
möglicherweise nicht verhindern kann, dass ihr
Kind umkommt, so duldet es unsere himmlische
Mutter Jesus Christus niemals, dass wir, die wir
seine Kinder sind, umkommen.*

JULIAN VON NORWICH,
Göttliche Offenbarungen

Es dauerte einige Wochen, bis Kathryn genug Mut gefasst hatte, um die zwölf Meilen zum Burggefängnis zu reiten. Sie hatte jede Nacht stundenlang wach gelegen, in den Schubladen ihres Verstandes gewühlt und nach erklärenden Worten gesucht. Doch sie hatte keine gefunden. Aber Finn sollte wenigstens wissen, dass sie sich um Rose kümmerte. Außerdem schuldete sie ihm eine Erklärung dafür, weshalb ihn seine Tochter nicht besuchte. Wie diese Erklärung jedoch aussehen sollte, das wusste sie noch nicht. Aber wenn sie ihm einfach nur gegenüberstehen und er ihr in die Augen sehen konnte, würde er darin vielleicht die Liebe erkennen, die sie immer noch für ihn empfand. Vielleicht aber auch nicht. Also musste sie es wenigstens versuchen, sonst würde sie wohl nie wieder ruhig schlafen können.

Zweimal schon hatte sie ihre Haare mit ihrem goldenen Haarnetz geschmückt, hatte ihren mit Pelz gefütterten Mantel angezogen und ihr Pferd bestiegen. Zweimal war sie, während ihr ein Diener in respektvollem Abstand folgte, drei Meilen weit nach Aylsham geritten. Und zweimal war sie umgekehrt.

Der heutige Tag dämmerte klar und spröde herauf wie das Eis, das bis März den Mühlteich überziehen würde. Keine einzige winterliche Wolke war am Himmel zu sehen. Ihre Stute würde mit den gefrorenen Fahrspuren auf der Straße keine Schwierigkeiten haben. Sie selbst musste ihre Aufmerksamkeit weder der Brauerei noch der Küche, weder der Vorratskammer noch den Kellern widmen, und die Abrechnungen hatte sie mit Simpson schon gestern erledigt. Nun fielen ihr beim besten Willen keine Ausreden mehr ein.

Als sie die Kreuzung bei Aylsham erreichte, spornte sie ihr Pferd an und ritt dann Richtung Norwich. Ihr Umhang breitete sich wie eine Schleppe über die Flanke des Pferdes aus, und die Pelzborte ihrer Kapuze kräuselte sich im Wind. Die beißende Kälte, die ihr die Tränen in die Augen trieb, war ihr mehr als willkommen.

Der Diener hielt sein Pferd an der Kreuzung von Aylsham an. Als seine Herrin diesmal nicht zurückkam, seufzte er, zupfte sein Wams zurecht und trieb sein Pferd zum Galopp an.

Finn stand an dem hohen Fenster und sah in die Ferne, damit sich seine Augen von der anstrengenden Arbeit erholen konnten. Er hätte an dem Paneel für den Bischof arbeiten sollen und nicht an Wycliffes Text, denn morgen war Freitag. Der Bischof kam immer am Freitag. Finn freute sich tatsächlich auf diese Kontrollbesuche. Für einen einsamen Mann war selbst der Teufel eine willkommene Gesellschaft. Der einzige andere Mensch, den er neben dem Gefängniswärter und dem Schwachkopf, der ihn bediente, zu Gesicht bekam, war Halb-Tom. Er hatte den Zwerg seit jenem ersten Besuch noch zweimal gesehen. Einmal, als er ohne Nachricht aus Blackingham zurückgekommen war, und einmal, als er den fertig gestellten Wycliffe-Text abholte.

Der flache, eisbedeckte Fluss unter ihm wand sich durch die winterliche Landschaft wie eine blau-weiße Straße, eine Straße, auf der er sich jedoch genauso wenig fortbewegen konnte wie ein Vogel auf einer Wolke. Er konnte kaum das äußere Ende der Brücke erkennen, die über den Fluss und zum Gefängnis hinaufführte. Auf der Brücke sah er eine Reiterin, dicht gefolgt von einem Diener. Frische Spuren im Schnee zeichneten ihren Weg zur Brücke nach. Sein Künstlerauge nahm sofort wahr, was für einen lebhaften Kontrast das Blau und Silber der Livree des Dieners zum weißen Hintergrund der Landschaft bildete. Blau und Silber. Das waren die Farben von Blackingham! Rose! Endlich! Er versuchte, von der anderen Seite des Fensters mehr von der Brücke zu sehen, aber die Frau war bereits aus seinem Gesichtsfeld verschwunden.

Er rannte aus seinem Zimmer und die gewundene Treppe zur Gittertür hinab. Beruhige dich, sagte er sich. Es gibt viele Adelshäuser mit blauer Livree, und der silbrige Schimmer konnte auch eine Sinnestäuschung durch das Licht gewesen sein.

Er schlug mit seinem Zinnkrug an die Gitterstäbe. »Schickt mir meinen Lakaien«, rief er in die Richtung des Wachzimmers. »In meinem Zimmer ist es kalt. Meine Tochter kommt. Ich brauche heiße Kohlen und warmen Apfelwein. Zwei Becher.«

Der Dienst habende Sergeant erschien. Er knöpfte seine Hose zu und murmelte: »Immer mit der Ruhe. Kann man nicht einmal ungestört pinkeln gehen. Was glaubt Ihr, was das hier ist? Ein Wirtshaus, oder was?«

Finn blieb nicht stehen, um sich sein Murren weiter anzuhören, sondern rief ihm, über die Schulter gewandt, noch zu: »Ihr Name ist Rose. Sagt dem Hauptmann, dass ich die Erlaubnis des Bischofs habe, sie zu sehen.«

Sie musste jede Minute hier sein. Und sie war sicher hungrig. Es war ein langer Ritt. Der Junge, der ihm das Essen brachte, würde erst in drei Stunden mit der nächsten Mahlzeit kommen, und so lange würde sie nicht bleiben können.

Er stocherte in der kaum noch roten Glut im Kamin herum, suchte dann ein paar Kekse von seinem gestrigen Abendessen und ein paar getrocknete Früchte zusammen. Er besprenkelte die altbackenen

Kekse mit ein wenig Wasser und streute ein paar kostbare Körnchen Zucker darauf, wickelte sie in Pergament ein und legte sie auf den Kamin, damit sie warm wurden. Das getrocknete Obst arrangierte er auf einem Teller. Schließlich stellte er den kleinen Tisch vor den Kamin. Er setzte sich hin, um auf Rose zu warten, sprang dann wieder auf, um seinen Kamm zu suchen, und fuhr sich damit eilig durch seine Haare und den Bart. War sein Hemd sauber?

»Ich bin gekommen, um mit dem Gefangenen Finn zu sprechen«, sagte Kathryn mit so viel Autorität, wie sie aufbringen konnte. »Ich bin Lady Blackingham.«

Nachdem sie ihrem Diener die Zügel ihres Pferdes übergeben hatte, saß sie vor dem Hauptturm ab. Der Wärter, der vor dem Turm stand, steckte seinen Kopf durch die Tür und murmelte etwas, das sie nicht verstehen konnte. Dann tauchte ein Mann mit einem Kurzschwert an der Seite auf. Er schien überrascht, sogar ein wenig nervös zu sein und deutete eine leichte Verbeugung an. »Mylady, wir haben Euch hier nicht erwartet.«

»Selbstverständlich habt Ihr mich nicht erwartet. Finn, der Illuminator, der ist doch hier, oder?«

»Ja, aber...«

»Sind Besucher zugelassen?«

»Ja, manchmal. Hin und wieder sogar weibliche Besucher.« Er hörte, wie der Wärter kicherte, und warf ihm einen warnenden Blick zu. »Aber es ist ein wenig ungewöhnlich, dass eine Dame...«

»Der Sheriff war ein guter Freund meines Ehemannes, des verstorbenen Lord Blackingham. Er hat mir versichert, dass ich den Gefangenen sehen dürfe.« Nun, das war nicht unbedingt gelogen.

»Das werde ich erst überprüfen müssen. Wenn Ihr vielleicht morgen wiederkommen könntet...«

»Seht Ihr denn nicht, dass ich fast erfroren bin? Das hier ist kein Nachmittag, um auf die Jagd zu gehen. Sir Guy wird bestimmt nicht erfreut sein, wenn er hört, dass Ihr der Witwe seines Freundes solche Unannehmlichkeiten bereitet.«

Der Mann seufzte resigniert. »Also gut, ich werde Euch zu ihm bringen.«

Er nahm einen großen Schlüsselbund und ging ihr voraus über den Hof. Am Fuß einer gewundenen Treppe blieb er stehen. In einem kleinen Vorzimmer lümmelte ein weiterer Gefängniswärter herum. Die Tür am Fuße der Treppe bestand aus einem Eisengitter und kratzte über den Steinboden, als der Hauptmann sie öffnete. Kathryn zuckte zusammen.

»Ist die Tür oben offen?«, fragte der Hauptmann den Wärter.

»Jawohl. Seine Hoheit war gerade hier und hat einen Höllenlärm veranstaltet.«

Der Hauptmann bedeutete Kathryn mit einem Wink vorauszugehen.

»Bitte«, sagte sie. »Ich würde Master Finn gern allein sprechen.«

Sie lächelte ihn an, berührte sogar seinen Ärmel, aber sie war nie besonders gut darin gewesen, wenn es darum ging, die Kokette zu spielen. Er zögerte. Sie griff in das Ridikül aus Samt, das an ihrer Taille hing, nahm eine Silbermünze heraus und drückte ihm diese diskret in die Hand. Ihre Kehle war trocken, als sie sagte: »Ich versichere Euch, dass ich nicht in Gefahr bin. Aber ich habe mit Master Finn eine höchst private Angelegenheit zu besprechen.«

Der Hauptmann zuckte mit den Schultern und wies ihr den Weg nach oben. »Es ist eine ziemlich lange Treppe. Wenn Ihr fertig seid, kommt einfach wieder herunter und schlagt gegen das Gitter.« Er wandte sich zum Gehen, dann drehte er sich noch mal um. Sie fürchtete schon, er könnte es sich doch anders überlegt haben. »Wenn Ihr auf dem Rückweg noch einmal bei mir im Hauptturm vorbeikommt, habe ich etwas, das Euch vielleicht interessieren wird.«

Er verbeugte sich flüchtig, dann hörte sie, wie hinter ihr der Schlüssel im Schloss umgedreht wurde. Sie war in Gedanken so sehr mit ihrer bevorstehenden Begegnung beschäftigt, dass sie an die Bemerkung des Hauptmanns keinen zweiten Gedanken verschwendete.

Finn stocherte gerade im Feuer herum und versuchte, es mit einem seiner Federkiele anzufachen – scharfe oder schwere Gegenstände erlaubte man ihm in seiner Zelle nicht –, als er leise Schritte hinter sich hörte. Er ließ den Kiel ins Feuer fallen, der in hellen, kleinen Flammen explodierte. Als Finn sich umdrehte, sah er die Silhouette einer in einen Kapuzenumhang gehüllten Gestalt in der Tür stehen. Er rannte auf sie zu und schloss sie in die Arme.

»Mein Liebling«, sagte er. »Endlich. Wenn du wüsstest, wie sehr dein Vater...« Er spürte, wie sie sich versteifte. Er trat einen Schritt zurück und hielt sie auf Armeslänge von sich. »Tut mir leid, wenn ich dir die Luft abgedrückt habe, es ist nur...«

Sie schob die pelzgefütterte Kapuze zurück, die ihr Gesicht verdeckte.

»Kathryn!«

Also doch nicht Rose. Zuerst verspürte er eine tiefe Enttäuschung, dann jedoch auch Freude. Trotz allem, er würde Kathryn nicht zeigen, wie froh er war, sie zu sehen. Also verbannte er seine Freude in die schwarze Grube seines Herzens, wo sie in Kathryns Verrat ertrank. Wie wunderschön sie doch war, während sie so hochmütig wie eh und je vor ihm stand, mit kerzengeradem Rücken, die Haut rosig und ihre Augen von der Kälte glänzend. Er hasste sich dafür, dass ihm das überhaupt auffiel.

»Ich dachte, Ihr wärt Rose«, sagte er. Es klang so tonlos wie Worte, die in völlig unbewegter Luft gesprochen wurden.

»Das habe ich aus der Herzlichkeit Eurer Begrüßung geschlossen.«

»Wo ist Rose? Warum ist sie nicht mit Euch gekommen?« Panische Angst überfiel ihn. Er vergaß fast zu atmen. »Ist sie krank?«

»Ihr braucht Euch keine Sorgen um sie zu machen, Finn. Rose geht es gut. Ich kümmere mich um sie. Darf ich hereinkommen?«

»Fürchtet sich die hochwohlgeborene Lady nicht, die Zelle eines Diebes und Mörders zu betreten? Ich hoffe doch, dass Ihr Euren Schmuck zu Hause gelassen habt. Habt Ihr denn keine Angst, dass ich Euch den Schädel einschlagen könnte, so wie dem Priester?«

Sie stand steif wie eine Statue da und sah ihn mit einem unsäglich traurigen Ausdruck im Gesicht an, während sie sich so fest auf die Oberlippe biss, dass er glaubte, gleich würde Blut aus diesen Lippen sickern. Lippen, die zu küssen er sich sehnlichst wünschte. Wie pervers musste er sein, dass er sie immer noch verlockend fand.

»Ich weiß, dass Ihr weder ein Dieb noch ein Mörder seid«, sagte sie. »Ich weiß, dass Ihr ein rechtschaffener Mann seid.« Ihr Gesicht war hager, und sie hatte dunkle Schatten unter den Augen.

»Dann sagt das doch bitte auch Eurem Freund, dem Sheriff«, antwortete Finn und wandte sich ab. Er fühlte sich völlig leer. Wenn er sie nicht ansah, schwanden der Hass – und das Verlangen.

»Habe ich nun Eure Erlaubnis einzutreten, oder nicht?« Sie hatte die Worte leise gesprochen, fast gehaucht.

»Ihr habt die Erlaubnis, die ein verurteilter Mann zu geben vermag.« Er trat einen Schritt zurück, und sie betrat das Zimmer, blieb dann aber abrupt stehen. Alle Farbe wich aus ihrem Gesicht.

»Was meint Ihr mit ›verurteilt‹?«

»Hierzu verurteilt.« Er wies in den Raum.

Sie sah sich um, wobei ihr Blick zuerst auf seinem Bett, und dann auf seinem Arbeitstisch verweilte. »Ich habe es mir schlimmer vorgestellt«, sagte sie.

»Das war es auch«, antwortete er. »Aber ich habe mich verkauft. Ich bin jetzt der Sklave des Bischofs.« Er zeigte mit einer verächtlichen Geste auf seinen Arbeitstisch, verharrte über dem teilweise fertig gestellten Paneel mit der Himmelfahrt, das unter dem Fenster stand. »Als Gegenleistung für diesen völlig wertlosen Zierrat für seinen Altar ist mir ein farbloser Abklatsch des Lebens gestattet.«

Sie berührte das Gemälde ehrfürchtig. »Das ist kein wertloser Zierrat. Es ist wunderschön«, sagte sie. »So wunderschön wie alles, was Ihr macht.«

Merkwürdig, wie befriedigend diese Worte waren, wie wichtig ihm ihre Anerkennung war. Er zuckte mit den Schultern. »Jedenfalls bewahrt es mich vor dem Henker.«

Sie schauderte bei dem Wort Henker, und auch das sah er mit großer Befriedigung.

»Es tut mir leid, wenn ihr mein Zimmer noch kalt vorfindet. Aber das ist es oft.« Mistkerl, dachte er. Du versuchst, ihr Mitleid zu erregen. »Meine Manieren sind so ungenügend, wie es die Umstände sind. Bitte, setzt Euch doch, Mylady.« Er zeigte auf seinen Stuhl. »Es ist zwar unhöflich von mir, in Eurer erhabenen Gegenwart zu stehen, aber ich habe leider nur diesen einen Stuhl.«

»Finn, nicht, bitte.«

Er wandte den Blick ab und starrte durch das Fenster ein kleines Stück frostigen Himmel an, an dem eine winterlich blasse Sonne stand.

Als er sie wieder ansah, kam sie ihm vor wie eine Figur in einem Gemälde. Er hätte sie auf der Stelle so malen können, halb im Schatten sitzend, in ihrem blauen Mantel, auf den das Licht vom Kamin fiel, den Kopf gesenkt, die Hände im Schoß gefaltet, den Blick abgewandt, so still und blass wie Alabaster. Wartend. Eine Frau, deren Herz ein Geheimnis war. Setze ihr ein Kind auf den Schoß, und sie wird zur Madonna, dachte er. Noch besser, male sie als Pietà, das blutige Haupt des toten Christus im Schoß.

»Warum, Kathryn? Ich möchte nur eines wissen: Warum.«

Sie hob den Kopf, gab ihm aber keine Antwort.

»War es, weil Ihr bedauert habt, was wir einander bedeuteten? War es aus Abscheu, weil Ihr einen Mann, der eine Jüdin geliebt hat, in Euer Bett gelassen habt?«

»Ihr wisst, warum, Finn. Ich musste eine Wahl treffen.«

»Und Ihr habt Euch für die Lüge entschieden.«

Sie schloss die Augen und atmete tief durch. Dann öffnete sie die Augen wieder, sah ihn aber nicht an. »Wer auch immer die Perlen besaß, hat den Priester getötet.«

»Also habt Ihr, als meine Tochter sagte, Alfred hätte mir die Perlen untergeschoben, angenommen, dass er es getan hat. Und dann habt Ihr mich geopfert.«

»Ich hätte mein Leben gegeben und würde immer noch mein Leben geben, um Euch zu retten, wisst Ihr das denn nicht? Aber ...« Sie starrte ins Feuer, so als könnte sie in den glühenden Kohlen die Antwort finden. »Wenn Ihr zwischen mir und Rose wählen müsstet, Finn, wie würdet Ihr entscheiden?«

Er hatte sich das in den vergangenen Wochen selbst schon unzählige Male gefragt. »Jedenfalls hätte ich nicht zugelassen, dass sie Euch so einfach abführen. Ich hätte wenigstens versucht, einen Weg zu finden, euch beide zu retten, Euch und Rose. Ich hätte Euch nicht so einfach gehen lassen.«

»Einfach? Ihr glaubt, das was ich getan habe, war einfach für mich? Versteht doch, der Sheriff…«

Er stieß einen verächtlichen Laut aus. »Euer Freund, der Sheriff.«

»Freund, Feind. Sein Verhältnis zu mir ist völlig ohne jede Bedeutung. Aber er hält den Schlüssel in der Hand. Ich muss mich ihm gegenüber freundlich zeigen. Es seid nicht nur Ihr, mit dem er mich erpressen kann. Er hat auch Alfred. Ich habe meinen Sohn nicht mehr gesehen, seit er sein Schildknappe geworden ist. Wenn ich nur einmal mit ihm sprechen könnte. Wenn ich mit Sicherheit wüsste, dass er mit dem Mord an dem Priester nichts zu tun hat, könnte ich bei dem Bischof ein Gesuch für…«

»Ein Gnadengesuch? Macht Euch doch nichts vor. Despenser will mich in seiner Gewalt haben, bis er dieses Spiels überdrüssig ist, wie immer es auch aussehen mag. Und Sir Guy Fontaigne wird niemals auch nur einen Finger krumm machen, damit ich freikomme. Hütet Euch vor seinen Versprechungen, Kathryn. Gebt ihm nicht noch mehr Macht über Euch. Schließt meinetwegen keinen Pakt mit dem Teufel.«

Sie deutete auf den Tisch, auf dem der Teller mit Keksen und die zwei Tassen dampfend heißer Apfelwein standen. Sie wärmte sich ihre Hände an einer der Tassen, nahm sie aber nicht vom Tisch. »Ihr habt Eure Tochter erwartet.«

Ihr Lächeln, mit fest zusammengepressten Lippen und unendlich traurig, ging ihm sehr nahe, also verschloss er sein Herz vor ihrer Qual. Er sagte nicht, dass er sich freute, sie zu sehen. Er bot ihr nicht einmal etwas zu trinken an.

»Ich erwarte sie seit jenem Tag, an dem ich ihr geschrieben habe. Habt Ihr ihr meinen Brief gegeben?«

»Ich – ich habe ihr Eure Nachricht übermittelt.«

Entweder sie log, oder aber es war irgendetwas geschehen. Rose hätte darauf bestanden, Kathryn zu begleiten. Da war er sich völlig sicher.

»Ihr habt gesagt, dass sie nicht krank ist. Ist sie noch bei Euch? Ihr habt sie doch nicht fortgeschickt.«

Er spürte Panik in sich aufsteigen. »Ich habe Euch doch gesagt, dass ich Euch für Eure Mühen entschädigen ...«

»Ich will Euer Geld nicht, Finn. Denkt Ihr wirklich so von mir? Dass ich ein hilfloses junges Mädchen vor die Tür setze?«

Der verletzte Ton in ihrer Stimme ließ ihn laut auflachen. »Nun, schließlich habt Ihr Euch auch ohne zu zögern Eures Geliebten entledigt. Und noch dazu auf eine raffinierte Weise. Man kann ja wohl kaum von Euch erwarten, dass Ihr Euch um seine jüdische Tochter kümmert, die noch dazu keinen roten Heller ihr Eigen nennt.«

»Rose kann bei mir bleiben, egal, ob Ihr gehängt werdet, ob Ihr entlassen werdet oder irgendwann an Altersschwäche in Eurem Bett sterbt.«

Gut. Sie war zornig, und ihr Zorn ging ihm bei weitem nicht so nahe wie ihre Traurigkeit. Die Heftigkeit ihrer Reaktion beruhigte ihn sogar.

»Ihr habt keinen Grund, zu glauben, dass ich Eure Tochter nicht bei mir haben will. Wisst Ihr, wie sehr Ihr mich damit verletzt?«

Er wusste es.

Sie stand auf und begann, unruhig im Zimmer auf und ab zu gehen, wobei ihr Mantel um ihre Füße schwang. Sie hatte die Hände zu Fäusten geballt, um ihren Worten noch mehr Gewicht zu verleihen. Er starrte den Fußboden an, ihre Füße, die sich vor ihm hin und her bewegten. Sie trug die Stiefel mit den silbernen Schnallen, die Stiefel, die er ihr geschenkt hatte.

»Ich werde sie immer wie meine eigene Tochter behandeln, Finn. Das schwöre ich. Es wird ihr an nichts fehlen. Sie wird gekleidet, gespeist und umsorgt, so als wäre sie eine Tochter von Blackingham. Sowohl Rose als auch das Kind. Das schwöre ich bei der Heiligen Jungfrau.«

Was für ein Kind? Wovon redete sie überhaupt? Er setzte sich benommen auf den Stuhl. Die Sitzfläche war noch warm. Sie war jetzt stehen geblieben. Der Saum ihres Umhangs war gefährlich nah ans Kamingitter geraten. Er beugte sich nach vorn und zog den Saum ein Stück zurück, damit kein Funke darauf fallen konnte.

Er sah zu ihr auf, während sie vor ihm stand. »Kind?«, fragte er.

»Ich wollte es Euch eigentlich anders sagen. Nicht so plump. Ihr solltet einfach nur wissen, dass Ihr mir vertrauen könnt. Ich weiß, dass ich es Euch schon früher hätte sagen sollen, aber unser Verhältnis war so angespannt, und dann kam der Sheriff...« Sie hielt sich die behandschuhten Finger vor den Mund, so als wolle sie ihre Worte zurückhalten. Ihre Augen röteten sich, und sie gab ein ersticktes leises Keuchen von sich.

Sie weinte! Er hatte sie noch nie weinen sehen und war auf die Wirkung, die ihre Tränen auf ihn hatten, in keiner Weise vorbereitet. Er wollte sie küssen und wollte sie zugleich anschreien, dass sie damit aufhören solle. Welches Recht hatte sie zu weinen? Er sprang auf, packte sie am Handgelenk und zwang sie still zu stehen, ihn anzusehen. Sie wand sich, als täte er ihr weh, aber kein Wort der Klage kam über ihre Lippen. Er lockerte seinen Griff ein wenig.

»Von welchem Kind sprecht Ihr, Kathryn?«

Sie ließ die Hand sinken, so als wolle sie den Worten erlauben, ihre Lippen zu verlassen. Ihre Stimme war heiser, während sie verzweifelt versuchte, ihre Tränen zu unterdrücken. »Rose bekommt ein Kind. Es wird im Mai geboren werden.«

Seine Gedanken stoben auseinander wie Vögel beim Klang einer Rassel. Er ließ ihr Handgelenk los, rieb sich mit beiden Händen das Gesicht. Rose. Seine Rose. Die selbst fast noch ein Kind war.

»Sie und Colin waren ein Paar.«

»Colin?«

»Ihr wart genauso blind wie ich. Es war genauso unsere Schuld wie die der beiden. Wir haben sie viel zu oft allein gelassen, während wir...«

»Ihr müsst mich nicht daran erinnern, Kathryn. Ich weiß sehr wohl, was wir getan haben.«

Schweigen, so tief wie eine Schlucht, breitete sich zwischen ihnen aus.

»Ihr hört Euch an, als würde es Euch leidtun«, sagte sie.

»Ein schlechter Same bringt eine bittere Frucht hervor, Kathryn.« In ihren Augen schimmerten wieder Tränen. »Ich würde nicht einen einzigen Moment davon ungeschehen machen wollen. Ich würde nicht einen einzigen dieser *schlechten* Samen gegen die reinsten und schönsten Blüten des Paradieses eintauschen wollen.«

»Mein Enkelkind soll nicht als Bastard geboren werden. Euer Sohn wird meine Tochter heiraten.«

Sie öffnete den Mund, um etwas zu sagen. Er hielt eine Hand in die Höhe, um sie zum Schweigen zu bringen. »Sagt jetzt nicht, dass sie nicht heiraten können, weil sie eine Jüdin ist. Sagt es nicht, Kathryn. Wenn ich diese Worte aus Eurem Mund hören sollte, dann weiß ich endgültig, dass Ihr eine Lügnerin und eine Heuchlerin seid, deren Herz nicht zur Liebe fähig ist. Sagt nicht, dass der König es nicht erlauben wird. Der König weiß nicht, wer ich bin. Niemand außer Euch kennt meine Geschichte.«

»Sie können nicht heiraten«, sagte sie matt.

Er hätte sie am liebsten geschlagen. Sie zuckte zusammen, so als hätte sie seine Gedanken gelesen. »Sie können nicht heiraten, weil ich nicht weiß, wo Colin ist. Er hat mein Haus verlassen.«

»Wann?«

»An dem Abend, an dem Ihr verhaftet wurdet.«

»Dann geht zu Eurem Freund, dem Sheriff. Er soll ihn suchen. Holt ihn zurück. Zwingt ihn, sich seiner Verantwortung zu stellen.«

»Colin weiß nichts von dem Kind. Wahrscheinlich ist er vor Rose davongelaufen. Die Versuchung der Sünde ...«

»Wollt Ihr damit sagen, dass meine Tochter, die noch Jungfrau war, als sie in den *Schutz* Eures Hauses kam, Euren Sohn verführt hat?«

»Nein. Ich sage damit nur, dass – Finn, Ihr kennt die Macht der Versuchung.«

Sie flehte ihn förmlich an. Er aber wandte sich ab und drehte ihr den Rücken zu.

Sie berührte ihn an seiner rechten Schulter. Ihre Stimme war kaum mehr als ein Flüstern, aber er verstand jedes Wort. »Ich verspreche Euch beim Blute des Erlösers, dass ich für Eure Tochter sorgen werde. Und für ihr Kind wird genauso gut gesorgt werden.«

Er atmete heftig ein, versuchte, seine Gefühle unter Kontrolle zu bringen. Seine Rippen, die noch immer nicht verheilt waren, schmerzten. Das einzige Geräusch im Raum war das Geräusch von Finns Herzschlag, der in seinem Kopf hämmerte.

»Ich muss jetzt gehen«, sagte sie. »Nach Einbruch der Dunkelheit ist es auf den Straßen zu gefährlich.«

Da er sich seiner Stimme nicht sicher war, schwieg er, und als er sich umdrehte, war sie bereits gegangen.

Der einzige Hinweis darauf, dass sie überhaupt hier gewesen war, war der schwache Lavendelduft in der Luft und das belastende Wissen, das sie zurückgelassen hatte. Er lauschte ihren Schritten auf der Treppe, die immer leiser wurden. Dann nahm er den Zinnbecher und warf ihn an die Wand. Der Apfelwein spritzte an die Mauersteine und tropfte klebrig und dunkel auf den Boden.

Kathryn rief nach der Wache, damit man ihr öffnete. Ihr Diener, der sich an dem offenen Feuer im Hof wärmte, band ihr Pferd los und führte es zu ihr.

»Mylady, nur einen Moment. Ich habe etwas, das Euch vielleicht interessieren wird.«

Der Hauptmann. Sie hatte seine Bitte völlig vergessen. Am liebsten wäre sie einfach auf ihr Pferd gestiegen und davongeritten. Sie wollte diesen erbärmlichen Ort einfach nur noch hinter sich lassen. Der Wind sollte ihre Tränen trocknen und die Kälte ihr Gesicht erstarren lassen, bis sie den Schmerz in ihrer Brust nicht mehr fühlte. Aber das war nicht möglich. Der Hauptmann stand erwartungsvoll vor ihr. Er hatte ihr bereits einen Gefallen getan, und sie wusste, dass sie bald wieder auf sein Entgegenkommen angewiesen sein würde.

»Aber bitte schnell«, sagte sie. »Bis Blackingham ist es ein weiter Weg.« Sie folgte ihm in den Hauptturm.

Er öffnete das Vorhängeschloss an der großen Truhe, die in der

Mitte des runden Wachturms stand, und nahm einen länglichen, in ein Tuch eingewickelten Gegenstand heraus.

»Ich dachte, dass ihr das hier vielleicht auslösen wollt. Es gehört dem Gefangenen Finn. Natürlich darf er es nicht zurückbekommen.«

Er wickelte einen Dolch aus, dessen Heft kunstvoll mit eingravierten Flechtwerkornamenten verziert war. Ohne Zweifel, dies war Finns Dolch. Sie hatten – damals waren sie noch nicht lange ein Paar gewesen – zusammen im Garten gesessen, als sie den silbernen Dolch zum ersten Mal sah. Sie hatte sich mit einem Fuß im Efeu verfangen und war gestolpert, und er hatte die Ranke abgeschnitten und sie dann zu einem Kranz gebunden. »Eine grüne Girlande als Haarschmuck für Mylady.« Dann hatte er sie lachend auf die Nasenspitze geküsst, während er ihr den Kranz aufgesetzt hatte.

»Wie viel?«

»Drei Goldsovereigns?« Er sah sie abschätzend an. Er würde sicher mit sich handeln lassen, aber sie hatte es jetzt einfach zu eilig.

»Das scheint mir ein angemessener Preis zu sei. Aber ich habe nur drei Schilling bei mir.« Möglicherweise steckte er mit einer Räuberbande unter einer Decke. »Ich hoffe, Euch genügt mein Wort.«

»Natürlich, Mylady. Soll ich den Dolch so lange für Euch aufbewahren?«

»Nein, ich würde ihn gern mitnehmen. Wäre es möglich, ihn einzutauschen?« Sie zog einen Ring von ihrem kleinen Finger. »Dieser Ring ist mindestens drei Sovereigns wert.«

Der Hauptmann nahm den Ring, hielt ihn ans Licht, biss in das weiche Gold.

»Also gut«, sagte er schließlich. Dann wollte er den Dolch wieder in das Tuch einwickeln.

Kathryn schüttelte jedoch den Kopf. »Ich brauche das Tuch nicht.«

Sie nahm den Dolch und befestigte ihn an ihrem Gürtel neben ihrem Rosenkranz. Auf dem Heimweg spürte sie jedes Mal, wenn ihr Pferd in Trab verfiel, wie sich der Griff des Dolches in ihre Taille grub.

21. KAPITEL

*Item: Dass keine ... Reimschmiede, fahrende
Sänger oder Vagabunden aufgenommen
werden ... die durch ihre Prophezeiungen, Lügen
und Ermahnungen für den Aufruhr und die
Rebellion mitverantwortlich sind.*

ERKLÄRUNG DES PARLAMENTS, 1402

Colin saß im Schneidersitz am hinteren Ende des Schauspielerwagens, dort wo die schwere Plane ein Stück zurückgeschlagen war. Er sah durch einen Regenschleier hindurch auf den leeren Marktplatz, während er versuchte, das Liebesgestöhn, das von der anderen Seite des Wagens zu hören war, zu ignorieren. Er spürte, wie eines seiner Beine einzuschlafen begann.

Der Osterumzug, den die Textilhändlergilde von Bury St Edmunds veranstaltete, war im wahrsten Sinne des Wortes ins Wasser gefallen. Die Zuschauer waren nicht bereit gewesen, noch länger im Regen zu verharren, und waren noch vor der Auferstehung Christi nach Hause an ihren Herd zurückgekehrt. Die Mitglieder der Gilde hatten ihre Theaterwagen zugedeckt und waren ebenfalls gegangen. Die Schauspieler, mit denen Colin unterwegs war, hatten die Leute mit ihren Possen und Liedern unterhalten wollen, sobald der wiederauferstandene Christus sich verbeugt hatte. Jetzt aber war niemand mehr da, der sie mit Applaus – oder klingender Münze – entlohnen würde. Nur einer der Priester, die der Menge folgten und Traktate gegen die Missstände in der Kirche verteilten, war geblieben. Er schien nicht zu bemerken, dass niemand mehr da war, der ihm zuhörte.

Den Schauspielern machte es nicht allzu viel aus, dass der Umzug ein einziger Reinfall gewesen war. Sie hatten im März zwei volle Wochen lang eine Hochzeitsgesellschaft in Mildenhall unterhalten und waren dafür überaus großzügig entlohnt worden. Selbst Colin war des Singens müde.

Zwei seiner Weggenossen waren auf der Suche nach einem Getränk, das ihre Lebensgeister weckte, lachend in die nächste Schänke gegangen. Der dritte hatte Zerstreuung in den Armen eines Milchmädchens gesucht, das sich ihnen mit ihrem Tamburin in Mildenhall angeschlossen hatte. Sie hatte gesagt, dass die aufrührerischen Liedtexte der Truppe sie dazu ermutigt hätten, ihrer Herrschaft davonzulaufen. So wie der Wagen jetzt jedoch schwankte, hatte Colin den Verdacht, dass ihre Entscheidung mehr mit Federhut-Jacks schönen Federn – oder mit etwas noch Schönerem – zu tun hatte.

Colin wünschte sich, er wäre mit den anderen in die Schänke gegangen, auch wenn er dort ebenfalls das Gefühl gehabt hätte, sich aufzudrängen. Er verlagerte sein Gewicht, um den Druck von seinem eingeschlafenen Bein zu nehmen, und versuchte, die lustvollen Geräusche, die aus dem Wageninneren kamen, zu überhören. Selbst jetzt, da niemand da war, der ihn sehen konnte, spürte er, wie er rot wurde. Eine tiefe Sehnsucht nach Rose überkam ihn, und es gelang ihm einfach nicht, seine Gedanken von ihrem Bild zu befreien. Die Erinnerung an sie verfolgte ihn wie ein Höllenhund. Je mehr er seine Sünde bereute, desto mehr sehnte er sich nach ebenjener Person, mit der er sie begangen hatte. Er fühlte sich unglaublich elend.

Es war offensichtlich, dass es die Truppe niemals bis zum Sommer nach Cromer schaffen würde. Cromer lag nördlich von Norwich, Bury St Edmunds im Süden, also in der entgegengesetzten Richtung. Und die Straßen waren überschwemmt. Nicht, dass das noch eine große Rolle gespielt hätte. Seine Zeit bei den Schauspielern machte ihn in zunehmendem Maße untauglich für die Gesellschaft von

Mönchen. Zudem fand er die Idee, ins Kloster zu gehen, inzwischen weit weniger reizvoll als früher. Alles, was er wirklich wollte, war, nach Hause zurückzukehren.

Konnte es nicht sein, dass er sich getäuscht hatte und sie beide gar nicht für den Brand im Wollhaus verantwortlich waren? Vielleicht war es ja doch Johns Schuld gewesen. Vielleicht hatte er sich seinen Tod doch selbst zuzuschreiben. Colin hatte ihn schließlich oft genug betrunken erlebt. Vielleicht war John auch an diesem Tag betrunken gewesen und hatte eine Laterne umgestoßen. Eines aber konnte Colin einfach nicht verdrängen. Rose war noch Jungfrau gewesen, und jetzt war sie es nicht mehr. Und das war seine Schuld. Ganz allein seine Schuld, nicht die ihre. Und es lag allein an ihm, das in Ordnung zu bringen.

Selbst bei dem lauten Prasseln des Regens war es schwierig, das Quieken und Stöhnen hinter ihm zu ignorieren. Wenn Feuer die Strafe für Wollust war, dann wäre dieser Wagen schon längst lichterloh in Flammen aufgegangen. Er starrte auf die schlammige Seenlandschaft hinaus und sah zu, wie der Regen von dem überhängenden Dach des Wagens heruntertropfte. Der verrückte Priester – so nannte Colin John Ball insgeheim – stand allein im Regen auf dem Platz, die Arme zum Himmel erhoben, während ihm das Wasser übers Gesicht lief. Es schien ihn überhaupt nicht zu stören, dass niemand mehr da war, der ihm zuhörte. »Flieht vor dem Zorn Gottes. Er wird die Welt zerstören wie zur Zeit Noahs. Gott wird der verdorbenen Hure von Babylon den Rücken zukehren.«

Colin hatte ihn schon öfter gesehen. Obwohl ein großer Eiferer, so war er doch nur einer der Lollarden-Priester, die sich stets dort einfanden, wo sich Menschen versammelten, um ihre unorthodoxen Lehren zu verbreiten. Während die meisten anderen gesichtslos blieben, hinterließ John Ball nicht nur wegen seines Eifers, sondern auch wegen seines Äußeren einen bleibenden Eindruck. Der untersetzte Mann in der Kutte eines Bettelmönches fiel durch seine grotesken Gesten und seinen erregten Ton auf, wenn er gleichermaßen gegen Kirche und Adel zu Felde zog, ihre Gier anprangerte und ihnen vorwarf, die Armen auszubeuten. Er predigte gegen die von Gott gegebene Ordnung der Stände und vertrat radikale Ideen von Gleichheit und Freiheit. Früher wären Colin diese Ideen jedoch noch wesentlich radikaler erschienen.

Die liberalen Vorstellungen, die John Ball predigte, fand man nämlich auch in den Liedern der fahrenden Sänger, kleine Wortsamen, die nun auch Colin die gottgegebene Ordnung anzweifeln ließen. Warum sollte Gott bestimmt haben, dass einige wenige guten Wein aus silbernen Kelchen genossen und prächtige Pelze trugen, während sich andere grob gegerbte Häute überwarfen und schmutziges Wasser aus hölzernen Bechern tranken? War es tatsächlich Gott, der entschied, wer dienen und wer bedient werden sollte? Oder war die gottgegebene Ordnung nur eine Absprache der Könige und Bischöfe, um die armen Leute unter ihrer Kuratel zu halten? Die Kirche nannte es Ketzerei, wenn man sagte, dass Gott alle Menschen gleich geschaffen hatte oder dass ein jeder die Möglichkeit haben sollte, sich seinen Lohn selbst zu verdienen.

Der verrückte Priester erhob seine Stimme zum Sprechgesang:

Als Adam grub und Eva spann,
wo war denn da der Edelmann?

Vertraute Worte, Worte der Gleichheit. Radikale Worte, die besagten, dass Arm und Reich, Leibeigener wie Adeliger denselben Ursprung hatten. Colin hatte seine Gefährten ebendiese Worte oft unter dem Baldachin des großen Lords in Mildenhall singen hören. Der Lord und seine Gäste hatten dabei immer applaudiert und zustimmend genickt, so als richte sich diese Kritik nicht an sie, sondern an irgendwelche anderen Adeligen in irgendeinem anderen England. Aus dem Mund von John Ball, dessen Augen fiebrig glühten wie die eines wahnsinnigen Propheten, erschienen ihm diese Worte jedoch weit gefährlicher. Colin hatte schon einmal miterlebt, wie man ihn wegen Ruhestörung in den Stock geschleift hatte. Er wollte diesem Mann keinesfalls zu nahekommen. Aber John Ball war bereits weniger als zehn Meter vom Wagen entfernt. Und er war auf der Suche nach jemandem, der ihm zuhörte. Flieh vor dem Zorn Gottes! In der

Tat. Aber wohin? Jedenfalls nicht in den hinteren Teil des Wagens. Colin versuchte, sich ein Stück ins Wageninnere zurückzuziehen, weckte mit seiner Bewegung jedoch die Aufmerksamkeit des Priesters. John Ball hielt mitten im Satz inne, ließ die Arme sinken und verschränkte sie vor der Brust, so dass sie in den voluminösen Ärmeln seiner Kutte verschwanden.

Colin versuchte, seinen Blick von dem Priester abzuwenden, der ihn mit feurigen Augen anstarrte. Aber jedes Mal, wenn er wegsah, wurde sein Blick wie von einer unsichtbaren Kette wieder zurückgerissen. Das graue Haar klebte dem Priester in Strähnen an Hals und Gesicht. Wasser rann ihm wie Tränen aus den Augen und tropfte von seiner Nase. Colin spürte, wie sein Blick den Wagen durchdrang, ihn zu sich zu ziehen versuchte.

Der Priester trat entschlossen auf den Wagen zu. Es war zu spät, um die Plane herunterzurollen. Das wäre so gewesen, als hätte er ihm die Tür vor der Nase zugeschlagen.

»Als Adam grub und Eva spann, wo war denn da der Edelmann? Du tätest gut daran, dir diese Worte zu merken, mein Junge.«

»Ich kenne sie bereits.« Bildete er sich das nur ein, oder hatten die quietschenden, rhythmischen Bewegungen des Wagens aufgehört? Aber es war zu spät, um nach hinten zu verschwinden, der berüchtigte John Ball hatte ihn bereits in ein Gespräch verwickelt. »Ich habe ebenjene Worte schon selbst gesungen und dazu die Laute gespielt.« Das war gelogen. Sein Repertoire umfasste ausschließlich Liebeslieder. Aber seine Kameraden hatten diesen Text gesungen, und er war schließlich einer von ihnen.

»Ah. Aber kamen diese Worte auch aus deiner Seele? Haben sie dein Herz entflammt?« Er schlug sich auf die Brust. »Siehst du den Hunger leidenden Bauern in seiner Hütte, wenn du sie singst? Riechst du den Eiter, der aus den offenen Wunden an seinen lumpenumwickelten Füßen rinnt? Spürst du die Bürde des Königs auf seinem Rücken, den Fuß der Kirche auf seinem Nacken, den Schmerz in seinem Herzen?«

Colin wusste nicht, was er auf solch flammende Worte antworten sollte. Hinter sich hörte er ein Kichern und Glucksen. Er hustete, um die Geräusche zu überdecken. Ein Windstoß blies einen Regenschauer in den Wagen.

»Es regnet herein, Pater. Ich muss die Plane schließen. Ich würde Euch gern hereinbitten, aber der Wagen ist äh... ist voll besetzt.«

Die Augen des Mannes hatten die Farbe des Meeres bei Sturm. »Die alte Ordnung wird schon bald zerstört werden, mein Junge. Stammen wir nicht alle von Adam und Eva ab? Es sollte weder Herren noch Knechte geben. Gott wird diesen Missbrauch seines Namens nicht länger dulden. Diesmal aber wird es keine Flut geben. Wir werden das Joch der gottlosen Geistlichen und der bösen Prinzen selbst abwerfen. Diesmal wird die Strafe das Feuer sein.«

»Ja, Pater. Ich werde Eure Worte nicht vergessen.« Und er erinnerte sich an das Bild des brennenden Wollhauses. Wer waren die Sünder gewesen? Was ihre Sünde?

Der Prediger zog ein feuchtes Pamphlet aus seiner Kutte und gab es Colin, bevor er, kopfschüttelnd und ohne den Regen zu beachten, davonstolzierte. Er murmelte dabei etwas vor sich hin, aber es waren keine Sünder mehr da, denen er predigen konnte. Colin warf einen Blick auf das Pamphlet, bemühte sich, in der Dunkelheit die seltsamen Worte zu entziffern: *Über das Pastoralamt*, von John Wycliffe, Oxford. Es war keine französische oder lateinische, sondern eine englische Schrift. Aber wenn die Botschaft für das gemeine Volk bestimmt war, ergab das auch Sinn. Er wollte das Pamphlet schon zerreißen und in den Matsch werfen, wo bereits der andere Abfall lag, den die Spielleute zurückgelassen hatten, dann aber las er es doch durch. Schließlich faltete er es sorgfältig zusammen und steckte es in sein Hemd. Er sollte es nochmals in Ruhe lesen. Wenigstens hatte ihm der verrückte Priester etwas gegeben, was ihn ablenkte, so dass er nicht ständig an Rose denken musste.

Hinter sich vernahm er jetzt den Klang eines Tamburins und die hohe, spöttische Stimme von Federhut-Jack. »Als Adam grub und Eva spann, oh, ich spüre es in meiner Seele.«

Ein hohes Kichern antwortete ihm. »Das ist nicht *deine* Seele, die du da spürst.«

»Dann ist es deine?«

»Es sitzt ein bisschen tiefer als meine Seele, glaube ich.« Wieder lautes Kichern.

Heilige Mutter Gottes, sie würden doch nicht wieder von vorn anfangen? Colin löste die Plane. Sie fiel herab. Ein klatschendes Geräusch, und der Wagen war in Dunkelheit gehüllt.

»Hey!«, riefen die beiden.

Im Wagen roch es nach Schimmel und Moschus. Colin wickelte sich in eine Decke ein, vergrub das Gesicht in den Händen und wartete darauf, dass es endlich zu regnen aufhörte.

Der Regen kam auch nach Blackingham. In Norwich, Aylsham und noch weiter unten im Sünden, in Cambridge, gab es Überschwemmungen. Der Yare, Ouse und Wensom, Flüsse, die normalerweise nicht viel Wasser führten, traten über ihre Ufer und schickten ihre Fluten in die des Torfs beraubten Sümpfe und Moore, wo sich nur noch Aale und Wasserschlangen durch die weiten Wasserwüsten bewegten. Sie schwammen im Zickzack durch die Seenlandschaft, zogen geschwungene Linien hinter sich her. Mit der Flut kamen das Elend, der Schlamm und die Verzweiflung.

Jedes Jahr im April machte sich normalerweise eine große Zahl von Pilgern auf den Weg nach Canterbury und Walsingham – weit weniger kamen nach Norwich, weil die Stadt keine Gebeine irgendwelcher längst verstorbenen Märtyrer und Heiligen aufweisen konnte. Diejenigen, die nach Norwich pilgerten, kamen, um die fromme Frau von Saint Julian zu sehen. Dieses Jahr jedoch waren alle Straßen nördlich von Cambridge völlig durchweicht und nahezu unpassierbar. Nur hin und wieder war ein Fuhrmann zu sehen, der sich auf der morastigen Straße vorankämpfte und jedes Mal laut fluchte, wenn die hölzernen Räder seines Karrens wieder einmal im Schlamm stecken blieben.

Zwischen dem Gefängnis und Blackingham gab es so gut wie keinen Austausch. Kathryn hatte Finn seit jener ersten schmerzlichen Wiederbegegnung nicht mehr gesehen. Von Agnes erfuhr sie, dass der Zwerg Rose eine Nachricht gebracht hatte. Er hatte darauf bestanden, ihr den Brief persönlich zu übergeben. Für Kathryn hatte der kleine Mann keine Nachricht gehabt.

Rose war entzückt. »Ich habe einen Brief von meinem Vater bekommen«, erzählte sie Kathryn. »Ihr hattet Recht. Er sagt, dass er sich auf das Baby freut. Er ist überhaupt nicht böse. Ich bin ja so erleichtert.« Ihre Zähne sahen in ihrem olivfarbenen Gesicht sehr weiß aus. »Halb-Tom hat gewartet, bis ich meine Antwort geschrieben habe. Mein Vater hat um eine Locke von mir gebeten. Seht.« Sie zeigte auf eine kürzere Haarsträhne an ihrer Stirn. »Ich dachte, ich schneide sie hier ab. Jedes Mal, wenn mir das Haar ins Gesicht fällt, denke ich an meinen Vater und spreche ein Paternoster für ihn.«

Rose strotzte geradezu vor Gesundheit. Seit Kathryn ihr gesagt hatte, dass sie ihren Vater besucht hatte und dass es ihm gut ging, hatte sich ihr Zustand jeden Tag ein wenig verbessert. Kathryn hatte seine Situation in bestem Licht dargestellt. Von dem Schmerz, den sie in seinen Augen gesehen hatte, hatte sie ihr nichts erzählt. Sie hatte gelogen, hatte ihr gesagt, dass sie warmen Apfelwein getrunken und gezuckerte Kekse gegessen hätten. Sie hätte ihm versprochen, dass sie, Rose, ihn sofort besuchen kommen würde, wenn das Baby erst einmal geboren sei – ja, sie habe ihm das mit dem Baby gesagt –, und nein, er sei nicht böse auf sie, nur über Colin sei er ein klein wenig verärgert. Als sie Colins Namen erwähnte, biss Rose sich unwillkürlich auf die Unterlippe und schloss fest die Augen. Kathryn spürte auch in ihren eigenen Augen Tränen brennen. Aber Rose hatte sich schnell wieder gefangen.

Danach fand Rose langsam zu ihrer alten Fröhlichkeit zurück und aß auch wieder regelmäßig und mit Appetit. Die Wintervorräte gingen zwar langsam zur Neige, aber Kathryn sorgte dafür, dass Finns Tochter mehr zu essen bekam als nur getrocknetes und gesalzenes Fleisch und schimmeligen Roggen. Sie ordnete an, zwei Lämmer zu schlachten, sehr zu Simpsons Verdruss – er hatte es sogar gewagt, ihr zu widersprechen, und versucht, sie davon zu überzeugen, doch lieber ein altes, unfruchtbares Mutterschaf zu schlachten. Als sie sich von ihrer Entscheidung nicht abbringen ließ, war er mit zusammengebissenen Zähnen davongestürmt. Was ging ihn das eigentlich an?

Außerdem hatte sie Agnes angewiesen, für Rose mindestens einmal pro Woche ihren Lieblingspudding zu kochen.

Roses Bauch hatte sich angenehm gerundet. Sie trug das Baby weit oben am Herzen. Es wird ein Mädchen, dachte Kathryn.

An einem Tag im April, als Kathryn glaubte, das unablässige Prasseln des Regens würde sie noch verrückt machen, kam ihre Enkeltochter zur Welt.

»Sie atmet nicht«, stieß Rose keuchend hervor, nachdem die Hebamme die Nabelschnur durchgeschnitten und ihr das winzige Baby, immer noch nass und glitschig, auf die Brust gelegt hatte. Die Hebamme hob das Kind an den Beinen hoch – Roses Schrei ignorierend – und holte den Schleim aus seinem Mund. Kathryn war sehr erleichtert, als sie einen dünnen, aber energischen Schrei hörte.

»Legt sie an Eure Brust, damit sie Euer Herz schlagen hört«, sagte die Hebamme, nachdem sie das Kind gesäubert und in eine Decke gewickelt hatte.

»Ich werde sie Jasmine taufen«, sagte Rose zu Kathryn, während sie ihr Kind in den Armen hielt. »Vater sagt, dass meine Mutter immer nach Jasmin gerochen hat.«

»Das ist ein hübscher Name, Rose. Aber wäre es vielleicht nicht doch besser, ihr einen gebräuchlicheren Namen wie Anne oder Elizabeth zu geben?«

»Ich könnte sie nach meiner Mutter Rebekka nennen.«

Rose sah so jung aus, dachte Kathryn. Sie war ja selbst fast noch ein Kind, obwohl sie die Geburtsschmerzen tapferer ertragen hatte als so manch andere Frau. Nur ein einziges Mal, als der Kopf des Babys zum Vorschein gekommen war, hatte sie laut aufgeschrien und Kathryns Handgelenk dabei so fest umklammert, das sich dort ein blauer Fleck zu zeigen begann. Roses Haare waren immer noch schweißnass. Die Locke, von der sie für ihren Vater ein Stück abgeschnitten hatte, klebte an ihrer Wange. Kathryn streichelte ihr über die Stirn und strich ihr dabei die Locke aus dem Gesicht. Sie dachte dabei an Finns hohe Stirn. Sie dachte auch an die Probleme, die ein

Kind mit einem jüdischen Namen bekommen würde, und daran, dass ein solcher Name ihnen allen das Leben schwer machen würde.

»Ich finde, Jasmine klingt hübscher als Rebekka. Das Andenken deiner Mutter wird mit diesem Namen genauso geehrt. Und er passt zu deiner kleinen Tochter. Sie ist genauso zart und hübsch wie eine Jasminblüte.«

Das Kind, das nach Kathryns Berechnung vier Wochen zu früh auf die Welt gekommen war, war so klein, dass sie es fast in ihren beiden Händen halten konnte. Nachdem es gestillt worden war, nahm Kathryn es seiner Mutter aus dem Arm und wickelte jedes Glied, den winzigen, zarten Rumpf und sogar den Kopf in weiche Leinenbinden, um zu vermeiden, dass sich die weichen Knochen verbogen.

»Das ist wirklich ein kleines Würmchen«, sagte die Hebamme, als Kathryn sie bezahlte. »Aber sie ist zäh. Ihr braucht Euch keine Sorgen um ihre Seele zu machen. Als das Köpfchen gekommen ist, habe ich das Baby im Namen des Vaters, des Sohnes und des Heiligen Geistes getauft. Ich habe ihm auch einen christlichen Namen gegeben. Anna. Nach der Mutter der Heiligen Jungfrau. Ich gebe allen Mädchen, die ich auf die Welt hole, diesen Namen. Die Kleine ist als christliches Kind auf diese Welt gekommen und wird sie – falls dies Gottes Wille ist – auch als christliches Kind wieder verlassen. Wenn sie überlebt, werdet ihr sie sicher später in der Kirche noch einmal richtig taufen lassen.«

Sie *ist* ein christliches Kind, dachte Kathryn. Colins Kind, stellte sie erleichtert fest, als der Flaum auf dem Kopf des Säuglings beim Trocknen ein helles rötliches Blond annahm. Kein jüdisches Kind.

»Aber Eure Taufe genügt doch, oder?«, fragte sie.

»Ja sicher.« Die Hebamme nahm eine Phiole mit Weihwasser aus ihrer Tasche. »Dieses Wasser hat Pater Benedict persönlich gesegnet. Er hat mir außerdem beigebracht, welche Worte ich sprechen muss, wenn das Leben eines Kindes in Gefahr ist.«

Nachdem die Hebamme gegangen war, hielt Kathryn an Roses Bett Wache. War Rose getauft? Finn hätte doch sicher darauf bestanden, oder? Aber dann musste sie daran denken, wie sehr Finn seine Rebekka geliebt hatte. Vielleicht war sie ja gar nicht konvertiert. Hätte er sie trotzdem geheiratet? Dann dachte sie an das kleine, filigrane Kreuz an Roses Hals und schlief beruhigt ein.

Als das Baby wieder Hunger hatte – es schien erst wenige Minuten her zu sein, dass Rose eingeschlafen war und Kathryn sich an ihr Bett gesetzt hatte –, hatte Rose keine Milch. Es kam nicht einmal die gelbliche, zähe Vormilch. Jasmine protestierte energisch mit ihrem dünnen Stimmchen, während sie mit ihrem Rosenknospenmund an der geschwollenen Brustwarze von Roses rechter Brust zu saugen versuchte.

»Probier es mit der linken.«

Aber Jasmine schrie nur noch lauter, verzog wütend ihr winziges Gesicht und lief vor Zorn rosa an. Rose, die von der Geburt immer noch völlig erschöpft war, fing jetzt ebenfalls zu weinen an. *Zwei* weinende Kinder, dachte Kathryn und seufzte. Sie war unglaublich müde. Fast so müde, als wäre sie es gewesen, die das Kind geboren hatte.

»Du brauchst jetzt einfach etwas Ruhe, Rose«, sagte Kathryn. »Dann wirst du auch wieder Milch haben. Wir kümmern uns um das Baby, bis es dir besser geht. Wir geben ihr einen mit Schafsmilch getränkten Lappen oder lassen aus dem Dorf eine Amme kommen.« Sie verfluchte sich, weil sie die Hebamme hatte gehen lassen. Sie hätte bestimmt eine Säugamme gekannt, Kathryn aber hatte nicht die geringste Ahnung, wen sie fragen sollte.

Das Küchenmädchen, das die schmutzigen Leintücher in der Ecke einsammelte, bemerkte sie erst, als Magda sie leicht auf den Ellbogen tippte. »E-Entschuldigung, Mylady. Sie hört vielleicht zu weinen auf, wenn sie an Eurer Fingerspitze nuckeln kann, bis Ihr M-Milch gefunden habt. Seht her, so.« Bevor Kathryn sie daran hindern konnte, hatte sie den schreienden Säugling auf den Arm genommen und ihm ihre Fingerspitze in den Mund gesteckt. Dabei summte sie der Kleinen leise etwas vor: »Lalala, lalala.« Diese nuckelte ein paarmal und schlief dann zufrieden ein. Das Mädchen legte das Kind vorsichtig in sein Bettchen.

Kathryn war höchst erstaunt. »Das hast du sehr gut gemacht, Magda. Ich denke, wir können dich auch im Kinderzimmer gebrauchen.«

Das Mädchen wurde vor Freude rot und knickste kurz. »Mylady, wenn ihr eine Amme braucht, meine Mama hat noch Milch. Soll ich sie holen?«

Soll ich sie holen! Kathryn hätte vor Erleichterung weinen mögen. Sie wusste, dass einige der Bauersfrauen ihre Kleinkinder selbst dann noch an ihren hängenden Brüsten trinken ließen, wenn sie diese schon längst hätten entwöhnen können. Sie glaubten, dass das Stillen sie vor einer weiteren Schwangerschaft schützen würde. Andere wiederum, die unter Mangelernährung litten, hatten bald keine Milch mehr, und ihre Babys starben. Dieses Schicksal zumindest konnte sie Finns Enkelkind ersparen.

»Ja, bitte, geh sofort los und hole sie«, sagte sie zu Magda. »Und sag deiner Mutter, dass ich sie gut bezahlen werde«, fügte sie noch hinzu. Dann nahm sie Roses Hand und sprach beruhigend auf sie ein: »Es wird alles gut, Rose. Ich werde auf dein Kind aufpassen, bis Magda zurückkommt.«

Magda wusste, dass ihre Mutter über diese unerwartete Einnahmequelle hocherfreut sein würde. Dies bedeutete nämlich, dass ihre hungrige Kinderschar in der nächsten Zeit etwas zu essen haben würde. Die Familie spürte immer noch die Auswirkung der Kopfsteuer vom letzten Jahr. Da sie die acht Schillinge, einen Schilling pro Person, die König Richard forderte, nicht aufbringen konnten, hatte der Schuldeneintreiber das Schwein mitgenommen, das sie über den Winter hätte bringen sollen. Von der Köchin hatte Magda inzwischen erfahren, dass es dieses Jahr noch eine Steuer geben sollte, um die fehlschlagenden spanischen Kriege des Herzogs zu finanzieren. »Sie stehlen den Babys das Essen aus dem Mund, damit Männer, die alles haben, noch mehr Geld für ihre Eitelkeiten bekommen.« Das waren Agnes' Worte gewesen. Magdas Familie würde dieses Jahr mit sechs anstatt acht Schilling besteuert werden. Agnes hatte gesagt, dass sie Lady Kathryn bitten würde, die Steuer für Magda zu bezahlen. Und ihr kleiner Bruder war gestorben – ein hungriges Maul weniger, das zu stopfen, ein Kopf weniger, der zu besteuern war. Niemand schien den Tod des kleinen Jungen wirklich zu betrauern, niemand außer Magda, obwohl sie ihre Mutter seitdem mehr als nur einmal vor den drei kleinen Gräbern auf dem Friedhof hatte weinen sehen. Sechs Schilling: Für eine Familie wie die ihre war das genauso viel wie das Lösegeld für einen Herzog. Und das Schwein hatte man ihnen bereits genommen.

Der Lehmboden der Bauernhütte war aufgeweicht. Ihre Mutter saß auf einem Schemel am Tisch, der aus rauen Kiefernbrettern bestand und außer dem Bett, in dem Magdas Eltern schliefen, das einzige richtige Möbelstück war. Neben dem Bett stand ein behelfsmäßiges Kinderbettchen aus Weidengeflecht, das die letzten Jahre ständig in Gebrauch gewesen war. Die anderen drei Kinder schliefen auf einem niedrigen Heuboden über den Tieren. Im Winter fanden die Tiere Schutz vor den Elementen, und die Wärme, die ihre Körper abstrahlten, verhinderte, dass die Kinder froren.

Alles in allem funktionierte das ziemlich gut. Außer an einem Tag wie diesem, wenn Wind und Regen den Rauch des Torffeuers, der durch das Rauchabzugsloch im Rieddach abziehen sollte, wieder in die Hütte zurückdrückte und es drinnen dann penetrant nach Hühnerkot und Kuhdung stank. Der Rauch brannte Magda in den Augen. Sie fragte sich, wie ihre Mutter in diesem Chaos so ungerührt dasitzen und ihr jüngstes Kind stillen konnte, während sie mit ihrer freien Hand Brotteig knetete. Ein zweites Kind, Magdas vierjähriger Bruder, klammerte sich weinend an ihre Röcke. Magda dachte an die stillen, sauberen Zimmer in Blackingham, an die Federbetten und an die riesige Küche, in der immer eine warme Suppe auf dem Herd stand.

»Wo ist Vater?«, rief sie, in der niedrigen Tür stehend, laut, um den Lärm zu übertönen.

»Magda!« Das hagere Gesicht ihrer Mutter war beinahe hübsch, wenn sie lächelte. Aber das geschah nur selten. »Ich weiß nicht, wo er hingegangen ist.« Sie schob eine Haarsträhne unter das Tuch, das sie um ihren Kopf gewickelt hatte. »Er hat gesagt, er würde mit uns hier drin noch verrückt werden. Dann ist er einfach in den Regen hinausgegangen. Auch gut. Er hat sowieso die Luft mit seiner Bitterkeit verpestet.«

Als ob man die Luft hier überhaupt noch mehr verpesten könnte, dachte Magda. »Dann wird er seine B-Bitterkeit essen müssen, anstatt getrocknete Apfel-t-törtchen.«

Sie schüttelte den Regen von ihrem Umhang und stellte voller Stolz einen Korb mit Leckereien auf den Tisch. Ihr kleiner Bruder hörte sofort zu weinen auf und begann, sich am Rock seiner Mutter hinaufzuziehen. Die anderen beiden, die damit beschäftigt gewesen waren, die laut gackernden Hühner zu jagen, kamen herbeigelaufen und griffen sofort mit ihren schmutzigen Händen in den Korb.

»Vorsicht.« Magda hob den Korb in die Höhe. »Es ist genug für alle da. Ich habe euch auch einen Sack fein gemahlenes Mehl und eine ganze Speckseite mitgebracht.«

Ihre Mutter stieß einen leisen Schrei aus, holte dann kurz und heftig Luft. Tränen schimmerten in ihren Augen. Sie berührte Magdas Gesicht.

»Ich danke der Heiligen Jungfrau für den Tag, an dem ich dich nach Blackingham gebracht habe, mein Kind, obwohl ich zugeben muss, dass ich deinen Vater oft verflucht habe, weil er mich dazu gezwungen hat. Er hat gesagt, dass du einfältig bist, nur weil du nicht gesprochen hast. Aber ich denke, du hattest einfach nur nichts zu sagen.« Ihre Mutter hielt inne und sah sie an, so als suche sie in ihrem Gesicht ein Zeichen der Vergebung oder eine Bestätigung dafür, dass sie, als sie ihre Tochter weggeschickt hatte, das Richtige getan hatte.

»Sie sind sehr freundlich zu mir, Mama. Auch Mylady. Niemand nennt mich dort einfältig. Aber ich vermisse die Kleinen. Doch solange ich in Blackingham bin, werdet ihr nicht verhungern.«

Ihr Mutter sah sie erschrocken an. »Du hast das dort doch nicht etwa gestohlen?«

»Nein, natürlich nicht, Mama. Die Köchin hat die Sachen selbst in den Korb gepackt.«

»Ich wünschte, dein Vater wäre hier, um zu hören, wie wunderbar du redest. Er würde es nicht glauben.«

Die Katze hat deine Zunge aufgefressen, hatte er sie früher, als sie noch klein gewesen war, immer geneckt und versucht, sie so zum

Sprechen zu bringen. Sie erinnerte sich daran, wie sie auf seinem Schoß gesessen und versucht hatte, nach dem Kreis aus rotem Licht zu greifen, der seinen Kopf umgab. Wenn sie an seinen Haaren gezogen hatte, hatte er sie geohrfeigt. Auch später, als sie nicht sprechen wollte, hatte er sie oft geschlagen.

»Urteile nicht zu hart über deinen Vater, Mädchen. Er hat kein einfaches Leben.«

»Niemand hat ein einfaches Leben, Mama.« Dann sagte sie ihrer Mutter, warum sie gekommen war. Dass Rose nicht genug Milch hatte, um selbst das winzige Kind satt zu bekommen. Sie hatte das Kind nur zweimal stillen können, und seitdem war sie immer schwächer geworden.

»Ich gehe sofort nach Blackingham«, sagte ihre Mutter, »wenn du dich um deinen kleinen Bruder hier kümmerst, solange ich weg bin.«

»Wirst du genügend Milch für beide haben?« Sie schaute ihren jüngsten Bruder an, der gierig an der Brustwarze seiner Mutter sog und sie dabei mit großen runden Augen ansah.

»Billy hier ist sowieso alt genug, um entwöhnt zu werden. Ich habe ihn nur weiter gestillt, weil … nun, ist egal, warum. Jedenfalls ist das jetzt nicht mehr nötig.«

In der rauchgeschwängerten, dunklen Hütte schien ihre Mutter von einem wunderschönen violetten Lichtschein beleuchtet zu werden. Aber Magda hatte gelernt, dass es besser war, nicht über die Farben zu sprechen, die sie sah, und nichts von den Seelen zu sagen, in denen sie las wie andere Menschen in Gesichtern. Sonst hieß es wieder, sie sei einfältig.

Kathryn wachte über Rose und das Kind, teilte ihre Zeit zwischen den beiden auf. Dem Baby ging es gut, Rose nicht. Sie hörte einfach nicht auf zu bluten. Kurz nach der Geburt war dies nicht beunruhigend gewesen. Aber dann, als die Blutungen langsam hätten aufhören müssen, wurden sie immer stärker. »Blumen«, das war der Name, den die Männer diesem Geheimnis der Frauen, dieser monatlichen Reinigung, gaben. Ein hübscher Ausdruck, um die natürlichen

Eigenschaften des weiblichen Körpers zu beschreiben. Jetzt aber waren dies unnatürliche, dunkle Blumen, die ein weißes, sauberes Leintuch nach dem anderen färbten.

In dem Zimmer, in dem Rose lag und blutete, brannten Tag und Nacht Kerzen für die Heilige Margaret. Kathryn hatte Rose in Finns Bett legen lassen. Das kleine Nebenzimmer, wo sie bisher geschlafen hatte, diente jetzt als Kinderzimmer. Magdas Mutter kam jeden Tag zu Fuß die zwei Meilen von ihrer Hütte nach Blackingham, um Jasmine zu stillen. Kathryn hatte sie gefragt, wer in der Zwischenzeit ihre Kinder versorgte, und zur Antwort erhalten, dass sich ihr Mann um die Kleinen kümmerte, da die Felder überflutet waren und er ohnehin nichts anderes tun konnte. Ein- oder zweimal hatte Kathryn einen kleinen Jungen bei Magda und Agnes in der Küche gesehen, hatte aber nichts gesagt. Solange die Frau Jasmine stillte, wollte sie es ihr nicht verwehren, ihr eigenes Kind in ihrer Nähe zu haben.

Rose wurde jeden Tag blasser. Die Adern in ihren kleinen, runden Brüsten sahen aus wie blaue Spitze, die durch ihre durchsichtige Haut schimmerte. Sie versuchte weiterhin, ihr Kind zu stillen, jedoch vergeblich. Wenn sie keine Milch hatte, fing das Baby laut zu schreien an. Kathryn nahm ihr den Säugling dann aus den Armen und gab ihn der Amme, während Rose völlig erschöpft und müde in die Kissen sank. Sie sagte nie etwas, aber Kathryn wusste, dass sie nicht lange auf die Tränen zu warten brauchte, die sich in Roses Augen sammelten.

Kathryn legte einen heilenden Jaspis unter Roses Kopfkissen und gab ihr literweise Beifußtee mit Honig zu trinken. Sie tränkte Leinenlappen mit einem Aufguss von Frauenmantel und legte ihr Kompressen zwischen die Beine. Am vierten Tag fühlte sich Roses Haut heiß an, und sie versuchte nicht einmal mehr, ihr Baby zu stillen. Einmal, als sie es im Nebenraum weinen hörte, stieß sie einen Schrei aus, so als fürchte sie sich, und fragte: »Was ist das für ein Geräusch?«

Daraufhin ließ Kathryn die Amme und das Baby in ihr Zimmer bringen. Sie hatte das schon einmal versucht, denn sie wollte das Kind in ihrer Nähe haben, aber Rose hatte energisch dagegen protestiert. Diesmal sagte sie nichts mehr dagegen.

Roses Fieber erwies sich als hartnäckig. Sie fing an zu fantasieren, gab in eintönigem Singsang irgendwelchen Unsinn von sich, sang Zeilen von Liebesliedern – Colins Lieder, erkannte Kathryn – und verlangte mit leiser Stimme nach ihrem Vater, manchmal auch nach Colin. Kathryn wusch sie mit kühlem Wasser, aber das Fieber stieg weiter.

Am fünften Tag nach der Geburt ließ Kathryn den Priester in der Saint-Michael-Kirche rufen. Roses Seele sollte nicht ohne Absolution bleiben.

»Sag dem Diener, er bekommt Prügel, wenn er nicht vor Einbruch der Nacht mit dem Priester zurückkommt«, sagte sie, als man ihr berichtete, er hätte sich darüber beklagt, die Straße sei zu *matschig und schlammig*. »Er wird es schon überleben. Ich lasse ihm das Fell über die Ohren ziehen, wenn er sich nicht sputet.«

Sie setzte sich zu Rose ans Bett, murmelte Gebete und zärtliche, beruhigende Worte.

Der Priester traf tatsächlich noch vor Einbruch der Dunkelheit ein. Er schüttelte das Wasser aus seinem Mantel so wie ein Hund den Regen aus seinem Fell.

»Wo ist das Mädchen?«, fragte er, offensichtlich alles andere als erfreut darüber, dass man ihn an einem solchen Abend gerufen hatte.

Kathryn brachte ihn zu Rose. Sie lag totenstill in ihrem Bett, die Augen geschlossen, die Lider dünn und von blauen Adern durchzogen, die Haut so blass wie gebleichtes Leinen. Als Kathryn vor zwei Stunden das letzte Mal den Verband zwischen ihren Beinen gewechselt hatte, war er dunkel und ebenso nass gewesen wie die Erde draußen auf den Feldern.

»Wir sollten uns besser beeilen«, sagte der Priester, legte schnell sein Messgewand an und holte Weihwasser und Kruzifix aus seiner Tasche. Er begann die *Commendatio animae* zu rezitieren.

»*Qui Lazarum...*«

Das Mädchen öffnete während des Totenamts nur ein einziges Mal kurz die Augen und sah sich verstört im Zimmer um. In ihrem Blick lagen Angst und noch etwas anderes, etwas, das wie grenzenlose Verblüffung aussah – aber wurden die jungen Menschen nicht immer vom Tod überrascht? Oder war es die Gegenwart des Priesters, die sie erschreckte? Dann sah sie Kathryn an. »Jasmine«, flüsterte sie, richtete sich auf und hob ihre Arme, so als würde man ihr das Kind hineinlegen.

»Jasmine schläft«, sagte Kathryn sanft. Sie musste gegen ihre eigene Angst und Überraschung kämpfen, und das, obwohl sie schon viele Menschen hatte sterben sehen. »Ich werde mich um dein kleines Mädchen kümmern«, sagte Kathryn. »Ich werde sie mit meinem eigenen Leben beschützen, Rose, das verspreche ich dir. Sie wird für mich wie eine Tochter sein.«

Das Mädchen nickte, fiel in die Kissen zurück und lag ganz still da. Ihr Atem war so schwach, dass Kathryn eine Kerzenflamme an ihr Gesicht hielt, um zu sehen, ob sie überhaupt noch atmete. Nach einer Weile spürte Kathryn eine sanfte Bewegung in ihrer Hand. Sie war sich nicht einmal bewusst gewesen, dass sie Roses Hand gehalten hatte.

»Sagt Vater« – Kathryn musste sich über Rose beugen, damit sie überhaupt verstehen konnte, was sie sagte –, »sagt Vater, dass es mir leidtut.«

Kathryn blieb noch lange Zeit neben der toten Rose sitzen und lauschte dem Rauschen des Regens. Er kam in wahren Sturzbächen vom Himmel, tropfte sogar in den Kamin. Das Feuer begann leise zu zischen, und das Zimmer füllte sich mit Rauch. Kathryn berührte Roses Gesicht. Es war bereits kalt. Der Priester war in die Küche gegangen, wo er ein Abendessen serviert bekam. Er würde diese Nacht in Blackingham verbringen, um ihre Enkelin am nächsten Morgen in der Kapelle richtig zu taufen. Er würde das Baby drei Mal ins Taufbecken tauchen, während Kathryn als Patin danebenstand, aber es würde keine Tauffeier geben. Die Mutter des Kindes würde zu dieser Zeit schon unter dem Taufbecken in der Familiengruft liegen – neben Roderick. Roderick, der jetzt bis zum Tag des Jüngsten Gerichts neben einer wunderschönen Frau ruhen würde. Die einzige Frucht, die er nie würde pflücken können.

Aber auch der Vater des Kindes würde bei der Taufe nicht anwesend sein. War Colin inzwischen ein Benediktiner geworden? Sie hatte von einem Gaukler, der mit seiner Truppe Station in Colchester gemacht hatte, erfahren, dass es ihm gut ging. Vielleicht sang er gerade jetzt in dieser Minute eines seiner wundervollen Liebeslieder, in seliger Unwissenheit, dass seine geliebte Rose nicht mehr am Leben war.

Wenn die Straßen wieder passierbar waren, würde sie ihm eine Nachricht nach Cromer schicken. Vielleicht käme er nach Hause zurück, wenn er von seinem Kind erfuhr.

Sie wollte gerade nach Glynis läuten, damit diese ihr half, Roses Leichnam vorzubereiten, als ihr etwas einfiel. Es hieß, dass die Juden einige besondere körperliche Merkmale und Missbildungen hatten. Doch nun wusste sie, dass das nicht stimmte. Roses Körper sah genauso aus wie ihrer. Allerdings musste Kathryn zugeben, dass sie einen bangen Moment lang gezögert hatte, bevor sie die Hebamme rief. Roses Schmerzen hatten sie dann jedoch zum Handeln gezwungen, und sie hatte insgeheim beschlossen, sich das Schweigen der Hebamme zu erkaufen, falls das erforderlich sein sollte.

Sie holte eine Schüssel mit Lavendelwasser, die in ihrem Zimmer stand, und begann Rose sorgfältig zu waschen. Da waren keine Kennzeichen, keine Missbildungen. Alles an Rose war perfekt geformt. Kathryn flocht das dunkle Haar, wand es um ihren Kopf zu einem Kranz, beschwerte die Lider mit zwei Münzen und band ihren Kiefer mit einem blauen Seidenband hoch. Dann zog sie Rose das Kleid an, in dem ihr Vater sie am liebsten gesehen hatte. In ihrem hellblauen Kleid sah sie wie eine Braut aus, im Tod genauso schön, wie sie es im Leben gewesen war.

Kathryn überlegte, ob sie Rose das Seidenband mit dem kleinen Kreuz abnehmen sollte, um es Jasmine als Geschenk von ihrer Mutter zu geben, genauso wie Roses Mutter es an ihre Tochter weitergegeben hatte. Sie entschied sich dafür. Als sie es Rose vorsichtig abgenommen hatte, sah sie es sich zum ersten Mal genau an. Das verschlungene Filigran war eine erlesene Arbeit. Es erinnerte sie an die Flechtmusterborten auf den Teppichseiten, die Finn für das Johannesevangelium gestaltet hatte. Sechs kleine Perlen bildeten im oberen Teil des Kreuzes einen Kreis. Eine Verkörperung der Sonne vielleicht? Aber es war nicht wie bei den keltischen Kreuzen, die sie in den alten angelsächsischen Kirchen in Norwich gesehen hatte und die das Symbol der Sonne mit dem des Kreuzes verbanden. Eine Ketzerei, sagten manche. Dieser Kreis befand sich *innerhalb* des Kreuzungspunktes zwischen Quer- und Längsbalken und sah eher wie ein Stern aus, ein Stern mit sechs Zacken, aber so geschickt in das wirbelnde Motiv eingewoben, dass er unsichtbar wurde, wenn man sich auf ihn konzentrierte, nichts als eine Sinnestäuschung.

Sie fragte sich, ob Finn dieses wunderschöne Ornament für seine Rebekka entworfen hatte. Ein Gefühl der Eifersucht stieg in ihr auf. Aber welches Recht hatte sie, eifersüchtig zu sein? Kathryn band die Seidenkordel mit dem Kreuz um ihren Rosenkranz – sie wollte das Kreuz nicht dadurch entweihen, dass sie es selbst umlegte – und wünschte sich nichts mehr, als dass Finn hätte sehen können, wie wunderschön seine Tochter im Tod aussah und wie liebevoll für sie gesorgt wurde. Es hätte ihn vielleicht getröstet.

Heilige Mutter Gottes, wo sollte sie die Kraft finden, um Finn gegenüberzutreten und ihm zu sagen, dass seine Tochter gestorben war?

Als der Leichnam parfümiert und eingekleidet war, überlegte Kathryn, ob sie jetzt die Glocke läuten und die allerletzte Aufgabe anderen überlassen sollte, während sie sich selbst zur Ruhe begab. Stattdessen holte sie jedoch das Wachstuch aus dem Schrank und begann zu nähen. Es war wichtig, dass sie Rose diesen letzten Dienst selbst erwies.

Das schwere, wachsdurchtränkte Tuch bot der Nadel erheblichen Widerstand, und schon bald war der Stoff mit kleinen Blutstropfen von Kathryns zerstochenen Fingern illuminiert. Rose würde also etwas von ihr, Kathryn, mit in ihr Grab nehmen.

Der Morgen dämmerte bereits, als sie endlich fertig war. Es hatte zu regnen aufgehört. Kathryns Ohren hatten sich schon so sehr an das unablässige Trommeln der Regentropfen gewöhnt, dass ihr die plötzliche Stille bedrohlich vorkam. Ihre Kleinbauern aber würden froh sein. Die Flüsse würden sich wieder in ihr Bett zurückziehen, die Schafweiden würden trocknen, und schon bald würde frisches Grün die Hügel überziehen. Die Straßen würden wieder passierbar sein, und sie würde sich noch einmal auf den Weg zum Gefängnis machen müssen, um Finn zu sagen, dass sie seine wunderschöne Rose in ihr Leichentuch genäht hatte. Sie würde ihm auch sagen, dass sie es mit ihren Tränen benetzt hatte.

Und sie hoffte verzweifelt, dass er ihr erlauben würde, das Kind bei sich zu behalten.

22. KAPITEL

*Unser Glaube gründet sich auf das Wort Gottes,
und es gehört zu unserem Glauben, dass das Wort
Gottes in allen Belangen seine Gültigkeit hat.*

JULIAN VON NORWICH,
Göttliche Offenbarungen

Kathryn lag jede Nacht stundenlang wach in ihrem Bett. Ihr gingen entsetzliche Worte im Kopf herum. Sie waren wie Soldaten mit schweren Stiefeln, die ihren Schlaf zertrampelten. *Wir konnten nichts mehr für sie tun, Finn... Sie hat nicht sehr leiden müssen... Sie ist friedlich eingeschlafen... Jetzt ist sie bei der Heiligen Jungfrau... Ich habe für ihre Seele mehrere Messen lesen lassen... Das Kind wird Euch ein Trost sein...*

Leere Worte.

Finn war sicher auf den Tod seiner Tochter gefasst. Viele Frauen starben bei der Niederkunft. Und er hatte bereits seine eigene Frau auf diese Weise verloren. Vielleicht ahnte er es auch schon, dachte sie. So nahe, wie er seiner Tochter gestanden hatte, sagte ihm dies vielleicht seine väterliche Intuition.

Der Schmerz in ihrem Kopf kam wieder und wieder, während sie darauf wartete, dass sich die Überschwemmungen zurückzogen. An manchen Tagen hatte sie schon überlegt, ob sie die einfache, aber auch feige Möglichkeit wählen und einen ihrer Diener mit einer Nachricht zu ihm schicken sollte. Einmal hatte sie sogar schon die Feder in der Hand gehalten. Als sie dann aber den gespitzten Federkiel anstarrte, der über dem Pergament schwebte, hatte sie plötzlich Finns mit Farbe verschmierte Finger vor ihren Augen gesehen, wie sie in dem von der Septembersonne beschienenen Garten einen Vogel mit roter Brust gezeichnet hatten und wie sie Roses Hand führten, um die eleganten Anfangsbuchstaben zu formen, die seine Kunst auszeichneten. Kathryns Finger hatten daraufhin so sehr gezittert, dass sie einfach nicht schreiben konnte. Sie hatte das unbeschriebene Blatt Pergament in ihrer Faust zerknüllt und es dann ins Feuer geworfen.

Sie wiegte das Baby stundenlang in ihren Armen, summte ihm etwas vor, und Jasmine umklammerte Kathryns Finger mit ihrer kleinen Faust.

»Du bist ein hübsches Baby, genau wie deine Mutter. Sie war auch sehr hübsch, ja das war sie. Hübsches Kind. Hübsches Kind«, sang sie. Für eine Frau ihres Alters war das wahrlich mehr als ein törichtes Verhalten.

Jasmine öffnete dann stets verschlafen ihre Augen – blaue Augen, Colins Augen – und sah Kathryn mit einem weisen Blick an. Selbst wenn Kathryn sie der Amme zum Stillen gab, ließ das Kind Kathryn nicht aus den Augen, löste den Mund von der Brust der Amme und wandte den Kopf, wenn Kathryn sich außerhalb ihres Blickfeldes befand. Aber das war sie ohnehin nur selten. Diese wissenden Augen waren wie ein Magnet, von dem Kathryn sich nicht lösen konnte.

Es wurde Mitte Mai, bevor die Straße nach Norwich wieder so weit passierbar war, dass eine Fahrt zum Burggefängnis möglich wurde.

Jasmine war jetzt sechs Wochen alt.

Finn sah von seinem Turmfenster auf die überflutete Ebene hinaus. Das Wasser zog sich langsam wieder zu seinem Ursprung zurück, und zum ersten Mal seit Wochen konnte er den unteren Rand der Weißdornhecke, die die gegenüberliegende Uferseite säumte, und den gesamten Bogen der steinernen Brücke sehen. In der Ferne rumpelte ein einsamer Karren die noch immer schlammige Straße entlang. Heute war auch das Licht besser – nur ein dünner Nebelschleier lag vor der buttergelben Sonne –, er war von einer Lerche geweckt worden, und auf seinem Fenstersims hatte ein Vogel sein Nest gebaut: untrügliche Zeichen des Frühlings.

Für Finn aber war es noch immer Winter. Er hatte seit langem keinerlei Nachricht mehr aus Blackingham erhalten. Rose musste kurz vor der Niederkunft stehen. Seine Hände zitterten, wenn er zu arbeiten versuchte.

Der Bischof war seit vielen Wochen sein einziger Besucher gewesen. Letzte Woche hatten sie auf Despensers kunstvoll geschnitztem Brett Schach gespielt und über das ewig gleiche Thema diskutiert, diesmal aber weniger leidenschaftlich als sonst. Finn war mit seinen Gedanken in Blackingham gewesen.

Stirnrunzelnd nahm Despenser Finn en passant einen seiner Bauern. »John Wycliffe und abtrünnige Kleriker wie dieser John Ball schwadronieren überall im Land herum, hetzen die Bauern gegen Gott und König auf und wollen, dass jeder Tölpel, Leibeigene und Freie sein eigener Priester wird. Aber das ist eine trügerische Freiheit. Ihre Unwissenheit würde nur dazu führen, dass sie alle in der Hölle enden.«

Finn entgegnete: »Wenn die Bischöfe sie zu Sklaven zweier teuflischer Brüder machen, die Ritual und Aberglaube heißen – wie kann das der Seele der Menschen nützen?«

»Die Menschen sind wie Schafe und müssen gehütet werden. Hat unser Herrgott nicht genau das gesagt?«, fragte Despenser lächelnd.

Finn überlegte, ob er eine rätselhafte Antwort geben sollte, ob er etwas von den Schafen sagen sollte, die von den Böcken geschieden werden mussten. Aber er schwieg. Er war einfach nicht bei der Sache. Das galt auch für sein Spiel. Despenser hatte Finns König bereits Schach geboten. Normalerweise spielten sie unentschieden, manchmal ließ Finn sich auch nach heftiger Gegenwehr schachmatt setzen. Finn zog mit seinem Springer, um seinen König zu decken. Despensers bleiche Finger – so bleich wie das Elfenbein, das sie liebevoll streichelten – schwebten über seinem Läufer. Dann jedoch schlug er mit seinem Bauern Finns Springer aus Ebenholz.

»Ihr seid heute nicht bei der Sache«, sagte Despenser in die Stille hinein. Um seinem Gegner Zeit zum Überlegen zu geben, erhob er sich von seinem Stuhl und ging zu Finns Arbeitstisch, wo er sich das erste Paneel des Altaraufsatzes ansah.

»Und Eure Arbeit geht auch nur schleppend voran.« Er strich mit einem seiner juwelengeschmückten Finger über das erst skizzierte Gesicht der Heiligen Jungfrau.

Roses Augen, Roses Lippen. Finn hätte ihm am liebsten die Hand weggeschlagen, doch er tat so, als würde er das Schachbrett studieren. »Ich arbeite die ganze Zeit am Hintergrund für das zweite Paneel. Mir fehlen noch die richtigen Pigmente für den Mantel der Heiligen Jungfrau.«

»Wie kann das sein?« Despensers Stimme klang ärgerlich. »Habe ich Euch nicht das Ultramarin und das Gummiarabikum besorgen lassen, um das Ihr mich erst letzte Woche gebeten habt. Die Farbe hat eine stattliche Summe gekostet, möchte ich hinzufügen. Außerdem musste ich meine Leute bis nach Flandern schicken, um sie zu bekommen. Woraus besteht es überhaupt? Die Tränen der Heiligen Jungfrau könnten keinen höheren Preis erzielen.«

»Aus Lapislazuli«, antwortete Finn und opferte seinen Läufer, um seinen König zu schützen. »Es ist ein gemahlener Stein, der irgendwo weit aus dem Osten kommt. Seine Schattierung reicht von Azurblau bis Meergrün. Es liegt an der Mischung. Ich brauche nur das richtige Licht, um das perfekte Blau für den Mantel der Heiligen Jungfrau zu mischen. Ich habe die richtige Mischung einfach noch nicht gefunden. Wenn nur das Licht besser wäre, dann ...«

Der Bischof streichelte das Pektorale, das er um den Hals trug, wobei seine Finger immer wieder das perlenverzierte Filigran liebkosten. »Ich sehe mich gezwungen, Euch an unsere Vereinbarung zu erinnern, Master Finn. Ihr genießt dieses luxuriöse Quartier, weil ich es so angeordnet habe. Ich hoffe nicht, dass Ihr irgendeine profane, unbedeutendere Aufgabe über den Auftrag Eures Bischofs stellt.«

Finn beobachtete ihn unter gesenkten Lidern hervor. Seine Besorgnis wuchs. Despenser betrachtete jetzt die Truhe in der Ecke, in der er die Pigmente und das Schachbrett mit den Figuren aufbewahrte, in der er allerdings auch das Pergament und die Federn verstaute und in der sich eine Ledertasche mit belastenden Texten befand. »Ich versichere Euch, Eminenz, dass ich unsere Vereinbarung nicht vergessen habe. Ich fühlte mich veranlasst zu glauben, dass mein Aufenthalt hier von längerer Dauer sein würde und ich reichlich Zeit hätte, meine Pflicht Euch gegenüber zu erfüllen – es sei denn natürlich, es ist ein neuer Beweis aufgetaucht, der meinen Aufenthalt verkürzen würde.«

Despensers Aufmerksamkeit galt noch immer der Truhe. »Nein, es gibt keine neuen Beweise. Der Sheriff ist weiterhin fest davon überzeugt, dass wir den Mörder des Priesters in Gewahrsam haben. Tatsächlich seid Ihr nur deshalb noch nicht zum Tod durch den Strang verurteilt worden, weil Ihr für mich wertvoll seid. Aber ich warne Euch davor, mich zu hintergehen, Illuminator, oder meine Geduld allzu sehr zu strapazieren.«

»Ich bin kein Mann, der andere hintergeht, Eminenz. Ich bin mir sehr wohl bewusst, welche Macht Ihr besitzt. Aber Ihr müsst mir glauben, dass es für einen Künstler nicht leicht ist, bei diesem Licht zu arbeiten. Deshalb habe ich bis jetzt auch nur den Hintergrund fertig stellen können.« Er zeigte auf das mit Gesso grundierte Paneel, das der Bischof in der Hand hielt. »Sobald das Licht besser wird, werde ich mich sofort wieder dem Paneel der Verkündigung widmen. Ich glaube, Ihr seid am Zug.«

»Das Gesicht der Heiligen Jungfrau verspricht der Skizze nach sehr schön zu werden. Ich nehme an, dass Ihr Eure Tochter als Modell dafür gewählt habt, Master Finn.«

Despenser machte seinen Zug. Finn war die subtile Drohung, die hinter den Worten und dem dünnen Lächeln des Bischofs lag, durchaus nicht entgangen. Aber wenigstens schien er das Interesse an der Truhe verloren zu haben, die mit Wycliffes Texten gefüllt war. Erdrückendes Beweismaterial, das Halb-Tom wegen der Überschwemmungen nicht hatte holen können.

»Ihr seid heute kein Gegner für mich. Ihr könnt das Spiel wieder einpacken und weiterarbeiten. Hoffen wir, dass das Licht morgen besser ist.« Der Bischof ging zum Fenstersims hinüber, wo ein Brachvogel sein Nest gebaut hatte. In dem Körbchen aus Zweigen lagen drei winzige Eier, geformt wie Perlen. Finn hatte den kleinen Brachvogel beim Nestbau beobachtet, hatte zugesehen, wie er unzählige Male immer nur einen Zweig in seinem Schnabel herbeigetragen hatte. Während der kalten Nächte hatte er die Fensterläden ein Stück offen gelassen, damit der Vogel freien Zugang zu seinem Nest hatte. Irgendwann hatten drei Eier in dem Nest gelegen. Der Bischof nahm ein Ei nach dem anderen aus dem Nest und sah es sich genau an. Dann warf er sie nacheinander aus dem hohen Fenster. Schließlich warf er auch noch das Nest vom Fenstersims. »Ein so reges Kommen und Gehen muss Euch in Eurer Konzentration stören«, sagte er.

Nachdem der Bischof gegangen war, überlegte Finn, die Texte zu verbrennen. Er öffnete sogar die Truhe und nahm sie heraus. *Denn Gott liebte die Welt so sehr, dass er seinen eingeborenen Sohn hingab...* Warum nur sprachen die Männer der Kirche niemals von der Liebe Gottes, beschrieben nur immer mit vielen Worten die Qualen der Verdammnis? Die Einsiedlerin, ja, sie schrieb von der Liebe Gottes. Sie hatte diese Liebe gespürt, als sie geheilt wurde, sie hatte die Passion Jesu in ihren Visionen gesehen. Die anderen, Kleriker wie der Bischof, begriffen vielleicht den Teufel und sein Tun besser. Hier im Johannesevangelium, dessen Worte aus Finns Feder flossen, war jedoch von Liebe die Rede, und dies war etwas, was alle Menschen hören und wissen sollten.

Aber wie konnten jene, die niemals die Liebe kennen gelernt hatten, verstehen, was sie bedeutete? Er verstand es, denn er hatte geliebt. Rebekka. Und Kathryn. Es war nicht einfach nur die Liebe zwischen Mann und Frau gewesen, sondern etwas viel Tieferes. Er hatte den brennenden Wunsch verspürt, die Frau, die er liebte, zu beschützen und seine Seele mit der ihren zu verschmelzen. Aber er hatte diese Liebe verloren. Rebekka war tot, und Kathryn hatte ihn verraten. Die Liebe Gottes musste jedoch, so wie es die Einsiedlerin beschrieb, noch mehr als das sein – eine größere Liebe, eine unerschöpfliche Kraft. Und auch diese hatte Finn kennen gelernt. Er konnte seiner Rose alles vergeben. Die Liebe, die er für seine Tochter empfand, war wie die teuren Pigmente, die er verwendete – destillierte Essenz, völlig rein und unverdünnt.

Dennoch gab es da ein Mysterium. Wenn Gottes Liebe wie die eines Vaters für sein Kind war – nur größer, tiefer, umfassender und vollkommener –, wie hatte Gott dann seinen einzigen Sohn opfern können? Welche liebenden Eltern würden ihren Sohn einem solch unvorstellbaren Leiden überlassen? Kathryn gewiss nicht. Das hatte sie bewiesen. Und er konnte das ebenfalls nicht. Hatte Gott gezweifelt, als er seinen Sohn dort am Kreuz hängen sah und ihm Blut und Tränen über das Gesicht liefen, als der Pöbel ihn verhöhnte, die Hunde bereits unter ihm warteten, die Bussarde bereits über ihm kreisten? Aber Gott hatte seinen Sohn nicht angesehen, oder? Er hatte sein Gesicht abgewendet, er war nicht im Stande gewesen, diesen Anblick zu ertragen. So viel zumindest verstand Finn.

Die Ledertasche, die er unter den Pigmenten und dem Gummi, den Pergamenten und den Federkielen versteckt hatte, war gut gefüllt. Wycliffe würde sich über die zusätzlichen Kopien freuen. An ihnen zu arbeiten hatte Finn in den letzten Wochen getröstet. Auf diese Weise konnte er sich wenigstens ein wenig zur Wehr setzen. Was Anfangs nur subversive Nahrung für seinen rebellischen Geist gewesen war, hatte ihm schließlich Frieden gebracht, als er diesen nirgendwo anders mehr finden konnte. Während seine Hände zu sehr zitterten, um an den Bildern für den Bischof zu arbeiten, so waren seine Finger stets ruhig und sicher, sobald er Wycliffes Texte kopierte. Wenn dieses Evangelium die Wahrheit war, warum sollte die Wahrheit dann nicht vervielfältigt werden?

Halb-Tom wird sicher bald nach Norwich kommen, dachte er. Das Wasser wird zurückgehen. Ich werde morgen am Mantel der Heiligen Jungfrau arbeiten.

Aber das hatte er nicht getan. Stattdessen hatte er wieder an den Kopien der englischen Übersetzung gearbeitet, und auf diese Weise war eine weitere Woche vergangen, und die Blätter passten inzwischen schon kaum mehr in die Tasche. Aber obwohl der Fluss mittlerweile in sein Bett zurückgekehrt war, entdeckte Finn, als er jetzt aus seinem hohen Fenster mit dem leeren Sims sah, nur einen Pferdekarren mit zwei Frauen und einem Mädchen von etwa vierzehn Jahren, der gerade die Brücke überquerte. Eine der Frauen hielt einen Säugling an ihrer Brust. War dies eine Frau, die mit ihren Kindern kam, um ihren Ehemann im Gefängnis zu besuchen? Er hoffte um der Kinder willen, dass das Vergehen des Vaters nicht schwerwiegend war.

Von Halb-Tom war jedoch nichts zu sehen. Wahrscheinlich standen die Sümpfe noch immer unter Wasser. Es dauerte vielleicht noch Wochen, bis er seinen Freund wiedersah. Er würde einen anderen Weg finden müssen, um die Blätter aus seiner Zelle zu schaffen. Morgen war Freitag.

Der Bischof würde ihm morgen mit Sicherheit seinen wöchentlichen Besuch abstatten.

»Wartet hier«, sagte Kathryn zu Magda und ihrer Mutter, die, obwohl sie sich im Hof des Gefängnisses in der Öffentlichkeit befand, das tat, wofür sie bezahlt wurde: das hungrige Kind stillen. Kathryn empfand eine große Befriedigung, wenn sie das Baby trinken sah, was Jasmine oft und sehr geräuschvoll tat.

»Euch wird hier nichts geschehen«, versprach sie. »Der Hauptmann hat mir versichert, dass er auf euch aufpassen wird. Ich denke, wir können ihm vertrauen.«

»Macht Euch keine Sorgen, Mylady. Wir schaffen das schon«, sagte Magda.

Kathryn bemerkte jedoch ein Zittern in der Stimme des Mädchens, als sie den abschreckenden normannischen Hauptturm der Burg anstarrte. Genauso wenig war Kathryn Magdas leiser Aufschrei entgangen, halb ängstlich, halb ehrfurchtsvoll, als sie – wohl zum ersten Mal in ihrem Leben – die Mauern der Stadt gesehen hatte. Aber das Mädchen war stark. Als sie im Schlamm stecken geblieben waren (Kathryn hatte in weiser Voraussicht den leichten Karren und nicht Rodericks schwere Kutsche genommen), war ihr das Mädchen eine größere Hilfe gewesen als der ewig jammernde Diener, den sie dann irgendwann losgeschickt hatte, um Simpson zu holen.

Schließlich waren ihnen zwei Männer zu Hilfe gekommen, allerdings nicht aus Blackingham. Die zufällig vorbeikommenden Freisassen hatten kräftig angepackt und den Karren aus dem Dreck gezogen. Obwohl sie zu ihrem Schutz nur Finns Dolch dabeihatte, den sie noch immer neben ihrem Rosenkranz an ihrem Gürtel trug, hatte Kathryn beschlossen, einfach weiterzufahren und dabei darauf gehofft, dass Simpson sie bald einholen würde.

Das war jedoch nicht der Fall gewesen. Als sie ein weiteres Mal stecken blieben, hatten die beiden Frauen und das Mädchen das Rad ohne fremde Hilfe freibekommen. Kathryn wusste jedoch, dass die schwierige Fahrt ein Kinderspiel gewesen war, verglichen mit der Aufgabe, die noch vor ihr lag. Sie berührte sanft die Wange des Babys, wischte ein wenig Muttermilch weg, straffte die Schultern und ging dann auf das Gittertor am Fuß der Gefängnistreppe zu.

»Die Tür oben ist offen«, sagte der Wärter, als er den Schlüssel knirschend im Schloss umdrehte.

Kathryn drückte ihm die kleine Sanduhr, die sie mitgenommen hatte, in die Hand. »Gebt mir eine halbe Stunde, dann schickt die Frau mit dem Kind und das Mädchen nach oben.« Sie gab dem Wärter einen Penny. »Euer Hauptmann hat mir versprochen, dass Ihr auf die drei aufpassen werdet.« Sie deutete dabei mit einem Kopfnicken zu dem Karren hinüber. »Sorgt dafür, dass sich ihnen niemand nähert.«

»Jawohl, Mylady«, sagte der Wärter und steckte die Münze ein. Das Eisengitter fiel hinter ihr klirrend ins Schloss.

23. KAPITEL

*Große Blutstropfen rollten wie Kügelchen unter
der Dornenkrone hervor. Sie schienen direkt
aus den Adern zu kommen... Aber als sie sich
weiter ausbreiteten, färbten sie sich hellrot.*

JULIAN VON NORWICH,
Göttliche Offenbarungen

Finn gelang es einfach nicht, den richtigen Farbton für den Mantel der Heiligen Jungfrau zu mischen, also hatte er für heute aufgegeben. Stattdessen wandte er sich den Wycliffe-Blättern zu, die vor ihm auf dem Arbeitstisch ausgebreitet lagen. Vielleicht hätte er die Farbe noch etwas mit Zinnober versetzen sollen, dachte er, während er das Johannesevangilium kopierte. Plötzlich nahm er hinter sich einen Schatten wahr, wobei das Licht nur ein ganz klein wenig schwächer wurde. Er schob die Blätter unter die Schreibtischauflage, während er sie gleichzeitig mit dem Rücken vor allzu neugierigen Blicken abschirmte. Allerdings ging er nicht davon aus, dass es der Bischof war, der plötzlich hinter ihm stand, denn dieser hätte sich ihm nicht mit so anmutigen Schritten und ohne jegliches Zeremoniell genähert. Außer natürlich, er versuchte, seinen Gefangenen bei einer verbotenen Arbeit zu ertappen.

Finn schüttete schnell, aber sehr vorsichtig ein wenig von dem kostbaren Luzerit-Pulver auf seine Palette und tat so, als würde er es mischen. Hinter ihm wieder ein Schritt. Zögernd, unsicher. Er zwang sich zu einem Gesichtsausdruck, der einem in seine Arbeit vertieften Künstler entsprach. Als er sich umdrehte, zerbrach die Maske. Er ließ die Glasphiole mit dem gemahlenen blauen Stein einfach auf den Boden fallen, wo sich das Pulver in seinem strahlenden Blau über den Boden verteilte.

»Kathryn!« Er starrte sie mit offenem Mund an, über ihre Gegenwart genauso verblüfft wie über ihre äußere Erscheinung. Ihr Mantel war schlammbespritzt, einzelne weiße Strähnen waren unter ihrem Haarnetz hervorgerutscht, das ein wenig schief auf ihrem Kopf saß. Sie hatte eine Spur schmutziger Fußabdrücke hinterlassen, die in sein Quartier führten. Angst und Sorge hatten um ihren Mund und ihre Augen herum feine Fältchen entstehen lassen, Fältchen, an die er sich nicht erinnern konnte.

»Ist etwas mit Rose?«, fragte er und spürte, wie sich sein Puls beschleunigte. »Haben die Wehen eingesetzt?«

Sie sah einen Moment lang aus, als wisse sie nicht, was sie ihm antworten sollte. Ihm stockte vor Angst der Atem.

»Roses Schmerzen sind vorbei, Finn«, sagte sie schließlich.

Er atmete tief aus, seine Angst verflog.

Ihr Blick wanderte im Zimmer umher, verweilte dann auf dem verschütteten Pigment auf dem Boden. Warum sah sie ihn nicht an? Das entsprach so gar nicht der Lady von Blackingham, die er kannte und die nie einer Konfrontation aus dem Weg gegangen war. Er konnte förmlich das Gewicht der Schuld spüren, das auf ihr lastete. Normalerweise hätte er dies vielleicht genossen, aber seine Erleichterung darüber, dass Roses schwere Zeit vorüber war, war so groß, dass er auch der Botin gegenüber gnädig gestimmt war. Er musste sogar an sich halten, um ihr nicht den Schlamm vom Rock zu bürsten und ihre Haare glatt zu streichen.

»Was ist mit dem Kind?«, fragte er.

Sie gab ihm keine Antwort.

»Kathryn, lebt das Kind?« Sein Herz schlug gegen sein Brustbein.

Sie holte tief Luft. »Ja, dem Kind geht es gut. Ihr habt eine Enkeltochter. Rose hat sie ... Jasmine genannt.«

Jasmine. Rebekkas Lieblingsblume. »Eine Enkeltochter. Jasmine«, sagte er. Ihm gefiel der anmutige Klang dieses Namens, so dass sich sein Mund zu einem Lächeln formte, als er ihn aussprach. Er berührte Kathryn leicht an der Schulter. »Ihr habt einen langen und schwierigen Weg auf Euch genommen, um mir diese wundervolle Nachricht zu überbringen. Dafür bin ich Euch sehr dankbar. Kein Wunder, dass Ihr müde seid. Setzt Euch doch. Ich werde Euch eine Kleinigkeit zu essen bringen lassen. Und ich wäre Euch auch sehr dankbar, wenn Ihr für mich noch etwas anderes tun könntet, obwohl ich weiß, dass Ihr mir bereits einen großen Gefallen getan habt.«

Kathryn setzte sich jedoch nicht. Sie starrte einfach nur die zerbrochene Phiole und das blaue Pulver auf dem Boden an.

Ihm wurde vor Erleichterung schwindlig. Seine Worte waren genauso hektisch und schnell wie sein Herzschlag. »Ihr seid genau zur rechten Zeit gekommen, um ein Päckchen mit Schriftstücken mitzunehmen. Ich habe für Wycliffe Kopien seiner Übersetzung angefertigt. Der Bischof wäre bestimmt nicht sehr erfreut, wenn er das erfahren würde. Gebt das Päckchen einfach der Einsiedlerin an der Saint-Julian-Kirche. Sie wird dafür sorgen, dass Halb-Tom es dann am richtigen Ort abliefert. Ich kann es mir in meiner Lage einfach nicht leisten, den Bischof zu verärgern. Nicht, wo Rose mich jetzt so sehr braucht. Kathryn, ich kann Euch gar nicht sagen, wie...«

Sie kniete sich plötzlich auf den Boden. »Ihr habt das Luzerit verschüttet«, sagte sie sanft. »Lasst mich Euch helfen.« Sie fegte die blauen Körnchen mit ihrer behandschuhten Hand zu einem kleinen Haufen zusammen.

»Ich war sehr überrascht, Euch zu sehen.« Er kniete sich neben sie und begann, das blaue Pulver vorsichtig auf ein Stück Pergament zu schieben. »Für den Mantel der Heiligen Jungfrau war es ohnehin zu kräftig. Erzählt mir von meiner Enkeltochter.« Sie sagte nichts, antwortete ihm nur mit einem leisen Schniefen. Hatte sie sich bei dem Wetter erkältet? Ein kleiner Tropfen Feuchtigkeit fiel auf den Rücken ihres Handschuhs. Woher war er gekommen... »Kathryn? Weint Ihr?«

Er streckte seinen Arm aus, um das Pigment auf den Arbeitstisch zu legen.

Ihm stockte erneut der Atem. »Kathryn, ist etwas mit Rose?«

Sie hielt den Kopf gesenkt und nickte kaum wahrnehmbar. Er sah es nur, weil eine Haarsträhne, die unter dem goldenen Netz hervorgerutscht war, leicht auf und ab wippte.

»Kathryn, um Himmels willen. Seht mich an. Sagt doch etwas.« Er packte sie bei den Schultern, und sie erhoben sich gemeinsam aus ihrer knienden Position. »Ist etwas mit Rose? Geht es ihr nicht gut?«

Als sie den Kopf hob und ihn ansah, lag ein Schatten auf ihrem Wangenknochen, dort, wo sie sich mit dem blau gefärbten, schlammbespritzen Handschuh die Tränen weggewischt hatte.

»Kathryn, Ihr habt gesagt...«

Sie wischte sich wieder über die Augen und verteilte die blaue Farbe auch unter dem anderen Auge. Ihr Gesicht sah aus, als hätte sie jemand grün und blau geschlagen. Einen Augenblick lang sah er das Antlitz seiner weinenden Madonna, seiner Kreuzigungsmadonna vor sich. Da wusste er, dass es ihr einfach nicht möglich war, ihm die Wahrheit zu sagen.

Er brachte die Worte nur mit Mühe heraus, während sich sein Verstand weigerte, das zu akzeptieren, was seine Augen in ihrem Gesicht lasen. »Aber Ihr habt doch gesagt, dass ihre Schmerzen vorbei sind, Kathryn.«

»Ihre Schmerzen sind vorbei, Finn. Sie ist jetzt bei der Heiligen Jungfrau.«

Kathryn saß lange Zeit neben Finn auf dem Boden und sah hilflos zu, wie er das Gesicht in den Händen vergraben hatte und um seine Tochter weinte. Kathryn weinte um sie beide. Sie erzählte ihm mit heiserer Stimme, wie liebevoll sie alle für Rose gesorgt hatten, dass ihre letzten Worte ihm galten und dass man sie auf geweihtem Boden in der Familiengruft in Blackingham bestattet hatte. Als er selbst darauf in keiner Weise reagierte, sondern immer noch, den Kopf in den Händen, einfach nur dasaß, versuchte sie, ihn dadurch aus seiner Erstarrung herauszuholen, dass sie ihm von Jasmine erzählte: Was für ein liebes Kind die Kleine war, dass sie eine Amme für die Kleine gefunden hatte, und dass das Kind die Hoffnung nach Blackingham gebracht hatte und auch ihm Hoffnung geben würde. Sie schwor, sich um das Kind zu kümmern, bis Finn es zu sich nehmen würde.

»Ich werde die kleine Jasmine wie meine eigene Tochter behandeln, Finn. Kein Kind wird mehr Liebe und Zuneigung erfahren. Das schwöre ich Euch, mein Liebster.« So hatte sie ihn genannt, als sie das letzte Mal das Bett miteinander geteilt hatten. Das Kosewort hatte sich einfach in ihren Kummer geschlichen, und sie war selbst überrascht, es aus ihrem Mund zu hören. Er aber nahm überhaupt keine Notiz davon. »Finn, ich schwöre es Euch bei der Milch der Heiligen Jungfrau, die unseren Herrn Jesus Christus nährte.«

Aber sie hätte ihre Versprechen genauso gut einer Statue geben können. Schließlich hörte sie Schritte auf der Treppe. Dann erschien die Amme mit dem Baby in der Tür. Kathryn nahm ihr das Kind wortlos aus dem Arm und bedeutete ihr mit einem Wink, dass sie draußen im Flur warten sollte. Sie kniete sich, das Baby im Arm, neben Finn.

»Ich habe Euch Roses Tochter mitgebracht, damit Ihr sie sehen könnt.«

Sie berührte sanft seine Hand, achtete darauf, ihn nicht zu erschrecken. »Finn.« Sie fürchtete, dass er sich von ihr abwenden und ihre Hand einfach wegschieben würde. Aber er rührte sich nicht. Sie zog mit ihrer freien Hand seine Arme zu sich und legte ihm das schlafende Kind hinein. Er sah das Kind mit starrem Blick und halb offenem Mund an, als wäre es irgendein seltsames, exotisches Wesen. Kathryn kam es vor, als säße er eine Ewigkeit so da. Das Baby schlief, ohne einen Ton von sich zu geben.

Kathryn sprach sanft auf ihn ein: »Finn, das ist Jasmine. Das ist Roses Geschenk für Euch. Sie wurde auf den Namen Anna getauft, aber Rose hat sie Rebekka zu Ehren Jasmine genannt.«

»Roses Geschenk«, wiederholte er völlig teilnahmslos.

Kathryn streichelte dem Baby zärtlich über die Wange. Jasmine öffnete ihre dunkelblauen Augen und sah ihn an.

»Sie hat Roses Mund, Finn. Und seht, sie hat Roses hohe, edle Stirn.«

Er hielt das Kind auf Armeslänge von sich und studierte es, als wäre es eines seiner halb fertigen Manuskripte. Kathryn hatte noch nie einen so kalten Blick bei ihm gesehen. Als er zu sprechen anfing, war seine Stimme leise und tonlos. Sie musste sich anstrengen, um ihn überhaupt verstehen zu können. »Sie hat Colins helle Haut«, sagte er. »Und sie hat Colins Augen.« Sein Ton ließ Kathryn bis ins Mark erstarren.

Er gab ihr das Kind zurück. »Ich habe schon drei Frauen in meinem Leben verloren, die ich liebte«, sagte er. »Ich habe keine Kraft mehr, eine weitere zu verlieren.«

Finn hatte nicht einmal mehr wahrgenommen, dass Kathryn mit dem Kind gegangen war. Erst als die Glocken die None schlugen und damit verkündeten, dass es Nachmittag war, erwachte er aus seiner Erstarrung. Er war allein in seinem Quartier. Vielleicht war das alles ja nur ein böser Traum gewesen, dachte er, ein Traum, den ihm der Teufel geschickt hatte, um ihn zu quälen. Bei diesem Gedanken wurde ihm gleich leichter ums Herz. Aber dann sah er, dass die Schriftstücke nicht mehr da waren – die Schriftstücke, die er versteckt hatte, als er jemanden hatte kommen hören. Und auf dem Boden zu seinen Füßen lag noch immer die zerbrochene Phiole. Ein Häufchen blaues Pulver, vermischt mit Staub, war auf seinem Arbeitstisch, dort, wo heute Morgen noch die Wycliffe-Übersetzung gelegen hatte.

Der Kummer traf ihn mit grausamer Gewalt und saugte alle Hoffnung aus ihm heraus. Er wollte irgendetwas zerstören, wollte aus dem Fenster in den Fluss springen, mit dem Kopf gegen die Wand rennen, bis sein Blut die Steine rot färbte. Er fluchte und brüllte, bis der Hauptmann kam.

»Bringt mir Opium, ich habe Schmerzen.«

»Ich weiß nicht ...«

»Bringt es. Sofort!«, schrie er. Er schlug mit der Faust auf den Tisch und trommelte dann so lange weiter, bis ein Wächter ihm einen Becher starken, mit Opium versetzten Wein brachte.

Als er später wieder aufwachte, schlugen die Glocken die Vesper. Er fühlte sich fiebrig. Sein Herz hämmerte wie wild, und in seinem Kopf pochte das Blut. Er kam sich vor wie jemand, der mit einem Karren einen Berg hinunterrast und nicht mehr anhalten kann.

Er nahm sich das Paneel mit der Verkündigung vor. Mit zitternden Händen mischte er das Gummiarabikum und das intensive blaue Pulver. Im Blau sah er eine Glasscherbe von der zerbrochenen Phiole glitzern. Er legte sie in seine Handfläche, um sich diesen winzigen, gläsernen Dolch genauer anzusehen. Dann schloss er die Faust immer fester darum und wartete auf den stechenden Schmerz, der irgendwann kommen musste.

Als er seine Hand wieder öffnete, quoll ein kleiner Blutstropfen aus seiner Handfläche hervor. Ein Stigma. Aber ein sich selbst zugefügtes. Für ihn gab es keine Wunder. Nicht für ihn. Nicht für Rose.

Der Tropfen Blut vermischte sich mit den Resten des blauen Pulvers in seiner Handfläche. Er tupfte die klebrige Mischung mit dem Zeigefinger seiner linken Hand auf seine Palette und begann sie langsam zu verreiben. Seine Hände zitterten jetzt nicht mehr. Vorsichtig und methodisch, so als würde er einfach nur Zinnober in das Blau mischen, um es abzutönen, stach er sich jetzt in den Zeigefinger.

Er drückte einen Tropfen Blut heraus. Verrührte die Mischung erneut.

Stechen. Tropfen.

»*Aurea testatur.*« Es ist in Gold bezeugt.

Stechen. Tropfen. *Sanguine testatur.* Es ist in Blut bezeugt.

Stechen. Tropfen.

Jetzt hatte er ihn endlich gefunden. Den perfekten Blauton für den Mantel der Heiligen Jungfrau. Ein tiefes Königsblau.

Es war die Augenfarbe seiner Enkeltochter.

24. KAPITEL

*Dennoch glaube ich in allen Dingen das, was die
Heilige Kirche predigt und lehrt...
Es war niemals mein Wille und meine Absicht,
irgendetwas zu akzeptieren, das dem auch nur im
Entferntesten widersprechen könnte.*

Julian von Norwich,
Göttliche Offenbarungen

Die Einsiedlerin wurde von einem leisen Klopfen an ihrem Besucherfenster aus ihrem Albtraum geweckt. Sie hatte geträumt, der Teufel höchstpersönlich würde sie erwürgen – der Teufel, der jedoch eine bemerkenswerte Ähnlichkeit mit dem Bischof hatte –, und war zunächst noch völlig desorientiert, so real war ihr der Traum erschienen. Sie war schweißgebadet, obwohl sie noch am Nachmittag während des Gebets gefröstelt hatte. War sie eingeschlafen, als sie die Gebete zur None gesprochen hatte? Kein Wunder, dass der Teufel sie heimgesucht hatte. Wie lange hatte sie geschlafen? Wenn sie durch ihr Kommunionsfenster ins dunkle Innere der Saint-Julian-Kirche blickte, sah sie, wie das Licht des Nachmittags die Farben der Glasfenster leuchten ließ.

Wieder ein Klopfen, diesmal mit mehr Nachdruck. Draußen waren Stimmen zu hören, Frauenstimmen. Seit es zu regnen begonnen hatte, hatte Julian nicht viele Besucher empfangen. Sie hatte ihre Besucher vermisst, manchmal jedoch, so wie jetzt, fürchtete sie sich auch vor ihnen. Wer war sie schon, dass sie anderen Menschen Trost bieten konnte? Der Heilige Geist hatte sich von ihr zurückgezogen und ihr selbst nur wenig Trost gelassen.

Sie stand mühsam auf und fühlte sich dabei älter als die siebenunddreißig Jahre, die sie war, dann zog sie den Vorhang zurück. Eine Gruppe von Frauen und Kindern stand vor dem Besucherfenster. Sie sind willkommen, dachte sie, und das sagte sie ihren Besuchern auch, obwohl sie durch ihr schmales Fenster wenig mehr als drei Augenpaare sehen konnte, die in ihre Zelle spähten.

»Ich bin Lady Kathryn von Blackingham«, sagte eine Frau und deutete dann mit einer Kopfbewegung hinter sich. »Das sind meine Dienerinnen.« Sie hielt ein Bündel vor das Fenster. »Und das ist mein Mündel und Patenkind.«

»Dieses Fenster ist zu klein für so viele Personen. Bitte, geht hinten herum und kommt dann in das Zimmer meiner Dienerin Alice. Durch die Durchreiche dort können wir besser miteinander sprechen. Sie ist viel größer. Alice ist nicht da, aber sie hat die Tür offen gelassen, damit ich das Nachmittagslicht genießen kann.«

Kurze Zeit später tauchten die drei Augenpaare in Alices Durchreiche auf, diesmal aber waren auch die dazugehörigen Gesichter zu sehen. Die Gesichter wiederum gehörten drei von der Reise schmutzigen Frauen. Diejenige, die das Kind hielt, war wie eine Adelige gekleidet.

»Gebt mir das Baby«, sagte Julian, »damit ich es segnen kann. Wie ist sein Name?«

Nach einem ganz kurzen Zögern reichte die Dame das schlafende Kind durch das Fenster. »Ihre Mutter hat sie Jasmine genannt, aber sie wurde als Anna getauft.«

»Sie ist schön wie eine Jasminblüte.«

Nachdem Julian das Kreuzzeichen über dem Kind geschlagen und ein Gebet gesprochen hatte, legte die Dame noch etwas anderes auf das breite Fensterbrett.

»Ich komme als Botin von Finn, dem Illuminator«, sagte die Besucherin und schob ihr dabei eine dicke Rolle Blätter zu.

»Finn. Ich hoffe, es geht ihm gut. Er ist ein rechtschaffener Mann, und vor allem ist er auch ein Freund.« Der Heiligen Jungfrau sei Dank, er ist immer noch am Leben, dachte sie. Sie hatte sich vorgenommen, sich beim Bischof für ihn einzusetzen, aber das war, bevor sie selbst in Ungnade gefallen war. Nachdem er ihr befohlen hatte, sich schriftlich zu ihrem Glauben zu bekennen, hatte er sie schmoren lassen und sie nicht mehr besucht. Es war für sie eine nervenaufreibende Zeit gewesen. Hinzu kam, dass sie während der letzten düsteren und verregneten Wochen keine einzige Nachricht aus dem Gefängnis erhalten hatte, und so hatte sie in ihrer Zelle allein mit ihrer Angst fertig werden müssen. Sie hatte mehrmals erfolglos versucht, die Apologie zu verfassen, hatte nach einiger Zeit aber das Pergament immer wieder frustriert zerknüllt. Daraufhin hatte sie jedes Mal für ihre Wut um Vergebung gebetet, und alles hatte wieder von vorn begonnen, bis das innere Licht, das sie leitete, schließlich so schwach geworden war wie das trübe Tageslicht draußen vor ihrer Zelle. Wenn sie jetzt betete, hörte Gott ihr nicht mehr zu. Ihre früher so kostbaren Offenbarungen hätten genauso gut die wirren Fantasien eines fiebrigen Verstandes sein können. Heute war sie beim Beten sogar eingeschlafen.

Mit einer Hand – auf dem anderen Arm wiegte sie das schlafende Kind – band sie die Schnur los, die den dicken Blätterstapel zusammenhielt. *Am Anfang war das Wort.* Und das Wort stand dort auf Englisch!

»Finn bittet Euch, diese Texte dem Zwergen Halb-Tom zu geben, wenn er Euch das nächste Mal besucht«, sagte Lady Kathryn. »Falls Ihr aber der Meinung sein solltet, dass Euch diese Schriften in Gefahr bringen, werde ich sie wieder mitnehmen und persönlich verbrennen.«

»Sie verbrennen! Die kostbaren Worte unseres Erlösers, den Bericht des heiligen Johannes über das Leben und Wirken unseres Herrn, verbrennen. Wäret Ihr wirklich dazu fähig?«

Der Blick der Frau war direkt und offen genau wie das, was sie sagte. »Es sind nur Worte.«

»Aber heilige Worte. Das Wort Gottes!«

»Ich bin eine praktisch veranlagte Frau, Einsiedlerin. Heilige

Worte, ja. Aber das Leben ist auch heilig. Haben wir unserem Schöpfer gegenüber nicht die Pflicht, die Schöpfung zu bewahren, oder sollten wir alle fröhlich in den Tod gehen, als fromme Märtyrer, für ein paar auf ein Stück Papier gekritzelte Worte, die jederzeit kopiert werden können? Falls wir dann noch am Leben sind, um es zu tun. Abgesehen davon ist es die Aufgabe der Kirche, das Wort Gottes zu verbreiten, oder etwa nicht? Ihr solltet das schließlich besser wissen als irgendwer sonst, da Ihr Euch doch in ihren Schoß zurückgezogen habt.«

»Ich habe mich nicht in den Schoß der Kirche zurückgezogen. Ich bin keine Nonne, und das hier ist kein Kloster. Ich bin in der Welt verankert. Obwohl ich der Kirche gegenüber natürlich loyal und gehorsam bin.« Eine ziemlich hastige Erklärung. Was wusste sie denn schon über diese Frau? Angeblich hatte der Bischof überall seine Spione.

»Mein Wunsch ist es, unseren Erlöser besser zu verstehen, über seine Passion nachzudenken und seine Passion jenen zu enthüllen, die mich aufsuchen und um Rat bitten. Abgesehen davon«, fuhr Julian fort, »hat die Kirche bisher kein Edikt erlassen, das verbietet, die Heilige Schrift in eine andere Sprache zu übersetzen. Auch ich schreibe meine Offenbarungen auf Englisch nieder.« Sie fügte jedoch nicht hinzu: Auf Finns Drängen hin.

Lady Kathryn war ihre Skepsis deutlich anzusehen. »Die Gesetze des Königs sind eine andere Sache. Ich habe gehört, dass ein Teil von ihnen auf Englisch verfasst wurde. Aber da ist auch das Wohlwollen der Heiligen Römischen Kirche. Ich habe nicht die Absicht, mit dem einen oder dem anderen in Konflikt zu geraten.«

Das Baby wurde unruhig und begann leise zu wimmern. Julian legte den Text, den sie sich gerade ansah, beiseite und hob sich das Kind an die Schulter, während sie sanft mit dem Oberkörper vor und zurück schaukelte. Es fühlte sich gut an, die Kleine in den Armen zu halten. »Woher kennt Ihr Finn?«, fragte sie ihre Besucherin.

»Wir waren ein Liebespaar«, sagte Lady Kathryn offen.

»Es muss schwer für Euch sein, ihn zu lieben und zu wissen, dass er ihm Gefängnis ist.«

»Ja, umso schwerer, weil ich es war, die ihn durch eine falsche Aussage belastet hat. Ich wollte damit meinen Sohn retten, der möglicherweise den Priester umgebracht hat.«

Dies war ein so offenes Geständnis, eine so schlichte Darstellung von den in Konflikt geratenen Prioritäten, dass die Einsiedlerin einen Moment lang nicht wusste, wie sie reagieren sollte. Menschen von solcher Ehrlichkeit und Aufrichtigkeit begegneten ihr nur sehr selten. Die Frau war völlig ruhig, während sie kerzengerade dasaß und ihre Zwangslage schilderte. Julian aber entging nicht, dass sie mit nervösen Fingern den Stapel Blätter ordnete, die oberste Seite glatt strich, als versuche sie, zugleich die Falten ihres Gewissens zu glätten und das Chaos der Gefühle zu ordnen, die in ihr tobten. Hier endlich war eine Sünderin, die wusste, was sie war. Julian fand diese Abwesenheit von Heuchelei als befreiend.

Das Kind begann zu weinen.

»Ihr gebt sie besser der Amme, denn sie ist ein gieriges kleines Elfchen«, sagte Lady Kathryn.

Julian sah, wie ihr strenger Mund bei diesen Worten weich wurde.

»Ist das Finns Kind?«, fragte sie und übergab den Säugling der Frau, die schon ihre Arme ausgestreckt hatte.

»Nein. Finns Enkelkind. Die Wollust in unseren beiden Familien hat sich offensichtlich bereits auf die zweite Generation übertragen«, sagte Kathryn gequält. Ihre rastlosen Finger kamen langsam zur Ruhe, sie blickte zu Boden und seufzte tief. Als sie den Kopf hob, um die Einsiedlerin wieder anzusehen, schimmerten in ihren Augen Tränen. »Darf ich beichten?«

»Ich kann Euch die Beichte nicht abnehmen, Mylady. Aber ich werde mir gern anhören, was auch immer ihr zu sagen habt, wenn es Euch erleichtert. Ich sehe, dass Ihr höchst beunruhigt seid.«

Lady Kathryn erzählte ihr die Geschichte von Colin und Rose. Und dann berichtete sie ihr, dass sie gerade bei Finn im Gefängnis gewesen war und dass er das Kind nicht angenommen hatte.

»Er wird es sich anders überlegen, wenn sein Kummer nachgelassen hat«, sagte die Einsiedlerin.

»Für mich spielt es keine Rolle, aber für ihn. Dieses Kind wird für mich wie eine Tochter sein. Aber sie könnte auch ihn trösten, so wie sie mich tröstet.«

Die Einsiedlerin legte ihre Hand auf Lady Kathryns behandschuhte Finger, die auf dem Fenstersims ruhten. Sie bemerkte die blauen Flecken und fragte sich flüchtig, woher sie stammten.

»Ihr kennt sie also«, sagte sie.

»Was kenne ich?« Lady Kathryn sah sie verwirrt an.

»Die Art der Liebe, wegen der eine Mutter für ihr Kind alles opfert.« Julian spürte, wie die andere Frau ihre Finger unter ihrer Hand zur Faust ballte. »Das ist die Art von Liebe, die der Erlöser für uns alle empfindet. Die Art von Liebe, die der Erlöser auch für Euch empfindet.«

Die Faust wurde fester. »Wenn er mich so sehr liebt, warum lässt er mich und uns dann alle so sehr leiden?« Kathryn entzog Julian ihre Hand und malte mit ihren langen Fingern einen Kreis in die Luft. »Ich weiß, was Ihr jetzt gleich sagen werdet: ›Sünde‹. Das ist die Strafe für unsere Sünden.«

»Empfindet eine liebende Mutter Freude an der Strafe? Nein, sie bestraft nur, um zu lehren, um das Kind stärker zu machen. Das Leiden macht uns stärker. Nichts geschieht nur aus Zufall, es ist alles Gottes Wirken.«

»Und was ist mit Finn? Warum sollte ein liebender Gott es zulassen, dass ein rechtschaffener Mann verfolgt wird.«

»Durch das Leiden erlöst uns unser Heiland, er vervollkommnet uns.«

»Wusstet Ihr, dass Finns Frau Jüdin war? Vielleicht ist das der Grund, weshalb er jetzt bestraft wird. Er und seine Tochter. Die Sünden der Väter. Und er hat auch mit mir Unzucht getrieben. Aber das kann doch keine schlimme Sünde sein. Einsiedlerin, ich weiß, dass Ihr eine fromme Frau seid und deshalb nur wenig von den lässlichen Sünden wisst. Aber die Sünde der Wollust fordert doch gewiss keinen so hohen Preis. Und wenn es so wäre, dann müssten die Gefängnisse voller Priester und Bischöfe sein, so dass für alle anderen kein Platz mehr wäre. Aber warum sollte Gott Finn seine Tochter Rose nehmen, den Menschen, den er mehr als jeden anderen auf dieser Welt geliebt hat, wenn er keine schwere Sünde begangen hat?«

»Ein Mensch ist manchmal zum Nutzen seiner Seele sich selbst überlassen, auch wenn er keine schwere Sünde begangen hat. Vielleicht bestraft Gott Finn ja gar nicht. Gott liebt Juden und Christen gleichermaßen. Er ist für alle Menschen der Vater im Himmel. Seid versichert, Mylady, dass Ihr, wenn Ihr dieses Kind jüdischer Abstammung aufnehmt, Eurer Seele nur Gutes tut. Allerdings vermute ich, dass Ihr es sogar dann tun würdet, wenn Eure Seele dadurch Schaden nähme. Und deshalb weiß ich, dass Ihr diese Art von Liebe verstanden habt. *Alles wird gut*. Ihr werdet sehen, Euer Leiden wird Euch nur noch enger an Gott binden.«

»Warum kann ich dann nicht beten? Ich spreche die Worte, ich bete den Rosenkranz. Aber es sind nur sinnlose, leere Wörter. Einsiedlerin, habt Ihr nicht auch manchmal das Gefühl, dass das alles vielleicht nur eine Farce ist, eine einzige große Lüge, die von mächtigen Männern ausschließlich zu ihrem persönlichen Nutzen und Vorteil in die Welt gesetzt wurde?«

Eine kühne Frage, die eine ehrliche Antwort verdiente.

»Das habe ich mich selbst schon unzählige Male gefragt. In Zeiten der Freude hätte ich mit dem Heiligen Paulus sagen können: ›Nichts wird mich von der Liebe Christi trennen.‹ Und im Schmerz hätte ich mit dem Heiligen Petrus sagen können: ›Herr, errette mich. Ich gehe zugrunde.‹ Es ist nicht Gottes Wille, dass wir uns unserem Schmerz hingeben, indem wir trauern und klagen. Erhebt Euch über Euren Schmerz. Ich verspreche Euch – und ich weiß es, weil es mir unser Heiland selbst gesagt hat –, der Schmerz wird in der Fülle seiner Liebe aufgehen.«

Diese Worte sind auch für mich bestimmt, dachte Julian. Arzt, heile dich selbst. Gott hat mir diese Frau geschickt, damit ich ihr Beistand leiste und dadurch gleichzeitig meinen eigenen Glauben wiederfinde. Hör auf, dir Sorgen zu machen, nur weil du dir den Zorn des Bischofs zugezogen hast. Er ist entweder ein Werkzeug des Teufels oder ein Werkzeug Gottes. Wie auch immer: *Alles wird gut*.

»Ich habe nicht Euren starken und festen Glauben, Einsiedlerin, obwohl ich in Euren Worten einen gewissen Trost finde, aber ich bin länger bei Euch geblieben, als ich beabsichtigt hatte. Jetzt ist es zu spät, um noch nach Blackingham zurückzufahren. Kennt Ihr ein gutes Gasthaus in der Nähe?« Sie warf einen nervösen Blick auf das Baby, das, nachdem es sich satt getrunken hatte, mit seinen blauen Augen unverwandt Julian ansah.

»Ein Gasthaus ist für eine Gesellschaft von Frauen vielleicht nicht unbedingt die beste Wahl. Aber nur fünf Meilen nördlich von hier und direkt auf Eurem Heimweg liegt die Saint-Faith-Priorei. Sie ist für ihre Gastfreundschaft bekannt.«

»Ja, ich kenne diese Priorei. Sie liegt im Dorf Horsham. Als ich ein kleines Mädchen war, war ich einmal mit meinem Vater da. Die Schwestern dort sind sehr freundlich gewesen.«

Die Frauen erhoben sich und machten sich zum Aufbruch bereit. Die kleine Gruppe wirkte plötzlich sehr schwach und verwundbar. Die junge Frau, die jetzt das Baby im Arm hielt, war fast noch ein Kind, vielleicht vierzehn oder fünfzehn Jahre alt. Ihr Gesicht zeigte einen verzückten Ausdruck. Sie starrte in die Zelle, so als sähe sie dort irgendeine seltsame Erscheinung.

»Möchtest du etwas sagen, Kind«, fragte die Einsiedlerin sie.

Das Mädchen beugte sich etwas nach vorn und sprach mit leise flüsternder Stimme. »Das Licht um Euch herum sch-schimmert. W-Wie die Hoffnung. Es sch-schlägt wie ein Herz.«

»Aber da ist kein Licht...«

Die Amme unterbrach sie. »Sie hat eine Gabe, Mylady.« Und dann fügte sie schnell hinzu. »Von Gott.«

Diese Besucherinnen sind etwas ganz Besonderes, dachte die Einsiedlerin: Nicht nur die willensstarke Adelige, die so heftig liebt, nein auch dieser Säugling mit seinen blauen Augen und dem jüdischen Blut in seinen Adern, ein Symbol für die Liebe Gottes, für seine Einzigartigkeit, und selbst die Amme – die jetzt, da sie sie genauer ansah, dem Mädchen mit der spirituellen Gabe äußerlich sehr ähnelte. Irgendeine Qualität verband sie alle miteinander.

Kathryn hüllte sich fester in ihren Umhang. »Ich danke Euch für Euren Rat. Ich habt mir etwas gegeben, worüber ich nachdenken kann.« Dann fragte sie: »Wollt Ihr die Texte behalten, oder soll ich sie wieder mitnehmen?«

»Ich habe keine Angst vor dem Bischof. Ich werde sie Tom geben.«

Lady Kathryn zuckte nur mit den Schultern und wandte sich zum Gehen.

»Der Herr sei mit Euch«, rief die Einsiedlerin ihren Besucherinnen nach und winkte.

Nur das junge Mädchen drehte sich um und bedankte sich mit einem Lächeln für ihren Segen.

Nachdem die Frauen gegangen waren, fühlte sich Julian geistig so erfrischt, dass sie sich fragte, ob das Menschen oder Engel gewesen waren. War das, was sie gerade erlebt hatte, vielleicht eine weitere Vision gewesen? Eines aber war sicher: Engel oder nicht, es war ihr Heiland, ihre Quelle, der sie ihr geschickt hatte. Dadurch dass sie diesen Frauen seelisch beigestanden hatte, hatte sie auch ihre eigene Seele erquickt. Sie würde jetzt die Apologie schreiben, und zwar auf Englisch.

Was auch immer geschieht: *Alles wird gut.*

»Komm schon, Ahab«, sagte sie zu dem dicken Kater, der auf ihr Fensterbrett sprang. Sie nahm die Wycliffe-Texte und versteckte sie unter einem Stapel Leintücher. »Jetzt können wir uns gemeinsam auf Toms Besuch freuen, du und ich. Er wird uns Neuigkeiten von Finn und vielleicht sogar ein Geschenk aus dem Sumpf mitbringen.«

Ahab schnurrte voller Begeisterung.

25. KAPITEL

Gib, Ernteherr, ein oder zwei Penny mehr,
damit es die Leute anspornt, besser zu arbeiten;
Deinen Schnittern gib Handschuhe, sei großzügig,
und auf Bummler hab täglich ein wachsames Auge.

THOMAS TUSSER,
Wichtige Punkte der Landwirtschaft

Während des Frühlings machte Kathryn keinen weiteren Besuch mehr im Burggefängnis. Halb-Tom hingegen kam oft nach Blackingham Manor, und das war etwas, das Agnes alles andere als recht war. »Ich will nicht, dass er ständig um mein Mädchen herumschleicht.« Kathryn aber war froh über die Besuche des Zwergs, schickte ihn auf Botengänge und zu allen Abteien in der Umgebung von Norwich, um vielleicht doch irgendetwas über Colins Verbleib zu erfahren. War ihr jüngerer Sohn inzwischen zum Vagabunden geworden, übernachtete er in Straßengräben, hungrig, zerlumpt, allein? Oder ging er gerade in ebendiesem Augenblick, in dem sie an ihn dachte, mit anderen Mönchen in einer Reihe durch die steinernen Gewölbe eines fernen Klosters, berauscht vom Choralgesang und für seine Mutter für immer verloren? Aber Kathryn hätte für Halb-Tom auch dann irgendeine Aufgabe gefunden, wenn sie nicht so verzweifelt auf Nachrichten von Colin gehofft hätte. Halb-Tom war nämlich noch immer Kathryns einzige Verbindung zu Finn.

»Frag ihn, ob er das Kind sehen will«, bat sie ihn immer wieder.

Die Antwort war stets dieselbe. »Mylady, er hat leider keine Zeit. Er sagt, dass seine Arbeit für den Bischof seine ganze Aufmerksamkeit in Anspruch nimmt.«

Also fuhr sie während dieser warmen, sonnigen Tage nicht zum Burggefängnis. Es wurde Sommer. Jasmine lernte, zu gurren und zu lachen und zu Kathryns Singsang begeistert in die Hände zu klatschen. Bald stand die Ernte vor der Tür, und das hieß, dass Kathryn Arbeiter finden musste, um schneller als die Schädlinge und schneller als der Regen zu sein – und all das gestaltete sich unendlich mühevoll, da ihr ihre Söhne nicht zur Seite standen.

Es war nun schon die zweite Ernte seit Rodericks Tod. Auch dieses Jahr würde Simpson wieder der Ernteherr sein, und wieder würde kein Gutsherr da sein, der die wachsende Arroganz des Verwalters zügelte. Und wo sollte sie das zusätzliche Geld hernehmen, um die Tagelöhner zu bezahlen, die mit jedem Jahr mehr Lohn forderten, ganz zu schweigen von der Großzügigkeit, die ihre Leibeigenen zur Erntezeit zu Recht von ihr erwarteten. Die blinde Loyalität, mit der die Leibeigenen und Bauern Blackinghams ihrem Vater gedient hatten, gehörte der Vergangenheit an, weggewischt vom Arbeitskräftemangel und dem Gleichheitsgedanken, der von allgegenwärtigen Laienpredigern verkündet wurde. Die alte Ordnung war bedroht, würde vielleicht sogar bald zerstört werden. Aber dies war die Ordnung, in der sie ihren Platz kannte. Roderick hatte die Leibeigenen durch pure Machtausübung, aber auch durch Traditionen an sich gebunden. Wo aber war ihre Macht? Wo waren ihre Traditionen?

Es gab Tage, an denen sie das Gefühl hatte, einfach nicht mehr weiterzuwissen. Wäre da nicht Jasmine gewesen.

Magda ging zum vierten Mal an diesem Tag, diesmal in der größten Mittagshitze, mit den Lederflaschen voller Ale, den Körben mit Brot und Käse, Haferkuchen und Zwiebeln zu den Schnittern aufs Feld hinaus. Ihre Last war schwer, aber auf dem langen Stab auf ihren Schultern gut ausbalanciert. Es machte ihr nichts aus, denn sie war kräftig und robust und freute sich über jede Möglichkeit, der stickigen Küche zu entkommen. Die Köchin war in letzter Zeit ziemlich oft sehr schlecht gelaunt. Außerdem sah Magda gern zu, wie die langen Sensen durch den Roggen zischten, als wären sie Moriskentänzer. Ihr Vater war von allen Schnittern der geschickteste. Sie beobachtete voller Stolz, wie er, den Körper leicht gebeugt, das rechte Bein angewinkelt und den linken Arm ausgestreckt, um das Gleichgewicht zu halten, die Sichel mit der Kraft des rechten Armes durch das Korn sausen ließ. Er schnitt die Halme parallel zum Boden ab, während sich sein Körper mit jedem Schwung rhythmisch vor und zurück bewegte.

Kein Wunder, dass die Schnitter mittags so großen Hunger hatten. Und es war auch kein Wunder, dass Agnes so schlecht gelaunt war. Letzte Woche hatte sie Halb-Tom sogar mit einem Besen davongescheucht, weil er angeblich ein Ei gestohlen hatte! Agnes, die immer einen Suppentopf für die hungrigen Bettler auf dem Herd stehen hatte. Sie war in letzter Zeit immer so mürrisch, und niemand konnte ihr etwas recht machen.

Hier draußen schien die Sonne, die Luft war frisch, und am blauen Himmel zogen Federwolken dahin (und dann war da ja auch noch das Wohlwollen, mit dem man das Küchenmädchen empfing, das das Essen brachte). Das Gefühl der Zusammengehörigkeit unter den Freisassen und den Leibeigenen schloss auch sie mit ein. Hier draußen fühlte sie sich wie ein Mitglied einer großen, glücklichen Familie. Glücklich deshalb, weil sie, obwohl sie alle schwer und lange arbeiten mussten, für diesen einen Monat im Jahr jeden Tag richtig satt wurden. Wenn der Ernteherr geizig war, dann würde er nicht genügend Arbeiter bekommen. Die Leibeigenen hatten zwar keine andere Wahl, aber die Freisassen konnten durchaus auf anderen Feldern zu besseren Bedingungen arbeiten. Also erwarteten sie alle eine gewisse Großzügigkeit. Allerdings war sich Magda dieses Jahr nicht sicher, ob ebendiese Erwartungen nicht doch enttäuscht werden würden. Sie hatte das Seelenlicht des Verwalters gesehen – falls es überhaupt Licht genannt werden konnte. Es war wohl eher die Abwesenheit von Licht, und so etwas hatte sie noch nie zuvor gesehen. Konnte es sein, dass er kein Licht hatte, weil er überhaupt keine Seele hatte? Vielleicht war er ein Teufel in der Gestalt eines Menschen. Sie schauderte, als sie ihn auf die Hecke zukommen sah, in deren Schatten sie das Tischtuch ausgebreitet hatte. Sie versuchte seinem Blick auszuweichen, damit er sie nicht mit einem bösen Fluch belegte.

Sie beobachtete die Kinder, deren sanfte Lichter sich wie die Farben des Regenbogens miteinander vermischten, während sie unter einer großen Eiche am Rande der Kornfelder Fangen spielten. Sie hatte zur Erntezeit auch immer unter diesem Baum gespielt – und das war noch gar nicht so lange her –, während ihr Vater mit seiner Sense tanzte und ihre Mutter die Garben band. Sie würde Lady Kathryn fragen, ob ihre Mutter morgen mit Jasmine aufs Feld hinausgehen durfte. Ihrer Mutter würde sich sicher darüber freuen. Zur Erntezeit lächelte sie immer. Selbst wenn sie einen zu dicken Bauch hatte, um zu arbeiten, kam sie aufs Feld und sah den Kindern der anderen Frauen zu. Es waren glückliche Erinnerungen. Aber es hatte auch schlechte Zeiten gegeben: Wenn die Ernte auf den Feldern verfault war, wenn der Teufel Schädlinge, die Pest oder den Regen geschickt hatte. Damals waren viele verhungert. Auch zwei ihrer kleinen Brüder waren so gestorben.

Aber daran wollte sie heute nicht denken. Heute schien die Sonne, und das Korn war reif. In der Küche von Blackingham war dafür gesorgt worden, dass sich der Tisch unter den Speisen für die Erntearbeiter regelrecht bog. In der Ferne sah sie ein vertrautes Licht leuchten. Sie hob die Hand und rief dem untersetzten, kleinen Mann, der offensichtlich auf dem Weg in die Küche war, einen Gruß zu. Sie war froh, dass es der Köchin nicht gelungen war, Halb-Tom mit ihrem Besen und ihren finsteren Blicken endgültig zu vertreiben. Er war ihr Freund mit dem wunderschönen Seelenlicht, und er war zurückgekommen.

Aber es war der Mann ohne Licht, der sich ihr jetzt näherte.

Der Verwalter trat neben sie und riss ihr eine Lederflasche mit Ale von ihrer Tragestange. Die auf ihren Schultern ausbalancierte Stange geriet ins Wanken, und um zu verhindern, dass ihre Last zu Boden fiel, setzte Magda sie unbeholfen ab. Der Verwalter nahm einen kräftigen

Schluck aus der Flasche und ließ das Ale dabei über sein Kinn laufen, während er sie beobachtete. Sie zeigte auf den Wassereimer, der auf dem Boden stand. Das Wasser war kühl. Sie hatte es selbst aus dem Fluss geschöpft. Als Simpson sie ignorierte, strengte sie sich an, etwas zu sagen, auch wenn er ihr mit seinem lüsternen Blick Angst machte.

»S-Sir...«

Er lachte und kam einen Schritt auf sie zu. Sein Atem stank nach Zwiebeln und faulen Zähnen. Er trank einen weiteren kräftigen Schluck aus der Flasche. Was sollte sie tun? Er war der Ernteherr, aber wenn er noch mehr trank, würde nicht genügend Ale für die Arbeiter bleiben. Der lederne Hals der Flasche begann bereits schlaff zu werden. Wenn sie ihm Wasser holte, vielleicht würde er dann... Sie wich vor ihm zurück, ging die paar Schritte zum Eimer und holte ihm ein Kürbisgefäß mit Wasser.

Er nahm ihr den Kürbis aus der Hand, wobei er sie die ganze Zeit anstarrte, und goss sich das Wasser über den Kopf. Schließlich schüttelte er sein fettiges, nasses Haar wie ein zottiger Hund.

»Sir...« Es fiel ihr schwer, die Worte zu formen. »S-Sir, das Wasser ist zum Trin-ken, und die K-Köchin hat gesagt...«

»»Die Köchin hat gesagt‹«, äffte er ihren schleppenden Ton und ihre hohe Stimme nach. »Es ist mir völlig egal, was die Köchin gesagt hat, ich bin der Ernteherr, nicht die Köchin. Weißt du, zu was mich das macht? Das macht mich zu deinem Herrn, und ich kann Ale oder Wasser haben, so viel ich will.« Er warf das Kürbisgefäß ins Gras und spuckte ihr vor die Füße. »Und auch alles andere, was mit der Ernte zu tun hat. Und das schließt auch ein einfältiges Küchenmädchen ein, das den Tisch deckt.«

Er packte sie an ihrem Mieder. »Sehen wir doch einmal, ob da schon feste kleine Knospen drin sind.«

Sie zuckte zurück und riss sich los, wobei das schon oft gewaschene Leinen zerriss. Ihr Gesicht wurde rot vor Scham, als sie versuchte ihre Brüste mit dem zerrissenen Stoff zu bedecken.

»Du bist anscheinend schon reif genug, um gepflückt zu werden.«

Sein Lachen klang lüstern und grob. Plötzlich fühlte sie sich schmutzig.

Er trat blitzschnell hinter sie und schlang seine staubigen Arme um sie. Sein Atem strich heiß über ihren Nacken. Seine Hände kneteten ihre Brüste. Etwas Hartes stieß von hinten gegen sie. Sie konnte es durch ihren Unterrock hindurch spüren. Sie wusste, was das war, und sie wusste auch, was er von ihr wollte, aber ihre Lippen waren zu starr, um protestieren zu können. Ihre Zunge fand einfach keine Worte.

»B-Bitte...«

Der Druck von hinten wurde stärker.

»Auf die Hände und die Knie, und heb deine Röcke«, grunzte er.

Nicht hier, rief es in ihr, nicht mitten auf dem Feld so wie die Tiere. Und vor allem nicht mit jemandem, dessen Seele kein Licht hat. Aber, Heilige Mutter Gottes, was sollte sie nur tun? Er war der Ernteherr. Und sie war nur ein Nichts.

»B-Bitte, Sir, bitte.« Das war kaum mehr geflüstert.

»Na also. Du hast deine Sprache also doch wiedergefunden.«

»Mein V-Vater ist...«

»Ich werde ihm einen extra Penny bezahlen, wenn du mir zu Willen bist. Jetzt heb deinen Rock hoch, und auf den Boden mit dir.«

Sie versuchte verzweifelt, die wimmernden Laute und die leisen, trockenen Schluchzer zu unterdrücken, die aus ihrem Mund kamen. Je lauter sie war, desto mehr würden die anderen mitbekommen, und auch sie konnten und würden ihr nicht helfen. Er war der Ernteherr. Sie packte ihren Rock und hob ihn bis knapp über ihre Knöchel hoch. Ihren zitternden Händen wollte es einfach nicht gelingen, ihn höher zu ziehen. Er riss an ihrem Rock und gab ihr einen Stoß in den Rücken. Sie fiel wie ein Hund auf alle viere. Er schlang einen Arm um ihre Taille und hielt sie fest. Die rauen Stoppeln auf dem Feld stachen in ihre nackten Knie und Hände. Sie grub die Fingernägel in die Erde, krallte sich förmlich hinein. Seine groben Hände schoben ihre Röcke über ihren Kopf. Sie zuckte zusammen, als sie die Berührung seiner Hände auf ihrer nackten Haut spürte, seine scharfen Fingernägel. Er grunzte wie ein Tier, als er versuchte, in sie einzudringen. Es tat weh. Aber der Gedanke, dass die anderen Zeuge ihrer Schande wurden, tat ihr noch viel mehr weh. Erbrochenes stieg ihr in den Mund. Sie konnte nicht mehr schreien. Sie konnte nicht einmal mehr atmen.

»Geht sofort zurück aufs Feld, Simpson.«

Als er Lady Kathryns Stimme hörte, ließ der Verwalter das Mädchen los und erhob sich unsicher auf seine Füße, während er versuchte, seine Hose hochzuziehen. Kathryn hätte über sein verblüfftes Gesicht gelacht, wenn sie nicht so wütend gewesen wäre. Sie wünschte sich nicht zum ersten Mal in ihrem Leben, wenigstens für ein paar Minuten ein Mann zu sein. Dann hätte Simpson, anstatt seinen nackten Hintern mit seiner Hose zu bedecken, dort den brennenden Schmerz eines Peitschenhiebs gespürt.

Magda kroch unter ihm hervor und strich sich mit einer Hand ihren Rock glatt, während sie mit der anderen ihr zerrissenes Mieder zusammenhielt. Das Gesicht des Mädchens war weiß wie Marmor. Kathryn widerstand dem Drang, sie in die Arme zu nehmen und zu trösten. Sie wusste, dass das dem Mädchen jetzt nichts genützt hätte. Kathryn konnte sehen, wie sie verzweifelt darum kämpfte, nicht die Fassung zu verlieren und wenigstens eine Spur von Würde zu bewahren, selbst wenn ihr die Tränen über die staubigen Wangen liefen.

»Magda, geh zum Haus zurück.«

Inzwischen stand Simpson wieder fest auf seinen Beinen, kehrte ihr jedoch den Rücken zu und hantierte immer noch an seiner Hose herum.

»Sag Agnes, dass du in einen Haufen Schweinedung gefallen bist.« Die letzten Worte zischte Kathryn in Richtung des Verwalters.

Er drehte sich um, zuckte mit den Schultern und klopfte sich das Stroh von seinem Rock. »Das Mädchen war durchaus willig. Es ist nichts passiert. Ich gehe immer vorsichtig mit Eurem Eigentum um, Mylady.«

»Wir sind alle jemandes Eigentum, Simpson. Ihr tätet gut daran, das nicht zu vergessen. Wenn Ihr es noch einmal wagt, das Mädchen anzurühren, werde ich Euren Lohn einbehalten und Euch von meinem Land verbannen.«

Sein affektiertes Grinsen wurde noch breiter. Sie wusste, was er gerade dachte, und fragte sich, ob er es wagen würde, dies auch auszusprechen. Wo sollte sie so schnell einen anderen Ernteherrn finden? Es ärgerte sie unglaublich, dass sie seine Gegenwart noch länger dulden musste, nur weil sie niemanden hatte, der seinen Platz einnehmen konnte.

»Ruft die Arbeiter zur Mittagspause. Ich werde mich selbst um das Essen kümmern«, sagte Kathryn, während sie weiter das Mädchen beobachtete, um zu sehen, ob sie sich auf den Beinen halten konnte.

Als Magda den Rand des Feldes erreicht hatte, fing sie an zu rennen, wobei sie jedoch immer wieder stolperte. Kathryn war zutiefst erleichtert, als sie sah, dass kein Blut auf ihren Röcken war. Sobald das Essen aufgetragen war, würde Kathryn dafür sorgen, dass Agnes dem Küchenmädchen irgendeine besondere Freundlichkeit zukommen ließ.

»Wenn Mylady gestatten, möchte ich darauf hinweisen, dass Sir Roderick...«

»Sir Roderick hätte gesagt, dass die Jungfernschaft eines Dienstmädchens so gut wie keinen Wert hat. Für das Dienstmädchen, das sie besitzt, ist sie jedoch überaus wertvoll. Und es sollte ihr selbst überlassen sein, wem sie sie schenkt. Oder verweigert. Ihr arbeitet für Blackingham, Simpson. Ihr arbeitet für mich.«

»Gewiss, Mylady.« Sie sah, wie er ihr unter gesenkten Lidern einen hasserfüllten Blick zuwarf. Ein kurzer Blick, gefährlich wie ein Blitz. Sie würde ihn entlassen, sobald die Ernte vorbei war.

»Und, Simpson, noch eines. Ihr werdet dem Mädchen von Eurem Lohn einen Schilling als Entschädigung bezahlen.«

»Wofür denn? Sie ist noch immer intakt.«

»Dann ist der Schilling eben für die Demütigung, die Ihr ihr zugefügt habt. Und vor allem, um Euch noch einmal daran zu erinnern, wer hier das Sagen hat.«

»Wie Ihr wünscht, Mylady.« Seine Augen sahen jetzt aus wie zwei helle kleine Stückchen Kohle. »Aber wenn Euer Ladyschaft eine Minute später gekommen wäre, hätte ich wenigstens etwas für mein Geld bekommen.«

Dann kehrte er ihr den Rücken zu und stolzierte über die Felder davon, nachdem er den gaffenden Arbeitern mit einer brüsken Handbewegung bedeutet hatte, dass es Zeit zum Essen war.

Die Ernte dauerte dieses Jahr besonders lange. Bis September jedoch war auch der letzte Heuwagen eingefahren und der Roggen und die Gerste für das Dreschen im Winter sicher und trocken eingelagert. Die Martinsgänse, die von den heruntergefallenen Körnern dick und fett geworden waren, brieten schon in der Küche am Spieß für das Erntefest. Kathryn zählte besorgt die Fässer mit Met, Apfelwein und Ale, alles auf Blackingham gebraut, dazu die zwanzig Gallonen Bier, für die sie fünfzig Schilling ausgegeben hatte, um ihren Vorrat zu ergänzen. Insgeheim fürchtete sie sich vor diesem abendlichen Festessen. Es würde eine laute, betrunkene Runde werden, und obwohl Kathryn den Arbeitern dieses Fest gönnte – sie wusste, dass sie es sich redlich verdient hatten –, war ihre Geldbörse so dünn wie die eines Einsiedlers. Während der beiden Erntewochen war Simpson zweimal zu ihr gekommen und hatte weitere Zuwendungen für die Freisassen gefordert. Gott sei Dank war heute auch die Pacht für das Quartal fällig. Er sammelte sie heute ein und würde ihr die Abrechnung beim Fest vorlegen.

Kathryn hob ihren Schleier, um sich den Schweiß von der Stirn zu wischen, dann rief sie nach Glynis, damit diese im großen Saal den Tisch deckte. Wo war dieses faule Mädchen schon wieder? Agnes und das kleine Küchenmädchen arbeiteten sich noch auf. Magdas Hände waren dabei ebenso geschäftig, wie ihre Zunge still war. Seit dem Vorfall mit Simpson hatte sie sich wieder völlig in ihr Schweigen zurückgezogen. Eine unangenehme Sache war das gewesen, aber zum Glück hatte der Zwerg Kathryn gerade noch rechtzeitig zu Hilfe geholt. Sie nahm an, dass es noch andere Mädchen gab, sowohl bereitwillige als auch das Gegenteil, die Simpson sich genommen hatte, aber sie hatte kaum eine Möglichkeit, etwas dagegen zu tun. Sie sollte sich keine Gedanken um diese Mädchen machen. Hatte Gott selbst ihnen nicht ihr Los im Leben bestimmt?

Sie sah sich die langen Bretter an, die im großen Saal auf Böcke gelegt worden waren. Es musste ein Podium geben, denn es war nicht schicklich, dass sie auf gleicher Höhe wie die anderen saß. Aber wer würde neben ihr sitzen? Neben ihr, einer Witwe, einer Gutsherrin ohne ihre Söhne an ihrer Seite? Simpson? Sie schauderte. Aber er war nicht von adeliger Geburt, also würde er an der langen Tafel sitzen. Der Priester der Saint-Michael-Kirche würde mit ihr auf dem Podium sitzen, um das Fest zu segnen.

Sie hatte Halb-Tom nach Norwich geschickt, um jemanden zu suchen, der für etwas Unterhaltung sorgte. Die Erntearbeiter hatten Anspruch auf ein wenig Fröhlichkeit, und es war ihre Pflicht, dafür zu sorgen. »Aber nicht zu viele Gaukler«, hatte sie den Zwerg ausdrücklich angewiesen. »Ein oder zwei Jongleure und ein bisschen Lautenmusik, mehr kann sich Blackingham im Moment nicht leisten.«

Lady Kathryn saß in ihrem zweitbesten Brokatkleid und einem geflochtenen Kopfputz ohne einen Tischherrn auf dem Podium. Im Saal duftete es nach frischen Kräutern, die man zwischen die Binsen gestreut hatte. Der würzige Geruch von gebratenen Gänsen fand schon jetzt seinen Weg von der Küche in den Saal. Die Tafel schien sich förmlich unter dem Gewicht der frisch geernteten Früchte des Feldes zu biegen. Agnes war eine Alchemistin. Sie mochte zwar nicht in der Lage sein, Blei in Gold zu verwandeln, aber sie schaffte es irgendwie immer, übrig gebliebene Speisen vom Vortag in wunderbare Puddings zu verwandeln, mit Gewürzen aromatisiert und mit Safran gefärbt (zumindest hatten sie die Farbe von Gold) und somit zu verbergen, dass es eigentlich nur Reste waren.

Kathryn beobachtete von ihrem erhöhten, geschnitzten Stuhl aus, wie die Gaukler am anderen Ende den großen Saal betraten. Einer trug das Skelettkostüm des Sensenmannes, um die Seelenernte zu parodieren. Ein anderer war selbst bei diesem warmen Wetter in einen Kapuzenumhang gehüllt und hatte eine Laute über die Schulter geschlungen; ein dritter trug nur eine Hose, die um seine Lenden geknotet war. Unter seiner eingeölten Haut konnte man seine Muskeln spielen sehen. Er kam als Erster herein und legte den Weg durch den langen Saal Rad schlagend zurück, bis er schließlich vor Kathryns Stuhl angekommen war. Dort machte er dann einen Handstand und jonglierte dabei drei bunte Bälle mit den Füßen. Lady Kathryn applaudierte freundlich, und die Leute im Saal stimmten in ihren Beifall ein.

Halb-Tom vergrößerte die kleine Gruppe von Spielleuten, indem er mit dem Sensenmann Verstecken spielte. Er verspottete den Schnitter Tod mit groben Gesten und anzüglichen Worten, woraufhin ihn dieser mit seiner Sense durch den Saal jagte. Die Bauern brüllten vor Lachen. Hier konnten sie sich zur Abwechslung einmal über den Tod lustig machen. Am anderen Ende des Saales schlenderte der Lautenspieler an der langen Tafel entlang und klimperte dabei auf seinem Instrument. Kathryn konnte das Lied bei dem heiseren Gelächter und dem Applaus für den Schlangenmenschen und den Sensenmann nicht hören, außerdem musste sie bei der Lautenmusik an Colin denken, und dafür hatte sie jetzt keine Zeit.

Simpson kam zu spät. Er betrat den Saal erst, nachdem das Essen schon begonnen hatte, eine Beleidigung der Arbeiter. Aber auch eine Beleidigung ihr gegenüber. Er setzte sich an die Tafel, stumm und griesgrämig und hielt sich an seinem Becher fest. Als Verwalter stand ihm Wein zu, aber Kathryn hatte diesen sowohl aus Sparsamkeit als auch in weiser Voraussicht mit Wasser mischen lassen. So wie Simpson in die Halle getorkelt gekommen war, war ihr klar, dass dies bestimmt nicht sein erster Becher an diesem Tag war. Nachdem der letzte Gang, *raffyolys*, Pastetchen mit gehacktem Schweinefleisch und Gewürzen, aufgetragen worden war, kam er mit unsicheren Schritten auf das Podium zu, legte den Beutel mit den Münzen, die vierteljährlichen Pachtzahlungen, vor sie hin und lallte, dass sich die Abrechnung in dem Beutel befand.

»Es ist nicht viel«, nuschelte er. »Die Leibeigenen entschuldigen sich mit der Kopfsteuer des Königs.«

Sie wog den Beutel in den Händen und seufzte. Er fühlte sich leicht an, und sie war sich sicher, dass sie, wenn sie die Abrechnung durchging, mehr Zahlungsverpflichtungen als Münzen finden würde. Nun gut, dann würde sie die Pacht eben in Form von Hühnern, Eiern und Gemüse aus den kleinen Gärten, die die Bauern neben ihren Hütten angelegt hatten, entgegennehmen müssen.

Sie legte den Beutel neben ihr Schneidbrett, stand auf und erhob ihren Becher, so wie es üblich war, zu einem Trinkspruch auf die Ernte und den Ernteherrn. Nach dem Salut blieb es im Saal jedoch völlig still. Keiner der Freisassen erhob seine Stimme zum Hurra.

Dann begannen ein paar Männer am anderen Ende des Saales in einem stetigen Rhythmus mit den Fäusten auf den Tisch zu schlagen. Das Hämmern breitete sich die Tafel entlang aus, bis es den ganzen Saal erfüllte und laut in ihrem Kopf widerhallte.

»Großzügigkeit, Großzügigkeit. Wir verlangen Großzügigkeit.« Der Sprechgesang begann leise, steigerte sich dann aber zum Crescendo.

Das war ganz und gar nicht die Reaktion, die sie erwartet hatte. Diese Arbeiter waren wirklich ein gieriger Haufen. Hatten sie vor, eine arme Witwe zu berauben? Eine solche Unverschämtheit würde sie nicht dulden. Sie straffte die Schultern und hob eine Hand.

Der Sprechgesang verebbte.

»Wo ist die Dankbarkeit, die ihr mir für die großzügigen Zuwendungen schuldet, die ihr bereits bekommen habt? Ich habe dem Ernteherrn zweimal zusätzliches Geld gegeben, um euren Lohn aufzustocken.«

Einer von ihnen, den der Alkohol kühn hatte werden lassen, stand auf und schrie sie an: »Der Ernteherr hat uns noch überhaupt nichts gegeben. Er hat uns die Zuwendungen heute für das Erntefest versprochen.«

Ein Chor der Zustimmung, dann begannen der Sprechgesang und das Hämmern wieder.

Großzügigkeit, Großzügigkeit.

Kathryn starrte Simpson, der wieder an der Tafel saß und in seinen Becher starrte, böse an. »Was soll das heißen, Simpson? Was habt Ihr mit dem Geld gemacht?«

Das Hämmern war jetzt ohrenbetäubend laut.

Er hob den Blick, sah aber an ihr vorbei und zuckte mit den Schultern. »Ich musste zusätzliche Arbeiter einstellen.«

»Die Ernte war so wie immer. Und ich sehe hier in diesem Saal nicht mehr Arbeiter als sonst auch.«

»Einige haben gekündigt und sind gegangen.«

Sie schrien sich über den Lärm hinweg an, als das Hämmern schlagartig aufhörte. Eine vollkommene Stille legte sich über den Saal. Niemand rührte sich. Nur der Lautenspieler mit dem Kapuzenmantel, der zu spielen aufgehört hatte, ging auf das Podium zu. Würde auch er mehr Geld verlangen? Der Raum kam ihr plötzlich eng und stickig vor. Kathryn musste sich an der Tischkante festhalten. Jetzt war es endgültig genug. Die Heimtücke des Verwalters kannte anscheinend keine Grenzen mehr.

»Ihr seid ein Dieb und ein Lügner, Simpson.« Sie sagte das so laut, dass es alle im Saal hören konnten.

Er grinste sie nur höhnisch an.

»Ich werde Eure Unverschämtheiten und Eure Verleumdungen nicht länger dulden. Der geringste Leibeigene von Blackingham ist mehr wert als Ihr. Ich will Euch nicht länger auf dem Grund und Boden von Blackingham haben. Wenn ich Euch morgen noch hier sehe, werde ich Euch auspeitschen lassen.«

Absolutes Schweigen. Dann hüstelte der Priester am anderen Ende des Podiums diskret. Das einzige andere Geräusch war das Zirpen der Grillen, das von draußen hereindrang.

Simpsons betrunkenes, schrilles Gelächter durchdrang die bedeutungsschwangere Stille. »Und wer, Euer Ladyschaft, soll der Mann sein, der mich auspeitscht?«

Sie beschrieb mit ihrem Arm einen weiten Kreis, eine große Geste, die vor allem auch die Arbeiter mit einschloss. Sie ließ dabei langsam ihren Blick über den Tisch schweifen und versuchte, die Leute dazu zu bewegen, sich auf ihre Seite zu stellen. »Die Männer, die Ihr bestohlen habt, Simpson, werden ihrer Herrin die Loyalität nicht verweigern.«

Aber da waren keine Stimmen, die sie unterstützten. Die Bauern sahen einander an, als wüssten sie nicht, wem sie glauben sollten. Anscheinend trauten sie weder ihr noch Simpson.

»Ihr braven Männer«, wandte Kathryn sich wieder an die Arbeiter. Wegen des Rauchs und der Hitze im Saal wurde ihr schwindelig, aber sie wappnete sich für das, was sie jetzt tun musste. »Ihr habt hart für Blackingham Manor gearbeitet. Ich schätze eure Dienste hoch. Ich achte eure Loyalität über alle Maßen, und ich werde dafür sorgen, dass jeder von euch die großzügige Zuwendung erhält, die ihm dieser gierige Verwalter gestohlen hat. Kommt morgen zur Prim ans Tor. Für heute Abend...«

»Wieder nur Versprechungen«, murmelten ein paar der Männer, aber hier und dort ertönte auch Beifall. Jemand rief: »Lasst sie weitersprechen.«

Ermutigt hielt sie wieder die Hand hoch, um sich noch einmal Stille zu verschaffen, dann fuhr sie fort: »Für heute Abend mögt ihr das Festmahl genießen, das unsere Küche zubereitet hat.« Dann gab sie dem Kellermeister einen Wink, eine weitere Runde Apfelwein auszuschenken. »Genießt also die Unterhaltung, die ihr euch redlich verdient habt.«

Halb-Tom und der Sensenmann begannen wieder mit ihren makabren Späßen. Ein oder zwei Männer im Saal äußerten immer noch murrend ihren Unmut, aber die Arbeiter waren vorerst beschwichtigt.

Kathryn fragte sich, woher sie das zusätzliche Geld nehmen sollte. Sie würde es von Simpson zurückfordern, schließlich hatte sie gerade eben bewiesen, dass sie noch immer eine gewisse Autorität besaß. Plötzlich trat der Lautenspieler vor das Podium.

»Mylady.«

Diese Stimme. War das eine Sinnestäuschung?

Der Lautenspieler verbeugte sich vor ihr, während er seine Kapuze zurückstreifte. Die bleiche Haut seines kahlen Schädels war in ihrer Blässe verblüffend. Eine Erinnerung flackerte in ihr auf: die Hand einer Mutter, ihre Hand, die einen solch haarlosen Kopf wusch, ihn zärtlich liebkoste. Aber bevor sich diese Erinnerung voll entfalten konnte, sah sie der junge Lautenspieler an. Es waren Jasmines Augen, in die sie blickte.

Sie stolperte vom Podium herunter und schloss ihn überglücklich in ihre Arme.

Er erwiderte ihre Umarmung, aber er fühlte sich irgendwie anders, fremd an. Zurückhaltender, distanzierter. Er war kräftiger geworden. Es waren die muskulösen Schultern eines Mannes, die sie da umarmte.

»Colin! Wie schön, dass du wieder da bist, mein Sohn. Wie schön.« Sie wischte sich die Tränen aus den Augen, während sie ihn auf Armeslänge vor sich hielt, um sein Gesicht zu betrachten.

»Du bist gewachsen. Jetzt bist du ein Mann, kein Junge mehr«, sagte sie. »Aber was hast du mit deinen schönen Haaren gemacht?«

»Das war ein Akt der Versöhnung«, sagte er mit ernstem Gesicht. Seine Stimme war auch tiefer geworden.

Sie wartete darauf, dass er das erklärte, aber er sagte nichts mehr.

»Was macht Ihr allein auf dem Podest?«, fragte er. »Wo ist Alfred? Und wo ist der Illuminator?«

Ein vertrauter Kummer trübte ihre Freude.

»Du fragst nicht nach der Tochter des Buchmalers. Warum fragst du nicht nach Rose?« Eine Spur von Missbilligung, ein Hauch von Bitterkeit schlich sich in ihre Worte.

»Ist etwas geschehen? Haben die beiden Blackingham verlassen?«

Sie seufzte. »Es ist sehr viel geschehen, Colin. Dein Weggang war nur der Anfang.« Sofort bereute sie den Tadel in ihrer Stimme. Es war allein ihre Schuld gewesen, dass er ihr Haus verlassen hatte. Sie durfte ihn nicht gleich wieder vertreiben. Sie tätschelte seine Hand. »Ich habe dir viel zu sagen, aber das muss warten, bis ich diese Sache mit Simpson erledigt habe. Es ist gut, dass du gekommen bist. Er wird weniger Schwierigkeiten machen, wenn er sieht, dass ich jetzt nicht mehr allein bin.«

Sie drehte sich zu Simpson um, aber sein Platz war leer. Auch der Beutel mit den Pachteinnahmen war verschwunden.

Nachdem das Erntefest beendet war und die Leute alle nach Hause gewankt waren – in ihre Schuppen, Hütten, Ställe und manchmal auch nur in einen Graben –, bat Kathryn Colin in ihr Zimmer. Der Verlauf dieses Abends hatte sie sehr mitgenommen, aber sie wusste, dass das, was sie Colin zu sagen hatte, nicht bis zum nächsten Morgen warten konnte.

Sie setzten sich an den kleinen Tisch in der Ecke ihres Zimmers, wo sie manchmal mit Finn gegessen und die Intimität einer gemeinsamen Mahlzeit genossen hatte. Aber daran durfte sie jetzt nicht denken. Es war ihr Sohn, der neben ihr saß, und sie musste ihre Worte sehr sorgfältig wählen.

»Du weißt selbst, dass es eine Dummheit war, von hier wegzugehen. Ich hoffe, dass du nach Hause gekommen bist, um zu bleiben.«

»Ja, Mutter. Ich werde bleiben. Ich habe inzwischen eingesehen, dass ich für ein Leben als Mönch nicht geschaffen bin.«

Er hatte sich wirklich sehr verändert. Der Anblick seines rasierten Kopfes war höchst irritierend, und sie bedauerte zutiefst den Verlust seiner schönen Haare. Seine blauen Augen hatten etwas von ihrer Unschuld verloren, an deren Stelle ein brennendes, ruheloses Leuchten getreten war.

»Bist du, seit du Blackingham verlassen hast, die ganze Zeit mit den Gauklern unterwegs gewesen?«

»Nicht nur, aber zum größten Teil. Habt Ihr denn meine Briefe nicht bekommen?«

»Briefe? Nein. Nur einen einzigen. Und ich hatte keine Möglichkeit, ihn zu beantworten, sonst wüsstest du bereits, was ich dir jetzt zu sagen habe.« Wo sollte sie anfangen? Sie bot ihm ein Glas Wein an. Er lehnte ab. Sie trank einen kleinen Schluck. »Seit du fortgegangen bist, hat das Schicksal es alles andere als gut mit Blackingham gemeint, Colin. Wie ich dir schon sagte: Dass du Blackingham verlassen hast, war nur der Anfang.«

Dann erzählte sie ihm von Alfreds Entschluss, von Finns Verhaftung, von dem Baby und schließlich von Roses Tod. Er hörte ihr schweigend zu. Er unterbrach sie weder mit Fragen noch mit Wehklagen, er sagte nicht einmal etwas, wenn sie eine erwartungsvolle Pause machte. Am Schluss, als sie ihren Arm über den Tisch streckte und seine Hand nehmen wollte, zog er sie zurück.

»Dann ist Rose also tot«, sagte er tonlos. Sein Blick verschleierte sich, sein Adamsapfel bewegte sich, als er heftig schluckte. Sie sehnte sich danach, ihn in ihre Arme zu nehmen, aber sie wusste, dass er das nicht wollte. Dies hier war nicht mehr ihr sanfter Colin, der als Kind geweint hatte, weil ein Fuchs über ein Nest mit Küken hergefallen war, und der sich auf diese oder ähnliche Weise oft den Zorn seines Vaters zugezogen hatte.

»Das tut mir leid«, war alles, was er sagte. Seine Augen waren trocken. Er starrte an ihr vorbei, aber sie wusste, dass sein Blick nicht den Gobelins galt, die hinter ihr an der Wand des Zimmers hingen. Sie sah in seinem Gesicht auch nicht den Schmerz des Verlustes, den sie erwartet hatte – keine Tränen, nur dieser harte, unbeugsame Blick. »Ich werde für ihre Seele beten«, sagte er. In seiner Stimme zeigte sich keinerlei Emotion. »Ich habe einen Mann namens John Ball kennen gelernt, Mutter. Er hat mir für viele Dinge die Augen geöffnet.«

Jemand, dem es so leicht gelang, seinen Kummer zu verbergen, das konnte nicht ihr Colin sein, das war ein Wechselbalg.

»Was für Dinge?«, fragte sie. Sie war sich inzwischen sicher, dass er sie nicht an sich heranlassen wollte. Sie sollte nicht erfahren, wie sehr er Rose geliebt hatte, sollte weder seinen Schmerz noch seine Schuldgefühle sehen. Er war noch immer ein törichtes kleines Kind, das versuchte, seine Schuldgefühle vor seiner Mutter zu verbergen.

»Über die Kirche«, sagte er.

»Über die Kirche?«

Er nickte eifrig. Seine Stimme klang nicht mehr tonlos. »Darüber, wie die Priester und die Bischöfe die Armen in Unwissenheit halten und auf diese Weise versklaven. Wie sie sie missbrauchen, wie sie sie bestehlen, wie sie ihre Abteien mit Gold und ihre eigenen Truhen mit Silber füllen.«

Er wirkte geradezu lebhaft, und seine Augen glänzten fiebrig. Der Kummer ist zu viel für ihn, dachte sie. Er redet einfach irgendetwas, um sich ihm nicht stellen zu müssen.

»Ich habe auf meinen Reisen auch andere Dinge erfahren.« Er stand auf und begann, im Zimmer auf und ab zu gehen. »Die Troubadoure singen oft ein Lied, in dem es um Adam und Eva geht. Sie singen davon, dass es im Garten Eden keinen Diener und keinen *Edelmann* gab. John Ball sagt, dass Gott diese Ordnung der Gesellschaft nicht vorgegeben hat. Gott liebt uns alle in gleichem Maße. Der Adelige ist nicht besser als ein Herr, ein Herr ist nicht besser als ein Bauer. Versteht Ihr denn nicht, Mutter. Die Vorstellung von einer gottgegebenen Ordnung, die den einen Menschen über einen anderen stellt, ist einfach falsch. Vor Gott sind wir Menschen alle gleich!«

Ihr Sohn verwandelte sich vor ihren Augen in einen Ketzer. Er schwadronierte wie einer dieser Lollarden-Prediger, die durch das Land zogen.

»Colin, du hast eine Tochter. Möchtest du sie denn nicht sehen?«

Er strich sich ungeduldig, beinahe ärgerlich, mit einer Hand übers Gesicht, so als wolle er die Haut abreiben. Dann atmete er mehrmals tief durch. Jetzt kommt es, dachte sie, jetzt wird er gleich anfangen zu weinen, und dann kann sein Kummer langsam heilen. Aber als er sie ansah, waren seine Augen trocken und sein Gesichtsausdruck entschlossen. »Dafür ist später noch Zeit«, sagte er. »Ich muss mich diese Nacht vorbereiten. Morgen werde ich an der Kreuzung bei Aylsham predigen. Die Ernte ist reif, Mutter, erkennt Ihr das nicht? Es bleibt nicht mehr viel Zeit.«

Und so war einer von Kathryns Söhnen nach Hause gekommen. Und doch war er nicht daheim.

26. KAPITEL

Höflich war er, dienstbar und überaus bescheiden, beflissen seinem Vater bei Tisch das Fleisch vorzuschneiden.

GEOFFREY CHAUCER
Die Canterbury-Geschichten, 14. JAHRHUNDERT

Colin war seit zwei Monaten wieder zu Hause, als Kathryn eine Einladung zu einer vierzehn Tage dauernden, weihnachtlichen Festgesellschaft in Framlingham Castle erhielt. Das Schreiben trug das herzogliche Wappen. Ihr erster Gedanke war, diese Einladung des Herzogs von Norwich »zu Ehren von Sir Guy de Fontaigne anlässlich der Verleihung des Hosenbandordens« abzulehnen. Sie besaß weder die entsprechende Kleidung für eine solche Festlichkeit, noch war sie in der Stimmung zu feiern. Zudem fragte sie sich, wie sie als Witwe eines weniger bedeutenden Ritters überhaupt auf die Gästeliste gekommen war. Framlingham Castle lag in Suffolk, und das bedeutete, dass sie mitten im Winter eine mindestens zwei, wenn nicht sogar drei Tage dauernde Reise auf sich hätte nehmen müssen. Sie hatte keine Kammerzofe und auch keine bewaffneten Männer zu ihrem Schutz, und Colin konnte sie, so wie er sich im Moment benahm, ohnehin nicht mitnehmen.

Er verbrachte seine Tage damit, an den Wegkreuzungen und auf den Marktplätzen zu predigen, überall, wo sich Menschen versammelten. An seiner Tochter zeigte er nicht das geringste Interesse.

Selbst seine Laute, die an einem Haken im großen Saal hing, staubte ein. Er hat die Musik durch pathetisches Geschwafel und die Liebe durch Besessenheit ersetzt, dachte Kathryn, als sie mit halbem Ohr seinen Tiraden gegen das Übel der gottgegebenen Ordnung, die Grausamkeit des Adels und den Machtmissbrauch der Kleriker zuhörte. Er führte die Namen John Ball und Wycliffe so oft in seinem Mund, dass es auch die Worte des Rosenkranzes hätten sein können. Nein, ihren jüngeren Sohn konnte sie nicht zu einer adeligen Gesellschaft mitnehmen, er hätte sich und Blackingham nur in Gefahr gebracht. Nicht, dass er noch irgendein Interesse an Blackingham gehabt hätte. Manchmal kam er nachts nicht einmal mehr nach Hause. In diesen Nächten fand Kathryn dann stets Trost darin, Jasmine in ihren Armen zu wiegen. »Was wird nur mit dir geschehen, meine Kleine? Was wird nur mit uns allen geschehen?« In diesen langen, schlaflosen Nächten dachte sie oft an die Einsiedlerin und an ihr Versprechen, dass alles gut werden würde. »Ich wüsste nicht, wie, Schätzchen. Ich wüsste nicht, wie«, flüsterte sie dem schlafenden Kind immer wieder zu.

Wie sollte jemand in ihrer prekären Lage auch nur daran zu denken wagen, die Einladung eines Herzogs abzulehnen? Nun gut, sie konnte sich auf eine Krankheit, irgendeine Frauensache, berufen, die sie daran hinderte, die schwierige und lange Reise zu unternehmen. Wenn sie jedoch ehrlich war, dann fürchtete sie die Reise weit weniger als die Tatsache, dass sie anlässlich dieses Festes einen Mann würde ehren müssen, den sie zutiefst verabscheute. Wenn sie an Sir Guy de Fontaigne dachte, hatte sie als Erstes stets den grausamen Zug um seinen Mund vor Augen. Seine hämische Freude an jenem Abend, als er Finn festgenommen hatte, war für sie unübersehbar gewesen. Die Frage war also nicht, mit welcher Begründung sie die Einladung ablehnen sollte, sondern, ob sie es überhaupt wagen konnte, sie abzulehnen. Sie legte die Einladung seufzend zur Seite. Immerhin bestand die Möglichkeit, dass sie Alfred sehen würde, denn er war noch immer Sir Guys Schildknappe. Er war dort zwar nur einer von vielen, aber dennoch...

Sie öffnete ihre Kleidertruhe und sah sich deren Inhalt noch einmal an, nahm dann ihr neuestes Kleid heraus und schüttelte es aus.

Zwei Tage später traf ein Bote des Sheriffs ein. Sir Guy würde sich geehrt fühlen, wenn Lady Kathryn unter dem Schutz seines Banners reisen würde. Er würde ihr am Heiligabend eine Kutsche und eine Eskorte schicken. Der Bote hatte die Nachricht im großen Saal zurückgelassen, ohne ihre Antwort abzuwarten.

Kathryn reiste also mit dem Gefolge des Sheriffs, aber in einer eigenen Kutsche, in der nur sie und ihre Dienerin saßen. Sie hatte keine andere Wahl gehabt, als Glynis mitzunehmen, obwohl die dumme Gans die ganze Zeit nichts anderes tat, als zwischen den Vorhängen hindurchzuspähen und dabei zu hoffen, die Aufmerksamkeit eines männlichen Wesens zu erregen. Zumindest bewies sie großes Geschick, wenn es darum ging, Kathryns Haare zu frisieren, obwohl die kunstvollen Zöpfe, die sie so gern flocht, für eine Witwe, die nicht auffallen wollte, nicht unbedingt passend waren.

»Mylady, das ist ja alles so aufregend. So hübsche Fahnen. Und so prächtige Rösser. Und sie traben immer zu dritt hinter uns her.«

Und auf jedem dieser Rösser sitzt ein Mann, fügte Kathryn in Gedanken hinzu. »Schließ die Vorhänge, Glynis«, sagte sie. »Die Kälte kommt herein. Meine Hände sind schon ganz blau.«

Am Abend schlugen sie ein Lager auf. Kathryn schlief in der ersten Nacht so gut wie gar nicht. Sie lag wach und lauschte auf die Geräusche der Umgebung: das Knarren der Kutsche auf ihren hölzernen Rädern, die Rufe der Nachtvögel, und einmal glaubte sie sogar, ein Rudel Wölfe heulen zu hören. Sie hoffte, dass die heutige Nacht besser werden würde, doch sie hatte vom Rauch der Lagerfeuer bereits Kopfschmerzen bekommen.

Der Soldat, der ihnen das Abendessen brachte, stand noch eine Weile bei ihnen, um mit Glynis zu flirten. Zu Kathryns großer Erleichterung drängte ihr Sir Guy nicht seine Gesellschaft auf. Das Stück Braten reizte sie kaum, aber sie aß einen Kanten Brot und freute sich über die kurze, purpurfarbene Dämmerung. Außerdem war sie froh, dass die Kutsche nicht mehr über die gefrorenen Furchen der Straße holperte. Wie in der Nacht zuvor schlief sie jedoch schlecht, wachte mehrmals auf und machte sich Sorgen um Jasmine. Sie hörte, wie sich Glynis davonstahl – ein dringendes Bedürfnis oder ein heimliches Treffen mit einem der Soldaten –, und hörte auch, wie sie wieder zurückkam, Minuten, Stunden, Ewigkeiten später.

Am nächsten Tag brachen sie ihr Lager im perlweißen Nebel der Morgendämmerung ab. Als Glynis, die die Eimer geleert hatte, zurückkam, sagte sie Kathryn, dass sie glaubte, »Master Alfred« unter den Männern gesehen zu haben.

»Bist du dir sicher, Glynis?« Kathryn hatte, bevor sie aufgebrochen waren, die Schildknappen und die Soldaten nach ihrem Sohn gefragt.

»Ja, Mylady. Er war zwar ziemlich weit weg, aber seinen edlen Kopf würde ich überall erkennen.«

Kathryn zog ihren Kapuzenumhang mit dem warmen Pelzfutter fester um ihre Schultern und schob dann den Gobelinvorhang am Kutschenfenster hoch. »Zeig ihn mir«, sagte sie.

Glynis zeigte in dem Nebel auf eine Gruppe von Männern, die sich um ein Feuer drängten und gerade frühstückten, indem sie ein großes Stück harten Käse und einen Schlauch Ale herumgehen ließen. Einen rothaarigen Dänen sah sie unter ihnen jedoch nicht.

Sie kamen in Framlingham an, als die wässrige Wintersonne gerade im Zenit stand. Der Hauptturm mit seinem konzentrischen steinernen Zwischenwall, seiner Brustwehr und seinem Wachzimmer war mehr als eindrucksvoll, denn Framlingham war eine militärische Festung. In dem Burghof hätte ganz Blackingham bequem Platz gefunden, dachte Kathryn, als sie unter dem schweren Fallgitter hindurchfuhren. So groß der Hof auch war, er war jetzt voller bunter Zelte und Pavillons, deren farbenfrohe Banner in einer frischen Brise flatterten. Unzählige livrierte Diener in roter, blauer und grüner Seide eilten geschäftig hin und her, laut rufend, damit sie sich bei dem Quietschen der Räder, dem Gebell der Hunde und dem Klappern der Pferdehufe überhaupt verständlich machen konnten. Mit Vorhängen versehene Kutschen so wie jene, in der Kathryn saß, standen in den Ecken des Hofes vor den Lagerfeuern. Daneben stapelte sich jeweils ein Klafter Holz. Allein um das Holz schlagen zu können, das man brauchte, um die Feuer zwei Wochen lang am Brennen zu halten, war sicher ein ziemlich großer Wald nötig gewesen.

»Werden wir auch auf dem Hof schlafen, Mylady?«, fragte Glynis mit Begeisterung in der Stimme.

»Wir werden sehen«, sagte Kathryn. »Das hier scheint ein sehr großes Fest zu sein. Das Haus ist wahrscheinlich für Gäste höheren Ranges reserviert.«

»Mir gefällt es hier sowieso viel besser. Es ist so gesellig und freundlich. Und diese Kutsche ist selbst für eine Herzogin gut genug. Sir Guy muss sehr reich sein. Und er mag Euch anscheinend sehr, Mylady.«

Kathryn ignorierte das unverschämte Augenzwinkern des Mädchens. Sie ging davon aus, dass der Sheriff sie längst vergessen hatte. Auch wenn sie sich in seiner Gesellschaft nicht wohl fühlte, so gebot es doch die Höflichkeit, dass er sie begrüßte. Und falls sie auf dem Hof ihr Lager aufschlagen sollten, dann würde man sie doch sicher nicht sich selbst überlassen. Glynis mochte die Vorstellung, in der Nähe von Rittern und ihren Gefolgsleuten untergebracht zu sein, vielleicht gefallen, Kathryn war davon jedoch keineswegs begeistert. Plötzlich klopfte jemand laut an die Tür der Kutsche. Kathryn zog den Gobelin ein Stück zurück. Es war nicht Sir Guy persönlich, aber einer seiner Diener, der das karminrote Hemd und die rote Kappe seines Hauses trug.

»Wenn Mylady und ihre Kammerdame mir bitte folgen würden«, sagte er mit einer flüchtigen Verbeugung. »Ich bin beauftragt, Eure Ladyschaft zu Euren Gemächern zu geleiten. Ihr seid im Haus untergebracht.«

Der Heiligen Jungfrau sei Dank, dachte Kathryn und hauchte sich dabei in die Hände, um sie zu wärmen. Hatte das Mädchen wieder ihre Handschuhe verlegt? Als Kathryn aus der Kutsche stieg, zählte sie die Türme der Burganlage – es waren insgesamt dreizehn. Und zu eben einem dieser hohen, mit vielen Stockwerken versehenen Türme führte der Diener sie.

»Eine so eindrucksvolle Burg hatte ich nicht erwartet«, sagte

Kathryn, als sie dem Diener folgte, der ihre Reisetruhe mehrere gewundene Steintreppen hinauftrug. »Der Herzog von Norfolk muss ein sehr mächtiger Mann sein.«

»Das ist er auch«, sagte der Diener, »aber Framlingham gehört zum Besitz des Königs.«

»Wird denn der König auch da sein?« Kathryn hoffte, dass ihre Worte eher neugierig als erschrocken klangen, aber die Wahrheit war, dass sie weder die Kleider für solch eine Begegnung besaß noch Lust auf Hofintrigen hatte. Darüber hinaus lag ihr bestimmt nicht daran, den König oder seinen Regenten an ihre Existenz zu erinnern.

»Das weiß ich nicht.« Der Diener atmete schwer.

Die Treppe machte wieder eine Biegung, und sie stiegen noch höher hinauf. Kathryn musste unwillkürlich an Finn in seinem hohen, viereckigen, normannischen Turm denken. Noch höher. Eine weitere Biegung, und dann, als es schon den Anschein hatte, als wolle die Treppe nie enden, standen sie plötzlich auf einem Treppenabsatz, der zu einem Zimmer führte. Sie folgte dem Diener über die Schwelle in einen kleinen, aber freundlichen Raum. Die Wände waren in einem schlichten Ocker gestrichen, aber nicht mit jener Art von bunten Wandgemälden verziert, wie sie sie im Vorbeigehen gesehen hatte. Das Zimmer war jedoch mit einem üppigen Wandteppich ausgestattet, der über dem Kamin hing. Davor stand eine Sitzbank. Diese war mit einem hübschen Läufer und mit Quasten verzierten Kissen bedeckt, die alle ein wenig schief lagen, so als hätte man sie gerade erst in aller Eile dort hingelegt.

»Ist das alles?«, fragte der Diener schnaufend, als er ihre Reisetruhe abstellte.

»Hat Sir Guy eine Nachricht für mich hinterlassen?«

»Eine Nachricht?«

»Weitere Anweisungen? Die Gewohnheiten dieses Hauses betreffend? Über den Ablauf der Festlichkeiten?«

»Nein, ich habe keine Nachricht für Euch. Vielleicht solltet Ihr Euer Mädchen zur Galerie schicken, um nachzufragen.«

»Sind noch andere Frauen eingeladen?«

»Ich habe noch keine anderen außer Euch gesehen. Aber ich nehme an, dass die Herzogin und ihre Damen auch hier wohnen.« Er warf einen kurzen Seitenblick zur Tür.

»Ihr dürft jetzt gehen.«

Kathryn stellte ihr Schmuckkästchen ab und sah sich ihr Quartier genauer an. Unmittelbar an ihr Zimmer grenzte ein Abort – also würde sie keinen allgemeinen Abritt aufsuchen müssen. Im Kamin brannte ein Feuer, englische Eiche, die nicht qualmte, kein Torf. Bienenwachskerzen, keine Talgstumpen, steckten in den Wandhaltern, auf dem Kamin lag ein Bettwärmer, daneben noch eine zusammengerollte Strohmatratze für ihr Dienstmädchen. Ein kleines, mit Vorhängen versehenes Bett, ein Stuhl und eine Truhe stellten die restliche Einrichtung des Raumes dar. Eine Schüssel und ein Wasserkrug standen im Abtritt bereit. Über dem Abort hing ein Kräuterbüschel, und auch der Boden war mit frischen, wohlriechenden Kräutern bestreut. Jedenfalls war das hier angenehmer, als im Hof zu kampieren. Hier oben war es wunderbar still, nur ein schwaches Echo langsamer Schritte war zu hören – kamen sie zu ihr herauf? –, dann ein zaghaftes Klopfen.

Auf Kathryns Nicken hin öffnete Glynis die Tür. Auf der Schwelle stand ein Mädchen, etwa so alt wie Magda.

»Man hat mich geschickt, um Mylady zu Diensten zu sein. Benötigt Mylady irgendetwas?«

Beim Anblick des mageren Mädchens wusste Kathryn, dass sie es nicht übers Herz bringen würde, sich von ihr heißes Wasser heraufschleppen oder mehr als nur ein paar kleine Holzscheite bringen zu lassen. Das Mädchen war fast noch ein Kind. Ihre Arme waren mit Frostbeulen übersät – wahrscheinlich ein einfaches Küchenmädchen, das man für die Festlichkeiten zu zusätzlichen Diensten verpflichtet hatte.

»Nein, ich habe mein eigenes Dienstmädchen. Wenn du ihr einfach nur die Küche und die Wäscherei zeigen würdest, dann wird sie sich um alles kümmern.«

Das Kind sah erleichtert aus, murmelte leise: »Sehr wohl, Mylady«, und knickste unsicher.

»Geh mit ihr, Glynis, und gib dieses Bündel Wäsche ab. Lass dir von den anderen Bediensteten sagen, wie der Ablauf hier in diesem Haushalt ist. Und wenn du zurückkommst, bring einen Krug heißes Wasser mit.«

»Das Weihnachtsfest findet im großen Saal statt, um halb sechs«, sagte das Mädchen.

»Merk dir die Zeit, Glynis.« Kathryn sah sie mit einem wie sie hoffte vielsagenden Blick an. »Trödle also nicht herum.«

Als die beiden Mädchen gegangen waren, beugte sich Kathryn über ihre Reisetruhe und sah sich noch einmal ihre Kleider an. Das Schönste war aus weinrotem Samtbrokat, mit Silberfäden bestickt und mit silbernen Bändern verziert. Es war ein luxuriöses Gewand, aber als sie sich dieses Kleid geleistet hatte, war ihr Herz leichter gewesen, und ihre Zukunft hatte sehr viel hoffnungsvoller ausgesehen. Dieses Rot war Finns Lieblingsfarbe, aber er war verhaftet worden, bevor sie es für ihn auch nur ein Mal hatte tragen können.

Jetzt war es an der Zeit, dass sich das Kleid bezahlt machte. Es gab keinen Grund mehr, es für irgendeinen anderen Anlass aufzuheben, hatte sie sich gesagt, als sie es eingepackt hatte. Oder wäre es vielleicht doch besser, es für den Abend des Dreikönigstages aufzuheben. Nein. Damit hätte sie den Schmerz, es zu tragen, nur aufgeschoben. Sie würde den Samtbrokat heute und am Abend vor dem Dreikönigsfest tragen. Und wenn sie nach Hause kam, würde sie es immer wieder anziehen, als wäre es das härene Hemd eines Pilgers.

Sie war so dünn geworden, dass ihr der Rock lose um die Taille hängen würde. Würde Glynis noch die Zeit finden, ihn abzunähen? Zu dem Kleid gehörte auch eine Samtkappe mit einem silbernen Haarnetz, das vorzüglich zu ihrem Haar passte. Die Kappe musste sicher noch gebürstet werden, aber das konnte sie selbst machen, während Glynis das Kleid änderte. Kathryn fröstelte, als sie daran dachte, dass sie sich bis aufs Hemd würde ausziehen müssen. Erwartete man von den Gästen, dass sie regelmäßig zu den Gebetsstunden erschienen? Sie legte sich aufs Bett, deckte sich mit ihrem Umhang zu und rollte sich zusammen.

Weihnachtstag. Finn war allein in seinem Turm, und sie in ihrem. Und zwischen ihnen lagen Himmel und Hölle.

»Sir Guy schickt mich, um Mylady zum Weihnachtsessen zu begleiten.«

Es war derselbe Diener, der ihre Reisetruhe getragen hatte. Er sah sie voller Bewunderung an, sagte aber nichts. Obwohl er nur wenig älter als Colin und Alfred war, freute sie sich doch über diesen Blick, der ihr wieder ein wenig Selbstvertrauen gab. Im Zimmer befand sich kein Pfeilerspiegel, sondern nur ein kleiner Spiegel, der ihr ein dünnes, blasses Gesicht zeigte. Zu viel weißes Haar und zu viel weiße Haut, die in allzu großem Kontrast zu dem dunkelroten Samt des Kleides stand.

Als sie den großen Saal betraten, spürte sie einen Moment lang Panik in sich aufsteigen – so viele Menschen, mindestens zweihundert, und so viel Lärm. Sie kannte niemanden, und an den Tischen saßen auch nicht viele Frauen.

Sie fragte sich gerade, wo sie sitzen würde, als der Diener sie in den vorderen Teil des Saales führte. Wahrscheinlich oberhalb des Salzfasses, denn Roderick und ihr Vater waren beide Ritter gewesen. Sie ließ ihren Blick über den Tisch der Ritter schweifen, in der Hoffnung, ein bekanntes Gesicht zu entdecken. Mit großer Erleichterung stellte sie fest, dass ein paar der Lords in Begleitung ihrer Frauen gekommen waren, aber an ihrem Tisch waren keine Plätze mehr frei. Der Diener führte sie am Tisch der Ritter vorbei, also würde sie vielleicht bei den Damen der Herzogin sitzen. Eine ungewöhnliche, aber auch eine unwillkommene Ehre. Sie beglückwünschte sich insgeheim dazu, dass sie sich doch für den eleganten Stoff entschieden hatte, wenn ihr auch die Farbwahl noch immer nicht passend erschien. Zumindest würde sie nicht in die peinliche Situation geraten, wie ein gewöhnliches Rotkehlchen zwischen königlichen Paradiesvögeln auszusehen.

Aber sie gingen auch am Tisch der herzoglichen Damen vorbei und näherten sich dem Podium, wo der Herzog und die Herzogin inmitten einer Reihe von hohen Würdenträgern saßen.

»Hier muss ein Missverständis vorliegen«, sagte sie. Aber der Diener, der ihr mehrere Schritte voranging, hatte sie entweder nicht gehört, oder er hatte beschlossen, sie einfach zu ignorieren.

Sir Guy stand auf. Natürlich, als Ehrengast saß er auf dem Podest, und da sie sein Gast war, würde er sie zu ihrem Platz begleiten. Aber anstatt vom Podium herunterzukommen und sie zu einem der Tische zu führen, streckte er einfach nur die Hand aus und zeigte dann auf den leeren Platz an seiner Seite. Auf seinem Gesicht lag dabei das schiefe, arrogante Lächeln, das sie so sehr verabscheute. »Welch seltenes Vergnügen, Mylady, vierzehn Tage lang Euer Tischherr sein zu dürfen. Ein wahrlich Glück verheißendes Vorzeichen.«

Ihr Herz wurde schwer. Heilige Mutter Gottes! Der Herzog von Norfolk hatte sie als die Tischdame von Sir Guy de Fontaigne eingeladen. Sie wollte nicht einmal daran denken, was das bedeuten konnte.

»Eine Ehre, die durch ihre Einmaligkeit bestimmt umso köstlicher wird, Mylord«, sagte sie, als sie ihren Platz neben ihm einnahm.

Bis zum Abend vor dem Dreikönigstag war Kathryn die abendlichen Festessen müde, und sie sehnte sich nach ihrem Zuhause. Ihr Lächeln fühlte sich inzwischen so gefroren an wie der Raureif, der sie jeden Morgen begrüßte. Sie war auch Sir Guys Gesellschaft müde, obwohl sie zugeben musste, dass er sich ihr gegenüber stets sehr höflich und zuvorkommend verhalten hatte und sie in dieser ihr fremden höfischen Gesellschaft für seine Begleitung überaus dankbar war. Zumindest war er ein vertrautes Gesicht. Aber der Heiligen Jungfrau sei Dank, heute war es das letzte Mal, dass sie an diesem erhöhten Tisch sitzen musste.

Heute wurde das Dreikönigsfest gefeiert, aber wie auch die anderen Feste, die diesem vorausgegangen waren, kam es ihr eher unheilig als heilig vor. Von ihrem Platz am Ende des Podiums aus konnte Kathryn den Bischof von Norwich, der zwischen dem Herzog von Norfolk und dem Erzbischof von Canterbury saß, zwar nicht sehen, aber sie erkannte sein lautes, betrunkenes Lachen, das sie an den vergangenen Abenden oft genug zu hören bekommen hatte, denn der Bischof war so gut wie jeden Tag betrunken gewesen. Sie hatte ihn nicht persönlich kennen gelernt, denn es hatte sich keine Gelegenheit ergeben, dass man sie ihm vorgestellt hätte, aber sie war überrascht gewesen, dass er so jung war. Das galt sowohl für sein Aussehen wie auch für sein Verhalten. Armer Finn. Was für eine doppelte Erniedrigung, einem so unreifen und arroganten Emporkömmling ausgeliefert zu sein. Kathryn zuckte zusammen, als sie seinen grölenden Beifall für die zotigen Späße hörte, mit denen man die Gäste unterhielt.

Gegenüber dem Podest, am hinteren Ende des Saales, unterhielt ein Junge im Gewand eines Bischofs die Gäste. Er trug sein zisterziensisches Ornat jedoch mit der linken Seite nach außen, die übergroße Mitra trug er schief auf seinem Kopf, und auf der Schulter saß ein Äffchen. Während er sein Weihrauchgefäß – einen alten Schuh, der an einen Stock gebunden war, eine Anspielung auf den stinkenden Rauch – wild hin und her schwang, beleidigte er einen anderen, älteren Jungen, den designierten Narrenkönig, mit obszönen Gesten. Dieser wiederum verspottete ihn mit anzüglichen Hüftbewegungen. Die Menge wurde mit jeder der pantomimisch dargestellten Beleidigungen fröhlicher und ausgelassener, bis der Narrenkönig schließlich den Inhalt des Abendmahlkelches über dem Kopf des »Bischofs« ausleerte. Der Affe schnatterte und sprang von der Schulter des »Bischofs« auf die des Narrenkönigs, riss ihm die grellbunte Mütze vom Kopf und zeigte dann beiden seinen nackten kleinen Hintern. Die Gäste im Saal brüllten vor Lachen.

Kathryn fand weder die Entweihung des Abendmahls noch die ganze Scharade amüsant. Sie fragte sich immer wieder, wie die anderen Adeligen an dieser Vorstellung Vergnügen finden konnten. Begriffen sie nicht, dass unter diesen traditionellen Weihnachtsspäßen Verachtung, ja sogar Hass brodelte? Und dies nicht nur gegenüber den Ritualen der Kirche, sondern auch ihnen gegenüber?

Der Sheriff beugte sich zu ihr herüber und rief laut, um das Lachen zu übertönen: »Mylady fühlt sich hoffentlich nicht beleidigt. Das hier ist doch nur ein harmloses Spiel.«

»Aber nein, Sir Guy.« Sie durfte keinesfalls Aufmerksamkeit auf sich ziehen. »Ich bin nicht beleidigt. Nur überwältigt. Ein so großes Fest hatte ich nicht erwartet.«

Unter der mittleren der drei Türen, die zur Vorratskammer und der Küche führte, erschien jetzt ein Trompeter. Der »Bischof« und der Narrenkönig nahmen wild gestikulierend auf dem anderen Podium ihren Platz ein. Der Narrenkönig ahmte, als er sich setzte, ein lautes Furzgeräusch nach, woraufhin sich der Affe die Nase zuhielt und lauthals zu kreischen begann. Die Menge johlte vor Begeisterung. Dann stieß der Herold in seine Trompete, und es begann, so wie jeden Abend, die Prozession der Diener, die das Essen hereintrugen, allen voran der Zeremonienmeister mit seinem weißen Stab: die Freisassen der Speisekammer, der Vorratskammer und des Kellers, dahinter der Vorschneider und der Mundschenk des Herzogs, wobei ein jeder seine entsprechende Gabe hoch über dem Kopf trug. Aber im Gegensatz zu den vorhergehenden Festessen wurden die einzelnen Gänge diesmal am Narrenkönig und dem »Bischof« vorbeigetragen, der in gespieltem Zorn mit den Füßen auf das Podium trommelte und dabei schrie: »Das ist kein angemessenes Essen für Lords. Der Almosenpfleger soll es auf der Stelle zum Almosentor bringen.«

Dann zog die Prozession zum herrschaftlichen Podium, und die Speisen wurden vor den Herzog auf den Tisch gestellt. Kathryn fragte sich, was Agnes wohl gesagt hätte, wenn sie die beiden gebratenen Schwäne gesehen hätte, die jetzt wieder ihre Federn trugen und in einem eleganten Nest aus vergoldetem Ried saßen. Gebratene Pfauen (ebenfalls wieder in ihrem Federkleid), Pökelfleisch und gefüllte Pasteten, raffiniert in Form einer Krippe arrangiert, vervollständigten das Mahl. Der Lärm im Saal verebbte zu einem Murmeln, als andere, einfachere Speisen an den Tischen vorbeigetragen wurden. Die Schwäne waren dem Podium vorbehalten, der Pfau für den Tisch der Ritter reserviert, aber es gab genügend Pastete, Blutwurst und Soßen bis hinunter zum hintersten Tisch, wo die Mitglieder der Gilden und die Händler saßen.

»Seht nur, die Herzogin verlässt den Tisch«, sagte Sir Guy, während sie darauf warteten, dass man ihnen ihr Schneidbrett auf die Silberplatte stellte, die sie miteinander teilten.

Die Frau, die sich vom Tisch erhoben hatte und eilig den Saal verließ, war zwei, vielleicht drei Jahre älter als Kathryn. Unter ihrem in der Mitte geteilten Umhang, den sie über ihrem Seidenkleid trug, zeigte sich ein wohlgerundeter Bauch. Der Schleier ihres Kopfputzes schwankte gefährlich, als sie den Gang entlanglief und sich dabei die Hand vor den Mund hielt. Zwei ihrer Damen folgten ihr in einem etwas gemächlicheren Tempo.

»Es ist bestimmt nicht leicht für sie, in ihrem Alter noch ein Kind auszutragen«, sagte Kathryn leise, mehr zu sich selbst als zu ihrem Tischnachbarn.

»Aber das ist nichts anderes als ihre Pflicht. Sie hat bereits sechs Kinder verloren. Wenn ich der Herzog wäre, würde ich mich anderweitig umsehen, um noch einen Erben zu bekommen.«

Sechs tote Babys. Kathryn spürte ein Brennen hinter ihren Augenlidern. »Fehlgeburten?«, fragte sie.

»Ja, zwei. Zwei wurden tot geboren. Zwei andere lebten nur ein paar Monate, glaube ich.«

Kein Wunder, dass die Herzogin so niedergeschlagen wirkte. Kathryn hatte während der ganzen vierzehn Tage nur ein einziges Mal mit ihr gesprochen, und dies war nichts weiter als eine kurze, förmliche Unterhaltung zwischen Gastgeberin und Gast gewesen. Obwohl Kathryn mit den drei Damen der Herzogin viele langweilige Stunden im Söller bei der Stickarbeit verbracht hatte, hatte die Herzogin an den meisten Tagen erklären lassen, zu erschöpft zu sein, und war der Damengesellschaft ferngeblieben. Auch Kathryn hatte sich einige Male wegen Erschöpfung entschuldigt, aber wie hätte sie die langen Stunden zwischen den Mahlzeiten ausfüllen sollen? Sir Guy hatte sie zur Jagd eingeladen, aber Kathryn besaß keinen Falken. Die Beizjagd war ohnehin nicht etwas, das ihr Freude bereitete, da sie sich wesentlich mehr mit der Beute als mit dem Jäger identifizierte. Sie starrte den gefüllten Vogel an, den der Tranchierer ihr vorlegte – die Beute von gestern? –, und fragte sich, ob es der Anstand erforderte, wenigstens ein Stück davon zu essen. Wieder erschallte die Trompete.

»Mylords, das Fleisch ist aufgetragen.«

Der große Saal füllte sich wieder mit Lärm, als die Gäste ihre Zustimmung äußerten.

»Habt Ihr heute keinen Appetit, Kathryn? Ich hoffe, das liegt nicht daran, dass Ihr Eures Begleiters überdrüssig seid.«

»Eurer überdrüssig, Sir Guy?« Sie musste sich anstrengen, damit ihre Worte nicht sarkastisch klangen. Nur noch ein einziger Abend, sagte sie sich immer wieder. »Nein, natürlich nicht. Tatsächlich ist mir Eure Gesellschaft überaus angenehm, und ich fühle mich sehr geehrt. Aber ich bin ein wenig überrascht, dass Ihr mich gewählt habt, um bei einem so wichtigen Fest an Eurer Seite zu sitzen. Ich bin sicher, dass es andere, weit würdigere...«

»Ich bitte Euch, Kathryn. Jetzt spielt nicht die scheue Maid. Inzwischen muss Euch doch klar sein, dass ich eine Verbindung zwischen uns anstrebe.«

Was für eine Unverschämtheit. Einen Moment lang stockte ihr fast der Atem. Nun, auch sie konnte deutliche Worte finden.

»Sind Eure Worte als Heiratsantrag gemeint, Mylord? Falls ja, dann kommt er zweifellos verfrüht, denn ist es in diesem Zeitalter der Ritterlichkeit nicht Brauch, dass dem Antrag die Werbung vorausgeht? Ihr seid mir in den letzten zwei Wochen wirklich ein aufmerksamer Begleiter gewesen, aber ich habe von Euch noch keine Liebeserklärung gehört.«

»Aber Ihr hört eine Absichtserklärung. Hat das für eine überreife Frau wie Euch nicht mehr Wert als hübsche Schwüre ritterlicher Minne? Aber ich kann Euch versichern, Madam, es gibt bei Euch vieles, was ich bewundere. Und ich kann Euch Schutz bieten.«

Überreif! Wütend stieß sie mit ihrem Messer in das Fleisch, das vor ihr auf dem Tisch stand, dann ließ sie das Messer klappernd auf den Silberteller fallen. »Dann ist es also ein rein praktisches Arrangement, das Ihr da vorschlagt. Sagt mir ehrlich, Sir: Bin ich es, die Ihr bewundert, oder sind es meine Ländereien?«

Er zuckte nur mit den Schultern.

Zumindest machte er ihr in diesem Punkt nichts vor. »Und was den Schutz angeht, den Ihr mir zu gewähren anbietet, so habe ich meine Söhne, die mich auch beschützen können. Colin ist nach Hause gekommen.«

»Ich weiß.« Seine Nase erschien ihr noch krummer, wenn er lächelte, und seine Augen wurden dabei so schmal, als würden sie gleich einen Pfeil abschießen. »Ich habe ihn an der Kreuzung in Aylsham predigen hören«, schrie er ihr über den Lärm hinweg zu.

Der Zeremonienmeister winkte mit seinem weißen Stab zu den Tischen unterhalb des Podiums hinüber. »Nicht so laut, meine Herren.«

Der Lärmpegel sank auf seine Ermahnung hin tatsächlich ein wenig. Kathryn antwortete Sir Guy leise, während sie wieder ihr Messer nahm, um eine fettige Feder von der Brust des Schwanes zu entfernen. »Vergesst Alfred nicht. Auch er ist Rodericks Erbe.«

»Ich habe Alfred nicht vergessen.« Sir Guy bot ihr einen Schluck aus dem gemeinsamen Weinbecher an. Sie lehnte dankend ab.

»Ich hoffte, ihn unter Eurem Gefolge zu sehen. All meine Versuche, ihm zu schreiben, waren vergeblich.« Sie konnte nicht sagen: wurden abgewiesen.

»Im November hat es einen kleinen Aufstand gegeben. Ein paar Rebellen, die von den Lollarden aufgehetzt wurden. Der König hat bewaffnete Männer angefordert. Ich habe geschickt, wen ich entbehren konnte.«

Natürlich wusste sie, dass es dazu kommen könnte, da Alfred zum Gefolgsmann des Königs ausgebildet wurde. Sie hatte diesen Gedanken jedoch immer weit von sich geschoben, selbst bei dem Turnier, das der Herzog zur Unterhaltung seiner Gäste ausgerichtet hatte – das Turnier, bei dem Sir Guy seinen Gegner vom Pferd geworfen hatte und sich dann, halb im Scherz, vor sie hingekniet und einen Preis von ihr erbeten hatte. Sie war jedes Mal zusammengezuckt, wenn sie die Lanzen gegen Halsberge und Helm hatte krachen hören, und hatte sich einzureden versucht, dass dies ein Zeitvertreib für Männer, Alfred aber noch ein Junge war.

»Ich nehme an, man erwartet, dass ein König, der selbst noch ein Junge ist, auch Jungen in die Schlacht schickt«, sagte sie.

»Ich bitte Euch, Kathryn, mäßigt Euren Ton, sonst kann möglicherweise nicht einmal ich Euch mehr schützen. Es war natürlich nicht Richard, sondern John of Gaunt gewesen, der zu den Waffen gerufen hatte. Eine Ironie des Schicksals. Schließlich war er es, der

Wycliffe mit seinen ketzerischen Vorstellungen unterstützt hat. Es scheint so, als hätte Lancaster mit einem Bärenjungen gespielt, und jetzt bekommt er es plötzlich mit einem erwachsenen Bären zu tun.«

Und was ist mit meinen Söhnen?, dachte Kathryn. Was soll aus ihnen werden? Der eine tanzt mit dem Bären, und der andere wird geschickt, um den Bären zu töten?

Sir Guy leerte den Becher und hob dann die Hand, um seinem Mundschenk, der hinter ihm stand, ein Zeichen zu geben. »Alfred ist kein kleiner Junge mehr«, sagte er.

Der Mundschenk, auf Knien und mit gesenkten Blicken, goss Sir Guy von schräg hinten ein, so wie er das jeden Abend getan hatte. Kathryn hatte der Hand, die Sir Guys leeren Becher mehrfach gefüllt hatte, bisher keine Aufmerksamkeit geschenkt.

Bis sie merkte, dass diese Hand anders war.

Diese Hand bedeckten feine rote Härchen, und die Nagelmonde waren viereckig wie bei Roderick. Wie bei seinem Vater. Das hier war Alfreds Hand, Alfreds Arm. Sie drehte sich um, begierig auf den Anblick des Gesichts jenes Menschen, dem dieser Arm gehörte.

»Alfred.« Sie wagte nicht, seine Wange zu berühren, denn sie hatte Angst davor, er könnte zurückweichen und sie dadurch in Verlegenheit bringen.

Sein Gesicht war eine höfliche Maske. Da war nichts mehr von der Frechheit, das es bei ihrer letzte Begegnung gezeigt hatte. »Gnädige Frau Mutter«, sagte er und erwiderte höflich ihren Gruß.

Er verbeugte sich vor Sir Guy und zog sich dann zurück, um mit seinem Kameraden neben der Anrichte zu warten, so wie es üblich war.

»Er hat sich sehr verändert. Er kommt mir viel ruhiger vor. Ich hoffe, Ihr habt seinen Willen nicht gebrochen, denn das hätte seinem Vater bestimmt nicht gefallen.«

Sie Guy lachte. »Nein, nein, die Ausbildung eines Schildknappen schließt mehr ein als nur den Kampf. Er dient mir gut. Eines Tages wird er ein ausgezeichneter Ritter werden. Er schläft bereits im Rittersaal.«

»Ich danke Euch«, sagte Kathryn, und ihr Dank war aufrichtig gemeint. Sie wusste, dass das ein echter Gunstbeweis war. Die meisten Schildknappen schliefen dort, wo sie eine Ecke fanden, um ihr Lager aufzuschlagen. Im Winter war das besonders hart, und sie hätte den Gedanken, dass ihr Sohn auf dem kalten Boden schlafen musste, einfach nicht ertragen.

»Ich bevorzuge ihn, weil ich mit seinem Vater befreundet war.« Sir Guy trank einen Schluck aus dem Silberbecher, den sie sich teilten. »Und weil ich seine Mutter heiraten möchte. Aber darüber werden wir uns später unterhalten.«

Es gab also noch etwas, vor dem sie auf der Hut sein musste. Die Herzogin war nicht wieder in den Saal zurückgekommen. Kathryn hätte die Unpässlichkeit ihrer Gastgeberin nutzen sollen, um sich selbst zu entschuldigen. Aber dann hätte sie Alfred nicht gesehen.

»Vorher«, sagte der Sheriff jetzt, »werdet Ihr Euch vielleicht noch gern mit Eurem Sohn unterhalten wollen. Ich meine natürlich nach dem Bankett.«

Er spießte eine Scheibe Schwanenbrust mit dem Messer auf und hielt sie an ihre Lippen. »Nun, wir sollten den Herzog doch nicht kränken, oder?«

Sie öffnete den Mund und nahm den Bissen vorsichtig mit den Zähnen von der Messerklinge. Er lächelte sein Raubtierlächeln.

27. KAPITEL

*...sie vergifteten vielerorten Flüsse und Brunnen,
die klar und rein waren.*

GUILLAUME DE MACHAUT, *französischer Hofpoet*,
14. JAHRHUNDERT

Es ging auf Mitternacht zu. Vielleicht konnte sie sich bald von dem Festmahl zurückziehen, ohne dass es unhöflich wirkte, dachte Kathryn. Die Tischtücher waren bereits abgenommen, und der Met, das Ale und der Apfelwein mehrfach nachgeschenkt worden. Der Geräuschpegel im Saal machte inzwischen eine höfliche Unterhaltung völlig unmöglich. Einige Gäste lagen bereits stockbetrunken und schnarchend unter den Tischen. Die Herzogin hatte den Saal nicht mehr betreten, auch ihre Damen hatten sich inzwischen zurückgezogen – alle bis auf eine, die, offensichtlich höchst erfreut darüber, dass ihre Schwestern ihr das Feld überlassen hatten, mit den Rittern um sie herum schamlos flirtete.

»Braucht Ihr Alfred heute noch länger?«, schrie Kathryn ihrem Tischherrn ins Ohr. Sir Guy vertrug zwar eine ganze Menge Alkohol, aber sie wollte nicht, dass er sein Versprechen vergaß. Dies war vielleicht ihre einzige Chance, mit ihrem Sohn zu sprechen.

Er ließ den Wein nachdenklich in seinem halb gefüllten Becher kreisen und überlegte, ob er seinen Mundschenk noch benötigte. »Ich schicke ihn später zu Euch«, sagte er dann.

»Ich werde auf ihn warten.« Sie zog ein silbernes Band von ihrem Ärmel und legte es vor ihn auf den Tisch. Ein Schauder kroch ihren Rücken hinauf. »Damit Ihr es nicht vergesst«, sagte sie.

Als Kathryn am Quartier der Herzogin vorbeiging, hielt sie kurz inne. Da sie schon am Morgen abreisen würde, sollte sie der Herzogin für ihre Gastfreundschaft danken. Aber ihre Ladyschaft war, wie sie vermutete hatte, noch immer unpässlich. Kathryn stellte noch ein paar höfliche Fragen, dankte den anwesenden Frauen und bat sie, ihrer Gastgeberin noch einmal ihren ausdrücklichen Dank für die Einladung zu übermitteln. »Sagt bitte der Herzogin, dass ich zur Heiligen Margaret für ihre Niederkunft beten werde.« Dies war so gemeint, wie sie es sagte. Kathryn bezweifelte, dass die Frau eine weitere schwere Geburt überleben würde.

Als sie die letzten Stufen zu ihrem Zimmer hinaufstieg, sah sie, dass die Tür nur angelehnt war. Gut. Sir Guy war also nicht so betrunken gewesen, dass er sie vergessen hatte. Alfred stand mit dem Rücken zur Tür in dem Zimmer. Ihr Puls beschleunigte sich, Schweiß bildete sich auf ihren Handflächen. Er sprach gerade mit Glynis. Die geröteten Wangen des Mädchens und ihr hohes Lachen zeigten, wie sie sich freute, Master Alfred endlich wiederzusehen. Das Lachen verstummte, als sie Kathryn in der Tür entdeckte. Sie machte ihren üblichen, flüchtigen Knicks.

»Glynis, du darfst gehen.«

»Aber Mylady, ich bin noch gar nicht mit dem Packen fertig, und draußen im Flur ist es so kalt...«

»Du kannst in der Küche warten. Dort ist es warm, und du kannst dich mit den anderen Mädchen unterhalten. Wenn du zurückkommst, packen wir gemeinsam.«

Das Mädchen errötete erneut, diesmal jedoch mehr aus Zorn denn aus Freude, vermutete Kathryn. Glynis deutete eilig einen Knicks an und zog sich dann zurück, wobei sie Alfred noch einen koketten Blick zuwarf. Ihr Sohn wirkte verlegen.

»Ich kann es ihr nicht verübeln«, sagte Kathryn, als das Mädchen gegangen war. »Wäre ich noch ein Mädchen, so würde ich einen so hübschen jungen Mann ebenfalls nur ungern allein lassen.« Sie hielt ihn wie einen Strang feines Seidengarn auf Armeslänge von sich. Sein Haar und die Bartstoppeln schimmerten im Kerzenlicht rostrot. Sie streichelte ihm leicht über das Kinn, eine zaghafte, vorsichtige Berührung. »Du hast den Bart deines Vaters.« Ein leichtes Zurückweichen? Bildete sie sich das nur ein? Oder war dies ein Zeichen dafür, dass ihm die Berührung seiner Mutter nicht recht war? »Sir Guys Livree steht dir.«

Er sagte nichts. Wie sollte sie nur das verlegene Schweigen brechen? Würde er sich ihr entziehen, wenn sie versuchte, ihn zu umarmen? Sie hatte den harten Ausdruck in seinen Augen damals, als er sie um die Erlaubnis bat, in Sir Guys Dienst zu treten, nicht vergessen, hatte nie verstanden, warum er sie so angesehen hatte. War sein Blick seit jener letzten Begegnung tatsächlich weicher geworden? Oder waren seine höfischen Manieren nichts anderes als eine Maske? »Willst du deiner Mutter, die du so viele Monate nicht gesehen hast, nicht einen Begrüßungskuss geben?«

Er nahm ihre Hand und hob sie an seine Lippen. Sie entriss sie ihm. »Ich möchte dich in meine Arme nehmen«, sagte sie und drückte ihn an sich. Er erwiderte ihre Umarmung zwar nicht, aber er entzog sich ihr auch nicht, und als sie ihn wieder losließ, glaubte sie, in seinen Augen Tränen schimmern zu sehen.

Sie setzte sich auf die Bank vor dem Kamin und klopfte mit der Hand auf das Kissen neben ihr. Er kreuzte elegant seine in kastanienbraune Strümpfe gekleideten Beine, setzte sich aber nicht neben sie, sondern nahm zu ihren Füßen Platz, das Gesicht von ihr abgewandt. Mit dem Rücken lehnte er sich an die Bank.

»Ich habe dich sehr vermisst, Alfred«, sagte sie zu seinem Hinterkopf, während sie an der goldenen Stickerei an seiner Schulter herumzupfte. Es fiel ihr schwer, ihn nicht ständig anzufassen, ihm übers Haar zu streichen.

»Ihr hattet doch Colin ... und diesen Illuminator, um Euch zu trösten.«

Der Buchmaler. Das also war der Grund für seinen Zorn. Wie lange hatte er es damals schon gewusst?

»Nein, keiner von beiden war da, um mich zu trösten«, sagte sie.

Dann erzählte sie ihm, dass Colin Blackingham verlassen hatte, und von Rose und dem Baby. Und plötzlich hatte sie seine volle Aufmerksamkeit. Er drehte sich zu ihr um.

»Colin! Mein süßer, unschuldiger kleiner Bruder hat ein Mädchen entjungfert!«

In seinem Lachen lag eine Bitterkeit, die Kathryn nicht gefiel. Sie würde ihm niemals sagen können, dass Rose Jüdin war.

»Das mit Rose ist wirklich schade. Sie war ein sehr schönes Mädchen«, sagte er wehmütig. »Das ist schon komisch, Mutter, nicht wahr? Ihr hattet solche Angst, dass ich dem Mädchen zu nahekommen könnte, dabei war es Colin, den Ihr anstatt meiner hättet wegschicken sollen. Der liebe, sanfte Colin mit der schönen Stimme.«

Er saß da, die Arme um seine angezogenen Knie geschlungen, und sagte eine ganze Weile nichts. Offensichtlich musste er das, was er gerade gehört hatte, erst einmal verarbeiten. »Dann bin ich also Onkel. Onkel Alfred. Jasmine. Ein komischer Name. Aber er gefällt mir. Die Welt ist sowieso schon mit zu vielen Heiligen bevölkert.«

Er lächelte, und dieses Lächeln erinnerte sie an den fröhlichen, ungestümen Alfred, der sie immer zum Lachen gebracht hatte, selbst wenn er für eine seiner unzähligen Missetaten eigentlich eine Tracht Prügel verdient hatte. War dieser kleine Junge doch noch irgendwo in diesem ernsten jungen Mann mit seinen höfischen Manieren verborgen?

Er runzelte die Stirn, und die Bitterkeit war plötzlich wieder da. »Ich verstehe nicht, warum Colin davongelaufen ist. Ich hätte eigentlich gedacht, dass der fromme, gottesfürchtige Colin sich seiner Pflicht gestellt hätte. Rose war hübsch genug, um seine Frau zu werden. Das ist keine Frage. Er hätte es doch gar nicht besser treffen können.«

»Nein, das hätte er nicht. Rose war so anständig, wie sie schön gewesen war, trotz ihrer jugendlichen Unbedachtheit.« *Eine anständige Jüdin?* Kathryn brachte die Stimme in ihrem Kopf zum Verstummen, als sie sagte: »Colin wusste nichts von dem Baby, als er Blackingham verließ. Er ist gegangen, weil er sich für den Tod des Schäfers verantwortlich fühlte. Er und Rose hatten das Wollhaus zu ihrem heimlichen Treffpunkt gemacht. Er dachte, alles, was geschehen ist, sei allein seine Schuld gewesen, und er ist gegangen, um – ich weiß nicht – Buße zu tun, indem er sich in irgendein dunkles Kloster zurückzog.«

»Was für ein dummer Gedanke! Das sieht ihm wirklich ähnlich. Glynis und ich waren...« Er brach gerade noch rechtzeitig ab. »*Selbst wenn* ich im Wollhaus gewesen wäre, würde ich nicht einfach davon ausgehen, dass der Brand meine Schuld war. John war wahrscheinlich betrunken und hat den Brand aus Versehen selbst verursacht. Vielleicht war es auch Simpson, der auf diese Weise seine Diebstähle zu vertuschen versuchte.«

Er beugte sich wieder vor und stocherte im Feuer herum, dann drehte er sich halb zu ihr herum, so dass sie sein Profil sehen konnte. Seine Schulter berührte ihr Knie. Er sah sie jedoch immer noch nicht an. »Was Simpson betrifft, so hattet Ihr Recht mit Eurer Vermutung, Mutter. Das war es, was ich Euch an dem Abend, an dem ich sah – an dem Abend, an dem ich die Perlen gefunden hatte, sagen wollte.«

»Du hast meine Perlen gefunden?« Kathryns Kehle war plötzlich wie zugeschnürt. *Es war Alfred. Es war der junge Herr von Blackingham, der sie dorthin gelegt hat*, hatte Rose gesagt. »Warum hast du mir die Kette denn nicht gegeben, Alfred?«

Ein Holzscheit brach knackend auseinander, Funken stoben den Kamin hinauf.

»Alfred, was hast du mit den Perlen gemacht?«

Er zögerte, dann sagte er: »Es überrascht mich, dass Ihr sie noch nicht gefunden habt. Ihr braucht nur im Quartier des Illuminators nachzusehen.« Sein Mund verzerrte sich. Er hatte den vollen Mund seines Vaters und auch dessen Sarkasmus geerbt.

»Warum sollte ich meine Perlen unter den Sachen des Illuminators finden?«, fragte sie ruhig.

»Ich wollte Euch nach der Beerdigung des Schäfers in Eurem Zimmer aufsuchen.« Er wandte sich wieder von ihr ab und starrte so intensiv ins Feuer, als glaubte er, in den tanzenden Flammen irgendwelche Bilder zu erkennen. »Ich habe gesehen, dass er bei Euch war. Daraufhin habe ich die Perlen in seinem Zimmer versteckt. Das war ziemlich töricht und kindisch, denn seine Tochter war in ihrem Zimmer. Sie hätte Euch erzählen können, dass ich es getan habe. Ich war wirklich dumm.«

»Warum hast du es dann getan?«, sagte sie zu seinem Hinterkopf.

»Ich hoffte darauf, dass Ihr annehmen würdet, der Illuminator hätte die Kette gestohlen. Dann wärt Ihr vielleicht so wütend auf ihn gewesen, dass Ihr ihn weggeschickt hättet. Und ich hätte wieder nach Hause kommen können.«

Also hatte Alfred Finn die Perlen tatsächlich untergeschoben, genau wie Rose es gesagt und sie selbst es insgeheim befürchtet hatte. Aber er hatte den Priester nicht getötet. Sie hätte gleichzeitig lachen und weinen mögen. Da hatten sie alle so viel Schmerz erleiden müssen, und das nur wegen eines dummen Streiches. Aber das ließ sich wieder in Ordnung bringen! Heilige Mutter Gottes, es ließ sich wirklich alles in Ordnung bringen! Es war noch nicht zu spät.

Und mit Alfred würde sie anfangen.

Sie hätte ihn am liebsten heftig geschüttelt. Gleichzeitig wollte sie ihn in die Arme schließen, um ihm den Schmerz zu nehmen, den sie ihm bereitet hatte. Ihre Stimme zitterte leicht, als sie sagte: »Alfred, was hast du dir eigentlich dabei gedacht, so etwas Törichtes zu tun?«

»Ich werde es Euch sagen, Mutter. Ich habe gedacht, dass Ihr meinen Vater verratet.«

Er zerrte am Stoff seines karminroten Rocks herum, zwirbelte ihn um seine Finger, sah sie immer noch nicht an. Sie nahm seine Hand und hielt sie fest.

»Dein Vater ist tot, Alfred. Hast du wirklich geglaubt, es würde deinen Schmerz lindern, wenn du einem unschuldigen Mann Schaden zufügst?«

Er hatte die Lippen fest zusammengepresst. Sie bebten leicht. Jetzt sah er nicht mehr wie ein Mann aus. Er sah aus wie ein kleiner Junge, der versuchte, ein erwachsener Mann zu sein. Ein Junge, der die Härte und Unbeugsamkeit seines Vaters nachzuahmen versuchte.

»Hast du wirklich geglaubt, ich würde Roderick verraten?« Ihre Stimme war leise, ihr Ton traurig, aber sanft. Sie streichelte seinen Kopf. »Oder hast du geglaubt, ich würde dich verraten?«

Wenn sie ihn angeschrien hätte, hätte er nicht heftiger reagieren können. Er riss seinen Kopf weg, als würde sie ihn mit ihrer Berührung verbrennen. Dann drehte er sich zu ihr um und fuchtelte dabei wild mit der Hand in der Luft herum wie ein Schauspieler in einem Mysterienspiel.

»Ihr habt meinen Vater verachtet! Bestreitet es nicht.«

Sie sprach weiterhin leise und bewegte sich langsam, damit er sich nicht noch mehr erregte.

»Ich bestreite nicht, dass es zwischen uns keine Liebe gegeben hat. Aber wie könnte ich sagen, dass ich den Mann verachte, der mir die beiden Menschen geschenkt hat, die für mich das Kostbarste auf der Welt sind? Dich und deinen Bruder.«

»Ihr habt ihn gehasst. Und Ihr habt gesagt, ich sei sein Ebenbild.«

»Aber ich habe niemals ...«

»Ihr habt es viele, viele Male gesagt.« Seine Stimme war tiefer geworden, jetzt, da er fast ein Mann war. Er klang sogar wie sein Vater. »Ich habe Euch immer zu sehr an meinen Vater erinnert. Habt Ihr mich deshalb weggeschickt? Damit Ihr ungestört wart – mit Eurem Buhlen.« Seine Stimme brach. Das letzte Wort klang schrill.

Was sollte sie ihm antworten? Auf welche Beschuldigung sollte sie zuerst reagieren? Er wartete nicht ab, bis sie sich entschieden hatte.

»Ihr habt darauf nichts zu sagen, Mutter?«

»Alfred. Alfred, du musst doch wissen, wie sehr ich ...«

»Jeder hier sagt, dass Ihr jetzt die Geliebte des Sheriffs seid. Ich habe Euch jeden Tag beobachtet, wie Ihr oben auf dem Podium gesessen habt, wie Ihr Abend für Abend mit ihm geflirtet, ihn angelächelt habt. Mir wird übel, wenn ich nur daran denke. Meine verehrte Mutter benimmt sich schon zum zweiten Mal wie eine Hure.«

Die Ohrfeige schallte laut durch den Raum. Der Abdruck ihrer Hand leuchtete auf seiner Wange. Tränen traten ihm in die Augen, und Kathryn spürte, wie auch ihre Augen feucht wurden. Ihre Handfläche brannte von der Ohrfeige. Sie hob die Hand, um sein Gesicht zu berühren, wollte den Schmerz mit einem Kuss lindern, aber als er zusammenzuckte, zog sie ihre Hand wieder zurück.

»Dann hat der Sheriff es dir also nicht gesagt?«

Sein Zorn ließ ihn alle höfischen Manieren vergessen. Der blanke Hass verzerrte sein Gesicht. Er murmelte: »Der Sheriff sagt mir überhaupt nichts, außer wie ich gehen, stehen, reiten, kämpfen und sprechen soll – und wie ich seine Rüstung zu polieren habe.«

»Der Illuminator sitzt wegen des Mordes an dem Priester im Burggefängnis. Ich habe mich geweigert, meinem *Buhlen*, wie du ihn nennst, ein Alibi zu geben, und das nur, um dich zu schützen. Ich liebe dich so sehr, dass ich mein eigenes Glück für dich opfere. Und das Glück eines rechtschaffenen Mannes. Wenn du diese Liebe nicht spürst, Alfred, dann weiß ich auch nicht, wie ich sie dir beweisen soll.«

Die Tränen, die sich in seinen Augen gesammelt hatten, liefen ihm über die Wangen. Sie berührte sein Gesicht, den langsam verblassenden Abdruck ihrer Hand.

»Es tut mir leid, wenn ich dir weh getan habe«, sagte sie und seufzte tief. »Für den Teufel sind wir alle nur Schachfiguren.«

»Ist das Wiedersehen mit Eurem Sohn zu Eurer Zufriedenheit verlaufen?«, fragte der Sheriff, der im Flur vor ihrem Zimmer stand. Kathryn hatte nur ihr Hemd angehabt und sich auf sein Klopfen hin hastig ihren Mantel übergeworfen.

»Ja, durchaus, Mylord«, sagte sie durch den Türspalt. Sein Atem roch sauer, aber er sprach deutlich und war offensichtlich auch noch nüchtern genug, um es allein die Treppe herauf zu schaffen. »Vielen Dank, dass Ihr es gestattet habt.«

Sein Schatten tanzte im Schein des flackernden Binsenlichts an der Wand. »Ich würde meinen eigenen Sohn genauso ausbilden, wie ich Alfred ausbilde«, sagte er. »Was mich zu einem anderen Thema bringt.«

Kathryn zog ihren Mantel fester um ihr Schultern. »Wenn Ihr erlaubt, Mylord: Könnten wir vielleicht ein andermal darüber sprechen? Es ist zu spät, um eine Dame noch in ihrem Privatgemach zu besuchen. Wie Ihr sehen könnt, habe ich mich bereits auf meine Heimreise vorbereitet und wollte gerade zu Bett zu gehen ...«

Er lehnte sich jedoch mit seinem ganzen Gewicht gegen die

schwere Eichentür und drängte sich einfach an ihr vorbei ins Zimmer. »Herrgott, Kathryn, bis hier oben sind es viele Stufen, und ich habe nicht die Mühe auf mich genommen, nur um etwas für meine Gesundheit zu tun.«

Er trug noch immer das Gewand, zu dem ihn sein neuer Titel berechtigte: einen wollenen Umhang mit scharlachrotem Futter. Den Umhang zierten die blauen Symbole des Hosenbandordens, ein jedes mit dem mit goldenem Garn gestickten Wahlspruch des Ordens *Honi soit qui mal y pense* – »Ehrlos sei, wer Schlechtes denkt« – versehen. Darüber trug er einen Wappenrock aus karminroter Wolle.

»Wir werden jetzt miteinander reden«, sagte er. »Da wir morgen schon in aller Frühe aufbrechen, werden wir keine Zeit dafür haben. Ich werde allein vorausreiten, aber meine Männer werden Euch natürlich begleiten.«

Sie wandte ihm den Rücken zu und bückte sich, um ein letztes Holzscheit in die Glut zu legen. Eigentlich hatte sie dieses Scheit für den nächsten Morgen aufsparen wollen, damit sie während ihrer Abreisevorbereitungen nicht froren.

Als sie sich wieder umdrehte, saß er, sich mit den Armen abstützend, auf dem Bett, hatte die in blauen Strümpfen steckenden Beine übereinander geschlagen und beobachtete sie.

»Seht mich nicht mit so einem abschätzenden Blick an, Sir. Ich bin keine Stute auf dem Viehmarkt, deren Wert Ihr taxieren müsst.«

Sie schlang die Arme um ihren Oberkörper und rieb sie warm. Er verlagerte sein Gewicht, überkreuzte seine Beine an den Knöcheln. Die Spitzen seiner Lederschuhe waren wie Pfeile auf sie gerichtet.

»Sagt bitte, was Ihr zu sagen habt«, meinte sie. »Ich bin wirklich müde.«

Er nickte. »Wie Ihr wisst, Kathryn, habe ich keine Erben, und ...«

»Ich dachte, Ihr hättet in Frankreich einen Sohn.« Sie wusste, dass er seinen Erstgeborenen an die Pest verloren hatte und dass seine zweite Frau Mathilde vor drei Jahren bei der Niederkunft gestorben war. Das Kind war tot zur Welt gekommen.

»Mein Sohn Gilbert starb in derselben Schlacht wie Euer Ehemann.«

»Das tut mir leid. Das wusste ich nicht. Ihr habt nie ...«

»Seid Ihr noch fruchtbar?« Er trommelte mit seinem Finger, an dem er den Siegelring trug, auf die Tagesdecke.

»Verzeiht.« Sie spürte, wie sie rot wurde. »Sagtet Ihr ...«

»Eine einfache Frage, Kathryn. Ist Euer Leib noch fähig, zu gebähren?«

»Falls Ihr meint – also, ich denke ja. Aber dieser Umstand ist für mich mehr eine Last als ein Segen. Meine beiden Söhne genügen mir, und außerdem habe ich jetzt noch ein Mündel.«

»Ihr habt ein Mündel!« Er zog die Augenbrauen hoch.

»Ich bin die Patin der – der Enkeltochter des Illuminators. Seine Tochter wurde geschändet und ist dabei schwanger geworden. Sie ist gestorben, nachdem sie das Kind geboren hatte.«

»Wurde der Mann, der ihr Gewalt angetan hat, gefunden und vor Gericht gebracht?«

Ihr Gesicht fühlte sich plötzlich wie verbrannt an. »Es war ein fahrender Sänger.« Sie starrte ins Feuer. »Wir haben seinen Namen nie in Erfahrung bringen können.«

»Und Ihr kümmert Euch aus Zuneigung zu dem Illuminator um das Kind.« Der Stahl seiner Seitenwaffen glitzerte so kalt wie seine Augen.

»Ich kümmere mich aus christlicher Nächstenliebe um das Kind, bis der Vater seiner Mutter freigelassen wird.«

Er grinste. Da war wieder dieses schiefe Lächeln, das sie so verabscheute. »Bevor das geschieht, werdet Ihr wahrscheinlich noch erleben, wie jemand diesem Kind das Eheversprechen gibt. Dann könnt Ihr auch noch Patin von dessen Kindern werden.«

Im Zimmer war es wieder wärmer geworden. Sie hätte ihren Mantel gerne ausgezogen, aber da sie darunter nur ihr Hemd trug, entfernte sie sich ein Stück vom Kamin und setzte sich auf den einzigen Stuhl im Raum.

»Wieso, Mylord Sheriff? Wenn der Buchmaler doch unschuldig ist?«

Sir Guy schien sich plötzlich sehr für seine Nagelhäutchen zu interessieren. »Als ich ihn verhaftet habe, scheint Ihr Euch in diesem Punkt nicht so sicher gewesen zu sein.«

»Das stimmt. Aber inzwischen hat Alfred mir die Wahrheit erzählt. Er hat die Perlen Finn – dem Illuminator – untergeschoben, weil er sich über ihn geärgert hatte. Es war eine kindische, eine dumme Reaktion. Er hatte in keiner Weise die Konsequenzen bedacht, die das Ganze haben würde. Als ich ihm erzählt habe, was passiert ist, hat er seine kindliche Handlung sofort zutiefst bereut. Er wird vor dem Bischof bezeugen, dass das alles ein Irrtum war.«

»Aha. Aber wie ist Alfred in den Besitz der Perlen gekommen? Das ist doch die entscheidende Frage, nicht wahr? Wird er diese Frage dem Bischof beantworten können?«

»Mir gefallen Ihre versteckten Andeutungen nicht, Sir. Er hat die Kette bei meinem Verwalter gefunden. Mein Verwalter war ein Dieb. Und wenn er schon die Lebenden bestohlen hat, dann hat es ihm gewiss noch weniger ausgemacht, einen Toten zu bestehlen. Ich habe ihn inzwischen von Blackinghams Grund und Boden verwiesen. Ich bin sicher, dass der Bischof den Illuminator unverzüglich freilassen wird, wenn er die Wahrheit erfährt.«

»Darauf würde ich mich nicht verlassen, Kathryn. Dem Bischof kommt es durchaus gelegen, einen Mann mit diesem Talent in seiner Gewalt zu haben. Er wird ihn ohne einen absolut unwiderlegbaren Beweis seiner Unschuld nicht freilassen – es sei denn, auf Anordnung von noch höherer Stelle. Und dann ist da ja auch noch die Sache mit den ketzerischen Schriften, die in seinem Besitz gefunden wurden. Wie dem auch sei, auch wenn der Illuminator entlastet wird, der Mord an dem Priester ist noch immer nicht aufgeklärt. Was wird geschehen? Der Erzbischof wird den Bischof unter Druck setzen, und dieser wird wiederum mich unter Druck setzen, und wir müssen mit der Suche wieder ganz von vorn beginnen. Versteht Ihr, wie kompliziert das alles ist?« Er seufzte übertrieben. »Wenn Ihr als meine Ehefrau die Sache mit dem Illuminator als zu belastend empfinden würdet, könnte ich mich verpflichtet fühlen, mit dem Regenten des Königs zu sprechen. Der König hat bereits die Erlaubnis für eine Verbindung zwischen unseren beiden Häusern erteilt. Als Ehefrau eines Ritters des Hosenbandordens würde Eure Zeugenaussage sicher beträchtliches Gewicht haben.«

Kathryn musste sich dazu zwingen, langsam zu atmen. »Ihr habt ohne meine Zustimmung mit dem König gesprochen, Sir? Damit seid Ihr eindeutig zu weit gegangen. Und selbst wenn ich solch einem Plan zustimmen würde, hättet Ihr dann nicht immer noch das Problem mit dem Mord an dem Priester?«

»Kathryn, Kathryn.« Er schnalzte kopfschüttelnd mit der Zunge. »Euch ist doch sicher bekannt, dass der König Euch als Witwe jederzeit unter den Schutz der Krone stellen und Euer Land einziehen kann. Dann wären Eure Söhne enterbt. Durch eine Verbindung mit mir würdet Ihr das verhindern können. Eure Söhne behalten ihr Erbe, Ihr steigt gesellschaftlich auf und könntet Euren Einfluss dann zugunsten Eures *Freundes* geltend machen. Und was den Mord an dem Priester angeht: Das ist doch ganz einfach. Man braucht nur irgendeinen Juden dafür verantwortlich machen.« Seine Mundwinkel zogen sich wieder nach oben, als er sie kurz und heftig Luft holen hörte. »Ja, das gefällt mir. Und dem Erzbischof wird es auch gefallen. Ich finde, es ist eine ziemlich diplomatische Lösung des Problems.«

»Ihr würdet also einen völlig unschuldigen Mann dafür in den Tod schicken?«

»Warum diese Überraschung und diese Empörung, Kathryn?« Er musterte seine Fingernägel und seine beringten Finger, die schlank und irgendwie weibisch wirkten. »Falls Euch das Ganze zu konkret ist und dadurch Eure Gefühle verletzt werden, besteht auch die Möglichkeit, ein ganz allgemeines Komplott aufzudecken.« Er wischte eine Rußflocke von seinem neuen Umhang. »Eines, das von den Juden in Spanien ausgeht, wobei der Täter unerkannt flüchten konnte.«

»Ist es nicht genauso unschicklich, ein ganzes Volk ungerechterweise zu beschuldigen, Sir?«

»Ungerechterweise? Juden? Ich würde sagen, das ist überhaupt nicht möglich. Kathryn, Ihr seid doch gewiss keine Judenfreundin! Das wäre in der Tat eine höchst gefährliche Sache.« Er sah sie drohend an, um weitere Proteste ihrerseits im Keim zu ersticken. »Was spielt es denn schon für eine Rolle, wenn die Juden noch eines weiteren Verbrechens bezichtigt werden? Es ist allgemein bekannt, dass sie die Pest verbreiten; sie vergiften unsere Brunnen; sie stehlen den Besitz des Königs; sie verhöhnen die Kreuzigung unseres Herrn.«

Er bezog sich auf den ruchlosen Vorwurf des Ritualmordes – niemals bewiesen, aber immer wieder ins Spiel gebracht. Und jetzt würde zu diesem Bündel von Anschuldigungen noch der brutale Mord an einem Priester hinzukommen.

»Das Ganze wäre also nichts weiter als eine Fliege, die sich auf einem Dungkarren niederlässt. Denkt darüber nach, Kathryn.« Er strich einen Goldfaden auf seinem Wappenrock glatt. »Denkt nach, Kathryn. Habt Ihr überhaupt eine Wahl?«

In der Tat, welche Wahl hatte sie schon? Sie hatte gewusst, dass es so kommen würde, hatte aber nicht gedacht, dass Sir Guy einen solch schonungslosen Angriff auf sie führen und dass sie in diesem Moment so wehrlos sein würde. Sie war viel zu müde, um nachdenken zu können. Ihre Begegnung mit Alfred hatte in ihr große Hoffnungen geweckt, und jetzt wurden auch diese zunichte gemacht.

Sir Guy stand auf, nahm ihre Hand und hob sie an seinen Mund. Seine Lippen berührten sie kaum, aber sie bekam trotzdem eine Gänsehaut.

Sie stand jetzt ebenfalls auf. Wenn sie sich zu ihrer vollen Größe aufrichtete, war sie fast so groß wie er. »Und Ihr, Sir, was gewinnt Ihr durch solch eine Verbindung?«, fragte sie.

»Ihr habt es bereits selbst gesagt. Ich bewundere Eure Ländereien. Zwischen Eurem Besitz und dem meinem liegt nur ein einziges Lehen.«

Kathryn war überrascht. Sie hatte nicht gewusst, dass sein Besitz so groß war, obwohl Roderick mehr als einmal von den allzu ehrgeizigen Zielen des Sheriffs gesprochen hatte.

»Welche Sicherheit habe ich, dass Ihr Euch nach einer Heirat für den Illuminator einsetzen werdet?«

»Mein Wort als Ritter des Hosenbandordens. Ich hoffe doch sehr, dass Ihr an meiner Ehre keine Zweifel habt. Denkt noch einmal über alles nach, Kathryn. In der Zwischenzeit werde ich diese kleine Rebellion in Suffolk niederschlagen. Wenn ich wieder zurück bin, werde ich Euch aufsuchen, und wir werden die Bedingungen unserer Verlobung festlegen. Ich frage Euch noch einmal: *Habt Ihr überhaupt eine Wahl?*«

»Ist Euch nie der Gedanke gekommen, dass ich in ein Kloster gehen könnte? Die Priorin von Saint Faith würde mich und meine Ländereien sicher gern unter ihre Obhut nehmen.«

Seine Augen wurden schmal. »Ja, das könntet Ihr. Aber bedenkt dann auch die Konsequenzen für Eure Söhne. Und für Euer Mündel. Und noch etwas: Falls Ihr das wirklich tun solltet, garantiere ich Euch als Ritter des Hosenbandordens, dass Euer Geliebter niemals wieder ein freier Mann sein wird.«

Er öffnete die Tür, und die kalte Luft vom Flur strömte herein. Draußen hatte ein Graupelschauer eingesetzt, die Körnchen prallten knisternd gegen das schmale Fenster am Ende des Flurs.

»Wählt also klug, Kathryn.« Er verbeugte sich spöttisch und ging dann davon.

Kathryn stand zitternd im Flur und lauschte seinen verklingenden Schritten auf der Treppe. Wo war Glynis? Wahrscheinlich wärmte sie sich gerade in den Armen irgendeines Soldaten. Ihr Dienstmädchen, eine Leibeigene, hatte mehr Freiheiten als sie. Sie ging ins Zimmer zurück, um fertig zu packen, während sie fieberhaft überlegte, wie sie dieser neuen Bedrohung begegnen sollte. Der Körper des Sheriffs hatte einen Abdruck auf dem Bett hinterlassen. Ärgerlich klopfte sie auf die Decke, bis er nicht mehr zu sehen war.

28. KAPITEL

*Durch Reue werden wir rein, durch Mitleid
bereit. Und durch wahre Sehnsucht werden wir
würdig. Mit diesen drei Arzneien kann jede
Seele geheilt werden.*

JULIAN VON NORWICH,
ERBSTÜCKE

Finn spielte die Herzdame. Der Bischof übertrumpfte ihn mit dem König, von dem Finn wusste, dass er ihn in der Hand hielt.

»Ihr habt Eure Herzdame verloren. Was für eine Tragödie, eine solch bezaubernde Dame zu verlieren.«

»Das war unvermeidlich, Eminenz.«

Die Herausforderung des Spiels bestand für Finn darin, Despenser auf jeden Fall gewinnen zu lassen, aber dennoch selbst so gut zu spielen, dass dieser nicht das Interesse am Spiel verlor. Finn hungerte nach Gesellschaft, selbst wenn es eine so gefährliche Gesellschaft war. Außerdem brachte der Bischof ihm immer eine kleine Annehmlichkeit mit. Das Feuer im Kohlenbecken war gut geschürt, und Finn würde bis zum nächsten Besuch des Bischofs Süßigkeiten genießen können – vorausgesetzt, er teilte sie sich sorgfältig ein. Das Beste an der Tätigkeit für den Bischof aber war natürlich sein stets verfügbarer Vorrat an Farben, Papyrus, Federn und Tinte.

»Eure Korrespondenz hat einiges an Gewicht, Illuminator«, hatte sich der Bischof beklagt, als sein Diener mehrere Pakete mit Materialien neben dem Arbeitstisch aufstapelte.

»Ich schreibe meine Philosophie nieder, um mir die Zeit zu vertreiben.«

»Ich hatte angenommen, dass Ihr an meinem Altaraufsatz arbeitet, um Euch die Zeit zu vertreiben«, sagte der Bischof.

»Eminenz, an diesen Wintertagen, wo es kaum hell wird, ist das Licht einfach nicht ausreichend zum Malen. Und die Gefangenschaft ist eine geizige Muse.«

Die Augen des Bischofs wurden schmal, als er sagte: »Ich würde Eure philosophischen Gedanken gerne lesen.«

»Ihr würdet keine Freude an dieser Lektüre haben. Ich schreibe auf Englisch.«

»Nun, für den gewöhnlichen Mann mag das ausreichend sein. Für Listen und Bestandsverzeichnisse ist es auch gut genug, vielleicht ist es dann auch für Eure Philosophie gut genug.« Der Bischof zeigte auf die Herzdame. »Ich habe sie bei den Weihnachtsfestlichkeiten des Herzogs gesehen.«

»Ihr habt die Herzdame gesehen?«, fragte Finn gleichgültig. Der Bischof prahlte oft mit seinen amourösen Eroberungen.

»*Eure* Herzdame.« Er streichelte die Karte, als wäre sie die Brust einer Frau.

»Meine Dame?«

»Die Lady von Blackingham. Es erstaunt mich nicht, dass Ihr sie als Modell genommen habt. Für meinen Geschmack ein wenig zu reif, aber sehr bemerkenswert.« Er mischte die Karten und beobachtete Finn dabei unter gesenkten Augenlidern hervor. »Sie war in Begleitung von Sir Guy de Fontaigne. Das ist der Sheriff. Ihr erinnert Euch vielleicht.« Er klimperte mit den Augenlidern wie ein Mädchen, und Finn biss die Zähne zusammen. »Aber natürlich erinnert Ihr Euch.«

Finn sagte nichts, stand auf und schürte das Feuer. Er wandte dabei sein Gesicht ab, um seinen Ekel und die Unsicherheit zu verbergen, die die Worte des Bischofs in ihm hervorriefen. Was ging es ihn noch an, mit wem sie speiste – oder mit wem sie das Bett teilte? Die

Gefühle, die er einmal für sie gehabt hatte, waren lange gestorben, waren durch ihren Verrat erstickt worden.

Das sagte er sich jeden Tag, wenn er aufwachte und wieder von ihr geträumt hatte.

»Die beiden waren ein höchst eindrucksvolles Paar.«

»Tatsächlich?« Finn tat gleichgültig und schenkte sich ein Glas vom Wein des Bischofs ein.

Despenser hielt seinen Kelch hoch, um sich von ihm ebenfalls einschenken zu lassen. »Sie trug ein karminrotes Samtkleid. Es schmiegte sich eng an ihren Busen und war um die Taille mit einer V-förmigen Silberkordel gegürtet« – er demonstrierte es mit seiner freien Hand –, »wohl um die Rundung ihrer Hüften zu betonen.«

Ein Tropfen Wein fiel auf den Boden und verfehlte nur knapp die lange Spitze von Despensers Samtschuh. »Ihr seid heute ziemlich nervös und zittrig, Master Finn. Das ist doch hoffentlich kein Anflug von Schüttellähmung?«

Finn ging zu seinem Stuhl zurück, nahm seine Karten auf, sortierte sie fahrig und legte sie dann wieder ab. Die Herzdame starrte ihn an. »Ich spüre tatsächlich einen Anflug von Schüttelfrost, Eminenz. Ich fürchte, ich bin heute ein weniger würdiger Gegner als üblich. Vielleicht ein andermal.«

Er spürte, wie sein Gesicht unter Despensers wissendem Blick rot wurde.

»Ihr gebt also auf?«

Finn seufzte, seine Stimme triefte geradezu vor Unterwürfigkeit. »Ihr hättet mich ohnehin geschlagen, Eminenz. Ihr seid einfach der bessere Spieler.«

»Behandelt mich nicht so gönnerhaft, Illuminator. Mein Wohlwollen ist nicht grenzenlos. Ich bin mit dem Fortschritt an den Retabeln ganz und gar nicht zufrieden. Ihr müsstet inzwischen mehr als nur drei Paneele fertig haben.«

Er stand auf und winkte seinem Diener, der ihm seinen Hermelinmantel umlegte. Der Pelz verursachte ein raschelndes Geräusch auf den Steinfliesen, als Despenser in der Tür stehen blieb und sich noch einmal umdrehte, um boshaft zu bemerken: »Darf ich mir den

Vorschlag erlauben, dass Ihr bis zu unserem nächsten Treffen Eure Schaffenskraft mehr Eurer Kirche und weniger Eurer *Philosophie* widmet?«

»Sagt bitte Lady Kathryn, dass ich sie unbedingt sehen muss«, sagte Finn zwei Tage später zu Halb-Tom. »Und sagt ihr auch, dass ich mich freuen würde, das zu Kind sehen.«

Was würde mit Roses Tochter geschehen? Das war jedoch nur einer von vielen Gedanken, die Finn in den letzten beiden Nächten den Schlaf geraubt hatten. Er wusste schon seit längerer Zeit, dass der Sheriff ein Auge auf Blackingham und seine Herrin geworfen hatte. Allerdings hatte er Kathryn für so ehrenhaft und stark gehalten, dass sie den Annäherungsversuchen eines Mannes, von dem sie behauptete, ihn zu verachten, widerstehen könnte. Es sei denn, natürlich, ihre Verachtung gegenüber dem Sheriff war ebenso unbeständig wie die Liebe, die sie für ihn, Finn, zu empfinden behauptet hatte. Galt ihr Versprechen, für das Kind zu sorgen, noch? Er durfte kein Risiko eingehen. Also würde er mit Kathryn noch einmal sprechen müssen, auch wenn der Gedanke an den heftigen Schmerz, den eine solche Begegnung unweigerlich mit sich bringen würde, schon jetzt seine Knie weich werden ließ.

Halb-Tom sagte: »Wenn ich ihrer Ladyschaft eine solche Botschaft überbringe, wird sie sofort aufbrechen wollen. Aber bedenkt: Es liegt viel Schnee.«

»Kathryn ist groß gewachsen. Der Schnee wird ihr gerade einmal bis zu den Knöcheln reichen.«

»Er geht mir bis zur Taille. Für eine edle Frau und ein kleines Kind würde die Reise mehr als nur beschwerlich sein.«

»Dann sagt ihr, dass sie kommen soll, sobald das Wetter besser wird«, meinte er.

Das Wetter besserte sich jedoch nicht. Der Schnee lag inzwischen so hoch, dass Halb-Tom nicht einmal mehr die Stadt verlassen konnte, wenn er nicht bis zur Nasenspitze in der weißen Pracht versinken wollte. Er schlug sein Lager für die Nacht im Gefängnishof auf und verdiente sich sein Essen damit, dass er für die Wärter kleinere Botengänge erledigte – für alle außer für Sykes, den er mied wie die Pest. Jeden Tag kämpfte er sich die Viertelmeile die King's Road hinunter, um die fromme Frau von Saint Julian zu besuchen, wobei er versuchte, unterwegs Brennmaterial für ihr kleines Kohlenbecken zu sammeln. Als er die Frostbeulen an ihren Händen sah, fragte er sie, warum ihr Feuer so kümmerlich sei und was mit den Kohlen passiert sei, die er ihr tags zuvor gebracht hatte. Sie lächelte ihn nur an und sagte, dass andere größere Not als sie litten. Für Halb-Tom wurde es jeden Tag schwieriger, irgendetwas Brennbares aufzutreiben. Manchmal musste er sich durch die Schneewehen vor den Stadtmauern kämpfen, nur um ein bisschen Holz für sie zu finden. Er hielt die Feuer aller Armen der Stadt am Brennen, obwohl er nichts anderes wollte, als die fromme Frau vor dem Erfrieren zu bewahren.

Nachts saß er bei den Bettlern am Feuer, und dort erfuhr er, dass die Stadt nicht nur vom Winter bedroht wurde. Die Bauern wurden immer unruhiger. Ein rastloser, zorniger Geist wartete darauf, dass sich die Menschen gegen die Obrigkeit erhoben, lauerte schon an den qualmenden Feuern der Armen.

»Die Kopfsteuer des Königs und der Zehnt des Bischofs: Nein, für einen ehrlichen Mann lohnt es sich nicht, zu arbeiten.«

»Mir ist das egal. Ich habe nichts mehr. Für was soll ich also einen Zehnt entrichten. Und der Steuereintreiber hat mir dieses Jahr schon mein letztes Schwein für Lancasters Krieg mit den Franzmännern genommen.«

»Dann wird sich der Bischof eben das Hemd holen, das du am Leib trägst.«

»Ja, und der Onkel des kleinen Königs wird dir irgendwann noch die Hosen ausziehen.«

Ringsum erschallte freudloses Gelächter. Die verdreckten Männer mit ihren lumpenumwickelten Füßen, den schlammverkrusteten Röcken und den schütteren Bärten drängten sich unter einem schiefen Zelt zusammen, das sie sich gebaut hatten, um wenigstens ein klein wenig Schutz vor der Witterung zu finden. Die beiden Zeltstangen bogen sich unter dem Gewicht des Schnees, und die schon oft geflickte Plane hing durch. Halb-Tom stampfte mit den Füßen, blies sich in die Hände und schob sich an dem Sprecher vorbei, um etwas näher ans Feuer zu kommen. Er dachte an Blackingham und Magda. Er hoffte, dass wenigstens sie es warm hatte. Die Nachricht des Buchmalers war für ihn wirklich nicht der einzige Grund, um die zwölf Meilen nach Aylsham zurückzulegen. Aber es schneite noch immer dicke, große Flocken. Der Schnee bedeckte das Burggefängnis, zierte die Dachtraufen der großen Kathedrale und färbte die Bärte und hochgezogenen Schultern seiner Gefährten am Feuer weiß.

»Den Adeligen ist es doch völlig egal, ob du verhungerst oder nicht. Letztes Jahr, am zweiten Weihnachtsfeiertag, ist kaum etwas für uns abgefallen.«

»Das stimmt. All die hochwohlgeborenen Lords und die eleganten Ladys in ihren Palästen behaupten, sie seien arm.« Der Sprecher aß eine Hand voll Schnee, bekam daraufhin einen Hustenanfall und spuckte schließlich einen feuchten, schleimigen Klumpen ins Feuer. »Und während sie sich mit den feinsten Speisen vollstopfen, lassen sie nur abgenagte Knochen und verschimmeltes Brot zum Almosentor bringen. Sie wissen nicht, was arm wirklich heißt.«

»Nun, dann ist es wohl an der Zeit, dass sie es erfahren.«

»Jawohl, brennt eines von diesen feinen Häusern nieder. Das wäre schon mal ein Anfang.«

Halb-Tom hielt seine Hände näher an die Flammen. Hinter sich hörte er einen hungrigen Magen knurren.

Die Feuer spien einen Funkenregen in den schwarzen Himmel. Halb-Tom wickelte sich in seine Decke und versuchte, sich so nahe wie möglich an das Feuer der Bettler zu legen. Fußspuren, gefrorene Grate im Schlamm, drückten sich in seinen Rücken. Er beneidete den alten Mann, der neben ihm schnarchte und sein Elend nicht mehr spürte. Schließlich schloss Halb-Tom die Augen und schlief ebenfalls ein.

Er träumte von zu Hause.

Er sitzt in seiner Hütte am Rand des Moors. Dort wärmt ihn sein Lehmofen, und in seinem Kessel blubbert eine nahrhafte Aalsuppe. Sein Nest aus aufeinandergeschichteten Biberpelzen ist ein so weiches Bett, dass es selbst des jungen Königs Richard würdig ist. Er wird vom Gesang der Vögel in der perlmuttfarbenen Morgendämmerung geweckt, so frisch wie ein gerade aufgeschlagenes Ei. Es ist ein willkommener, ein vertrauter Traum.

Aber in dieser Nacht mitten im Winter, in diesem besonderen Traum von zu Hause, ist etwas anders. In diesem Traum ist er nicht mehr allein in seinem samtigen Sumpf. Magda ist bei ihm. Es ist Sommer. Er zeigt ihr, wie man Weidenrinde schält und Körbe flicht, wie man Fallen aufstellt, wie man das Paddel geräuschlos ins Wasser taucht, während sie in einem kleinen Boot zwischen den Binsen dahingleiten.

In diesem Traum ist er groß gewachsen.

Als Halb-Tom aus seinem Traum erwachte, war das kümmerliche Feuer der Bettler in der unheimlichen, schmutzigen Morgendämmerung zu einem Häuflein Asche zusammengefallen. Und er war wieder allein. Neben ihm lag nur die vom Schnee bedeckte Leiche des alten Mannes, der für immer zu träumen aufgehört hatte.

Kathryn betete jeden Tag darum, dass es noch länger schneien und dass der harte Winter den Sheriff von Blackingham fernhalten würde. Sein Heiratsantrag hing drohend über ihrem Kopf so wie die spitzen Eiszapfen an den Dachtraufen. Sie wusste, dass Guy de Fontaigne kein geduldiger Mann war. Aber vielleicht gelang es ihr, ihn noch ein Jahr hinzuhalten. *Ja, Kathryn. Und vielleicht gerät ja auch die Zeit aus den Fugen, und der Schnee wird niemals schmelzen, die Bäume werden niemals ausschlagen, und es wird niemals Frühling werden.*

Und tatsächlich: Es schien so, als würde ihn der harte, trostlose Winter – über den sie sich normalerweise mit bitteren Worten beklagt hätte – für immer von ihr fernhalten. An einem unfreundlichen Tag im März jedoch, als die Straßen gerade wieder passierbar waren, schickte ihr Guy de Fontaigne eine Nachricht, in der er ihr mitteilte, dass er ihr zu Ostern seine Aufwartung machen würde. Am nächsten Tag traf Halb-Tom mit Finns Botschaft ein.

Endlich war der Tag gekommen, den Kathryn seit einem Jahr genauso sehr herbeigesehnt wie gefürchtet hatte. Es war noch früh am Morgen, und Kathryn, ihr Sohn Colin und ihre Enkelin saßen in der warmen, höhlenartigen Küche von Blackingham. Kathryn nahm Jasmine gerade einen Mohnkuchen aus der Hand und antwortete auf ihr Protestgeschrei: »Wir gehen Da-da. Du willst doch Da-da gehen, oder?«

Die Augen der Kleinen begannen zu strahlen, und sie plapperte ihr nach: »Da-da.« Dabei fielen ihr Kuchenkrümel aus dem Mund, und Kathryn wischte Jasmine die Pausbacken ab.

»Du bist so süß, mein kleiner Schatz.« Dann fügte sie, an ihren Sohn gewandt, hinzu: »Nicht wahr, Colin?«

Colin nickte stumm und tätschelte dem Kind geistesabwesend den Kopf, während Kathryn seine Tochter für die Fahrt nach Norwich ankleidete. Er selbst warf sich sein Gewand aus grober Wolle über und machte sich dann für seinen täglichen Weg die Hauptstraße entlang bereit. Der Mantel eines Lumpensammlers und nicht der eines jungen Adeligen – wo hatte er den nur herbekommen? Zumindest würde ihn so niemand erkennen. Wenn er sich schon den Kopf rasierte und an den Straßenkreuzungen predigte, so hatte er, der Heiligen Jungfrau sei Dank, wenigstens noch so viel Verstand, dies nicht in den Farben von Blackingham zu tun.

Jasmine wand sich, als Kathryn versuchte, ihr den kleinen Kaninchenmantel und die Handschuhe anzuziehen.

»Halte still, mein Liebling, du zerzaust dir noch deine hübschen Locken. Wir werden heute deinen *grandpère* besuchen. Du wirst ihm auch etwas vorsingen, nicht wahr? So wie du das immer für Magda und mich tust?«

Kathryn versuchte das zappelnde Kind abzulenken. Sie sang »La, la, la, la« die Tonleiter rauf und runter. Jasmine blinzelte sie mit ihren blauen Augen an, hörte auf zu strampeln und begann, zu dieser Melodie vergnügt zu trällern.

»Mein kleiner Singvogel«, sagte Kathryn, und küsste dabei ein Mohnkörnchen weg, das wie ein Schönheitsfleck auf der Wange des Kindes klebte. »Dein Vater war früher auch einmal ein Singvogel«, sagte sie.

Colin hörte diese Bemerkung schon nicht mehr. Er war bereits gegangen. Kathryn würde sich jedoch von ihrem Sohn auf keinen Fall diesen Tag verderben lassen. Finn wollte sie sehen! »Sag mir genau, was er gesagt hat«, hatte sie den Zwerg gebeten. »Sag Lady Kathryn, dass ich sie unbedingt sehen muss«, hatte ihr Halb-Tom geantwortet. *Unbedingt.*

Möglicherweise war dies das letzte Mal, dass sie ihn sehen würde. Sie würde versuchen, die Erinnerung an seine Augen in ihrem Gedächtnis zu bewahren, an seine Kinnlinie, an die Art, wie er die Stirn runzelte, an seine wunderschönen Hände. Sie würde all das im Gedächtnis bewahren, damit sie es jederzeit hervorholen und sich an ihn erinnern konnte, wenn sie glaubte, ihr Leben nicht mehr ertragen zu können.

Es war ein gutes Zeichen, dass er das Kind sehen wollte. Ein Zeichen, dass sein Herz doch nicht zu Stein geworden war.

Sollte sie ihm von ihren Plänen erzählen?

»Wir sind so weit«, sagte Kathryn zu dem Zwerg, der ihr die Tür öffnete.

Finn saß mit seiner Enkelin auf einer Decke auf dem Boden. Kathryn hatte auf einem Stuhl, der zwischen dem Kind und dem Kamin stand, Platz genommen. Beide vermieden es, einander in die Augen zu sehen.

»Sie ist wunderschön.«

»Wie sollte es auch anders sein? Schließlich ist sie das Kind von Eurer Tochter und meinem Sohn.«

Er strich dem Kind sanft über die rotblonden Locken.

»Ihr habt Euch wirklich gut um sie gekümmert. Man sieht, dass sie glücklich ist.«

»Ich habe Euch versprochen, dass ich das tun würde.«

»Ja.«

Im Zimmer war bis auf ein leises Pochen kein Geräusch zu hören. Das kleine Mädchen klopfte mit einer der leeren Austernschalen, die Finn als Farbtöpfchen verwendet hatte, vergnügt auf den Boden. Plötzlich spürte Finn einen schmerzhaften Stich, als er sich an ein anderes blondes Kind mit blauen Augen erinnerte. Das Kind, das er zur Einsiedlerin gebracht hatte, das Kind, das gestorben war. Mit einem Mal packte ihn die Angst, obwohl er sich sicher gewesen war, für ein solches Gefühl völlig unempfänglich geworden zu sein. Es war ein Fehler gewesen, Kathryn holen zu lassen, ihr erneut sein Innerstes zu zeigen.

»Kann sie schon laufen?«

»Ein paar Schritte. Ich fürchte, ich bin es, die zu vorsichtig ist.« Kathryns Lachen war leise und melodiös, so wie er es in Erinnerung hatte. »Ich habe einfach Angst davor, dass sie hinfällt.«

»Dann ist sie keine allzu große Last für Euch?«

»Sie ist keine Last.« Ihr Blick war auf das Fenster gerichtet, auf das grelle Sonnenlicht, das in hellen Streifen durch die Fensterläden fiel. »Sie gibt mir einen Grund, zu leben.«

Eine ganze Weile sagte keiner von beiden ein Wort. Plötzlich spürten sie eine Verlegenheit, eine Zurückhaltung zwischen ihnen, so als wären sie Fremde. Er wollte ihr sagen, dass er vom Bischof gehört hatte, sie habe einen anderen Weg gefunden, um ihre einsamen Stunden auszufüllen. Doch er verkniff sich diese Worte.

»Sie trägt das Kreuz ihrer Mutter«, sagte er. Es hing an einer kurzen, kräftigen Silberkette am Hals des Kindes. Dann wandte er rasch seinen Blick ab. Der Anblick schmerzte ihn zutiefst.

»Nun, ich dachte, dass es ein Familienerbstück ist. Es sollte von der Mutter zur Tochter weitergegeben werden. Rose hätte sicher auch gewollt, dass Jasmine die Kette bekommt, die schon ihre Großmutter getragen hat.«

»Rebekka hat sie nie getragen«, sagte Finn und verzog bei dieser Erinnerung voller Schmerz das Gesicht. »Sie war eine *converso*. Sie hasste das Kreuz. Für sie war es nichts anderes als ein Symbol der Unterdrückung.«

»*Converso?*«

»Eine erzwungene Konversion zum Christentum.« Selbst nach so vielen Jahren spürte er den Schmerz noch immer wie eine frische Wunde in seinem Herzen. Er beobachtete seine auf dem Boden spielende Enkeltochter, während er erklärte: »Im Judenviertel gab es eine Säuberung. Der Papierwarenladen ihres Vaters wurde niedergebrannt, und ihre beiden Eltern kamen in den Flammen um. Rebekka musste das Glaubensbekenntnis sprechen, um ihr Leben zu retten.«

»Hat man sie ... hat man sie gefoltert?«

»Nein. Aber ich denke, wenn ich nicht gewesen wäre, wäre sie nicht konvertiert. Ich habe sie darum gebeten.« Er streckte seinen Arm aus und streichelte dem Kind übers Haar. Rebekkas Enkelkind – blond und hellhäutig. Es gab nicht den geringsten Hinweis, dass in ihren Adern jüdisches Blut floss. »Man hätte sie getötet, zumindest aber hätte man uns beide getrennt. Zu diesem Zeitpunkt waren wir bereits ein Paar. Sie hat es allein für mich getan.«

»Wo habt Ihr sie kennen gelernt?«

»In Flandern. Ich hatte den Leichnam meiner Großmutter dorthin überführt, weil sie in ihrem Heimatland beerdigt werden wollte. Meine Eltern waren bereits gestorben, und ich war der einzige Erbe. Schon damals war ich ein guter Kopist, und ich habe auch schon gern gemalt. Eine Gabe, die ich von meiner Großmutter und meiner Mutter geerbt habe. Ich hatte begonnen, im Andenken an meine Großmutter ein Buch zu gestalten. Ich hatte große Visionen von einer Büchersammlung, Kopien von Büchern, die ich mir ausgeliehen hatte. Rebekkas Vater verkaufte Pergamente. Ich erinnere mich noch an das Schild über der Tür. »Foas feine Papiere« – Foa war Rebekkas Familienname. Ich war oft dort, und irgendwann einmal stand dann Rebekka im Geschäft ihres Vaters.«

»Ich bin sicher, dass sie sehr schön war«, sagte Kathryn. »So schön wie ihre Tochter. Ihr seid dorthin gegangen, um etwas zu kaufen, und habt die Liebe Eures Lebens gefunden.« Als sie das sagte, klang ihre Stimme so weich, dass Jasmine ihre Austernschalen auf den Boden fallen ließ und sich zu ihr umdrehte, so als hätte sie ihren Namen gerufen.

Eine der Lieben meines Lebens, dachte er. Aber das durfte er ihr nicht sagen. Jetzt nicht mehr. Nicht nach alldem, was zwischen ihnen geschehen war.

»Ein Kreuz wie das von Rose habe ich noch nie gesehen«, sagte Kathryn. »Statt eines Kruzifixes hat es einen Kreis aus Perlen. Wenn man ganz genau hinsieht, dann ähnelt der Kreis eher einem Stern. Nur dass er anstatt fünf Zacken sechs hat.«

Finn lächelte. Sein Gesicht fühlte sich irgendwie angespannt an, denn diese Muskeln hatte er schon lange nicht mehr benutzt. »Ihr habt ein sehr gutes Auge, Kathryn. Es ist tatsächlich ein Stern. Magen David. Ich dachte, ich hätte ihn so geschickt gestaltet, dass ihn niemand erkennen würde.«

»Magen David?«

»Das bedeutet ›Schild Davids‹. Ein sechszackiger Stern. Ein Hexagramm. Viele Juden glauben, dass er wie eine Art Amulett Dämonen abwehrt. Der Stern wurde aber auch schon von manchen Alchemisten verwendet. Das Haus Foa hat ihn irgendwann als Familiensymbol übernommen.«

»Aber warum habt Ihr ...«

»*Conversos* standen unter ständiger Beobachtung. Manche Leute warteten nur darauf, dass bei ihnen irgendwelche Anzeichen dafür zu erkennen waren, dass sie ihre Konversion nicht wirklich vollzogen hatten.«

»Aber Ihr habt das Kreuz Eurer Tochter gegeben, obwohl Rebekka es hasste?«

»Es sollte sie beschützen, so wie es ihre Mutter beschützen sollte. Auch wenn Rebekka es niemals getragen hat.«

»Wusste Rose etwas von dem Stern?«

»Nein. Wenn sie mich eines Tages gefragt hätte, dann hätte ich es ihr gesagt. Aber sie hat mich nie gefragt. Sie hat nie erfahren, dass ihre Mutter Jüdin war.« Dafür schämte er sich zutiefst, denn er hatte das Gefühl, seine Tochter im Stich gelassen zu haben, und schlimmer noch, Rebekka gegenüber treulos gewesen zu sein. Und jetzt würde er es ihr nie mehr sagen können. »Ich wollte sie einfach nur beschützen«, versuchte er zu erklären.

Kathryn nahm Jasmine in den Arm und ging mit ihr zu seinem Arbeitstisch hinüber, auf dem ein großes bemaltes Holzpaneel lag. Er stand ebenfalls auf und folgte ihr.

»So also füllt Ihr Eure Stunden aus«, sagte sie. Sie sah ihn dabei jedoch immer noch nicht an. »Das Bild ist wundervoll. Der Bischof ist sicher sehr zufrieden mit Euch.«

»Der Bischof wirft mir vor, ich würde zu langsam arbeiten. Es sollen fünf solche Paneele werden: die Geißelung Christi, Christus auf dem Kreuzweg, die Kreuzigung, die Auferstehung und die Himmelfahrt.«

»Und Ihr seid erst beim dritten?«

»Ich komme mit der Madonna, die am Fuße des Kreuzes steht, einfach nicht weiter.«

Sie berührte das Gesicht der Madonna ganz leicht mit einem Finger. »Sie ist wunderschön. Sie sieht Rose ähnlich und doch wieder nicht. Ist das Rebekka?«

»Ich hatte Glück bei meinen Modellen.« *Ich habe Eure Herzdame gesehen.*

Kathryn hob das zappelnd Kind von einem Arm auf den anderen, um zu verhindern, dass es ein in der Nähe stehendes Tintenfass umwarf. Finn brach die Spitze einer Schreibfeder ab und kitzelte Jasmine mit dem fedrigen Ende. Sie lachte und griff nach der Feder. Er gab sie ihr und duckte sich, als sie versuchte, ihm damit durch die Haare zu kämmen.

»Ich sehe hier mehr Schreibfedern als Marderpinsel! Warum? Wenn Ihr keine Manuskripte habt, die ...« Sie holte tief Luft. »Ihr kopiert noch immer Wycliffes Übersetzungen! Und das direkt unter den Augen des Bischofs.«

»Was habe ich denn noch zu verlieren?«

»Ihr habt dieses Kind.«

Kathryn setzte sich mit Jasmine wieder auf die Decke. Finn nahm neben den beiden Platz. Er war Kathryn jetzt so nahe, dass er die kleinen Lachfältchen um ihre Augen sah und den Geruch ihres Haares wahrnahm. Ihm wurde vor Verlangen schwindelig. Also stand er auf, ging zum Fenster hinüber und öffnete den Fensterladen. Die kalte

Brise kühlte seine heiße Haut. Die Sonne stand hell am Himmel, warf ein Muster aus Licht auf seinen Arbeitstisch, ließ die Kreuzigungsszene aufleuchten und das Blau des Madonnenmantels strahlen. Aus sichererer Entfernung sah er Kathryn wieder an. Als er zu sprechen begann, klang seine Stimme belegt und gepresst.

»Ich habe Euch hergebeten, Kathryn, weil ich mit Euch über meine Enkeltochter sprechen muss.«

Sie sagte nicht, dass er ihrer Meinung nach reichlich spät auf diese Idee kam, aber er sah ihr an, dass sie das dachte.

»Der Bischof hat mir gesagt, dass Ihr... dass Ihr zusammen mit Guy de Fontaigne auf dem Fest des Herzogs gewesen seid.«

Sie sagte nichts, rieb sich nur die Arme, so als wäre ihr plötzlich kalt, obwohl das Zimmer wegen des Kindes gut geheizt war.

»Ich mache mir natürlich Gedanken, dass, wenn es... eine Verbindung zwischen Euch... Ich mache mir Gedanken, was dann aus Roses Kind werden soll.«

»Wie ich sehe, breiten sich Gerüchte wirklich schnell aus.« Sie warf den Kopf in den Nacken. Eine zornige Geste. »Ist das alles, was Euch Sorgen macht, Finn? Nun, in diesem Fall kann ich Euch beruhigen. Er weiß von Jasmine. Ich werde sie zu einer Bedingung in meinem – in jedem – Vertrag mit ihm machen. Sie wird in jedem Fall mein Mündel bleiben.«

Dann stimmte es also. Erst jetzt merkte er, wie sehr er sich gewünscht hatte, dass es anders sein möge. Irgendein Dämon schien plötzlich alle Luft aus dem Raum gesaugt zu haben. Er sah das Kind voller Sorge an. Jasmine versuchte gerade eifrig, die Austernschale zu bemalen, tunkte dabei die Feder in einen Flecken aus Sonnenlicht auf dem Boden, so als wäre er ein Farbtopf. Ein Talent, vom Vater an die Tochter und dann an die Enkeltochter weitergegeben. Das Licht um ihn herum war plötzlich von unzähligen Farben erfüllt. Pulsierenden, wirbelnden Farben. Dann jedoch verwoben sich all die strahlenden Farben seines Lebens zu einem Strick – und dieser Strick legte sich um seinen Hals und schnürte ihm die Luft ab. Plötzlich hasste er die Farben. In solch freudlosem Universum sollte es keine Farben mehr geben. Nur Abstufungen von ruhigem, gedämpftem Grau.

»Ihr würdet ihm also in einer so wichtigen Angelegenheit Vertrauen schenken?« Er fand kaum noch genügend Luft, um das zu sagen.

»Warum denn nicht? Wo ich ihm doch genug vertraue, um ihn zu heiraten!«

Sie war aus irgendeinem unerfindlichen Grund wütend auf ihn. Er klammerte sich an ihren Zorn.

»Warum heiratet Ihr diesen Mann, Kathryn. Einen Mann, von dem Ihr selbst gesagt habt, dass Ihr ihn verachtet?«

Zum ersten Mal, seit sie das Zimmer betreten hatte, sah sie ihn an. Ihre Worte kamen langsam und überlegt.

»Ich heirate ihn, Finn, damit Ihr bald wieder ein freier Mann seid.«

Die Farben im Licht und in der Luft würden ihn ersticken. Die Rottöne, die Nuancen von Blau, all das vermischte sich zu einem dunklen Purpur und wurde dann zu Schwarz. Er kämpfte verzweifelt um das Licht. *Atme tief und gleichmäßig, atme das Licht.* Es dauerte eine Ewigkeit, bis er seine Stimme wiederfand, und als er etwas sagte, war er überrascht, dass sie laut durch das Zimmer dröhnte und die Farben zerplatzen ließ. Jasmine sah von einem zum anderen. Ihre Augen weiteten sich vor Schreck.

»Seid doch nicht so dumm, Kathryn.«

Jasmine zog die Mundwinkel nach unten, ihr Kinn begann zu beben. Er machte ihr Angst, aber es gelang ihm einfach nicht, sich zu beherrschen. Er schlug mit der Handfläche gegen die Wand.

»Das ist ein Trick. Merkt Ihr das denn nicht? Er wird mich nie gehen lassen. Es gefällt dem Bischof, sich einen Künstler als Sklaven zu halten. Und man hat denjenigen, der den Priester getötet hat, noch immer nicht gefunden. Der Mord ist ein Verbrechen, für das irgendjemand büßen muss. Und dieser jemand bin ich. Sie brauchen und werden den wahren Mörder nicht weiter verfolgen. Das ist die Funktion eines Sündenbocks. Versteht Ihr das denn nicht?«

»Was ich tatsächlich nicht verstehe, ist, dass Ihr dieses Gefängnis anscheinend gar nicht verlassen wollt. Wollt Ihr Euch wirklich für immer hier verstecken, lebendig begraben sein wie ein Einsiedler, umgeben nur von Euren frommen Bildern? Wollt Ihr wirklich nur noch Euren Groll gegen mich nähren und Euer restliches Leben damit verbringen, Rose zu betrauern? Finn, der Märtyrer. Ist es das, was Ihr wollt? Ist diese Zelle für Euch mehr Zufluchtsort als Gefängnis geworden? Nun, ich werde nicht zulassen, dass Ihr lebendig begraben werdet, selbst wenn Ihr das so wollt. Alfred wird bezeugen, dass er es war, der die Perlen in Eurem Zimmer versteckt hat. Dann haben sie keine Handhabe mehr gegen Euch. Und Sir Guy hat eine Lösung gefunden, die auch den Erzbischof zufrieden stellen wird.«

»Nein. Nein! Ich werde dem nicht zustimmen.« Er ging durch das Zimmer, packte sie an den Schultern und schüttelte sie heftiger, als er es eigentlich wollte. »Ist Euch noch immer nicht klar, dass man ihm nicht trauen kann?«

In Kathryns Augen schimmerten Tränen. »Ich habe keine andere Wahl, Finn. Er wird sonst dafür sorgen, dass entweder Ihr oder Alfred oder Ihr beide für ein Verbrechen büßen müsst, das Ihr nicht begangen habt. Außerdem wird er dafür sorgen, dass mein Land an die Krone fällt. Ich habe nur zwei Möglichkeiten. Ich kann entweder in ein Kloster gehen oder Guy de Fontaigne heiraten.« Sie begann, ruhelos auf und ab zu gehen. »Versteht Ihr denn nicht? Ich opfere entweder Euch und nehme meinen Söhnen das Erbe, oder ich opfere mich selbst.«

Kathryn in den Armen des Sheriffs mit der Hakennase. Finn schüttelte heftig den Kopf, als wolle er dieses Bild mit Gewalt aus seinem Kopf verdrängen. Das Bild aber verharrte hartnäckig vor seinen Augen und brannte sich in sein Gehirn. Wenn Guy de Fontaigne jetzt vor ihm gestanden hätte, er hätte ihn mit bloßen Händen erwürgt.

Stattdessen packte er Kathryn wieder bei den Schultern. »Dann, Mylady, erinnert Euch in Eurer Hochzeitsnacht an das hier.« Er küsste sie grob, viel grober, als er es eigentlich beabsichtigt hatte. Es war ein Kuss, in dem all die Leidenschaft, all das Bedauern und der Zorn seiner Träume lag.

Als er sie abrupt von sich wegschob, schwankte sie einen Moment lang, schlaff wie die Lumpenpuppe eines Kindes. Es schien so, als würde sie gleich zu Boden sinken.

Jasmine begann zu weinen und versuchte, sich an Kathryns Röcken hochzuziehen. Finn nahm seine Enkeltochter auf den Arm, aber sie streckte ihre Arme nach Kathryn aus. Das Hexagramm im Stern an ihren Hals starrte ihn aus seiner verflochtenen Filigranarbeit heraus an.

»Und erinnert Euch auch an das: Falls ich jemals freikomme, werde ich meine Enkeltochter holen. Ich werde sie nicht in den Klauen dieses Mannes lassen.«

29. KAPITEL

*Our Fadir That art in Heuenes, Halewid be thi name.
Thi Kingdom comme to. Be Thi wille done as in heuen
so in erthe. Gyve to us this dai oure breed oure other
substance and fogive to us oure dettis...*

VATERUNSER, INS ENGLISCHE ÜBERSETZT
VON JOHN WYCLIFFE

Kathryn hörte, wie sich ihre Zimmertür öffnete, und krümmte sich vor Schmerz zusammen, als ein heller Lichtstrahl das Halbdunkel durchdrang.

»Mutter, habt Ihr wieder Kopfschmerzen?«, fragte Colin.

Sein kahl geschorener Kopf bewegte sich wie ein elliptischer Mond auf ihr Bett zu. Seine Hand fühlte sich auf ihrer Wange kühl an.

»Ihr glüht ja! Ich werde Agnes holen. Sie weiß, was zu tun ist.«

»Nein.« Das Bett unter ihr schwankte, als er sich neben sie setzte. Sie kämpfte gegen eine Welle von Übelkeit an. »Sag allen, dass sie sich von mir fernhalten sollen. Und sie sollen keinesfalls Jasmine zu mir heraufbringen. Nicht einmal bis zur Türschwelle.«

»Was kann ich für Euch tun?«

Sie hielt sich die Hand vor den Mund, damit ihr Atem keinen bösen Bann auf ihn warf.

»Nichts. Es wird vergehen. Du bist mir ohnehin schon viel zu nahegekommen. Geh einfach und lass mich schlafen.«

»Ich werde Euch nicht krank und allein hier liegen lassen! Gott wird mich beschützen.«

Warum sollte er meinen Sohn beschützen, wenn er schon seinen eigenen Sohn nicht beschützt hat? »Dann ruf Glynis«, sagte sie.

»Ihr seid nicht Glynis' Mutter.« Er hob ihren Arm hoch und tastete vorsichtig ihre Achselhöhle ab. Sie wusste, dass er nach einem verräterischen Bubo, dem Pestknoten suchte.

»Es heißt, dass auf Pudding Norton in Fakenham die Pest ausgebrochen ist«, sagte er. Die Sorge hatte seiner Stimme jede Melodie geraubt.

Sie begann zu husten. Ein brodelnder, erstickender Husten. Er hob sie hoch und hielt sie fest, bis der Anfall vorbei war. Als sie wieder etwas sagen konnte, versicherte sie ihm: »In meiner Leistengegend ist auch keine Schwellung. Ich habe schon nachgesehen, Colin.«

»Aber Eure Haut ist so heiß.«

»Es ist nur Fieber. Sag Agnes, sie soll mir einen Sirup aus Angelikawurzeln machen und ihn draußen vor die Tür stellen.« Wieder ein Hustenanfall. »Und du gehst jetzt und wirst nicht wieder hereinkommen.«

Er verließ geräuschlos das Zimmer. Kathryn drehte ihren Kopf zur Wand und schlief ein.

Als sie ihre Augen wieder öffnete, war es heller Morgen. Das Licht, das durch das Fenster fiel, traf ihre Augen wie ein Peitschenhieb. Jemand – vielleicht ein Engel? – trat aus dem Licht und wusch ihr Gesicht mit kühlem Wasser.

»Trinkt das.«

Der Rand des Bechers fühlte sich an ihren Lippen eiskalt an. Sie schauderte. Zwei kleine Schlucke, zu mehr reichte ihre Kraft nicht aus. Im Zimmer roch es nach Krankheit. Hatte sie Colin nicht weggeschickt? Doch es war Colins Stimme, Colins Gesicht, aber von blonden Haarstoppeln bedeckt. Nein, das war nicht Colin, der sich jeden Morgen, wenn er das Haus verließ, den Kopf rasierte. Colin war draußen auf den Straßen und predigte das ketzerische Gedankengut der

Lollarden. Sie schloss die Augen, um sich vor dem pulsierenden Licht zu schützen, aber die Dunkelheit drohte sie zu ersticken.

»Halte die Kleine von mir fern«, sagte sie zu dem Engel, der sich so liebevoll um sie kümmerte.

Statt Worten kam jedoch ein durchdringendes Geschnatter aus ihrem Mund. Der schrille Ton ebbte auf und ab wie Wellen des Meeres. Es waren die Dämonen, die schon um ihre sündige Seele stritten. Sie wollte Gott um Gnade anflehen, aber da war kein Priester, der für ihre Seele bitten konnte. Kein Priester. Aber die Einsiedlerin kam zu ihr. Lächelnd, sanft, sagte sie ihr, dass alles gut werden würde. Wenn sie es doch nur glauben könnte.

Ich werde es versuchen. Ich werde versuchen zu glauben. Ihr Verstand suchte verzweifelt nach Erinnerungen, suchte nach den Worten der *migratio ad Dominum*. Aber sie konnte sich an das, was der Priester sie als Kind gelehrt hatte, einfach nicht mehr erinnern. *Empfange meine Seele, Herr Jesus Christus*, schrie es in ihr. Aber sie flehte im normannischen Französisch ihres Vaters, und Gott erhörte doch nur lateinische Gebete. Er würde ihr Gebet für allzu profan, die Worte für unwürdig ansehen. Genau wie Kains Opfer.

Die Stimmen schwiegen, und sie schlief wieder ein.

Einmal glaubte sie, es sei Finn, der sich so sanft um sie kümmerte. Er hatte ihr also vergeben. Aber es war zu spät. Ihr Körper war ausgetrocknet wie eine leere Weizenhülse. Ihre Zunge, die sie dazu gebraucht hätte, um ihm zu danken, klebte an ihrem Gaumen fest. Überall Staub. Staub, der ihre Augen versiegelte, ihre Ohren füllte, alle Geräusche erstickte. So also war es zu sterben. Diese erdrückende Schwere, die die Seele weit nach innen trieb. Einmal glaubte sie, Jasmine weinen zu hören. Sie hätte sie so gern bei sich gehabt. Aber Jasmine durfte nicht zu ihr kommen. Sie würde niemals wieder zu ihr kommen.

Die Einsiedlerin lag wach in ihrer Zelle und lauschte den Glocken der Kathedrale, die gerade die Matutin schlugen. Dann löste die mitternächtliche Stille die gedämpften Schläge ab, und es herrschte wieder

Schweigen. Ein unheimliches und undurchdringliches Schweigen. Während sie die Stunden des Kreuzes rezitierte, *Domine, labia mea aperies*, dachte sie: Herr, du wirst meine Lippen öffnen müssen, ich kann es nicht mehr. Sie sind zu steif und zu kalt. Dann bereute sie diesen unwürdigen Gedanken sofort wieder und murmelte leise die Antwort. *Et os meum annuntiabit laudem tuam.*

Sie wich, so wie sie es schon oft getan hatte, leicht vom vorgeschriebenen Text der Matutin-Stunden ab, dem *Deus in adiutorium meum intende*, und bat nicht nur um Hilfe für sich selbst, sondern auch für die vielen anderen Seelen, an die sie immer wieder dachte: die Armen, die Kranken, die Hungrigen, die vielen Bittsteller, die sogar im Winter den Weg zu ihrem Fenster fanden. Sie hörte, wie das Wasser von den langen Eiszapfen tropfte, die an der Dachtraufe der Kirche hingen, und wie die Tränen Christi auf den harten Boden fielen. Die Welt außerhalb ihres Grabes würde schon bald im Grün eines nicht mehr für möglich gehaltenen Frühlings erstrahlen.

Und auch ihr würde wieder warm werden.

Es war eine Sünde, an ihr leibliches Wohl zu denken, wo doch in diesem harten Winter so viele Menschen gestorben waren. Vielleicht war es ja auch Sünde, ihre Gebete im Bett liegend zu sprechen, während sie unter der dünnen Decke zitterte, die sie als einzige nicht verschenkt hatte. Der Steinboden war so kalt, dass ihre mit Frostbeulen übersäten und von den Tränen ihrer leidenschaftlichen Hingabe nassen Handgelenke festfroren, wenn sie vor dem Altar lag. Die Heilige Kirche lehrte die Kasteiung des Fleisches vor allem während der Fastenzeit, aber welche Mutter konnte es schon ertragen, dass das Fleisch ihres Kindes so übel zugerichtet wurde? Und war nicht Christus ihre nährende, liebende, sanfte Mutter?

Es war auch eine Sünde, dass sie sich um ihre Sicherheit Sorgen machte, obwohl sie ihrem Heiland, in dem ihre wahre Sicherheit lag, vertrauen sollte. Aber sie hatte noch immer keine Nachricht vom Bischof erhalten. Inzwischen waren schon einige Wochen vergangen, seit sie ihm ihre Apologie geschickt hatte, ihr Bekenntnis zum Glauben, auf Englisch niedergeschrieben. Sein Schweigen bedeutete vermutlich nichts anderes, als dass er ihre Apologie akzeptiert hatte.

Vielleicht war sie ihm auch einfach keine weitere Beachtung mehr wert, oder er war zu sehr mit den Lollarden beschäftigt, um sich noch mit ihr abzugeben. Sie betete darum, dass ihr Glauben stark genug sein würde und sie sich keine Sorgen mehr machen müsse. Betete darum, die liebende Wärme ihres Heilands spüren zu dürfen.

Ihre Hände, die auf der groben Wolldecke lagen, hielten den Rosenkranz. Bis auf die kaum wahrnehmbare Bewegung ihrer Lippen und das Zittern ihrer blauen Finger lag sie so still da wie ein in Stein gehauenes Bildnis auf einem Sarkophag. Obwohl sie die Stundengebete noch immer auf Latein rezitierte, hatte sie in den letzten Wochen ihre persönlichen Gebete immer öfter in jenem englischen Dialekt gesprochen, in dem sie auch ihre Offenbarungen niedergeschrieben hatte.

Ihre Lippen bewegten sich kaum noch, flüsterten die englischen Gebete, Bitten, die aus der Tiefe ihres Herzens kamen. Gebete für Halb-Tom, der sich jeden Tag unermüdlich durch den Schnee gekämpft hatte, um ihr Holz zu bringen – *segne ihn, Herr, für sein gütiges Herz*; und für Finn, den Künstler und Illuminator, den der Bischof gefangen hielt – *beschütze seinen Leib und seine Seele vor dem Bösen*; und für die Mutter des sterbenden Kindes, das Finn vor so langer Zeit zu ihr gebracht hatte – *tröste ihr kummervolles Mutterherz*. Die Tropfen des schmelzenden Eises akzentuierten dabei ihre wenig melodiösen, kehligen englischen Worte. Sie betete für Pater Andrew, der in seinem Kirchspiel so unglücklich agierte und als Kurat so ungeeignet war, und auch für ihre Dienerin Alice, die sie so hingebungsvoll versorgte.

Ganz zum Schluss betete sie für Lady Kathryn von Blackingham und die beiden wunderschönen Kinder, die sie an jenem Abend bei sich gehabt hatte, als sie so besorgt und wütend von ihrem Besuch im Gefängnis gekommen war. Sie hatte das Gefühl, dass Lady Kathryn auch jetzt noch genauso schwere Sorgen drückten wie damals und dass sie ihrer Fürsprache dringend bedurfte. *Gib ihr die Kraft, sich ihren Prüfungen zu stellen, und Glauben; Herr, gib ihr Glauben.*

Draußen brach ein Eiszapfen ab, zerriss die Stille mit einem lauten Knacken und fiel dann zu Boden. Sie schob ihre Hände, die immer noch den Rosenkranz hielten, unter die Decke und fiel in einen tiefen Schlaf, der von Visionen ihres weinenden Christus erfüllt war. Während sie schlief, brachen die Frostbeulen an ihren Handgelenken auf, und das Blut formte ein verkrustetes, rotes Armband.

Agnes machte sich große Sorgen. Sie hatte noch nie erlebt, dass Kathryn so lange krank gewesen war. Selbst als junges Mädchen hatte sie nie länger als ein oder zwei Tage das Bett hüten müssen, und jetzt lag sie schon eine Woche darnieder. Der junge Colin wollte sie nicht zu ihr ins Zimmer lassen. Stattdessen musste sie den Heiltrank, den sie jeden Tag für ihre Herrin kochte, draußen vor die Tür stellen.

»Kümmere dich um Jasmine«, sagte er.

Colin sah auch krank aus. Sie fragte sich, wie lange er noch am Bett seiner Mutter Wache halten konnte. »Jawohl, junger Herr. Ihr braucht Euch um Jasmine keine Sorgen zu machen. Magda passt gut auf das Kind auf. Lasst mich eine Weile für Mylady sorgen.«

Aber er hatte ihre Bitte abgelehnt.

Als Glynis mit dem Tablett wieder in die Küche kam, schüttelte sie auf Agnes' stumme Frage hin den Kopf, und Agnes schüttete den Inhalt von Kathryns voller Schüssel in den Eimer für die Schweine.

»Der Sheriff ist gekommen und will Lady Kathryn sprechen«, sagte Glynis. »Was soll ich ihm sagen?«

»Sag ihm, dass sie viel zu krank ist, um irgendjemanden empfangen zu können.«

Agnes wusste, was der Sheriff wollte, und allein der Gedanke daran machte ihr Angst. Und sie hatte nicht nur Angst um Kathryn. Agnes verspürte keinerlei Verlangen, eine Leibeigene von Guy de Fontaigne zu werden. Im Dorf wurde hinter vorgehaltener Hand schon von Rebellion gesprochen, und von sicheren Orten für entlaufene Leibeigene. John hatte so oft von der Freiheit gesprochen, und sie war nie darauf eingegangen. Wie konnte sie jetzt an so etwas auch nur denken, da sie alt und müde war und John in seinem Grab lag? Aber die Zeiten hatten sich geändert. Es gab sogar Männer der Kirche, die gegen die alte Ordnung predigten. Für sie, Agnes, aber war es zu spät. In Sir Guys Haushalt würde ihre Herrin ihren Schutz mehr denn je nötig haben – Gift war ein einfaches und gebräuchliches Mittel, wenn sich ein Mann seiner Ehefrau entledigen wollte, die für ihn ihren Nutzen verloren hatte. Und dann waren da auch noch die Kleine und Magda. Auch diese beiden brauchten ihren Schutz. Egal, ob Lady Kathryn nun lebte oder starb.

»Sag dem Sheriff, dass wir vielleicht die Pest im Haus haben«, sagte sie.

Als Kathryn aufwachte, hatte sich das Licht verändert. Es tat ihren Augen nicht mehr weh. Sie hatte Durst. Als sie versuchte, sich aufzusetzen, stieß sie einen Becher von der Truhe neben ihrem Bett. Die zusammengesunkene Gestalt, die auf einem Stuhl am Fuße ihres Bettes saß und schlief, sprang auf. Dann war es also doch kein Engel. Engel schliefen nicht.

»Mutter, Ihr seid wach. Ihr seid wieder bei uns«, sagte Colin und bückte sich, um den Becher zu füllen. Er hielt ihn vorsichtig an ihre Lippen, und sie trank so hastig, als hätte sie schon seit Tagen nichts mehr getrunken. Wo kam nur dieser schreckliche Durst her? Als sie sich mit dem Handrücken den Mund abwischte, fühlte sich die Haut ihrer Lippen rau wie Baumrinde an.

»Wieder bei euch? Wo war ich denn?« Die Worte kamen nur schwer aus ihrem Mund.

»Ihr wart sehr krank, Mutter. Einmal dachte ich sogar, Ihr würdet uns verlassen, aber letzte Nacht ist Euer Fieber dann plötzlich gefallen.«

»Hast du einen Priester holen lassen? Ich habe geträumt...«

»Ja, ich habe nach einem Priester geschickt, aber es ist keiner gekommen. Also habe ich für Euch gebetet. Ich habe mit Gott um Eure Seele gerungen, so wie Jakob mit dem Engel gerungen hat.« Er lächelte, neckte sie ein wenig.

»Nun, ich bin froh, dass du gesiegt hast. Gib mir bitte die Salbe, die dort auf der Frisierkommode liegt. Meine Lippen sind so aufgesprungen, dass sie bluten.«

»Lasst mich das für Euch machen«, sagte er, als er ihr das Wollfett auf die Lippen tupfte.

Sie ließ es zu, als sie merkte, dass ihre Hand zu sehr zitterte, um es selbst zu tun.

»Dann warst du also die ganze Zeit bei mir?«, fragte sie und ließ sich wieder in die Kissen sinken. »Das muss ziemlich lange gewesen sein. Deine Haare sind wieder gewachsen.«

»Zwei Wochen.«

»Wenn ich noch ein wenig länger an der Schwelle des Todes verweilt hätte, dann würdest du jetzt wieder wie mein Sohn aussehen.« Sie lächelte und zuckte zusammen, als ihre Lippen noch mehr aufrissen. »Ist das Kind ...«

»Jasmine geht es gut, Magda und Agnes haben sich um sie gekümmert.« Er zog an der Klingelschnur neben ihrem Bett. »Ich werde Euch etwas zu essen bringen lassen.«

Glynis kam mit einem Becher Brühe, und Kathryn war in der Lage, mit Colins Hilfe ein wenig davon zu sich zu nehmen. Danach sank sie völlig erschöpft wieder in ihre Kissen zurück.

»Während Ihr krank wart, war Besuch für Euch da, Mylady«, sagte Glynis.

»Besuch?« Dann hatte sie also doch nicht nur geträumt – Finn und die Einsiedlerin.

»Der Sheriff«, sagte Colin. »Er hat sich sehr unhöflich benommen und hat darauf bestanden, Euch zu sehen, obwohl ich ihm versicherte, dass Ihr unpässlich seid.«

Die Enttäuschung traf sie wie ein körperlicher Schmerz. Aber natürlich, dies hier war kein Fiebertraum mehr. Dies hier war die wirkliche Welt, und in der wirklichen Welt verbrachten Finn und die Einsiedlerin ihre Stunden allein in ihren Gefängnissen, ihren einsamen Einsiedeleien.

Glynis nahm den Becher mit der Brühe und machte einen kleinen Knicks. Auf dem Weg zur Tür fügte sie dann noch hinzu: »Er ist gerannt wie ein Hase, als ich etwas von der Pest sagte.«

»Das ist vermutlich auch der Grund, weshalb der Priester nicht gekommen ist«, meinte Colin stirnrunzelnd.

Und er hatte ein lateinisches Gebet zu seinem Schutz getestet, dachte Kathryn müde. Aber ihre Krankheit hatte ihr, was den Sheriff anging, wenigstens einen Aufschub verschafft.

»Ich würde jetzt gern schlafen, Colin«, sagte sie. »Du siehst müde aus. Du solltest dich auch hinlegen.«

Als sie aufwachte, zeigte die Sonnenuhr, die an die Wand gemalt war, kurz nach drei Uhr nachmittags. Colin saß noch immer neben ihrem Bett, aber er hatte sich inzwischen umgezogen und trug ein sauberes Hemd und Beinlinge. Keine Mönchskutte? »Ich dachte, du wärst jetzt, da es mir besser geht, wieder fort. Du bist mir ein guter Sohn, Colin, und ich bin dir wirklich sehr dankbar, aber du musst nicht jede Minute bei mir am Bett sitzen. Ich fühle mich schon besser. Ich weiß, wie sehr dir daran gelegen ist, wieder zu predigen.« Sie versuchte, nicht allzu missbilligend zu klingen, als sie das sagte. So viel zumindest war sie ihm schuldig.

»Nicht so sehr wie früher. Ich denke, ich brauche Zeit zum Nachdenken.«

»Dann überlegst du dir die ganze Sache mit Wycliffe also noch einmal?«

»Ich stimme Wycliffes Ideen einer auf Gnade begründeten Herrschaft durchaus zu. Ich bin auch mit ihm einer Meinung, dass Gott jedem Menschen das Recht auf Eigentum gegeben hat. Es gibt mittlerweile jedoch Prediger, die diese Ideen einfach zu weit treiben. Ich habe gehört, wie John Ball eine Gruppe von Freisassen und Leibeigenen, die sich auf der Mousehold-Heide versammelt hatte, aufgefordert hat, alle abtrünnigen Priester zu töten, um die Kirche von ihrer Sünde zu reinigen!«

»Die Priester töten!« Der Satz kam als heiseres Krächzen aus ihrem Mund. »Er hat das in aller Öffentlichkeit laut gesagt? So dreist würde doch nicht einmal er sein. Da hast du bestimmt etwas falsch verstanden.« Kathryn sank zurück. Sie war dankbar für das Kissen, denn wenn sie sich zu schnell bewegte, wurde ihr immer noch schwindelig.

Colin schüttelte energisch den Kopf. »Nein, ich war selbst dabei. Er sagte, dass sich die Armen den Reichtum der Kirche und des Adels einfach nehmen sollten. Er verbreitet Gift unter den Leuten, wiegelt sie zur Gewalt auf. Das ist nicht das, was Jesus gelehrt hat. Und als ich ihm das sagte, hat er mich beschimpft und mich ein Werkzeug des Teufels genannt.«

»Er ist wahnsinnig, Colin. Ich bin froh, dass du aufhören willst zu predigen.«

»Nein, ich werde nicht aufhören zu predigen. Aber mit diesem Aufrührertum will ich nichts zu tun haben. Ich werde, so wie der heilige Franziskus, den Frieden unseres Herrn predigen, und nicht Gewalt.«

»Dann wirst du zu keiner der beiden Parteien gehören, denn beide predigen sie Hass und Gewalt. Und du wirst dir in beiden Lagern Feinde machen.«

»Aber versteht Ihr denn nicht, Mutter. Ich muss einfach hinaus und die Wahrheit verkünden, jedenfalls die Wahrheit, an die ich glaube! Wir werden alle von einer Kirche, der wir nichts bedeuten, in Knechtschaft gehalten. Ihr Herr ist jetzt die Gier, nicht Gott, und die Gier ist die Hure von Babylon. Seht Euch doch nur Henry Despenser an, der sich gerade einen großen, neuen Palast bauen lässt. Ich frage Euch, woher, glaubt Ihr, kommt das Geld für das Gold und den Alabaster, mit dem er, wie es heißt, die Wände auskleiden lässt. Oder für all die Steinmetze, die man braucht, um den größten Kreuzgang der Christenheit zu bauen. Er nimmt den Armen das Brot aus dem Mund.«

Und beraubt wehrlose Witwen ihres Schmucks, dachte sie. Sie war eigentlich zu müde für diese Diskussion, aber eine Mutter musste den rechten Augenblick nutzen, wenn er da war. Sie hatte im Gewand seiner Frömmigkeit einen losen Faden bemerkt, und an diesem musste sie jetzt ziehen.

»Aber Colin, du sagst doch selbst, dass John Ball, der Aufruhr und Mord predigt, nicht der richtige Weg ist. Und John of Gaunt – sucht er nicht einfach nur nach einem Vorwand, um die Schätze der Kirche zu plündern und so die königlichen Kassen bereichern zu können?«

»Aber Wycliffe tut das nicht, Mutter. Er will nichts anderes als die Wahrheit verbreiten. Er prangert nur den Machtmissbrauch der

Priester an und fordert, dass jeder die Heilige Schrift in der Sprache lesen können sollte, die er auch spricht.«

Colins Worte waren nicht zu widerlegen. Auch sie hatte in der Sprache ihres Vaters, in ihrer Sprache, gebetet. Hatte Gott ihr zugehört? War die Sprache überhaupt von Bedeutung? Las Gott nicht in den Herzen der Menschen, so wie diese in ihren Büchern?

»Aber was ist, wenn diese Wahrheit, falls es überhaupt eine Wahrheit ist, von böswilligen Menschen zu ihrem eigenen Vorteil verdreht wird?«

»Dann geht mich das nichts an, Mutter. Ich muss die Wahrheit erzählen, so wie ich sie sehe, und darf mir um den Preis keine Gedanken machen.«

Obwohl ihr Kopf vom vielen Reden schmerzte, fuhr sie fort: »Colin, du bist noch ein Junge. Ich kenne jemand anderen, und er ist ein Mann, ein rechtschaffener Mann, der sich auch nicht genügend Gedanken um den Preis gemacht hat. Wenn er für diese Männer kein Gegner war, was glaubst du, was sie mit dir machen werden? Wenn du schon auf deine Mutter keine Rücksicht nehmen willst, dann denk wenigstens an deine Tochter.« Sie begann wieder zu husten.

»Es ist gerade meine Tochter, an die ich denke. Und an Kinder wie sie. Aber lasst uns jetzt nicht streiten, Mutter. Ihr braucht Ruhe.« Er küsste sie auf die Wange und nahm dann seine zerfledderte Mönchskutte von einem Haken hinter der Tür. »Ich komme bald wieder.«

Der Husten hatte ihr nicht genügend Kraft für eine Antwort gelassen. Nachdem er gegangen war, tastete sie nach ihrem Rosenkranz, bis sie sah, dass er an einem Haken an der gegenüberliegenden Wand hing. Sie war jedoch zu schwach, um aufzustehen und ihn zu holen. Also murmelte sie das Vaterunser in ihrer Muttersprache. Und dann fragte sie Gott laut, warum er seine Gnade nur löffelweise und nicht scheffelweise gewährte.

30. KAPITEL

*Und so wird die Perle des Evangeliums vor
die Säue geworfen, die darauf herumtrampeln.
Das, was nicht nur den Männern der Kirche,
sondern auch Laien früher lieb und teuer war,
dient nur noch der allgemeinen Belustigung,
so dass der Edelstein der Kirche zum Gespött der
Laien wird, und das für immer.*

HENRY KNIGHTON
Kanon von Leicester, 14. JAHRHUNDERT

Sir Guy war nicht überrascht, als ihn ein Hilferuf aus Essex erreichte. Es war Mai geworden, und seine Männer, die die Steuern des Königs eintrieben, machten ihre Runden in der Wärme des Frühlings. Es war zu erwarten gewesen, dass es unter den Ärmsten vereinzelt Widerstand geben würde. Und dann hatte tatsächlich ein Haufen von Bauern zwei Steuereintreiber mit Mistgabeln angegriffen und ein paar Heumieten der Abtei in Brand gesteckt. Einer solchen Revolte musste man sofort und mit unerschütterlicher Härte begegnen. Sie musste eingedämmt werden, bevor sie sich auf seine Grafschaft ausbreitete. Und vor allem musste er seine eigenen Unruhestifter im Auge behalten. Er würde so viele Männer schicken, wie er entbehren konnte. Also sandte er eine kleine Gruppe junger Männer nach Essex – jung und unerfahren wie Alfred, der sich auch unter ihnen befand, aber, wie er glaubte, ausreichend ausgebildet war, um ein paar Unruhestifter, die nur mit Sensen und Mistgabeln bewaffnet waren, zur Räson zu bringen. Dies war eine Möglichkeit für sie, Erfahrung zu sammeln.

Die Nachricht kam zwei Wochen später. Die Rebellion breitete sich aus wie die Pest, und eine ganze Armee von Bauern aus Kent und Essex marschierte unter dem Kommando eines Mannes Namens Wat Tyler auf London zu. Also sammelte der Sheriff mehr Bewaffnete um sich – diesmal jedoch schlachterprobte Männer. Guy de Fontaigne wusste genau, was zu tun war. Er brauchte nur einige der Rädelsführer zu foltern, ihnen die Zunge herauszuschneiden, ein paar Hoden zu zerquetschen, und dann würde der Rest dieses Pöbels schon bald wieder auf ihre Felder und in ihre Werkstätten zurückkehren. Er musste der Schlange den Kopf abschlagen. Gegen Wycliffe konnte er nicht vorgehen, zumindest nicht, solange dieser unter dem persönlichen Schutz des Herzogs von Lancaster stand. Aber er würde sich an John Ball halten. Und das war eine Kerbe, die er sich nur allzu gern in seinen Gürtel schnitt.

Dennoch kam ihm das Ganze – zumindest vom Zeitpunkt her – höchst ungelegen. Er hatte sich eigentlich vorgenommen, eine andere Festung zu erstürmen. Über Blackingham Hall wehte keine schwarze Fahne, obwohl ihm seine Spione berichtet hatten, dass dessen Herrin tatsächlich an der Schwelle des Todes gestanden hatte. Sie war auch jetzt noch sehr schwach, aber es erforderte schließlich nicht viel Kraft, um ein Eheversprechen zu geben. Und es erforderte auch keine Kraft, die Ehe zu vollziehen. Zumindest ihrerseits. Alles, was sie tun musste, war, sich hinzulegen und die Beine breit zu machen.

Er verlangte nach seinem Pferd und seiner Kampfausrüstung, während er eine hastige, aber höfliche Nachricht schrieb, in der er versicherte, er hätte Tag und Nacht für Lady Kathryns Genesung gebetet. Überglücklich, dass seine Gebete erhört wurden, wolle er das Aufgebot bestellen. Wenn die Sache in Essex erledigt sei, würde er sie sofort aufsuchen, um einen Ehevertrag aufzusetzen.

Auf seinem Weg nach Essex machte der Sheriff noch einen kurzen Abstecher nach Norwich, wo er in der Colgate Street ein Kleid für Kathryn und einen Hochzeitswappenrock für sich selbst bestellte.

»Vergesst nicht, auf mein Gewand den Hosenbandorden zu sticken«, sagte er zu dem um ihn herumschwänzelnden Tuchhändler. Für Kathryn wählte er einen pflaumenblauen Brokat mit eingewebten Silberfäden. Der kleine flämische Händler nickte zustimmend. Es war ein teures Gewand, und es würde Sir Guys Werbung Nachdruck verleihen. Und falls Lady Kathryn doch nicht gesund wurde, dann würde sie es in ihrer Gruft tragen. In jedem Fall aber würde er das Land bekommen, das er haben wollte. Ihren ältesten Sohn hatte er schon.

Colin war auf dem Nachhauseweg. Er musste seiner Mutter helfen. Sie hatte sich zwar schon ein wenig erholt, war aber immer noch sehr schwach. Er hatte das Versprechen, das er ihr gegeben hatte, eingehalten und alle Kleinbauern aufgesucht, um zu sehen, ob sie die Kopfsteuer bezahlen konnten. Sie war fest entschlossen, die Steuern selbst zu bezahlen, ehe sie zulassen würde, dass man diese Leute des letzten Hellers beraubte. »Ich werde es als meinen Zehnt betrachten«, hatte sie gesagt. »Es ist vollkommen egal, ob ich meinen Bauern das Geld gebe, um einen Krieg führenden König zu bestechen, oder ob es stattdessen ein Krieg führender Bischof in seine juwelengeschmückten Finger bekommt.«

Dies war eine Einstellung, über die er mit ihr nicht streiten wollte, aber sie bereitete ihm ziemliches Unbehagen. Wenn er im Habit eines Bettelmönches, was ihm relative Sicherheit bot, flammende Reden gegen die Korruption der Kirche hielt, so war das seiner Meinung nach etwas anderes, als wenn eine adelige Witwe aus Protest ihren Zehnt verweigerte. Aber er hatte sich bereit erklärt, in ihrem Auftrag die Kleinbauern aufzusuchen und dafür zu sorgen, dass keines ihrer Kinder wegen der Kopfsteuer des Königs hungern müsste. Er näherte sich gerade der Kreuzung von Aylsham, als er laute, ärgerliche Stimmen und Rufe vernahm.

Sein erster Gedanke war, einen weiten Bogen um den Haufen von Rüpeln zu machen, die gerade irgendeinen armen Teufel quälten. Dann aber erinnerte er sich an den guten Samariter. Was für eine Art von Christ wäre er, wenn er nicht eingriff? Also ging er auf die

Gruppe von Männern zu, dem Aussehen nach stämmige Arbeiter, sieben oder acht an der Zahl, die sich, so wie es sich anhörte, mit Ale ordentlich Mut angetrunken hatten. Sie hielten einen der Mönche aus der Kathedrale fest. Colin erkannte einen der Männer. Es war der Gerber, bei dem er einmal für den Illuminator Pergamenthäute gekauft hatte. Aber selbst wenn Colin ihn nicht wiedererkannt hätte, verkündete der Gestank, der von ihm ausging, welches Handwerk er ausübte. Er stank penetrant nach den Exkrementen, die für den Prozess der Haltbarmachung erforderlich waren und die er offensichtlich in dem großen Sack zu seinen Füßen gesammelt hatte. Der Gerber hatte den Mönch mit der einen Hand an seiner Kapuze gepackt und rieb dem Ärmsten mit der anderen eine dunkle, widerlich stinkende Masse auf die Tonsur. Colin rümpfte angewidert die Nase. Der Mönch versuchte, sich laut schreiend loszureißen. Die anderen Männer lachten jedoch nur. Ein Ausdruck der Ungläubigkeit huschte über das Gesicht des Mönches und verwandelte sich dann zu einem Ausdruck des Schmerzes, als die Männer noch fester zupackten.

Colin trat auf die Männer zu. »Lasst ihn los.«

Der Gerber sah Colin überrascht an. »Willst du, dass es dir genauso ergeht, Junge? Willst du auch eine kleine ungeweihte Salbung haben wie dieser *Bruder* hier? Wenn du denkst, dass dich dein Priestergewand schützt, dann...«

Ein untersetzter Bursche packte Colins Kapuze und zog sie zurück. Der Gerber stutzte, hob dann die Hand hoch. »Warte. Ich weiß, wer du bist. Du bist einer der Söhne von Blackingham.«

»Von Blackingham! Ein Adeliger? Habt ihr das gehört, Leute?«

»Nein, warte«, sagte der Gerber noch einmal. »Er ist einer der Lollarden. Ein armer Priester.«

»Arme Priester gibt es nicht. Du hast doch gerade selbst gesagt, dass er ein Adeliger ist.« Aber er ließ Colin los, obwohl er mit seinem Gesicht immer noch so nah an Colins war, dass dieser dessen schmuddelige Barthaare an seinem Hals spürte und seine fauligen Zähne riechen konnte.

»Er predigt gegen die Kirche, genau wie John Ball und Wycliffe. Er ist einer von uns.«

»Wenn er heute schon etwas zu essen hatte, dann ist er keiner von uns«, brummte der Mann, wich aber wenigstens so weit zurück, dass Colin seine tiefen Falten um die Augen sehen konnte.

Colin straffte die Schultern und versuchte, ein gewisses Maß an Würde zurückzugewinnen. »Was ist das Vergehen dieses Mönches, Master Gerber, dass er so übel behandelt wird? Unser Herrgott sagte...«

»Unser Herrgott hat etwas über das Stehlen gesagt. Es steht sogar in den Zehn Geboten. Dieser *Bruder* hier ist ein Dieb. Er hat für die Schreibstube Häute geholt, um sie als Pergament zu benutzen, und jetzt sagt er, dass der Bischof sie nicht bezahlen will. Er sagt, ich soll das als meinen Zehnt sehen. Also, lege ich noch etwas drauf. Das ist mein Zehnt.« Er zeigte auf den Sack Tierdung zu seinen Füßen.

»Aber das ist doch nicht seine Schuld.« Wie hieß der Gerber nur – Tim, Tom? »Es ist die Schuld des Bischofs.«

»Der Bischof ist aber nun mal nicht hier, oder?«, erwiderte der untersetzte Mann.

Colin wusste, dass er der Anführer dieser Gruppe war. Aber er sprach nur mit dem betrogenen Gerber. »So ist es. Also lass den Mönch gehen, Tom, bevor das alles hier zu weit geht. So gut sich die Rache auch anfühlen mag, deine Häute bekommst du deswegen auch nicht bezahlt. Stattdessen wirst du dafür vielleicht sogar noch ausgepeitscht.« Er zeigte auf eine Gruppe von bewaffneten Reitern, die sich gerade im Galopp der Kreuzung näherten. Auf dem Schild des ersten Reiters erkannte Colin das Wappen von Henry Despenser. »Und möglicherweise bezahlst du sogar mit dem Leben dafür.«

Der Stämmige mit dem schmuddeligen Bart hatte die sich nähernden Reiter zur selben Zeit gesehen. »Das sind die Männer des Bischofs. Lauft.«

Die Männer rannten wie aufgeschreckte Ratten auf eine nahe Hecke zu.

Der Mönch rannte ebenfalls, aber in die entgegengesetzte Richtung, auf die Reiter zu. Als sie ihn erreicht hatten, zügelten sie ihre Pferde. Colin konnte von dort, wo er stand, nicht hören, was der Mönch sagte, aber er sah, dass er wild zu gestikulieren begann.

Drei der Reiter saßen daraufhin ab und verschwanden in dem Dickicht. Zwei weitere stiegen ebenfalls von ihren Pferden und kamen auf ihn zu. Er ging ihnen entgegen und versuchte, die Kluft zwischen ihnen mit einer freundlichen Geste zu überbrücken.

Einer der Soldaten zog sein Langschwert, während er sich ihm näherte, seine Stiefel wirbelten kleine Staubwolken auf. Colin sah die Drohung in seinem Gesicht. Er erkannte sie, aber er verstand sie nicht. Er hatte doch versucht, dem Mönch zu helfen. Er öffnete den Mund, um das noch einmal klarzustellen. »Dem Mönch ist nichts pass…«

Die kalte Klinge drang in seinen Bauch, bevor er seinen Satz beenden konnte. Der kräftige, nach oben gerichtete Stoß zerteilte sein Herz. Die Worte, die seine Lippen formten, erstarben zischend in schaumigem Blut.

Colins letzter Gedanke war, dass er das Versprechen, das er seiner Mutter gegeben hatte, nicht einhalten konnte.

»Aber er war doch keiner von ihnen«, protestierte der Mönch. »Ihr habt einen Unschuldigen getötet.«

»Das ist egal. Für seine Eminenz ist das einfach nur ein weiterer aufwieglerischer Priester«, sagte der Mann mit dem Schwert.

Dann stieß er die Leiche mit dem Fuß in den Straßengraben.

Der Bischof kam gerade von der Messfeier zurück. Obwohl es der 11. Juni, das Fest des Heiligen Barnabas, war, waren ziemlich wenige Gläubige in der Kirche gewesen. Selbst an den hohen Feiertagen gingen nicht mehr viele Menschen in die Kirche. Er glaubte zu wissen, warum. Es gab keinen Respekt mehr, nicht einmal mehr gegenüber den heiligsten Tagen. Das war es, wohin dieses ganze Gerede von Gleichheit und einer englischen Bibel führte. Es gab sogar einige, die öffentlich erklärten – nicht ihm gegenüber, das wagten sie nicht, aber man hatte es ihm zugetragen –, dass es nicht notwendig sei, zur Messe zu gehen, da sich jeder Mensch an Gott direkt wenden konnte. Ein jeder Mann sein eigener Priester! Jeder Kuhhirte und Dungsammler, jedes Küchenmädchen beschäftigte sich mit dem Wort Gottes. Allein bei dem Gedanken kam ihm die Galle hoch.

Er stürmte mit großen Schritten in sein Zimmer und warf seinem Diener den heiligen Ornat und den Mantel zu. Dieser traf den alten Seth, der dösend in der Ecke stand, mitten im Gesicht und hätte den gebrechlichen Mann fast umgeworfen. Da Despenser gerade auf Latein gepredigt hatte, beschimpfte er den alten Mann in ebendieser Sprache. »*Fimum, fimum, fimum!*« Als ihm bewusst wurde, dass sein Diener zwar den ärgerlichen Ton, aber nicht die Worte verstand – obwohl er sich bestimmt nicht herablassen würde, in der angelsächsischen Muttersprache der Bauern *Scheiße* zu sagen –, fuhr er mit seiner Tirade in normannischem Französisch fort, so dass der alte Seth auch wirklich etwas davon hatte. »Du Stück Hundescheiße, ich weiß nicht, warum ich mir deine Schlamperei noch länger bieten lasse. Die Faulheit ist eine Sünde, wie du weißt.« Er fuchtelte dem Diener mit dem Finger vor der Nase herum. »Und diese Art von Sünde kann dich direkt in die Hölle bringen.« Das Französisch des alten Mannes war gut genug, dass er ihn verstand. Despenser stellte befriedigt fest, dass er die Schultern einzog und aufgeregt davonschlurfte. »Bring mir meinen Reitrock und mein Rapier.«

Die Idee war ihm gekommen, als er nach seiner schlecht besuchten Messe über den Hof der Kathedrale gegangen war. Es gab schließlich noch andere Aufgaben, die er für seine Kirche übernehmen konnte, Aufgaben, die mehr als nur fromme Worte und Kreuze auf der Brust erforderten. Aber es fiel ihm trotzdem schwer, das Kreuz abzunehmen. Er zögerte, verweilte mit seinen Fingern noch einen Moment auf dessen edelsteinverzierten Armen. Für eine Mission wie diese war es zu schwer. Es passte besser zum seidenen Gewand eines Klerikers als zu dem Kettenpanzer, den er jetzt über sein Batisthemd zog.

»Und jetzt mein Rapier. Und beeil dich, wenn du dir eine Ohrfeige ersparen willst.« Seine Hand zuckte, so als wolle sie die Drohung in die Tat umsetzen. Heb dir das für die Aufrührer auf, argumentierte seine Vernunft. Dies hier war das Leben, für das er gemacht war, und diese Rebellion gegen die Kirche war der Grund, den er gebraucht hatte, um ebendieses Leben zu führen. Man hatte ihm berichtet, dass eine ganze Armee von Aufrührern, angeführt von einem Kerl namens Wat Tyler, tatsächlich bis nach London vorgedrungen war und den Palast von John of Gaunt in Brand gesteckt hatte. Wie ein Hund, der sich in den eigenen Schwanz biss. Nun, der Herzog hatte nur das bekommen, was er auch verdiente. Lancaster hätte eben Wycliffe nicht unter seinen Schutz stellen dürfen. Wenn man sich zu den Schweinen legt, dann stinkt man auch so. Die Kirche würde ihr nächstes Ziel sein. Sie würden den Palast des Bischofs und die Abteien angreifen. Es hatte keinen Sinn, sich auf diesen unfähigen Sheriff und seine unerfahrenen Schildknappen zu verlassen. Despenser hatte bereits eine Gruppe von Soldaten beauftragt, für Ruhe und Ordnung zu sorgen, aber jetzt war es Zeit, noch mehr Männer auszuschicken. Und diesmal würde er mit ihnen reiten.

Er befestigte sein Rapier mit dessen neuer Schnalle, überprüfte den Verschluss und versicherte sich, dass er bei einem Kampf nicht aufgehen würde. Eine interessante Erfindung. Er fragte sich, warum nicht schon früher jemand auf diese Idee gekommen war. Er hatte die Waffe bereits vor Monaten gekauft, aber jetzt bot sich ihm zum ersten Mal die Gelegenheit, sie auch zu benutzen. Er spürte, wie das Blut durch seine Adern strömte. Seit Wochen hatte er sich nicht mehr so lebendig gefühlt. Er würde den Männern des Königs zeigen, wie man mit diesem Pöbel fertig wurde. Außerdem war dies eine gute Übung, wenn es später darum ging, den französischen Papst gefangen zu nehmen.

Er machte einen kurzen Kniefall vor dem Kreuz, dann küsste er das Kruzifix, das über seinem Zimmeraltar hing. Der Degen klirrte auf dem Steinboden. Ihm gefiel dieses Geräusch. Er wusste, dass man ihn auch »den Krieg führenden Bischof« nannte.

Wenn er die Sache erledigt hatte, würde es in ganz East Anglia keinen einzigen Rebellen mehr geben, sei es Mann, Frau oder Kind. *Expugno, exsequor, eradico*: ergreife, vollstrecke, zerstöre.

Als Magda von ihrem wöchentlichen Besuch bei ihrer Familie in Blackingham zurückkam, war sie zutiefst beunruhigt. Ihre Mutter hatte ihr, als sie ihr einen Abschiedskuss gegeben hatte, leise ins Ohr geflüstert: »Sag Mylady, dass sie für die Sicherheit ihres Hauses sorgen soll.« Magda hätte diese Warnung im Grunde jedoch gar nicht gebraucht. Sie konnte die Gefahr überall um sich herum förmlich spüren, schmeckte sie regelrecht auf ihrer Zunge. Und wenn sie einen endgültigen Beweis dafür haben wollte, dann brauchte sie nur ihre Ohren zu spitzen. Die Leute waren ihr gegenüber sorglos, sie war ja einfältig.

Einmal, als sie ihrem Vater ein Ale gebracht hatte, hatte sie gehört, wie er sich mit irgendwelchen entschlossen aussehenden Männern unterhalten hatte, die sie noch nie zuvor gesehen hatte. Ihr Vater hatte ihnen in einem Anfall von Gastfreundschaft auch etwas zu trinken angeboten. Ein Mann namens Geoffrey Litster war dabei gewesen. Er hatte ihnen gesagt, dass sie zu den Waffen greifen und die Häuser der Mönche und die königlichen Paläste niederbrennen sollten. Und auch die Herrenhäuser. Magda hatte noch nie einen königlichen Palast oder das Haus eines Mönchs gesehen. Vielleicht wohnten dort wirklich schlechte Menschen, so wie dieser Mann, der Litster hieß, sagte. Aber auch die Herrenhäuser? War nicht Lady Kathryns Haus, Blackingham Manor, ein Herrenhaus? Vielleicht meinten sie nur die Herrenhäuser von bösen Leuten. Dennoch begann sie zu zittern, als sie »niederbrennen« hörte. Es erinnerte sie an das Wollhaus und an den Schäfer, dessen Fleisch zu schwarzem Ruß geworden war.

Während sie sich, bevor sie den Brotteig knetete, die Hände wusch, so wie es ihr die Köchin beigebracht hatte, erzählte sie Agnes, was ihre Mutter gesagt hatte.

»Ja, Kind, ich weiß. Ich selbst habe die Leute auch reden hören. Aber Blackingham ist kein großes Haus. Und Mylady war immer gut zu ihren Pächtern. Das ist doch alles nur aufrührerisches Gerede. Die Menschen sind wütend wegen der Steuer. Mit so kleinen Fischen wie uns werden sie sich nicht abgeben. Kümmere dich nicht darum. Und sag deiner Mutter, sie soll sich keine Sorgen machen.«

»Sollten wir es der Herrin nicht doch sagen?«

Agnes bearbeitete stumm den Teig, dann runzelte sie die Stirn und schüttelte den Kopf. »Nein, Kind, dann würde sie sich nur noch mehr

Gedanken machen. Der junge Master Colin ist schon seit drei Nächten nicht mehr nach Hause gekommen, und Mylady macht sich vor Sorge schon ganz verrückt. Sie spricht nur noch davon, dass er vielleicht verletzt oder krank ist und irgendwo in einem Graben liegt. ›Er ist einfach wieder weggelaufen‹, habe ich ihr gesagt. ›Er hat von diesem Haushalt voller Frauen genug. Vielleicht ist er auch wieder mit den Gauklern unterwegs. Das ist kein Grund, sich Sorgen zu machen. Er wird wiederkommen‹, habe ich zu ihr gesagt. Aber sie hat nur den Kopf geschüttelt und erwidert: ›Diesmal nicht, Agnes, das spüre ich. Es ist etwas passiert. Eine Mutter spürt so etwas.‹ Und wie soll ich das wissen, ich war ja nie Mutter, wollte ich sagen. Aber sie machte sich schon genügend Sorgen, also habe ich lieber meinen Mund gehalten. Uns wird nichts passieren, Magda. Niemand wird uns etwas tun. Mylady hat mächtige Freunde.«

Agnes gab Magda den Teig, die ihn mit ihren kleinen Händen weniger kräftig schlug. Die Worte der Köchin trösteten sie, weil sie ihr vertraute. Dann aber bemerkte sie, dass Agnes sich die Schulter rieb. Sie hatte immer Schmerzen in der Schulter, wenn sie sich Sorgen machte.

Eine weitere Warnung erfolgte zwei Wochen später. Es war Anfang Juni. Magda wusste das nur, weil dies der Monat war, in dem das Waschen und Scheren der Schafe begann, und es deshalb in der Küche noch geschäftiger zuging als sonst, weil auch für die zusätzlichen Arbeiter gekocht werden musste. Ihr kleiner Bruder brachte die zweite Warnung. »Sag Lady Kathryn, dass sie aufpassen soll. Es wird bald Ärger geben.«

Magda ging sofort zu Agnes, dann liefen sie gemeinsam zu Lady Kathryn. Sie fanden sie im Söller über den Rechnungsbüchern, während die kleine Jasmine am Boden saß und spielte. Magda gab ihr die Nachricht weiter, sagte aber nichts von dem Gespräch zwischen ihrem Vater und den Männern, das sie mit angehört hatte. Wie sollte sie auch, ohne dass sie den Eindruck erweckt hätte, ihr Vater wäre einer dieser bösen Männer? Lady Kathryn würde ihn vielleicht so wie den Buchmaler ins Burggefängnis einsperren lassen, und dann wäre überhaupt niemand mehr da, der ihrer Mutter und den Kleinen helfen würde. Mylady sah so gebrechlich aus, dass Magda zunächst befürchtete, diese neue Sorge, die zu all den anderen, die sie schon hatte, hinzukam, könnte vielleicht zu viel für sie sein. Als Magda aber genauer hinsah, sah sie, dass Lady Kathryns Seelenlicht so stark leuchtete wie noch nie. Es hatte die Farbe eines klaren Flusses, in dem sich der blaue Himmel spiegelte.

Als Lady Kathryn ihr antwortete, klang ihre Stimme sehr müde. »Ich habe jeden verlässlichen Mann, den ich finden konnte, losgeschickt, um Colin zu suchen«, sagte sie. »Wir sind jetzt nur noch ein Haushalt voller Frauen und damit so gut wie schutzlos. Also müssen wir zu unserem Herrgott beten, dass er uns beschützt.« Als sie aufblickte, sah Magda die Entschlossenheit in ihren Augen. »Aber wir sollten uns trotzdem Gedanken machen, um auf alles vorbereitet zu sein.«

»Was ist mit dem Sheriff?«, fragte Agnes.

»Der Sheriff ist nach Essex geritten, um dort die Rebellion niederzuschlagen.«

Helles Sonnenlicht fiel durch das hohe Fenster und malte genau dort, wo Jasmine spielte, helle Streifen auf den Boden. Magda beobachtete fasziniert, wie sich das Seelenlicht des kleinen Mädchens mit den Sonnenstreifen vermischte, wann immer sie in ihren Strahl geriet. Es war schwer zu sagen, ob sie das Licht anzog oder ob es aus ihr kam. Die Kleine schien ebenfalls von den Sonnenstrahlen fasziniert zu sein, denn sie versuchte, die Staubkörnchen zu erhaschen, die im Licht schwebten.

Das sind wir alle, dachte Magda, Sonnenstäubchen, die im Licht schweben.

»Wir müssen genau wissen, was wir tun sollen, damit wir nicht in Panik geraten, falls die Rebellen tatsächlich angreifen sollten«, sagte ihre Herrin gerade. »Ich werde Sir Guy de Fontaigne bitten, meinen Sohn mit so vielen Männern wie möglich nach Blackingham zu schicken, um eine Gruppe unschuldiger Frauen zu schützen. Ich schicke einen Boten zum Haus des Sheriffs und hoffe, dass man meine Bitte so schnell wie möglich nach Essex weiterleiten wird. Wenn ein Angriff erfolgt, werden wir uns alle in der Küche einsperren. Es ist besser, wenn wir zusammenbleiben, außerdem ist die Küche der sicherste Ort in diesem Haus.«

Bei dem Wort »Küche« hörte Jasmine auf, die Sonnenstäubchen zu fangen, und ging mit ausgestreckten Armen auf Agnes zu, wobei sie mit ihren pummeligen Händen greifende Bewegungen machte. »Kuchen«, verlangte sie.

Lady Kathryn lächelte. »Gleich, mein Schätzchen, Magda geht mit dir gleich Kuchen holen.« Sie sah Magda eindringlich an. »Magda, hör mir genau zu. Das, was ich dir jetzt sage, ist sehr wichtig.«

»Ja, Mylady.«

»Wenn wir tatsächlich angegriffen werden sollten, bringst du Jasmine zur Hütte deiner Mutter. Dort wird sie sicher sein.«

Magda wusste, dass das nicht der Fall war. Sollte sie es ihr sagen? Sie überlegte verzweifelt. Sie konnte mit Jasmine nicht zu ihrer Mutter gehen, aber sie konnte das Lady Kathryn auch nicht sagen.

Lady Kathryn wartete auf ihre Antwort. »Hast du verstanden, was ich dir gesagt habe, Magda?«

»Ja, Mylady. Ich habe verstanden.«

Dann hob sie Jasmine vom Boden hoch, um mit ihr Kuchen holen zu gehen, und überließ Agnes und ihre Herrin ihren Plänen. Aber sie überlegte die nächsten zwei Tage immer wieder und wieder, was sie tun sollte. Und dann hatte sie plötzlich die Lösung gefunden. Sie kannte einen Ort, wo sie das Kind verstecken konnte und wo es sicher war. Einen Ort, an dem kein Mensch es jemals suchen würde.

Alfred war wieder zurück in Norfolk und stand gerade im Hof vor den Stallungen des Sheriffs, als Lady Kathryns Nachricht eintraf. Der Sheriff war noch immer in Essex. In der Nähe von Ipswich war Sir Guys Pferd getötet worden. Er hatte zwar auf der Stelle ein anderes konfisziert, aber dieses hatte nicht seinen Ansprüchen genügt. Also hatte er seinen Schildknappen beauftragt, weitere Waffen und sein zweitbestes Schlachtross zu holen. Alfred war froh, dass der Sheriff ihm diese Aufgabe übertragen hatte. Es war nicht so, dass er dem Kampf aus dem Weg gehen wollte, aber er hatte inzwischen genügend tote Männer gesehen, genügend abgeschlagene Gliedmaßen, im Tode erstarrte Gesichter und aufgedunsene Körper, aus denen die Maden krochen.

In den letzten beiden Wochen hatten sie sich heftige Gefechte mit kleineren Rebellenbanden geliefert, die letzten Überreste des Pöbels aus Kent und Essex, der von den Leuten des Königs in London verraten worden war. Alfred kannte zwar nicht alle Einzelheiten der Londoner Rebellion, aber er hatte genug gehört, um sich zusammenreimen zu können, was geschehen war. Am dreizehnten Mai waren die Rebellen in London eingefallen und hatten den Palast des Herzogs von Lancaster völlig zerstört. Sie hatten auch einige flämische Händler getötet, während sie in den Straßen der Stadt brandschatzten, plünderten und ein absolutes Chaos anrichteten. Am nächsten Tag hatte der junge König Richard mit den Rebellen bei Mile End vor London verhandelt.

Alfred wünschte sich, er wäre in London gewesen und hätte diese Machtprobe zwischen dem jungen König und dem wütenden Pöbel miterlebt. Der König war nicht einmal so alt wie er selbst, aber er musste die Bauern beeindruckt haben. Vielleicht identifizierten sie sich mit seiner Jugend, vielleicht bewunderten sie auch seinen Mut – jedenfalls ließen sie sich überzeugen, als er ihnen einige Zugeständnisse machte: billiges Land, freien Handel und die Abschaffung der Leibeigenschaft. Offensichtlich aber hielten sich, während der König Friedensverhandlungen führte, noch einige der Rebellen in London auf. Sie nahmen den Schatzmeister des Königs und den Erzbischof von Sudbury als Geiseln und enthaupteten schließlich die beiden Männer.

Am dritten Tag des Aufstands, als sich der König noch einmal mit den Rebellen traf – diesmal in einem Ort namens Smithfield –, stach der aufgebrachte Bürgermeister von London den Anführer der Bauern, Wat Tyler, in Gegenwart des Königs und des Bauernpöbels nieder. Die Bauern blieben nicht, um den Kopf ihres Anführers auf der

Stange zu sehen, sondern sie zerstreuten sich. Alfred verstand die Logik des Ganzen sehr wohl, denn sein Vater hatte ihm schon in frühester Jugend die Taktik des strategischen Rückzugs beigebracht. Der König hatte den Bauern Amnestie versprochen, wenn sie sofort nach Hause zurückkehren würden. Aber man hatte sie bereits einmal zu oft angelogen. Also gingen sie nicht nach Hause, da sie fürchteten, dass dort bereits die Soldaten des Königs auf sie warteten. Stattdessen flohen sie in die nördlichen Grafschaften, wütende und verzweifelte Männer, die nichts mehr zu verlieren hatten.

Und in Ipswich waren sie dann auf Sir Guy und seine Männer getroffen.

Jetzt, kurz nach dem Kampf, war Alfred von seinem scharfen Ritt nach Norden erschöpft. Und er war hungrig. Er hatte drei Tage lang im Sattel gesessen und hatte immer nur kurz gerastet, um etwas zu essen oder um zu schlafen. Der Schweiß lief ihm über das Gesicht, und er fluchte lauthals, als er versuchte, dem Hengst das Zaumzeug und einen Führzügel umzulegen – er hätte niemals auch nur daran gedacht, dieses übellaunige, nervöse Tier selbst zu reiten –, als das Pferd plötzlich stieg und Alfred fast von den Vorderhufen getroffen worden wäre. Einer der Stallburschen, der den Lärm hörte, eilte ihm zu Hilfe.

Als es ihnen gelungen war, das Pferd so weit zu beruhigen, dass sie es aufzäumen konnten – auch wenn es immer noch schnaubend sein Missfallen kundtat –, zog der Stallbursche zwei versiegelte Pergamente aus seinem Hemd und gab sie Alfred. »Der Verwalter hat mir gesagt, ich soll Euch das hier für Sir Guy mitgeben. Er sagte, es sei wichtig.«

Einer der Briefe trug ein Siegel der Kirche. Alfred nahm an, dass es das Wappen des Bischofs war. Das andere Siegel kannte er gut: Ein Zwölfender mit erhobenem Vorderlauf vor einem Hintergrund mit drei Balken. Das war das Wappen von Blackingham. Unmut flammte in ihm auf.

Ein Liebesbrief von seiner Mutter an ihren Geliebten?

Der Brief war offensichtlich in aller Eile versiegelt worden, das Wachs am Rand war kaum geschmolzen. Er betastete es vorsichtig.

Es würde nicht schwer sein, den Brief wieder zu versiegeln, und abgesehen davon war das schließlich *sein* Familienwappen. Er hatte also das Recht, ihn zu öffnen. Er schob den Daumen behutsam unter das Siegel. Es löste sich, und das Pergament entrollte sich flüsternd. Er erkannte die spitze, elegante Handschrift seiner Mutter.

Sir, da ich eine schutzlose Witwe bin und in Eurer Grafschaft lebe, muss ich bei Euch während der gegenwärtigen Krise um Schutz nachsuchen. Wenn es Euch recht ist, schickt mir bitte meinen Sohn, zusammen mit so vielen Bogenschützen, wie Ihr entbehren könnt. Ich habe das Geschenk erhalten, das Ihr mir als Zeichen Eures Schutzes und Eures Wohlwollens geschickt habt, aber ich kann mich an seiner Eleganz nicht erfreuen, wenn ich fürchten muss, dass mein Haus jeden Augenblick angegriffen werden kann.

Der Brief war von seiner Mutter unterzeichnet. Trotz ihrer kühnen Worte war ihre Schrift ein wenig zittrig. Das Schreiben war auf den elften Juni datiert. Das war vor zwei Tagen gewesen. Alfred hätte niemals auch nur an so eine Bedrohung gedacht, auch wenn er das natürlich hätte tun sollen, hatte er doch mit eigenen Augen gesehen, wie die Bauern ihre Wut an einigen Adeligen ausgelassen hatten. Dennoch, sich vorzustellen, dass seine starke, überlegene Mutter um Schutz bat, war ein höchst befremdlicher Gedanke. Außerdem hatte sie doch Colin.

Das Pferd riss an dem Führzügel, den der Stallbursche hielt, stampfte und scharrte mit den Hufen. Eine Staubwolke wirbelte auf und legte sich auf den bereits ziemlich mitgenommenen Grasstreifen, der den Stallhof säumte. Alfred spürte die Sandkörnchen zwischen seinen Zähnen, merkte, wie sie mit seinem Schweiß in seine Haut eindrangen.

Was sollte er tun? Er hatte einen direkten Befehl von Sir Guy, aber seine Mutter brauchte ihn. Sie hatte nach ihm verlangt. Nach ihm! Obwohl Colin bei ihr war. Es würde drei, vielleicht vier Tage dauern, um, den Hengst am Zügel führend, zum Ort der Kampfhandlungen zurückzukehren. Dann würde er die Erlaubnis des Sheriffs einholen müssen, und schließlich würde er nochmals zwei Tage bis nach Blackingham brauchen, selbst wenn er die ganze Nacht durchritt.

»Lass das Pferd. Bring mir Feder und Papier«, sagte er zu dem Stallburschen mit so autoritärer Stimme, wie es ihm möglich war. Immerhin war er der Schildknappe von Sir Guy. Der Stallbursche würde ihm in Abwesenheit des Sheriffs also gehorchen müssen.

Als der Stallbursche zurückkam, schrieb Alfred hastig eine Nachricht. Seine verehrte Mutter sei in größter Bedrängnis und hätte nach ihm verlangt. Da Sir Guy ihn die wahre Bedeutung der Ritterlichkeit gelehrt habe und aufgrund der Freundschaft zwischen ihren beiden Häusern, sei sicher auch ihm daran gelegen, dass er seiner Mutter zu Hilfe eilte. Er schicke Pferd und Waffen und würde sich, sobald er für die Sicherheit seiner Mutter gesorgt hätte, unverzüglich wieder beim Sheriff melden.

»Bring Sir Guy dieses Sendschreiben und auch das andere hier und die Waffen und das Pferd«, sagte er und streute dabei ein wenig Sand über die Seite, um die feuchte Tinte zu trocknen.

Die Augen des Stallburschen weiteten sich erschrocken. Wahrscheinlich hatte er das Lehensgut, geschweige denn die Grafschaft, in seinem ganzen Leben noch nie verlassen. »Aber Master Alfred, ich weiß nicht …«

»Ich werde dir eine Karte zeichnen«, sagte er. »Du wirst keine Schwierigkeiten haben, den Sheriff zu finden.« Er malte hastig einen Kreis, neben den er »Norwich« schrieb, dann eine kräftige schwarze Linie, die in einem kleineren Kreis endete, den er mit »Colchester« beschriftete, und dann eine weitere, horizontale Linie, die in einen noch kleineren Kreis mündete, den er mit der Aufschrift »Ipswich« versah. Neben den mittleren Kreis malte er ein Wirtshausschild.

»Das hier ist Colchester«, sagte er und zeigte auf den zweiten Kreis. »Du nimmst die alte Römerstraße, die in südlicher Richtung aus Norwich herausführt und auf der du durch Bury St Edmunds und dann nach Colchester kommst. Dort wendest du dich Richtung Osten, um nach Ipswich zu gelangen. Sag dem Wirt der Schenke an der Straßenkreuzung, dass du ein Leibeigener des Sheriffs von Norfolk bist und eine Nachricht für ihn hast.« Er wusste, dass der Stallbursche noch sehr unerfahren war. Er war mindestens ein Jahr jünger als er selbst. Auch wenn er sich mit dem Pferd auszukennen schien, so war er doch aufgrund seines Alters geradezu dafür prädestiniert, dass man ihn schikanierte. »Du kannst anscheinend mit dem Hengst gut umgehen. Reite ihn, anstatt ihn zu führen.«

»Jawohl. Er wird mir keine Probleme machen.«

Alfred fand, dass er das mit ein wenig zu viel Selbstgefälligkeit sagte. »Aber trage nicht die Livree des Hauses. Kleide dich wie ein Bauer, und wenn du irgendwelchen Rebellen begegnest, dann sag, dass du ein entlaufener Leibeigener bist und eine Botschaft für John Ball oder Wat Tyler hast. Sag, dass du das Pferd gestohlen hast. Dann wird man dich bestimmt in Frieden lassen.«

Alfred wurde belohnt, als der blasierte Ausdruck augenblicklich vom Gesicht des Jungen verschwand. Der Stallbursche starrte das Papier an, wobei abwechselnd Verwirrung und Verdruss über sein Gesicht huschten. »Aber Master Alfred, ich kann doch gar nicht lesen.«

»Warst du schon einmal in Norwich?«

Der Junge nickte und sagte mit einem gewissen Stolz in der Stimme: »Ja, zwei Mal.«

»Diese Linie ist die Hauptstraße, die aus Norwich hinaus nach Süden führt. Wenn du nicht mehr weiter weißt, frag einfach nach der Straße nach Colchester, und wenn du dort bist, frag nach der Straße nach Ipswich.«

»Aber...«

»Mach dir keine Sorgen. Du schaffst das schon. Du bist ein tapferer Bursche.« Alfred stieg auf sein eigenes Pferd, dessen Muskeln immer noch vor Erschöpfung zitterten, und galoppierte dann in Richtung Blackingham davon, während der Stallbursche dastand und, sich ratlos am Kopf kratzend, die Linien und Schnörkel anstarrte.

Als Alfred sich der Kreuzung von Aylsham näherte, nahm er einen widerlichen Gestank wahr. War das sein Schweiß, der da so übel roch? Oder vielleicht der seines Pferdes, das er so scharf geritten hatte, dass dessen Hals und Schultern mit weißem Schaum bedeckt waren?

Nein. Der Gestank wurde immer schlimmer, und dann wusste er auch, was es war. Es war ein Geruch, von dem er eigentlich geglaubt hatte, ihn auf den Feldern von Ipswich hinter sich gelassen zu haben. Es war der Geruch von Toten, die in der Sonne verfaulten.

Ein Bussard saß auf einer Eiche, die etwa hundert Fuß von der Straße entfernt eine Hecke begrenzte. *Es besteht kein Anlass, der Sache auf den Grund zu gehen; halte dir einfach die Nase zu und reite weiter, so schnell du kannst. Für die armen Schweine dort ist es ohnehin zu spät.*

Aber während der Bussard langsam aus seinem Blickfeld verschwand, wurde der Geruch immer stärker. Auch sein müdes Pferd wieherte voller Abscheu, reagierte aber einfach nicht mehr, als Alfred ihm die Absätze in die Flanken stieß. Er hätte daran denken sollen, das Pferd zu füttern. »Es ist nicht mehr weit, alter Junge. Wenn wir zu Hause ankommen, wartet dort ein großer Eimer Hafer auf dich.« Er selbst hatte sich schon die ganze Zeit irgendwelche Köstlichkeiten aus Agnes' Küche vorgestellt. Jetzt aber war ihm der Appetit mit einem Schlag vergangen.

»Komm schon. Reiß dich zusammen.« Das Pferd ging tatsächlich ein wenig schneller, machte dann aber plötzlich erschrocken einen Satz zur Seite. Ein weiterer Bussard war aus dem Graben neben der Straße aufgeflogen, wo er Aas gefressen hatte. Der hier hatte es also nicht einmal bis in den trügerischen Schutz der Hecke geschafft, wo seine erschlagenen Gefährten lagen. Der aufgescheuchte Bussard hatte sich inzwischen neben seinem Gefährten in der Eiche niedergelassen und wartete darauf, dass die Eindringlinge weiterzogen und er sein Mahl fortsetzen konnte. Alfred blickte lange genug dorthin, um zu sehen, dass die Leiche oder das, was nach dem Festmahl des Bussards noch davon übrig geblieben war, das Gewand eines Bettelmönches trug. Wahrscheinlich war dies ein Lollarden-Prediger, den die Männer des Bischofs und nicht die Bauern getötet hatten. Die Rebellen hätten ihn als einen der Ihren angesehen.

Sein Pferd war neben der Leiche stehen geblieben und stand mit hängendem Kopf da, so als wäre auch das letzte bisschen Energie aus ihm gewichen. Alfred trieb es nicht mehr an. Er konnte seinen Blick einfach nicht von diesem grauenhaften Anblick losreißen. Die Vögel hatten das Gesicht sauber abgepickt. Leere Augenhöhlen starrten in eine grelle Sonne, die von einem wolkenlosen Himmel herunterbrannte. Ein paar Fliegen summten um die unteren Extremitäten der Leiche herum, dort, wo die Vögel noch nicht alles Fleisch von den Knochen gefressen hatten. Die Form des Schädels erinnerte ihn schmerzlich an etwas Vertrautes. Der Gestank war einfach überwältigend. Alfred musste sich die Nase zuhalten, als er absaß und zu der Leiche im Graben ging. Er stieß sie vorsichtig mit dem Fuß an und drehte sie um. Dort, wo der Schädel den Boden berührt hatte, krochen Maden herum.

Alfred wandte sich ab und übergab sich.

In diesem Augenblick sah er das Haar, das in der gleißenden Sonne wie ein verlorener Schatz glänzte, und da wusste er es. Der Schädel, sauber abgenagt wie ein Hühnerknochen, das von Fliegenmaden wimmelnde Fleisch, das in der Hitze den Geruch der Fäulnis ausströmte: all das hatte dem Bruder gehört, mit dem er gemeinsam im Leib seiner Mutter herangewachsen war. Das hier war Colin. Das Sonnenlicht ließ noch einmal ein Büschel blonden Haars im Staub aufleuchten. Haar, das die Farbe des Lichts hatte. Haar wie das Haar von Engeln, hatte seine Mutter oft gesagt, während sie es streichelte, damals vor so langer Zeit, als er und sein Bruder noch kleine Jungen gewesen waren. Es auf eine Art und Weise streichelte, wie sie seine widerspenstigen roten Locken niemals gestreichelt hatte.

»Ihr seid doch einer von Sir Guy de Fontaignes Schildknappen«, sagte ein Soldat, als er sein Pferd zum Stehen brachte und seinen beiden Kameraden mit erhobener Hand ein Zeichen gab, ebenfalls zu warten.

Alfred kniete noch immer neben der Leiche, nahm ein paar Strähnen von Colins Haar und wickelte sie um seine Finger, so als wären sie Fäden aus Gold. So hatte er wenigstens etwas, das er seiner Mutter bringen konnte, ein Andenken, das sie zusammen mit seinen Gebeinen in einem samtgefütterten Reliquienschrein bestatten konnte.

»Warum heult Ihr über diesem Stück Futter für die Bussarde?«

Als er die Stimme des Soldaten hörte, sah Alfred auf. Er erkannte das goldene Wappen, das in die ledernen Rüstungen der Reiter eingeprägt war. Es war dasselbe Wappen wie auf dem Brief, von dem er angenommen hatte, dass er vom Bischof sei.

»Er war kein ...«

»Ich weiß, wer er war.« Der Soldat lachte, beugte sich nach vorn und lockerte die Zügel. »Er war einer dieser *Bettelmönche*, die nichts als Scheiße im Hirn haben. Ihr hättet sehen sollen, wie dumm er geglotzt hat, als meine Klinge seine Lollarden-Wampe aufgeschnitten hat.«

Eine ungeheure Wut sammelte sich in Alfred, stieg brodelnd wie Galle seinen Hals hinauf und brach dann wie das Brüllen eines jungen Löwen aus ihm heraus. Er sprang auf die Füße, zog sein Schwert und stürzte sich auf den Sprecher.

Drei blitzende Schwerter durchbohrten ihn, bevor seine Klinge seinen Gegner auch nur berührte. Die Soldaten saßen nicht einmal ab.

Alfred hielt sich noch einen Moment auf den Füßen, bevor er nach hinten fiel. Dann bog sich sein Körper, wie von einer unsichtbaren Faust gestoßen, zur Seite, so dass er in den Graben rollte. Er kam direkt neben der Leiche seines Bruders zu liegen, als würde er sich an ihn schmiegen, während er die Hand über dessen Brust gelegt hatte. Die andere Hand hielt noch immer die drei Strähnen hellblonden Haares fest umklammert.

»Er gehörte zu den Männern des Sheriffs«, sagte einer der Reiter. »Sollten wir ihn nicht begraben oder ihm wenigstens die Livree ausziehen?«

»Nein. Lassen wir ihn einfach liegen. Wer sie sieht, wird glauben, die beiden hätten sich gegenseitig umgebracht.« Er schnalzte mit den Zügeln und machte dabei eine Kopfbewegung zu dem Bussardpaar hinüber, das das Ganze aus sicherer Entfernung beobachtet hatte. »Sie werden die Arbeit für uns erledigen. Irgendwann sieht ein Schädel aus wie der andere.«

31. KAPITEL

*Denn man wird unseren Heiland sehen und
man wird ihn suchen. Man wird ihm dienen und
man wird ihm vertrauen.*

Julian von Norwich,
Göttliche Offenbarungen

Magda spielte mit Jasmine in dem kleinen Vorzimmer vor dem ehemaligen Quartier des Illuminators. Das Zimmer, das früher Roses Zimmer gewesen war, war jetzt das Zimmer ihrer Tochter. »Der Geist ihrer Mutter wird hier über sie wachen können«, hatte Kathryn gesagt. Aber Roses Geist war nicht da. Magda wusste solche Dinge. Abgesehen davon hatte die Köchin gesagt, dass Roses Geist jetzt bei Jesus sei. Es gab niemanden mehr, der auf das Kind aufpasste. Niemand außer Magda.

Lady Kathryn war von ihrer Krankheit sehr geschwächt. Außerdem war sie völlig verzweifelt, weil Master Colin noch immer nicht nach Hause gekommen war. Also hatte Magda Jasmine jeden Nachmittag geholt und mit ihr gespielt, während sich Mylady in ihrem großen Himmelbett ausruhte. Auch heute war Magda, nachdem sie ihre Pflichten in der Küche erledigt hatte, zu Lady Kathryn gegangen, und diese hatte mit ihren müden Augen sehnsüchtig zu ihrem Bett hinübergesehen und ihr dann mit einem zustimmenden Nicken zu verstehen gegeben, dass sie das Kind mitnehmen sollte. Magda stellte sich Lady Kathryn vor, wie sie erschöpft auf ihrem Bett lag, die Damastvorhänge trotz der sommerlichen Hitze zugezogen. Sie konnte in ihrem Kopf leises Schluchzen hören, das wie das Wimmern eines verwundeten Tieres klang. Sie spürte sogar Myladys Schmerz in ihren eigenen Schläfen.

Während Jasmine vergnügt vor sich hin trällerte und mit den Austernschalen klapperte – die leeren Farbtöpfchen des Buchmalers, an deren Rändern noch immer Farbreste hafteten –, sah Magda aus dem Fenster des Zimmers im ersten Stock. Sie hielt Wache. Von hier aus konnte sie über den ganzen Hof blicken. Über das Tor hinweg konnte sie sogar bis zur Weide sehen, wo die Norfolk-Schafe grasten, die wie kleine weiße Wollkissen auf einer grünen Tagesdecke aus Seide aussahen. Über ihnen trieben noch mehr weiße Kissen an einem klaren blauen Himmel dahin. Wäre da nicht die lauernde Gefahr gewesen, wäre dies ein wunderschöner Junitag gewesen, ein Tag, an dem sie mit Jasmine draußen im Sonnenschein hätte spielen können. Heute aber war das nicht möglich. Und morgen vielleicht auch nicht. Mylady hatte gesagt, sie solle in der Nähe bleiben und die Augen offen halten.

Also hielt sie Wacht, schaute wie jeden Tag durch die hohen verglasten Fenster hinaus. Und da sah sie ihn, den bösen Mann, der versucht hatte, sie auf dem Feld zu nehmen wie ein Tier. Sie war sich sicher gewesen, dass Mylady ihn weggeschickt hatte. Aber jetzt war er wieder da und stampfte mit einem Haufen von Arbeitern, die mit Sensen und Mistgabeln bewaffnet waren, über die Wiesen. Einige von ihnen hielten Fackeln in den Händen – und das am helllichten Tag – und auch Eimer. Die Schafe hörten auf, das süße Sommergras zu fressen, und beobachteten die Bande argwöhnisch. Magda konnte die Gesichter aus dieser Entfernung noch nicht richtig erkennen. Aber das war auch gar nicht nötig, denn sie sah, dass der Große, der vorausging, kein Seelenlicht hatte. Dieser Anblick machte ihr große Angst.

Die Köchin hatte ihr gesagt, dass der Pöbel möglicherweise in der Nacht kommen und versuchen würde, sie in ihren Betten zu ermorden. Also schliefen die Köchin und Lady Kathryn jetzt tagsüber und hielten nachts Wache. Sie musste sofort die Köchin wecken. Mittlerweile konnte sie die Männer auch hören, ihr raues Lachen als Antwort auf etwas, was der Große gerade gesagt hatte. Ihre Stimmen waren laut und schrill wie die ihres Vaters, wenn er zu viel getrunken hatte. Sie wünschte sich, sie könnte sagen, wie viele es waren. Es waren mehr, als sie Finger an einer Hand hatte, aber weniger als an beiden Händen zusammen.

Sie warf einen nervösen Blick zu Jasmine hinüber, die auf dem Boden saß und spielte. Als sie wieder aus dem Fenster sah, hatte sich die Gruppe von Männern zu verteilen begonnen. Einige von ihnen waren bei den Schafen stehen geblieben. Vielleicht waren sie ja nur gekommen, um das Vieh zu stehlen, und würden dann wieder gehen.

Mylady hatte sich doch etwas überlegt. Was hatte Lady Kathryn noch zu ihr gesagt? Was war es, was sie tun sollte? Derjenige, den die Dunkelheit umgab, der böse Mann, ging zusammen mit ein paar anderen Männern auf das Haus zu. Sie sah nur ihre Scheitel, sah das Sonnenlicht auf den Sensen blitzen, die sie dabeihatten, und sie sah ihre Seelenlichter, die sich mit der dunklen Wolke mischten. Sie war froh, dass ihr Vater nicht unter ihnen war. Sie hätte seine flache, gerollte Mütze mit ihrem zerschlissenen Oberteil sofort erkannt.

Was hatte Mylady ihr gesagt? Sie hatte das, was sie tun sollte, immer und immer wieder vor sich hin gesagt, wenn sie im Zimmer der Köchin auf ihrer Strohmatratze lag. Und jetzt hatte es ihr der Teufel aus dem Kopf gestohlen. *Was sollte sie tun, wenn sie kamen?*

Sie hörte die Stimme der Köchin, die laut und schrill von unten heraufdrang. »Was soll das? Was wollt Ihr hier? Lady Kathryn wird die Hunde auf Euch hetzen. Ihr verschwindet besser, wenn Ihr wisst, was gut für Euch ist. Und nehmt diesen traurigen Haufen gleich mit.« Die Köchin war also bereits wach. Sie würde die Männer davonjagen, und dann würde sie Mylady wecken.

Das Blöken der Schafe ließ ihren Blick wieder zu den Weiden schweifen. Die weißen wolligen Kissen trugen scharlachrote Bänder um ihre Hälse und blökten lauter. Es waren dünne, hilflose Laute. Magda wäre am liebsten in Tränen ausgebrochen. Die Männer stahlen die Schafe nicht! Sie schlitzten ihnen auf der Wiese einfach die Kehle auf! Die Tiere verbluteten, während die Männer auf das Haus zumarschierten. Einer von ihnen hielt seine Fackel ans Gras, und kurz darauf begannen kleine gelbe Zähne, die Weide anzunagen. Der scharfe Geruch von Rauch stieg ihr in die Nase.

Was hatte Lady Kathryn gesagt? Was sollte sie tun?

Nimm das Baby, Magda. Bring es zur Hütte deiner Mutter.

Das war Lady Kathryns Stimme in ihrem Kopf. Aber das war nicht Magdas Plan.

Eine Biene setzte sich auf das Fenstersims und flog summend wieder davon.

Jetzt erinnerte Magda sich.

Sie hob Jasmine hoch.

»Verstecken spielen mit Magda? W-Will sich Jasmine vor M-Mylady verstecken, damit sie uns sucht?«, flüsterte sie ihr leise zu.

Jasmine nickte begeistert. Ihre blonden Locken hüpften, und sie wisperte aufgeregt etwas, das wohl so viel wie »Jasmine verstecken« hieß.

»Psst. Sie k-kommt.«

Magda spürte den Atem des Kindes, spürte, wie der kleine Körper vor unterdrückter Freude bebte, als Jasmine sich eine pummelige Faust vor den Mund hielt. Sie rannte mit ihr die Treppe zur Küche hinunter, dann zur Hintertür hinaus und schließlich zu dem alten, abgestorbenen Baum, der wie ein Wachtposten auf einer kleinen Erhebung stand, die in diesem flachen Land schon als Hügel galt.

»Wir verstecken uns bei den Bienen. Die Bienen sind unsere Freunde«, sagte sie so leise, dass ihre Stimme mit dem Sommerwind verschmolz. »Aber du musst ganz still sein. Still wie ein Mäuschen. Damit M-Mylady uns nicht f-findet.« Sie krochen zwischen den knorrigen Wurzeln hindurch in den hohlen Stamm, der ihnen beiden gerade genug Platz bot.

»Mäuschen.« Ein geflüstertes Versprechen, ein Nicken, bei dem die blonden Locken hüpften.

»Da schau, da kannst du dran nuckeln«, flüsterte Magda. Sie brach ein Stück der Wabe ab und gab es Jasmine, während sie den Kopf des Kindes mit ihrer Schürze bedeckte, um sie vor neugierigen Bienen zu schützen. Aber sie wusste, dass die Bienen ihnen nichts tun würden.

Sie würden sich an ihre Gaben erinnern, die sie ihnen während des langen Winters gebracht hatte, an die mit Honigwasser und Rosmarin getränkten Stöckchen, die sie am Leben gehalten hatten.

Magda konnte spüren, wie das Kind an der Bienenwabe nuckelte, spürte den klebrigen Honig, der zwischen ihre knospenden Brüste tropfte, wo ihr Herz den wilden Rhythmus einer Kriegstrommel schlug. Im Inneren des Baumes war es kühl und dunkel, und es roch nach Honig, vermodertem Holz und Erde. Das Summen der Bienen war wie ein sanftes Wiegenlied. Sie ließen sich in weichen braunen Flecken auf ihren Armen nieder und setzten sich auf die Schürze, die das schlafende Kind bedeckte. Aber sie stachen nicht. Nicht eine einzige.

Schon bald hörte das Nuckeln auf, und der Brustkorb des Kindes hob und senkte sich rhythmisch.

Magda aber schlief nicht. Ihre Blase war voll, und sie konnte sich nicht erleichtern. Sie würde das Zuhause der Bienen nicht besudeln. Also versuchte sie, an etwas anderes zu denken. Sie dachte an Halb-Tom und wie lustig es ausgesehen hatte, als er damals davongerannt war, weil er sie hier im Bienenbaum hatte singen hören, und wie er sie mit seinen freundlichen Augen anlächelte. Sie wünschte sich so sehr, dass er jetzt hier bei ihr gewesen wäre. Bei ihm fühlte sie sich sicher. Und er fand, dass sie klug war. Sie kam sich beinahe selbst klug vor, wenn sie mit ihm zusammen war. Ihr Fuß war eingeschlafen. Sie verlagerte ganz vorsichtig ihr Gewicht, damit sie das schlafende Kind nicht weckte.

Der Geruch von Rauch war jetzt sehr stark. Sie glaubte, im Haus eine Frau schreien zu hören. Aber sie musste hier bleiben. Sie musste das Kind beschützen. Das war ihre Aufgabe. Also betete sie zur Heiligen Jungfrau und zum Gott der Bäume, sie zu beschützen.

Finn hörte den Aufruhr, bevor er sah, was geschah. Aber er schenkte dem Ganzen kaum Aufmerksamkeit. Er war gerade mit dem fünften Paneel des Tafelaufsatzes für den Bischof beschäftigt. Seit Kathryn ihm gesagt hatte, dass sie den Sheriff heiraten und Roses Kind bei sich behalten wollte, hatte er wie ein Besessener daran gearbeitet. Diese Arbeit war alles, was ihm von seinem Leben geblieben war. Er hatte inzwischen keine Angst mehr davor, dass der Bischof keinen weiteren Grund mehr sehen würde, ihn am Leben zu lassen, wenn er den Tafelaufsatz vollendet hatte. Es war ein letzter, ein endgültiger Versuch, den Bischof zufrieden zu stellen. Versprich ihm noch mehr. Versuche, deine Arbeit als Verhandlungsgrundlage für eine Begnadigung zu nutzen. Also ignorierte er die Rufe und die Flüche, die vom Hof unten heraufschallten, ignorierte sogar die laute und drohende Stimme des Hauptmanns, die alle übrigen übertönte. »Halt, sage ich. Im Namen des Königs.«

Finn blickte nicht einmal von seiner Arbeit auf. Was auch immer dort draußen geschah, für ihn spielte es keine Rolle. Er arbeitete mit der Energie eines Wirbelsturms, seine Pinsel lagen wild durcheinander, seine Farbtöpfchen standen auf seinem Arbeitstisch nicht mehr ordentlich nebeneinander. Sein Hemd war mit roten und goldenen Flecken bedeckt, und unter seinen Achseln zeichneten sich große dunkle Flecken ab. Für dieses letzte Paneel, die Himmelfahrt, gelang es ihm jedoch einfach nicht, das Gesicht Christi vor seinem inneren Auge entstehen zu lassen. Gefangen in seiner eigenen Qual, stellte der Triumph des Erlösers über das Leiden etwas dar, was seine Muse nicht heraufbeschwören konnte. Von seinen unzähligen vergeblichen Versuchen frustriert, übermalte er den Oberkörper der Gestalt wütend mit Ocker und vermischte ihn mit dem Hintergrund, so dass Christus in eine undurchsichtige Wolke am Himmel aufstieg. Nur seine baumelnden Beine waren noch über den versammelten Aposteln zu sehen. Den leidenden Christus verstand er, ein triumphierender Christus entzog sich seiner Vorstellung.

Finn verwendete das letzte Azurblau für den Mantel der Heiligen Jungfrau. Die Figuren der letzten beiden Paneele wirkten steif und unbeholfen. Ihnen fehlte die Eleganz und der Detailreichtum der früheren Paneele, aber die Eile trieb ihn an wie die Peitsche eines Gutsverwalters einen Leibeigenen. Er beendete die verzückten Gesichter der Apostel hastig mit einigen letzten Pinselstrichen – Gesichter, die mehr Angst als Verzückung zeigten. Die Verzückung war, genau wie der Triumph, etwas, das für ihn zu einer fernen Erinnerung geworden war. Jetzt sah er sich das Ganze noch einmal genau an. Als Künstler war er stolz auf die fünf Paneele – sie waren zwar nicht mit der Kompliziertheit und dem Detailreichtum seiner Initialen gemalt, ihnen fehlte auch die Fantasie seiner Marginalien und das sinnliche Spiel der Spiral- und Flechtmuster seiner Teppichseiten, die eine interessante Herausforderung für seinen Geist darstellten, aber sie besaßen eine unvergleichliche Farbenpracht. Farben, so pulsierend, dass sie die Sinne überwältigten. Selbst in der hastig ausgeführten Arbeit am letzten Paneel zeigte sich große Leidenschaft. Insgesamt also eine zufrieden stellende Arbeit.

Er würde versuchen, mit dem Bischof über eine Beurlaubung zu verhandeln. Er hoffte, wenigstens so lange auf freiem Fuß zu bleiben, um verhindern zu können, dass der Sheriff seine Enkelin in seine Klauen bekam. Das war alles, was jetzt noch zählte. Es hatte keinen Sinn mehr zu versuchen, Kathryn zu überzeugen. Sie hatte ihre Entscheidung getroffen. Und auch er hatte eine Entscheidung getroffen. Er würde das Kind zur Einsiedlerin bringen, damit sie bei ihr in ihrer Einsiedelei aufwuchs, so wie die Heilige Hildegard von Bingen bei der frommen Jutta aufgewachsen war.

In einem seiner Farbtöpfe befand sich noch ein kleiner Rest Azurblau. Er hellte ihn mit einer Spur Weiß auf und trug ihn auf den Mantel des Reiters auf dem zweiten Paneel auf, dann trat er einen Schritt zurück, um das Ganze zu begutachten. Die Gestalt zu Pferd, die hinter Christus, der sein Kreuz trug, herritt, glich mehr einem Höfling des vierzehnten Jahrhunderts als einem Juden des ersten Jahrhunderts. Es war kein Zufall, dass der noch ziemlich junge Reiter eine bemerkenswerte Ähnlichkeit mit dem Bischof aufwies, allerdings hatte Finn darauf verzichtet, auch dessen arroganten Gesichtsausdruck darzustellen. Ein höchst schmeichelhaftes Portrait.

Finn trug gerade den letzten Pinselstrich Blau auf, damit nichts von dem wertvollen Pigment verloren ging, als er unten im Hof laute Schreie und das Klirren von Waffen hörte, diesmal jedoch so laut, dass er es nicht mehr ignorieren konnte. Er ging zum Fenster und sah hinaus. Im Hof unten tobte ein Kampf. Ein paar Gefängniswärter wehrten sich verzweifelt gegen fast zwei Dutzend Rebellen, die wie stämmige Landarbeiter aussahen und gerade die Oberhand über die zahlenmäßig unterlegenen Wachen zu bekommen schienen. Die Tür am Fuß der Treppe wurde geöffnet – das unverkennbare Geräusch von Metall, das auf Stein scharrte. Noch mehr Schreie, näher jetzt. Offensichtlich waren die Rebellen bereits ins Treppenhaus vorgedrungen. Er hörte stampfende Schritte, dann vernahm er hinter sich eine barsche, vertraute Stimme.

Finn drehte sich um und sah Sykes, der gerade über die Schwelle seiner Zelle kam. Ein weiterer schneller Blick aus dem Fenster zeigte ihm, dass der Hauptmann schwer verwundet oder tot auf dem Boden lag.

»Hier hat man Euch also untergebracht. Nun, das ist tatsächlich ein viel besseres Quartier als die Verliese, würde ich sagen.« Sykes beschrieb mit dem Kurzschwert, das er in der Hand hatte, einen Kreis und nahm sich dann ein Stück Braten, das Finn liegen gelassen hatte. Er durchbohrte Finn mit einem Blick aus seinen bösartigen kleinen schwarzen Augen, während er genüsslich das Fleisch vom Knochen nagte und diesen dann in hohem Bogen nach ihm warf. Finn duckte sich, um nicht getroffen zu werden. Sykes lachte, als er sich seine fettige linke Hand an seinem Ärmel abwischte. In der Rechten hielt er immer noch das Schwert, das er jetzt auf Finn gerichtet hatte. »Wo ist denn dein kleiner Zwergenfreund, Buchmaler?«

Finn versuchte, ruhig zu blieben, obwohl eine rasche Einschätzung seiner Situation ihn alles andere als hoffnungsvoll stimmte. »Ihr habt doch nicht etwa vor, diese kleine Rebellion auszunutzen, um eine alte Rechnung zu begleichen, oder, Sykes? Bevor Ihr etwas tut, was Ihr später bereut, solltet Ihr bedenken, dass ich unter dem besonderen Schutz des Bischofs stehe. Ihr habt Euch bereits eines Vergehens gegen die Krone schuldig gemacht. Wollt Ihr nun auch noch ein Verbrechen gegen die Kirche hinzufügen?«

Sykes lachte. Zwischen seinen langen, gelben Zähnen war ein abgesplitterter Eckzahn zu sehen. »Da hör sich einer dieses Geschwafel an. ›Verbrechen gegen die Kirche, Verbrechen gegen die Kirche!‹ Was hat die Kirche denn je für einen Mann wie mich getan?«

Er schwankte ein wenig. Ist er betrunken vom Ale oder vom Gefühl der Macht?, fragte sich Finn und betete darum, dass Ersteres der Fall war, denn damit würde er leichter fertigwerden.

»Die Zeit der Kirche ist vorbei. Wir zahlen es jetzt diesen prunksüchtigen und ehrgeizigen Bischöfen heim.« Er sog schnüffelnd die Luft ein. »Riecht Ihr das? Das sind wahrscheinlich die Felder irgendeines Adeligen, die bereits brennen, und vielleicht brennt auch schon eine Burg.«

Finn hatte den beißenden Geruch bereits vor einiger Zeit bemerkt. Er hatte angenommen, dass irgendein Verwalter die Wiesen eines Adeligen kontrolliert abbrannte, damit man im nächsten Jahr neu ansähen konnte. Aber der Geruch war jetzt wesentlich stärker geworden.

»Und das ist nicht nur hier so. Das geht so bis nach London. Wenn wir fertig sind, wird keiner ihrer Paläste und Abteien mehr stehen.«

Also war dies ein Aufstand des Pöbels und nicht nur eine Gefängnisrevolte. Und sie brandschatzten und plünderten die Besitztümer der Adeligen und der Kirche in ganz East Anglia. Blackingham. Bis auf Colin würde niemand da sein, der es verteidigte. Und das wiederum bedeutete, dass Jasmine in größter Gefahr war. Und Kathryn ebenfalls.

»Hört zu, Sykes, was immer Ihr auch wollt, ich werde ...«

Noch mehr Schritte auf der Treppe. Eine bunte Truppe, meistens Bauern, aber auch ein oder zwei Männer der Wache, sammelten sich hinter Sykes. Einer von ihnen sagte: »Da kommt jemand. Der Hauptmann ist tot. Wir haben all die armen Teufel freigelassen. Jetzt sollten wir so schnell wie möglich verschwinden.«

»Also, der hier ist der einzige Vogel, der nicht davonfliegen wird.« Sykes stürzte sich plötzlich mit hoch erhobenem Schwert auf Finn. Dieser hatte jedoch mit einem Angriff gerechnet. Er duckte sich, kam hinter Sykes wieder hoch und entwand ihm das Schwert. Dann stieß er Sykes mit aller Kraft von sich weg und rannte auf die Treppe zu.

»Haltet ihn auf! Bringt das verdammte Schwein um!«

Einer der Männer, der direkt neben der Tür stand, zuckte mit den Schultern. »Er hat mir nichts getan. Wir haben alle anderen gehen lassen. Wenn du das unbedingt willst, bring ihn doch selbst um, Sykes.«

Es waren nur die lauten, wütenden Flüche von Sykes, die Finn verfolgten. Als er im Hof ankam, schaute er sich verzweifelt nach einem Pferd um. Ein blonder Junge saß auf dem Pferd des Hauptmanns und sah aus, als wäre er mit sich und seinem Reittier sehr zufrieden. Ein plötzliches Wiedererkennen blitzte in seinen blauen Augen auf. Als er Finn sah, sprang er ab und warf ihm die Zügel zu. »Hier. Ihr braucht es mehr als ich.«

Finn sah in überrascht an. »Danke«, sagte er, als er aufsaß. »Wohin soll ich das Pferd zurückschicken?«

»Ist nicht nötig.«

Wo hatte er nur dieses großspurige Grinsen schon einmal gesehen?

»Jetzt sind wir quitt.« Der Junge salutierte frech.

Plötzlich erinnerte sich Finn. Das war der Bursche, der an jenem Tag, als er Sykes zum ersten Mal begegnet war, vor der Schänke auf sein Pferd aufgepasst hatte. Der Junge, dem er die Decke geschenkt hatte.

»Aber an Eurer Stelle würde ich mich hier in der Gegend nicht unbedingt mit diesem Pferd sehen lassen.«

Finn hörte seine Worte jedoch nicht mehr. Er galoppierte bereits über die Brücke in Richtung Aylsham und Blackingham Manor.

Kathryn träumte. Rauch. Überall Rauch, der in ihre Nase drang, in ihren Augen brannte. Das Wollhaus brannte! Ihre Kehle war wie zugeschnürt. Sie konnte nicht husten, nicht atmen. *Jasmine! Wo war Jasmine?* Sie wollte nach Magda rufen. Nach Agnes. Aber ihr Mund öffnete sich nicht. Sie konnte sich nicht mehr bewegen. Ihre Gliedmaßen waren schwer wie Blei. Die Wolle, die sie für die Geburtstagsfeier ihrer Söhne aufbewahrt hatte, sie war in Rauch aufgegangen. Agnes weinte. Arme Agnes. Sie weinte um ihren Ehemann, der verbrannt war. Nein. Sie weinte nicht um ihren John. Sie schrie Kathryns Namen. Die Schreie kamen ganz aus weiter Ferne.

»*Mylady. Wacht auf, Mylady. Sie sind da. Sie sind da!*«

Kathryn fuhr aus dem Schlaf hoch. Der Rauch war real. Und

Agnes war bei ihr. Sie beugte sich über sie, hustend und rufend, blanke Angst in den roten, tränenden Augen.

Kathryn setzte sich auf. »Jasmine! Agnes, wo ist Jasmine?«

»Sie ist nicht in ihrem Bettchen, Mylady. Dort habe ich zuerst nachgesehen. Sie muss bei Magda sein. Macht Euch keine Sorgen, Mylady. Jasmine ist bei Magda sicher.«

Kathryn riss die Bettvorhänge auf. In den flackernden Schatten ihres Zimmers war kein Rauch zu sehen, obwohl der Geruch so stark war, dass er in der Nase brannte.

»Sie haben die Weide in Brand gesteckt, Mylady.«

»Hab keine Angst, Agnes. Sie werden das Haus nicht angreifen. Wir haben ihnen nichts getan. Ohne uns wären sie noch viel schlimmer dran. Ich werde zu ihnen gehen und vernünftig mit ihnen reden.«

»Mit dem Pöbel kann man nicht vernünftig reden, Mylady. Wir sollten fliehen, solange wir es noch können.«

»Nein, Agnes, wir werden nicht gehen. Unter diesen Männern ist sicher irgendjemand, dessen Mutter, Kind oder Ehefrau wir schon einmal geholfen haben. Die meisten von ihnen haben irgendwann von deinem Eintopf zu essen bekommen, als sie Hunger hatten. Nein, sie werden zwei wehrlosen Frauen nichts tun.«

Agnes schüttelte brummend den Kopf. »Selbst Euch wird es nicht gelingen, mit diesem Pöbel vernünftig zu reden.«

»Geh noch einmal ins Kinderzimmer. Nur für den Fall, dass Magda vergessen hat, was ich ihr gesagt habe, und mit Jasmine wieder zurückkommt.«

Kathryn schob Agnes in Richtung Tür und wollte gerade nach der Klinke greifen, als sich die Tür von selbst öffnete.

»Simpson!«

Nun, das hier war ein größeres Problem, als eine Frau selbst in einem Jahr voller schlechter Tage haben sollte! Ein Bauernaufstand und ein teuflischer Verräter am selben Tag.

Ihr ehemaliger Verwalter betrat ihr Zimmer. In der rechten Hand trug er eine Fackel. In der linken einen Eimer.

Agnes wich keinen Schritt von ihrem Platz zwischen Kathryn und dem Verwalter zurück. »Ich wollte Euch warnen, Mylady«, sagte sie.

»Dieser faule Apfel ist zusammen mit den Rebellen gekommen. Wahrscheinlich will er sich hier wieder irgendwie einschleichen. Schickt ihn weg. Solche wie ihn braucht Ihr nicht.«

Einen ganz kurzen Augenblick lang überlegte Kathryn, ob sie versuchen sollte, Simpson auf ihre Seite zu ziehen, mit ihm verhandeln, damit er ihr gegen die Rebellen half. Aber dann sah sie den Hass in seinem spöttischen Lächeln. In Simpson würde sie keinen Mitstreiter finden.

Er stellte den Eimer ab, packte Agnes am Arm und zog sie gefährlich nah an die Fackel heran.

»Ich fürchte, Ihr werdet bald eine neue Köchin brauchen, Mylady. Diese hier wird nämlich gleich einen kleinen Unfall haben. Aus Versehen getötet von ihren eigenen Leuten. Nun, man kennt ja den Bauernpöbel.« Er verbeugte sich spöttisch. »Aber ich stehe immer noch zu Euren Diensten.«

Er hielt die brennende Fackel noch näher an Agnes' Kopf, versengte ihr dabei ein paar Haare, die unter ihrer Haube hervorgerutscht waren. Agnes schrie entsetzt auf und versuchte, die brennenden Haare mit den Händen auszuschlagen. Simpson lachte, verstärkte dabei noch seinen Griff. Der Geruch von verbrannten Haaren vermischte sich mit dem der brennenden Wiesen.

Kathryn spürte das Entsetzen der alten Frau wie einen Schmerz in ihrem Magen. Spürte ihre panische Angst vor den Flammen und wusste, dass sie in ebendiesem Augenblick die verkohlte Leiche ihres Mannes und daneben die ihre vor ihrem inneren Auge sah. Kathryn sah aber auch den Wahnsinn in den Augen des Verwalters. Er war durchaus dazu fähig, seine Drohung in die Tat umzusetzen.

»Lasst sie los, Simpson.«

»*Lasst sie los, Simpson*«, äffte er sie mit Falsettstimme nach. »Sonst – ja was denn sonst?«

Kathryn bemühte sich, ihre Stimme so gelassen wie möglich klingen zu lassen. Weder befehlend, noch ängstlich.

»Lasst sie los, und wir werden über Eure Rückkehr nach Blackingham sprechen.«

Er warf seinen Kopf in den Nacken und lachte laut. »Wohin zurückkehren? Zu einem Haufen verkohlter Trümmer?« Aber er lockerte den Griff, mit dem er die Köchin festhielt.

»Wir sollten miteinander reden, Simpson. Wenn Ihr mir helft, Blackingham vor den Rebellen zu schützen, werden wir sicher zu einer dauerhaften Lösung kommen, was Eure Stellung in Blackingham betrifft. Wie Ihr seht, hat es eine allein stehende Frau wirklich nicht einfach.«

Seine Augen verengten sich zu Schlitzen. In ihnen stand die pure Gerissenheit. Er ließ die Köchin los, gab die Tür aber nicht frei. Und er hielt immer noch die Fackel in der Hand.

»Lass uns allein, Agnes«, sagte Kathryn. »Simpson und ich haben etwas miteinander zu besprechen. Geh zu den Nonnen nach Saint Faith. Wenn der Aufruhr hier vorbei ist, wird Master Colin kommen und dich abholen.«

Agnes sah sie an, als hätte sie den Verstand verloren.

»Aber Mylady ...«

»Tu, was ich dir gesagt habe, Agnes.« Ihr Ton war scharf und gebieterisch.

»Jawohl, Mylady«, antwortete die Köchin mit leiser, bebender Stimme. Sie musste sich zwischen Simpson und dem Türpfosten regelrecht hindurchquetschen.

»Nach Saint Faith«, rief Kathryn noch einmal. Sie lauschte den schweren Schritten der Köchin, die die Treppe hinunterrannte.

Als sie nichts mehr hörte, wandte sie sich wieder an den Verwalter.

»Wie könnt Ihr es wagen, mein Gemach zu betreten! Ihr seid ein Dieb und ein Lügner. Verschwindet, bevor ich Euch die Peitschenhiebe geben lasse, die Ihr schon bei der letzten Ernte hättet bekommen sollen.«

Er trat ins Zimmer und schloss die Tür hinter sich. Kathryn wich einen Schritt zurück, versuchte, Abstand zu ihm zu halten.

»Ts, ts, was für schroffe Worte! Was ist mit dem Handel, den wir gerade abgeschlossen haben, Mylady?« Er tat überrascht, dann wurde sein Blick eisig. »Ihr haltet mich wohl für einen absoluten Idioten? Ich weiß ganz genau, dass die alte Frau Hilfe holen wird.«

Je weiter Kathryn zurückwich, desto weiter drängte er sie ins Zimmer, bis sie schließlich am Bett stand. In der einen Hand hielt er noch immer den Eimer, in der anderen die Fackel.

»Aber ich werde meine Genugtuung bekommen, noch bevor Euch jemand zu Hilfe kommen wird.« Er stellte den Eimer ab. »Ihr erinnert Euch sicher noch an den Teer, den ihr damals haben wolltet. Nun, heute habe ich Euch welchen mitgebracht.«

Der Geruch des Rauches wurde immer stärker. Im ganzen Haus war es totenstill.

»Teer? Was soll dieses Gerede? Was habt Ihr mit den anderen gemacht?« Simpson grinste höhnisch und starrte sie unverwandt an. In der Stille konnte sie ihr Herz hämmern hören.

Er schwenkte die Fackel vor ihrem Gesicht hin und her und zwang sie zurückzuweichen. »Welchen anderen? Da war nur noch die alte Köchin gewesen. Es scheint, Mylady, als hätten Euch jetzt endgültig alle verlassen. Es will eben niemand im Dienste einer übellaunigen alten Schlampe stehen. Nun, da sind tatsächlich noch ein paar *andere*, aber die sind gerade dabei, Eure Kisten zu leeren. Und das Zimmer des früheren Herrn mit Pech zu streichen.« Er sah sie lüstern an, schürzte bei den nächsten Worten verächtlich die Lippen. »Das Zimmer des Buchmalers, meine ich. All dieser Terpentingummi und die Farbe, mit denen der Boden und der Tisch getränkt sind. Es wird brennen wie ein Heuwagen, in den der Blitz eingeschlagen hat.«

Bitte, Heilige Jungfrau, lass Magda sich erinnern.

Kathryn wollte zur Tür. »Aus dem Weg!«

Er schob sie zum Bett zurück, bis sie dagegenstieß.

»Das Blatt hat sich gewendet, Mylady. Jetzt bin ich es, der hier die Befehle gibt.« Er beugte sich ein Stück nach vorn und steckte die brennende Fackel in den wackeligen Wandhalter neben dem Bett. »Ich hätte diese alte Kuh von einer Köchin gleich umbringen und sie zu ihrem ewig besoffenen alten Schäfer ins Grab schicken sollen. Aber die Rebellen werden das für mich erledigen. Sie wird nicht weit kommen.«

»Ihr würdet eine alte Frau, die keiner Menschenseele etwas zuleide getan hat, kaltblütig ermorden?«

Agnes war für Kathryn wie eine Mutter gewesen. Heilige Mutter Gottes, schütze sie und schütze Jasmine. Bitte, lieber Gott, lass Magda einen klaren Kopf behalten.

Simpson sah sie finster an, während er mit einem dicken Pinsel und dem Eimer herumhantierte. Er strich die zähe Masse, die sich darin befand, auf die Bettvorhänge und die Bettpfosten. Sie roch streng und war schwarz wie Pech.

»Was macht Ihr da?« Sie versuchte, die Panik in ihrer Stimme zu unterdrücken. Sie hatte schon einmal gegen ihn gewonnen. Vielleicht gelang es ihr wieder. »Ihr wisst, dass Ihr wegen Mordes an den Galgen kommt, wenn Ihr mir oder irgendjemandem aus meinem Haushalt etwas antut. Ich brauche nur diese Glocke zu läuten, und meine Söhne werden auf der Stelle hier sein.«

Simpson warf den Kopf in den Nacken und lachte laut. Sie bekam eine Gänsehaut. Simpson war vom Teufel besessen, das war offensichtlich.

»Mooord.« Er tat so, als würde es ihn schaudern. »Es ist so leicht. Ich bin damit, lasst mich nachdenken, ja, damit bin ich schon mindestens zweimal ungeschoren davongekommen.«

»Zweimal?« Kathryns Gedanken rasten so schnell wie ihr Herz. Sie legte die Hände in den Schoß, drückte sie fest gegen ihren Bauch und tat so, als würde sie ihm zuhören. Sie tastete unauffällig nach dem Griff von Finns Dolch. Ja, da war er. Unter ihrem Überrock, direkt neben dem Rosenkranz.

»Ich habe den Priester umgebracht.«

Jetzt hatte er ihre volle Aufmerksamkeit.

»Warum so schockiert, Mylady? Ihr hättet es wohl nie für möglich gehalten, dass der alte Simpson mit seinem ›Ja, Mylady, nein, Mylady‹ dazu den Mumm hätte, hm? Der Priester hat zufällig mit angehört, wie ich die Schafe verkauft habe. Da Ihr ständig von Armut gesprochen habt, hatte er sich sehr schnell zusammengereimt, wo ein Teil Eures Gewinns geblieben ist. Mylord hat dem kaum Beachtung geschenkt. Aber Ihr habt Rechenschaft über jeden einzelnen verdammten Heller verlangt. Der Priester sagte, dass ich ihm einen Zehnt von dem, was ich gestohlen habe, abzugeben hätte, sonst würde er mich anzeigen.« Seine Stimme wurde zu einem heiseren Flüstern. »Also habe ich ihm seinen Zehnt auf den Kopf gegeben.«

Eine ungeheure Wut packte sie. Vor allem auf sich selbst, weil sie so blind gewesen war und in ihrem dummen Stolz geglaubt hatte, sie könnte eingreifen und ihre Söhne retten, wenn sie die Tatsachen verdrehte. Sie hätte ihnen lieber vertrauen sollen. Genauso, wie sie Finn hätte vertrauen sollen. Aber irgendetwas in ihr ließ sie anscheinend nur sich selbst vertrauen. Und das bereute sie jetzt zutiefst. Aber dafür war es zu spät. Sie dachte an Finns gehetzten Blick und an die harten Linien um seinen Mund, wann immer er ihren Namen aussprach.

Und all das war das Werk dieses verdammten Hurensohns.

Sie biss sich auf die Lippen, bis sie Blut schmeckte. Sie wollte sich auf ihn stürzen, wollte ihn anspucken und beißen, ihm die Augen auskratzen und die Haare büschelweise ausreißen. Sie legte ihre Hände auf den Dolch unter ihrem Rock, aber die Vernunft gebot ihr Zurückhaltung. Sie hätte alles dafür gegeben, ihm seine Männlichkeit abzuschneiden und sie ihm in den Hals zu stopfen. Aber sie wäre niemals in der Lage gewesen, ihre Röcke so schnell zu heben und den Dolch aus seiner Scheide zu ziehen. *Noch nicht.* Sie sah in seinen Augen, was er tun wollte, und spielte deshalb auf Zeit. »Ihr sagtet ›zweimal‹«, sagte sie.

»Ahnt Ihr es immer noch nicht? Das mit dem Wollhaus, das war ich. Der alte Schäfer wusste, dass ich den Wollsack gestohlen hatte. Er hatte mir gedroht, es Euch zu sagen. Zwei Fliegen mit einer Klappe. Das war ein hübscher Scheiterhaufen, findet Ihr nicht auch. Aber dass dann der junge Colin beschuldigt wurde, nun, das war einfach nur Glück, eine kleine Zugabe, sozusagen.«

Er legte den Pinsel weg und streckte die Hand aus, um ihre Brust anzufassen. Sie schlug sie weg, aber er lachte nur. »Der Rauch wird immer dichter. Aber da ist noch eine andere Sache. Ich beabsichtige, jetzt das einzufordern, was Ihr mir gestohlen habt.«

»Ich? Ich habe Euch etwas gestohlen?«, fauchte sie ihn an.

»Erinnert Ihr Euch nicht an die Sache mit dem kleinen Küchenmädchen? Nun, ich finde, Ihr seid ein würdiger Ersatz. Eine Nummer für eine andere Nummer. Eine adelige Schlampe für eine Küchenschlampe.« Er stürzte sich auf sie und drückte sie mit seinem Gewicht auf das Bett.

Sie wandte ihr Gesicht ab, damit er nicht die Lüge in ihren Augen erkannte. »Ich habe gerade meine Reinigung. Wollt Ihr mein blutiges Leinen entfernen. Oder soll ich das tun?«

Er zog eine Grimasse und erstarrte, erholte sich aber rasch wieder und begann an der Öffnung seiner Hose herumzuhantieren. »Jesus! Ich werde bekommen, was Ihr mir schuldet. Ich wate bereits bis zur Hüfte in Blut. Macht also Eure Beine breit, *Mylady*.«

Er keuchte, und seine Haut wurde fleckig. Sein Gesicht verzerrte sich zu einem Ausdruck purer Wollust. Er riss mit einer Hand an ihrem Mieder, griff mit der anderen unter ihre Röcke. Ihre Hand hielt die seine fest und schob sie weg. »Ich werde mein beflecktes Leinen selbst entfernen. Seid so freundlich und erspart Euch das. Seht bitte zur Seite.« Ihre andere Hand tastete währenddessen unter ihrem Rock nach dem Dolch. Sie zog ihn mit einem Ruck aus der Scheide.

Dann lag sie still da, den Dolch in der Hand an ihrer Seite verborgen. Sie wusste, dass sie nur eine einzige Chance bekommen würde. Der Rauch und das Gewicht dieses ekelhaften Körpers auf ihr drohten, ihr den Mut zu nehmen. Sie betete darum, dass sie die Kraft zum Zustoßen finden würde. Sie musste leben. *Heiliger Erlöser, lass meine Enkelin bei Magda in Sicherheit sein.*

Schwitzend und grunzend kreiste er auf ihr herum. Sie musste sich dazu zwingen, sich nicht zu wehren. *Nur noch einen Moment, Kathryn. Noch einen Moment.* Und dann spürte sie, wie er in sie eindrang. Sie hob ihren Arm. Sie wusste, dass sie nur einmal würde zustoßen können. Sie schloss die Augen und schickte erneut ein kurzes Gebet zum Himmel. *Heilige Mutter Gottes, leite meine Hand.* Sie liebkoste den Griff von Finns Dolch einen Augenblick lang, so als hoffe sie, die Kraft zu finden, die sie jetzt brauchte. Und dann holte sie aus, so weit, dass ihr Schultergelenk schmerzte, und trieb den Dolch Simpson zwischen die Schulterblätter in den Rücken.

Sein Körper versteifte sich, sein Glied erschlaffte in ihr. Aber er lebte noch. Er verdrehte die Augen, seine Lippen formten einen kehligen Fluch, *Noch einmal, Kathryn. Es ist nichts anderes, als ein Tier auszunehmen. Du hast Agnes oft genug dabei zugesehen.* Aber es gelang ihr nicht, den Dolch herauszuziehen. Er steckte zu tief in seinem Körper, und Simpson hielt auch noch ihren anderen Arm fest. Sie zerrte mit aller Kraft an dem Griff, bis ein Schwall Blut aus seinem Mund schoss, ihre Haut traf und als kleiner Bach zwischen ihre Brüste lief. Dann wurde sein Körper schlaff, die Lust auf seinem Gesicht erstarrte zu einer Totenmaske.

Sie holte tief Luft und schloss die Augen. Ihre Hand sank kraftlos auf das Bett. Ihr Atem ging schwer, ihr Herz schlug wie wild, ein Rhythmus, der in ihren Schläfen klopfte. Sie fürchtete, unter seinem reglosen Körper an ihrem eigenen Erbrochenen zu ersticken. Schließlich gelang es ihr, ihn mit letzter Kraft von sich herunterzuwälzen, wobei sein Kopf mit einem grässlichen Geräusch zuerst gegen den Bettpfosten und dann gegen die Wand schlug. Die Fackel löste sich aus ihrer Halterung und fiel auf den Boden neben dem Bett.

Noch in derselben Sekunde loderten Flammen auf, erfassten den Rand der Tagesdecke und wanderten zu Simpsons Arm, der vom Bett herunterbaumelte. Kleine Flammenzungen, die schon an seinem Ärmel leckten. Kathryn wollte aufstehen, aber ihr Rock hing unter Simpsons Leiche fest. Sie zerrte panisch an dem Stoff, dann versuchte sie, seinen leblosen Körper von ihrem Rock herunterzuschieben. In diesem Moment gingen bereits die Vorhänge des großen Himmelbetts in Flammen auf, auch die Federn der Matratze entzündeten sich. Der Geruch von brennenden Haaren, Teer und Federn erfüllte die Luft, nahm ihr den Atem, brannte in ihren Augen. Sie versuchte verzweifelt, sich zu befreien. Schon versengte die Hitze ihre Lungen.

Eine letzte verzweifelte Anstrengung, und sie spürte endlich, wie sich der Stoff ihres Rockes löste.

Der Rauch war mittlerweile so dicht, dass sie nichts anderes mehr im Zimmer sah als das silberne Kruzifix, das am Fuß ihres Bettes hing. Es glühte in der Hitze und schien an Größe zuzunehmen. Das Gesicht des leidenden Christus sah im Schein des Feuers aus, als wäre es nicht aus Metall, sondern aus Fleisch, aus warmem, schmelzendem Fleisch.

Kathryn rang nach Luft. Kleine Flämmchen hefteten sich an Federn und schwebten durch die Luft wie ein großes, feuriges Pfingstwunder.

Sie versuchte, aus dem Zimmer zu laufen, aber ihre Beine wollten sich einfach nicht bewegen. Wurde sie noch immer von einem Stück Stoff festgehalten, das sie an die Leiche des Mannes, den sie eben getötet hatte, fesselte? Oder hatte der Blick des wachenden Christus sie versteinert? Es war dasselbe Gesicht, das über das Witwenbett gewacht hatte, das sie mit Finn geteilt hatte. Dasselbe Gesicht, das über sie gewacht hatte, als sie ihre Söhne gebar, die schreiend auf die Welt gekommen waren und die die Hebamme ihr auf den Bauch gelegt hatte. Das Gesicht, das während der langen Stunden des Fieberdeliriums über sie gewacht hatte. Das Gesicht, das sie so oft gesehen hatte, dass es einfach zu einem weiteren Möbelstück geworden war. Aber er war die ganze Zeit bei ihr gewesen.

Hatte über sie gewacht.

Julians Mutter Jesus.

Zuerst fing ihre Kleidung Feuer, und dann ihr üppiges silberweißes, offenes Haar.

Sie hörte nicht, wie Finn die Treppen heraufrannte. Hörte auch nicht, wie er verzweifelt ihren Namen rief. Und sie hörte ihre eigene Stimme nicht mehr, die nach Colin und Alfred schrie. Aber in den Flammen, die um sie herumtanzten, sah sie ihre Gesichter, von einem strahlenden Glanz erfüllt und in goldenes Licht getaucht.

Kathryn streckte die Arme nach ihnen aus und stand, von diesem leuchtenden Bild völlig in den Bann gezogen, wie erstarrt da, bis die Flammen ihren Körper wie eine riesige Fackel vor einem feurigen, geschmolzenen Altar als Opfer darbrachten.

32. KAPITEL

Das geschriebene Wort ist von Dauer.
Littera scripta manet.

»Master Finn. Wir haben getan, was wir tun konnten.«
Die Priorin von Saint Faith sah ihn mitfühlend an. Sie saßen in dem kleinen Söller, in dem die Priorin ihre Besucher empfing, nebeneinander auf einer schlichten Holzbank, die vor einem kleinen Altar stand. Finn schwieg aus Angst davor, dass seine Stimme versagen könnte. Er starrte den Boden zu seinen Füßen an.

»Lady Kathryn hat nicht mehr gelitten, als sie ertragen konnte.« Die Priorin legte tröstend ihre Hand auf Finns Schulter. »Dank Euch waren ihre Verbrennungen nicht so schlimm, wie wir zunächst befürchtet hatten. Es war der Rauch. Ihr Atem ging sehr mühsam.«

Sie hielt inne, so als suche sie sehr sorgfältig nach den richtigen Worten, als bereite es ihr Schmerz, sie auszusprechen. »Die Nacht hat sie noch überlebt.«

Als er immer noch nichts sagte, fügte sie hinzu: »Ihr dürft Euch keine Schuld geben. Ihr habt richtig gehandelt, als Ihr sie hierher gebracht habt. Es war der Wille unseres Herrn.« Sie öffnete den Mund, so als wolle sie noch etwas sagen, schwieg dann aber.

Schließlich fühlte Finn sich in der Lage, sie anzusehen. Seine Stimme klang vor Qual barsch. »Ich möchte sie sehen.«

Die Priorin schüttelte den Kopf. Ihr Nonnenschleier fiel dabei vor ihr Gesicht, so dass er ihre Augen nicht erkennen konnte. »Sie wird gerade vorbereitet… für ihre Reise. Glaubt mir, es ist das Beste, wenn Ihr sie so in Erinnerung behaltet, wie… so wie Ihr sie gekannt habt. Ich meine vor… vor dem Feuer. Ihr könnt für sie nichts mehr tun. Sie gehört jetzt ihrem Schöpfer.«

Finn versuchte, eine solche Erinnerung heraufzubeschwören: Kathryn im Garten über ihre Stickarbeit gebeugt, ihr Gesicht im Schatten eines Weißdornbusches halb verborgen, Kathryn, die sich vom Bett erhob und das Bettzeug wie eine königliche Schleppe hinter sich herzog; Kathryn, die sein Enkelkind im Arm hielt, während ihr Gesicht vor Liebe strahlte. Er hatte immer wieder versucht, sich an diesen Bildern festzuhalten, hatte versucht, sie in allen Einzelheiten vor seinem geistigen Auge entstehen zu lassen, während er sich die ganze Nacht auf seiner Strohmatratze im Gästehaus des Priorats hin und her gewälzt hatte. Er durchsuchte die Kammern seiner Erinnerung nach ihrem Bild: ihrem Gesicht, ihrem Lächeln, der Art, wie ihr Blick weich wurde, wenn sie von ihren Söhnen sprach, der Art, wie sich ihr Haar um ihren schlanken Hals schmiegte, wenn er sie küsste, den Geschmack ihres Mundes, den Geruch ihrer Haut. Aber immer wieder drangen Dämonen in seinen Kopf ein und übermalten die zarten Farben, die geliebte Gestalt, übertünchten alles mit den Farben von Rauch und Feuer, überlagerten alles andere mit diesem letzten Bild, diesem Bild aus der Hölle, das kein Pinselstrich eines Sterblichen jemals mehr auszulöschen vermochte.

Sie war so leicht gewesen, als er sie aus dem brennenden Haus getragen hatte, dass er fürchtete, ihre Knochen seien bereits zu Kohle verbrannt. Ihr Haar war, wie auch ihre Augenbrauen, einfach verschwunden, ihr Gesicht war schwarz und voller Ruß. Er wagte es nicht, sie zu berühren, aus Angst davor, ihre Haut könnte unter seinen Fingern zu Asche zerfallen. Sie hatte die Augen geöffnet, ihre Pupillen waren strahlend und dunkel wie schimmernder Onyx. Ihre Lippen bewegten sich, und er beugte sich über sie, um sie zu verstehen. »Finn. Ihr seid gekommen«, sagte sie, so als hätte sie ihn die ganze Zeit erwartet. Dann flüsterte sie: »Bringt mich zum Priorat Saint Faith.«

Es war niemand mehr da gewesen, der ihm hätte helfen können. Das ganze Anwesen brannte lichterloh: das Haus, die Ställe, die Brauerei. Schließlich war er, sie in den Armen haltend wie ein kleines Kind, zum Priorat geritten. Sie hatte so still in seinen Armen gelegen, dass er fürchtete, sie sei bereits tot. Er flehte sie an, nicht zu sterben, fragte sie immer wieder nach Jasmine. Aber sie schien ihn nicht zu hören. Nur einmal öffnete sie kurz die Augen und sagte etwas.

»Ich habe ihn gesehen«, sagte sie. Aber die Worte waren so leise, dass er sich nicht sicher war, ob er sie richtig verstanden hatte. Und sie ergaben keinen Sinn.

Die Priorin versuchte alles, um seine Gefühle zu schonen, und sprach taktvoll von »ihrer Reise«, aber er wusste, was sie meinte. Die Schwestern nähten Kathryn gerade in ihr Leichentuch ein. Die Priorin hatte Recht, dies war ein Anblick, auf den er verzichten sollte. Sein Herz hätte das Gewicht auch nur eines einzigen weiteren Bildes sicher nicht mehr ertragen.

»Ihr braucht Euch keine Sorgen zu machen«, versicherte die Priorin ihm. »Wir werden uns darum kümmern, dass sie an einem heiligen Ort ruhen wird, so wie es ihre Bitte war.«

»Mutter, ich habe kein Geld, um für sie eine Messe lesen zu lassen. Aber ich werde…«

Die Priorin hob die Hand. »Geld ist nicht nötig. Letzte Nacht, bevor – bevor sie einschlief, hat sie uns ihren Besitz vermacht. Blackingham ist jetzt ein Teil dieses Klosters. Obwohl alle Gebäude niedergebrannt sind, sind die Ländereien so weitläufig, dass ihre Bedingungen erfüllt werden können.«

»Bedingungen?«

»Sie hat darum gebeten, dass die Erträge aus dem Land dafür verwendet werden, die Heilige Schrift ins Englische zu übersetzen.« Sie wandte den Blick ab und spielte nervös an ihrem Rosenkranz herum. »Ich muss zugeben, dass ich eine gewisse Sympathie für diese Sache hege. Ich habe selbst einige von Master Wycliffes Schriften zu diesem Thema gelesen. Natürlich werden wir in dieser Sache sehr besonnen vorgehen. Von den Pachteinnahmen wird immer noch genügend Geld übrig bleiben, um für ihren Leib und ihre Seele zu sorgen.«

»Hattet Ihr keine Probleme mit den Rebellen?«

Sie seufzte. »Wir sind ein armes Kloster, Master Finn. Hier gibt es nichts zu plündern. In der Armut liegt auch eine gewisser Schutz. Während Ihr in Blackingham wart, traf die Nachricht ein, dass Bischof Despenser bereits einige der Rebellen, die das Saint Mary's College in Cambridge angegriffen hatten, hat hängen lassen. Sie werden sich also hüten, uns zu belästigen. Norwich und Bischof Despenser sind nicht weit.«

Der Name des Bischofs durchdrang den Nebel des Kummers, der Finn umgab. Sollte er sich stellen und ihm anbieten, an seiner Seite zu kämpfen? Sollte er sich für Kathryns Tod rächen, indem er dem Bischof dabei half, die Rebellen niederzuschlagen? Aber er hatte mit diesen Männern keinen Streit. Er hatte Simpsons Leiche gesehen. Selbst ein Dummkopf konnte sich zusammenreimen, dass er für die Zerstörung von Blackingham verantwortlich war. Es mochten zwar andere Fackeln gewesen sein, die das Feuer entzündet hatten, aber er war der Feuerstein, der den Funken schlug. Die ganze Welt schien verrückt geworden zu sein. Was ist in einer Zeit wie dieser die Treue eines Mannes wert, der nicht wie alle anderen wahnsinnig geworden war?

Die Priorin sagte wieder etwas. Er versuchte, sich auf ihre Worte zu konzentrieren. Sie war seine letzte Verbindung zu Kathryn.

»Habt Ihr in Blackingham sonst noch irgendjemanden lebend angetroffen?«, fragte sie.

»Nein, in dieser Hölle hat nichts und niemand überlebt. Das Dach war bereits eingestürzt. Das Haus war nur noch ein schwelender Gluthaufen.«

Die Priorin bekreuzigte sich. »Dann habt Ihr Eure Enkeltochter also nicht gefunden. Das tut mir leid. Aber es ist vielleicht doch noch nicht alles verloren. Lady Kathryn sagte... sagte letzte Nacht, dass Ihr das Kind bei einem der Kleinbauern von Blackingham suchen sollt.«

Ein winziger Funke Hoffnung regte sich in seinem Herzen.

»Sie sagte, sie sei sich sicher, dass Eure Enkeltochter am Leben sei. Sie hat sie in die Obhut eines Küchenmädchens gegeben, das sie verstecken sollte. Lady Kathryn sagte, Jasmine würde darauf warten, dass ihr Großvater sie abholen kommt.«

»Ist das alles? Hat sie sonst noch irgendetwas gesagt?«

»Leider nein. Sie war sehr schwach.«

Welches Dienstmädchen? Er versuchte angestrengt, sich an ein Küchenmädchen zu erinnern. Hatte Kathryn das schweigsame Mädchen gemeint, das sie bei ihrem Besuch im Gefängnis begleitet hatte?

»Jetzt fällt mir noch etwas anderes ein. Als sie die Übertragungsurkunde unterzeichnete, habe ich sie gefragt, ob sie irgendwelche Erben hätte.«

»Ja, die hat sie. Sie hat zwei Söhne. Allerdings habe ich gestern keinen von beiden gesehen. Blackingham war offensichtlich völlig schutzlos, als es von den Rebellen angegriffen wurde.«

»Lady Kathryn sagt, dass ihre beiden Söhne tot sind. Ich habe sie gefragt, wieso sie sich so sicher sei, und sie hat geantwortet, dass eine Mutter so etwas wüsste. Wir werden auch für ihre Seelen eine Messe lesen.«

»Da war noch eine andere Bedienstete, die alte Köchin. Vielleicht ist sie auch im Feuer umgekommen. Sie war eine überaus rechtschaffene Frau. Ich denke, es wäre Lady Kathryns Wunsch, dass auch für sie eine Messe gelesen wird.«

»Wir werden Lady Kathryns Wünsche respektieren«, versprach die Priorin und erhob sich. »Ihr könnt selbstverständlich so lange Ihr wollt im Gästehaus wohnen, Master Finn«, sagte sie. »Und ich werde dafür beten, dass Ihr Eure Enkelin findet. Und auch, dass Ihr den Frieden unseres Herrn finden mögt.«

Das war sehr freundlich gesagt, hieß aber nichts anderes, als dass ihr Gespräch hiermit beendet war. Finn stand ebenfalls auf. Er bedankte sich bei der Priorin für ihre Anteilnahme und wandte sich zum Gehen, dann drehte er sich noch einmal um. Er griff unter sein Hemd und gab ihr einen Anhänger, den er an einer Lederschnur um seinen Hals getragen hatte. »Mutter, würdet Ihr das bitte Lady Kathryn in die Hand legen, wenn Ihr sie begrabt? Ich habe es von einer frommen Frau geschenkt bekommen. Als ein Zeichen des Glaubens. Ich habe sonst nichts, was ich ihr auf ihre letzte Reise mitgeben könnte.«

»Man kann einem geliebten Menschen keinen schöneren Talisman überlassen als einen, den man selbst nahe am Herzen getragen hat. Er ist mehr wert als pures Gold.«

Die massive Eichentür des Priorats fiel mit der Endgültigkeit eines schweren Steines, der vor die Öffnung eines Grabes rollt, hinter ihm ins Schloss. Die Sonne versuchte sich gerade durch den Morgennebel zu kämpfen, in der Luft lag bereits die drückende Hitze des Junis. In der Ferne erschallte der Ruf einer Rohrdommel, die im Schilf nistete, ein Klang wie ein gedämpftes Nebelhorn.

Finn suchte stundenlang. Er ließ zwischen Blackingham und Aylsham keinen Kleinbauern aus und schaute in jede Weberhütte. Keine der Mütter hatte ein fremdes Kind bei sich. Das versicherten ihm alle, wenn sie seine Geschichte gehört hatten. Einige hatten ihn angstvoll angesehen, während sie ihre Kleinen an sich drückten. Falls eine der Frauen seine Enkeltochter bei sich hatte, hätte sie es ihm gesagt? Oder würde sie das Kind aus Angst vor Vergeltung verstecken? Er konnte Besorgnis in ihren Augen lesen. Es gab unter ihnen sicher viele, die wussten, dass ihre Männer diesmal zu weit gegangen waren. Begierig auf Neuigkeiten, versuchten mehrere von ihnen, etwas von ihm zu erfahren. Hatte er gehört, dass die Soldaten des Bischofs Rebellen töteten? Oder hatte der König doch eine allgemein Amnestie erlassen?

Finn beantwortete ihre Fragen nur unwillig. Er fühlte nichts mehr, das alles ging ihn nichts an. Sein Pferd war genauso müde wie er selbst, zum Gästehaus des Priorats wollte er aber nicht mehr zurückreiten. Dort war er Kathryn zu nahe, Kathryn, die in ihrem Leichentuch für immer schlief. Er konnte nach Yarmouth Harbour reiten und dann versuchen, mit einem Boot nach Flandern zu kommen. Selbst ein mittelloser Künstler konnte dort über die Runden kommen. Oder aber er kehrte zu seinen Farbtöpfen in seine Zelle zurück und lieferte sich auf Gnade und Ungnade dem Bischof aus.

Vielleicht hatte er Glück, und Despenser wusste noch gar nicht, dass er aus dem Gefängnis entkommen war. Die Priorin hatte gesagt, dass der Bischof noch in Cambridge war und dort die letzten Rebellen verfolgte. So weit er sich erinnerte, war es noch nie der Fall gewesen, dass ein Kirchenmann selbst das Schwert ergriffen hatte. Aber es überraschte ihn nicht. Er schauderte bei dem Gedanken an die endlosen Schachpartien und an die zukünftigen Aufträge für Gemälde, die zu malen er keine Lust hatte. Er würde in seiner Zelle alt und gebrechlich werden wie ein Eremit. Seine Augen würden mit den Jahren schwach werden, und wenn er für den Bischof nicht mehr von Nutzen war, was sollte dann aus ihm werden? Würde er dann auf der Straße betteln müssen, oder würde man ihn für ein längst vergessenes Verbrechen hinrichten? Wie auch immer. Es war ihm egal.

Schließlich ritt er nach Norwich, dem einzigen Zuhause, das er in diesen letzten beiden Jahren gekannt hatte.

Es würde bald zu dämmern anfangen. Er erinnerte sich an die Schänke vor den Mauern der Stadt. Er hatte ungeheuren Durst, hatte aber keinen roten Heller in der Tasche. Aber welche Wirtin würde nicht einen Krug Ale gegen eine schmeichelhafte Skizze eintauschen? Plötzlich entdeckte er eine kleine Gruppe, die ihm auf der Straße entgegenkam – eine Frau und zwei kleine Kinder. Eines der Kinder zeigte immer wieder aufgeregt mit dem Finger auf ihn. Oder auf sein Pferd? Jetzt erst wurde ihm wieder bewusst, dass er das Pferd des toten Hauptmanns ritt. Es war wohl besser, einen großen Bogen um die drei zu machen. Also grub er seine Absätze in die Flanken seines Pferdes und wandte den Blick ab.

Aber dann hörte er, wie jemand seinen Namen rief.

»Master Finn. Bitte, Master Finn.«

Finn brachte sein Pferd zum Stehen und sah sich um. Er hatte seinen alten Freund Halb-Tom mit einem Kind verwechselt. Bei ihm war eine junge Frau. Und ein Kind. Ein ganz bestimmtes Kind.

»Gott sei Dank, Ihr seid es wirklich. Master Finn. Ich kann es kaum glauben. Ich hatte schon befürchtet, dass Ihr tot seid. Ich hatte solche Angst um Euch, als ich hörte, dass die Rebellen das Gefängnis angegriffen und den Hauptmann getötet haben. Wir sind gerade auf dem Weg zurück in den Sumpf, Magda und ich. Und die Kleine. Wir hatten schon alle Hoffnung aufgegeben, Euch doch noch zu finden. Gott sei Dank habt Ihr mich gehört, Master Finn. Gott sei Dank.«

Aber Finn hörte ihm nicht mehr zu. Er sah das blonde Kind an, das sich in den Armen des Mädchens wand. Ohne Zweifel: Es war Jasmine. Es war seine Enkeltochter. Seine Arme zuckten vor Verlangen, sie an sich zu drücken, aber er war nicht in der Lage, auch nur einen Finger zu rühren. Er konnte nichts anderes tun, als bewegungslos im Sattel zu sitzen und sie anzustarren. Und sie starrte aus kornblumenblauen Augen zurück. Es waren Colins Augen. Sie hatte einen hübschen Mund, breit und wie ein Herz geformt. Kathryns Mund. Ihre zarte Babyhaut war mehr cremefarben als rosa. So wie die von Rose und wie die von Rebekka. Es tat weh, sie anzusehen, und dennoch gelang es ihm nicht, seinen Blick von ihr abzuwenden.

»Meine Magda hat das Kind vor dem Feuer gerettet. Sie hat sich mit ihr im Bienenbaum versteckt.«

»Eure Magda?«

»Ja, meine. Sie sagt, sie will mich heiraten.« Dann verschwand der etwas großspurige Ton aus Toms Stimme, so als wisse er, dass es nicht richtig war, wenn er sein Glück angesichts des Kummers von Finn so deutlich zeigte. »Jetzt, da Mylady... jetzt, da Mylady sie nicht mehr braucht.«

»Und das Kind?«

»Wir dachten, dass Ihr es eigentlich wissen solltet.« Der Zwerg wurde puterrot.

Finn reagierte nicht.

»Ich wollte damit sagen, dass... es heißt, dass Ihr... also, dass Ihr vielleicht wollt... weil...«

»Was Ihr gehört habt, stimmt, Tom. Jasmine ist meine Enkeltochter. Und Ihr hättet mir keinen größeren Dienst erweisen können, als sie mir zu bringen.« Er wandte sich an Magda. »Und Ihr, Mistress Magda, für ihre Sicherheit zu sorgen.«

Das Mädchen knickste scheu, sagte aber nichts.

Finn fuhr fort. »Ich bin ein armer Gefangener. Ich besitze nichts außer den Sachen, die ich am Leib trage, aber falls ich euch irgendwie vergelten kann, was Ihr für...«

»Ich habe einfach nur meine alte Schuld beglichen, Master Finn. Und ich bin froh, sie endlich eingelöst zu haben.«

Der Zwerg wies mit einer Kopfbewegung zu der Kate aus Stein, die ganz in der Nähe stand. Jetzt erst erkannte Finn, wo sie waren. Als er Halb-Tom mit dem verletzten Kind und dem toten Schwein zum ersten Mal gesehen hatte, war dies nur wenige Meter von der Stelle entfernt gewesen, wo sie jetzt standen. Wie sicher er sich damals seiner selbst gewesen war. Damals hatte er geglaubt, immer ganz genau zu wissen, was zu tun war. Er war, das blutende Kind in den Armen, Anweisungen rufend, auf seinem geliehenen Pferd in wildem Galopp in die Stadt geritten wie ein tapferer Ritter aus einer Heldenerzählung. Aber das Kind war gestorben. Rose war gestorben. Und Kathryn. Damals war er ein anderer Mann gewesen. Das alles war eine Ewigkeit her. Jetzt sah er ein anderes blondes Kind an.

Die Kleine streckte die Arme nach ihm aus, doch er wusste, dass er sie nicht mitnehmen konnte. Dabei hatte er so verzweifelt nach ihr gesucht. Aber er hatte nicht eine Sekunde daran gedacht, was er tun würde, wenn er sie gefunden hatte.

Halb-Tom sah Magda an. Und Magda sah Halb-Tom an, dann nickte sie.

»Master Finn, wir werden das Kind zu uns nehmen und für es sorgen. Wir dachten nur...«

Das Kind beugte sich zum Kopf des Pferdes hin und versuchte, nach den glänzenden Metallteilen am Zaumzeug zu greifen. Finn sah, dass die Kleine neben dem silbernen Kreuz auch eine Haselnuss an einer Schur um den Hals trug. Er hörte fast die freundliche Stimme der frommen Julian in seinen Ohren. Was sie gesagt hatte, als sie ihm damals eine Haselnuss aus der Holzschale auf ihrem Schreibtisch gegeben hatte – die Haselnuss, die er Kathryn auf ihre letzte Reise mitgegeben hatte. *Sie wird bestehen, und wird für immer bestehen, denn Gott liebt sie.* Sie war sich dieser göttlichen Liebe so sicher gewesen, so sicher, dass der Schöpfer die Welt liebte, die er geschaffen hatte und die er noch immer in seiner Hand hielt. Auch Finn war bereit gewesen, an diese Liebe zu glauben. Aber die Einsiedlerin hatte sich vom Leben zurückgezogen, war fern der Welt, fern der Verletzlichkeit, dem Schmerz, der Verleumdung und dem Leiden der Unschuldigen. Sie hatte nur ihr eigenes, ihr reines Herz zur Gesellschaft. Sie wurde nicht mit der Welt konfrontiert, in der er lebte. Er konnte die Liebe, von der sie sprach, nicht spüren.

Er konnte sie nicht mehr spüren, aber er hatte sie gesehen. Er hatte sie in Kathryns Opfer für ihre Söhne gesehen. Er hatte sie in Rebekkas Liebe zu Rose gesehen. Und er erinnerte sich daran, diese Liebe für seine Tochter Rose empfunden zu haben. Aber würde die Erinnerung an diese Liebe je die Taubheit durchdringen können, die er jetzt spürte? Wie sollte er sich, völlig mittellos und auf der Flucht, um ein Kind kümmern?

»Master Finn?« Halb-Tom sah ihn bittend an. »Es wird bald dunkel.«

Finn streckte seine Arme nach dem Kind aus. Die Kleine ließ sich bereitwillig von ihm nehmen und vor ihm auf das Pferd setzen. Sie klopfte dem Tier auf den Hals. »Pfertie«, sagte sie vergnügt.

Das müde Pferd scharrte mit den Hufen, so als fühlte es sich durch die Berührung des Kindes plötzlich erfrischt.

»Ich habe nichts mehr. Ich kann ihr nicht einmal etwas zu essen oder sauberes Leinen kaufen, um sie zu wickeln.«

Magda lächelte. »Sie ist sehr klug. Sie wird es Euch sagen, wenn sie muss. Sie zupft dann an Eurem Ärmel.«

Sie zupfte an seinem Ärmel. Finn kam sich vor, als sei er in einen Hinterhalt geraten. Als hätte der mütterliche Christus der frommen Julian ihn in eine Falle gelockt. Wie konnte er nur daran denken, dieses Kind wegzugeben, diese süße Last jemand anderem zu überlassen, dieses Kind von Rose, dieses Enkelkind seiner geliebten Rebekka? Kathryns Enkelkind. Sein Enkelkind. Sein Kind.

Magda griff in ihre Tasche und zog ein kleines, in Leinen eingewickeltes Päckchen heraus. »Ich habe ein bisschen was zum Anziehen von meiner Mutter zu Hause mitgebracht. Die Sachen sind nicht fein, aber sie sind sauber.« Sie gab ihm das Bündel. Er sah, dass ihr Tränen in den Augen standen. Offensichtlich kannte sie diese mütterliche Liebe ebenfalls. Obwohl sie noch kein Kind geboren hatte.

»Hier, nehmt das«, sagte Halb-Tom mit belegter Stimme und

drückte Finn einen kleinen Beutel mit Münzen in die Hand. »Es ist nicht viel, aber für ein oder zwei Mahlzeiten wird es reichen.«

Finn wusste jetzt, was er tun würde. »Behaltet das Geld, Tom. Ihr werdet es für Euch und Eure Braut brauchen. Ich stehe bereits viel zu tief in Eurer Schuld. Ich werde das Pferd in Yarmouth verkaufen. Es bringt bestimmt mehr als fünfzehn Pfund ein, und das ist mehr als genug für eine Überfahrt nach Flandern, für Papier, Federn und Essen für uns beide.«

»Pfertie«, sagte Jasmine wieder. Sie sah zuerst Finn und dann Magda an. Es sah aus, so als würde sie gleich zu weinen anfangen. Dann streckte sie ihre Hände nach Magda aus, um von ihr wieder auf den Arm genommen zu werden. Magda streichelte ihren Kopf und flüsterte ihr etwas ins Ohr. Finn konnte nicht hören, was sie sagte, aber das Kind nickte und unterdrückte tapfer die Tränen. Sie gab ein leises Schniefen von sich. »Schau, was ich für dich gemacht habe«, sagte Magda jetzt so laut, dass auch er es hörte. Dann drückte sie Jasmine eine grob zusammengenähte Lumpenpuppe in den Arm. Das Mädchen spielte eine Minute lang mit der Puppe, bevor es seinen Kopf an Finns Brust legte.

»Ihr werdet es heute Abend nicht mehr bis Yarmouth schaffen. Am besten, Ihr macht in Saint Faith Halt.«

Er spürte das Gewicht des Kindes an seinem Körper. Ein seltsames, ein tröstliches Gefühl. *Ich werde alles gutmachen. Ich werde alles gutmachen, das nicht gut ist, und du sollst es sehen.*

Sah er es wirklich? Alles, was er sah, war ein schlafendes Kind, dessen Kopf an seiner Brust lag. Alles, was er spürte, war die schwere Last seines Kummers. Er war zu müde, um sicher zu sein, dass er das Richtige tat, aber das Kind hatte entschieden.

Finn wendete sein Pferd und machte sich auf den Weg nach Yarmouth.

Er glaubte zu hören, dass Magda hinter ihm erstickt schluchzte, aber als er sich noch einmal umdrehte, winkte sie ihm tapfer lächelnd zu. Halb-Tom stand neben ihr und hatte den Arm um sie gelegt.

Mit dem schwächer werdenden Licht im Rücken wirkte er viel größer.

EPILOG

Kathryn erwachte nur langsam, löste sich nur schwer aus ihrem Traum, in dem Finn sie in seinen Armen getragen hatte, sein Gesicht dem ihren so nah, sein Blick nicht länger kalt und unversöhnlich. In ihrem Traum hatte er sie mühelos getragen, so als wäre ihr Körper nicht aus Fleisch und Blut, sondern aus Luft.

In ihrem Traum hatte sie keine Schmerzen gespürt.

Aber jetzt war Finn weg. Er war doch weg, oder? Hatte sich mit dem Kind in Sicherheit gebracht? Finn war weg, es sei denn, sie hatte auch das nur geträumt. Und plötzlich waren die Schmerzen wieder da. Aber sie waren nicht schlimmer, als sie ertragen konnte.

Ihre Kopfhaut fühlte sich gespannt an, und in ihrer linken Hand spürte sie ein Ziehen. Dann kroch ein brennender Schmerz ihren Hals hinauf bis in ihr Gesicht, kribbelnd, stechend. Ihre Finger berührten einen Verband unterhalb ihres Wangenknochens, wo sich das Brennen schließlich einnistete. Sie zuckte zusammen und stöhnte leise.

Sofort war Agnes bei ihr. Beugte sich über sie, tadelte sie.

»Nein, nicht. Fasst Euer Gesicht nicht an.« Sie hielt einen Becher an Kathryns Lippen. »Hier, trinkt das. Der Wein ist mit Mohnsaft versetzt. Es wird Eure Schmerzen lindern.«

Kathryn schob den Becher beiseite.

»Aber er wird mir auch den klaren Verstand nehmen.« Die Worte kamen ihr nur schwer über die Lippen. »Der Schmerz ist erträglich. Wenn ich schon leben soll, dann muss ich in dieser Welt leben und nicht in einem nebligen Traum dahindämmern.«

Agnes stellte den Becher auf eine Truhe neben dem Bett, das eigentlich nur eine schmale Lagerstatt war, aber immerhin eine weiche Daunenmatratze hatte. Kathryn lag auf dem Rücken, gestützt von weichen Federkissen. Am Rücken hatte sie offenbar keine Verbrennungen erlitten. Als sie sich vorsichtig zur Seite drehte, stellte sie fest, dass nur ihre linken Körperhälfte schmerzte.

Eine Kerze und ein Binsenlicht erhellten den zellenähnlichen Raum. Sie blinzelte.

»Wo sind wir?«, fragte sie.

»Bei den Nonnen in Saint Faith. Ich kam vor zwei Wochen hierher, so wie Ihr.« Agnes zögerte kurz. »Der Buchmaler hat Euch hierher gebracht.« In ihrem Ton lag ein Vorwurf, den sie aber nicht aussprach.

Dann hatte Finn sie also tatsächlich getragen, dachte Kathryn. Das zumindest hatte sie also nicht geträumt. War da wirklich Vergebung in seinen Augen gewesen?

»Hat er Jasmine gefunden?«

»Ihr erinnert Euch nicht mehr? Ja, er hat die Kleine gefunden. Magda hat sie vor dem Feuer in Sicherheit gebracht. Sie und der Zwerg haben Finn das Kind gegeben. Aber ich dachte, das wüsstet Ihr. Bevor wir keine Nachricht darüber hatten, habt Ihr nämlich nichts gegen die Schmerzen genommen.«

Bei ihren nächsten Worten runzelte sie die Stirn, und ihr Missfallen äußerte sich auch in ihrem Ton. »Ihr habt der Priorin gesagt, dass sie Finn wegschicken soll. Ihr habt ihn mit voller Absicht getäuscht.«

Finn hatte Jasmine also gefunden. Kathryn seufzte erleichtert und schloss die Augen. Ihr linkes Auge schloss sich nur langsam, und von seinem geschwollenen Lid ging ein stechender Schmerz aus. Auf ihrer rechten Wange spürte sie jedoch die Wärme der Kerzenflamme. Es war eine seltsam tröstliche Wärme, die sie an ihre Vision von Julians mütterlichem Christus erinnerte, der über ihrem brennenden Bett voller Leben erstrahlt war. Sie erinnerte sich auch an die Gesichter ihrer Söhne in diesem seltsamen, diesem heiligen Licht.

Colin und Alfred.

Indem sie versucht hatte, sie zu schützen, hatte sie sie für immer verloren. Sie verspürte plötzlich eine unendliche Traurigkeit, unvermittelt und hell wie frisches Blut. Sie schob dieses Gefühl beiseite.

»Blackingham steht nicht mehr?«, fragte sie Agnes.

»Ja, Mylady, Blackingham ist für uns verloren.« Bei diesen Worten versagte Agnes fast die Stimme.

Blackingham war auch ihr Zuhause gewesen, dachte Kathryn. Ihres genauso wie meines. Kathryn wollte ihr Worte des Trostes, Worte der Dankbarkeit sagen, aber sie fand einfach nicht die Kraft dazu.

Agnes löste den Verband unter Kathryns Auge. Als sie die Luft an ihrer Wunde spürte, stöhnte Kathryn vor Schmerz laut auf. Agnes behandelte die Verbrennung vorsichtig mit einer Salbe aus Schwarzwurzelblättern und Johanniskrautblüten. Dann legte sie eine kühlende Kompresse auf und befestigte darüber wieder locker den Leinenverband. Die Salbe und wohl auch Agnes' Berührung linderten den Schmerz spürbar. Kathryn merkte, wie sich die Muskeln in ihrem Gesicht allmählich entspannten.

»Wisst Ihr, Mylady, Ihr hättet den Buchmaler nicht wegschicken sollen. Ich habe noch nie einen Mann gesehen, der so in eine Frau vernarrt war.« Agnes wischte sich die Hände ab, griff dann in ihren voluminösen Rock und zog einen kleinen Gegenstand heraus. »Er hat das hier dagelassen. Er wollte, dass Ihr etwas von ihm mit in Euer Grab nehmt. Er hat der Priorin gesagt, dass das alles sei, was er habe.«

Agnes legte die Haselnuss, die wie eine heilige Reliquie in Zinn gefasst war, in Kathryns rechte Hand. Kathryn erkannte die Nuss. Finn hatte ihr einmal gesagt, sie sei ein Geschenk der Einsiedlerin. Kathryn schloss die Finger um den Talisman und hielt ihn so fest, dass sich die Zinnfassung tief in ihre Haut grub. Die ganze Welt in Gottes Hand – so etwas Ähnliches hatte Finn damals gesagt. Sie konnte sich nicht mehr daran erinnern, was genau er gemeint hatte. Aber es genügte ihr, dass er ihr diese Haselnuss zum letzten Geschenk gemacht hatte. Es genügte ihr, dass diese Nuss einst an seiner Brust geruht hatte.

Sie lag in den weichen Kissen. Das Zimmer wich zurück, bis sie schließlich nur noch Agnes' strenges Gesicht im Kerzenschein wahrnahm.

»Wenn die Priorin – wenn ich – Finn nicht weggeschickt hätte, dann wäre er inzwischen tot«, sagte sie. »Oder schlimmer noch, er würde den Rest seines Lebens als Henry Despensers Sklave verbringen.« Es fiel ihr schwer, die Worte zu formulieren. Dann murmelte sie leise, mehr um sich selbst zu überzeugen: »Finn hat Jasmine. Sie wird dafür sorgen, dass sein Geist unversehrt bleibt.«

»Und Ihr, Mylady, was habt Ihr?«

Ich habe die Erinnerung an die Vergebung in seinen Augen. Ich habe die Erinnerung an ihn.

»Ich habe dich, Agnes. Und du hast mich«, sagte sie. »Und das wird uns vorläufig genügen müssen.«

Ihre linke Hand hatte zu zucken begonnen. »Ich glaube, ich werde jetzt doch einen ganz kleinen Schluck von deiner besonderen Medizin nehmen, damit ich schlafen kann. Und du brauchst auch Schlaf, Agnes.« Sie zeigte auf den Strohsack neben ihrem Bett, wo Agnes treu Wache gehalten hatte. »Schlaf heute Nacht nicht hier. Die Glocken der Kapelle schlagen gerade die Matutin. Die Nacht ist also noch lange nicht zu Ende. Such dir ein richtiges Bett im Gästehaus. Wir haben morgen noch genügend Zeit, um über unsere Zukunft nachzudenken.«

»Wenn Ihr Euch sicher seid, Mylady. Meine alten Knochen würden sich tatsächlich über ein weiches Bett freuen.«

Agnes blies die Kerze, nicht jedoch das Binsenlicht aus. Es war schon weit heruntergebrannt und warf lange Schatten in den Raum. Kathryn spürte, wie der Schlaftrunk zu wirken begann, den Schmerz dämpfte. Sie hielt die Haselnuss fest in ihrer Hand.

Ein sanfter Luftstrom wehte durch das Zimmer, und sie hörte ein Geräusch, beinahe ein Flüstern.

Alles wird gut.

»Agnes, hast du etwas gesagt?«

Aber Agnes war schon gegangen. Das Zimmer war nur noch von der Stille und von flackernden Schatten erfüllt.

Es musste die Arznei sein, dachte sie. Vielleicht war es auch eine innere Stimme, die sie an Julians Worte erinnerte. Sie schloss die Augen und suchte nach dem Traum oder der Erinnerung, was immer es auch gewesen war, das ihr Trost gebracht hatte.

Und plötzlich waren da wieder diese geflüsterten Worte in ihrem Kopf.

Diesmal jedoch war jedes Wort deutlich und klar zu verstehen.

Alles wird gut.

Und Kathryn glaubte es beinahe.

ANMERKUNG DER AUTORIN

Dies ist ein Roman, aber die darin vorkommenden Personen Bischof Henry Despenser, John Wycliffe, Julian von Norwich und John Ball sind historische Gestalten, deren Geschichte ich mit den Lebensgeschichten meiner Romanfiguren verflochten habe. Henry Despenser ist als der »Krieg führende Bischof« in die Geschichte eingegangen. Diesen Namen verdankt er einerseits der blutigen und grausamen Art und Weise, mit der er die Bauernrevolte von 1381 niederschlug, sowie andererseits seinem anschließenden erfolglosen Feldzug gegen Papst Klemens VII. während des Großen Schismas, das die römisch-katholische Kirche spaltete. Erwiesen ist auch, dass er der Kathedrale von Norwich einen fünfteiligen Altaraufsatz gestiftet hat, der als der »Despenser-Altaraufsatz« oder »Despenser-Retabel« bekannt ist, um seinem blutigen Triumph über die revoltierenden Bauern Ausdruck zu verleihen. Er ließ den Altaraufsatz, der heute in der Saint Luke's Chapel der Kathedrale von Norwich zu sehen ist, mit den Wappen jener Familien versehen, die ihn bei diesem Massaker unterstützten. Der Altaraufsatz wurde während der Zeit der Reformation abgenommen. Seine Rückseite fand als Tisch Verwendung, um ihn vor den Reformern zu verstecken, und geriet dann mehr als vierhundert Jahre lang in Vergessenheit. Erst als Mitte des letzten Jahrhunderts jemand einen Kugelschreiber fallen ließ, der unter das Altartuch rollte, wurden die wundervollen Paneele, auf denen die Passion Christi dargestellt ist, wieder entdeckt. Der Name des Künstlers, der diesen Altaraufsatz schuf, ist im Dunkel der Geschichte verloren gegangen.

John Wycliffe gilt allgemein als der »Morgenstern der Reformation«. Dies vor allem wegen seiner Bemühungen um Veränderungen innerhalb der Kirche und aufgrund der Tatsache, dass er der Erste war, der die Bibel ins Englische übersetzte und damit nicht nur auf die Kirchengeschichte, sondern auch auf die Kulturgeschichte entscheidenden Einfluss genommen hat. Man beschuldigte ihn der Ketzerei, entließ ihn aus Oxford und verbot seine Schriften. Aber er wurde nie vor Gericht gestellt und schrieb und predigte unermüdlich weiter. 1384 erlag er den Folgen eines Schlaganfalls in seinem Haus in Lutterworth. Seine Übersetzung wurde 1388, sieben Jahre, nachdem meine Geschichte endet, von seinen Anhängern vollendet. 1428 wurden Wycliffes Gebeine auf Befehl von Papst Martin exhumiert, verbrannt und die Asche im Fluss Swift verstreut. Die Bewegung der Lollarden, deren geistiger Vater er war, bestand zunächst im Untergrund weiter und ging dann später in den neuen protestantischen Kräften der Reformation auf.

John Ball wurde, wahrscheinlich im Jahr 1366, wegen seiner aufrührerischen Predigten, in denen er für eine klassenlose Gesellschaft eintrat, exkommuniziert. Den historischen Quellen zufolge rief er immer wieder dazu auf, Grundherren und Prälaten zu töten. Im Jahr 1381, zur Zeit der Bauernrevolte, wurde er im Maidstone-Gefängnis eingekerkert, dann von Rebellen aus Kent befreit, die er schließlich nach London führte. Nach dem Scheitern der Rebellion wurde Ball zum Tode verurteilt und in Saint Albans gehängt.

Über die Person Julians von Norwich ist neben ihren Schriften nur sehr wenig bekannt. Gesichert ist, dass sie die erste Frau war, die in englischer Sprache schrieb. Ihre *Göttlichen Offenbarungen* sind in letzter Zeit auf ein größer werdendes Interesse gestoßen, insbesondere bei Feministinnen, die von Julians Vorstellung eines mütterlichen Gottes fasziniert waren. Eine eingehende Beschäftigung mit ihrem Werk zeigt, dass sie für ihre Zeit eine überaus fortschrittliche Denkerin und eine tief gläubige Frau war. Historische Dokumente belegen, dass sie bis 1413 als Klausnerin in Norwich lebte. Sie überlebte Bischof Despenser um sieben Jahre.

DANKSAGUNG

Ich möchte jenen Menschen danken, die mir während der Entstehung dieses Buchs wertvolle Unterstützung gegeben haben: Vor allem Dick Davies, Mary Strandlund und Ginger Moran, die meine Arbeit schon kritisch begleitet haben, als sie sich noch im Entwicklungsstadium befand, und Leslie Lytle und Mac Clayton, die bei der Fertigstellung mit mir zusammengearbeitet haben. Mein Dank gilt auch Pat Wiser und Noelle Spears (mit siebzehn Jahren meine jüngste Kritikerin), die meinen letzten Entwurf gelesen und kommentiert haben. Besonderen Dank schulde ich auch meiner langjährigen Schriftstellerkollegin Meg Waite Clayton, Autorin von *The Language of Light*, die viele Entwürfe mit mir durchlitten hat.

Mein Dank gilt auch den Autoren, von denen ich persönlich viel gelernt habe. Ich danke Manette Ansay für ihre wertvollen Tipps zur Integration innerer und äußerer Landschaft in der Fiktion. Ich danke Valerie Miner für ihren ausgezeichneten Unterricht in Hinblick darauf, wie man ein Gefühl für einen Ort hervorruft – eine der Szenen mit Halb-Tom entwickelte sich aus einer Schreibübung in ihrem wunderbaren Workshop in Key West. Max Byrd danke ich nicht nur für seine ausgezeichnete Vorlesung über rhetorische Kunstgriffe, die er im Squaw Valley Community of Writers Workshop gehalten hat, sondern vor allem auch für seine persönlichen Worte der Ermutigung, die genau zur rechten Zeit kamen.

Mein tief empfundener Dank geht an meinen Agenten Harvey Klinger, weil er es war, der mich aus einem Papierberg gerettet hat.

Meine Redakteurin Hope Delon bewundere ich für ihr redaktionelles Geschick und ihren literarischen Instinkt. Ich schätze mich wirklich glücklich, zwei so hervorragende Fachleute an meiner Seite zu haben.

Im Leben eines Schriftstellers ist die Bedeutung der Menschen, die ihm Mut zusprechen, gar nicht hoch genug einzuschätzen. Ich möchte all jenen danken, die mir mit ihren Worten und Taten geholfen haben, meinen zerbrechlichen Traum einer Veröffentlichung nicht aufzugeben: Ich danke Dr. Jim Clark für seinen professionellen Rat und seine ermutigenden Worte und meiner Familie und meinen Freunden für ihr großes Interesse und ihr Vertrauen in meine Fähigkeiten. Schließlich gilt meine Liebe und meine dankbare Anerkennung meinem Mann Don, dessen unerschütterliche Hilfe und Unterstützung mir Kraft und Mut geben. Und als Letztes und Wichtigstes danke ich jenem Einen, von dem aller Segen kommt.

WeLove
blanvalet

www.blanvalet.de

facebook.com/blanvalet

twitter.com/BlanvaletVerlag